Comfort women

위안부 소녀

위안부 소녀

펴 낸 날	2022년 04월 15일
지 은 이	장영천
펴 낸 이	이기성
편집팀장	이윤숙
기획편집	서해주, 윤가영, 이지희
표지디자인	서해주
책임마케팅	강보현, 김성욱
펴 낸 곳	도서출판 생각나눔
출판등록	제 2018-000288호
주 소	서울 잔다리로7안길 22, 태성빌딩 3층
전 화	02-325-5100
팩 스	02-325-5101
홈페이지	www.생각나눔.kr
이 메 일	bookmain@think-book.com

· 생각의 뜰은 도서출판 생각나눔의 자서전 브랜드입니다.
· 책값은 표지 뒷면에 표기되어 있습니다.
  ISBN 979-11-7048-389-2 (03810)

Copyright ⓒ 2022 by 장영천 All rights reserved.
· 이 책은 저작권법에 따라 보호받는 저작물이므로 무단전재와 복제를 금지합니다.
· 잘못된 책은 구입하신 곳에서 바꾸어 드립니다.

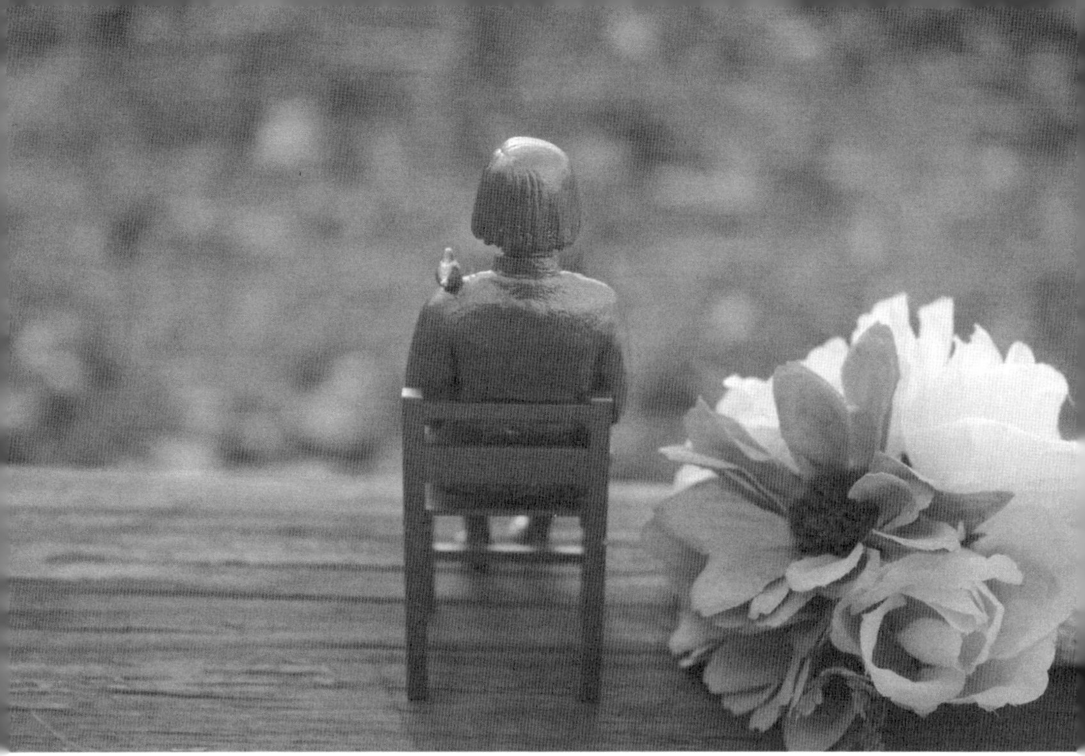

 Comfort women

위안부 소녀

장영천 지음

'비밀의 문'에 들어설 때부터 시작된
나의 새로운 시각이 다른 한쪽을 바라보게 되었다.
그런 '비밀의 문'은 나의 새로운 세상이었다.

1장. 위안부 소녀	06
2장. 이중의 세계	33
3장. 미사의 만남	53
4장. 흉 간	82
5장. 윤동주 시인을 만난다	106
6장. 미야지마 이츠쿠시마 신사	126
7장. 이제 말할 수 있는가?	140
8장. 귀, 코 무덤이 나를 향해 서 있었다	165

목차

9장. 대마도 섬	184
10장. 표 리	201
11장. 살 인	237
12장. 죽은 자의 고독	272
13장. 산 자의 눈물	315
14장. 콜레라	368
15장. 오명의 시	416

1장
위안부 소녀

　오랫동안 기다렸지만, 결국 고베 회장님은 끝내 보이지 않았다.
　내가 도착한 히로시마 도시는 죽은 도시처럼 적막 속에 싸인 채 바닷가의 섬과 만으로 연결하는 통로에서 비켜 들어간 항구도시처럼 보였다. 시간이 흘러 밤으로 들어서기 전엔 아무도 여기가 항구도시라는 것을 알 수 없었지만, 천년의 요새처럼 섬과 바다로 혹은 도시와 만으로 연결되어 둘러싸인 항구는 이곳이 전쟁 중인 도시라고 해야 그제야 이해가 간다.
　외등이 하나둘씩 커지면서 나는 다시 불안에 떨었다. 나는 항상 하던 대로 대기실 의자에 앉아 오고 가는 사람을 보며 그런 생각을 했다. 부산항 자갈치 시장에서 회장님과 어머니의 첫 만남부터 지금까지 기억들이 긴 굴곡처럼 이어져 왔다. 항구도시의 불빛은 밤의 밑바닥부터 흩어져 있으며 멀리 희미하게 보이는 건물이 바람에 을씨년스럽고 초라하게 흔들리고 있었다. 손을 흔들며 못내 아쉬워하는 어머니의 모습에 나는 사그라지는 초롱불처럼 뱃전에서 손을 흔들며 눈시울을 적셨다. 저 멀리 땅거미 꺼진 항구의 모습이 사라지기도 전에 나는 아쉬움으로 손을 흔들었지만 이미 눈물에 가려 어머니의 모습이 내 시야에서 사라져 버렸다.
　아, 아! 언제 나는 다시 돌아올까?

　나는 회장님과 어머니 사이를 불편함 없이 대했다.
　그는 나에게 일본어와 영어를 가르쳤다. 다만, 내가 아는 것은 그가 일본에서 건너온 무역상이라는 정도였다. 잘생긴 얼굴에 항상 미소를 지었고, 가끔 상인들과 이야기할 때는 험상궂은 표정을 짓곤 했다. 그런데 그가 왜 나를 외국어 배우는 학교에 다니게 했는지 알 수 없지만, 어머니의 말씀으로는 회장님이 간호 전문대학에 나를 보내준다고 약속했었다고 하셨다.
　고국은 언제나 기쁘고 아름다운 기억으로 남아 있지만, 이곳에 도착하기 전 서글픈 모습으로 하룻밤을 보내는 동안에는 온갖 것들이 다 엉킨 채로 남아 있었다. 생각해내지 못하도록 억눌려 있던 나의 마음과 심장이 터져 버린 것이었다. 그것은 나의 마음이 억제되어 있었고 영원히 생각나지 말아야 했던 금기가 영혼에서 터져 버린 것이었다. 나의 슬픈 자화상이었다.
　가끔 어머니가 쉬는 날, 회장님의 승용차를 타고 하얀 해운대 백사장을 지나 냇가가 흐르는 곳으로 나갔다. 그 당시 나는 어린 학생이라 왜 그가 우리 어머니와 같이 있고 내 아버지는 없는지 생각조차 하지 않았다. 아버지는 오래전 심장병을 앓다가 죽은 정도로만 알고 있었다. 오랜 시간이 지나자 회장님을 보통의 아저씨나 선생님처럼 스스럼없이 대하게 되었는데, 돌이켜 보면 고등학교에 다닐 때가 가장 행복한 시간이었다.
　주변 친구들이 감히 엄두도 내지 못하는 외국어 고등학교에 입학했다. 거의 고관 자제들이나 돈 많은 아들딸이 다니는 학교였고, 학교에 들어가서 보니 나 같은 처지의 학생은 없었다. 그래서 3년 동안 외롭게 공부만 하고 졸업했다. 졸업하자마자 나는 일본으로 건너왔다. 전쟁 중이지만 생각지도 못하게 의학부 학생으로 일본에 온 것이다. 그리고 지금 이렇게 항구 대기실에서 이 생각 저 생각을 하면서 나 자신을 실험하고 있었다.

나의 내면의 기쁨을 위해 떨어져 나간 공부와 나를 실험하는 공상적인 쾌락에도 포만감을 느낀다. 활기찬 대학 생활에서 나는 이제 제법 여성이 되었음을 알리는 계기가 된 것일까? 가슴이 벅찼다! 하얀 가운에 청진기를 손에 든 의사가 된다는 생각만으로도 벅찼다. 초등학교를 마치고 회장님이 우리 집에 있을 때, 나는 홍역으로 큰 병원에 실려 갔다. 그 당시 가장 좋았던 것은 잘생긴 의사 선생님에 대한 기억이었다. 코를 자극하는 알코올 냄새와 하얀 옷에 긴 모자를 쓴 간호사를 보면 지금도 기억나는 것은 그날 밤 가슴 설레 뜬눈으로 밤을 보내면서 우주가 마음을 통해 오는 듯한 여러 가지 이미지가 추상으로 남아 있었다.

나의 지워진 기억 속에는 손에 든 낡은 가방 속 사진들, 추상, 한 통의 편지가 남아 있다. 그러나 그 학생은 죽었다. 그것이 내가 이야기하려고 했던 시나리오의 중심이고, 그 이유이다.

나는 오랫동안 꼬박 졸았다. 눈을 뜨니 한 노인이 의자에 앉아 꼬박꼬박 졸며 잔기침을 했다. 소란한 소리에 놀라서 일어난 나는 여러 시간 이상을 낯선 항구 대기실에서 단잠을 잤던 것이다.

어느새 항구는 어둠으로 덮이고 빈 거리에는 흩어진 외등만이 외롭게 빛나고 있었다. 짙게 깔린 안개가 내려앉았다. 막연하게 이 나라에 오기 전에는 공부의 열정 때문에 멈출 수도, 참을 수도 없었다. 낯선 이국땅의 소란함과 이질감이 온몸을 휘감았다. 나에게는 이곳이 일본 제국의 땅이라는 것과 항구도시와 칙칙한 거리는 지금 여기가 전쟁 중이라는 것을 이곳에 서서 봐야 느낄 수 있었다.

"분명히 무언가 잘못된 것이 분명해! 그럴 분이 아닌데 무슨 착오나 무슨 사고가 생긴 것인가? 여기는 낯선 땅이다. 처음 본 거리와 건물 사이로 바다 삭풍이 불어오고 어디선가 응급차 소리가 들린다."

나는 어둠과 대화를 하면서 조금씩 낯선 길을 찾아 떠나는 나그네처럼 불분명한 소리로 휘파람을 불며 조용히 걸어갔다. 추적추적 빗방울이 조금씩 흩뿌리기 시작했다. 가다 서다 여러 번 뒤를 보니 항구 거리는 외등이 흔들리고 있었고, 하늘엔 별빛이 빛나고 있었다.

"내 집과 나라는 어느 방향이지? 내 어머니는 어디에 계시고, 내가 숨을 쉴 수 있는 것은 진정 어디라는 말인가?"

"왜 회장님은 보이지 않는 것이지?"

나는 처음에 과연 전쟁 중인 일본에서 내가 생각하는 학업을 정말 할 수 있을지 두려운 마음이 들었다. 그러나 나는 그것이 어려운 과정이더라도 내가 해야 할 과정이라면 꼭 할 수 있다고 다짐했다. 그 어떤 역경이라도 굴하지 않고 떳떳하게 서 있겠다고 어머니와 약속했다. 나는 어디론가 걷고 있었고, 날은 흐렸으나 비는 오지 않았다. 곧 새벽 붉은 여명이 물들면서 어디선가 찬 해풍이 바닷바람을 타고 밤이 오고 있었다. 항구로 돌아온 지친 배의 뱃고동 소리를 들으면서 어릴 때부터 지금까지의 모든 것을 상상하기 시작했다.

"두부 사세요?"

멀리서 붉은 여명이 새벽을 부르고 있었다. 그러면서 먼 산 쪽부터 붉은빛으로 갈음하기 시작했다.

조금씩 멀어져 가는 어시장의 격한 냄새와 무념의 생각 중에서 나는 보이지 않는 어둠의 침묵 속으로 차츰 빠져들어 갔다. 내가 두려워했고 동경했던 이국땅에서의 학교생활이 시작되는 과정은 험난하고 더디게 발자국을 떼기 시작했다. 그 모든 과정을 뒤처지지 않게 노력하고 밤새도록 책을 읽으며 사색과 우려 섞인 걱정을 했다. 그러면서 나는 오던 길을 부드럽고, 침착하게 뒤돌아보았다.

"신문입니다."

고등학생들이 뛰는 모습이 보였다.

"내 어머니는 지금쯤 무엇을 하고 있을까?"

이제는 점점 항구 쪽에서부터 붉은 잿빛 여명의 빛이 항구를 뒤덮었고 만을 끼고 해안선으로 돌고 돌아선 배들이 오갔다. 시내 거리도 붉은 잿빛이 차츰 보이기 시작하면서 길 위에 검은 승용차가 섰다.

"거의 한 시간 이상을 찾았네?"

하고 그는 말했다.

"안녕하세요? 고베 회장님!"

그의 얼굴은 하얗게 질려 있었다.

"내가 조금 착오가 있었네? 내가 어젯밤에 외국 손님을 접대하기 위해서 내 조카에게 당신이 항구 대기실에 도착하니 마중을 부탁했는데? 이런 착오가 발생한 것이지?"

그 회장은 내 손을 옮겨 잡았다.

"내가 너무 걱정을 안겨 주었네요? 그러나 밤길을 걷는 것도 그렇게 나쁜 일만은 아니었습니다."

"하긴 그러네?"

우리는 두 손을 잡고 환하게 웃었다.

나는 이제 적응하기 시작했고 학교생활로 돌아가는 모습이었다. 붉은 태양은 만을 끼고 돌아누워 있는 항구를 적셨고, 괭이갈매기들이 먼저 반기고 있었다. 몸을 실은 승용차는 긴 해안가를 지나 만을 돌아서 시내를 질주하고 있었다. 바닷가 언덕을 지나서 야트막한 산에 계곡을 따라 집들이 들어섰는데, 그 모습이 새 둥지처럼 산 위에 붙어 있듯이 보였다. 처음 그 회장님은 자신의 집을 새 둥지처럼 하늘 위에 붙어 있다고 했다. 멀리는 큰 산이 앞을 가로막고 있었고, 차는 산을 오르내리며 초원을 질주하고 있었다. 다시 차는 어느 지점에서 오른쪽으로 비켜 돌아들어 가고 나서 왼쪽으로 방향을 틀어서 곧장 고갯길로 들어섰다. 그리고 작은 동네처럼 많은 집이 모여 있는 마을 입구로 들어갔다. 승용차는 맨 위의 큰 집 앞에까지 가서 섰다.

"여기가 내 집이고, 이제는 당신 집이지?"

난, 회장님이 내 집이라고 하는 말에 어리둥절했다.

"자 내려!"

차에서 내리니 한 아주머니가 고개를 숙이고 차 앞에 서 있었다. 차에 내린 나는 현관문과 집이 새 둥지처럼 붙어 있다는 회장님의 이야기를 알아챌 수가 있었다. 마을 등지고 서 있는 저택 위로는 긴 태양의 빛이 마당에서부터 조금씩 시작해 내가 마루에서부터 부엌, 그리고 뒤뜰 우물까지 가는 동안 순수하고 찬란하게 비춰주었다. 뒤뜰로 통하는 중앙에는 큰 우물이 있었다. 우물 뒤쪽 담쟁이 넝쿨로 뒤덮여 있는 장독대로 올라가니 빛은 하늘로 통했다.

"아주머니 지금 아침부터 그 장을 꼭 담아서 해야 하나요?"

"예, 주인마님!"

고개를 숙였지만, 답은 확실하게 들렸다.

"목욕물을 데웠나요?"

"예!"

"식사는요?"

"거의 준비가 되었습니다."
아주머니의 대답이 조금씩 높아지기 시작했다.
"자, 2층으로 올라가지?"
"예?"
실내는 따스하고 포근했다. 2층으로 올라왔다. 그리고 내 방으로 들어간 회장님은 이렇게 말했다.
"여기가 내 딸 방이네?"
마루는 맑은 옻칠 색이었고 천장과 내 방은 은은한 꽃무늬 색이 감싸고 있었다. 벽엔 고흐의 모작품인 해바라기가 걸려 있었다.
"그 꽃무늬 벽지는 아주머니가 히로시마에서 나오는 가장 좋은 벽지로 했지?"
"색감이 은은하고 여러 가지 꽃잎들이 있는 벽지라 좋아요?"
"그래, 좋아!"
난, 창을 통해 보이는 빨랫줄 위에 패배의 깃발이 펄럭이고 옆으로는 노부부만 산다는 '한'의 집을 바라보았다. 그리고 쪽방으로 들어가는 문을 지나 다락으로 오르는 '비밀의 계단' 앞에 서 있었다. 천장 위의 긴 줄을 잡아당기니 계단이 밑으로 내려왔다.
"자 보게, 이게 내가 말하는 우리 집 '비밀의 계단'이야. 이곳은 비밀의 문으로 통하는 통로이고, 하늘과 소통을 할 수 있는 비밀의 방이지."
고베 회장은 계단을 오르며 이렇게 말했다. 나는 가파른 계단을 향하여 올라갔다. '비밀의 방'은 내가 어릴 때부터 그런 환상의 공간을 꿈꾸어 왔던 그 방엔 시집과 여러 가지 책들로 가득 찼고, 비스듬히 난 창은 하늘로 통했다.
"이제부터 우리 집에 여러 가지 '비밀의 문'이 있는데 학생은 그것을 알아내려면 밖에 있는 우물을 보면 알 수도 있겠지. 그 모든 것을 아주머니도 지금까지 다 알아내지 못했지?"

아주머니는 옆에 서서 빙그레 웃고 있었다.

"자, 나는 다 먹었으니 아주머니도 앉아 식사해야죠?"

회장님은 일어나서 마루로 나갔다.

"자, 아주머니 앉으세요. 같이 식사해요. 여기 어묵 국물이 참 맛있네요?"

"그 어묵 국물이 여기 이 집의 '비밀의 문' 중의 하나입니다."

"아, 예!"

난, 식사를 마치고 우물 속을 봐야 한다는 생각 이외엔 아무 상상도 하지 않았다. 밖엔 이미 태양이 중천에 떠서 밝게 빛나고 우물 옆으로 장독대가 있고 담은 이중으로 되어 있고, 밑에는 기초 담벼락이 있었다. 중간 넓은 공간엔 거목 나무들과 야자수 나무 잎사귀가 담장을 뒤덮고 있었다. 담 뒤쪽으로 둥지처럼 붙어 있는 산을 배경 삼아 서 있는 집은 '비밀의 문'으로 둘러싸인 것처럼 보였다. 뒤편으로 항구를 내다볼 수 없도록 아름드리 소나무와 향나무가 오랜 세월 자태를 뽐내며 하늘을 뒤덮을 듯 자라났다. 그러나 거목 나무와 야자수 나무 그림자가 광대한 숲속의 새 둥지 집을 덮지는 못했다.

나는 새벽에 일찍 일어나 윤동주의 시집을 읽으며 방바닥을 뒹굴었다. 아침엔 우물이 열려 있었다. 아주머니는 식사를 마치고 내 호기심을 자극이라도 할 듯 얼굴에 미소를 짓고 서 있었다.

아침이 되자 나는 부엌으로 내려갔다.

"아주머니, 나도 그 어묵 국물에 비법을 배울 수 있나요? 그리고 또 하나의 비밀은 왜 항구를 볼 수 없도록 거목들이 항구의 모습을 덮고 있는지가 궁금합니다."

"나도 그 비밀의 문턱으로 들어갔지만, 왜 그렇게 항구를 볼 수 없도록 담 중간에 거목인 소나무와 향나무를 심었는지는 지금까지 알아내지 못하고 있어요."

"아, 아주머니도 그 비밀의 문을 풀지 못하고 있네요?"

내가 다시 어묵 국물에 대한 비밀에 대해서 물으려고 아주머니를 쳐다보았지만, 그녀는 보이지 않았다. 옆집 아주머니가 잠시 담 옆으로 지나쳤지만, 인사를 할 순 없었다. 패배의 깃발이 아침부터 펄럭이는 그 집에도 또 하나의 비밀이 있다고 회장님이 말했던 기억이 났다. 빨래들이 패배의 깃발처럼 시원한 바람에 펄럭이고 있었다. 아침부터 온통 '비밀의 문'을 생각하다가 한 남자가 와 있다는 사실을 잊고 있었다. 그 고베 조카라고 하는 남자가 나를 쳐다보고 있었다.

"안녕하세요? 조선에서 온 이소진입니다."

그는 내 인사도 받지 않고 방 안으로 사라졌다.

"회장님이 학생을 찾아요?"

"예!"

난 조심스러운 발걸음으로 마루로 나왔다. 서재로 안내를 한 아주머니의 손이 나를 잡고 있었다. 긴장한 탓이라고 생각했다. 침이 마르고 심장이 요동쳤다.

"자, 두 사람 인사를 하게. 내가 말했던 고베 조카이네."

"안녕하세요? 이소진입니다."

"고베 신따로입니다."

난 악수도 할 수 없는 비밀의 문 앞에서 허덕이며 조심스럽게 긴 의자에 앉았다. 서재의 넓고 긴 탁자와 폭신한 의자에 다시 몸을 묻으며 앉았다.

"우리 조카는 나하고 같이 고베 상사에서 중역을 맡고 있고, 우리 학생은 이제부터 히로시마 대학교 다닐 것이니 자네에게 잘 부탁하네."

"예!"

그 조카는 나를 위아래로 훑어보았다. 긴장했는지 녹차가 나왔는데 손이 가지 않았고, 그의 눈동자가 나를 가두자 나는 먼 산으로 눈을 돌렸다.

"자, 학생도 우리나라 녹차 맛을 보게. 처음에 맛보면 조금 이상하지만 몸에도 좋고, 조금 지나면 그 녹차 맛이 입속에서 녹아나는 것 같을 거야."

"예?"

난 찻잔을 들고 언제 그 서재를 나왔는지 기억조차 남지 않았다. 다시 아주머니가 설거지하는 모습을 보다가 옆집 아주머니가 부르는 소리에 밖으로 나갔다.

"오, 조선에서 온다는 그 학생이군?"

두 노부부는 서로 손을 잡고 담 너머로 인사를 했다. 나도 얼떨결에 인사했다.

"조선에서 건너온 이소진입니다."

"예, 예쁘네요?"

그리곤 노부부는 돌아서서 집 주위를 산책했다. 산책하는 동안 내 눈동자는 다른 옆집을 따라갔다. 히로시마 도시에서 느낀 여러 가지 생각 중에서 안개 낀 항구도시와 괭이갈매기가 날아든 패배의 깃발을 보며 금붕어 집에서 난 향긋한 된장 냄새와 마음의 집을 쳐다봐야 우리 집이 보인다는 고베 회장의 진심이 궁금했다. 그러나 그것이 무엇인지 지금까지도 알아내지 못했다.

새벽에 일어나 3층 '비밀의 방'으로 돌아갔다. 약간 곰팡이 냄새가 났지만 벽에 책들이 꽉 들어차 있었다. 고베 회장님 이야기로는 지하실에도 책이 많다고 했다. 눈에 띈 책은 프로이트의 『꿈의 해석』, 파스칼의 『팡세』, 복카치오의 『데카메론』 옆엔 윤동주의 시집과 시인에 대해 일본인이 시를 분석한 책이었다.

난 윤동주 시집을 끼고 방바닥에 뒹굴었다.

오랜만에 시간에서 포만감이 든 하루이었다.

그러면서 하나의 이미지가 생겨난 것인가? 새벽녘 시가지에 사람들이 붐비기 시작하면서 저 멀리 산마루 쪽에서 검붉은 황혼이 몰려오면서 산과 바다로 둘러싸인 만에는 붉고 누런 잿빛으로 물든다. 숲속에 새 둥지처럼 붙어 있는 집, 다른 집과 조화를 이루면서 옆집에는 빨랫줄 위에 패배의 깃발이 바람에 펄럭이며 괭이갈매기도 찾아오지만 초라한 작은 마음 집엔 노부부의 모습은 보이지 않았다.

마을 집들이 뿔뿔이 흩어지고 뜨문뜨문 곤충처럼 포낭에 둘러싸인 채로 살아가고 있었다.

숲속의 새 둥지의 집, 빨랫줄 위에 패배의 깃발이 바람에 흔들리는 집, 초라한 작은 집이지만 노부부가 전쟁에 나간 아들을 기다리는 '한'에 갇혀 있는 집 등이 산 위에 붙어 있었다. 그런데 이곳에는 세상 위 고통을 예외 없이 느끼는 새 둥지 안에 어린 새처럼 펄럭거리며 사람이 살고 있고, 그 새가 사람이고 인간이면 행복한 생애를 이어가야 했다. 그러나 지금은 그것조차 찾을 수 없는 고통 위에 삶과 전쟁 중 숨죽인 죽음의 그림자 도시만 보이는 듯했다. 초라한 작은 집이지만 노부부가 전쟁에 나간 두 아들을 기다리는 '한'에 갇혀 있는 그 집은 지붕 끝이 땅에 닿을 듯 위태롭게 보였다.

내가 사는 새 둥지 위의 집은 여기 오기 전에 그랬듯이 대문은 하얀색 바탕에 줄무늬가 새겨져 있고 2층 테라스 위 화분에는 예쁜 꽃들과 장미와 빨간 장미꽃, 푸르고 약간 붉은색을 띤 연분홍 수선화꽃이 만발해 있었다. 하늘을 가로지르는 집에서 나는 마음, 영혼, 노래, 학업, 그리고 친구들과 여러 가지 시를 노래하고 있었다. 그래서 나는 시인을 생각했다. 며칠 동안은 온종일 윤동주 시집을 꺼내서 읽기 시작했다. 그러자 히로시마 도시가 붉게 물들면 학교와 교회 항구 시가지는 잠에서 깨는 듯했다. 그런 소란함과 아늑함으로 덮인 밤의 침묵과 바다에서 영감을 받는 것은 좋은 경험이었다. 지나고 보니 이해할 수 있는 것과 이해할 수 없는 것이 양면으로 공존했다.

고베 조카를 만난 지 며칠이 지났다. 그 조카의 첫인상을 잊지 못하는 것은 나에게는 알 수 없는 이성 간의 충돌이었다. 세련된 예절과 잘생긴 외모는 아니지만 처음 본 그의 인상에서 도톰한 손등과 각진 표정 그리고 짙은 갈색 눈동자가 눈에 띄었다. 일주일이 지나 처음 학교를 찾아가는 날은 두려움과 기쁨으로 가득했다.

나는 두려움과 기쁨으로 가득 찬 히로시마의 항구도시에 비밀의 새 둥지 집에 숨어 있는 것 같았다.

그날은 일어나자마자 창문을 열었다. 새벽의 열린 창문 틈으로 보이는 붉게 물든 여명의 잿빛 도시의 하늘은 벚꽃이 피기 시작하는 계절 앞에 선 패배의 깃발의 마음 집과 우리 집 주위를 둘러보면서 왜 하늘 위에 붙은 새 둥지 집을, 내가 여기 창백하고 광대한 언덕 위에서만 히로시마 항구도시를 봐야 제대로 볼 수 있었다.

땅거미가 서서히 움직이고 사라진 어둠의 히로시마 도시에서 오랜 추상 중에는 어릴 때 한여름 밤의 다락방에 숨어 있던 그 기억, 개 짖는 소리에 놀라 잠에서 일어났던 어린 시절 기억, 학교에 다녀오며 장마 끝자락에 불어난 개울 앞에서 당황했던 이야기, 산등성 사이로 한겨울밤에 쥐불놀이하던 기억 등이 있었다. '오래전부터 그런 욕망이라는 단계에서부터 시작해서 나에게 올 그 모든 것이 찌는 듯 한여름 밤 다락방에서 꿈꾸어 오던 순결한 내 영혼을 붙잡고 흔들며' 그때의 여러 가지 이미지를 영원히 기억하기 시작했다.

새벽 물안개가 항구를 휘감았다.

그래서 여기가 항구라는 것을 느낄 수가 있었다. 아침부터 계단을 오르내리는 아주머니의 발소리가 들렸다. 밤비로 촉촉해진 쓸쓸한 거리에 외로운 외등만이 빛나고 괭이갈매기가 날아든 항구도시에 소박한 아주머니의 시선이 멈췄다. 아침부터 부산하게 움직이는 소리가 들리면서 부엌일을 끝마친 아주머니가 2층으로 올라왔다. 아주머니는 회장님의 이불과 요들도 모두 꺼내 아침부터 2층 베란다 난간 따스한 햇볕에 말리기 시작했다. 아주머니는 이불 홑청을 뜯어 작게 틈이 난 요들을 같은 색의 실로 꿰매고 나는 내 방 안에 있는 이불과 요들을 모두 꺼내 이불 홑청과 요들의 겉옷을 뜯어 빨기 위해 준비를 하고 있었다.

"매년 봄이 되면 우리 어머니도 이불과 요들을 장에서 꺼내 홑청들을 뜯어내고 꿰매고 여러 해 동안 묵혀 있던 솜을 다시 틀고 이불 홑청들을 깨끗이 빤 다음 햇볕에 온종일 말렸죠?"

내 말에 아주머니는 오랜만에 웃음을 보였다. 우린 내가 탄 커피를 마시며 해 질 녘 붉은 황혼을 바라보았다.

"참 아주머니 환한 웃음소리를 듣고 보니 저도 행복한 기분이 들어요."

나는 아주머니의 일을 도와주기 위해 바느질을 시작했다. 종일 태양 빛에 말린 이불 홑청과 요에서 나는 냄새는 향긋했다. 골무를 끼고 약간 틈이 난 이불 홑청을 담담히 하나하나 꿰매기 시작했다. 나는 아무래도 서툰 솜씨를 선보였다. 아주머니는 그 모습에 환하게 웃음을 지었다. 아주머니는 하얀 이를 보이며 행복하고 밝은 표정으로 웃음을 지었다.

우리는 방 한가운데에서 밤새도록 이야기꽃을 피웠다.

오늘은 토요일이고 학생들에게 휴일이었다. 새벽 안개 낀 히로시마 항구엔 별일이 없는 듯 붉은 잿빛으로 뒤덮였다. 멀리 보이는 농부들의 아침 일이 오래전부터 시작했는지 앙증맞은 고양이처럼 밭고랑 사이를 엉금엉금 기어갔다. 나는 채소밭 앞에 서 있었다. 이미 새싹이 움튼 밭고랑 사이 아침 햇볕에 그을린 흙 속에 물기가 기화되어 따스한 바람에 휘날렸다. 나는 농부들 가까이 다가갔다. 강추위를 이겨낸 보리 새싹이 땅을 들고 고개를 내밀었다.

농부들은 나에게 다가올 봄을 위해 김을 매고 밭고랑을 정리해야 잘 자란다고 이야기했다.

"세상만사가 다 때가 있듯 농사도 때가 있다. 늦으면 잘 자라지 않고 열매도 풍성하게 자라지 않으니 이른 아침부터 김을 매고 밭고랑에 다시 씨를 뿌려야 한다."

집 나간 외아들을 걱정하는 굵은 주름이 깊게 파인 농부는 하늘을 향해 무언의 기도를 했다. 깊이 밀짚모자를 눌러 쓴 농부가 말했다. 오늘은 토요일이지만 농부에게는 휴일이 따로 없었다.

"다만 비가 많이 오는 날은 이렇게 나와 물고랑을 잘 정리하면 물이 앞 논을 지나 일정하게 흐르죠? 그러나 인간사만은 그렇지 않은 것이 문제이지만."

아주머니에게 들은 이야기로 농부의 외동아들은 전쟁에 나가 있었다.

그 농부는 겉저고리를 벗어던진 채, 하얀 면옷만 입고 괭이질을 힘차게 하면서 앞으로 나갔다. 뒤따르는 아주머니는 머리 위에 하얀 면 수건을 두르고 밭고랑에 김을 매며 멀리까지 갔다. 그 아주머니의 그림자는 보이지 않았다. 나이가 지긋한 한 할아버지는 아들 뒤를 따라 고랑 사이들을 오고 가면서 씨를 뿌렸다. 햇볕은 강하게 대지 위에 빛났다.

다음 날 아침에는 창문을 따라 아침 햇볕이 은은하게 멈췄다. 오늘은 일요일이고 계단에서 부산한 움직임의 소리가 들려왔다. 나는 일어나 거실로 나가보았다.

아주머니는 2층 마루의 문을 다 열고 청소를 시작했다.

"어머, 벌써 아침 8시가 넘었네요? 늦잠을 자서 죄송합니다."

내가 인사를 하자 아주머니도 고개를 숙였다.

"오늘 어딜 갈 때가 있어요?"

곧바로 아주머니는 따스한 차를 가지고 올라왔다. 우리는 거실에 앉아 차를 마시기 시작했다. 아주머니는 앞에 앞치마를 두르고 있었다.

"집에 잠깐 다녀와야 할 것 같아요. 친정아버지가 할 이야기가 있다고 해서요. 아마 아이들의 문제와 어머니가 갑자기 아프신 이유도 있고."

"예! 집에 가면 오늘 돌아오시나요?"

"모르겠어. 집에 가서 전화할게."

아주머니는 힘없이 답했다.

우리는 간단히 빵과 커피를 마셨고 아주머니는 계단 청소를 했고 나는 부엌으로 내려갔다. 부엌문이 열린 채 뒤뜰 큰 통에 장작불로 물을 끓이고 있었다. 나도 양동이로 물을 부어 깨끗하게 천을 빨아 청소를 시작했다. 아주머니가 2층 내 방을 청소하는 동안 나는 부엌의 창문틀과 거실로 나오는 긴 복도 사이의 장지문 벽에 걸린 거울을 깨끗이 닦았다. 이 집은 여러 가지 구조로 나뉘어 있었고, 무척 넓은 구조의 건물이었다. 1층에는 여러 개의 방이 복도와 연결되면서 몇 개의 거실 사이에 장지문이 나왔다. 연결된 복도에서 넓은 창문으로 이루어진 긴 복도 사이에 장지문으로 들어가면 부엌이 나왔다.

그 연결된 통로에서 덧창문으로 쏟아져 들어오는 햇빛을 봐야 여기 새 둥지의 집을 모두 이해할 수 있었다. 그 뒤 병풍처럼 둘러싼 담은 옆집이 보일 정도로 옆집 패배의 깃발이 빨랫줄 위에 초라한 모습으로 펄럭이고 있었다.

나는 그런 패배의 깃발을 의식하면서 옛날 할머니 집 뒤에 있던 우물을 들여다본 어릴 때 모습이 생각났다. 지금 '비밀의 문'처럼 여기 새 둥지의 집 우물의 비밀이 무엇인지 의문을 품게 되었다.

"아이고, 학생은 정원에 나가서 아름다운 꽃들과 장미를 구경하세요? 밖으로 나가면 넓은 밭에는 마늘과 배추, 무, 그리고 해바라기밭이 넓게 펼쳐져 있어. 그 안에는 세상이 보이지!"

나는 부엌문을 통해서 밖으로 나왔다. 우물 속에 물이 얼마나 차 있고 무슨 구조로 되어 있는지 궁금했다. 우물 안에는 핑크빛으로 물든 벚꽃들이 만발해 있었다. 진한 핑크빛처럼 빛나는 벚꽃 송이와 나무들이 돌담으로 둘러진 담장 안에 여러 개 옹기종기 모여 군락을 이루고 있었다. 그 벚꽃 송이들이 우물 안에 활짝 피어 있는 듯 보였다.

"어머, 학생도 그 비밀의 우물 안을 보았어?"

나는 무슨 비밀의 이야기이냐고 물었다. 아주머니는 오래전 전해 내려오는 전설에 의하면 그 우물 속을 들여다보면 그 우물 표면에 보이는 모든 것이 내가 보고 싶은 꿈처럼 보일 때가 있다는 것. 아주머니는 귀를 쫑긋거리는 습관을 보이며 손목에 부적을 들려 있었다. 예외적으로 아주머니는 되뇌듯이 늘 중얼거리는 습관이 있었다.

아주머니 하얀 이빨을 보이며 나에게 웃고 있었다. 어디선가 시원한 바람이 부엌문을 통해서 불어와 벚꽃 향기가 흘러들어왔다. 2층 테라스에 보면 산이 병풍처럼 둘러싸인 이 마을은 옛날부터 어업과 농업 그리고 공업이 서서히 발전해 가면서 사람들이 항구 쪽으로 모여들기 시작했다고 고베 회장님이 말했다. 그러나 보이지 않는 항구에서 나는 소리만으로 괭이갈매기가 하늘을 가르는 멋진 모습을 상상하였다. 나는 여기 마음의 우물에서 지나가는 구름과 벚꽃들을 볼 수 있어서 행복했다.

우리와 일본 사람이 신을 모시는 마음이 서로 다르게 보였다. 1층 중앙에 신을 모시는 재단이 있어서 나는 또 다른 신을 모시는 재단을 이상한 눈빛으로 바라보았다. 결국은 사람들의 생각은 모두 서로 다른 쪽을 보면서 살아간다고 생각했다. 아주머니도 방 안에 또 다른 신을 모시는 재단이 있었다. 일본에는 수많은 신이 존재한다고 아주머니가 나에게 말했다. 며칠 후 잠시 아주머니 방에서 차를 마실 때 그런 말을 했다.

"우리는 수많은 신을 모시고 살아간다."

일본은 우리나라 옛 백제 시대의 불교가 전해지면서 토속신앙과 접목되어 지방의 토속신앙이나 존경스러운 신을 모시는 신사가 있다고 했다.

나는 한 달간 숙면과 침묵의 시간을 보냈다.

식사를 마치고 회장님의 승용차를 타고 학교로 향했다.

아름다운 꽃향기가 나는 운동장에는 학생들이 모여 웅성거리며 축구나 각종 기구로 운동을 하고 있었다. 다른 귀퉁이엔 응원을 하는 학생들도 보였다. 벚꽃과 개나리 철쭉이 만개한 교정의 여기저기서 응원하는 외침은 나에게 또 하나의 충격이었다.

내가 멍하게 그 건물 앞에 서 있을 때, 그는 "이쪽으로 가지?"라고 했다.

본관 건물을 돌아서 고베 회장을 따라 나는 끝없이 낭하를 걷는 것 같았다. 회장님을 운명처럼 만나 이곳으로 온 후 회장님과 만남이 큰 흔적처럼 남아 내 영혼 속의 여러 가지 존재가 무엇인지 명확하게 알 수 없었다. 그 회장님의 나이가 듦으로 해서 나는 매사 여간 조심스럽지 않았다. 그러면서 어머니와 나에게 남긴 그런 흔적을 지우기라도 하듯 나는 여기에 있었다.

멀리서 찬 해풍과 여명을 기다리면서 나는 자신의 생이 죽을지언정 결코 삶을 망가지게 하지 않을 것이라고 다짐했다. 그리고 눈물을 흘리며 대한해협을 건넌 어린 딸을 보던 내 어머니를 생각했다.

의학부 건물은 본관에서 멀리 떨어진 곳에 있었다. 그녀가 따라 들어간 의학부 학과장실 사무실에는 학생들이 나를 쳐다보았다.

"아, 그 학생이군요? 이쪽에 잠시 앉아서 기다리면 학과장님의 면담이 있을 것입니다."

무척 상냥한 여성의 안내가 나는 이질감인지 아니면 이국의 낯선 시선인지 잘 알지 못했다. 잠시 앉아 있는 동안 차가 나왔다. 향긋한 향기가 나고 입에는 군침이 도는 차였다.

"자, 들어가시지요?"

나는 인사를 하고 안으로 들어갔다. 사무실 안에는 고색 안경을 쓴 회장님의 정도에 연배에 고이지미 학과장이라고 본인을 소개했다. 그 학과장의 얼굴은 거무튀튀하고 안경 사이로 보이는 눈매는 빛났고 콧등이 부리부리했다. 가운데 응접용 긴 의자에 앉아 있던 학과장은 유심히 내가 가지고 온 서류를 훑어보고 있었다. 잠시 시간이 흘렀다. 그 시간은 길고 내 인생의 서막이 흐르는 거처럼 진한 감응이 왔다.

"오, 이 학생의 성적이 몹시 마음에 드네? 공부와 일본어 실력이 그 정도면 한 학기 정도면 충분히 학과를 따라잡을 수 있을 것 같군?"

라고 했다.

그 학과장은 나를 뚫어지게 바라보았다.

"매우 침착한 학생이고 끈기가 있어 의학 공부에는 별 지장이 없을 것 같습니다. 본 학기가 되기 전, 일본 어학 공부를 좀 더 한다면 학과 공부는 별문제 없을 것 같습니다."

회장의 말에 학과장은 미묘한 미소를 지었다.

"맞습니다! 우리 학교는 외국 학생들에게 문호가 개방되어 있고 한 학기 정도는 의무적으로 어학 공부를 병행해서 합니다. 저 학생이 그 모든 것을 따라갈 수 있는 것은 별개의 문제겠지만?"

라고 했다.

두 분은 친구처럼 대화를 주고받았고, 사무실은 차분함과 이질감이 사방으로 둘러싸여 있었다. 벽에는 일본 제국주의 표시를 한 거처럼 여러 가지 훈장과 표창장들이 붙어 있었다. 제국주의 의식이 강하게 풍기는 학과장은 다른 사람들과 비교해도 다를 바는 없었다.

"일본어 실력이 어느 정도인지는 곧 밝혀질 것이고 숙소는 어디로 정했죠?"

하고 그는 나를 보면 말했다.

"학과장, 이 학생은 우리 집에서 다닐 것이네."

하고 말했다.

"오, 그런 일이 있었네?"

하고 학과장은 믿지 못하는 표정을 지었다.

나는 이곳에서 첫 번째 느낀 이미지는 모든 사람이 나를 색안경으로 보는 듯 눈빛이 달랐다. 안경 낀 학과장은 나를 유심히 쳐다보았다. 내 표정까지 일일이 꿰뚫어 보고 있었다.

물론 정확한 것은 아니지만 내가 느낀 것은 내 고향에서도 간호학교 교수 중 일부 일본인 교수가 나에 대한 선입견이 짙게 배어 있었다. 유난히 큰 키에 빼빼 마른 체구의 학과장은 몸짓은 마른 동태의 눈빛처럼 흐리멍덩하게 나를 쳐다봤고, 난 그의 시선을 피할 수 없었다. 밖을 내다보니 교정엔 벌써 봄이 내려와 있었다. 하늘을 쳐다봐야 봄볕을 느낄 수 있는 것은 아니었다. 이미 봄은 교정 안에 들어와 있었고, 멀리 보이는 운동장 너머로 여러 가지 특색이 있는 건물들이 겹겹이 층을 지어 서 있었다. 그 사이로 들어선 가로등과 도로를 지난 교정 운동장엔 많은 학우가 웃고 노래하며 뛰고 있었다.

"자, 모든 것이 끝났으니 교실로 가보지."

나는 회장님의 목소리에 상상의 세계에서 현실로 돌아왔다.

"예!"

"밖에 나가면 조교가 기다리고 있을 테니 교실에 한 번 가보게."

그 학과장은 의례적인 말투이었다.

"알았네!"

회장님은 우연 중에 느끼는 '나의 비애'를 의식하듯 문을 나갈 때 조심스러웠다. 문밖에는 조교가 대기했다.

"2층으로 올라가시죠."

2층으로 올라가는 계단은 잘 정리되어 있었고, 유리창 너머로 교정이 한 눈에 들어왔다.

"의학부 건물이 여기 대학 건물 중 최고 위치에 있군!"

"예!"

나는 이제부터 조교와 학교생활을 해야 하므로 조심스럽게 답했다. 벽에는 흰 페인트칠이 잘 되어 있었고, 유리창 안으로 교실들 안에는 책상들과 교재가 보였다.

"여기서부터 의학부 1학년 과정을 공부하고 실험을 할 수 있는 곳입니다. 여기 반대편에는 2학년들이 배우는 곳이고, 3층에는 3학년 학생 등이 실습과 교실이 있는 곳입니다."

그 조교는 그렇게만 이야기하고 아무 말 없이 아래층으로 내려가 버렸다. 나는 이곳 학교생활도 단단한 마음가짐이 필요하다는 것을 절실히 느꼈다.

"처음 본 학생에게는 다 어색하기 마련이니까?"

우리는 밖으로 나왔다. 조교 선생님의 무심한 태도를 본 회장님이 내 손을 잡았다. 그의 손에서 전해지는 따스한 온기, 당황한 눈빛, 도톰한 손등, 부어오른 얼굴에서 그가 내 학교생활이 순탄치 않으리라는 것을 느끼는 듯 나를 위로했다. 교실 안 한 학생을 소개해 주었다.

"이 학생은 이제 같이 공부할 이지라는 학생입니다."
"나는 조선에서 온 이소진이라고 합니다."
"안녕하세요!"

이지 학생은 인사하자마자 내 손을 잡고 이곳저곳을 다니면서 소개를 해 주었다.

"여기는 실험실이고, 우리는 의학부 학생이므로 이 실험실에서 공부할 것입니다."

그녀는 다시 손을 잡고 밖으로 나와 여기저기 건물을 소개해 주었다.

"저 건물은 교양학부 건물이지만 우리 의학부는 여기서 공부를 할 예정이고, 여기서부터는 우리 의학부 건물로 가는 길이고, 저기 우로 보이는 건물은 중앙도서관으로 많은 책과 영어로 된 의학책도 저기 가면 다 있을 정도로 갖춰져 있습니다."

"언니, 그냥 말씀을 낮추어 말하세요."
"그래요, 이소진 씨!"

우리는 서로를 위해 웃고 있었다. 유다 남학생이 다가와 인사를 하고 갔다. 처음 본 학교 교정은 아름다웠다. 이제 막 벚꽃들이 꽃망울을 피우려 했다. 우리는 네거리와 도로 사이를 지나 이지 학생이 소개해 주는 대로 걸었다. 교정 하나하나가 각종 나무의 꽃과 장미꽃이 잘 조화를 이루고 있었다. 잘 연결된 길을 걸으면서 나는 나의 첫걸음이 다소 차분하고 조용하게 이루어진 것에 놀라움을 금치 못했다. 나는 여러 학생을 만나면서 내가 지금 어디에 있고 무엇을 하는지조차 알지 못하는 미로 속에 빠지게 되는데, 이 순간만은 작은 피노키오처럼 망각의 세상으로 달려가고 있었다.

이지 학생은 그녀의 삶 중 여행을 다녀온 것처럼 자신의 생애를 다시 생각하는 것 같았다. 여기 학교에서 삶을 시작하려는 나에게는 이제부터 현실의 세계에서 환상의 세계로 안착하려는 것이다. 나는 아무 것도 그 이상의 가치 있는 생애를 바라지 않았다. 하지만 내가 지금은 의학부 학생으로서 처음부터 최후까지 최선의 삶을 살면 된다는 것과 이전처럼 다름없이 내가 할 수 있는 능력이나 노력으로 의사라고 하는 평범한 직업인이 될 것이라고 스스로가 다짐했다.

여러 학생 중에 유독 나에게 관심을 두는 학생엔 이지 언니라고 하는 여학생이 있었다.

"난, 당신을 기다리고 있었지. 왜냐하면, 다른 나라에서 여러 학생이 유학을 오지만 최근엔 전쟁 때문에 거의 유학생은 없었어요. 종종 보이는 학생은 조선에 온 유학생이 전부이죠. 이분은 여기 요사 학생으로 우리 반에서 반장인 학생이니 인사해요."

"요사 히타치입니다."

서로 다른 사람처럼 나를 기다리는 여러 학생이 있었다.

우린 친구들과 교정을 돌아보았다. 도서관을 지나 교양학부 건물을 지나가면 밖으로 연결되는 통로로 야트막한 산등성이 나오며, 그 산에 많은 고목이 자라나면서 그 누구도 돌보지 않는 나무처럼 무성하고 제멋대로 자라난 오래된 고목이 바람에 쓰러져 있었다. 다른 어린나무보다 몇 배 굵고 키가 큰 나무 밑동이 바람에 뿌리 뽑힌 채 부러져 나뒹굴고 있는 나무의 인생이 여기 사람처럼 초라해 보였다.

우리는 봄볕에 몸을 녹이며 이제 봄을 지나 습한 초여름 소낙비가 한바탕 쏟아질 듯한 하늘 색깔이 온통 검은 먹구름 바꿔 가는 것을 보았다. 우리의 모든 것이 대지, 하늘, 태양, 바다의 파도와 같이 자연과 조화를 이루며 살고 있었다. 그녀는 가락국수집으로 안내했다. 학교 정문에서 오른쪽으로 돌아서면 자연스럽게 넓은 공터에서 길게 뻗은 길에서 오른쪽으로 통하는 길을 걸어가면 허름한 집이 나온다. 그곳은 자연스럽게 학생이 모여 허기를 달래면서 자신들이 살아가는 생애의 철학을 말하며 시를 논하고 학생 자신들의 과목을 토론하는 가운데에 왁자지껄 떠들며 살아간다.

"어머, 그래요. 우리 친구들이 며칠 전부터 조선에서 온 여학생이 있다는 말을 듣기 했지만, 우리 인사를 해요."

미사라고 하는 학생과 유가라고 하는 학생이 서로 눈인사를 하며 악수를 청했다.

"저 미사는 조심해야 해. 언제든지 작은 암고양이처럼 긴 발톱을 들어낼 것!"

이지 언니는 팔짱을 낀 채로 인사를 한 것이 마음에 들지 않았던 것 같았다. 태양이 정수리 위에 있다가 언제 그랬냐는 듯 다시 먹구름이 남쪽 바다에서부터 몰려오는 것 같았다.

"이소진 씨, 항상 학교에 올 때, 우산을 준비하는 것을 잊지 말아요."

그런 말이 떨어지자 무섭게 빗방울이 추적추적 내리기 시작했다. 특히, 이지 여학생은 나이가 든 것으로 보였고, 여러 가지 친절하고 상냥하게 학교 안을 소개해 주었다. 우리는 점심을 같이 먹고 도서관에 가 보았다. 4층으로 이루어진 도서관이 일반 열람실과 연구실 자료실들이 다양하게 배치된 것을 볼 수 있었다. 자료실에는 의학서적과 여러 가지 몸에 대한 해부도가 있었고 영어 원서로 된 책들이 다양하게 있었다. 후덥지근한 오후에는 여러 친구의 얼굴을 익혔고, 도서관을 보고 학생회관으로 갔다.

나와 인사를 하기 위해서 의학부 1학년 학생들이 모였다.

유다라고 하는 학생이 처음 내가 나타나자마자 인사를 했다. 많은 의학부 학생들이 모여 나와 악수를 했다. 특히, 하토야마 학생은 이미 변호사 시험에 붙고 나서 다시 의학부 공부를 다시 한다는 이야기도

들었다. 여기 일본이 지금 전쟁 한가운데에 있는 나라라고 하는 것을 다시 상상하며 걷기 시작했다. 점심까지 같이 먹고 집으로 왔다. 조금은 멀리 떨어진 길이지만 이지 학생과 이야기를 하면서 걸어왔다. 땀으로 흠뻑 젖어 있었다.

"어머 그 학교에서 걸어왔어요?"

"예, 언니네 집도 확인할 겸 해서 걸어왔습니다."

"자 올라가서 목욕탕에 물을 받아 목욕하세요."

목욕탕의 물을 받았다.

"학생 목욕물이 받아졌으니 목욕을 하세요."

따뜻한 물이 온몸을 휘감았다. 피곤하고 졸음이 몰려왔다. 며칠간 밤을 설쳤다. 잠시 잤는데 냉기가 몰려왔다. 순간 잠에서 일어났다. 거의 시간을 구별할 수 없었지만, 그 누군가가 안을 들여다보고 있었다. 나는 젖가슴이 드러난 상태에서 몸을 곧추세웠다. 그리고 목욕탕 문이 '꽝' 닫히면서 1층으로 내려가는 소리가 났다.

"분명한 것은 그 사람이 남성이라는 것. 회장님의 조카인가?"

내가 다른 사람에게 내 몸을 보여 준 것은 처음이었다. 당황하고 혼란스러웠다. 그 남자가 회장님의 조카라고 짐작했다. 나는 즉시 수건으로 몸을 감싸고 목욕탕 안에서 나왔다. 몸을 닦고 긴장했는지 움츠려 있었다. 살결에는 소름이 돋았고 그 남자의 무표정하고 각진 얼굴이 생각났다. 여러 가지 생각들이 무방비 상태에서 살아 움직였고 또 다른 문제들이 뒤섞이면서 마음은 혼란스러웠고 고베 회장님은 보이지 않았다. 처음 겪는 들뜬 불안과 침묵이 뒤얽힌 바람 앞에서 나의 마음은 허물어져 내리는 촛불 같았고 몸은 찌뿌둥했다. 여기 이 나라는 전쟁 중이고 모든 물자가 빈곤하다는 얘기를 오후에 2층 베란다에서 차를 들며 아주머니에게 들었다.

"그러나 이 집에서 그런 걱정을 안 해도 돼요."

아주머니는 내 안색을 살피며 그렇게 말했다. 나는 그런 것이 불안했다. 아주머니는 결국은 아주머니나 내가 여기서 여러 가지 일과 학생들을 사귀며 적절하게 조절하면서 친근감 있게 살아가는 것이 중요하다고 힘주어 말했다. 이렇게 해서 나는 여러 가지를 관찰하고 학교에서 본 교정과 의학부 광장 교수님이 드러낸 적의가 무엇인지 생각했다. 알 수 없는 이상야릇한 미소가 신경 쓰였다.

"도대체 왜 사람은 전쟁을 해야 하나요?"

이지 여학생은 갑자기 점심을 먹으면서 이야기를 쏟아냈다. 나는 이 방인이라는 굴레 안에서 명목상으로 이제부터 여기 일본인으로 살아가야 하는 6년이라는 긴 시간 동안 공부를 해야 하고 부대끼면서 이 집이 내 집이고, 삶을 공유하는 공간이라는 사실을 받아들이게 되었다. 목욕탕 안에서 나는 따뜻한 물에 기운을 받으며 무엇인가를 골똘히 생각하고 있었다. 학교에서 돌아와 나는 아주머니에게 이렇게 물었다.

"아주머니 여기 회장님의 조카에 대해서 말씀하셨는데 그분은 무슨 일을 하시나요?"

아주머니는 그 뭐인가를 생각했다.

"요새는 잘 오지 않아요? 회사 일을 돌보고 있는 모양인데 여기는 잘 오지 않고~."

아주머니는 그 무엇인가를 마음에서 달아나듯 말을 더듬거렸다. 아주머니는 습관적으로 두툼한 손등을 어루만지면 쑥 나온 광대뼈와 두툼한 입술 그리고 넓은 이마엔 핏기가 서린 신경이 예민해질 대로 예민해진 그런 표정으로 돌아갔다. 그래서 묻지 않았다. 우리는 잠시 땀을 식히며 멀리서 평온이 다가오는 듯했고, 하늘은 곧 비가 내릴 것 같은 분위기에 휩싸이고 말았다. 우리는 다시 안으로 들어왔다.

어둠의 밤은 이미 산 등에 붙은 새 둥지에 집으로 찾아왔다.

내가 처음이자 마지막으로 내 방을 떠나는 순간 어머니가 앉아 있던 책상 뒤에 어머니의 어둠을 응시하며 띤 고요한 미소를 아직도 이해하지 못하고 있었다. 난 그 모습을 멀리 어둠이 싸인 마루 뒤편에 서서 보았다. 내 어머니의 영혼을 지금도 느끼는 것 같았다. 그리고 내가 어둠에 싸인 마루에 올라서서 어머니의 손을 잡았을 때 따뜻하게 느껴졌다. 그때 나는 어둠을 응시하고 있었는데, 언젠가 내 손에 어머니가 지어 준 윤동주 시집이 지금 들려 있지 않았던가?

그러면서 지금 내가 어머니가 준 윤동주 시집에서 느낀 뜻을 침묵으로 추론하며 윤동주 시집을 들고 읽고 보면서 문득 시인과 같은 하늘 아래 같은 유학생이라는 것을 깨달았다. 추상의 밤을 같이 보낸 지조 높은 개는 어둠을 짓는다. 난 그의 생각과 사상 더 가까이 다가설 수 있을지 추론해 보았다. 그렇다고 내가 햇빛에 그 무엇인가를 기대하는 것은 아니다. 내가 서 있는 모든 곳이 대지이고 모든 사물이며 하늘일 것이다. 하나의 밤하늘에 별빛이 빛나고 낮의 대지는 침묵으로 잠긴다.

난 어릴 때부터 그런 다락방의 어둠, 조용한 침묵이 내린 처마 밑으로 흐르는 빗방울에 조화, 권태로운 하루, 위안도 없는 고독한 침묵, 그리고 낯설고 칙칙한 하늘 위에 붙은 새 둥지의 집 방바닥에 누웠다. 나의 시는 어두운 침묵을 앞질러 갔다. 그래서 나는 추론을 되새기며 하늘 위 창문을 통해서 붉은 적갈색으로 물든 항구의 밤을 시로 그려봤다.

패배의 깃발이 나부낀 한의 집과 금붕어 집 지붕 위엔 먼동이 내려앉는다. 아침이 오면 나는 태양이 뜬 초상 앞에 창문을 연다. 새벽이 가고 문에 틈새로는 햇빛이 머문다.

그러면 난 다시 3층으로 통하는 계단으로 올라가서 책의 황금을 찾는다. 3층 다락방은 내가 오기 전 고베 회장님이 동네 인부들에게 깨끗하게 수리를 했다고 아주머니가 이야기를 늘어놓았다. 미지의 '비밀의 문'처럼 보이는 다락방에서 윤동주 시를 읽으며 어둠을 찾고 있다. 남쪽으로 난 작은 창문에서 이제는 제법 어둠이 짙어지는 도시와 항구의 뱃고동 소리를 들을 때 집에 두고 온 멍멍이를 생각하며 잠을 이루지 못하는 밤과 고향의 밤을 동경했다. 그런 연민이 나의 추상을 앞설 수는 없다. 그래서 난 하늘 위의 별빛을 눈으로 그려본다. 창문 밖 어둠 속에서는 아직도 패배의 깃발이 나부끼고 있으니 말이다.

촉촉이 내리는 가랑비 사이로 개암나무와 라일락 나무가 꽃이 필 때 나타난 벌새는 세상의 이치를 아는 듯하다. 아주머니도 새벽에 일어나 부엌으로 나오고 난 지조 높은 개가 어둠을 짓는 소리에 잠에서 깬다. 내가 여기서 상상했던 이미지가 서서히 드러나기 시작했다.

그러나 난 '비밀의 문'조차 들어서 있지 못했다.

2장
이중의 세계

 나는 이러한 두 세계에서 살게 된 것이 행복했다.
 패배의 깃발을 보며 금붕어 집에서 나는 향긋한 된장 냄새와 마음의 집을 쳐다봐야 우리 집이 보인다는 회장님의 진심을 아직 알아내지 못했다. 한 달간 시간이 이어지면서, 지나고 보니 이해할 수 있는 것과 이해할 수 없는 이중의 세상에서 양면이 공존했다. 그 세상의 하나는 내 어머니가 있고 내가 살았던 영혼의 고향인 내 조국이었다.
 다른 하나는 학교생활이었다. 가장 중요 것은 비록 우리가 가난하고 일본 제국주의자들에게 주권을 빼앗겼지만 그 모든 것을 빼앗긴 것이 아닌 우리의 영혼이 우리 마음속에서 항상 꿈틀거리고 있다는 것이다. 내가 느낀 하나의 시선은 여기 와서 보니 일본에 대한 선입견이 새로운 시각으로 바뀌어 수많은 이미지로만 남아 있었다.
 며칠을 그렇게 보냈다.
 이내 새벽부터 눈발이 휘날린다. 아침저녁으로 추위가 찾아왔다. 그 조카의 만남은 흥분으로 시작되면서 여러 가지 느낌이 새로웠다. 여러 가지 소란한 상황들이 지나고 이 나라에 대한 흥분과 학교생활을 이어갔다. 훌륭한 친구들이 많은 것이 좋았다. 조카는 어느 날 갑자기 찾아왔다. 나는 이지 언니와 도서관을 가기 위해 서 있었다. 양쪽으로 화단이 있고 중앙에는 길로 연결된 도로 옆길 위에서 미사와 이야기를 나누며 나를 힐끔 쳐다보았다.

  그 조카의 첫인상을 잊지 못하는 것은 알 수 없는 이성 간의 만남 때문일 것이다. 낯선 이국땅에서 내가 느낀 것은 여러 가지 이중적인 구조와 그가 보인 표정 중에 잊혀지지 못하는 것들이 있었다. 여러 가지 생각들이 무방비 상태에서 살아 움직이고 또 다른 문제들이 뒤섞이면서 마음은 혼란스러웠다. 처음 어머니가 일본 지진에 관해 이야기해 주었던 것이 생각이 난다. 잠을 자다가 흔들리는 느낌이 들면서 나는 언뜻 일어나 앉았다. 잠이 깊이 들어서 잠시 침대 곁에 앉아 있으니 아주머니가 문을 열고 들어왔다.

  "학생 괜찮지, 지금 지진은 어떤지 알 수 없지만, 밖으로 나가서 기다리지. 여기 이 집은 안심해도 된다고 회장님이 특별히 말씀하셨지만, 그러나 혹시 알아? 우리 집에 중요한 손님이 와 있는데, 혹시 모르니깐 밖에서 잠시 기다리지?"

  아주머니와 손잡고 밖으로 나오자 밖에는 수많은 별의 축제와 흐트러진 솜방울처럼 은하수가 펼쳐져 있었다. 별들이 웅성거리는 소리, 지진으로 놀란 짐승들의 외침 소리, 빛의 소리, 자다가 놀란 옆집 노부부의 놀란 외침 소리가 들려왔다. 여기만 해도 어둠이 찾아오면 등화관제가 특별히 이어가면서, 내가 전쟁 한가운데서 서 있는 작은 괭이갈매기인가 하는 환상에 빠지곤 했다.

  황금빛 대지 위로 은은한 햇살이 내려앉는다.

  여기 이 나라는 전쟁 중이고 모든 물자가 빈곤하다고 아주머니와 오후 2층 베란다에서 차를 들며 이야기를 시작했다. 처음 겪는 들뜬 불안과 침묵이 뒤얽힌 바람 앞에서 나는 곧 허물어져 내리는 조그만 촛불 같았다. 이렇게 빛과 어둠이 공존하는 다중의 세계에서 나는 어둠을 짓이기며 자유와 진리를 찾아가는 학생으로 남아 있을 것이다.

내가 더 무엇을 바라겠는가? 결국은 우리나 내가 여기서 여러 가지 일들과 학생들을 사귀며 적절하게 조절하면 친근감 있게 살아가는 것이 중요하다는 것을 알게 된 거다. 나는 학교에서 본 교정과 의학부 과장 교수님의 그 무엇인지 알 수 없는 이상야릇한 미소와는 다른 생활이 신경이 쓰였다. 모든 것을 두고 온 내 조국과 고향 생각이 더욱 절실해지고 간절해졌다. 내가 나인지 아니면 다른 사람으로 되어가는 것인지도 의아했다. 작은 교회에 다니면서 목사님의 영혼의 소리가 내 고향의 어머니와 기도 소리와 연결되고 꿈에서도 영혼이 맞이하고 소통하면 언젠가는 내 조국의 품으로 돌아가 있을 것이다.

"아주머니 여기 회장님의 조카에 대해서 말씀하셨는데 그분은 무슨 일을 하시나요?"

아주머니는 내 이야기가 무엇인지 생각했다.

"요새는 잘 오지 않아요. 회사 일을 돌보고 있는 모양인데 여기는 잘 오지 않아."

아주머니는 무언가를 숨기고 있는 사람처럼 말을 더듬거렸다. 잠시 땀을 식히며 멀리서 저녁노을이 지는 그 장면을 보기 위해 저녁도 거르고 2층 베란다에 나왔다. 우린 나무로 된 탁자 위에 길게 누워 한쪽 팔을 베게 삼아 석양을 끝까지 바라보았다. 붉은 석양이 곧 우리에게 평온을 가져다주는 듯했다. 희미하게 뿌연 달무리가 검붉게 물든 검은 먹구름 사이로 지나갔다. 또다시 서쪽으로부터 검은 먹구름이 몰려온다. 다시 눈발이 해 질 녘부터 뒤뜰에 흩뿌리기 시작한다.

온 땅이 푸르스름한 잿빛으로 물들기 시작하는 계절 앞에서 황야는 흰색으로 갈아입었다.

"어머! 하얀 눈은 여기 히로시마 도시엔 내리지 않는데, 이것이 다 학생을 반기는 기쁨인 것 같아!"
하고 말했다.

저녁을 지나 밤이 되자 어두컴컴하게 대지가 변했다. 아주머니는 편한 자세를 유지하기 위해 일어나서 두 손을 모아 기도를 했다. 그간 아주머니에 대해 느낀 감정과 내가 여기 오면서 마음고생을 털어내지 못한 마음 한구석에 간직한 응어리를 자유의 햇빛 아래에서 드러내 놓고 나와 아주머니는 간에 서로 소통하면서 마음속에 평온을 가득 담는다. 나는 그곳에서 항상 감정을 육체적 이성으로 누르고 있었다. 사람은 그 무엇보다 육체적 감정이 앞서고 이성을 짓누르면서 자신의 감정을 그 누구에게도 드러낸다.

조카는 그의 말들이 거짓이 없다면서 항변하였다. 그의 거짓말을 여러 번 듣고 한 것이 아니므로 그가 이야기하는 진실이 아닌 '거짓말'과 또한 자기 스스로가 떨쳐 내야 할 '책무'에서 한 발을 빼고서 그는 자신을 위한 항변을 강변하고 있었다.

그는 '원한', '그 아주머니는 불륜', '넌 이방인이야.' 등의 말들을 자유자재로 썼다. 자신보다 약한 사람에게는 저주 섞인 표현과 강한 사람에게는 조금 표현을 순화시키면서 거짓보다 그 사람에게 보일 수 있는 감정을 표현하며 이야기를 했다. 그는 그런 태고의 세상에서 벗어나 이중의 세상을 살아가는 인간이었다. 고베 조카는 온몸을 중성세제로 목욕한 모습이고 어정쩡한 표정 뒤에 각진 성격이 부지불식간에 표현되고 아주머니에게 항상 두 눈은 부릅뜨고 있었다. 그러면서도 그런 무표정한 표정으로 나를 항상 미묘하게 바라봤다.

후덥지근한 오후 여러 친구와 얼굴을 익히고 점심까지 같이 먹고 집으로 왔다.

조금은 멀리 떨어진 길이지만 이지 학생과 이야기를 하면서 걸어왔다. 땀에 흠뻑 젖어 있었다. 이지 언니는 버스를 타야만 세를 사는 농가 집에 갈 수 있지만, 도시를 가로질러 걸어가면서 오고 가는 사람들의 모습을 볼 수 있어 행복했다. 지금 우리는 히로시마 시내가 전쟁을 하는 도시가 아닌 것처럼 느껴졌다. 잃어버린 만큼 깨끗하고 아름다운 농가 마을이 펼쳐지며 종일 새들이 찾아와 우는 그런 마을이었다.

아주머니의 기모노 옷차림이 눈에 들어왔다.

외출에서 돌아온 아주머니는 전통 일본 기모노 옷을 입었는데 그 모양이 예쁘고 아름다운 꽃무늬 모습으로 치장되었고, 얼굴은 아름답게 화장까지 한 비취색 표정이 백옥처럼 드러냈다.

"잠시 친구들은 만나고 왔지?"

아주머니 길게 나온 소맷부리를 매만지면서 옷을 벗기 위해 방 안으로 들어갔다. 아주머니는 혼자 무슨 이야기를 했지만, 마루에서는 들리지 않았다.

"어머! 그 먼 학교에서부터 걸어왔어요?"

"예 아주머니, 이지 학생의 집도 확인할 겸 걸어오면서 밀밭이나 마을 등이 자라난 자연의 모습에 나는 시간 가는 줄 모르고 걸어왔습니다."

"자, 올라가서 목욕탕에 물을 받아 놓고 목욕하세요. 나는 설거지를 해야 하니."

샤워하고 탕에 물을 받았다. 노곤하고 졸음이 몰려왔다. 며칠 밤을 설쳤다. 고베 조카는 그 누구도 한눈에 알아볼 수 있는 표정 속에 그 자신이 혼자만의 고심과 쑥스러운 행동이 은연중에 나타났다. 또 둔한 몸가짐에서 드러난 우매함과 자신감이 넘치는 듯 이중적인 사람처럼 보였다. 특히 그는 미사와 오래전부터 친했는지 그녀와 만나면 두 사람이 꼭 붙어 있을 정도로 정답게 보였다. 가끔 학교에도 찾아왔다.

"저 사람은 누구야? 무슨 일을 하는 사람인데, 낮에 무슨 일로 찾아온 것이지."

그러자 언니가 대 놓고 이렇게 말했다.

"저분은 당신의 회장님의 조카라고 하는데, 처음 이 학교를 방문한 것으로 보아 그는 학생에게 매우 관심 있게 생각하고 보는 것 같아. 여자만의 느낌이지만."

이지 학생의 표정은 진지하고 명확했다.

극우주의자에 대한 말이었다.

일주일이 지나서 교정은 화창하고 아름다운 벚꽃 향기로 가득했지만, 히로시마는 잠든 채 조용했다. 그들은 침묵을 유지하며 전쟁 중인 나라의 사람으로서 묵묵히 하는 일을 끊임없이 반복해서 해야 했다. 그러나 개중엔 그런 사람도, 아닌 인간도 있었고 히로시마엔 그 사람을 빼놓고 이야기할 인간은 없을 것이다. 그리고 그들은 마음속을 드러내며 언제든 히로시마에 남아 있을 것이며, 그런 극우주의자 중심엔 고베 조카가 있었다. 그러면서 변한 것은 관심이 나에게로 옮겨 온 것뿐이라고 사람들이 이야기하곤 했다.

나는 우리나라에서 이미 간호학 전공을 마쳤다. 그리고 회장님의 배려로 여기까지 유학을 온 것이었다. 간호학을 배우면서 일본어에 관한 의학 공부는 어느 정도 따라갈 수 있는 수준이기 때문에 그나마 다행이었다. 학교 복도를 들어서자 교실 안팎으로 빛이 반사되어 빛나며 복도까지 소독약 냄새가 진동했다. 처음으로 우리가 사체를 보며 교수님이 마치 자신에 몸체를 본 것처럼 설명했다. 그것이 내 자신이고 우리 인간이 죽어서 여기 실험실 앞에 누워 있으며, 그 몸이 어느 것이든 인간이란 점이었다.

사체는 사진 위에 이중노출로 보이는 듯 누워 있었다.

처음 겪는 시체 냄새는 역겹기까지 했다. 미사는 참지 못하고 밖으로 뛰어나갔다. 우린 학생들이 토한 것으로 기억한다. 여러 명의 남학생도 참지 못했다. 나는 안간힘으로 견뎌내고 있었다. 내장을 들어낸 우리의 몸은 신비하기까지 했다. 메스로 그어진 금을 따라 교수님은 거의 살아 있는 몸을 수술하듯 잘랐다. 피는 흐르지 않는 몸 안 내장이 보이고 폐와 간장 그리고 위장을 통해서 몸 전체로 내려가는 내장 전체가 우리 눈으로 들어와 있었다. 우리는 사체에서 나는 처음 겪는 역한 냄새에 적응하지 못했다. 나는 그런 이질적인 느낌을 받으면서 처음으로 의학을 배우는 학생이라는 것이 느껴졌다. 학생들은 교수님과 두 조교의 지시로 몸 안을 자세히 마음에 담고자 가까이 다가서 보았다.

교수님은 나를 보자 손짓을 하며 만져 보라고 말했다.

"자, 우리 학생이 나중에 본과에 가서 실습할 때 수술을 하는 과정을 볼 테니 다들 와서 몸 안을 자세히 들여다보도록 하세요. 지금 자세히 관찰해서 학도라면 의사가 되어 늘 사람들의 생명을 다루는 의사라는 직업에 대해 생각해야 합니다. 항상 사람의 해부도와 우리 몸 전체의 오장 육부에서 어떤 작용을 하는지 일반적인 의학책을 항상 가지고 다니며 읽고 이해해야 합니다. 그래야 각 기관에서 작용하는 화학작용이나 그 각 기관이 작동하는 것을 알 수 있습니다."

알면 알수록 모르는 것이 많아지며 흥미와 고민이 학업의 스트레스로 넘어가는 날이 갈수록 점점 심화되었다. 이것이 학생들에게 도피처를 제공하는 것이 아니고 또 다른 차원의 공부를 해야 하는 심리적인 요소와 일시적인 스트레스까지 해소해야 하는 부담감이 더욱 압박하고 있었다. 오장 육부를 들여다보면서 인간 몸체의 위대함을 새삼 느낀다. '내가 가지고 있는 몸체와 영혼은 영원히 분리되지 않은 채로 남아 있을까?' '신비한 두뇌 메커니즘은 무엇일까?' 하고 일반 과학 교실에서 어느 교수님이 말했다. 내가 처음 간호학교에 다니면서 늘 고민했던 물음이 노출되면서 결국은 몸과 영혼이 분리되지 않는 하나의 공동체라고 하는 운명을 타고난 인간 초인의 모습 같았다.

우리는!

중추 신경계는 신경세포와 신경섬유로 구성되어 있다. 내가 간호 전문대학에서 항상 상상 속에서 느낀 머리에서 등으로 연결되는 척수 구조에 대한 개념을 정리한 일본 교수가 쓴 책이 눈에 띄었다.『등뼈 안에서 일어나는 척수 메커니즘에 고찰』이라는 책을 보면 인간의 신비한 신경세포와 신경섬유 등이 우리 사람에게 얼마나 중요하지가 나와 있었다. 그리고 영혼을 가질 수 있는 사람으로서의 특이하고 신비함을 들여다보고 있다. 이지 언니도 인체 해부도를 공부하고 있었다. 나는 원서로 된 해부도의 책을 이용해서 공부하는 것을 목표로 영어도 밤을 새워 공부했다.

몸은 머리에서부터 사람의 골반까지 기둥으로 이루어진 등뼈로 몸을 지탱하고 균형을 유지해서 인간들이 걸을 수 있게 하는 중요하고 중추적인 기관이었다. 우리 사람에게 신경세포가 존재하고 그런 신경계는 뇌와 척수를 포함하는 중추 신경계와 말초 신경계로 구분한다. 중추 신경계에는 뇌와 척수가 그리고 말초 신경계에는 체성신경계와 자율신경계로 이루어졌다.

이렇게 의학 공부는 끝없는 도전의 연속이었다.

사람 자체를 해부한 것을 생각해 보지 못한 나에겐 인간이 얼마나 섬세하고 엄밀하며 머리에서부터 발끝까지 어느 것 하나 소중하고 중요하지 않은 것이 없었다. 우린 꿈을 꾸면서 꿈이 늘 가슴 속에 품어오던 여러 가지 의미에서 본 또 다른 세상으로 달려가는 목표, 생각, 마음의 영혼이었다.

마음과 생각을 떠올리면 항상 생각나는 것은 어릴 때 친구들과 들판에서 놀았던 그 당시에 기억이었다. 생각들을 조금씩 모아서 마음이나 꿈에 담는다. 어릴 때 모습을 상상하면 꿈의 세상에서 추상의 세상으로 돌아가는 통로 역할을 하게 된 것 아닌가? 우리는 개울가에서 고기를 잡고, 장마철이면 물이 불어 모든 것들이 떠내려가는 옛꿈을 보는 듯 우린 기억으로 지금 현실 세상에서 추상의 세상으로 돌아서 새로운 세계로 나간다.

"꿈은 꿈에 지나지 않아?"

내가 겨우 학교에 갈 때쯤 해서 나에게 어머니가 말씀해 주었다.

"그런 의학이나 몸속 해부도를 꿈이나 추상으로 해부할 수 있을까?"

최근 내가 여기 일본 땅에 발을 디디면서 생각했던 것이 그것이었다.

"그러나 그 꿈을 해부하기보단 생각과 마음의 추상을 끄집어내어 어릴 때 꾼 그 꿈에 세계로 돌아가고 있었지? 지금은 비록 현실이 되어 여기 히로시마 대학 의학부 학생으로 있지만. 세상은 나를 항상 영적인 꿈을 꿔서 환상적인 추상의 나라로 오게 한 것인지 모르지만."

하고 나는 답했다.

그러나 그 꿈은 단지 꿈에 불과하다는 어릴 때 할머니 이야기가 생각났다. 그러면서 그 조카의 표정을 기억했다. 어젯밤, 그 조카 때문에 잠을 설치는 바람에 나는 쓰러질 듯했다. 나는 그런다고 여기서 포기할 수 없었다. 조교에게 말하고 의자에 잠시 앉았다. 이것은 두 가지에 부담감으로 둘러싸인 나에게 '이 사람이 나에게는 그 어떤 존재인가?' 하고 질문을 하지만 그런 질문에는 지금 아무 답도 할 수가 없었다.

'다만, 내가 지금까지 생각했던 것보다 더 복잡하고' 미묘한 양상을 보이며 이지 언니가 이야기했다.

"그것이 너에게는 초월해야 하고 가능하면 무시한 채로 네가 하는 것에 집중해야 할 필요가 있어."

그러나 여기는 내 고향이 아니고 다른 나라에서 학업을 해야 하는 것이다. 또 다른 친구들과의 대화의 양상도 더 복잡하고 다양해서 그것을 생각하며 친구 관계를 새로 만들어 가야 했다.

잠시 휴식 시간이 있었다.

"자, 잠시 휴식 시간을 가질 테니 잠시 밖에 나가서 10분 정도 시간을 가지겠습니다. 우리가 한 번은 겪어야 할 과정입니다. 이런 것을 견뎌내야 진정한 의사가 될 수 있습니다."

교수님은 거기까지 말하고 잠시 밖으로 나갔다. 우린 밖으로 나갔다. 요사가 나에게 가까이 다가왔다. 밖으로 나가자고 했다. 나는 움직일 힘도 없었다. 어젯밤에 한잠도 자지 못했다. 아래층에서 회장님하고 회사 일로 다투고 있었다. 그는 회장님이 자신을 천대하고 무관심하다고 했다. 자신도 고베 기업의 상속자이고 회사의 의결권이 있다고 했다. 나는 계단 층계참에서 아주머니와 앉아서 그런 이야기들을 들을 수밖에 없었다. 무슨 일인지는 모르지만 내가 오후 늦게 집에 오니 회장님은 벌써 집에 계시고 승용차들 여러 대가 주차되어 있었다. 현관 앞에 기사들이 삼삼오오 모여 이야기를 주고받았다. 난 눈인사를 하고 안으로 들어와서 회장님 방문을 반쯤 열고 인사를 하고 내 방에서 옷을 벗자마자 부엌으로 내려갔다. 아주머니는 점심 설거지를 하고 있었다.

그가 나타났다. 그래서 우린 방에서 차를 마시며 담소를 즐겼다. 고베 회장님은 낮에 마신 술로 취해 있었다.

"회장님이 지금 하신 일들은 잘못된 부분들이 많습니다."

"조카, 무슨 말을 하기 위해 늦은 밤에 나타난 것인가?"

우린 잠시 층계참에 앉아서 두 사람의 이야기를 들었다. 고베 조카는 전반적인 회사 일로 회장을 추궁했고 나에 관한 이야기도 간간이 흘러나왔다.

"아주머니 저 조카가 회사에서 하는 일은 무엇이죠?"

"학생, 나는 여기서 살고 있어도 무슨 일이 일어나도 별로 관심이 없고, 내가 관심을 둔다 해도 해결되는 것도 아니고."

그 아주머니의 말씀은 사실이었다. 회장이나 조카는 별로 말이 없었다. 나뿐만 아니고 그 아주머니도 지금 서로가 다투는 것에 대해 아는 것이 없었다.

"아주머니 무엇을 보고 있죠?"

"아악!"

우리는 방으로 올라왔다. 아주머니의 행동은 항상 조심스러웠다. 그 조카는 아주머니만 보면 인상을 찌푸리고 성을 냈다. 고베 회장님이 외국으로 자주 출장을 가니 집이 빌 때 집에는 아주머니 혼자 집을 지키고 있었기 때문에 그 조카의 눈초리와 윽박지르는 소리를 아주머니가 감당하기엔 역부족으로 보였다. 전쟁으로 인한 혼란기이기 때문에 한 사람이 두 사람 이상의 일을 해야 한다고 아주머니가 강조했다.

아주머니는 차를 가지고 들어왔다.

"자, 차 한잔해요. 학생은 무슨 일이 일어나도 절대 모른 채 해요. 절대 나서지 말고!"

그 아주머니 목소리에 힘이 들어가 있었다.

"왜, 이런 일들이 자주 일어나요?"

시간이 지날수록 소리는 작아져 갔다. 우린 여느 때와 마찬가지로 밤이 잠든 사이에 아주머니와 여러 가지 이야기를 했다. 그리고 커피

향이 진하게 난 항구의 아름다운 밤을 들여다보기 시작했다. 나는 여러 이 지역에 풍토와 일본 사람들의 대화 방식이나 종교에 대해서도 물었다.

"학생도 종교를 믿는 것 같아서 묻는데 무슨 종교를 믿고 있지?"

"그리스도를 믿고 있죠? 저 하늘나라에는 하나님과 구주 예수님이 부활해서 살아계시죠."

"나도 그 누구한테 그런 이야기를 듣긴 들어서 알지만 나는 내가 믿는 종교가 좋아! 다른 사람들은 우리 종교들을 이단이라고 치부하지만 그건 모르는 이야기이지. 우리 종교의 수장은 너그럽고 인자하면서 우리를 사랑으로 이끌어 주시지. 학생도 요번 일요일에 같이 우리 지부에 가서 정식으로 등록하고 우리 종교를 같이 믿으면 좋겠는데, 우리 종교는 그 모든 것을 우리 교주님이 해결해 주시지."

나는 어처구니가 없었지만 대화를 이어갔다. 그 아주머니와 마음 놓고 이야기를 나눈 것은 처음이었다. 종교 이야기를 꺼내자 아주머니는 묻지도 않는 이야기를 쏟아냈다.

"내가 시집을 오니 우리 남편이 믿고 있었지. 우리 남편은 비록 배우지 못하고 돈이 없고 해도 좋은 남편이었지. 평생 나에게 한 번도 손찌검하지 않았고 종교에 책임 있는 사람이기 때문에 우리는 모두 바쁜 생활을 해야 했지. 우리 남편은 기회가 있고 밥만 먹으면 그 지부에 가서 여러 가지 일을 해야 했지."

굳은살이 밴 아주머니는 자신의 손등을 만지며 어깨를 으쓱했다. 낯설었던 우리의 눈빛이 서로 마주쳤다.

"학생의 입술은 너무도 예뻐! 약간 적셔 있는 아랫입술과 앵두처럼 쫑긋한 고양이 같은 모습에 윗입술이 조화를 이루고 있으니, 그 조카가 정신을 차리지 못할 정도이지만, 그래도 조금 이상하지 않아?"

아주머니는 내 입술을 빨 듯 다가왔다.

모든 히로시마 주민들의 생활은 자신의 가족들을 돌보는 일과 나라에서 지정하는 공장에 가서 각종 일을 해야 하는 이중의 구조로 돌아가고 있었다. 거의 주민들은 다른 여가나 가족 간에 서로 이해하고 소통할 수 있는 시간이 없었다. 여기 대학생이나 고등학생들도 가끔 관청에서 동원되어 회사 일이나 공장에서 하는 일들이 있었다. 다만 우리 의학부 학생들만 제외되었다.

그리고 제국주의자들이 매일 화물차에 고성능 확성기를 장치하여 요란한 전쟁에 대한 당위성과 군부에서 당부하는 체재 선전에 열을 올리고 있었다. 모든 주민이 전시 체제에 동원되어 삶을 영유하면서 고된 하루가 다른 하루처럼 지나가는 것을 느낄 수 있었다. 특이한 것은 시청 직원들의 독려는 또 하나의 족쇄였다. 퇴근 시간에 몰려나오는 주민들의 낯빛은 고단함과 연민으로 가득 찬 하루가 지나가는 듯했다. 그런데도 모든 사람은 침묵으로 일관하면서 정부나 군부에서 지시하는 상황들을 그냥 따를 뿐이었다.

나는 이 히로시마 도시에서 느낀 하늘에 안개 낀 항구도시와 괭이갈매기가 날아든 패배의 깃발을 보며 금붕어 집에서 난 향긋한 된장 냄새와 마음의 집인 우리 집이 보인다는 회장님의 진심이 무엇인지 결국 알아내지 못했다. 시가지에 사람들로 붐비기 시작하면서 저 멀리 산마루 쪽에서 검붉은 황혼이 몰려오고 바다는 잿빛으로 물들어 물결 속에 너울거리는 것을 눈으로만 확인해야 하는 것이 아쉬웠다. 숲속에 새 둥지처럼 붙어 있는 집, 다른 집과 조화를 이루면서 옆집에는 빨랫줄 위에 패배의 깃발이 바람에 펄럭이며 괭이갈매기도 찾아와 하늘을 가루며 사뿐히 패배의 깃발 위에 앉는다.

마을 집들이 뿔뿔이 흩어져 드문드문 못이 박혀 있듯 서 있었다.

숲속의 둥지 집, 빨랫줄 위에 패배의 깃발이 바람에 흔들리는 집, 초라한 작은 집이지만 노부부가 전쟁에 나간 아들을 기다리는 '한'에 갇혀 있는 마음의 집 등이 우람한 나무 곁에 새 둥지를 튼 인간들처럼 살고 있었다. 그런데도 이곳에는 세상 위 고통을 예외 없이 느끼는 새 둥지 안에 어린 새처럼 푸덕거리며 살고 있고, 그 새가 사람이고 인간이면 행복한 생애를 이어가지만 우리 사람은 그것조차 챙겨 볼 시간과 여유가 없었다. 그것은 고통의 삶이었다.

힘들다!

나는 그런 생각에 잠긴다. 그러나 그것에서 예외로 고베 조카가 있었다. 그를 알아가기 시작한 것은 그가 학교에 자주 찾아오고 고베 조카는 요사나 미사 친구와 친하게 지냈는데, 유독 그는 나를 주시하며 신경을 건드릴 정도로 내 예민한 성격을 자극했다. 그가 자신의 회사인 고베 상사에 사장으로 있지만, 그가 하는 일은 학교에 와서 필요 없는 행동을 하면서 학교 친구들과 친하게 지낸 일들이었다. 그리고 가끔 집에 와서 고베 회장님과 다투는 것을 볼 수 있었다.

친구들에게 들은 이야기로는 그의 생활은 지금과 그 이전에 삶도 마찬가지인 굴종과 탐닉으로 지내고 있다고 했다. 그가 만약 주 그리스도를 믿었다면, 다른 사람들이 공장에서 군인들의 생활필수품을 만들기 위해 밤새도록 노력 동원을 하고 있을 때, 그는 예외인 것처럼 독일 승용차를 타고 다니지 않았을 것이다. 그러면서 옆에는 항상 여자들이 들끓고 있다고 미사가 이야기하곤 했다. 그러면서 그는 나 자신을 새로운 질서로 돌아가게 하려고 했다. 그가 쳐놓은 올가미 안에 가두고 마음대로 하거나 볼 수 있도록 하는 오만에 차 있었다. 난 그것을 거부할 수밖에 없었다. 그와 절대적인 적으로 남아야 했고, 그래야 공부에 집중할 수 있을 테니까.

보라! 우리 인간에게 남아 있는 것은 아집과 중성세제로 목욕한 몸짓과 인간의 마음뿐이다.

이러한 작은 소동이 있고 나서 아주머니와 나와의 관계는 고베 조카 때문은 아니지만, 더 가까워지게 되었다. 늦게 일어나 성경을 읽고 기도를 했지만, 며칠 전에 있었던 일이 지금도 마음을 압박했다. 방 안을 서성거리며 그 일을 생각하고 있었다. 생각을 정리하고 싶었으나 오히려 그 일들이 꼬이며 조여 왔다. 밖에는 축축하고 싸늘한 소금기 있는 찬바람이 바다 쪽에서 불어오고 있었다. 방 안으로 다시 들어와서 나 자신의 모습을 거울에 비춰 보았다. 그 모습은 내가 아닌 삶에 찌든 생소하고도 별난 다른 표정이었다.

거울에 비친 내 모습이 왠지 낯설게 보였다. 지금은 조금 변해 있는 모습, 그것에는 남모르게 무섭고 보이지 않는 원흉들이 이 도시에 도사리고 있는 느낌에 나는 더 흥분하고 자제력마저 상실해 가는 것 같았다.

일본인들이 신처럼 믿고 의지하는 여러 가지 신사 중 특이한 신사를 요사가 가자고 한 약속 시간이 다가왔다. 우리 집 벽에 붙어 있는 그 신사는 미야지마에 있는 이츠쿠시마 신사이었다.

우리 성당이나 교회 그리고 산속에 있는 절과 같이 신을 찾는 사람들의 모습과 지금 히로시마 인간들의 모습도 마찬가지라고 여겨졌다. 특이한 것은 고베 조카의 집요함이 나에게는 부담이었다. 게다가 회장님과의 역학관계도 상상 이상으로 보이면서 그가 보여준 여러 가지 의미들을 그냥 있는 그대로 볼 수는 없었다.

그래서 한 남자가 보여준 관용과 미덕이 나를 움직이고 요사가 가자는 대로 따라 나오면서, 계절의 변화와 히로시마는 내가 산 부산과도 비슷하다는 것을 느꼈다. 정오의 태양과 산에서 나는 나무 냄새와 새소리가 들렸다. 특히 그는 개똥지빠귀를 좋아했다. 우리는 풀냄새와 흙냄새가 나는 잡목 숲을 따라 큰 나무들이 군락을 이루는 곳으로 걸어 올라갔다.

"여긴 각종 새 중에 지빠귀들이 군락을 이루고 사는 곳이라 나는 여기를 자주 찾아옵니다."

"아! 예, 나는 처음 경험하는 새소리와 개똥지빠귀에 얽힌 이야기를 듣고 있었죠?"

"여길 보면 뻐꾸기가 있는데 그 뻐꾸기는 자신이 알을 낳을 때는 여기 개똥지빠귀 집에 알을 낳고 그냥 가버립니다. 그러면 개똥지빠귀는 그 알을 품어서 먹이를 주고 새끼를 낳을 때까지 기다려서 날려 보낸다는 이야기가 전해지고 있습니다."

"참 신기하네요? 나도 그런 이야기를 들었지만, 그 새가 뻐꾸기라는 말은 처음 듣고 그런 일이 우리 사람에게는 가능하지 의문이 듭니다."

요사는 내 이야기를 신중하게 듣고 있었다. 우리는 다시 차를 타고 바다 사이에 우두커니 서 있는 곳을 지나 산과 계곡과 계곡 사이를 지나 푸른 바다로 나아갔다. 옆으로 펼쳐지는 바다는 파랗고 깊은 한없이 넓은 어머니의 품처럼 보였다. 바다는 어머니 같은 조국의 품처럼 내 어머니를 부르며 난 어디론가 쓸려 들어간 것처럼 밀려 떠내려갔다. 떠내려가는 느낌, 특히 여학생에게는 큰 짐으로 작용하였다. 그것이 내가 찾으려고 했던 나의 정체성과 연결되고 겹겹이 밀려오는 숨소리와 심장의 고통 소리를 여기 도시에 오면서부터 들을 수 없었다.

그래서 여기에 온 것은 특별하고 독특한 경험이었다. 해자로 둘러싸인 히로시마 성에 어둠이 찾아왔다. 해거름 녘, 어둠 속 짓눌린 도시에서 우린 메밀 집으로 들어갔다. 그 식당은 고개를 숙일 정도로 작은 집이지만 안으로 들어가면 넓은 공간이 나오고 그곳에는 많은 손님이 앉아 있었다.

그곳에 미사와 유가가 있었다.

"어머, 여기는 무슨 일로 오셨나요?"

유가는 엉뚱한 표정을 지우며 말했다.

"아, 우리는 산에 개똥지빠귀를 볼 겸 해서 왔습니다."

내가 말했다.

"언제 학교로 돌아가시나요?"

미사는 곧바로 그런 이야기를 물었다.

"…?"

요사는 한동안 답하지 못했다. 우리는 같이 앉아 식사했다. 여기 히로시마 성 밤 풍경은 나에게 한마디로 놀라움을 주었다. 유가는 내 팔을 끼고 먼저 식당을 나왔다. 그러자 사람들의 숨소리, 나무 위에서 부딪히는 새소리가 내 귀에 들렸다. 뒤에는 두 사람이 무슨 이야기인지를 떠들다가 다시 조용함이 이어졌다. 밤 더위는 언제부터 바다 물결 속으로 물러갔다. 일요일에는 모든 사람이 바다나 공원에 나와 휴식을 취하고 있었다.

밖으로 나오니 그가 있었다.

나는 순간적으로 놀라움과 경기에 가까운 충격을 받았다. 그를 보자마자 그가 벌써 여기 몇 시간 전에 온 것을 느낄 수가 있었다. 그러니깐 1시간 전만 해도 그와 유사한 사람을 바다에서 미풍이 불어오는 바람 사이로 본 것 같은 착각을 불러일으켰다. 길게 뻗어 있는 히로시마 성에 붉은 기둥 사이로 그 무엇인가가 보인 듯했다. 그리고 금방 사라졌기 때문에 마음에 담겨 있었다.

우리가 보통은 한 사람의 품격을 평가하는 도시공학적인 평가를 바라지는 않았지만 이지 언니에 냉철하고 절제된 표현에서의 평가는 사실적이며 거짓이 없고 혹독했다. 그래서 더욱더 화가 나는 것은 내 주위 사람들에게 내가 서 있는 위치조차 불안했다. 그런 의미에서는 내가 공부를 하기 위해 일본에 온 사람이기 때문에 다른 사람들이 더 그것을 생각하고 곤혹스러운 처지에 놓인다는 것이 나는 더욱더 마음의 부담으로 남는다. 특히 요사는 곤혹스러운 표정을 지었다.

'그가 분명해!'

나는 멍하니 서서 중얼거렸다. 요사는 나서서 그에게 이렇게 말했다.

"여긴 무슨 일이죠?"

요사는 고베 조카의 길을 막아섰다.

그러나 미사가 나서서 "어머, 고베 사장님도 오셨네요? 같이 가시죠?"하고 두 사람은 팔짱을 끼고 앞서 나갔다. 우리는 엉거주춤 서 있었다. 그 조카는 어정쩡한 몸짓을 하면서도 우리가 서 있는 곳에서 거리를 두며 앞으로 걸어갔다. 나는 하늘을 쳐다보며 멍하니 서 있었다. 그가 다시 내 뒤를 쫓고 있다는 생각이 결론으로 이르렀다.

"어떻게 해야 하나?"

"지옥은 어둡습니다. 차고 메마르며 황폐합니다. 우리는 이 전쟁을 치르고 가진 대가를 선택해야 합니다. 우리가 마시는 히로시마를 가로지르는 강은 폐수로 오염되었고, 산은 땔감으로 모든 것이 황폐해지는 과정으로 들어서면서 여기서 사는 우리는 차고 메마른 대지 위에서 붉은 뱀처럼 죽어가는 것입니다."

하고 말한 목사님의 말씀이 생각났다.

이 지겨운 초여름 날씨는 습기까지 몰아쳐 태평양에 무덥고 습한 공기가 히로시마 하늘을 납빛으로 변화하게 하였다. 삶에 지친 궁상들은 언제 전쟁이 끝나기를 기도하듯 바라보고 있었다. 우리는 그곳을 나와 승용차를 타고 해안선을 따라가면서 아름다운 산과 바다의 계곡의 아름다움을 볼 수 있었다. 만을 끼고 해안선에서 바다 계곡을 지나 흙길로 들어섰다. 이곳에 히로시마 항구를 둘러싼 만은 한마디로 절경의 계곡이었다. 산은 도시 한가운데에 움푹 들어간 형태로 해서 사람들은 그 진정한 모습을 보지 못하고 허울 좋은 악선전을 하는 극우주의자들의 목소리가 들리는 것이 아쉬웠다. 다시 말하면 히로시마 항구를 둘러싼 만은 지평선과 맞닿아 하늘 끝까지 만과 바다의 선으로 이뤄진 히로시마 도시는 전쟁으로 본래의 진정한 모습을 볼 수가 없을 것이다.

그런데도 만과 섬으로 둘러싼 절경은 오늘도 변함없이 그 자리에 서 있지만, 우리 인간만이 달라진 것이 아쉬웠다. 뿌연 흙먼지가 나는 길로 들어서면서 노동자들이 힘겹게 공사판에서 굴착 작업을 하고 있었다. 처음 본 낯선 얼굴에는 모두가 동남아인이 아니면 조선인이라고 했다.

"당신을 돌아봐?"

하늘에서 소리가 들렸다.

내가 아직도 모르고 있던 나 자신의 자아를 알아가는 중이구나 하고 스스로에게 의문을 갖는다. 요사도 이상하게 길을 잃고 다른 길로 들어섰다고 말했다.

> 난, 며칠 전 푸른 보리 이삭이 헤집고 나오는 것을 보았다.
> 흙 속 겨울 깊은 곳에 봄은 자라고
> 백 일 동안 밀알이 씨를 내리는 강추위 겨울이 찾아왔다.
> 인간은 잠시 자연의 섭리 앞에서 꿈을 키우고 눈을 감는다.
> 인간은 단지 태어나고 죽는다.
> 신도 모른 채로 현실과 죽음 사이에서

꿈을 이해하지 못하고 죽는다.

그럼 우린 왜 태어났나?

그렇다고 어머니를 원망할 수 있는 나이도 아니다.

단지 낮과 밤 사이에서 나라고 하는 존재를 알고 있을 뿐이었다.

아, 아, 아! 사람은 자연의 빛 앞에서 경의를 표하고 신을 찾는다.

나는 잠시 고향의 늦은 겨울로 돌아간다.

그해 겨울 앞에 시베리아 강추위가 한반도를 덮쳤다.

우린 묘하게 알 수 없는 자연의 이치와 엄동설한 앞에 서 있다.

우리 사람들은 땅속 깊은 곳의 빛이다.

다시 긴 시간 통해 움트기를 기다렸으니 이내 우린 보리 이삭을 줍는다.

자연의 빛이요, 인간의 순수함이요, 진리의 이치이요. 그러면서 우리의 꿈과 영혼의 침목 그리고 자연의 진리가 밤이 비켜 하늘에 꽃이 핀다.

태양 빛은 푸르스름한 잿빛으로 물든 히로시마 도시를 비추고, 우리는 별빛을 보며 마냥 웃고 있었다.

난 마음으로 시를 읽는다.

어젯밤 내가 쓴 시이다.

3장
미사의 만남

4월의 계절은 그렇게 지났다. 고베 조카를 만난 시간이 몇 달이 지났음에도 불구하고 그 조카의 첫인상을 잊지 못하는 것은 나에게는 알 수 없는 이성 간에 충돌 때문이다. 처음 본 그의 인상은 세련된 매너와 외모에서 풍긴 각진 모습이 낯선 이국에서 내가 생각할 수 있는 생각의 폭은 좁았다. 이면에 흐르는 그의 평가는 아주머니는 그와 있는 것조차 두려워하고 이지 언니의 평가도 혹독하고 냉혹했다. 식사를 한 다음에 어둠이 내리자 우린 2층 베란다에 나왔다. 산야는 고요 속에 잠들고 평온한 자연은 어둠의 빛으로 사라져 버렸다.

"아주머니의 고향은 어딘가요?"

"아니, 도쿄 밑에 있는 작은 마을에서 태어나 이곳으로 시집와 결혼생활을 했지. 그다음 결혼생활은 말하기가 그래. 사람에게 힘든 일이란 항상 일어난다는 것이라고 생각은 했지만…."

그러자 갑자기 어머니 생각이 스쳐 지나가면서 아주머니의 눈빛은 우수에 젖어 있었다. 아주머니는 말하다 말고 멀리 뱃고동을 울리며 항구를 빠져나가는 고기잡이배를 바라보는 듯했다.

"학생 어머니는 자주 편지를 보내는 것 같은데 아버지는 안 계신다고 했나요?"

"예, 아주머니 말씀을 편하게 하세요. 딸이라고 생각해서 말씀하시면 편할 텐데요."

"아냐, 회장님이 들으시면 큰일 날 소리야. 회장님이 처음 나에게 말씀하시기를 저 학생은 내 딸이나 마찬가지이다. 말씀하셨거든."

나는 그 이야기에 한동안 회장님을 생각하기 시작했다.

"아니, 아주머니는 회장님이 어디 가신 줄을 알고 있나요?"

"아니, 학생도 회장님이 가신 곳을 모르고 있네? 하긴 회장님은 내가 거의 5년 동안 같은 생활을 해도 한 번도 어디 갔다 온다는 이야기는 한 적이 없어!"

"예!"

"왜, 고베 회장님은 아이들이 없나요?"

하고 나는 아주머니에게 물었다.

"잘은 모르지만 아마 돌림병 때문에."

하고 말했다.

전쟁은 일본 밖에서 일어나기 때문에 회장님은 일본이라는 나라 자체는 학교 공부를 안전하게 할 수 있다고 했다. 그런 여러 이유가 나를 단련시키고 주 그리스도교를 믿는 용기와 의지를 한층 보태면서 난 요사도 교회로 인도하기 위해 기도했다.

"나도 가끔 이곳에 온다. 하나님의 말씀을 듣고 싶었다. 저 목사님은 과격한 목사님으로 유명하신 분이다. 여러 번 경찰에게 끌려가 조사를 받기도 했다. 그러나 여기 지역 사령관이 그의 가족분이기 때문에 이렇게 매일 목사님으로 설교를 하는 것이다."

하고 그가 말했다.

나는 이 어둡고 처절한 전쟁 속에서도 종교가 그저 한 가닥 희망처럼, 붉은 꽃처럼 용솟음치는 용기를 주는 것 같았다. 그러나 전쟁에 벗어난 여기 학생들이나 고베 조카는 전쟁이 아무것도 아닌 것처럼 쾌락에 빠져 있었다. 뜨거운 항구도시의 열기는 차츰 더해가고 사람들의 방종은 그 전쟁과 아무 상관 없는 것처럼 낮에 더위만큼이나 우리는 쾌락에 빠져 있었다. 불 없는 등화관제 밑에서 인간들은 성의 쾌락에 빠진 것은 아닌가 하고 생각했다. 그러나 어둠은 빛처럼 처절하게 검은 그림자처럼 살아가는 사람이 있었다. 전쟁통에 죽음의 전쟁에서 자식이 사투하는 평범하고 행복한 가장에겐 그런 꿈을 꿀 수도 없었다.

　여기 항구를 보려면 2층 베란다로 나가도 볼 수 없다. 가끔 등화관제로 지옥처럼 어둠뿐인 지금의 히로시마 항구, 어두컴컴한 세상 속에 갇혀 있는 사람들, 보통의 집에서 검은색 창문에 밀봉된 채로 사는 인간들의 지겨운 생애, 쾌락에 빠져 있는 히로시마의 학생들, 거의 모든 사람이 생업이나 공장에 가서 늦게까지 일해야 살 수 있었다. 여기 히로시마 주민들은 거의 나라에 동원되어 체제 속에 살아남아야 했다.

　내가 한없이 기억하고 추구했던 의사의 꿈조차 씁쓸한 웃음거리로 전락할 수밖에 없다는 것!

　나는 그럼 무엇인가? 고베 회장님이 없을 때, 나는 여러 번 홀로 되뇌였다. 그러나 그것은 빈 허공의 메아리처럼 공허하게 들릴 뿐이었다. 나는 그런 유혹에 넘어설 것인가? 거대한 침묵 속에 내가 추구해 왔던 의사의 꿈은 헛된 욕망의 끝이란 말인가?

　그럼 나는 왜 여기에 있는가?

　밤은 깊어가고 밖은 비바람이 거세지고 있었다. 거친 비바람이 몰아치는 이 작은 항구도시는 이제부터 교회를 비롯하여 진정한 질서라는 것이 없다고 볼 수밖에 없었다. 거대한 침묵으로 둘러싸인 텅 빈 항구

도시는 깊은 잠에 빠진다. 그러나 목사님의 말씀을 모두가 듣고 기도하고 새겨야 했다. 그러나 진정으로 질서와 정의를 외치는 일본사람은 광대하고 칠흑 같은 히로시마 바다로 표류하고 있었다.

진정으로 우리에겐 신이 있는지 반문한다.

새벽 4시가 조금 지난 시간에 찬찬히 일어나 뒤뜰로 나아가 두레박으로 열려 있는 우물에서 물은 뜬다.

그리고 찬물로 세수를 한다. 집은 고요하게 잠들고 빛의 새벽이 붉게 물들어 있다. 나는 어깨를 펴고 길게 두 손을 활짝 열어 기지개를 켠다.

언니는 교회보다 부모님을 절에 모시면서 살아와서 언니를 교회로 인도하는 것이 무척 힘겨웠다. 요사도 교회보다 신사에 1년에 여러 번씩 공물을 바치면서 살아왔다. 그래서 난 처음 요사를 먼저 교회로 인도했다. 그는 처음엔 그냥 멍하니 앉아 있었다. 그러나 그가 존경하는 가족 중, 한 분이 동경에서 살다가 히로시마 시내 개척 교회로 옮겨왔다. 그 목사님이 내가 존경하는 목사님이었다.

어젯밤 목사님은 이렇게 외쳤다.

"우리는 이 처절한 전쟁을 조속히 끝내야 한다. 우리 아들딸들은 이 비정한 전쟁터에서 오늘도 내일도 허망하게 죽어가고 있다. 우리 위정자들은 자신의 잘못을 지우기라도 하듯 앞장서서 전쟁을 젊음의 위선으로 덮고 국민이나 주민에게 전쟁에서의 죽음으로 강요했는지 우리는 뒤돌아봐야 할 것이다.

나도 위선적으로 설교하면서도 주 예수님의 숭고한 십자가형을 다시 생각하며 이 말씀을 드립니다. 또다시 호소합니다. 매일 새벽에 나와 기도를 드립시다. 이 무자비한 전쟁이 어서 끝내고 아들딸들이 어머니와 아버지에게 돌아와 효도하며 나아가 구주 하나님에게 찬송가로 노래합시다. 우리에게 전쟁은 무엇이고 인간들의 무자비한 살인은 또한 무엇입니까? 며칠 전에도 비참하게 몸통이 난자된 사체가 바닷가에서 떠올랐습니다. 사람들 마음의 영혼 속에 지금 악마가 자리 잡고 있다는 것입니다. 그러지 않는다면 그 어떤 말로도 설명할 수 없는 것입니다. 구주 예수님의 숭고한 죽음을 살인으로 가르치는 것은 아닙니다. 왜 예수님이 스스로가 십자가를 짊어지고 그 골고다 언덕을 올라 죽임을 택하였는지 우리가 심각하게 생각하고 고뇌할 때입니다. 그것은 전쟁 속에 책임이 있다고 감히 저는 말씀드릴 수 있다는 것입니다."

그런 이야기를 쏟아내자 뒤쪽에서 몇몇 성도들의 웅성거리는 소리가 들렸다.

"조용히 하세요."

목사는 더욱 강하게 소리쳐 외쳤다.

맨 뒤쪽에는 여러 신문사의 기자들이 나와 있었다. 그 기자들 사이에는 국수주의자들도, 전쟁을 싫어하는 자들도 섞여 있을 것이다. 여러 가지 의미에서 전쟁을 헐뜯는 목사의 말이 위대한 일본 제국주의자들에게 참혹하고 무참한 이야기로 들릴 수밖에 없을 것이다. 그래서 목사가 주장하는 전쟁의 참혹한 애증은 우리에게 시사하는 바가 크다. 불별 더위나 살인마라고 하는 것, 그리고 생이별 속에 참혹한 전쟁물자들을 밤새도록 만들어야 하는 주민들에게 이중의 고통을 주면서 이제는 주민에게 참기 힘든 고뇌의 시기가 온 것인지 모른다. 밤은 칠흑 같은 어둠 속에 파묻히고 거리와 인적이 뚝 끊긴 도시 뒤에 숨어 온갖 쾌락과 욕정으로 뒤덮인 여기 히로시마의 특권층들은 자신들이 무엇인지도 모르고 환락에 빠지고 만다.

요사나 대학교수인 이기 교수는 적지 않게 목사의 말씀이 더해가는 것을 염려하고 있었다.

그래서 우리는 안경을 쓴 하루 학생의 충고를 듣고 이기 교수의 방에 가서 여러 가지 의논을 하고 있었다. 우리는 예배 전 목사님을 만났다. 밖에는 거친 비바람이 휘몰아치고 뒤뜰 삼나무들을 흔들며 소리치고 있었다. 나는 걱정 섞인 표정을 하면서 휘몰아치는 창문에 붙은 빗방울을 바라보았다. 그는 나의 손을 살며시 잡으며 단도직입적으로 이렇게 말했다.

"목사님, 신문에 난 기사나 지금 제국주의자들은 목사님을 주시하고 있습니다. 미사에서 본 바와 같이 그들이 생각하는 것이 서로 다르고 특히 지금은 전쟁 중이므로 경찰에서 목사님의 개인적인 사찰을 통해야 억압할 수 있다고 합니다. 더욱 극단적인 경찰 수뇌부는 목사님을 죄인으로 체포해서 법의 심판을 가해야 한다고 공공연히 말하는 경찰들도 많이 있다고 합니다."

"그렇습니다. 지금은 시기가 좋지 않습니다. 목사님의 충정은 이해할 수도 있지만 만에 하나 그런 이야기를 통해서 주민들의 상처를 더 심하게 헤집는 것으로 생각할 수 있습니다."

요사가 말했다.

목사는 그런 이야기를 듣고만 있었다. 그는 의자에 몸을 깊이 묻고 짙은 추상 속에 빠져들었다. 안경 속에 수정처럼 녹아 있는 눈빛을 나는 보았다. 우리가 아무리 진정한 충언을 한다고 해도 목사님의 신념은 변함이 없다는 것을 느낄 수 있었다. 앞의 벽에 걸려 있는 구주 예수님의 십자가상에서 보인 그런 침묵, 우리는 그들이 목사님의 결의에 찬 혼을 꺾을 수 없다는 것을 알게 되었다. 요사와 그 목사님은 먼 친척이기 때문에 더욱 마음이 더해갔다. 그는 이상주의자도 아니고 그냥 단순하게 목사라는 것을 우리는 알고 있었다. 어젯밤에도 하루가 찾아서 여러 가지 흉금을 터놓고 대화를 했다.

"목사님이 나하고는 먼 친척이라는 소문이 있지만, 너무 멀기 때문에 더한 애정이 있다는 것입니다. 우리 아버지와 동문수학하시고 천재적인 학자로서 길을 가다가 국가 제국주의자들이 전쟁을 준비하고 독일의 히틀러가 유럽에서 전쟁을 일으키자 그 목사님은 분연히 일어났다."

요사가 우리에게 말했다.

"그 목사님은 동경제국대학의 정교수 자리를 마다하고 안수기도를 받고서 다시 종교학을 공부한 다음 낮은 월급에서도 지금 저렇게 기도를 드리고 있는 것입니다. 우리는 지성인이라고 떠들고 있지만, 우리가 진정으로 이 전쟁에서 무엇을 더해야 하나요? 그냥 침묵으로 일관하면서 우리는 언젠가는 목사님 때문에 받아야 하는 대가를 치를 것입니다."

우리는 요사에게 단도직입적으로 물었다. 하루는 그런 지적에 한동안 심각한 심연 속으로 빠져서 들어갔다.

"딱히 좋은 수는 보이지 않는다. 목사님을 만나서 다시 말씀드리는 수밖에 달리 방법이 없다고 본다. 우리가 무슨 이야기를 한들 무슨 방도가 있다고 봅니까?"

나는 그의 엉뚱한 답에 미소를 지었다. 요사는 나를 보고 있었다.

"그리스도인들은 주 그리스도의 손이 함께하는 자입니다. 그리고 예수님을 믿고 따르는 자들을 '그리스도인'이라고 부릅니다."

하고 목사님은 설교하듯 말했다.

우린 조용하게 듣고 있었다. 황혼이 깃든 저녁노을이 먼 산 쪽부터 붉게 물들었다. 주 그리스도에게 기도하는 시간이다. 우린 이 전쟁 속에 찌든 항구도시에 살고 있는 주민들이 화평하고 서로 사랑하게 도와주십사하고 주 그리스도에게 기도한다.

그러나 우리가 사는 동안 현실이 이상보다 더 가증스럽고 흉악할 수 있다는 것을 보여준다. 지금 이 도시는 계엄령이 내려진 상태에서 이곳 주민들의 인권뿐만 아니고 작은 소망인 희망도 보이지 않고 도시의 흉물처럼 전쟁의 잔재만 남아 있었다. 그런 생각을 하다 보면 요사는 몸통이 찢기고 뼈가 가루가 되는 그런 느낌 속에 살 수밖에 없다는 말을 털어놓았다. 매일 교도소에서는 흉악한 범죄를 지은 범인들의 사형이 집행되고 있다. 며칠 전에는 배가 고프고 돈이 없어 강도짓을 한 몇 명의 젊은 청년들이 강도짓하다가 가게 집주인을 상하게 하는 바람에 제대로 된 재판도 없이 거의 1심에서 선고한 다음 곧바로 사행이 집행되었다.

그 모습을 보고 온 목사님의 설교는 더욱 심하게 변해갔다.

"하늘나라의 복됨이여, 우린 주 그리스도에게 경건하게 기도합니다. 우리는 치의 법권에서 제외된 채로 살아가고 있습니다. 젊은 사람들이 배가 고프고 아무리 무서운 죄를 했다고 해도 그런 무자비한 재판 결과로 죽임을 당하는 것은 인류 역사상 처음 있는 우리 인간들의 횡포이다. 결과를 도출하기 전에 여러 번 성찰하고 생각하면서 해도 늦지 않는 행위를 아무리 계엄 상태라 해도 인간의 존엄성을 말살하는 이런 죄악은 근절되어야 한다는 것입니다."

목사는 그날 밤늦게까지 자지 않고 그런 문장을 써서 신문사에 보낸 것으로 드러났다. 우리 친구들은 그런 일을 접하면서 몹시 목사님을 걱정하기에 이르렀다. 나는 지금 여기 히로시마 시가지에 벌어지는 일을 가지고 극히 우려를 나타냈다. 하늘 아래 이런 여러 가지 일들이 벌어지고 또한 지금 우리에게 극히 우려스러운 것은 국수주의자들의 횡포가 날로 심화하고 그 뒤에는 알 수 없었지만, 학생들이 염려하는 것은 매일 확성기를 가지고 거리에서나 교회 앞까지 와서 외치는 구호였다.

"우리는 이 세계적인 전쟁 속에서 살아남을 것입니다."

한 달 전만 해도 그들의 구호와 외치는 함성은 조금씩 색깔이 달라지면서 주민들 사이에 전쟁이 곧 끝나간다는 염려와 우려가 나타나기 시작했다. 한 달 전만 해도 곧 전쟁이 끝나면 하와이뿐만 아니고 뉴욕에 가서 땅을 차지하고 큰 빌딩과 회사를 세운다는 말도 되지 않는 유언비어들이 퍼지고 있었다. 다른 극우주의자들은 세련된 진보 학자나 노교수들의 거친 토론으로 전개되는 신문 기사의 논조까지 검열하고 있었다. 멀리 동경제대 노교수는 그런 일로 잡혀가서 한 달 이상 구금되어 조사를 받다가 사망한 사건이 신문 기사 하단에 취급되는 일이 발생했다고 대학 신문에 기사가 나와 있었다.

"작금의 사태는 매우 우려스러운 상태이고 우리는 현재 여기 히로시마 교회 안에서 일어나는 그 목사님의 말씀 때문에 정말로…."

요사는 수요 예배를 끝마치고 목사님과 같이 밤샘 기도를 하고 가자는 내 말을 부정도 긍정도 하지 않으면서 나에겐 부드러운 미소로 답했다. 마침내 정부에서는 더 강력한 계엄령을 훈령으로 반포하였다. 모든 국민이 의무적으로 공장에 가서 일해야 하고 정부나 전쟁에 대한 비판적인 논조는 절대 불허한다는 훈령이었다.

목사님들이나 절에 있는 스님들이 강력하게 성토하고 있었지만, 지금은 전쟁 중이기 때문에 별로 효과는 없었다. 그러나 얼핏 보면 그 모든 것이 사라진 것처럼 조용했지만, 우려스럽게도 내재한 잠재의식에 불화산처럼 잠재되어 있다는 것을 요사가 보여 주었다. 우리는 수요 예배가 끝나자 뒷골목에 있는 가락국수집으로 들어갔다. 몇몇 사람들이 막 공장에서 끝마치고 식사를 하며 허기진 배를 채우고 있었다.

그는 천장 위를 쳐다보며 크게 한숨을 내쉬고 있었다. 어디서 응급차 소리가 들렸고 저녁 9시 통금을 알리는 시청의 종소리가 여기까지 들렸다. 비상시국을 바라보는 모든 사람의 비극의 관점들이 각자 보는 눈에 따라 다르고 희망의 관점도 모두 제각각이었다. 그러면서 패배의 히로시마 도시는 차츰 사라져 가지만 몇몇 극우주의자들은 승리를 외치며 끊임없이 달음질친다.

　요사의 이야기에 거짓이 없다면 일본은 전쟁에서 곧 패하고 전쟁은 끝날 것이다. 그런 위기감 속에서도 극우 학생들 사이에 이상한 이야기가 떠돌았다. 정부 고위 인사들이나 군국주의자들도 영혼이나 이상이 같은 편으로 갈라져서 서로를 헐뜯고 이전투구가 심해지고 있었다. 요사는 전쟁 당국이 정부를 비방하는데 거침없고 무자비한 신문논조를 보인 자들을 검거하기 시작한 것도 이때부터라고 증언했다. 이런 관점에서 전쟁에 광분하고 있는 극우주의자 학생들은 전쟁에서 질 경우를 대비하는 목적으로 종교를 눈엣가시처럼 아픈 곳을 '꾹꾹' 정곡을 찌르면서 시대를 보는 방향 감각을 점차로 잃을 수 있다고 주장했다. 그래야 그들에겐 찬물을 끼얹는 효과가 있었다.

　주 그리스도교에서는 철야 예배를 드리고 새벽기도를 하면서 신도들이 각자 연락을 게을리하지 않음으로써 그들이나 극우주의자들도 같은 방법이나 그 목사님의 말에 "주 하나님은 곧 우리 곁으로 온다. 곧 전쟁이 이기든 지든 곧 전쟁은 끝날 것이다." 하며 신도들을 독려하며 기도를 드리는 것이다. 전쟁은 짐승들에게도 힘들기는 마찬가지였다. 돼지나 소들도 먹지 못해 삐쩍 말라 가고 있었다. 4월에 황금 같은 하늘에도 천공은 납빛처럼 보이는 날이 많아지고 주민들의 인심도 나날이 피폐해지고 각박해져 갔다.

　해가 질 무렵 교회 철탑이 납빛으로 변하면서 신도들의 마음도 얼음장처럼 변해갔다. 그러면서 우린 행복을 추구하는 의무에서 소외된 채로 섣부르게 어떤 것이든 나서는 일도 적었다.

　다만, 학생이라는 존재 이상으로 우리에겐 여러 가지 공통점이 없는 것은 아니지만, 적어도 학생이기 때문에 있어야 할 이상이나 상상은 준비해야 한다. 그래서 우린 학교 밖 보육원이나 노인들이 사는 양로원에 봉사활동을 하고자 여러 가지 과제와 무엇을 해야 할지를 준비하고 있었다. 이지 언니와 요사는 그런 구상을 처음부터 준비해 둔 상태에서 우리 학생들은 의무가 아닌 단지 봉사라고 하는 점을 학생들이 이해하기 시작했다.

그간 전쟁이 길어지면서 생긴 사람들의 인내심이 한계점이 도달해서 더는 아무것도 감내하지 못했다. 그건 인간 붕괴의 시작을 알리는 경종이었고, 즉 우리 주민들이 국가에 대한 사명감이나 의무를 따른다 해도 그런 인내심이란 사람의 한계에서 언제든 분명하게 드러나는 것이다. 온갖 높은 사명감과 사람의 숭고한 이상의 결여 그리고 더는 인간으로 감내할 수 없는 한계점들이 쌓여가는 진실 앞에서…. 그런 것에 의해 생기는 여러 가지 문제점을 보며 울며 분노했다.

며칠 전 우린 같이 새까맣고 우중충한 기적 소리가 유난히 큰 열차를 타고 40분 정도의 작은 역으로 갔다.

우린 하나가 되었다. 어딜 가든 두 사람은 붙어 있었다. 언니는 남편을 걱정하며 매일 살얼음판을 걷는 것처럼 살고 있었다. 언니는 전쟁에 있는 남편을 생각하며 속이 답답하고 공부와 다른 여러 가지 복잡한 생각으로 들뜰 때는 어김없이 이곳으로 열차를 타고 온다고 했다. 줄표 역인 이곳은 만을 끼고 해안선에서 길게 늘어선 역으로 주말에는 많은 관광객이 찾는 역 청사는 빛바랜 낡고 누런 페인트가 벗겨진 채로 덩그러니 서 있었다. 어둑어둑 저녁놀이 빛에 반사되어 새까맣고 우중충한 빛바랜 역 청사는 밝게 빛났다. 오른쪽 모퉁이 광장 주차장이 있는 그곳 의자에 앉았다. 그곳에서 바라보니 만을 끼고 비스듬히 누운 모습으로 해안선과 바다가 눈에 들어와 있었다. 몇 발자국만 가면 절벽이 떨어진 이곳을 이지 언니는 즐겨 찾는다고 했다.

앉으니 오른쪽에는 길게 뻗은 산허리와 다른 쪽에는 바다와 만이 옆으로 누운 모습인 항구도시가 흡사 숲속에서 알을 품고 있는 저어새의 둥지의 모습이었다. 이지 언니의 소매 끝으로 속살이 드러났다. 언니는 웨이브 잿빛 재킷 깃이 달린 세련된 옷을 입고 있었는데 아름답게 어울렸다. 표정이 예쁘고 붉게 물든 모습이었다. 난 여자로서 흥분했다.

만과 해안선을 끼고 새 둥지처럼 보이는 마을과 거리를 걸으면서 사람들의 이상이나 인내의 붕괴에 관해서 이야기들을 주고받았다. 우린 새벽에 맑은 정신으로 잠에서 깬다. 그리고 기도한다. 우린 학생으로서 그 무엇을 위해 존재의 의미가 있을까? 우리는 모여서 여러 가지 문제들에 대해 서로 소통했다. 암울한 전쟁 속에 우린 무엇을 성찰하고 고뇌하는지, 아무것도 정확하고 냉정하게 답할 수 없을 뿐이다.

다음 날 우리는 오전 수업이 없으므로 이지 언니가 있는 집에서 공부하기로 했다. 다음 날 언니 하숙을 하는 농가를 방문했다. 이지 학생은 학교에서 조금 떨어진 한적한 시골 마을 농가주택에서 살고 있었다. 그녀의 아버지와 오랜 친구인 그 집은 마을에서 크게 농사를 짓고 사는 착한 농부이었다. 긴 돌담 사이로 집과 집이 겹겹이 서로 엇갈려 구분해서 내외를 가릴 보통의 높이이기 때문에 옆집이 다 보일 정도이었다. 그러면서 처마와 그 집에 계단 사이가 정답고 아름답게 층을 이루며 어울려 한 폭에 그림 같았다. 마을과 집들은 층층이 이어진 채로 겹쳐 있었다.

오후 내내 2층 방에서 공부하고 있었다. 내일은 주말이면서 계절은 더욱 공부하는 시간으로 변해갔다.

"참 아름다운 마을인데."

내가 그렇게 말하자 이지는 덩달아 "여기서 멀리 가면 호수가 있는 강이 나오고 바다로 빠져들어 가는 곳이 있어요?" 하고 말했다.

"그럼 점심을 먹고 가지?"

"예!"

"언니가 되니 존댓말을 쓰지 않아도 됩니다."

"아니지. 우리는 서로를 이해하면 할수록 더 말은 가려 하는 것이 더 좋지 않겠어."

"언니, 서로를 이해한다는 말은 무슨 깊은 의미가 담겨 있을까?"

"그건 아마 내가 내일 아침에 일어나면 생각하는 것이지. 예를 들면 전쟁에 있는 남편과 시동생이 아무 탈 없이 집으로 돌아오는 것과 네가 여기서 공부를 마치고 의사가 되어 조국으로 돌아가는 것이 가장 좋은 예라고 할 수 있겠지."

"그럼, 우리 고베 회장님과 연결하는 조카에게도 같은 의미에서 생각하면 될까?"

"뭐, 그럴 수도 있겠지만 그는 어느 한쪽으로 생각해서 이야기하기가 그렇지 않아. 가령, 그는 할 일도 없이 학교에 오는 것은 다 이유가 있듯이 그는 너를 생각한다면 우리 학교에 오지 않는 것이 하나에 예의라고 할 수 있겠지. 우리 삼라만상이 다 다르지. 동물과 식물이 그러듯이 다 다르고 동물 중에도 사람이 있고 착한 토끼와 벌새, 개똥지빠귀 등이 있고. 난 최근에 아침에 일어나면 나 자신이 무엇인지 모르는 것 같은 생각이 들 때가 있어!"

"언니도 별별 생각을 다 하네. 하긴 남편이 처절하고 비정한 전쟁에 나가 있으니 그런 마음이 들 수 있을 것 같고. 나도 조카를 보면 사지가 떨리고 오금이 저려와."

난, 하늘을 보다가 눈빛이 젖어 오는 것 같은 마음이 들면서 어금니를 굳게 물고 다시 이야기했다.

"가끔 아침에 일어나면 학교도 가기 싫었을 때도 있고, 어머니 생각이 들 때는 그냥 짐을 싸서 집으로 돌아가고 싶은 생각이 들어."

"어떻게 그런 마음이 들지 않겠어. 그 조카는 얼굴은 사람이지만 동물의 탈을 쓴 짐승이라고 하면 딱 어울릴 그런 인간이야! 사람의 얼굴도 각자 다 다르고 마음도 각각 다르다고 하니 인간만큼 종잡을 수 없는 동물도 이 세상에 흔하지는 않겠지. 그는 점잖게 생겼지만 하는 행동은 짐승이나 다를 바 없는 대책이 없는 인간이지."

이지 언니의 속뜻이 다 담겨 있었다. 그러면서 그에 대해서 인간의 표적을 보는 것 같았다. 그러나 고심과 고뇌의 이면에서 그런 인간을 멀리했다. 꼭 의도적인 행동은 아니지만, 그녀는 먹고 웃고 하면서도 그런 사람의 표적은 은연중에 피했다. 난 오래지 않아서 그런 것을 알게 되었다. 우린 얼굴들이 다 다루듯 마음도 다 다르겠지. 새들이 새벽에 찾아와 지저귄다. 그러나 새들은 어떤가?

"어머, 벌새들이네!"

'여느 면에서 우주와 같이 우린 저 멀리 우주 깊은 곳에서 왔는지도 모르는 거야.'

"언니 그건 무슨 이야기이지?"

난, 눈동자가 휘둥그레지며 말했다.

"그래, 그건 나에게 가장 행복할 때 이야기이니 지금 말하는 것이 순서겠지. 우리가 처음 결혼하고 남편은 경영학을 공부했지만, 그는 저 멀리 있는 별빛에 대해서나 우리 태양 주위를 돌고 있는 화성, 토성, 목성 등에 대해서도 잘 알고 공부했지. 그건 저녁에 하늘을 올려다보면 달 이외에 가장 빛나는 별은 지구와 가장 가까운 화성이고 새벽엔 금성이 가장 빛나지."

"그래, 언니. 우린 그냥 학교에서 배운 정도만 알고 있지만, 특별하게 하늘에서 쏟아지는 빛에 대해서 생각해 본 적은 없지. 우리 아버지와 하늘의 은하수에 관해 이야기할 때는 견우직녀와 만나는 것에 대해 아버지가 이야기해 주는 정도였지. 더 정확한 것을 듣지 못했어."

난 고개를 들고 머리는 하늘을 향해 바라보았다.

"우주는 우리를 품고 있고 선이나 끈으로 연결된 공동체라고 하는데, 그것은 우리가 꿈을 꾸고 영혼이 존재하며 사람은 저 멀리 깊고 무한대인 우주 암흑에서 온다고 해! 그리고 우리 인간은 그런 곳에서 태어나 죽음처럼 소멸하고 없어지는 반복적인 것을 거듭하며 자연과 인간은 변화하게 되는 것이지. 나도 대학 1학년 때인가 특별시간에 자연과학이란 과목을 이수했는데, 그 시간 선생님 말씀이 '우주를 들여다본다면 다 인간이 모르고 있는 우주의 무한하고 광대한 무중력인 공간에도 다 이유가 있다. 그곳은 주 하나님이 존재하는 특유의 공간이고 우리의 꿈을 실현하고 인도해 줄 그런 장소'라고 해. 그리고 우주는 너무도 광대하고 무한인 곳이므로 우린 살아가는 내내 다 이해할 수도 없다고 해! 그래서 더 우리에게 유용하고 그것을 실현하기 위해 노력하는 것인지도 모르지."

"언니, 우선 그런 말 자체도 이해가 되지 않아!"

"그래, 그건 그렇지. 나도 그런 이야기를 노트에 적어서 남편과 하늘에 별빛을 보며 이야기를 했지만, 우리 머리로는 상상되지 않는 것은 나도 지금 마찬가지이거든."

"언니는 참 독특하고 재미있는 언니야! 그럼, 우리가 여러 가지 그런 꿈을 꾸면서 우주 먼 곳까지 갈 수 있을까?"

"상상을 해봐. 우리가 언제 어디서든 밤하늘에 별빛을 세어 본다면 그 별빛의 수를 세어 볼 수 있어? 어느 면에서 그건 불가능해 보이지만, 그래서 우린 꿈을 꾸고 그것을 간직하려고 노력하면 영원히 그 꿈을 실현할 수 있을지 모르잖아."

언니는 이야기하면서도 그녀 자신도 믿지 못하는 얼굴이었다. 난 다시 별빛을 바라보았다. 그건 아무도 알 수 없는 수수께끼 같은 장난인지 모른다고 생각했다. 나는 근심 어린 마음으로 밖을 내려다본다.

"비가 곧 그칠 걸."

"정말로 그럴까요?"

"기다려 봐."

그녀는 언니처럼 의젓한 표정을 지으면서 나를 쳐다보았다. 그리고서 눈빛을 밖으로 돌려 그 자연의 빛과 대지의 아침을 강인한 정신을 바라보았다.

"쯧쯧!"

이슬비가 바로 그쳤다. 나는 혀를 찼다. 언니에 놀라운 꿈에 나는 앞서 한발 다가갔다. 그녀의 눈빛 안에는 태평양 한가운데에 있는 남편의 표정이 그려져 있었고, 친언니처럼 나를 돌보았다. 언니도 여기 히로시마시에서부터 멀리 떨어진 홋카이도 지역에서 온 비슷한 유학생이라며 사랑하고 단순히 잘 어울리면서 친하게 지내게 된 것이었다. 물론, 다른 학생도 있고 유가도 있었지만, 유가는 거의 히로시마에서 학생으로 지낸 지가 오래되었다고 했다. 언니가 '우주'에 대해 쓴 기록을 보며 눕는다.

긴 돌담과 흙으로 된 담 사이를 두고 여러 집이 옹기종기 모여 있었다. 보통은 1m 정도의 담 높이이지만 옆집이 다 보일 정도로 훤히 집안이 보였다. 한 노인의 자태는 바람 속에 흔들리며 이야기하고 있었다. 막 논에 물골을 대고 온 것처럼 긴 장화를 신고 차마 밑에서 잠들어 계셨다. 옆에는 그 집 멍멍이가 같이 옆으로 비스듬히 누워 코를 골고 있었다. 냇가 옆으로는 수양버들이 길게 늘어진 채로 새싹들이 자라고 있었다.

막 일어나신 그 노인은 하늘을 향해 두 팔을 벌려 무엇인지 알 수 없게 중얼거린다. 이지 언니는 이렇게 나에게 말했다.

"지금 전쟁에 나간 아들과 손자들을 걱정하면서 기도를 드리는 것이야."

언니는 낙담한 듯 말했다.

"흠!"

나는 고개를 끄덕였다. 여기는 우리와 달리 딴 세상처럼 전쟁 속에 파묻혀 있었다. 한적한 농촌 풍경과는 달리 긴 한숨 소리와 멀리서 들려오는 흥겨운 극우주의자들의 전쟁 홍보 소리도 그렇게 대조를 보이며 저주 같은 전쟁이 이런 풍요로운 농부들의 생활을 송두리째 바꿔 놓으면서 목사님, 성당의 주임 신부님, 스님들, 대학에 노교수들의 입장은 서로서로 상반된 입장을 주장했다. 사람들 사이를 갈라놓으려는 군국주의자들은 조용한 여기 시골 마을까지 화물차 위 크고 우렁찬 확성기를 틀며 지나갔다. 막 기도를 끝마친 흰 수염을 가진 노인 농부는 다시 긴 하품을 하면서 냇가 다리를 지나면서 우리에게 눈인사하였다. 며칠 전에는 화재가 발생하여 국수주의자들이 학교 안까지 찾아와서 항의하는 바람에 학교는 한바탕 소동이 벌어졌다.

우리는 조용하고 고요한 아침이 멀어져 가는 태양 빛 아래에서 공부를 하고 있었다. 나는 영어 원서인 인체 해부도를 꺼내 읽기 시작했다. 다가오는 가을학기부터는 이 인체 해부도에 관해 공부해야 하므로 지금부터 더 많은 공부와 자습이 필요했다.

이지 언니는 나에게 꼭 맞는 옷처럼 훌륭한 학우이다. 그 언니는 벌써 2년째 학교에 다니고 있었다. 작년에 봄 학기를 마치고 다시 학교로 돌아오지 못했다. 그것은 할아버지 세 번째 아들이 전쟁에 갑자기 끌려가서 집에서 집안일을 해야 할 사람이 필요했기 때문이다. 그래서 언니는 1학년을 거의 끝마친 상태에서 휴학하고 지금은 다시 1학년이기 때문에 다른 학생들보다 훨씬 수월하게 공부를 할 수 있었다. 나에겐 그 인체 해부도의 선생님 역할을 하곤 했다.

이지 언니는 여기서 먼 내륙지방에서 유학 온 학생이었다. 여러 학생

중에 여자 학생이고 제일 친하게 지냈고, 언니는 전쟁 전 결혼해서 할아버지와 같이 생활하다가 전쟁 속으로 끌려들어 간 것이다. 남편과 둘째 시동생이 전쟁에 나가고 이지 언니는 그 지역에서 제일 공부를 잘했다. 시아버지인 할아버지는 대장간을 하고 할머니는 몹시 아파 셋째 아들이 모든 집안을 도맡아 하다시피 했지만, 갑자기 징집 신고가 나와 태평양 어디로 전속되어 간 것이라고 들었다. 우리는 요번 주일을 이용해서 언니의 집에 가서 어린 아들을 볼 겸 도톳리현 지역인 그곳으로 가기로 약속했다.

우리는 노부부와 함께 즐거운 점심 식사를 끝마치고 밖으로 나왔다. 오후 2시경을 막 지난 시간이지만 먹구름이 잔뜩 낀 하늘을 보며 시골길을 걸어 나왔다. 돌계단을 지나 밭과 논이 있는 시골길에는 냇가에서 아이들이 고기를 잡고 있었다. 여기 시골집들도 여느 집처럼 거의 집과 집 사이는 돼지우리가 있고 그 안에서 돼지를 직접 키우고 있었다. 이따금 산꼭대기에서 보면 고베 사장님에 집처럼 산이 병풍처럼 바람을 막아주며 마을은 옹기종기 조화롭게 모여 있었다.

"이지 언니 여기는 우리 시골 마을과 너무도 비슷해!"
"저 벚꽃 나무도 너희 마을과 마찬가지로 아름답게 피어 있겠지?"
"맞아요!"

우리는 노부부가 차려준 점심을 맛있게 먹었다. 갓 자란 상추에 여러 가지 신선하고 청량한 채소로 쌈을 싸서 식사했다. 집을 나섰다. 계단을 내려오면 양옆으로 상추밭과 이어지는 길을 따라 마을 입구까지 이어진 큰 냇가가 있었다. 냇가에 아이들이 놀고 있었다. 이지 학생은 안면이 있는 마을 꼬마 아이들과 정답게 이야기를 나누고 있었다. 우리는 누가 먼저 말하기 전에 팔짱을 끼고 독방을 비켜 돌아서 걸어 나왔다. 나는 우리 농가를 비교하면서 내가 지금 이 마을과 내 마음

사이에 있는 나의 고향 마을 생각이 났다. 길가에는 막 일하러 나가는 소 한 마리가 "우! 우엉." 하면서 울고 있었는데, 마을 어귀 밭에서 김을 매고 있는 아낙네는 무심한 표정과 근심 어린 눈동자로 쳐다보고 있었다. 언니는 이렇게 말했다.

"여기서 가다가 호수가 나오고 그 호수를 끼고 가면 우리 학교가 나오면서 여기 냇가에서 흐르는 물들이 바다로 흘러가는 것이지."

"예, 여기서 학교까지 꽤 먼 거리이네요?"

"맞아!"

이지 언니는 답했다.

여기는 이미 논농사가 시작되면서 농부들의 바쁜 하루가 시작되었다. 거의 노인들뿐인 농부들의 하루는 고단함과 풍요로움을 간직한 채 전쟁에 나간 아들과 손자들 생각에 잠기곤 하며 깊은 시름에 빠진다. 멀리 있는 길을 비켜 돌아 오른쪽으로 돌면 우린 학교 뒷문 쪽으로 들어서게 된다. 도서관 앞에서 유가와 미사를 만났다. 도서관은 4층으로 이뤄진 아름다운 건물이지만, 미사는 4층이기 때문에 불길한 건물이라고 말했다. 이지 언니는 그 이야기를 듣는 순간부터 무엇인가 따지듯이 항의를 했다. 두 사람은 만나기만 하면 다툰다. 도로 위쪽으로 얕은 산등성이가 하늘을 가리고 서 있었다. 오른쪽으로 길게 뻗은 언덕길 위에 미사와 유가가 서 있는 곳으로 요사가 나왔는데, 그가 나오자마자 미사를 다른 곳으로 끌고 갔다. 그리고 요사는 우리 쪽으로 다가왔다. 공손한 모습으로 나에게 눈인사하고 언니에게 다가서서 악수했다. 미사는 휑하니 다른 곳을 바라보았다.

"오늘 모든 수업은 휴강이라고 합니다." 하고 유가가 말했다.

나는 경기가 도는 거처럼 서 있었다. 수업이 없다니 참 어처구니없는 노릇이었다.

"무엇을 생각해요?"

미사가 다시 가까이 다가왔다.

"아, 아닙니다. 어젯밤에 잠을 설쳐서 피곤한 것뿐이에요."

내가 말했다.

"이소진 씨, 무슨 고민이 있어요? 우리 이제부터 여자이기 때문에 겪어야 할 것에 대해 이야기해요? 아마 조교님이 이야기하는데, 다음 시간이 휴강이라고 합니다. 여기서 1시간 정도 가면 공업지대가 있는데, 그곳을 미군 놈들이 폭격해서 오늘 수업을 휴강한다고 하네요?"

"공업지대에 폭격이 있었다는 말이 무엇이죠?"

"그냥 있는 그대로 비행기가 공업지대를 폭격했다고 합니다."

유가가 미소 지으면서 말했다.

"소식을 듣지 못했군요? 여기는 항구이고 그래서 곧 여기 항구도시도 폭격한다는 이야기가 돌아요. 그래서 아마 교수회의를 하고 있죠? 아마 이제부터는 수업도 듣기 힘들 것입니다."

미사는 수업하지 않는다는 이야기를 그렇게 쉽게 했다. 나는 사실 그 수업을 듣기 위해 이억 멀리 먼 길을 돌아서 와 있는 것이 아닌가? 이건 아니라고 생각했다. 요사가 다가왔다. 요사는 미사에 대해 이렇게 말 한 적이 있었다.

"그녀는 집착이 강해도 순진한 학생이다. 내가 처음 그녀를 본 어릴 때로 거슬러 올라가면 작은 키에 손은 앙증맞으며 말투는 조용하고 사색이 잠기듯 한 말투의 그냥 착한 소녀처럼 생긴 아직 아이 같은 학생이다."

이지 학생이 가까이 다가왔다. 미사가 우리 앞을 막고 지나가면서 이렇게 말했다.

"오늘 수업은 없다고 말했습니다. 조교님이 말한 대로 우리는 도서관이나 집에 가서 숙제나 자습을 해야 한다고 했습니다. 이지 언니는 참

훌륭한 동생을 두어 좋겠습니다. 어디를 두 사람이 다녀오는지 모르겠지만 우리는 항상 우리 조국이 얼마나 위대하고 숭고한 일에 매진하고 있는지 돌아봐야 합니다. 안 그래요?"

미사는 시선을 다른 곳을 쳐다보며 말했다.

"나는 그 위대한 나라의 딸로 내 남편과 시동생이 그 과업을 이행하기 위해 지금 태평양 한가운데에 어디인지 모르고 뭣을 하고 있는지도 모르는 상태로 있습니다. 당신은 어떻게 그런 말을 할 수가 있느냐는 것입니다."

"그건 무슨 말씀이죠? 이지 언니는 위대한 나라의 숭고한 전쟁을 무슨 굴종처럼 이야기하는 것은 있을 수 없는 괴변입니다. 우리는 숭고한 정신과 위대한 나라에 성전을 위해서 싸우는 전투는 우리 국민의 의무이며 가는 길 위에 서 있습니다. 이러한 것은 우리 생각이 방종한 결과에서 잉태되는 전조이고 패배를 전제로 하는 말은 금기시해야 합니다."

"미사 양, 내 남편은 그 위대한 나라를 만들기 위해 지금까지 4년 동안 전쟁터에서 싸우고 있었죠? 그동안에 미사 씨는 그 무엇을 했습니까? 공장에서 그 숭고한 아들딸의 옷을 만든 적이 있고 그 위대한 아들들이 신고 있는 군화를 직접 공장에 가서 만들어 본 적이 있나? 내가 말할 수 있는 것은 당신은 그런 것은 생각조차 할 수 없다는 것이다. 우리가 그 모든 것을 전쟁 속에서 긍정적인 생각을 하든지 아니면 부정적인 생각 하든지 그건 개인의 생각일 뿐입니다. 그걸 너무도 자신의 사견인 양 떠드는 것은 난센스라고 봅니다."

이지 언니의 지적은 심장을 파고들었다.

학우들은 모두 실험을 위해 점심을 먹고 교실에 들어갔다가 나오면서 벌이는, 이런 공허한 논란은 지금 전쟁 중이고 우리는 그 전쟁에서 이기기 위해 이른 시간 안에 의학 공부를 마쳐야 한다고 이야기했다.

미사와 서로 다투자 요사는 서둘러 두 사람을 떼어 놓고 이지 언니의 손을 잡고 앞쪽에 있는 잔디밭으로 들어갔다. 공허하게 미사가 서 있는 앞쪽으로 나는 걸어 나왔다. 아직도 두 사람은 그 전쟁 때문에 언쟁을 벌이고 있었다. 나는 이지 언니의 말이 맞다고 생각했다. 지금 전쟁 중이라고 해도 언니는 직접적인 당사자이고 국민 한 사람, 학생 한 사람도 이 전쟁에 연관되지 않는 사람은 없을 것이다. 그리고 그녀는 지금 두 가족이 이 전쟁 속에서 죽음과 사투를 벌이고 있지 않은가?

우리는 그것을 잊고 있었다. 두 사람의 다툼도 그런 전쟁을 생각하면 공허하고 참담하다. 나는 이국인으로, 이방인으로 여기에서 공부하고 있다. 나는 줄곧 한곳에 눈을 주시하고 있었다. 학교 안에서 일어나는 일 중 한쪽에서 강의 같은 토론이 어쩔 수 없이 논제 되어야 하지만 이미 정부 발표에서 사람들이 불필요한 언쟁이나 토론을 삼가야 하고 다른 한 곳에서는 국수주의자들의 일방적인 발표를 자제해야 한다! 말속에는 여러 가지가 내포되어 있고, 우리 학생 등이나 신부님들과 종교단체의 스님들과 신사에서 종교적인 업무를 보는 그 사람들을 향하여 벌어지는 참담한 언사는 도가 지나치다 못해 거의 엄포에 가까운 공갈 협박으로 우리를 옥죄어 오고 있다.

누렇고 희뿌연 히로시마 시가지에는 앙상한 가로수 잎에서 그 색깔과 감정까지 구별할 수 있는 것도 아니다. 그렇다고 그 시가지 가로수 앞에서 모든 사람의 입장을 정말로 대변해 줄 수 있는 그런 인간도 그리 많지 않을 것이다.

"나는 이방인이고 피해자이고 주권까지 이들에게 빼앗긴 한 학생에 불과하다."

나는 이렇게 두서없이 홀로 중얼거린 적이 한두 번이 아니었다. 그러나 여기 학생들은 복에 겨워 지금 공부를 해야 할 때이지만 그곳에 가지 않는 남학생들은 무엇이 무엇인지 알 수 없는 어수룩한 모습으로 끼리끼리 모여 이방인처럼 그냥 서 있었다.

"자, 언니 우리 도서관으로 갑시다."

나는 차갑고 무겁게 말끝을 자른다.

"그래!"

나는 너무도 이상한 표정을 하고 요사 앞에서 한 말이라고 생각할 수 없었지만, 지금은 그렇게 말하고 있다. 다른 사람들은 모두 공장에 끌려가서 우리 아이들을 돌보지 못하고 일해야 하는 것만 아닐 것이다. 나는 요사와 같이 보육원에서 지금 들끓고 있는 전쟁 고아들의 참상을 목격했는데, 주임 목사 부부가 운영하는 그 보육원의 실태는 참담했다.

"어머, 아이들이 이렇게 예쁜 아이인지 정말로 모르고 있었네요?"

"정말로 이소진 씨는 결혼하면 아주 예쁜 아이들을 낳을 것입니다. 아이들을 그렇게 예쁘게 살피고 재미있게 표현하는 사람은 처음입니다."

"이런 예쁜 아이들이 전쟁 속에서 부모의 사랑도 받지 못하고 지금부터 평생 고아로 살아야 할 현실을 받아들일 수 있을까요? 지금은 이렇게 깨끗이 닦아주고 미음이라도 먹여주면 해맑은 미소로 답하는 것이 정말로 흔치 않은 미소입니다."

최근 언니는 요사에 대해서 여러 가지 이야기를 해 주었다. 그의 가족사나 그가 보인 여러 가지 지식이나 그리고 보육원을 다니면서 보인 숭고한 자아와 마음에 대한 여러 가지 모습을 이야기했다. 내가 낯선 이국땅에서 처음 공부하기 위해서 대학 건물을 오고 가고 공부를 하는 과정에서 그가 처음 나에게 보여주려 했던 것은 숭고한 정신이고 자아였다. 내가 가는 길 쪽에 남학생들이 서 있었다.

"당신이 그 유명한 조센징의 여학생인가?"

"무슨 일이죠?"

당신이 의학부 학생이라는 것이 맞느냐고 다그쳤다. 나는 기가 막혀서 말이 나오지 않았다. 그냥 물끄러미 그들을 쳐다보았다. 그러면서 하늘에 붉은 태양이 넓고 깊게 펼쳐져 있었다.

"왜 당신에게 물어보는데 답이 없지. 참 건방진 학생이군?"

하고 다시 물었다.

"당신들은 무슨 일인데 도서관에 가는 학생을 잡고 있죠? 어느 과 학생입니까?"

'이 여자 참 건방진 학생이군?'

한 건장한 학생이 나에게 다가와서 옷을 잡았다.

"그거 놓고 이야기합시다. 거구의 학생들이 약한 여학생을 더군다나 학교 안에서 시비를 거는 모습이 영 아닙니다."

지나가던 남학생이 다가와서 이렇게 말했다.

"가던 길이나 가시죠?"

서로 아는 사이인 것 같았다. 나는 그사이에 빨리 그곳을 벗어날 수 있었다. 뒤도 돌아보지 않았다. 태양이 내 안쪽을 향해 서 있었고, 나는 2층 열람실에서 자습을 시작했다. 그러면서 윤동주 시인이 붙잡혀 사상범으로 조사를 받고 있다고 한 학생의 말이 생각났다. 나는 갑자기 어지럽고 입에서는 갈증이 났다. 나는 가방을 들고 집으로 돌아왔다. 침대에 누워 한없이 울었다.

처음부터 집에서 가지고 온 윤동주의 시집에서 눈을 떼지 못하고 밤새도록 별을 노래하는 마음으로 시를 읽었다. 낮에 있었던 극우 학생들의 횡포와 그 학생들을 나무라는 키가 큰 학생에 관해서 생각했다. 나는 현재 상반된 이중의 세계에서 살고 있으며 내가 교회로 요사를 인도한 것이 우리에겐 여러 가지 가치 충돌과 일본에서 벌어지는 단면이다. 그리고 그가 나에게 윤동주 시집 최근 판을 건네주었다.

그가 여러 권 가지고 온 시집을 보며 나는 종일 집에서 누워 그 시집을 읽었다.

"아, 이소진 씨가 최근에 시를 쓴다고 들었습니다. 자 여기 그 윤동주 시집입니다."

"이걸 어디서 샀습니까?"

"내가 요번 주일에 동경에 다녀오면서 산 시집입니다. 시중 책방에는 없었고 며칠 전 아버지와 같이 동경 시내에 갔었는데, 그곳 서점에 가니 이런 책이 있어서 사 왔습니다."

그는 사방을 두리번거리며 그 시집을 나에게 건네주었다. 이것이 그의 사랑인가 하면서도 다소 뜻밖이었다. 나는 그 당시에 왜 그가 그런 말을 하고 있는지 이해하지 못했다. 그 목사님 부부는 "당신들은 부부처럼 정답고 천사처럼 아름답게 보인다."라고 말했다. 당시 나는 얼굴을 붉힌 그의 표정을 살펴볼 수 있었다. 그런 내가 요사 앞에서 냉정하고 차갑게 말할 수밖에 없는 내가 그들처럼 그렇게 가볍고 창백한 낯빛이 아닌지 이해할 수가 없었다. 그러나 그 앞에선 내가 그 무엇이든 변할 수밖에 없다는 것을 보여주었다. 지금 말이다. 이지 언니와 늦게까지 도서관에서 공부하고 나오자 의학부 건물 앞에 미사와 유가가 서 있었다.

"어머, 언니들 공부를 하고 나오나 보죠?"

하고 유가가 웃으면서 우리 앞에 다가서고 미사는 요사가 다가오는 것을 보고 있었다.

"요사 씨, 생일 축하합니다."

미사가 그렇게 말하자 우리는 놀랬다. 이지 언니도 다가가 "생일 축하합니다." 하고 말했다. 난 다가서서 악수로 인사를 했다. 그가 서 있었다. 고베 조카가 우리 앞에 서 있었다.

"저, 사람은 무슨 일이죠?"

이지 언니가 과민 반응을 보이자 요사가 다가서서 이렇게 말했다.

"내가 지금 이분과 할 이야기 있어서 만났는데, 내 생일이니 같이 가자고 했습니다. 자 오늘은 내 생일이라 저녁은 내가 국숫집에서 식사 모임을 주선했습니다. 모두 가시죠?"

요사가 말했다.

우리는 모두가 눈인사로 동의하고 교정을 빠져나갔다. 그가 바로 내 뒤를 따르고 있었다. 학교 문을 지나 뒷골목으로 들어가는 입구에 광대패들이 놀이판을 벌이며 줄타기뿐만 아니고 접시 돌리기를 하고 있었다. 한 소녀는 춤을 추며 접시를 돌려 우리에게 웃음을 주었다. 많은 사람에 둘러싸인 광대패 사이로 우리는 들어갔다. 요사가 바로 뒤에 서 있었고 유다 학생도 뒤에 있었다. 그 놀이에 빠져들어 간 사이에 어느 틈엔가 그가 바로 내 뒤에 서 있었다. 이지 언니는 조금 떨어진 곳에서 미사와 이야기를 하고 있었다. 불안한 마음 때문이었다.

누군가 뒤에서 밀어붙여 나를 앞으로 밀어냈다. 내 뒤에 있던 고베 조카가 자신에게 막대기 하나를 달고 내 뒤에서 밀어붙였다. 많은 사람들의 틈바구니에서도 그의 장난은 그건 악마의 장난이었고 호기심에 가득 찬 나에게 수치를 주는 주술적인 행위이었다. 그가 단편적으로 보여주었던 전쟁 중에 애국주의나 국수주의에 빠진 여기 일본 사회에서 전체주의적인 형태를 보이는 그 모든 사람 중의 한 사람으로 그의 집착은 감당할 수 없는 한계에 도달했다. 마침내 내가 서 있을 수 있는 위치까지 불안감에 휩싸이고 말았다.

"너무 밀지 마세요."

나는 조용하고 옆으로 비켜서며 그에게 말했다.

"내가 미는 것은 진정으로 아닙니다. 뒤에 사람들이 많아서…?"

언제든 나타난 악마의 손길처럼 나를 에워싸고 있는 불길한 예감 속에서 난 어처구니없고 어찌할 바를 잃어가고 있었다. 그가 앞에 앉자 입맛까지 달아났다. 집으로 돌아오는 퇴근길에 낯빛은 어둠으로 뒤덮여 있었으며 그가 대문 앞에 서 있었다. 내가 안으로 들어서려 하자 그는 내 팔을 잡았다. 그리고 나를 강제로 승용차에 태웠다.

"이 손 놓으세요."

"잠시만 기다려. 당신하고 할 이야기가 있어."

"난 당신 같은 사람하고는 이야기하지 않아요."

그러자 그는 나를 강제로 승용차에 태우고 달리기 시작했다. 그는 나를 강제로 태우고 해변 길을 따라서 만을 등지고 어디론가 가고 있었다. 나는 아무 말 없이 차창 너머를 바라보았다. 어둠이 내려오기 시작했다. 도시의 만은 어둡고 붉은 기운으로 뒤덮인 해안선과 만에서 뱃고동 소리만 들려왔다. 승용차는 한없이 내달려가고 있었다.

"이러지 마세요. 나는 지금 참고 있지만, 그 무엇도 나를 강제할 수 없다는 것을 당신만은 모르고 있는 것 같네요."

"난, 당신만은 강제하고 싶은 생각은 절대 없습니다. 나는 당신과 조용히 이야기하고 싶을 뿐입니다."

"왜, 그런 생각이 들었죠?"

난 비웃으며 그에게 물었다.

"뭐, 다른 뜻은 없습니다. 조용한 곳에 가서 당신이 누구인지 무엇을 원하는지 알고 싶을 뿐입니다."

고베 조카가 말했다.

"알아서 무엇하게요?"

"글쎄요? 그건 당신이 학생이고 여인이고 하니 알고 싶은 것은 남자로서 당연한 것은 아닙니까?"

난, 당신에 대해 알고 싶은 것이 없다고 말해 버렸다.

"그리고 그 무엇도 당신과 연결되는 것을 원하지 않아요. 그건 나에게 한가로운 시간이 없다는 뜻이죠. 난, 놀러 온 것이 아니고 공부를 하러 온 것입니다. 그 외 나에게 아무 의미가 없습니다."
하고 말했다.

"그건 그렇지만 꼭 그런 것만은 아니죠? 사람이라면 할 수 있는 경계와 할 수 없는 한계가 있다는 것은 나도 알고 있죠? 하지만 사람이 시간을 쪼개서 풍경을 감상하고 그곳에 가서 좋은 음식을 먹기도 하고 하는 것 아닙니까?"
하고 고베 조카가 말했다.

"난 그럴 한가한 시간이 없어요. 우린 가난하고 시간이 촉박하죠. 그건 당신이 더 잘 알고 있지 않나요?"

나는 묻고 싶지도 않았지만 어쨌든 한 번은 부딪쳐서 이야기할 부분인 것 같았다.

"그건 그럴 수도 있겠지만, 하지만 사람이 사람을 만나서 하나의 인간관계가 형성되는 것 아닌가요?" 하고 그가 말했다.

나는 그 모든 것을 거부하며 침묵으로 일관했다. 어느 해수욕장인 입구에 내렸다. 그는 내 손을 잡고 식당 안으로 들어갔다. 시간은 오후 7시가 넘어가면서 거리와 해변은 어둑어둑한 낯빛으로 변하고 있었다. 난 적지 않는 마음의 상처를 안고 있었고 밖에서 뛰어노는 아이들의 눈동자 위에 드문드문 빛에 비치는 황혼의 물결이 빛나기 시작했다. 나에게 세상은 너무도 잔인하고 불공평해 보였고, 내 모습에서 비애감이 흘러나와 좌절감과 상실감에 빠져 버렸다. 그러나 바다에 펼쳐진 범위는 오래전부터 시작해서 지금의 모습으로 서 있었다.

난 그를 외면하며 드넓게 펼쳐진 바다 끝까지 보자 하늘엔 붉은 기운이 솟기 시작했다.

나는 할 일이 많았지만 지금 같은 상황에서는 속수무책으로 당해야 했다. 그것을 바라보는 내 마음은 상처만 남긴 작은 외기러기나 물총새처럼 퍼덕거렸다. 그는 식사를 시켰지만 나는 아무 말 없이 버텼다. 그 와중에 한 아이가 방문이 열려 있는 작은 문틈으로 나를 바라 보았다. 그 아이의 티 없는 눈동자를 바라보니 나에 대한 연민의 모습이 보이는 듯했다.

내 모습처럼 처참한 꼴을 하고 앉아 있는 내 모습과는 별로 다르지 않은 이 처절한 자연의 재앙에서 현실 세계에서는 절대로 대비할 수 없는 무자비하고 괴상한 인간들을 미워하고 싫어했다. 분명 고베 조카는 나에게 갖는 감정은 흉측한 욕정으로 봐야 한다. 그가 어쨌든 나는 관심도 없고 생각도 하지 않는다고 말해 버렸다. 그것은 같이 사는 고베 회장님을 생각하고 그 가족이라는 면에서는 내가 조금 생각을 달리하고 존중해 주어야 하지만, 나는 처음부터 그 싹을 잘라야 한다고 생각했다. 어느 것에 조금 양보하고 그것에 빠지면 난 여기서 그 어떤 꿈도 헤어나지 못하고 몰락하는 그런 질서 속에서 내 양심과 조국애를 버리는 그런 몰염치한 인간으로 전락할 수 있다는 생각을 떨칠 수가 없었다.

허울 좋은 덫에 빠진 채, 헤어나오지 못하는 인간들처럼 여기 일본 사람은 그 전체국가나 극우주의에 빠져 숨을 죽이며 인간의 목숨을 파리 목숨처럼 취급하는 그런 형태의 사람들이었다. 그것이 우습고 무자비할 정도로 처절하고 처참한 그들의 민낯이었다. 바다에서 본 일본인의 표정은 멍하니 서 있는 빛바랜 앙상한 나무 사이로 해거름 녘에 기우는 유령인간 같았다.

"난, 그것을 애초부터 경멸하고 싫었다. 그래서 공부를 해야 했다. 그 어느 것보다 우선이었다."

하고 나는 다짐했다.

4장
흉간

고베 조카가 갑자기 나타났다. 아주머니의 당황한 눈빛이 잊히지 않았다. 나는 그에게 단 한 번도 눈길을 주지 않았고 내 행동의 균형을 잃지 않기 위해 무진 애를 썼다.

나는 그것이 으레 편했다. 언젠가부터 그의 무관심이 편했다. 그의 행동은 균형을 잃고 거친 숨소리로 무엇에 흥분해 있었다. 나의 몸과 마음이 조여 왔다. 그런데 이지 언니가 교회에 가기로 마음을 먹은 토요일, - 내일은 일요일이고 6월에 마지막 주일이 우리에게 마주치면서 과거의 시간 4월인 '주 그리스도의 부활절' - 그 부활절 현장에 있었던 이지 언니는 마음이 요동치고 흔들리는 심장의 다가오는 고통 소리에서 '주 그리스도인'으로 참된 사랑을 다시 느끼기 시작했다.

그러면서 항구도시는 지옥처럼 불타 붉게 가둬두었던 어느 날, 우린 학교에서 공부하다 말고 검붉은 화마로 뒤덮인 죽음의 히로시마 항구도시를 내려다보았다. 그 죽음의 도시는 우리에게 그 어떤 놀라움과 충격을 흡수했는지 알려주는 듯했다. 나는 언니의 얼굴에서 지금은 죽어가는 도시, 이제 영원히 히로시마에서 구례 시까지 가는 빛바랜 건물과 인간까지 다시는 되돌릴 수 없는 지옥의 불구덩이처럼 끝없이 바다로 떠내려가고 있었다.

언니의 얼굴은 일그러지고 영원히 다시 볼 수 없는 그런 두려움과 황량한 표정이 스며들었다.

어머니가 전염병으로 죽고 나서 다시 전쟁이 터지고 온 나라가 전쟁 속으로 휘몰아쳐 가는 여정 속에서 어쩔 수 없이 자신의 가족들을 희생해야 하는 현실 속에서 사랑하는 남편과 시할아버지의 고뇌를 다시 감내해야 하는 며느리의 입장은, 가족을 살릴 수 있다는 아이러니한 현실을 받아들이기에는 너무나도 그녀는 약한 여인에 불과했다. 그래서 나는 그 고통을 주 하나님에게만이 믿고 맡기면서 그녀의 영혼을 구원하기 위해 기도하는 거다.

"그 '부활의 의미'를 느낀 그 부활절이 다시 나에게는 그것이 큰 소망이고 사랑이었다는 것을 믿게끔 생각하게 되는 계기다."
하고 언니는 나에게 말했다.

오늘은 토요일이고 휴일이었다. 교회의 모임에서 목사님에 간단한 설교와 기도를 듣고 나왔다.

우린 부활주일을 맞는 히로시마시의 모든 사람이 벽에 기댄 채 두 눈을 지그시 뜨고 히로시마 항구를 바라보았다. 시의 분위기는 극우주의자들의 확성기 때문에 별천지처럼 퇴색되어 가면서 얼굴빛에서 보인 것은 공포와 자조 섞인 분노로 인해 목사님의 설교가 점점 심화하는 가운데에 그들은 일부러 교회에 와서 목사님의 설교를 듣고 조직적인 반대 움직임까지 보이기 시작했다.

목사님의 설교가 점점 전쟁의 잔혹성에 대한 비판이 계속되면서 언니는 목사님에 안위까지 걱정하기에 이르렀다. 차츰 시내 거리는 밤의 밑바닥에서부터 어둠이 내리고 시의 가로등 빛이 들어오기 시작했다.

지나가던 한 남자는 약간 정신을 놓은 사람처럼 헛소리를 내며 허여멀건한 얼굴이 누런빛으로 물들어 있었다.

"언니 최근에 저런 미친 사람들이 많아요?"

"그래, 앞으로의 이 나라의 장래가 걱정이야. 전쟁은 곧 끝나겠지만 우린 무엇을 먹고 무엇을 해야지."

"언니 너무 걱정하지 마!"

언니의 눈엔 눈물방울이 맺혀 있었다.

우린 그런 걱정을 하며 거리를 걷고 있었다. 기차역 부근을 지날 때, 찻집에는 사람들이 삼삼오오 모여 식사를 하거나 차를 마시며 담소를 하는 사람들이 보였다. 나는 여러 달 동안 편한 삶과 학교생활을 만끽하고 있었다. 학교생활이 무엇이고 점점 의학 공부가 무엇인지를 말해 주고 있었다. 푸르스름하게 잿빛으로 물든 들판은 자연과 인간의 만남의 장소이었다.

언니는 자주 집을 찾아와서 애기꽃을 피웠다. 아주머니도 쉼 없이 이야기하며 말을 이어갔다. 언니는 웃는 아주머니 표정을 좋아했다. 납빛으로 물든 오전, 우린 방에서 뒹굴며 전등갓 밑으로 흐르는 빛을 냉정하게 바라보았다. 그러면서 이런 꿈같은 세상을 향해 조소를 보냈다.

그때 조카가 별안간 나타난다. 그는 여기저기를 다니면서 무언가를 찾고 있는 듯이 보였다. 아주머니는 새파랗게 질린 모습으로 나를 쳐다보았다. 조카는 몹시 흥분해 있었다. 그는 안방으로 들어가 장롱 안을 마구 뒤졌다. 걱정 섞인 표정으로 내려간 아주머니는 고베 조카를 멍하니 쳐다보았다.

"뭐 때문에 그렇게 장롱을 뒤적이죠?"

아주머니의 목소리에 나는 온몸이 떨렸다. 그는 한동안 돌아서서 아주머니를 비정한 눈빛으로 쳐다보았다. 아주머니의 소리는 내 귀를 의심하게 했다.

"그 장롱 안에 아무것도 없어요. 내가 매일 청소하느냐고 보기 때문이죠."

"맞아! 당신은 알고 있을걸? 이 앙큼한 인간 여우, 당신 남편이 위대한 천황의 전쟁터에 나가 싸우는 동안 당신은 이 방안에서 여기 늑대와 무슨 짓을 하며 지냈나? 분명히 그 서류가 여기 있을 것이고 당신도 잘 알고 있을 것이다."

그는 무서운 눈초리를 하고 나서 휙 돌아서 아주머니 뺨을 힘차게 때렸다. 나는 방안 가까이 가서 바라보고 있었다. 순간 나는 달려들었다. 그리고 그 앞을 막아섰다. 아주머니는 울면서 이렇게 외쳤다.

"주인님은 나에게는 스승 같은 분이죠? 내가 학생 때 스승님이었죠? 여기서 멀리 떨어진 산골 마을에 처음 전학 오신 고베 선생님은 나에게 희망과 같은 그 무엇인가를 생각나게 하고 찾아가는 길을 열어주신 분이시죠?"

다시 아주머니는 엉엉 울기 시작했다.

"이런 앙큼한 것들이 나를 따돌리고 무슨 짓을 하고 있지!"

그는 그 끔찍한 콧구멍을 벌렁거리며 악을 썼고, 나도 증오의 찬 미소와 잔인한 코 웃음소리를 내며 노려보았다. 그리고 그는 밖으로 나갔다. 그가 사라진 집에서 우린 마루에 주저앉아서 울었다. 나는 가만히 부엌에 가서 커피를 가지고 아주머니를 데리고 2층으로 올라왔다. 차를 같이 마시면서 울음이 그치기를 기다렸다. 그 전날 밤, 회장님과 며칠 전부터 신경전을 벌인 끝에 자정쯤 나타난 조카는 회장님이 외국으로 간 것을 알고 아주머니에게 화풀이를 한 것이다. 우린 새벽 일찍이 교회에 가고 아주머니를 집으로 보냈다.

언니와 온종일 대화하며 시를 읽는다.

아주머니의 슬픔은 내 슬픔이었고, 그런 경우가 처음은 아닌 것 같았다. 그 아주머니의 경우는 여러 가지 딱한 사정이 곳곳에 있었고, 특히 회장님하고 사제 간으로 부인이 심장병으로 급사하자 거의 집안일을 도맡아 지금까지 회장님을 돌본 것이다. 그 조카도 그런 사실을 잘 알고 있을 것이다. 짐승이 아닌 이상 사람이라면 그것을 알고 있겠지만, 최근에 유독 심하게 아주머니는 괴롭히고 있는 것은 나에게 원인이 있다고 생각했다. 오늘은 휴일이었고 맑게 갠 하늘은 깊고 높았다. 그가 성을 내고 마음이 변하여 뒤흔들고 있는 것이 나에게 이유가 있고 그것을 직접적인 방법으로 나타낸 것에 한계를 느끼고 나서 다른 방법을 찾는 것 같았다.

"그 조카가 이런 소란은 처음 있는 일이 아니죠?"

내가 물었지만, 아주머니는 흐느끼며 무엇인가 이야기를 하려고 했다. 내가 부엌에서 가지고 온 차를 건네 손을 잡아 주었다. 아주머니는 물을 컵에 가득 부은 이후 후룩후룩 마셨다. 아주머니는 조카에게 신경을 쓰느라고 감정이 예민해진 탓이었다. 눈물을 그치고 내가 가지고 온 커피를 마시며 입가에 가벼운 미소를 보였다. 그리고 손목에 염주를 두 번 돌렸다.

"우리 집 기사가 이야기하는데 며칠 전엔 그가 무슨 일인지 흥분하며 회장님에게 악담했다고 합니다. 그리고 그가 며칠 전에 꿈을 꾼 것에 대해 점괘를 보기 위해 점집에서 여러 시간 있었다고 했는데."

"이상한 꿈을 꾼 것을 점괘를 보았다고요."

"예!"

그리고 아주머니는 손목에 있는 염주를 여러 번 손으로 돌리고 나서 다시 이렇게 말했다.

"무슨 꿈인지 새벽 5시에 전화를 해서 만나 어딜 다녀 왔다고 하는

데 그곳은 정확하게 이야기를 하지 않아서."

아주머니는 무엇에 홀린 사람처럼 염주를 계속 돌리고 있었다. 그 아주머니는 염주를 돌리고 여러 가지 이야기를 되풀이하면서 우린 다시 '비밀의 문'의 한 발짝 다가선 느낌이 들었다. 아주머니의 비밀이 새삼 여러 가지를 생각하게 만들었다. 그런 의문 속에서 내 마음은 멍들고 더 답답하면서 망연자실할 수밖에 없었다. 그가 점집에서 점을 본 것까지 생각하기 싫었다.

다음 날 학교에서 돌아오니 아주머니는 부엌에 계셨다. 맛있는 냄새가 집 안을 따뜻하게 데웠다. 그러나 여전히 무표정한 얼굴을 하고 있었다. 어제 그렇게 울음이 그치지 않아서 나는 몹시 걱정했다.

난 아주머니를 등 뒤에서 부드럽게 끌어안았다. 나는 여기 히로시마에 나 이외에 또 다른 한 사람이 있다는 사실에 놀라움을 금할 수가 없었다. 몹시 초조하고 미미하고 무미건조한 삶을 살아가는 그 조카의 알량한 속셈을 우리는 조금씩 간파해 가기 시작했다. 그가 나에게 어느 정도의 흑심이 있을 수도 있다는 생각이 들었다가 혹시 모르지, 사람이란 그 어떤 것보다 더 엉뚱하고 다른 사람들을 설득하지 못하는 생각을 했다고 해도 그것이 다른 사람들에게 미칠 영향이 어떤 것인지 그 자신조차 알 도리가 없을 것이다. 그의 행동이나 자제심을 나는 간과해서는 안 된다고 생각했다.

"그는 무엇인가 만들어 내는 데는 특별한 재주가 있는 것 같아요."

아주머니는 약간 사팔뜨기 눈동자로 하늘을 보며 말했다. 나도 아주머니처럼 그 조카가 그런 재주가 있는 것은 인정해야 했다.

"그 조카가 옛날엔 이렇게 모질게 하지는 않았는데."

아주머니는 길게 한숨을 내쉬며 말했다.

언니와 교회로 갔다.
　이지 언니는 그 당시 아직 주 그리스도를 믿지 않고 있을 때, 사람이 사람에게 상처를 주는 일들이 흔하게 일어난다고 이야기했다. 특히, 그녀가 우려하는 것은 조선에 온 예쁜 여학생- 아주 특별하고 주목받기에 딱 맞는 의학 공부하는 순결한 유학생이 -이런 특징 때문에 우리가 판단하고 생각하기에 여러 가지 우려 섞인 모습으로 볼 수밖에 없다는 것이다. 그것이 다른 우려나 상처 같은 것을 건드려서 들춰내려는 것을 우리가 염려하지 않을 수 없다고 말했다.
　내가 생각했던 행복은 어디서 왔던가? 우리가 염려했던 여러 가지 방종은 무엇인가?
　언니는 이런 말을 하면서 조금이라도 나를 도와주려는 생각에 이런저런 이야기를 하다가 여러 가지 이면이 다른 사람들에 대해 의학적인 관점이나 일반적인 생각을 이야기했다. 사람이 아무리 존경받고 위대하고 독특한 사람일지라도 우리는 그 속에 속한 사람의 종류나 동질성에 대해 여러 가지 생각을 서로 논쟁하고 다투는 일이 인간 사이에 흔하게 일어난다. 그것을 두려워하거나 피해 갈 수도 없고 생각을 할 여력이 없는 것이 더 슬프게 했다.
　그것을 두려워하거나 느낄 수 있는 것은 내 자신뿐이었다. 그래서 더 슬펐는지 모른다.
　유리창 너머로 불빛들이 멈춰 있었다. 이지 언니는 자신의 꿈을 위해 가족의 희생이 뒤따라야 했고, 아주머니는 계속해서 염주를 돌리며 자신의 감정의 우려와 상처를 드러내지 못했다. 우리는 상처가 덧나기 전에 치유하고 보듬어야 했다. 우린 식사를 마치고 테라스로 나왔다. 야간 등화관제 훈련 때문에 항구와 시내는 어둠 속에 하늘의 별빛 축제가 벌어지고 있는 것 같았다. 수없이 천공에 펼쳐진 별빛과 은하수의 놀이는 더욱 휘영청 밝게 빛났다.

 항구는 전쟁 때문에 어둠 속에 묻혀 있고 각 마을에서나 도로에는 스산하고 작게 움직이는 승용차 소리만 들려왔다. 어둠의 공간 사이에서 하늘은 은빛 은하수 무지개색이 은은하게 활짝 펼쳐져 있었다. 나는 이 순간을 늘 떠올린다. 대지가 어둠을 품고 있고 하늘에 수많은 별빛이 빛나고 있을 때, 우리는 밖에 나가 마당 한가운데에 멍석을 깔고서 그 위에 누워 어머니를 생각하며 하늘 위를 끝없이 바라보았다. 가지런히 하늘에 누워 별빛에 수를 세어 봅니다. 그러면 어둠이 별빛을 끌어냅니다. 이내 하늘 위에서 끝없이 별빛이 쏟아졌다.

 "아마, 저 별은 어머니별이고, 저 북극성은 아빠별이면 나는 어느 별이죠?"

 "너는 저 옆에 독수리자리 별과 거문고자리의 별빛이 빛나는 다리에서 서로 만나, 빛나는 빛의 향연을 서로 교환하고 위로하고 소통하면서 지내는 인간의 삶을 들여다본 것."
하고 어릴 때 아버지가 이야기해 주었다.

 그날 자정쯤 이상하고 요란한 외침에 나는 일어나 앉아 있었다. 할머니는 울고 있었죠? 그때 4살인가 된 어린 나는 다시 아침이 되고 할머니와 병원에 갔다. 할머니는 응급실 앞에서 울고 계시고 나는 조금 떨어진 의자에 앉아서 안에서 다급한 어머니의 울음소리를 들을 수가 있었다.

 무슨 일이 벌어지고 있었지만, 그때는 마냥 그 무엇인가 다가오는 소리와 가슴과 심장이 요동치고 격동했다. 할머니는 이렇게 외쳤다.

 "아! 아? 나에게 황소가 사라졌다. 앞으로 우리 가족과 아이의 운명은 어떻게 달라질 것인가?"

 난 그때 일을 생각하면 비통하고 비정함을 느낀다. 또다시 돌아올 수 없는 시간의 처절함이 내 가족 내 아버지가 이승을 떠나 저승으로 가는 황천길에서 할머니가 몸부림치고 살이 떨리는 칼춤 위에서 외쳤던 순간이 기억난다. 할머니도 오래지 않아 아버지를 따라서 세상을 떠난다.

"이것이 내 운명이라면 받아들여야 하나?"

밖으로 나와 그렇게 절규하던 할머니와 어머니의 모습을 지금까지 기억하고 잊지 못하는…, 그것을 아직도 내 마음 한쪽 구석에 깊이 간직하고 있었다.

"나는 한평생 기도와 주 그리스도의 모습을 그리며 생활해 왔고, 이제 내 아들이 하늘나라로 멀리 떠나는 지금의 상황에서 나는 주 하나님에게 무엇을 더 이야기할 것인가? 오로지 나는 아들을 따라 하늘나라로 갈 날만 남아 있다. 인생을 살면서 나는 아버지 하나님께 기도하지 않았고 진정으로 그 믿음을 믿지 않고 항상 의심했다."

그런 할머니의 모습이 지금도 아니 내 과거의 기억을 추론하는 계기가 된 것에 당황했다. 할머니와 아버지의 관계가 나와 지금에 고국에 있는 어머니의 관계처럼 사랑하는 어미와 자식의 개념에서 할머니가 들려준 여러 가지 이야기가 있었다.

견우와 직녀가 만나는 칠월칠석이 지난 지도 멀지 않았지만 많은 별빛 속에서 내 별을 찾고 있었다. 그날 나는 아버지와 어머니, 그리고 무지개색이 펼쳐진 하루, 그 우주 안엔 별들이 무지개색이 빛나고 은하수 별빛 사이를 건너가는 것을 보며 웃고 있었던 아버지가 지금도 창문 앞에 앉아 있는 모습이 생각난다. 그때를 상상하면서 동녘 바람을 타고 꿈꾸는 나에게 나타나기도 했다.

이 설화는 칠월칠석의 민속과 함께 오랜 세월 동안 우리 민족 정서에 큰 영향을 미치는 이야기이며, 매년 칠월칠석이 되면 두 별이 은하

수 가운데에 두고 그 위치가 매우 가까워진 데서 설화가 생겨났다. 두 은하수는 독수리자리 별과 거문고자리의 별빛이 더욱 빛나면서 우리나라에서 더욱 잘 보이고 「대동」에 설화의 염원으로 추정되는 시구가 나왔다. 후한 '25~220년' 말경에는 견우와 직녀 두 별을 인격화하면서 설화로 전해져 내려오고 있다. 그 실례로는 강서 덕흥리 고구려 고분벽화에 은하수 사이에 견우와 직녀가 개를 데리고 있는 별빛에 그림이 발견된 것이다.

   나는 그런 생각을 하며 별빛을 보면서 이렇게 외쳤다.
   "아주머니, 저 별빛 속에 많은 설화가 있습니다. 저기 보이는 독수리자리의 견우성의 별과 거문고자리의 직녀성 별빛이 찬란하게 밤하늘을 가르고 지나고 있습니다. 칠월칠석이 되면 우리 동네 아이들이 나와 칠월칠석을 위한 노래를 부르면, 모든 동네 어른들과 아이들까지 나와 둥그렇게 원을 그려 강강술래의 춤을 추며 밤을 보내는 것입니다."
   '저 별빛 속에 내 아버지의 모습이 있을까?'
하고 생각했다.

   다음 날, 우린 점심을 마치고 차를 타고 바다가 보이는 절벽으로 갔다.
   아주머니는 그 조카 때문에 어지럼증을 호소하고 손으로 염주를 돌리며 오전 내내 부들 부들 떨고 있었다. 그래서 아주머니 만든 어묵탕과 김밥을 싸서 바다를 내려다볼 수 있는 공원길로 갔다. 그곳은 만을 끼고 도는 절벽 낭떠러지 가까운 항구만을 둘러싼 시가지 도로와 항구로 오고 가는 단 하나의 길이었다. 우린 종종 그 길을 따라 산책을 했고 괭이갈매기도 볼 수 있는 그런 곳이다.
   긴 절벽 위로 광대하고 울퉁불퉁한 길의 경계선이 있고 그곳에 공원이 조성되어 있는데, 그 주위로는 산책 도로가 처음부터 거리에서 도로를 돌아 연결되는 통로 사이로 낀 곳에 놀이 공원이 있고 우리가 자주 찾아오는 곳이었다. 텅 빈 거리만큼이나 오늘은 토요일이고 며칠 전에 미국의 공습 경고가 있어서 공원은 다른 휴일보다 노인들만 보이는 조용한 하루이었다.

난 아주머니의 손을 잡고 멀리 섬과 선으로 연결된 항구에 통로로 들고난 배를 손짓하면서 웃고 있었다. 아주머니도 이제 웃기 시작했다. 염주도 돌리지 않았다. 오늘따라 며칠 전 주고받았던 어머니의 애틋한 편지에 나는 그냥 울음을 터트릴 수밖에 없었던 그런 일들을 털어내고 있었다. 그렇게 하룻밤이 저물어 가는 것을 보고 있었다. 그러나 예기치 않게 친구들이 집으로 찾아왔다.

큰 소리가 내 귀에 들려왔다.

가장 큰 소리는 미사였고, 그 사람 다음으로는 하루가 보였고 유다 친구도 현관 앞에 저승처럼 서 있었다. 나는 아래층으로 뛰어 내려갔다. 요사의 손에는 무엇인가 들고 있었다. 아주머니의 선물을 사서 가지고 왔다. 이지도 오고 하토야마 친구와 그녀의 애인도 보였다. 다른 친구들도 그곳에 서 있었다.

"이렇게 와서 실례가 되지 않았으면 좋았을걸."

하루가 나에게 선물 보따리 내밀면서 말했다. 입에서는 술 냄새가 진하게 났고 마당에 서 있는 친구들과 현관문에 버티고 서 있는 조카도 보였다.

"고베 씨도 오늘 오다가 만나 같이 왔습니다."

고이치미 친구는 거의 무표정한 얼굴로 나에게 말했다. 그 옆에는 하토야마 변호사가 다가오자 한 여인이 다가왔다.

"내 동생인 하루코 양입니다."

그녀는 작은 키에 짙은 다갈색 빛의 속눈썹과 웨이브 붙임 머리와 갈색 머리칼이 바람에 휘날리는 가운데서 나에게 꽃다발을 전해주며 무슨 이야기를 했다. 나는 그녀가 무슨 말을 했지만 약간의 억양이 사투리 같아 알아들을 수가 없었다.

"감사합니다."

나는 그녀에게 인사를 했다.

짙은 화장기 있는 표정과 이지적으로 생긴 예쁜 얼굴이었다.

"어떻게 소식도 없이 여기까지 왔네? 모든 친구가 모였네."

그때 요사가 말하려고 하자 미사가 나서서 이렇게 말했다.

"우리 모두 학과를 끝내고 나서 학교 근처에서 저녁 식사와 술자리 끝에 여기 같이 왔습니다."

미사는 대수롭지 않게 말했다. 미사는 거의 자신의 집처럼 부엌으로 들어갔다. 아주머니가 타는 차를 같이 끓이고 있었다. 그녀의 행동은 거의 자연스러운 몸짓이고 자신만만했다.

"우리 오늘 너의 집 뜰에서 파티를 계획하고 여러 가지 음식들과 물건들을 사서 왔습니다."

요사와 하루는 자연스러운 웃는 표정을 지으며 말했다. 미사는 분명 다른 날과 달라 보였고, 그 옆에 고베 조카는 어디서 먹고 왔는지 입에서 벌써 술 냄새가 진동하면서 미사와 친구처럼 친하게 대화를 하고 있었다. 다른 날과 달리 나에게 존칭까지 쓰면서 조카 역시 우두커니 나를 바라보며 서 있었다. 항상 있었던 때와 같이 친구들의 표정은 변함이 없었고 어제와 같은 행동들과 몸짓을 하며 웃고 있었다. 단지 달라진 것은 고베 조카가 같이 있다는 것뿐이었다. 친구들은 거실 안에 들어와 아주머니가 준비한 차를 마시며 대화를 하고 있었다.

고베 조카는 다림질로 잘 다린 하얀 와이셔츠 옷깃을 세우고 안경까지 쓰고 나타났다.

나는 표정이 굳어갔다. 요사는 금방 그런 표정들을 읽고 있었다.
"자, 친구 여러분, 밖으로 나오시오. 밖에 하늘을 별빛으로 수놓아 있고 새소리, 물소리와 바다 갈매기의 합창 소리가 오늘따라…"

요사는 내 손을 잡고 밖으로 나왔다. 모든 친구가 밖으로 따라 나왔다.

자연의 조화는 사람이 따라올 수 없을 정도로 절묘하다. '이제 막 여기도 봄을 지나 여름의 문턱으로 들어가는 길처럼 보여서일까?' 하고 나는 생각했다. 왜냐하면, 모든 친구의 옷차림이 며칠 전보다 몰라보게 달라졌다고 말할 수 있기 때문이다. 그러나 자연과 인간은 언제든 같이 공존해 왔고, 밤하늘에 별빛이 빛나던 여기 히로시마는 이제 공습경보와 상관없이 학생들이 모여 있었다. 온종일 불볕더위로 불타는 자연은 밤늦게까지 이어져 갔다.

그러나 사람이 전 세계를 점령하고 일본은 태평양을 손에 넣기 위해 전쟁을 벌이면서 많은 감옥 안 죄수들도 사형수를 뺀 나머지 죄인들도 모두가 나라를 지키기 위해 전쟁터로 향하고 있었다. 결국은 전쟁 때문에 한 나라 모두가 전쟁포로처럼 갇혀 지내고 그 속에서 서로를 경계하고 이질적인 감정이나 지성을 보였다. 유일하게 학생들만이 자유로운 공간들을 활용하고 있었다.

이지 언니도 늦게 나타났다.

그녀는 내 옆에 앉으려다 미사에게 거부당하고 나서 나와 맞은편에 앉았다. 요사가 옆에 앉아 있었고 오른쪽에는 하토야마가 보였다. 그리고 두 여학생은 처음 본 학생들이었다. 유다 학생의 이야기로는 간호학과 학생이라고 소개했다. 빙 둘러앉아 자기를 소개하면서 처음에는 돌아가면서 노래를 불렀다. 죽음의 장막처럼 덮여 있었던 히로시마 항구와 별로 멀리 떨어져 있지 않았던 한 지대는 자유의 함성과 젊음의 탄성으로 가득 찼다. 요사는 가벼운 티셔츠 차림의 꽃무늬로 치장한 모습과 바지는 오래전부터 입고 다니는 청바지이기 때문에 눈길을 사로잡았다. 그것은 미제라고 하는 미국에서 만든 청바지라고 하는 옷감이었다.

그가 나에게 선물했지만, 아직 난 입지 못했다.

"그 청바지를 왜 입지 않아요? 청바지이기 때문에 입지 않는다면 내가 다른 옷감으로 바꿔서 가지고 올 수 있죠?"

"아닙니다!"

하고 나는 극구 부인했다. 실은 방 안에서 몇 번 입고 다시 입어 보았지만 아무래도 이상하고 묘한 느낌 때문에 아직도 결정하지 못하고 있었다.

"최근 많은 여대생이 바지 입는 것을 흉으로 생각하지 않아요. 전쟁통이라 물자도 귀하고 없는 나라 살림 속에 모든 여성 등이 그 청바지를 입고 다니는 것을 흉으로 생각하지 않는답니다."

아주머니는 내가 입는 모습을 옆에서 지켜보시며 이렇게 말했다.

미사는 조금은 가슴이 풍만한 것을 한껏 내보이기 위해서 리넨 티셔츠 계통의 고급스러운 흰색 색깔이고, 아래는 허리선이 주름으로 들어간 검은 롱스커트를 입고 있었다. 외국 제품인지 고급스럽고 허리 옆으로 단추를 채우는 멋스러운 모습이 눈에 들어왔다. 이지는 그냥 예쁜 모습과 수수한 차림이 마음에 들었다.

"예쁜 옷이에요."

"이소진 씨, 고맙습니다. 그런데 오늘 여기 올 자리가 아닌데 친구들이 모두 몰려와서 재촉하니 나도 어쩔 수 없이 끌려 왔습니다."

이지는 아직도 몹시 못마땅한 표정을 짓고 있었다. 오늘따라 길게 머리 손질을 한 이지 언니의 머리 모양이 더욱더 표정 예쁘게 드러나게 보였다. 그러나 그녀는 왠지 누렇게 뜬 표정 위에 모자를 쓰고 있었는데, 그 밑으로 일부러 멋을 부려 늘어뜨린 예쁜 머리가 웨이브 져서 몇 가닥 머릿결이 여름밤의 바닷바람 속에 휘날리고 있었다.

마음만큼 머리 모양도 나는 그녀의 그런 모습을 좋아했다. 그러나 누렇게 들뜬 모습과 대조적으로 눈빛의 영롱함이 빛나는 눈동자를 간직하고 있었다.

나는 넓은 마당 한가운데에 빙 둘러앉아 있는 친구들 속으로 들어갔다. 처음에는 옆에 이지 언니와 요사 사이에 앉게 된 나는 약간은 평온한 마음을 유지하면서 맞은편 쪽으로 앉아 있는 고베 조카를 정면으로 맞서며 앉게 되었다.

"저 사람은 누구인데 처음 본 사람이지만 어디서 본 사람 같은데."

이지 언니는 그를 빤히 쳐다보며 빙그레 웃으며 말했다. 나는 아무 답도 할 수 없었다. 그를 보지 않고 하늘을 향해 바라보았다. 촘촘히 박혀 있는 별빛은 모두 아름답게 빛났다. 맥주를 마시기 시작했다.

고베 조카가 오다가 가게에서 샀다고 했다. 우리는 조용한 가운데 조금은 떠들썩하게 노래를 불렀다. 자유가 방종과 굴욕이 아닌 여기 작은 불빛만이 빛나고 조금씩 시간이 갈수록 술에 취한 학생들은 억눌린 자유와 방종이 제거되고, 하늘에는 별빛이 자유롭게 영원히 비출 것 같은 시간이었다. 언제든 다시 올 수 있다는 우리들의 열정, 용기, 지혜와 진리의 샘인 대학교…. 우리는 그런 억제에서 취해 갈 수밖에 없었다는 자괴심과 불행한 고통이 지금도 여기 모든 학생에게 공공연하게 책임을 전가하면서 우리는 오늘 밤을 위해 취해가기 시작했다. 등화관제 때문에 큰 소리로 노래할 수 없으며, 웃음도 마음대로 나타낼 수 없는 여기 이곳에서 자유를 말하는 학생들과 고베 조카도 있었다.

나는 왠지 몹시 취해갔다. 어느 사인가 미사가 옆에 앉아 있었다.

최근 언니의 분노는 극에 달하고 있었다. 언니는 멀리 있는 남편의 생명을 부르고 있으며 그 언제 그 1초 1분간의 지겨운 시간 위에서 통곡하고 있었다. 그러면서 밤을 향하는 그녀의 춤사위는 한없이 시공간을 펄럭이고 있었다. 나는 잠시 일어났다. 그러나 다리가 휘청거렸다. 이상하다. 그렇게 참고 억제하면서 맥주만을 마셨다. 미사가 건네준 몇 잔의 맥주였다.

누군가가 나를 강제로 앉혔다. 그가 고베 조카였다. 나는 술에 취해 있었고 그가 내 손을 강제로 잡고 있었다. 미사는 더 가까이 내 옆으로 다가서서 거의 움직일 수 없을 정도로 가까이 다가섰다. 많은 친구가 일어나 춤을 추고 있었다. 요사도, 이지 언니도, 고이치미 형제도 일어나 만세를 부르며 춤사위는 밤을 향해 너울거리고 있었다.

그 조카의 억센 손마디가 내 몸을 강제하고 억누르면서 거의 움직일 수 없었다. 미사는 내 옆의 겨드랑이에 손을 끼고 억세게 누르고 있었다. 그는 오른쪽에 앉았고 미사는 왼편에 앉았다. 그의 손이 내 사타구니를 파고들기 시작했다. 아마 오른쪽 손인지 자유스럽게 내 사타구니를 파고들고 조금씩 독사의 뱀처럼 슬금슬금 천천히 내 몸을 조여왔다. 그리고 완벽하게 준비된 악마의 발톱처럼 서서히 내 영혼을 파괴하고 갉아먹기 시작했다. 그 흉측한 독사의 뱀은 내 사타구니를 파고들면서 나는 정조를 빼앗긴 한 마리에 작은 물떼새처럼 울부짖었다.

그 악마는 그 손가락을 들고 코에다가 대보았다.

'아, 이건 내 운명이 아니다!'

우리는 이런 전쟁 굴레 안에 갇힌 작은 새처럼 노래와 밤을 향해 춤을 추며 이 전쟁의 굴레인 계엄령까지 비웃으며 놀고 자유방임에 가까운 제어되지 않았던 그런 자유가 오늘도 펼쳐지지만 나는 알 수 없는 영혼이 육체에서 떨어져 나가 지옥으로 떨어진 것이다.

운명이란 무엇인가?

그래, 이것이 내 운명의 정의인가? 맞아! 죽음의 정의와 운명의 정의가 맞부딪치면서 인간은 아무 힘없이 바보나 짐승에 가까운 광기를 내보일 것이고 영혼의 내적인 악마의 본성이 살아나면서 그들도 그것이 무슨 광기이고, 어느 것이 악마의 본질인지도 모른 채 죽게 될 것이다.

둘 사이에 엇비슷하게 정의를 내렸지만 난 나에게 다가오는 죽음과 운명의 사이 그 중간 단계부터 나는 어머니와 헤어지고 바다를 건너면서 이런 생각을 했다. 내 운명이 자유스럽고 그런 숙명을 나 스스로 혼자 헤쳐 나가는 것, 그것이 운명이면 떳떳하게 받아드릴 준비가 되어 있다고 말하는 것!

그러나 그것이 결코 내가 죽음으로 들어가는 운명이라 해도 굴하지 않고 "죽는 날까지 한 점 부끄럼 없이 하늘을 우러러"라고 한 그 시인이 내 눈동자에 들어와 박혀 있었다. 그 소리는 밤을 타고 하늘 높이 나르고 있었다.

그는 내 영혼을 병들게 하고 나를 죽이는 행위를 했다. 나는 지금 지옥으로 가는 마지막 연옥 위에 서 있는 죽음의 망자처럼 슬퍼하고 발등을 찍으며 울고 있다. 나에게 아름다운 나라를 빼앗고 이제는 내 영혼까지 짓밟는 행위를 하며 그것은 그 어떤 변명이니, 용서니, 나를 악의 영혼에서 구원하는 행위이니, 풀 속에 뱀처럼 나를 희롱하고 욕보이는 이중적인 살인과 같다. … 난 절대 나 자신을 용서할 수 없고 그 무엇도 기대할 수 없는 시간적인 숙명 속에 그 자리의 유령처럼 서 있었다.

더러운 손끝과 악의적인 질투가 나를 지옥으로 밀어 넣었다. 악의적이고 맹목적인 이기심과 아집이 나를 죽이고 영혼까지 짓밟는 밤이 찬란하게 별이 빛나던 밤하늘을 그리며… 나는 "모두 죽어가는 것을 사랑해야지 그리고 나한테 주어진 길을 걸어가야겠다."라고 한 그 시인의 영원한 고뇌와 청결한 고민과 조국에 대한 고통을 다시 생각하며 나 자신을 뒤돌아본다. 그러면서 난 반쯤 뜬눈으로 밤을 보냈다.

"나는 자만하지 않을 것이며 별난 사람들처럼 나서지 않을 것이며 이 전쟁이 빨리 끝나 우리 모든 아들이 행복하고 건강한 몸으로 고향으로 돌아올 것을 영원하신 주 하나님에게 기도드리고 찬미하며 찬송가를 부르겠습니다."

며칠 전에 목사님의 기도 소리가 아직도 들리는 듯했다. 왜 그런 생각을 떨치지 못하는 것인지 말할 수도 없고 알 수도 없었다.

"이 미친 전쟁으로 단란하고 순결한 우리 가정의 행복마저 빼앗긴 지도 벌써 5년 이상 되었습니다. 우리 가족의 삶은 지칠 대로 지치고 생애는 곧 죽음만이 우리 존재를 실감할 수 있는 지경입니다. 이 모든 전쟁이 곧 끝나기를 주 하나님에게 기원하고 기도합니다."

목사의 목소리와 강론이 점점 톤이 강해지면서 모든 사람의 기도 소리가 점점 크게 반향을 일으켰다. 어느 신자의 방언에 가까운 기도 소리가 우리 히로시마의 모든 민중의 영혼과 심금을 울리고 있었다. 나는 약간은 걱정 섞이고 조마조마 마음을 가지게 되었다. 미사는 이런 말을 한 적이 있었다.

"그 목사의 말이 점점 우리 국민에게 악영향을 주고 이 위대한 대일본 제국주의 전쟁을 헐뜯는 발언을 서슴지 않고 하는 것은 우려스러운 면이 있다."

하고 그녀가 말하자 유다도 덩달아 목소리를 높이며 이렇게 외쳤다.

"지금은 우리 아들들이 숭고한 전쟁터에서 목숨을 걸고 천황폐하의 말씀을 받들고 있다. 우리나라는 영원할 것이라는 생각과 가치가 지금 충돌하고 있다. 아! 아, 암담한 치욕의 밤은 빨리 우리 앞에서 영원히 사라질 것이다."

그런 이야기들이 야비한 극우주의자들의 입에서 입으로 전해지고 결국 극성스러운 대학생들은 이미 교회에 가서 목사에게 설교를 못 하도록 해야 하고 감시를 해야 한다고 목소리가 점점 높아가고 있었다. 그러나 나와 요사는 최근 교회에서 예배를 드리면서 하나의 생각으로 변해간다.

"그 목사는 자신이 배운 사람의 가치와 일반적인 가족의 삶의 방식에 대해 주그리스도 사상을 일반 국민에게 강론하는 것뿐이다. 그 이상도 이하도 아니다. 우리가 목사의 말씀까지 간섭한다면 누가 무엇을 할 수 있는가?"

하고 요사는 열변을 토했다.

그런 가운데 우린 며칠 밤을 부단히 오고 갔다.

오늘은 고베 회장님의 생일날이었다. 아주머니가 부적처럼 지닌 염주는 어릴 때 아주머니의 할머니가 준 선물이고 그것에 얽힌 그 아주머니의 '비밀의 문'처럼 난 그때 그 모든 역설적인 것들을 보며 듣고 인식하기 시작했다. 그 아주머니의 비밀이 무엇이고 무슨 사연이 숨어 있기에 늘 염주를 돌리는 것일까? 북적거리던 어시장이나 생선가게에서 손님들과 흥정하는 소리, 긴 시장 옆으로 난 네거리에 앉아 장사하며 우릴 쳐다보는 눈빛들, 그리고 시장을 보는 멋진 아가씨와 이야기에 빠진 아낙네의 넋두리들, 우리가 회장님의 멋진 생일 선물을 사기 위해서 네거리에 서서 의논했던 이야기가 두서없이 뒤죽박죽 변해갔다.

우린 술에 취해 오후 늦게 퇴근한 회장님을 위해 여러 가지 찬과 맛있는 어묵탕과 그리고 초밥을 준비했다. 이런 생각은 내 허기진 마음을 달래기 위해 며칠 전에 아주머니와 커피를 마시며 이야기 한 부분들이었다. 난 오후 늦게 학교를 마치고 아주머니와 왁자지껄하게 떠드는 시장네거리를 걸으며 장을 보았다. 시장 한 귀퉁이에는 할머니가 텃밭에서 난 양상추, 신선한 배추와 무, 그리고 양파, 애호박 등을 곁들여서 딸기, 사과, 배를 팔고 있었다. 우린 색다른 샐러드를 준비하기 위해 장을 보았다. 오늘은 회장님의 특별한 생일날이니 아침 일찍이 일어나 회장님에게 인사를 하고 마음이 들떠 있었다.

그러면서 회장님의 미소와 아주머니의 웃음소리에 마음을 추슬렀다.

장을 보는 시장 어귀까지 어김없이 그가 우리를 바라보고 있었다. 난 그가 어느 정도 미쳐 있는지 관찰자가 되기로 마음먹었다. 며칠 전 아무 말 없이 회장님의 생일날을 위해 마음을 집중했다. 집을 여러 가지 꽃으로 장식하고 위층 테라스엔 여러 가지 꽃이 핀 화분으로 장식했다. 그리고 마루부터 긴 탁자 위 가운데에 꽃으로 장식을 하고 밑엔 하얗고 아름다운 꽃무늬 탁자보가 더욱 돋보이게 했다. 회장님이 퇴근하시기 전부터 모든 만반의 준비를 마쳐야 했다. 그리고 회장님이 서너 분의 친구들과 함께 우리 집으로 오셨다.

그날의 웃음소리가 아직도 생생했다. 지금까지 회장님에게 그 어떤 답도 드리지 못한 것이 마음에 걸렸다. 우리 별난 인간들도 아니고 그 모든 것에 들떠 있는 사람도 아니다. 지금까지 여러 가지 이야기들이 떠오른다. 어느 봄날의 기억들, 그리고 쥐불놀이하며 동네 짚더미를 온통 태우던 어린 시절 기억, 나의 허망한 꿈들, 행복한 죽음들, 거짓과 위선이 판치는 사회 등이 떠오른다. 나에게 길었던 강추위의 겨울이 지나 봄이 되고, 종장엔 죽음을 맞이할 것이다.

"그리고 목사는 신에 대해 우리에게 설명하는 과정에서 과도하게 말하는 것은 목사님이 주 그리스도를 대리해서 말씀하는 것이므로 우리 학생들은 충분히 인식하고 경건하게 그 말씀을 받아들이고 경청하는 것이 맞는 일이다. 그는 신의 제자이므로 '주 예수님의 말씀을 우리에게 전해주고 그 의미들을 다시 되새기는 역할을 합니다. 그리하여 선과 악을 구별하는 우리들의 인식 또한 변화하게 되고 그 선악의 구별이 우리 아들들에게도 전쟁 속에서 그 역할 다함으로써 적을 구별하고 적을 죽임으로써 우리 아들들이 그 죽음을 측은히 생각하고 경건한 마음으로 돌아간다면 분명한 것은 우리 아들들이 죽음에서 벗어나 영생을 얻고 하늘나라 아들로 거듭 태어나는 영광을 얻을 것입니다.'라고 한 말씀을 우리는 새겨들어야 한다.”

요사는 강변하듯이 말했다.

"또한, 전쟁이 끝나면 우리가 세상으로 나아가야 하는데 그 어떤 장애나 방해가 있으면 절대 안 되는 이유가 우리는 태평양에 속해 있고 앞으로는 태평양을 지나 미국이나 남미와 무역해서 먹고사는 나라이기 때문에 꼭 필요한 조치이다.”

요사는 자기 생각을 섞어서 말했다.

나는 그 목사의 말씀이 내 영혼으로 다시 오는 느낌을 받았다. '매일 나를 괴롭히는 고베 조카의 힘보다 주 그리스도가 옆에 있고 어머니가 나에게 주신 성경과 찬송가가 내 옆에 있는 한 그가 아무리 강변하고 결혼하자고 졸라도 나에겐 그것을 물리칠 힘이 있다는 것을. 아마 그는 모를 것이다.'

하고 생각했다.

어느 날인가 극우주의자들이 성당으로 몰려와서 행패를 부리고 성토했다. 그러나 목사님은 조금도 그것을 개의치 않으면서 성경책을 오른손에 들고 외쳤다.

"죄인들이여, 회개하라. 천국이 멀지 않는 곳에 있고 지옥은 우리 앞에 도달하면서 내일이 어찌 우리에게 영원할 수 있다고 말할 수 있을 것인가? 우리는 무에서 와서 유를 창조하려는 인간의 죄의식에서 벗어나야 진정한 하나님의 제자가 되고 구원을 받아 천국 문에 다가설 수 있는 것이다."

그러나 극우단체 회원들은 목사가 주장하는 뜻을 곡해하고 날달걀까지 던지는 소동 끝에 경찰 특공대가 와서 겨우 진정되고 물러났다. 나는 그 모습을 멀리서 지켜보았다. 그것이 비록 조카가 뒤에서 혹은 측면에서 조정하고 감당할 수 없는 음모를 꾸미는 것인지 요사는 짐작도 못 했다.

"저들은 광신도들이기 때문에 목사님이 위험해!"

이지 언니가 그곳으로 가려고 하자 나는 그녀의 두 소매를 붙잡았다.

"안 돼! 지금은 위험해. 왜냐하면 그들이 아무리 극우단체 회원들이라고 해도 목사님에게 함부로 하지 못할 것이야!"

나는 이지를 잡으며 이렇게 외쳤다.

"저곳에 목사님이 위험에 빠진 것을 보고 그냥 참으라는 것은 우리 자신에게 모욕을 참으라는 것과 마찬가지이다."

언니는 외쳤다.

고베 조카가 점괘를 보고 온 이후 묘한 분위기였다.

"내가 꿈을 꾼 것을 알고 있지. 내 꿈에서 나온 사람이 누구인지 아는가?"

난 땅을 바라보며 답하지 않았다.

"머리를 산발한 사람이 백발이 되어 허공에 되고 악을 쓰는 장면이지. 그래서 점쟁이에게 그 점괘를 이야기했더니 그 인간이 여자라고 하더군?"

나는 여자라고 한 이야기를 듣고 그를 노려보았다.

"그 여자가 백발이 된 이유가 무엇인지 알고나 있나? 인간이 꿈에서 백발이 되며 그 사람은 죽는다는 거야!"

"꿈에서 나온 그 인간이 당신이 아닌지도 모르죠?"

그는 그 말에 성을 내며 손을 쳐들었다. 그때를 생각하며 그 모든 것, 인간이 얼마나 사악한 것인지 알게 되는 것이다. 그래서 그날도 새벽에 일어나 새벽기도를 답할 수밖에 없었다.

잠시 소강상태에서 소리는 접점을 찾고 있는 듯 보이며 한 사람이 목사가 성경을 쳐들고 외치는 곳을 향해 걸어갔다. 아무 말도 들리지 않았지만 잠시 지체하다가 모든 극우단체 회원들이 자동차를 타고 모두 물러간 다음 우리 두 사람은 교회로 들어갔다. 교회 안에는 여러 사람이 숨죽이고 숨어 있었다. 곧 예배가 시작되었다. 오늘따라 찬송가가 더욱 힘차게 울려 퍼지면서 어느 노부인은 눈물까지 훔치면서 노래를 불렀다. 찬송가 소리는 천장을 타고 하늘로 치솟으며 하나님이 노한 이 대지 위에 곧 한바탕 비가 쏟아질 듯이 검은 먹구름이 동에서 서로 움직이기 시작했다.

우린 설교 시간을 마치고 만을 등진 채 절벽공원 의자에 앉았다.

언니는 나의 짙은 속눈썹을 바라보고 있었다. 나의 아름다움과 우아함이 눈에 띈 것인가? 우린 모든 자연과 히로시마 항구가 차츰 마모되고 소멸하며 변해가는 것을 멀리서 바라보았다. 공원을 걷는 노인들과 나이 든 아주머니의 작은 개는 두 귀를 쫑긋 세운 채로 산책하고 있었다. 그럴 때면 우린 무슨 올가미에 걸린 인간들처럼 교회 상단 위에 있는 십자가 모습을 바라보면서 내가 무슨 원죄의 한가운데에 서 있는지 상념에 젖는다. 이지 언니의 따스한 손길을 마음에 담아두면서 우린 만을 낀 항구 도시의 밤 황혼을 바라보았다.

그러면서 새벽 기도 시간에 목사님의 말씀이 떠오른다.

"하느님이시오, 우리에게 영광이 아니면 지옥을 선물해 주시지요? 우리 어린 양은 아무것도 모르는 자처럼- 기독교 신자는 그 어떤 위험이 앞에 떨어지더라도 당황하지 말고 그 속에 숨지도 말고 대항하면서 −주 그리스도의 골고다 언덕에서 참살당하는 보혈을 생각해야 하는 것. 우리가 진정으로 주 그리스도의 제자라면 이해할 수 없는 것일지라도 자신을 희생할 줄 알아야 하고 그 희생의 바탕 위에 주 예수님의 보혈 위에서 마음 영혼을 받을 수 있을 것입니다. 우리의 참사랑은 주 그리스도의 성모 마리아에 배움의 사랑, 태어남의 사랑, 영혼 속의 사랑에 덫처럼 갇혀 있지 않고 오로지 주 그리스도의 사랑만이 영원하다는 것을 믿게 우리 모든 신도에게 영광의 빛을 비추게 해 주십시오. 주 하나님, 나와 우리가 우리의 멸망에 시간은 가깝고 열정과 기도의 시간은 짧게 느꼈지만 우리는 그것을 회개하고 속죄하면서 그 성모 마리아의 사랑과 기도를…."

　시간이 지나면서 사건은 진정되고 우리는 거리와 시가지를 돌아 나오면 뒷골목 어귀에는 아직도 극우주의와 제국주의자들에 담벼락과 전봇대에 여러 가지 불온한 문서들을 붙이고 낙서 등을 해놓았다. 그러면서 대조적으로 최근 시민들은 궁핍한 생활이 이어지고 거리는 날품팔이가 늘어나고 있는 모습을 보곤 한다. 그러나 저녁 하늘은 깊고도 푸르스름한 빛의 바다처럼 펼쳐져 있었다.

　그 위에는 별빛과 휘청거리는 도시의 불빛이 펄럭이고 있을 뿐이었다.

5장
윤동주 시인을 만난다

나는 태어나서 가장 행복한 시간에 어느 날인가 교토로 가고 있었다.

이지 언니와 요사가 보여준 여러 가지 수수께끼 같은 '비밀 문' 앞에 선 난 작은 악마의 화신이 된 것처럼 춤을 추고 있었다. 내 어머니가 말하는 정조 개념조차 알지 못하고 떠난 머나먼 이국땅에서 나는 한 남자의 선의와 사랑을 구별하기조차 힘겨운 나날을 보내고 있었는데 현재의 처지에서 과거와 미래를 향하고 있는 한 남자의 의지에 경의를 보내고 있었다. 나는 며칠 전, 흉간에 대해 끊임없이 생각해 보았다. 사람의 더러운 탐욕이 나에게 다가오고 영향을 미치면서 더는 설 자리를 찾지 못하고 당황했다.

그것을 아는지 언니가 나에게 남편을 보러 가는 길에 윤동주 시인을 만나면 어떨지 물었다. 난 답을 못하고 붉게 불타고 검붉은 햇빛이 펼쳐진 하늘을 바라보았다. 자연은 밝게 빛났으나 비는 오지 않았고 곧바로 새벽 여명이 우리에게 다가오고 있었다. 그러자 옆에 있던 요사도 고개를 끄덕이며 표정은 붉게 변해 있었다. 우린 새벽기도를 위해 교회에서 모였다. 며칠이 지나 우린 조용하고 침착하게 히로시마역으로 가고 있었다.

"동경 시내까지 몇 시간 걸리죠?"

"약 25시간 정도로 가야 합니다. 보통 열차는 이틀 이상 가야 하지만 이 열차는 특급열차이고 보통은 군인들이 이용하는 열차입니다."

"예!"

"어젯밤 언니가 남편을 만나서 남편 품에 안겨 평온하고 행복하게 웃는 모습을 봤어요?"

"그 꿈은 행복한 꿈이네요?"

"이소진 씨도 곧 그런 시간이 올 거야!"

나는 그 말에 아무 답도 하지 않았지만, 거울 속에서 요사의 다정어린 눈빛이 이지 언니를 통해서 울려오는 심장의 영혼 소리를 엿들을 수 있었다. 한 여자가 멀리 전쟁에 있는 한 남자를 바라보는 눈빛이 이렇게 진하고 부드럽고 숭고한지 예전엔 잘 알지 못한 부분이었다. 칠흑 같은 밤, 기차는 쉼 없이 내달리고 차장은 온통 검은색으로 덮인 밤을 향해 우린 덧없는 충격의 열차 위를 달려가고 있었다.

그러나 잠시 잠에 떨어진 우린 요사의 말에 꿈에서 일어났다.

"열차가 멈춘 것은 무슨 일이죠?"

"우린 여기서 내려야 할 것 같습니다. 우린 후쿠오카로 가야 할 것 같아 언니와 작별을 해야 합니다."

"무슨 이야기이죠? 요사 씨, 무슨 일인지 사실대로 말씀해 주세요?"

언니가 난처한 표정으로 말했다.

"사실 내가 생각했던 여러 가지 상황 등이 시시각각 변했고 그 시인이 갑자기 경찰들에게 잡혀 교토 지방 법원에서 판결을 받고 시인은 후쿠오카 교도소에 감금되어 있다는 소식입니다."

그 순간 난 숨이 멎고 심장이 요동치기 시작했다. 열차 안에서 언니는 요사에게 이야기를 종용했다.

"사실은 며칠 전부터 여러 가지 가설적인 사실들을 친구들에게 전해 들었지만 믿지 않았고 그런 일은 잊을 수 없는 일이라고 생각했죠? 그러나 그런 염려가 현실로 바뀌었고, 그 시인은 오래전부터 경찰에게 사상범으로 내사를 받고 며칠 전에는 법원에서 형이 확정되어 지금은 후쿠오카 교도소에 있다고 합니다. 이지 언니는 남편을 만나야 하므로 교토로 가고 우린 여기서 내려 반대 방향으로 가는 열차를 갈아타야 합니다."

"요사 씨, 그것이 사실인가요?"

"사실입니다."

난 혓바닥이 굳어오고 말이 나오지 않았다.

"우린 지금까지 그것에 대해 알지 못하고 있었네."

그녀는 포기한 상태에서 나를 바라보았다.

"언니, 이게 무슨 날벼락인가요?"

우린 열차 밖으로 나와 역내에서 마을로 들어가려고 했다. 어둠뿐인 마을 입구로 들어가기 전에 개찰구에 선 난 그들의 모습이 보이는 온통 광대한 어둠 속에 서 있었다. 역 부근에서 두 사람이 다투는 몸짓 하나하나의 희미한 모습을 보았다. 언니는 무릎을 굽히고 등은 구부린 채로 서서 무엇인가 손짓과 발짓만 보이며 바람을 따라 작은 소리가 들렸다. 요사는 무엇인가를 설명하지만, 그의 손가락과 손짓은 다만 허공을 헤매고 몸은 구부린 채로 언니에게 다가갔다. 두 사람은 이내 부둥켜안았다. 난 몸은 하늘을 날고 마음은 불안정한 자세에서 쪼그려 앉아 있다가 다시 서서 어둠을 향해 무엇인가 외쳤다. 어두운 휘장을 친 초상집처럼 형형색색 긴 휘장들이 여러 가지 종이 색으로 치장한 밤의 역 부근에 무당집을 등진 채로 어둠 속을 향하여 외롭고 위태롭게 우린 서로 보며 서 있었다. 이지 언니도 남편이 있는 곳으로 가려면 여기서 다른 기차로 갈아타야 한다고 했다. 그래서 마을에 있는 여관에 가서 자고 열차 편이 있는 데로 떠나기로 했다.

마을은 어둠에 쥐 죽은 듯 조용히 잠들어 있었다. 여관 앞에서 나는 저쪽 어느 한 곳인 어둠을 향해 서 있었는데, 어디서 지조 높은 개는 밤새며 어둠을 짖었다. 울다 웃다 잠이 든 난 소란한 소리에 잠에서 일어났다. 자연스럽게 열린 작은 창문 틈으로 달빛이 새어 들어왔다. 우리는 낡고 검은 흔적으로 그을린 쥐 죽은 듯 고요한 기차역 정거장에 시선을 던졌다. 작업복을 입은 한 직원이 차츰 사라져 가는 기차를 향해서 수신호를 보내고 있는 것을 바라보았다.

정거장 그늘 뒤쪽으로 길게 검은 그림자가 드리워져 있었다.

자연과 사람은 잠들어 있었다. 그러나 우린 그 자연의 일부분으로 영원히 남아 있을 것이다. 지구가 영원히 멸망하기 전까지 이는 말이다.

"내가 먼저 지금 떠나야 해. 우린 인간으로 태어나 볼 수 없는 모습과 겪을 수 없는 형태의 삶에서 헤어 나와야 하는 사람이고, 인간이기에, 난 당신에게 더 이야기할 명분과 사리에 맞는 그런 말이 지금 생각나지 않아! 그건 서로 다른 나라에서 태어난 이해 때문이고 같은 마음이나 생각하는 게 다를 수 있지만 우리는 인간이 아닌 사람의 행동을 볼 수 있을 때 선택을 해야 할 시기가 온 것인지 몰라? 내가 너를 동생으로 생각하고 있는 것은 알고 있지. 우린 언젠가는 서로 다른 방향을 향해서 나아 갈 때가 도래했다고 해도 그것을 어떻게 극복해야 하는 과제 앞에 놓이게 되고, 그런 우리의 마음이 옳고 그름을 판단할 수 있는지조차 지금은 이야기할 수가 없지. 먼 훗날에 거리와 산에 바위가 흙먼지로 변한다고 해도 우린 지금 가지고 있는 마음이 변하지 말란 법도 없을 것이고 그것이 지난 이후에야 우린 우리가 지나간 시간과 거리에서 흙먼지로 변한 모습을 볼 수 있을지 몰라!"

난 그들의 그림자가 거리와 역으로 멀어져 가는 희미한 모습을 볼 수밖에 없었다.

이제는 흔들리는 외등 사이에 눈동자는 아무것도 없는 지옥의 빛만 보이는 이 외롭고 황량한 거리를 보고 있었다. 나는 갑자기 오한이 오고 몸은 불덩이 변해서 여관 밖 현관 근처에서 어둠 속 짖는 개의 소리만 들을 수 있었다. 난 희미한 모습이 마지막으로 보일 때까지 먼발치에서 처절한 몸의 모습으로 겨우 기둥 사이를 지탱해 서 있었다. 시인이 사상범이고 저항 시인으로 오래전부터 경찰에게 감시를 받고 있으며 그가 시를 쓴다는 목적의식으로 외곬 영혼이 짓밟히고 뭉개지고 있었다. 한민족의 몸이 부서진 채로 차디찬 옥방에 누워 피눈물을 흐르는 그의 모습을 상상할 수밖에 없었다.

다른 도리가 없는 내 모습이 검은 그림자가 되어 허공을 돈다.

내가 지금까지 사랑했던 나의 조국과 행복했다고 생각되는 나날들이 다 안개 속 흙먼지처럼 날아가 버리고 희뿌연 거리와 역 대기실에 보였던 천황의 우상만이 보이는 억지스러운 현실은 나에게 한낮 꿈처럼 느껴졌다. 난 지금까지 억지스럽고 무관심하게 홀로 꿈을 꾸고 있었는지 모른다. 내 화려한 생활과 학교에 다니는 내 영혼의 그림자가 진정 내 한 몸에서 비롯된 허망한 꿈인지 모른다고 생각한다. 저항 시인이란 무엇인가? 나는 그런 말의 뜻조차 생각하거나 마음에 담고 있었던 적이 없었다. 난 지옥 같은 밤에 그 시인의 고백으로 인해 그 모든 것의 진실을 알게 된다.

"죽는 날까지 하늘을 우러러 한 점 부끄럼이 없기를, 잎새에 이는 바람에도 나는 괴로워했다."

하고 그 시인이 나에게 말했다는 것!

  그러면서 그 시인은 그 기나긴 청년 시대의 꿈을 여기 지하 옥방에서 무너진 그의 표정에서 느낀 공허한 참회는 우리 조국에 민낯이고 초상이었다. 그런 야박한 동정심과 무관심만을 의해서 그 무엇도 그 어떤 것도 나의 초상은 동정심과 무관심을 초월하면서 난, 아무런 마음도 없는 이런 모진 밤을 두려워했다. 아버지를 생각하면서 밤하늘에 별을 새며 누워 아버지가 있는 저 하늘에 별들과 우리의 죄를 생각했는지 모른다. 이렇게, 지금 잔혹 밤이 열리고 낮의 햇빛이 번쩍이는 이 무자비한 세상 앞에서 나는 자옥한 안개 낀 밤 앞에 서서 그 시인을 떠올리고 있었다.

  난 이 세상 모든 것이 한가롭고 여유 있게 느껴졌는지 모르겠다. 지금 어둠을 향해 짖는 개소리, 허망한 나의 꿈, 여기 온 내 영혼과 무자비한 족쇄에 갇힌 내 조국 그리고 어머니의 영혼, 이제 새벽이 가고 오면서 벌어진 헛된 나의 욕망, 언니는 떠나고 우린 다시 어둡고 칙칙한 빈방에 누워 요사와 같이 하얀 밤을 보내야 했던 그 모든 것이 나에겐 다가올 추상이었다.

  "자, 가시죠? 후쿠오카로 가는 새벽 5시 정각에 떠나는 열차가 있습니다."

  몸은 천근만근 무거웠지만, 요사 얼굴을 보자 그의 품에 안기고 말았다. 그리고 다시 울기 시작했다. 난 아직도 그 밤과 낮을 기억하고 있다. 긴긴밤에 요란한 친구들의 호의와 이해를 바탕으로 한 놀이가 나에겐 족쇄처럼 지금 새벽 그에 품에서도 그런 흉간을 어떻게 잊을 수 있단 말인가? 그러면서 우린 어디론가 떠나고 있었다. 새로운 길 위에서 그 저항 시인의 외롭고 힘든 투쟁으로 한 걸음 가까이 더 내디뎌야 하는 어려운 시기에 나는 쓸데없는 것을 가지고 반문하며 다시 잠을 잔 것 같았다. 거의 일어난 시간은 바다에 황혼이 찾아오는 긴 시간이었다.

"미안합니다. 바보 같이 울기만 한 것 같아요? 요사 씨!"

난 쥐구멍에라도 들어가고 싶은 심정으로 그의 손을 잡았다. 우리는 후쿠오카 역에서 내릴 때까지 손을 놓지 않았다.

"이소진 씨, 비록 그 시인의 면회를 할 수 없다고 해도 어쩔 수 없는 사정이 있을지도 모르니 그 점을 이해해 주시면 감사합니다."

우리는 밤을 향한 채 기차역 개찰구 옆에 서서 그가 나에게 사정을 이야기했다. 나는 질식한 상황에서도 한 남자의 영혼을 느꼈다. 언니가 떠난 자리는 크게 보였다.

"난 모든 것을 이해하기로 마음을 먹었습니다. 죄송합니다. 너무 요사 씨에게 마음의 짐을 지게 한 것 같아 미안한 마음입니다."

그리고 우린 손을 잡고 그 역을 빠져나왔다. 지나가는 택시를 잡아타고 그가 있는 교도소로 향했다. 육중한 옥문 앞에 서서 오랫동안 교도소 안으로 들어간 요사가 나오기를 바라며 서 있었다. 1분 지나고 10분이 지났지만, 그는 한 시간이 지나는 동안에도 나오지 않았다. '내가 늦게 나온다면 면회를 할 수 있을 것'하고 그는 안으로 들어갔다. 칠흑 같은 밤, 퇴로에는 경계 경찰들만 보이고 내 뺨엔 차가운 밤바람이 스친다. 사람들 사이에서 있었던 사건들을 생각하며 눈물짓고 있었는데, 새벽 여명의 빛이 먼 산쪽으로부터 붉게 물들었다. 나의 어릴 때 기억은 새벽안개 낀 험한 길 어디선가 밤을 잊은 개 짖는 소리, 밤길을 찾아 울퉁불퉁한 거리를 헤매고 무서움에 떨던 밤의 여로에서 허망한 꿈을 꾼 기억들뿐이었다.

"자, 시간이 없어요. 우리 그 시인을 면회할 수 있도록 허가를 받은 상태입니다."

난, 그 자리에 서서 기도를 드렸다. 그렇게 진심 어린 주 하나님에게 기도는 처음이었다. 멀리서부터 붉고 찬 여명이 다가오면서 온몸이 붉은색으로 녹아드는 것을 느낄 수가 있었다. 이것은 나에게 무엇이란 말인가? 지금까지 불행과 행운이 교차하며 지속하여 왔다고 말할 수 있으리라! 오늘 그 시인을 볼 수 있는 마지막 행운을 오래도록 내 영혼 속에 묻어드리라! 그 많은 일과 그런 사람들 사이에 있었던 사건들을 생각하며 눈물짓고 있는데, 곧바로 시간이 다가왔다. 지금 여기서 나 자신에게 보이는 것은 어릴 때 추상뿐이다. 새벽안개 낀 험한 길 위에 어디서 밤을 잊은 개 짖는 소리와 밤길을 찾아 헤매며 무서움에 떨던 밤의 여로에서 내 자아는 집으로 가는 비스듬히 휘어진 올통볼통한 거리의 기억을 헤맨다. 멀리서 밤을 잊은 개 짖는 소리와 밤하늘에 멀리 별들이 잔치를 하는 동안 나는 긴 여름밤에 있었던 아이들과 밤의 술래잡기 놀이, 어릴 때 풀밭에서 놀며 아이들과 시냇물에서 고기를 잡던 그 짧은 시간의 상상으로 들어가는 밤, 어릴 때 밤의 여로에서 아이들과 쥐불놀이하며 온 밤을 붉게 물든 정월 대보름을 추상하고 느끼면서 그런 해방감을 꿈에서 상상했던 것인지 모른다.

어쨌든 그 위대한 시인을 볼 수 있는 것만이라도 나에겐 행운이었다.

"오! 하나님, 감사합니다."

그렇게 기도하는 마음으로 우린 안으로 들어갈 수 있었다. 긴 복도와 희미한 외등만이 보이는 넓은 마당을 지나서 교도관인지 알 수 없는 경찰들이 서 있는 긴 복도를 따라 다시 들어갔다. 음침한 지하 1층으로 내려간 우리는 창문 안에 몇 명의 교도관이 보이는 그런 사무실 앞에서 학생증을 보이며 서 있었다. 긴 복도 사이 안으로 조금 들어가서 면회실이라고 서 있는 곳으로 들어갔다. 겹겹이 벽으로 둘러싸인 옥방 안에선 여러 가지 생각과 자신의 마음을 되새기면서 조여 오는 어둠의 침묵이 그 시인의 지조를 상쇄하고 있었다. 그러면서 나와 모든 여기 유학을 온 학생들에게 족쇄처럼 자갈을 채우는 그들의 만행을 여기 옥방에서 나오는 그 시인의 표정에서 읽을 수 있었다. 우린 작은 쇠창살 작은 틈 사이에 앉아서 그 시인의 핏기 없는 표정과 추한 몸짓에서 우리나라의 비정한 영혼을 볼 수 있었다.

요사는 교도관 중 윗분으로 보이는 사람인 교도관과 한동안 이야기를 했다. 우선 그 시인에겐 면회조차도 엄격하게 통제된 것으로 보였다.

"우선 면회하기조차 어려운 형편입니다."

"왜 아니겠어요? 그들은 항상 못된 일만 하는 자들이니."

이런 이야기는 요사와 이지 언니 사이에 대화에서 나온 말이다. 층층이 들려오는 침묵의 소리와 악취까지 우리는 머리가 아플 정도로 심하고 역겹고 허망한 공간과 냄새 앞에 서 있었다.

"무슨 냄새지?"

난 코를 막고 있지는 않았지만 이런 악취는 죄수들의 삶이 얼마나 냄새만큼 고통과 고뇌가 따르는 것인지 생각했다. 그의 얼굴엔 그늘이 저 있었고 그러면서도 그 시인 얼굴의 도피처가 되어있었다. 실상은 시인이 조국을 그리워하고 사랑했던 그 모든 것이 추상에 불과했던 것인지 모른다고 생각했다. 난, 여기서 그에게 동정해야 할 아무 근거도 찾지 못했다. 우리 인간이 얼마나 귀중하고 위대한지 나는 전에도 지금도 알 수 없는 잃어버린 시간에 눈먼 장님처럼 갇혀 있었다. 잃어버린 시간은 추상처럼 한낮 연민에도 불구하고 여기서 내가 느낀 모든 것에 비하면 동정은 아무것도 아니었다. 우린 시대가 지나면서 한낮 길 잃은 백성처럼 그들에게 주권을 빼앗겼다.

시인은 그런 슬픈 현실을 직시하면서 조국을 떠나 여기 독사의 소굴로 들어와 있었다. 조국의 죄를 뒤집어쓴 채로 그는 그저 시로서 그 모든 비애를 생각했는지 모른다. 우린 모두가 이런 죄업의 시기에서 거리로 허우적거리며 나와 정처 없이 떠도는 낭인처럼 거리를 헤매면서도 나는 이렇게 의사가 되려고 했던 것인지도 모르지. 그 시인을 보면 내가 느낀 슬픈 비애와 무자비한 절망은 순수하지도 않았고 추상도 아니며 연민은 더욱 아니었다. 그저 열차에서 내린 다음 나에게 비춘 시간이 내 운명의 결정체가 되어 영원히 변하지 않을 것이다. 내 사악한 현실은 살아 움직이고 있었다. 그러면서 그 시인 앞에 나는 우두커니 서 있었다. 우리의 운명은 그저 그 모든 현실에서부터 초월했다.

거짓 운명의 신은 우리를 부정하고 우리의 조국을 부정하고 급기야 저항 시인으로 낙인찍혀 있었다. 난 그런 생각조차 하지 못하고 여기에 건너온 것이다. 그래서 내 운명을 스스로가 지어진 숙명처럼 개척하고 헤쳐 나가야 한다. 어쨌든 그날 밤부터 아침까지 그 시인과 마주 앉아서 그의 표정을 읽으며 나에게 닥쳐올 그 모든 잃어버린 시간을 초월해야 할 그런 숙명을 느꼈다. 그러면서 슬픈 감정도 남아 있지 않았다. 내가 꿈을 꾼 모든 이미지가 사라져 버린 것이다. 그건 우리에게 업보였다.

긴 고통을 머리에 이고 외곬 인생의 삶에 뛰어든 그 위대한 시인을 가까이 볼 수 있다는 희망과 소망을 꺾으며 내 영혼은 산산이 부서진다. 아, 아! 다시는 볼 수 없을지도 모르는, 동시대에 같이 숨을 쉬고 노래하고 공부할 수 있었던 나의 특권도 송두리째 뿌리 뽑히는 절망의 순간을 묵묵히 지켜볼 수밖에 없었다. 우린 무기력하게 그 저항 시인의 위대한 투쟁을 그냥 지켜볼 수밖에 없었다. 그러면서 어릴 때 아버지가 학생들에게 가르친 윤동주 시인의 「서시」를 입술로 외우고 있었다.

눈물이 앞을 가린다. 외곬 인생이 얼마나 참담하고 힘든 일인지 그 시인의 초라하고 하얗게 질린 표정에서 알 것 같다.

죽는 날까지 하늘을 우러러

한 점 부끄럼이 없기를.

잎사귀에 이는 바람에도

나는 괴로워했다.

별을 노래하는 마음으로

모든 죽어 가는 것을 사랑해야지

그리고 나한테 주어진 길을

걸어가야겠다.

오늘 밤에도 별이 바람에 스치운다.

그 시인은 "죽는 날까지 하늘을 우러러 한 점 부끄럼이 없기를." 하고 나에게 말했다.

이건 무슨 뜻이란 말인가? 나에게 보낸 일성이 "죽는 날까지 하늘을 우러러 한 점 부끄럼이 없기를."이라고 했던 그 시인의 얼굴 모습은 거의 하얗게 질린 표정이었다. 그 시인이 일본 강점기에 겪어야 했던 육체적, 정신적 시대정신이었다. 그러면서 그 시인의 표정에서 그 모든 것이 나에게 앞으로 일본에서 살아가야 하는 가혹하고 모진 지표이자 삶의 목표일 것이다.

그의 눈빛은 "모든 죽어 가는 것을 사랑해야지 그리고 나한테 주어진 길을 걸어가야겠다."라고 했던 그 시인의 굳은 의지는 나에게 결코 올 수 없는 의지이고 갈 수 없는 표현이며 상징이고 가치였다. 우린 뜬 눈으로 밤을 지새우며 그 어릴 때 아버지가 들려주던 그 시인의 「서시」가 오늘 밤에도 별이 스치듯 이내 영혼이 잠든 조국에 스쳤다.

우린 다시 만났다.

우린 먼 곳을 돌아서 돗토리현으로 왔다. 언니는 "별 헤는 마음으로"라고 하는 시를 마음껏 부르고 있었다. 요사도 같이 왔다가 곧바로 떠났다.

돗토리 지방에서 우린 시를 쓰고 읽었다.

"하나는 나이고 둘은 하늘 별빛이고 셋은 그 시인의 그리움이고 넷은 나의 어머니, 어머니를 불러 봅니다."

숲속을 지나면서 고향의 품처럼 느낀 돗토리 지방에 멀리는 바다가 보이고 괭이갈매기도 여기까지 찾아온 마을은 이지 할아버지의 동네였다.

괭이갈매기의 애타는 소리에 나는 어머니를 찾으며 어머님의 품에 안기는 꿈을 꾸었다.

어느 틈엔가 숲속을 지나 내 영혼은 바다로 향하고 있었다.

나의 마음의 영혼은 아직도 내 고향에 잠들고 있고 몸은 여기 낯선 곳에서 떠돌고 있는데, 그 속에 잡목숲 낯선 벚꽃만이 만개해 가고 있었다.

내 영혼의 불꽃은 아직 타지도 않고 여기 남아 있었다.

그러나 내 작은 뜻은 열정이나 화음으로 대장간에 녹아 있으며 아직도 그 무엇을 찾는지 나도 알지 못하는 미로 속에 갇혀 있다.

내 생명은 불꽃이 되어 괭이갈매기처럼 하늘 높이 날고 성난 파도는 쉼 없이 하늘을 가르네.

아! 아! 고향과 비슷한 집에는 늙은 어머니가 있었다.

난 그 어떤 미지의 세계로 나가는 한 마리 작은 괭이갈매기처럼 날고 싶었다.

그 옆으로 냇가가 흐르는 작은 다리를 지나서 언니는 긴 숲 안의 작은 절간으로 들어갔다.

이미 그 숲속 붉은 황혼 속에 물든 내 영혼을 보았다.

절간에는 아직도 전쟁의 포성이 들리는 것처럼 그녀의 아버지 영혼이 잠들어 있는 곳.

이곳 절에는 아버지의 영혼을 모신 곳이라고 했다.

스님은 옆에 계시고 우리는 아버지의 영혼을 위해 고개를 숙였다.

숲속 가운데에 자리 잡은 작은 절은 그 한구석에는 연못이 자리 잡고 있었다.

너도 밤나무와 각종 삼나무가 들어찬 숲속에 오솔길이 나왔다.

그녀가 공부하면서 어려움이 있을 때 걷곤 했던 길이다.

행복한 시선이 가로질러 간 길 위 하늘에는 붉은 태양이 빛나고 그 속에 봄의 기운을 느낄 때 나는 우리의 영혼을 노래해야지.

그 속에서 시를 씁니다.

돗토리 거리에는 붉은 화염이 치솟는데!

대장간에 화염이!

굵은 땀방울 속에서 그 할아버지의 넓은 이마의 깊게 파인 굳은 주름살이 눈에 띈다.

세월의 무게만큼 우린 온종일 시를 쓰며 내일을 기다립니다.

나는 할 말을 잊었다.

그 할아버진 낯선 나에게 눈빛을 던졌다.

불꽃 속에서!

그 눈빛이 용광로의 빛이었다.

난, 그것을 듣고 보았다.

어젯밤 시를 읽었다.

죽는 날까지 하늘을 우러러 한 점 부끄럼 없기를.

언니는 특히 우리의 윤동주의 시를 사랑했다.

나는 부끄러운 눈으로 그녀를 돌아보았다.

우리는 밤새도록 그 '별 헤는 마음으로' 하늘에 떠 있는 별을 세어 보며 별 하나는 나이고, 둘은 이지 언니이고, 셋은 조국이고, 넷은 나의 어머니, 어머니, 어머니를 불러 봅니다.

    별 헤는 마음으로

    별 하나의 추억과

    별 하나의 사랑과

    별 하나의 쓸쓸함과

    별 하나의 동경과

    별 하나의 시와

    별 하나의 어머니, 어머니

그날 밤, 별이 빛나는 밤에, 우리는 한 없이 소리 높여 어머니를 외쳤다.

"어머니, 어머니, 어머니는 대답이 없지만 나는 그 답을 알기에 다시 묻지 않았습니다." 답하지 않는 소리와 들리지 않는 메아리는 어머니에게 전해지면서 우리는 두 손 모아 기도를 드렸다.

그 할아버지는 나에게 물었다.

"집이 어디쯤 있냐고?"

나는 답하지 않았다. 그 노부부의 눈빛 속에서 내 영혼을 보았기 때문이다. 어젯밤 꿈속에서 나는 잠깐 어머니 품에 안긴 것이 진실이라면 내 영혼은 지금도 살아 움직임이 있다. 내 꿈은 영원하다. 노부부는 내 슬픔 모습을 보든 그 노부부도 어디엔가 슬픔이 서려 있었다.

집 나간 자식을 찾고 있었다.

내 어머니가 집에서 그런 생각을 하며 꿈을 키우고 있을 것이다.

내 슬픔이요. 사랑이요. 우리 어머니의 진정 어린 사랑!

오, 우리의 영혼에 사랑은 언제나?

난, 눈먼 장님처럼 지금까지 더러운 땅에서 눈물을 짓는다.

내가 특별하게 수강한 '시에 대한 이해'라고 하는 노 교수님의 문학적인 고찰 시간에 강의를 특강으로 들었다. 몇 시간째 나는 시를 이해하고 처음 써 본 그 시를 다시 읽고 읽었다. 세 번째 시간이 끝날 무렵 교수님이 내 곁을 지나면서 이렇게 말했다.

"여기 조선에서 온 여학생이 있다고 들었습니다. 그분이 어디에 앉아 있죠?"

나는 잠시 현기증처럼 심장이 떨렸다. 한동안 멍청하게 앉아 있었다. 그 누구도 아닌 나의 시간인 것처럼 시간이 흘렀다. 분명 나를 지적하는 것 같았지만 몸이 움직이지 않았다. 돌부처처럼 시간이 흐르면서 학생들의 시선이 나에게 집중됨을 느낄 수 있다. 그러나 몸은 더 굳어가고 있었다.

그 교수님이 앞에 서 계셨다.

"내가 지적하는 학생이 아닙니까? 조선에서 온 여학생이고 의학부에 다닌다고 듣고 있었습니다. 우리는 모든 학생이 시를 이해하고 사랑하기 때문에 여기 모인 것입니다. 우리는 그 누구도 교수도 학생도 아닌 오로지 우리는 시를 이해하고 사랑하면서 서로들을 소통하며 시를 읽고 있는 것입니다."

"예!"

나는 거의 들리지 않을 정도로 답을 했다.

"난 조선에서 의학을 공부하러 온 학생입니다."

"자, 부담 갖지 마시고. 내가 지금까지 강의한 시를 이해하시나요?"
"매우 좋은 시 같았습니다."
"내가 이야기하는 부분은 그 시가 조용한 아침의 나라에서 온 학생의 시라는 것에 대한 우리 학생에게 말하고 있는 것입니다. 이름은 윤동주이고 대학생인 그 시인에 대해 아는 바가 있나요?"
"없습니다."
내 말에 모든 학생이 비웃는 듯 웃고 있었다.
"자, 자 학생들은 웃지만 말고 지금 내가 이야기하는 시에 대해 아는 학생이 있습니까? 하긴 나도 이 시에 대해 읽고 이해하는 시간이 얼마 되지 않아서 이야기하기가 부끄럽고 창피합니다."
그러자 웅성거리는 소음 때문에 학생들 사이에 작은 소용돌이처럼 파문이 일었다. 조용했던 교실은 이렇게 환상이 깨지고 말았다.
"자, 이 시간은 시를 이해하기 위해 모인 곳입니다. 나는 단순하게 시에 대해 학생들에게 묻는 것입니다. 다른 측면은 다른 곳에 두고 시를 이해하고 사랑하기 때문에 지금은 시를 공부하는 중입니다. 시는 마음의 문을 열어야 들리고 귀를 기울여야 움직이는 양상 같은 것이죠."
그 교수님의 질책에 교실은 곧 조용해졌다. '한'에 관해서 묻곤 했다. 그 교수는 조용하게 묻고 있었지만, 눈빛은 빛났다. 윤동주 시인의 '한'은 무엇인가? 우리 앞에 놓인 '한'처럼 지조 높고 맑고 청결한 그런 숭고한 '한'인가? 조국을 사랑하는 '한'이고 빼앗긴 주권을 생각하는 '한'!
그리고 이지 언니의 '한'은 무엇인가?
"전쟁에 나간 남편과 시동생을 생각하면 가슴이 찢어져?"
"예!"
이지 언니는 눈빛으로 답했다.
난, 지금 그런 모든 것을 이해하고 있는 것인가?

우리는 식사를 하고 들녘 시냇가로 내려왔다.

물속에 흰 자갈이나 검은색 위에 짙은 회색빛을 띤 무늬의 자갈이 눈에 띄게 흐르며 흐르는 물이 굴절되어 반사된 빛이 내 눈동자로 들어왔다.

발을 담그고 시를 읽고 있었다.

아이의 물장구에 그녀의 '한'은 사라지나 그리운 남편 생각에 눈물을 훔친다.

> 별을 노래하는 마음으로 모든 죽어 가는 것을 사랑해야지.
> 그리고 나한테 주어진 길을 걸어가야겠다.
> 별 헤는 마음으로 노래해야지.

그녀는 끊임없이 그 노래를 부르고 있었다.

그 남편을 부르면서 시를 쓰며 냇가에서 물장구를 치며 그 아이는 하얀 이를 내보인다.

시냇물과 푸른 초원은 변함없는데 그 노모는 삼베 적삼을 입고 내 고향으로 돌아가 있었다.

나는 집 생각과 그녀는 그리움의 눈빛 속에서 임을 그리워하며 시를 읽는다.

수양버들잎이 필 때쯤 눈으로는 시를 쓰며.

수양버들잎이 물에 떨어질 때쯤 나는 어머니 품에 안긴다.

별 하나, 나 하나 하면서 읽어 주던 아버지의 그런 그리움, 내 영혼이 마음을 찢어 놓았다.

시는 위대하고 사랑하며 시를 별 헤는 마음으로 노래해야지.

그녀는 그런 말을 했다.

태양을 향해 웃음 짓고 할아버지 대장간 안의 화염 속에서 삶이 녹아나면서 아이의 웃음 속에 그녀는 한시름 내려놓고서 서서 웃는다.

별 하나의 시와 별 하나의 어머니, 어머니

나의 어머니! 나는 거칠게 외쳤다.

삶을 노래해야지 별을 노래하는 마음으로 노래해야지.

밤에는 할아버지가 집으로 들어오셨다.

그 할아버지는 대장간에서 옛날 장검을 만드는 진정한 장인이라고 했다.

얼굴의 굵은 주름이 세월을 돌아보게 하며 손에는 작고 깊은 상처가 확연하게 드러나 보였다.

그녀의 아이는 언니에게서 떨어지지 않으려 발버둥 친다.

나는 부끄러운 마음으로 그녀를 한없이 쳐다보았다.

이슬비 맞으며 시를 이해하고 길게 뻗은 굳은 길을 걷고 걸어가야지.

그 할아버지의 용광로 화염 속에 내 마음을 두고 온 것처럼 영혼이 떠돈다.

이제 곧 다른 학기가 시작되고 내 마음의 불꽃이 어머니에게 전해질 것이다.

하루가 지나고 다른 내일이 닥쳐올 것이다.

냉엄한 시대!

지나가는 바람, 부끄러운 마음의 불꽃, 이슬비 내리는 새벽녘까지 우리는 내 영혼과 이지 언니의 꿈을 실어 시를 짓고 있었다.

아이의 뺨에 웃음꽃이 서려 있고 그녀는 아이를 놓칠까 더 강하게 안으며 잠들어 있었다.

시를 노래하면서 뒤뜰에 바스락거리는 소리에 새벽이 다가오고 있었다. 아침이 되자 아이는 엄마의 치맛자락을 놓지 않고 징징거린다. 이

별의 아픔이 무엇인지 알고 있는 아이의 눈빛이 오늘따라 영롱하게 빛났다.

그녀를 위해서라도 난 슬픔을 드러내지 않으려 했다. 그녀의 마음, 영혼, 학교, 사랑도, 향기도, 고향을 떠나면서 영원히 기억하기 위해 나는 돗토리현의 미사시 온천을 뚫어지게 지켜보았다.

아침 일찍이 할아버지는 소달구지를 타고 대장간으로 나갔다.

그 아이는 아무것도 느끼지 못하고 웃음 지으며 할머니와 같이 소달구지 타고 간다. 그녀는 이별을 알기에 눈물을 훔치고 가방을 챙겼다. 우리는 말 없이 집을 나와 걷기 시작했다. 우린 돗토리현을 떠나 영원히 돌아올 수 없는 시간에 얽매여 있었다.

언니가 그녀의 어머니를 만나는 그 날을 기도하면서 난 나의 어머니 영혼에 붙잡고 흔든다.

별 하나의 시와 별 하나의 어머니, 어머니.

나의 어머니를 밤늦게까지 부른다.

난 어두운 방에서 나를 보낸 내 어머니의 마음과 내 영혼을 생각하고 회귀하였다. 밤이 내리고 어둠이 흩어지는 내 골방에 서 있었던 수척한 어머니가 마지막 내 영혼을 붙잡고 흔들며 소리치던 그때로 돌아갔다.

어머니, 어머니, 나의 어머니.

별 헤는 마음으로 노래해야지. 이미 나에게 들려 있던 시집에 마음마저 사로잡혀 소스라치게 반응하며 흔들리는 마음으로 외로운 돗토리 거리를 이지 언니와 하늘에서 별빛이 쏟아져 내리는 거리를 걷는다. 별빛이 하늘에서 빛처럼 쏟아졌다.

"계절이 지나가는 하늘이 가을로 가득 차 있습니다. 나는 아무 걱정도 없이 가을 속에 별들을 다 헤일 듯합니다."

마지막으로 들려주었던 그 시인의 고백은 "이 가을이 지나고 혹독한 겨울을 준비하는 마음을 헤아리는 절규의 저항 시인에 의지, 결백, 조국, 죽음, 저항 등을 생각했던 것." 하는 표현 의지를 엿볼 수가 있었다. 난 이제 죽는다고 해도 여한이 없을 것이다. 그 시인의 눈빛에서 죽음을 보았다.

나는 별 헤는 마음으로 밤새도록 하늘을 보고 외쳐보지만 돌아온 답은 아무 답도 아니었다. 어디에도, 꿈에도, 죽음에도, 사랑에도 들리지 않았습니다. 혹독한 겨울을 예감하듯 시인은 봄을 맞이합니다. 그의 생각은 겨울처럼 암울한 자신의 환경과 식민지 시대, 조국, 시인의 노래, 그리고 집에 두고 온 멍멍이를 생각했을 것입니다.

난 그에게 주 그리스도의 은총이 내릴 것을 기도합니다.

아! 아, 어머님, 우리에게 조국이란 무엇입니까?

그저 그 시인에게 한가락 지하 창문 틈으로 들어오는 한 줄기 빛입니까?

아니면 그저 죽음으로 이를 때쯤 지하 옥방에서 본 하나의 조국입니까!

나는 이런 지옥 같은 교도소에서 나온 이후 행복한 주 그리스도를 버렸습니다.

기도한 지 너무도 오래된 것 같습니다.

내가 주 그리스도를 다시 찾는 날이 내 생일일지도 모릅니다.

내 생일은 다시 오지 않을 것입니다.

죽음이요?

사랑이요!

그 시인의 마음에 영원한 안식을 주시옵소서.

6장
미야지마 이츠쿠시마 신사

우리는 돌아오면서 거의 지쳐 온 힘을 다해 요사와 오래전에 약속한 미야지마 이츠쿠시마 신사를 찾았다.

우리나라 절과 전혀 다른 느낌의 내가 본 일본 종교에 대한 이중의 세계로 들어가는 일본인만의 신사는 일본 고유의 자연종교인 신도를 바탕으로 이뤄진 곳으로 신사는 신을 제사하는 곳이었다.

그리고 신의 섬이었다.

미야지마 이츠쿠시마 신사는 나에게 여러 가지로 놀라움을 주었다. 바다 위 큰 규모로 지어진 절은 용왕을 모시는 절처럼 크고 웅장했다. 우린 절로 들어서며 '신의 느낌을 받았다'고 하는 요사의 생각을 들었다. 지금 이 자리부터 시작된 내 마음의 변화나 내 본연의 자세에서 본 투영된 마음은 가히 일본인에 가까운 영혼의 소리를 들을 수 있는 그런 신의 장소이었다. 바닷물이 들어오고 우리가 걸어 들어 온 길도 밀물 때는 바다 물속으로 잠겨 버리면서 이츠쿠시마 신사의 문과 절이 아름답게 여러 층으로 겹쳐 이르며 조화를 이루고 있었다.

나는 어릴 때부터 내면에 뿌리를 둔 종교는 그리스도였기 때문에 한편으로는 신기하고, 우아하면서도 다른 한 편으로는 괴이하기까지 했다. 이곳을 오기 전, 우리는 검고 그을린 기차 역사를 빠져나왔다. 소란스러운 사람들 소리, 우렁찬 기차 소리, 호통을 치는 역무원의 소리에 정신이 하나도 없었다. 그는 내가 어디 도망이라도 치는 듯 어린 소녀처럼 내 손을 꼭 쥐고 있었다. 그 길을 따라서 길 건너 넓은 잔디밭 앞엔 거대하고 웅장한 건물과 다른 건물 사이에 낀 광장이 자리 잡고 있었다. 우리는 광장 앞에 서 있었다. 요사는 얼굴이 불그레해진 내 표정을 보고 있었다.

"아이! 무안하게요?"

나는 그의 팔을 잡았다.

동쪽에서 뜬 태양 빛이 여느 밤하늘의 봄처럼 찬란하고 아름다웠다. 그리고 요사는 방향 감각을 잃어버린 사람처럼 미혹한 눈동자로 하늘을 올려다보았다.

난 아직도 그 시인이 옥 안에서 그 어떤 형벌이나 교도를 받으면서 저항하며 시인이 보여 주려 했던 독립운동의 의미를 나는 아직도 잘 알지 못하고 느끼지도 못했다. 여기 내가 이츠쿠시마 신사와 비교하는 우리 한민족 정신에 대해서 노래를 한 그 위대한 시인의 안목이나 사상을 내가 어떻게 이해하고 알아 갈 수 있을까?

난 너무도 부족하고 요사가 그 위대한 시인을 만나는 자체에 흥분했고 흥미를 느끼고 있었다. 우리는 그런 것에 의해서 족쇄처럼 갇혀 있었다. 난 그런 잔인한 삶의 울타리에서 공부하기 위해 여기에 와 있다. 지금 그 모든 것이 허망한 허울 위에서 새 둥지 같은 집에서 살고 생각하며 밤을 잊고 시를 쓴다.

나도 다른 한 사람처럼 여기에 갇혀 어둠을 응시하고 있었다.

정오의 태양 빛이 강하게 내리쬐는 이츠쿠시마 신사를 보며 작은 석등과 옆으로는 작은 탑이 조화를 이루며 아름답게 물이 들어오고 빠지고 있었다. 신사는 물 위에 떠 있는 하나의 도시이고 신이 창조한 지존 물처럼 광대하고 웅장하였다. 해변을 따라가니 경내를 알리는 문이 나오고 그 둘레를 시작해서 아름드리나무들 사이로 소나무와 삼나무들이 담을 경계로 둘러 서 있었다. 우리는 그사이를 빙 돌아서 절 경내로 들어설 수 있었다.

"물 위에 떠 있는 절을 상상조차 할 수 없었어요. 우리나라의 절은 대개 깊은 산이나 동네 입구에 많아요."

"아, 그래요?"

바다와 마주하는 광장을 지나면서 석등과 각종 탑이 길옆으로 늘어서 있었는데, 바다 한가운데엔 '도리이'라고 하는 이츠쿠시마 신사를 대표하는 문이 서서히 움직이기 시작했다. 바닷물을 따라 지금 시간과 같은 문이 오고 갔다. 신사 그 문을 보기 위해선 우리는 발품을 팔아서 이츠쿠시마 신사로 들어가야 하고, 그곳과 마주하는 넓은 회랑을 끼고 바다 백사장엔 신사의 절들이 절묘하고 화려하게 물에 그림자를 드리며 자태를 뽐내고 있었다. 우리는 악마의 눈빛으로 그 자리에 서 있는 5층 나무 석탑을 바라보면서 널따란 광장을 끼고 본당인 금당을 돌아서 다시 해변으로 다가섰다.

"아 아름다운 황금빛으로 출렁이는 황금 물결이 반사되면 멀리서 도리이 문이 물결을 따라 오갑니다."

요사의 목소리가 들을 수 있었다. 우린 오전 시간이 지나면서 무더위와 소금기 나는 바람을 따라 멀리 들여오는 뱃고동 소리를 듣고 있었다.

"이소진 씨, 바닷가로 나가 봅시다."

그는 양말을 벗고 바닷가로 다가섰다. 그리고 나를 보고 있었다.

"신을 벗고 바다 안으로 들어오세요."

신을 벗고 들어선 바다 물결은 붉은빛에 물들어 가고 있었다. 그 시인을 생각했던 마음이 붉은 태양 빛에 반사되면서 영영 떠나지 않았던 지친 그 시인의 영혼이 아직도 생생하게 내 뇌리에 남아 있었다. 각 기둥의 절은 붉은색 기둥으로 채색되고 각 건물 속 의미가 포함된 것처럼 건물과 기둥마다 바다에 떠 있는 느낌을 주며 신이 우리를 부르는 것처럼 물속의 각각 기둥 그림자를 따라 물결들이 출렁거리기 시작했다. 내리쬐는 햇살과 물기둥 사이의 그림자가 나를 보는 것 같은 착각 사이에서 각각 기둥과 건물 그림자는 바다를 향해 마음을 활짝 열고 우리를 기다리고 있었다. 그리고 많은 사람의 실루엣이 되어 두 손 모아 합장을 하고 있었다. 그러나 물속 그림자들은 내 모습의 잔영들뿐이었다.

두 손을 모아 기도하듯 그 시인에게 합장했다.

영원한 안식과 지친 육신이 옥쇄처럼 감금된 상태에서 영혼이 온전하게 평온을 가져다줄 그런 기도로 합장을 했다. 내가 아는 상식으로는 일본에 처음 불경과 불교를 전파한 시대는 백제 시대이고 모든 불교의 절이나 석등, 그리고 나무로 된 절도 모두 우리나라의 영향을 받아서 만들었다고 했다. 책을 통해서 보고 듣고 이야기하며 자부심을 느끼기 시작했다. 여기 모든 절이나 탑들이 내가 본 경주 석굴암의 탑이 마치 여기로 옮겨 온 것처럼 별로 차이가 없었다. 우리가 먼저 전해 주었고, 두 나라가 서로 교류를 했고 받아드린 것에 자부심을 느낄 수 있었다.

그러나 그런 자부심보다 지금 우리를 짓누르고 있는 족쇄, '그것이 우리 삶의 죽음을 의미하는 것인가?' 하고 생각했다. 여긴 요사가 처음 자신의 견해를 밝히고 왜 자신이 나를 보는 눈이 다른 사람과 다르다는 것을 확신하고 틀림없이 밝히기 위함이었지만. 어둠이 쌓여가는 거리와 죽음의 히로시마 도시는 어둠 속에서 질식하고 있는 시민들의 아우성을 듣고 보고 떠올렸다.

그 무엇보다도 그것이 우연의 일치였건 아니건 간에 그들이 거기에서 있었고, 유가가 보이며 뒤엔 미사가 뒤를 따르며 어둠 뒤에 숨어 있는 한 피사체처럼 물건이 서 있었다.

휘청거리는 거리에 가로등 빛이 빛나고 고베 조카가 보이기 시작했다.

막 신사에 도리이 문에서 나오고 물은 차오르는데 그들이 보이기 시작했다. 요사는 먼저 그들을 보고 다가갔다. 황혼이 밀려오는 도리이 신사 문은 더욱 붉게 빛나고 난 그 자리에 서 있었다. 조금씩 발밑으로 바닷물이 차올랐다.

요사가 나의 손을 끈다. 우린 그들이 서 있는 상점 문 앞까지 가까이 다가섰다. 난 얼어붙었다. 붉은 황혼빛을 향해 나는 서 있었다. 그들이 들어간 작은 찻집엔 많은 관광객으로 북적이고 책상 위에 켜 놓은 전등 하나가 실내를 밝히고 있었는데, 내가 들어서자마자 실내의 웅성거림과 야박한 그의 붉은 눈빛이 나에게 다가왔다.

"오랜만입니다."

그가 나에게 악수를 청했다. 나는 그를 등지고 돌아섰다. 그러자 미사가 나에게 다가왔다.

"어머, 이소진 씨를 여기서 보내요?"

하고 그녀는 내 손을 잡아서 자리에 앉힌다.

유가에 표정은 불그스름하고 답답하고 목쉰 소리로 나에게 말했다.

"어머, 이소진 씨는 오늘 더 예쁘게 보이네요?"

다른 남자가 안으로 들어와서 인사를 하고 앉는다.

유가가 소개했다.

"이분은 나의 이종사촌 오빠이고 철학자입니다."

"철학을 아이들에게 가르치나요?"

요사가 그에게 물었다.

"아닙니다. 나는 무속인입니다."

난 그를 바라보았다.

"당신은 신을 믿으시나요?"

나에게 물었지만 난 답하지 않았다.

"우린 주 그리스도교를 믿고 있죠?"

요사는 밖을 바라보며 답했고 날씨는 점점 악화하면서 천둥과 번개까지 동반해서 악수 같은 소낙비가 내리기 시작했다. 잠시 본 방송 기사로는 신사 부근에 많은 비가 온다는 것이다. 우린 차를 빌려서 갈 예정이었다. 아니면 택시를 대절해서 가려고 하자 난 극구 반대를 했다. 짙은 안개가 만을 둘러싸고 물려오고 비는 더욱 거친 바람을 따라 불어 닥친다. 그는 계속 밖을 바라보았다. 이건 모든 것이 나를 올가미에 씌우려는 짓이었다.

"요사 씨, 오늘 히로시마에 돌아가지 못하면 내일 아침 일찍이 가시면 돼죠?"

미사는 환한 미소를 지으며 말했다. 그들은 식사하고 오늘 가지 못하면 그 점쟁이 집에서 하루 자고 떠나기로 했다. 난 일어나서 밖으로 나왔다. 무조건 쏟아지는 비를 맞으며 정처 없이 걸었다. 요사가 뒤따라왔다. 고요와 침묵이란 것은 나에게 무슨 소용이 있을까? 그들이 나에게 동정에 대해서 말한 적이 있었다. 미사가 처음 본 그날 밤에 그런 비슷한 이야기를 했다.

"난 그에게 족쇄처럼 옥죄는 운명을 타고난 사람인가?"

난 어젯밤 그에게 그 문제를 가지고 밤을 뜬눈으로 보내며 이야기했다. 요사는 그것이 아니라고 단정해서 말했다. 언젠가는 나도 여기 히로시마에서 희망을 품은 적이 있었다. 우린 시인을 만나고 곧바로 도리이를 보려고 여기서 하룻밤을 같이 잤다. 그래서 난 그에게 모든 것을 줄 마음의 준비를 마쳤다. 더러운 내 운명을 결정지을 수 있는 사나이이고, 나에게 헌신하는 이런 사람이면 내 어머니에게 말하지 않아도 된다고 상상했다. 신사의 문이 정면으로 보이는 여관 장은 크고 온천물까지 넘쳐흘렀다. 그러나 난 아무것도 하지 않고 그를 보며 누워 있었다. 그는 피곤했던지 자고 있었다. 그리고 일어나서 나에게 미소를 던졌다.

"세상은 다 옳은 사람만 있는 것이 아니죠?"

난 어제 기차를 타고 오면서 그에게 물었다. 그는 말없이 눈빛으로 답을 했다. 그는 조금 떨어져 자는 것 같았다. 아기 숨소리처럼 색색 소리를 내며 자고 있었다. 그가 나에게 한 것이 연민이었던가? 아니면 동정에서 떨어져 사람이란 놈을 붙잡기 위함인가? 어쨌든 난 그런 고요와 침묵으로 들어가고 있었다. 미야지마 이츠쿠시마 신사의 고요! 신사의 문인 도리이의 고요와 장엄하게 누워있는 자태를 상상하고 있는 우린 그 어떤 허무와 침묵을 원하고 있는가? 침묵으로 둘러싼 우린 얼음장처럼 찬 어두운 밤을 향해 바다에 누워있었다. 난 어둠의 밤을 향해 뚫어지게 응시했다. 이곳엔 왜 왔단 말인가? 내가 이런 침묵을 뼈저리게 느낀 것은 그 조카와 헤어진 다음이었다. 난 거의 식사도 하지 않고 그가 사다 준 우유를 마시고 고요와 침묵으로 둘러싼 여기 미지의 세상인 신사에서 그들을 미워하지 않기로 다짐했다.

여기 이 촉촉한 다다미방에 침묵뿐인 고요가 지배하지 않았다면, 다만 내 지친 영혼이 그날 밤 악마의 손길을 잊을 수가 없었다면, 야마구치현 신사의 밤과 거친 파도 소리가 나에게 들려오지 않았다면 나는 결코 이 세상엔 없는 사람일 것이다. 밤은 가고 새벽이 다가온다. 새벽 창틀에 붙은 이슬방울이 내 영혼을 위로한다. 우린 말 없이 문을 나선다. 새벽 먼 산 숲속에서부터 자연과 손잡는다. 산 중턱 잡목 숲속엔 기이한 소리에 모든 동식물이 잠에서 깬다. 외로운 사슴처럼 새벽의 밤을 향해 어디론가 걷는다. 나는 얼마나 홀로 있기를 원했던가?

이런 고요는 나에게 무엇을 말하기 위함인가? 폭풍우가 몰아치듯 검은 먹구름이 몰려오는 어젯밤, 나는 그 모든 것 중에 소중한 내 영혼을 그에게 줄 준비를 마치고 있었다. 그러자 그는 이렇게 말했다.

"당신은 아직 나에게 준비가 되어 있지 않아요? 그런 모든 것을 너무 크게 생각하지 말며 서두르지 말아요. 아직 우리에게 가로 놓여 있는 시간은 많아요."라고 했다.

아침부터 바람이 분다.
나는 나 자신을 생각해 보았다. 어느 면에서는 그 조카에게 정조를 빼앗겼다.
나는 요사가 사다 준 책인 『시를 이해한다』에서 마음의 평정을 찾기 시작했다. 내가 그 이후 줄곧 우울하게 시간을 보내면서, 태양은 저 멀리 지평선 끝으로 사라져 가는 새 둥지 집에서 찬물로 세수를 했고 여러 번 이를 닦고 목욕탕에 들어가서 땀을 흘리고 몸을 씻곤 했다.
그 당시 처음 죽음을 생각하면서 그 죽음은 가까이 다가가면 갈수록 멀어질 수 있다는 평범한 진리 앞에서 몹시 당황했다. 내가 '죽는 날까지 하늘을 우러러 한 점 부끄럼 없기를' 바라며 살아간다는 그 시인의 고백처럼 우리는 그들에게 주권과 내 양심인 영혼의 샘까지 빼앗겼다. 나는 이 진실 앞에 서서 그 무엇도 그 어느 것도 생각할 수도 없고, 그런 죽음이 나에게 유일한 희망인 것처럼 히로시마가 나를 부르고 있었다. 바람이 아무리 모질고 험악하게 불어도 우리는 뿌리가 깊고 넓으며 넘어지지 않는 나무처럼 올곧고 힘차게 나아가야 하는 것이다. 내 영혼의 불꽃이 불타 죽음에 이를 때까지 "죽는 날까지 하늘을 우러러 한 점 부끄럼 없기를." 하고 외쳤다.
난 새벽에 일어나 멀리 떨어져 있는 교회에 가서 새벽기도를 했다.

회장님이 안 계신 관계로 회장님의 기사에게 도움을 받아서 아침 5시에 일어나 신도들과 목사님과 같이 축원 기도를 했다. 기도를 마치고 밖으로 나오자 항구만을 둘러싼 교회는 황금빛 여명으로 빛이 발하고 있었다. 주위가 이제 보일 만큼 황금빛으로 빛나고 붉은 여명이 아직도 지평선 끝에 있었다. 목사님이 이야기한 "인간의 순수성!"에 대한 각론들을 설교로 말한 부분과 여학생 때에 예쁜 선생님이 어린 우리에게 이야기한 부분이 떠올랐다. 그리고 어머니가 마지막 떠나던 날인가 이렇게 나에게 이야기했다.

"넌 이제 홀로 그곳에 가지만 너는 혼자가 아니다. 내 조국과 내가 여기 있지. 무언가를 하기 전에 마음가짐을 단정히 하고 서로 친구를 사귈 때도 순수하고 진실하게 다가가도록 해! 그러면서 우린 '그리스도에게 속한 사람들'이고 그리스도인이라는 것을 어디서든 잃어버리지 않도록 기도해라!"
하고 어머니가 말씀해 주었다.

그러면서 여자 선생님도 당시 그 시인에 관한 이야기와 '별 헤는 밤'에 대한 시를 읽어 주면서 우리에게 '인간의 순수성'에 대한 여러 가지 예를 들어 말씀해 주었다. 그때 너무도 모호하고 사실적이지 않았기 때문에 마음에 와 닿지는 않았다. 지금은 그걸 대비해서 선생님이 말했을 것이라는 충격과 감동이 마음속에 겹겹이 다가온다. 그러면서 한편으로는 목사님의 설교 말씀이 새삼 영혼에 와 닿는 느낌을 받는다.

"우리는 주그리스도 앞에서 깊은 성찰과 고통으로 회개하며 그냥 주일 예배를 드리면서 그것이 전부 인양 반성하지 않는 기도는 인간의 순수성을 반하는 죄입니다. 우린 지금 전쟁에 도가니에서 살인을 자행하고 국민의 삶은 참혹하게 혹사당하면서도 그것이 진정 무엇인지조차 구별 못 하는 위정자의 눈동자는 무엇이라는 말입니까?"

목사님은 잠시 숨을 멈추고 교회 안에 있는 주그리스도 상을 보면서 깊은 침묵으로 다시 설교를 시작했다. 우린 목사님의 위험 수위를 넘나드는 설교에서 우리의 고통이 얼마나 주그리스도 죽음에 보혈과 일치하는지 다시 마음으로 성찰하고 있었다.

"우린 왜 새벽에 일어나 주 그리스도를 찾는 이유를 정확하게 인식하고 기도하며 회개해야 합니다. 우리가 진정한 회개와 참회 없이는 주님의 그지없는 사랑과 자애로움을 받을 자격이 없다는 것입니다. 난, 2시간 전, 일어나 깨끗이 목욕한 다음에 신의 재단에 나와 진정으로 우리가 해야 할 양심 고백이나 기도가 무엇인지도 다시 영혼으로 참회하며 생각했던 것입니다."

난 그런 기도를 위해서 지금 목사님의 기도와 설교 말씀에 감응하며 눈물을 지었다. 내 본연의 죄업이 있다는 진정성의 문제를 가지고 우린 참회해야 했다. 『시의 이해』에서 윤동주 시인의 시를 이해하며 나는 두고두고 그 노래를 부르며 시인을 기억하기 시작할 것이다. 다시 내가 일어서서 버티고 서 있을 수 있는 열정과 지혜를 달라고 나는 하늘을 우러러 바라보며 그리스도에게 외치고 땅을 치며 울부짖고 있었다. 내가 항상 내 마음에 떠오르던 그 꿈같은 이야기들을 친구들에게 다하지 못하고 생각지 못한 이런 참된 고뇌와 열정, 그리고 그런 고통 속에서 남모르게 분노와 속병이 생기면서 여러 가지 혼돈 속으로 빠져서 들어갔다.

그러면서 나는 항상 나 자신을 의식했다. 그리고 우린 의식적으로 목사님의 설교에 집중했다. 그런 마음이 우리에게 주 그리스도의 성령으로 다가오고, 신의 재난인 전쟁으로 삶이 망가진다고 해도 우린 다시 일어날 힘이 생기는 것이다.

악의적이거나 악의 화신처럼 말을 하거나 이율배반적으로 남에게 죄를 씌우거나 아무도 신뢰하지 않거나 우리의 세속적인 것도 정의롭지 못하게 생각하는 사람들의 면면을 보는 것 같았다. 나는 늘 사람에게 그것을 의식적으로 경계했다.

"우린 언제든 동행하면 삶은 풍요롭고 자유스럽게 영유할 수 있다."

그가 나에게 어처구니없는 말을 했다. 그때 너무도 황당하고 혼란스러웠다.

"우리 인간은 모든 것을 복잡하게 만들어 가죠? 그렇습니다! 우린 문제의식을 그저 다른 나라 사람들이 생각하는 정도로 인식하고 있죠? 우린 다른 사람을 무시하고 억압하면서 다른 나라 사람들이 느끼는 분노를 보고 미소 짓고 있는지 모른다고 나는 생각하고 있죠? 가령, 미사도 마찬가지로 범주에 속하지 않는 것인지 나는 염려하고 있어요."

요사는 그런 이야기를 들으면서 내 손을 잡기 시작했다.

"시를 이해하지 못하는 사람의 속성은 메말라 있고 남의 것을 약탈하려는 악마적인 마음을 가지고 있다는 것이죠? 그래서 자국민들을 전쟁으로 몰아가고 위정자의 생각이 우리를 지배할 때에 그들의 무자비한 생각 참을성 없을 만큼 급격하게 우리를 옥죄고 간섭하였습니다. 그것을 자랑삼아 떠드는 확성기 소리는 우리에게 통곡 소리와 대변된다고 말할 수 있을 것입니다. 그래서 우리는 자신의 자아를 찾아가는 자부심이나 소망들을 내던진 채로 서 있었고 일부 시민들은 그저 그들에 하는 대로 그대로 따라 하기에 급급합니다. 급기야 인간의 소망이 낭하에 떨어지는 이 지겨운 전쟁에 마취되고 자아 상실이라는 극악 상황에 처하게 되는 것입니다."

요사는 단정해서 말했다.

난 이 무자비한 소망이나 간섭에서 벗어나고 싶은 욕망뿐이었다. 우린 친구들과 냇가에서 풀피리를 만들어 우리의 고독을 이야기하고 내일을 기다리며 오늘의 삶을 이야기할 것이다. 하토야마 변호사와 달리 요사는 묵묵히 그렇게 지켜 주었다. 언제나 그런 것처럼 교우들이 나를 주시하고 있다는 것을 알면서 나는 더 나에 관한 행동을 조심할 수밖에 없었다. 그런 사실들과 여러 가지 진실과 행동이 불편했다. 그런 내 얼굴에서 요사가 바라본 부드럽고 순진한 눈동자와 불그스름한 뺨, 오똑 솟은 코는 내가 생각하는 지금의 나와는 너무도 정반대의 모습이었다. 내가 며칠 전, 꿈을 꾸었는데 개 목걸이로 끌려가는 것처럼 그런 삶을 잊은 개들의 모습이었다. 그날 밤 정조를 빼앗기고 창문을 통해 달빛을 보았을 때, 죽음의 공포에 짓눌려 흡사 우린 이리떼 속에 사는 작은 개 한 마리 모습처럼 끌려가고 있었다.

미사가 이런 말을 했다.

"나는 당신이 이곳에 와서 더욱 좋았다." 하고 말했다.

처음 이런 질문에는 나는 어리둥절했다.

"이 나라는 지금 전쟁 중이기 때문에 별별 일들이 어처구니없게 다반사로 일어나고 혹은 다른 여러 가지 잔혹한 방법으로 위정자나 그들에게 현혹된 기업인조차 여러 가지 방법을 동원해서 일반 시민까지 악랄한 방법으로 수탈하는 것이다. 우리가 살아 있는 사람이라기보다 죽어가는 동물처럼 취급하는 그런 위선적인 작태와 별건으로 취급하려는 그 이중적인 인격모독 같은 방법을 동원해서 시민들을 윽박지르고 옥죄는 것이었다."

'나는 당신이 이곳에 와서 더욱 좋았다.'

나는 미사가 한 말을 이해하려고 애쓰는 중이지만 결국은 끝내 포기해야 했다. 그날따라 여기 히로시마에 달빛은 검은 먹구름 사이로 혼란스럽게 요동치고 있었다.

미사는 이렇게 말했다.

"어느 민족이든 처음 본 사람에게 배타적인 사람이 아닌 사람은 인간도 아니다. 그런 인간이 있다면 나에게 말해 봐라." 하고 미사가 말했다.

"우리는 당신에게 특별한 대접을 했다. 그건 다 고베 회장님의 후원이 있고 고베 조카의 힘도 한몫했다." 하고 미사가 말했다.

그것은 맞는 이야기였다. 처음 내가 학교에 가고 며칠이 지났을 때 미사는 나에게 다가와 팔짱까지 끼고 학교 식당과 도서관을 데려다주며 안내했다. 나는 여간 고마움을 나타내지 않을 수가 없었다. 그래서 그날 밤에 저녁 식사를 같이했다. 식사가 끝날 무렵에 고베 조카가 우연히 그 식당 안으로 들어왔다. 그 식당에서 벌어진 여러 가지 일들이 지금 석연치 않게 느끼고 생각하게 만드는 것은 여러 가지 이유가 있을 것이다.

"야, 여기 우리 학생도 있었네요? 미사 씨도 안녕하시죠?"

그날은 나도 반갑고, 흥분되면서 조카와 여러 가지 이야기들을 나눴다. 그것은 처음 그 조카의 의도가 무엇인지 알지 못하는 상태였고 지금 생각하면 그 조카와 미사는 보통의 사이가 아니라는 것조차 그때는 알 수가 없었다. 난 조금 흐트러진 모습으로 그 조카에게 어릴 때부터 고등학교에서 벌어진 이야기들과 고베 회장님을 처음 만나서 공원이나 바다에 가서 뱃놀이하는 장면까지 일일이 이야기하곤 했다.

세대가 부딪히고 인간사가 겹치는 복잡한 사람들의 관계에서 처음 히로시마에서 미사가 나에게 다가와 팔짱을 끼고 학교를 소개해 준 그 날, 고베 조카도 나에게 "여기 우리 학생도 있었네?" 하고 묻던 그 이야기의 속내는 무엇이었는지. 지금 생각해 보면 그 모든 것이 '의도적인 행동'에서 비롯된 것인지. 화기애애한 모습으로 우린 서로를 알아가면서 내 앞에 가로놓인 '인간의 벽'을 깨고 싶었지만, 인간들의 관계와 겹쳐서 다른 의도로 보일 때가 있었다. 그리고 이츠쿠시마 신사에 간 다음에 미사와 유가가 있었고 다음에 고베 조카도 별안간 나타났고 그것은 어느 면에서 다분히 의도된 행동이고 계획적으로 우리를 뒤쫓는 행동인 듯했다.

나는 아직도 잘 알지 못한다.

"꼭 그런 것만은 아니다. 나는 최근에 그 조카와 자주 만나곤 한다. 회사 일도 있고 해서 말이다."

그렇게까지 말하고 나서 나는 믿고 있었다. 그러면서 그것을 뒷받침하던 이야기가 있었다.

당신은 오늘 동경에 갈 사람이 여기는 무슨 일로 왔느냐? 하고 요사는 고베 조카에게 물었다. 그러나 그는 약간 낯빛을 붉히며 이렇게 말했다.

"뭐, 오늘 꼭 갈 필요는 없었다. 내일 다시 가면 된다." 하고 그가 말했다.

그때 요사는 몹시 당황한 눈빛을 느낄 수 있었다. 그리고 조카는 화가 난 얼굴로 다른 곳을 바라보며 대화도 다른 이야기를 돌려 말했다. 그것으로 보아 두 사람은 나에게 대한 모든 행동이 '의도적인 행동'이었고, 그들은 나를 자신의 개인 도구처럼 여기고 있고 그것을 여과 없이 사용하고 있었다. 만일 이런 일을 그냥 벌여둔다면 그 이후에 올 그 어떤 일도 내가 감당하기에 벅찬 일이 된다는 것을 그 이후부터 나는 인식하기 시작했다.

'무스비' 하는 이야기는 그 말에 뜻처럼 신과 인간을 연결해 주는 다리 역할을 하는 일본에서 말하는 무당 신을 말하는 것인가? 유가가 말하는 미사의 '무스비'는 신이나 무당으로 연결될 수 있다고 말했다. 미사와 여러 번 무녀의 집에서 굿을 보며 무당과 같이 화려한 춤사위를 추며 밤새도록 그곳에서 신이 내린 장면들을 보았다고 했다.

특히, 그녀의 유모는 그녀의 작은어머니가 신이 내려 천황 황실에서 내쫓기고 이혼까지 당하면서 집안은 망하게 되었고 전쟁이 일어난 것이라고 말했다.

"그래도 오늘이 지나가고 있다."

나는 하늘을 바라보며 외쳤다.

7장
이제 말할 수 있는가?

　그런 일이 있은 뒤로 며칠이 지나서 우리는 요사와 친구인 하토야마 집을 가보기로 했다.
　다음 날 학교에서 30분 정도 버스로 가는 거리이지만 난 가기 싫었다. 지치고 힘든 지금의 상황에서 어느 곳이든 갈 수 없었지만, 이지 언니가 간다는 말에 같이 가기로 하면서 거의 10여 명의 학생이 버스에 나눠 타고 우선 요사 집으로 갔다가 하토야마 집으로 가기로 했다. 여기 땅은 용암 속에 솟아난 검은 흙 사이로 멀리 바람개비 무늬로 펼쳐진 자연과 산야가 드러나면서 흡사 농가와 마을의 집들이 웅크린 용들과 같은 모습으로 옹기종기 모여 있는 것 같았다. 여기 마을의 집들은 나무와 돌로 된 집이었고, 그 뒤로 황금 들판이 펼쳐진 능선 위에 포도 과수원이 자리 잡고 있었다. 그 언저리에 버려진 헛간이 있었는데 우리의 눈에 띄었다.
　요사의 집은 마을 입구에서 조금 떨어진 집이었다. 우선 기와집으로 이 마을에서 본 다른 집보다 비교적 크고 아름다운 모습으로 언덕 위에 붕 떠 있듯이 서 있었다. 처음 문으로 들어가는 대문은 아치형으로 우리나라 대문과는 달랐다. 안으로 들어가니 정원이 있고 가운데는 연못으로 장식된 근대적으로 지어진 집이었다. 처음 요사가 집을 안내하고 난 다음 보이지 않았다.

  시간이 지나 처음에는 식사해야 하므로 하토야마 변호사가 분주하게 부엌과 식당 안을 오갔다. 나는 그를 따라 들어가서 여러 가지 반찬과 수저와 젓가락을 챙겨서 식당 밖으로 내왔다. 식당은 정통 일본식으로 된 티크 무늬에 옻칠까지 했다. 작은 키에 아름다운 아주머니가 중심이 된 부엌에는 세 사람 이상이 모여 음식을 만들고 있었다. 나는 그 모습을 보고 고향 집에 있는 어머니의 모습이 떠올랐다.

  내가 물끄러미 바라보자 한 안경을 쓴 아주머니가 나를 신기하게 쳐다보았다.

"어머, 예쁜 학생이네. 이 학생이 조선에서 온 학생인가?"

"예!"

요사가 언제 나타나는지도 모르게 내 앞에 서 있었다.

"이소진 씨가 여기 있었네?"

하고 요사가 부엌으로 들어와서 아주머니에게 인사를 시켰다.

"형수님, 여긴 조선에서 온 이소진 씨입니다."

"어머, 참 예쁘고 단아한 모습입니다."

"아니, 형수님은 손님에게 별말씀을 다 하시네요?"

  나는 어색한 표정을 하며 부엌에서 나왔다. 곧바로 식사를 시작했다. 모두 아침을 덜 먹고 온 이후라 배가 고팠다. 식사를 마치고 다른 학생들은 후원으로 나가고 나는 하토야마의 안내로 마을을 한 바퀴 돌기로 했다. 유가는 그를 좋아했으므로 같이 따라나섰다. 잠시 마을 위에 걸쳐 있던 태양의 열기가 치솟는다. 하늘은 깊고 높고 길 위에 늘어진 냇가에 흐르는 물, 언덕 둔 턱에 자리 잡은 나무 군락들과 빛의 그림자가 아름답게 흐르는 물 표면에 드리워지기 시작했다.

우리는 마을을 향해 마냥 걷고 걸어갔다. 냇가를 옆으로 끼고 비껴 돌아 나오면 붉은 벽돌집의 앞마당에 여러 가지 색의 장미꽃들이 만발해 있었다. 계절은 꽃들의 세상이었다. 냇가를 끼고 나무로 된 하얀 집도 집 둘레에는 벚꽃들로 만발했는데, 유가는 특히 장미꽃에 반해 마냥 꽃들을 보며 서 있었다.

"너무도 아름다운 꽃은 빛이고 태양입니다."

유가는 가는 길 위에 멈춰 서 있었고, 그녀의 눈동자에는 하토야마의 그림자가 드리워져 있었다. 냇가 가장자리에는 민들레꽃이 만발하고 그것으로 인해 하얀 집은 갖가지 장미꽃과 집 주위는 벚나무가 돋보인 그런 집이었다. 유가는 어느 면에서는 여러 가지 복합된 처지에 놓인 여학생이라 나에게 부담이 덜한 편으로 늘 학교에서 붙어 다녔다. 가끔 그 모습을 본 미사 양은 이상야릇한 이야기를 했는데, 그녀는 핏기없는 표정과 현기증 증세로 서 있었다. 내가 유가에게 다가갔다. 손은 경련으로 부들부들 떨었다. 그 모습을 본 하토야마는 물 한 바가지를 떠 가지고 왔다. 그녀는 가방에서 약을 꺼내 마셨다.

5분이 지나자 곧 일어나서 아무 일 없는 듯 웃었다. 그리고 기독교에 대해서 일부 비판적인 말로 대신했다. 그러면서 유가는 지금 일본 속에 깊이 뿌리 내린 주 그리스도교의 비판에 대해 강하고 비장하기까지 한 미사의 예언인 '저주의 표현'이라고 말한 의미는 믿기 힘들 정도라고 했다.

"우리나라는 종교의 자유는 있었지만, 지금은 전쟁 중이고 우리가 지금까지 믿고 따르는 마음에 빛인 신사야말로 진정한 우리에 종교라고 할 수 있다. 우리가 종교적인 측면에서 본다면- 지금 전 세계를 상대로 전쟁을 하는 가운데에서 그 성당의 신부에 가르침은 정말로 믿기 힘든 −재앙에 가까운 것이며 우리 학생들이나 일반 주민들 그리고 신도들에게도 그 어떤 다른 나쁜 영향을 줄지 아무도 모른다. 그래서 우린 더더욱 조심해야 했다."

미사는 아무 거리낌 없이 말했다.

우리 집에 아주머니도 이상한 신을 모셔 아침에 일어나면 정갈하게 목욕한 다음, 그 신 앞에서 두 손을 모아 기도하며 진정으로 자신의 마음을 보이는 것 같아 좋아 보이기는 했다. 내가 생각하는 우상이란 것이 이런 것이라고 치부하기에는 너무도 깊고 넓게 자리 잡은 신사나 여기 사람들의 독특한 신앙은 내가 무엇이라고 말하기조차 힘든 부분이 있고, 특히 우리 아주머니의 신앙은 우상이라기보다 자신에게 그림자처럼 드리워진 알 수 없는 부분을 치유하고 마음을 다잡는 부적 같은 것이었다. 나는 특히 '염주'에 대해서 그렇게 생각하였다.

그 믿음 자체도 자유와 방종이 구별되어야 한다. 또한, 내가 여기서 처음 느낀 굴종은 한마디로 차별과 예속이었다. 이는 내 마음의 불씨처럼 자라날 수는 있지만, 결코 그것은 내가 하기에 달린 문제라고 판단했다. 이곳 주민들이 받는 고통을 내가 잠깐 동안 다 알 수 없었고, 그것이 지금 나타난 이지 언니의 고뇌라고 하는 남편과 시동생이 생사를 가르는 전쟁터에서 그 어떤 일이 벌어질지 모르는 상태에서 지금 그 누구라도 종교적인 측면에서 마음을 보이냐는 그들 자신의 문제일 것이다. 유가는 종교를 믿지 않는 것으로 보이지만, 그녀는 항상 이상한 작은 인형을 가지고 다니며 늘 손에 쥐고 그 인형에게 자신의 마음을 주는 것 같았다.

내가 생각하는 우상이라는 것은 그것이 내가 겪거나 우리 주변에서나 일어나는 일에서는 옆집 아이가 병에 걸려 병원에 갔지만 낫지 않아서 무당이 와서 굿을 하여 덩실덩실 춤을 추고 칼을 휘두르면서 귀신을 쫓는다며 이상하고 요설적인 말을 내뱉는 모습을 종종 보았다. 어머니는 어릴 때부터 그런 모습조차 보지 못했다. 그것은 우상이라 하며 외친 그 목사님의 모습이 떠오르면서 난 잔잔한 미소를 보냈다. 내가 추구하는 마음의 혼란이나 혼동은 여러 가지 면에서 생각하게 되었고, 그것이 어머니의 종교와 그 목사님의 종교와 내가 믿는 신앙은 무엇이고 지금 항상 같이 있는 아주머니의 믿음은 무엇인지 대해 혼란스러울 때가 많았다.

결국은 허약한 사람의 마음 심장을 파고드는 악마를 우상으로 믿느냐 하고 외친 목사님의 설교 때문이었다. 여러 가지 소동이 일어나고 살해된 그 도서관장인 교수님의 죽음도 최근 새삼스럽게 다시 뉴스 기사가 되곤 했다. 사람 마음에 달린 우리 인간들의 작고 약한 영혼 속으로 파고든 그 악마의 본질이 무엇이냐에 달린 것으로 봐야 했다. 그것은 우리 자신이 가지고 있는 영혼을 그 무자비한 악마에게 바치는 이상한 종교, 그런 마음이라면 결국은 그 종교 노예가 되는 사악한 사교에 빠진 영혼이 될 것이라고, 오래전에 어머니와 소통하고 대화를 했다. 그것이 옳고 그름을 떠나 현명하고 슬기로운 생각이라고 오래전부터 여겼다. 그것은 어쩌면 내 마음에 있는 여러 가지 영혼이 겹쳐서 생긴 착시 현상이라고 생각했다. 그런 종교를 믿다 보면 내가 매일 보고 듣고 하는 과학이나 신체의 의학에서 서로 다투는 마음의 갈등이 어느 때는 혼란스럽고 혼동을 주면서 생긴 사람들과의 미세한 틈이었다.

"여러분!"

내가 외쳤다.

두 사람은 내 말에 어리둥절했다. 유가는 하토야마와 서로 비밀스러운 이야기를 하는지 귓속말을 하고 있었다. 아름다운 하얀 집에 넋이 나가 외친 내 말에 두 사람 사이를 갈라놓는 것처럼 보였다. 내가 생각했던 것보다 두 사람의 사이는 내가 알지 못하는 것이 있어 보였다.

"아닙니다. 난 여기 와서 처음 심장의 평화와 내 영혼을 본 것처럼 마음이 편합니다."

"이소진 언니가 그런 마음을 갖는 것을 조금은 이해하고 미안한 마음이 들기도 합니다."

"그래요, 우리는 다 이야기하지 않았지만 말입니다. 우리는 당신의 고뇌를 걱정하지는 않았지만, 타국에서 이방인의 삶을 살아야 하고 어려운 의학 공부까지 해야 하는 당신은 정말로 위대한 여인입니다."

유가가 말했다.

나는 그 말에 답할 수도 없었지만, 그들을 보니 내가 가엽고 슬픔에 찬 학생으로 비칠까 걱정하면서도 여기 일본 사람들의 선입견을 생각했다. 그 사람들이 여기고 있는 지금 종교의식이나 신부에 관한 생각과 전쟁으로 성당이나 교회를 불태우려는 광기 등을 눈여겨볼 수 있었다. 그때의 성당이 불타는 모습을 유가의 눈빛에서 다시 보는 것 같아 애가 탔다. 나는 유가의 미소 짓는 모습을 보았다. 내 모습과 달리 천진난만한 모습에서 조금은 슬픈 생각을 하게 된 그것이 비록 아이들이 뛰어노는 놀이라고 해도 그녀는 아이들 뛰어노는 놀이에 씩 웃었다. 재미있다. 작은 마을에 피노키오 동화처럼 작은 개구리가 길 위에 뛰어놀고 하토야마도 그 모습을 반기며 밭고랑 사이를 뛰어든다. 그 모습은 너무나 해맑고 아름답고 투명한 얼굴이었다.

"내가 왜 이러지?"

우리는 서로를 보며 웃고 있었다. 마을을 따라서 걸어 내려갔다. 옹기 마을이라는 곳이 나왔다.

"어머, 이곳은 옹기를 만드는 곳이네?"

유가가 웃으며 말했다.

"여기 오래전부터 우리가 집에서 쓰는 밥사발이나 큰물 항아리를 만드는 곳이죠? 이소진 씨의 나라에서도 이런 옹기를 만드는 것을 보았나요?"

하토야마는 나를 보며 물었다.

"그렇죠? 아마 내가 알기로는 오래전 조선에 그릇을 만드는 옹기장이들이 와서 일본이 배운 것으로 알고 있는데 그것이 사실이죠? 하토야마 씨?"

"물론, 그렇습니다. 오래전, 조선 도공들이 여기 일본에 건너와서 불교와 옹기를 만드는 것을 전수했다고 난 알고 있죠?"

"아, 예!"

나는 그 이야기에 신이 났다. 그리고 하늘은 빛으로 가득 찼다. 곧바로 마을 입구를 들어가면서 앞에 표지판까지 있었다. 우리는 가다 서서 그 표지판을 보았다.

"이곳은 옹기 마을로 오래전부터 우리 조상들이 가꾸고 세운 옹기마을입니다. 들어와서 보시는 것을 허용합니다."

"하토야마 씨 들어갑시다."

유가는 들어가자며 하토야마의 손을 잡고 들어가기 시작했다. 그는 나를 보고 있었다. 난 딴청을 하며 하늘에서 쏟아지는 정오의 태양을 바라보았다. 삼면이 높은 산으로 둘러싸인 마을로 여러 가구가 옹기종기 모여 한 군락을 이루고 삶을 영유하고 있었다. 우리가 안으로 들어가자 한 여인이 우리 앞으로 다가왔다.

"환영합니다. 어디서 오셨죠?"

"예, 우리는 저가 이웃 마을에 사는데, 가기 전에 옹기를 만드는 것을 한 번 보기 위해 들어왔습니다. 어디로 가야 하나요?"

"따라오시죠?"

우리는 중앙 길을 따라서 안내인이 가는 곳으로 따라갔다.

"저기 보시면 옹기 굽는 곳을 가기 전에 옹기들을 전시한 곳이 있습니다. 얼마 전에 만든 전시관으로 들어가서 보시죠?"

하고 안내인이 예쁜 표정으로 말했다. 우리는 그 전시관으로 들어갔다. 안에는 맑은 조명 아래에 여기서 만들었다는 표지가 있고 옹기들이 놓여 있었다. 밥사발과 큰물 항아리가 눈에 들어왔다. 우리가 지금 식탁에서 쓰고 있고 부엌에서 우물 빨래를 하기 위해서 큰물 항아리에 담는 물 항아리도 있었다. 예쁜 접시 종류와 각종 그릇이 갖춰져 있었다.

하토야마는 빠른 걸음을 재촉했다.

"하토야마 씨, 천천히 갑시다."

"예!"

그는 힘없이 답했다. 우리는 다시 약간 굴곡진 언덕 위를 끼고 걸어가면서 왼쪽 방향으로 가니 옹기를 만드는 곳이 나왔다. 앞에는 옹기 재료인 흙이 쌓여 있고 물기가 있는 거적으로 덮여 있었다. 그 흙들을 배합하고 만드는 과정에서 물이 담겨 있는 수로와 많은 흙이 그릇을 만들기 위해서는 고운 흙을 채로 거르고 그것을 다시 손으로 곱게 만지고 다지는 과정을 거쳐 최종적으로 옹기를 만드는 흙이 되는 것이라고 설명을 들었다.

그 흙을 옹기 만드는 곳으로 옮겨 여러 도공이 앉아서 물레처럼 큰 물레를 돌리며 물 항아리를 만들고 있었다. 나도 처음 본 광경이었다. 이야기로만 전해 들은 옹기를 만드는 과정을 보자 감탄사가 절로 나왔다. 우리는 옹기마을 박물관을 보고 나왔다. 그렇게 해서 하토야마 농장 쪽으로 가고 있었다. 하토야마 집안은 오래전부터 포도 농사를 짓고 있으며 할아버지 때에는 이 근처에서 벼 곡식을 찧는 방앗간을 했다고 한다. 그러나 그의 아버지는 큰아들이 전쟁에 나가는 바람에 방앗간을 그만두고 지금은 포도 농사만 짓고 있다고 했다. 우리는 그 포도 농장을 향해 걸어갔다. 그러면서 내 눈에 하늘빛이 가득 찼다.

우선 나는 하토야마가 안내하는 곳으로 가면서도 그곳의 여러 집과 집 사이에 포도 농장이나 배추, 무, 파 등을 드문드문 심은 곳을 지나갈 수 있었다. 목조 건물 창문엔 얇은 천의 커튼이 처진 2층 건물 옆으로 넓은 대지 위에 무엇인가를 심기 위해 기계로 보이는 큰 기계가 밭을 갈아엎고 있었다. 거의 우리 대학교 운동장만 한 넓이의 땅에 기계 혼자서 하는 광경은 처음 보았다.

"저, 기계 혼자서 이 넓은 밭을 갈아엎으며 농사를 짓지요. 아들딸들은 다 전쟁에 나갔습니다."

그 곁에 멍멍이가 홀로 외로이 뒤를 따르고 있었다. 멀리 있는 이층집에서 한 아주머니가 머리 위에 광주리처럼 생긴 것을 머리에 얹고 이쪽으로 오고 있었다.

"아주머니가 아저씨 오찬을 가져오는 중이죠?"

"예!"

하늘엔 태양 빛이 번뜩이고 있었다. 하토야마 학생, 하얀 이를 내보이며 웃는 모습이 평화롭게 보였다. 나에게 오랜만에 사랑과 평화, 그리고 고요를 가다 준 시간이었다. 그를 다시 보았다. 털털한 모습이 조금 전 본 그 포도 농장의 주인과 거의 같고 비슷한 얼굴 모습에서 자식과 아버지의 표정이 어딜 가더라도 변하지 않는 것이다. 자연에 순리이고 정의라는 것을 느꼈다. 난 왠지 이런 풍요롭고 아름다운 동산 위 눈빛처럼 눈물을 보인다. 뒤로 돌아서서 눈물을 닦았다. 하토야마가 그 모습을 본 것인지 내 손을 잡아끌었다. 작은 원두막이 있고 그 근처에는 비닐 창고도 있었다.

포도밭에는 몇 명의 사람이 거름을 주는지 고개를 숙이고 있고 한 농부는 포도 가지를 정리하는지 포도 가지를 자르고 있었다. 그는 그 농부 앞으로 갔다. 그분이 아버지라는 것을 우리는 짐작했고 우리는 그곳으로 걸어갔다.

"안녕하세요? 저는 동경에서 온 유가라고 합니다."

"안녕하세요. 저는 조선에서 온 이소진입니다."

"자, 난 여기 하토야마에 아버지 되는 사람입니다. 자, 자 이쪽으로 오시죠?"

멀리서 본 모습과 가까이 서서 본 모습엔 별 차이가 없었다. 우린 원두막에 자리를 잡고 걸터앉았다. 그는 예쁜 컵에 물을 담아 가지고 왔다. 하긴 목이 말랐다. 요사의 집에서 언덕을 넘어서 긴 냇가를 지나간 시간을 잊고 있었다. 이런 자연스럽고 아름다운 풍경 앞에 선 난 자연의 경이와 농가의 아름다운 모습에 자연스럽게 머리를 숙인다. 그리고 다른 일행이 몰려왔다. 요사가 동경으로 집에 급한 일 때문에 떠난 다음에 모두 하토야마 포도 농장으로 몰려왔다. 길 건너 목조 건물인 이층집으로 오래된 건물이 보였다.

이 목조 건물은 거의 150년 전, 하토야마 할아버지의 할아버지가 지은 집으로 여기서 관청에 재물을 관리하던 관리였고, 그 할아버지의 할아버지는 여기를 관리하던 지주라고 했다. 유다는 하나하나를 설명했고 유가는 하토야마 손을 놓지 않고 집 옆으로 흐르는 냇가로 내려갔다. 그 밑을 따라서 담장 안에 큰 우물이 있었다. 난 우선 큰 우물로 갔다. 지대가 옅은 탓인지 우물에 물은 거의 손에 닿을 정도로 옅게 있었다. 우린 얼굴을 읽을 수 있을 정도로 맑게 보였다. 고이치미 옆엔 다른 남자가 있었고 그분은 키가 큰 남자로 작은 문으로 들어서며 나에게도 인사를 했다.

"하토야마 변호사의 동네 친구입니다."

"예!"

난, 고개를 깊이 숙여 인사를 했다.

"자, 악수해요."

작은 소로를 따라 걷다 보니 길 위엔 냇가로 내려가는 길목에 조금 가파르고 친근감이 도는 계단이 있었다. 점심이 되기 전까지 우린 냇가에서 놀기로 했다. 다른 여자분도 있었는데 하토야마 동생이라는 분이 인사를 했다. 난 악수를 청했다. 막 대학교에 들어가기 전, 동생은 잠시 몸이 아파 집에서 휴양하고 있다고 했다.

"언니 여긴 내려가는 길이 깊어 조심하는 것이 좋아요."

"그래요!"

그 동생은 나에게 다가와 내 손을 잡고 냇가로 내려가는 계단 밑에서 나를 낭하로 조심스럽게 인도했다. 가파르고 친근감이 느껴지는 계단을 내려가다 보니 맨 밑 흐르는 냇가 표면엔 각종 나무와 너도밤나무 그리고 꽃들이 피어 있었다. 인간과 자연이 조우하는 날이다. 난 그녀의 손을 다시 부여잡았다. 손이 따스했다. 따뜻한 손에 온기가 전해왔다. 처음으로 다시 사람의 정이 느껴지는 순간이었다. 모두 집 안으로 들어왔다. 즐거운 점심시간이었다. 밥상에 양배추와 배춧잎이 깨끗이 손질된 상태에서 자연 상태로 상에 놓여 있었다. 된장국과 어묵탕이 나오고 여기 산에서 나는 산나물이 입맛을 돋게 했다.

거의 한 달 동안 여러 가지 고민과 심연의 시간이었다. 양파농장을 따라 꽃길 위에 섰다. 작은 소로로 된 양쪽 길에 꽃들이 늘어져 있었고 조금 가니 그 동생이 먼저 간 그곳엔 화훼농장으로 가는 중간 길의 각종 꽃이 있는 농장이었다. 유가는 벌써 백합이 만발한 꽃들 안에서 사진을 찍고 있었다. 오랜만에 보는 사진기였다. 납빛 하늘에 웬 달이 희미하게 떠 있었다. 그 농장을 지나면 옆으로 난 도로 위에 가지색으로 진한 자줏빛 나팔꽃이 만발해 있었다. 장미꽃들이 활짝 핀 길 위에 우린 서 있었다. 멀리 다가오는 황금빛 노을이 시작된 것이다. 노란 보리 이삭이 고개를 숙이고 들판이 바람 소리에 출렁거리기 시작했다. 무슨 오케스트라 협주곡처럼 모든 이삭이 오케스트라에 협주곡에 맞혀 너울 속에 출렁거리며 춤을 추고 있었다.

"여기가 우리 할아버지가 한 방앗간입니다."

"무척 오래된 것으로 보입니다."

그러나 방앗간은 잘 정리된 채로 남아 있었다. 멀리 오층으로 된 석탑이 보였다.

"하토야마 씨, 저기 보이는 석탑은 무엇이죠?"

"저기 보이는 곳은 고 사찰이며 이 고장에서 꽤 유명한 사찰입니다. 거의 7백 년 정도 지난 사찰이며 중요한 문화재도 보관된 절입니다."

방앗간 뒤로는 어김없이 큰 우물이 있었다.

"아, 여기도 큰 우물이 있네요?"

유가 양이 우물이 덮여 있는 곳으로 가자 하토야마는 그녀의 손을 잡고 뒤꼍으로 가서 외양간이 있고 큰 우물 사이로 곳간처럼 드러난 창고에서 우린 그 비밀의 문으로 들어가려고 한다고 유다가 말했다. 우물이 있는 목조 건물 이층집은 오래된 덧창이 굳게 닥쳐 있고 문도 쇠 열쇠로 잠겨 있었다.

"여기 누구의 집이지요?"

유다는 우물쭈물했다.

"여긴 오래전 미사 어머니가 살던 집이지요."

늦게 나타난 하토야마 변호사는 유가의 손을 자연스럽게 잡았다. 10분 정도 가니 산 아래 중턱엔 큰 사찰이 보이고 많은 사람이 오고 갔다. 절 중앙을 경계로 오층탑과 금당이 있는 동원과 대 사당이 있는 서원으로 나누어졌다. 나는 안내판이 있는 곳으로 걸어갔다.

"여기 보시면 오래전에 전쟁으로 소실된 적이 있고, 다시 뒤에 중축

하면서 더 넓게 동원이나 광장을 크게 하면서 서로 양쪽에서 잡아당기는 듯이 서로 보이게 하는 것이 이 절의 특징입니다."

하토야마는 내 곁으로 다가와서 이렇게 설명하자 유가도 옆으로 다가왔다.

금당으로 가기 위해선 넓은 광장을 지나며 가는 길 위에 2백 년이 넘는 소나무들이 군락을 이루며 여러 개 웅장한 모습이 조화를 보였다. 금당 옆으로는 중문으로 들어가는 큰 대문이 있었는데 많은 사람이 그곳 안으로 들어간다. 안에 큰 금당으로 된 본 절이 눈에 들어왔다.

그러나 미사는 절을 지나서 오기 전, 얼굴은 굳고 하얗게 질린 표정이었다. 그러면서 하토야마 변호사를 데리고 미사는 황급히 그 자리를 떠났다. 난, 절이나 그 주변의 배경에 빠져서 그런 상황을 이해하지 못했다.

난, 당시 유다가 한 이야기를 들었다. 그 유령의 집 앞에서 넓은 뒤뜰과 마당인 있는 돌담 안으로 낡고 다 허물어진 그 집이 옛날부터 유령이 살았다는 이야기 전해진 그 집은 미사 어머니가 살던 그 집이었다. 그 어머니는 하녀로, 도요토미 가족으로부터 미사가 태어나자마자 그 집으로 쫓게 난 것으로 소문이 났지만, 나는 그런 여러 가지 사실들을 나중에 이해하기 시작했다.

그래서 요사는 미사의 정확한 출생 비밀을 알기 위해 옛날 수백 년 전, 무슨 일이 일어났는지 까마귀 성에서 도요토미를 해치려는 수십 명의 검은 복면의 카게무사에 참극을 기록한 여러 가지 자료들을 수집하고 있었다. 그러나 그 이상 요사는 찾지 못했다. 중요한 문서들은 100년 동안 대외비로 규정되어 있었지만, 미사의 아버지인 전쟁 영웅은 자신의 아버지가 도요토미 가신으로 억울하게 참살당했다는 이야기를 자신이 근무했던 군 내부 보고서에서 보았다. 당시는 전쟁 중, 그 전쟁 영웅은 자신의 아버지를 모략해서 참살당하게 했던 그 음모자를 밤중에 찾아가서 5명을 살해하고, 자신도 그 검으로 자살을 했다고 전해진다.

그런 전쟁 영웅은, 비록 미사가 태어나자마자 일어난 사건이지만, 그녀에게 불행의 싹이 돋게 하기 시작했다.

나중에 그 유모에게 그런 사실을 알게 한 것이 고등학교 시절에 정신적인 고통에서 정신병을 앓게 된 근본적인 이유가 된 것이다. 그 전, 하녀인 미사의 어머니는 그 유령의 집으로 내쫓기고 나서 유모와 같이 미사를 키운 것으로 알려졌다. 그 미사의 어머니는 1년도 되기 전, 그 집 대들보에 목을 매고 자살은 한 것, 그 어머니는 무당이 된 이유라고 유모가 말했다.

그 미사의 유모는 미신에 집착했고, 미사 어머니가 무당이 되는 것에 영향을 끼쳤다. 그 어머니가 무당이 된 이유는 다분히 전쟁 영웅인 미사의 아버지인 도요토미는 전쟁을 끝내고 집으로 와서 미사의 어머니 사이에 아이를 가질 수 없게 되자 그 집에 하녀가 미인으로 오래전에 사통하는 사이에서 미사가 태어났지만, 미사는 결 손녀로 도요토미 가족으로부터 천대받고서 유모가 키운 것으로 나타났다.

처음 미사는 사실을 알지 못하고 자라난 다음에 하토야마 집에 가기 위해서 그 절터인 자신인 어머니가 살았던 그 유령의 집으로 지나가고 나서 이후, 유다에게 그 모든 이유를 알게 된 것이다. 사실은 유다에게 무슨 이야기 듣고 미사가 알게 된 것이지만. 미사는 그 이후로 유모를 찾아서 여러 번 묻고 추궁했다. 나중엔 극기야 그 유모를 살해하게 되고 그 사실도 유도도 이야기했고, 아베 형사가 밝혀낸 것이다.

아베 형사가 밝혀내기 전, 요사도 같이 사건을 공유했다. 미사는 자신의 어머니가 하녀라고 소문을 낸 거, 그것이 유모라고 미리 결론을 내린다. 지금에서야 요사는 지난 일들을 후회하지만, 결국은 그가 미사와 결혼하고 이혼했던 진실이 보통 사람들이 생각했던 거보다 더 많은 의혹이 쌓여갔다. 특히, 결혼하고 나서 미사가 자신의 유모를 불신하고 그 고베 조카와 옛날부터 연을 맺고 있다는 사실을 알게 된다. 결혼하고도 사통했다고 요사는 의심했다.

그는 결혼하고 이혼하는 과정에서도 많은 대가를 치렀다. 그 뒤엔 고베 조카가 있다고 여겼다.

특히, 미사는 대학가에 나도는 헛소문에 거의 정신적 공황 상태의 정신 이상을 보였다.

"자신의 어머니가 그랬던 거처럼 그녀는 아이에게 관심이 없었지?"

그런 이야기가 히로시마 시내에 돌자 유모를 의심하기 시작했다. 요사는 기억하기를 주저했다. 나중에 일어날 수 진실의 순간에서 주저했다. 그 아주머니가 새 둥지 집으로 들어가서 보니 어둠 속에 앉아있었기 때문이다.

그러면서 대마도 면장을 만났을 때의 이야기를 요사는 추상했다.

난 어느 곳이든 인간들의 비정함을 떠나서 자신의 위치를 공고히 하기 위해서 남을 죽이고 자신을 드러내는 것, 그것은 동서고금에서도 어느 곳에서 존재하고 있었다. 피곤이 몰려왔다. 어젯밤에 잠을 이루지 못했다. 고베 조카의 집요함과 미사의 또 다른 여러 가지 생각들이 변화하면서 요사도 중심을 잡지 못하는 것 같았다.

"안색이 좋지 않습니다."

요사가 말했다.

"골육상쟁이라?"

나는 이렇게 되뇌었다. 우린 납골당을 옆으로 끼고 지나갔다.

아침 일찍이 만나 어제 다 못한 이야기를 했다.

종일 이슬비가 내리는 황량한 벌판과 곧게 뻗은 들판 사이로 독방이 서로 연결되고 논과 논이 연결되며, 마을을 이루고 있는 길 위에서 나는 며칠 전 그때를 생각하고 있었다. 그러면서 이지 언니는 아는지 말없이 서 있는 것조차 나는 수치스러웠다. 나는 이지 언니에게 다 이야기하지 못했다. 이지 언니는 한없이 밝은 표정으로 빌려 간 시집을 돌려주기 위해 아침 일찍 새 둥지로 찾아왔지만, 나는 그 조카를 생각했다.

"어머 정말로 새 둥지처럼 집이 천당 위에 붙어 있네?"

우리는 두 손을 잡고 밝게 웃었다. 며칠 동안 꿈같은 시간 속에서 나는 시를 사랑하게 되었고, 그 시인이 우리나라 사람이고 지금은 나와 같은 나이라는 것. 인간이고 같은 동포애와 동질감으로 사랑하게 되었다고 이지 언니에게 고백했다.

"나도 그 시인을 사랑하게 되었지?"

우리는 같은 웃음과 표정을 지었다. 그날의 정오의 태양 아래에서 함께 웃고 울고 했던 것이다. 우리는 학교에 가기 위해 농가 옆을 끼고 돌아서 멀리 보이는 넓은 들판까지 걸어 나오자 하얀 민들레가 논과 밭고랑 사이에 피어났다. 우리는 냇가 옆으로 독방 위를 걸으면서 시를 이해하고 인체의 해부도를 머릿속으로 그리며, 그런 소통의 기회를 이야기하곤 했다.

"난 언니에게 많은 학업의 도움을 받고 있죠?"

"무슨 이야기지. 내가 조금 나이가 많은 탓이고 내가 먼저 공부를 했고 집안 사정으로 쉬는 바람에 더 공부한 것뿐인데. 뭘!"

"언니, 미사에 대해서 잘 알고 있어요?"

"잘은 모르지만, 그 학생에 대해서는 생각을 하지 마. 무엇이라고 할까? 오래전부터 전통이 있는 집안이며 그 가족 회사는 우리나라에 큰 영향력을 미쳤지만 우리는 학생이기 때문에 그것에 대해 신경 쓸 필요는 없겠지. 그렇지만 우리 학생에게 여러 가지 관심을 두고 또한 요사

학생 때문에 더욱 그녀가 신경을 쓰는 모양인데, 나는 그들과 당신이 얽혀 있는 거처럼 보이는 것이 더 안타깝다."

이지 언니의 얼굴에 안쓰러운 표정이 역력했다. 우리는 오다가다 신을 믿는 사당 앞에서 언니는 걸음을 멈추고 들어가 기도를 드렸다. 아마 전쟁에 나가 있는 남편을 생각하고 있는 모양이었다. 나도 옆으로 가서 고개를 숙이고 두 손을 모아 기도를 드렸다. 신사의 문은 조금 위쪽으로 올려 붙은 것처럼 동네 입구 쪽에 사당이 있었다. 일본 고유의 자연 종교인 사람의 신도를 바탕으로 이루어진 종교 시설이었다. 물론 사교의 사당이지만 우리는 어딜 가서나 그곳의 전통을 따르는 것에 나는 만족하기로 했다. 멀리 돌아서 학교 후문 쪽으로 들어가는 방향에는 약간 높은 산으로 이루어진 둔덕에 도서관이 있었다. 약간 비스듬히 고개를 지나서 도서관을 끼고 걸어 나오면 의학부 건물이 보인다.

돌계단과 흙길이 자연적으로 어울려 있는 길 위에는 길게 뻗은 도로와 그 옆 비탈길이 엇갈린 모습으로 서 있었다. 도서관에 가기 전, 낡은 기차역 플랫폼처럼 생긴 임시 건물이 보였다. 그 안에는 공원이 조성되어 있고 그 안에 우물이 있다는 것.

"어머! 여기도 우물이 있네?"

"이건 오래전 여기 학교가 생기기 이전 관청 건물에 속한 우물인데 이곳 히로시마 중앙관청에 귀중한 유산으로 보관된 곳이지?"

나는 그 자리에 서서 오랫동안 그곳의 표지판과 우물 안을 가까이 다가서서 안을 들여다보았다. 그 옆으로 잔디밭을 걷고 돌계단과 곧게 뻗은 비탈길에는 나무계단이 있었다. 우리는 나무계단으로 걸어 나왔다. 도서관 현관문 뒤쪽 계단 낭하 밑에는 미사가 서 있고 유가는 그 위쪽으로 우리를 기다리고 있었다.

"어머 어디서 오는 길인가요? 그리고 이소진 씨도 같이 있었네요? 같이 공부를 하고 온 모양이죠?"

"그래요. 미사 씨는 우리를 기다리고 있었나요?"

이지 언니는 냉정한 얼굴로 말했다.

"아, 휴강이 될지 몰라서 지금 책을 빌리는 중입니다. 모두 도서관으로 가시죠?"

요사는 나를 보고 이야기했다.

"왜, 휴강한다고 합니까?"

언니는 요사에게 따지듯이 물었다.

나는 잠시 묘한 분위기를 지우기 위해 도서관으로 가기 시작했다.

"무엇 때문에 휴강할까요?"

하고 내가 묻자 언니는 이렇게 말했다.

"아마 며칠 전 히로시마 항구와 멀리 떨어진 공업지역에 미군기의 폭격이 심해지고 오늘도 다시 폭격이 재개될지 모른다고 모두 불안해하고 있었지."

언니는 큰 근심 걱정으로 내가 요사를 보자 그는 자신을 응시하고 있었다. 그리고 뒤에서 미사와 같이 따라 오는 소리가 났다. 도서관에는 각 과의 휴강을 알리는 광고가 붙어 있었다. 그곳에 모여 있었던 학생들은 걱정스러운 표정으로 생각했다. 우리는 열람실로 올라갔다. 미사는 오자마자 그곳으로 향했다. 그녀의 습관은 교실에서나 실험실에서나 항상 앉는 곳과 말하는 것도 매우 유사했다. 늘 웃는 모습 뒤에 다른 모습이 있었고, 영락없이 두 개의 얼굴을 가진 모습이었다. 그것이 정신의학적인 측면에서 같은 장소와 같은 모습에서 본다면 그녀의 성격은 어느 면에서는 집요하고 한 가지 면에 집착적이고 맹목적인 성질을 띠며, 그것이 더 과도하게 시간이 지날수록 나쁜 습관들이 되면서 우울 증세를 동반하여 정신 이상증세가 올 수 있다고 되어 있다.

그러나 나는 그런 것에 허비할 시간이 없었다. 그래서인지 휴강이 자주 있으면서 수업의 집중력도 떨어졌다. 특히, 우리는 어려운 의학 과목들을 이수해야 하는 부담까지 떠안고 공부를 해야 한다. 거의 도서관에서 살다시피 하며 언제 수업이 시작되는지 초조하게 지켜보았다. 오후는 2시간 실험을 위해 예비적으로 거쳐야 하는 실습 시간이 있었다. 인체의 해부도에 대한 이해와 각각 기관들의 화학작용을 먼저 기억하면서 다음으로 오는 인체의 영향이나 과정을 정확하고 명확하게 알아야 한다. 그래서 각 기관의 역할이나 작용이 인체에 미치는 영향을 알아야 하고 그 과정에서 생기는 세포와 유전자의 관계도 면밀히 검토하면서 공부해야 한다.

우리는 2시간을 마치고 잠시 학과 건물 중앙에 있는 잔디밭에 다시 모였다. 봄 학기 동안에는 히로시마 초등학교 등을 방문해서 아이들의 건강 체크도 하고 그 동네에 모여 봉사활동을 하는 기간이었다. 그 문제를 가지고 토의를 해야 했다. 그러나 이지 언니는 그런 문제는 학과 대표인 요사가 준비해서 학생에게 통보하면 충분하다고 했고 미사는 반대 견해를 보였다. 어쨌든 요사가 대강 준비해서 학과 시간에 토의하기로 하고 도서관으로 모두 갔다. 나는 영어 원서로 된 의학 해부도 책을 빌려 보기 시작했다. 지금 공부가 다른 학생들보다 조금 처진 과목이 영어로 된 인체 해부에 관한 것들이었다. 모든 부분을 영어와 일어로 동시에 알아야 하고, 각종 뼈나 혈관들뿐만 아니고 신경 계통들을 일일이 외우고 이해하는 과정이 정밀하고 신중하게 접근해야 하는 과정에 있다.

물론 어느 면에서 간호학을 먼저 했기 때문에 도움은 되지만 다른 것과 인체에 돌아가는 과정과 심리상태와 연관해서 신경계통을 통제하는 인체의 두뇌에서 보여주는 메커니즘 등을 이해하며 그 과정들을 면면히, 그리고 신중히 공부해야 했다.

"여기 보이는 혈액이 동맥이나 정맥으로 구분되어 있고 그 과정에서 돌아가는 두뇌와 연관해서 가장 중요한 심장이 우리 몸 안 중앙에 자리 잡고 있습니다. 나는 머리는 영혼을 지배하고 심장은 우리 몸을 지배하고 유지하는 원동력이라고 생각합니다."

의학의 기본 원리 시간에 교수님이 우리 학생들에게 이야기한 부분이었다.

우리는 식당에 가서 으깬 감자와 여러 가지 샐러드를 시켰다. 배가 고픈 저녁 식사는 포만감보다 즐거움을 더해 준다. 식사를 마치고 교내 학생회관으로 갔다. 그곳에는 요사와 유가가 앉아 있었고, 우리는 같이 홍차를 시켜서 이야기하면서 시간을 보냈다. 그런데 멀리 서 있는 곳에서 미사와 고베 조카인지 몸집이 작은 남자가 이쪽으로 성큼성큼 걸어오고 있었다. 그는 고베 조카였다. 나는 가슴이 철렁 내려앉았다.

"안녕하세요? 고베입니다."

미사가 팔짱을 끼고 우리가 앉아 있는 곳까지 와서 인사를 했다.

"어서 오세요? 고베 씨?"

요사가 일어나서 인사를 했다. 들리는 이야기로는 요사 회사와 고베 회장님의 회사는 같은 업종이고 같은 물건을 만들면서 협력관계를 가지고 있다고 했다. 그런 관계로 요사는 오래전부터 그를 알고 있었고 그 이후에 미사도 소개해 준 것을 알려졌다. 나는 앉아서 그냥 고개만 숙여 인사를 했다. 이지 언니는 다른 곳을 바라보았다. 같이 자리를 잡고 앉아서 그는 요사와 같이 대화를 하면서 가끔은 미사와 귓속말을 주고받았다.

이지 언니는 갑자기 자리에서 일어나 나에게 "이소진 씨 우리 집으로 가지."라고 했다. 나는 일어나 고개를 숙여 모두에게 인사를 하고 그곳을 빠져나왔다.

"그 애는 학교에는 사람들을 만나기 위해 나온 학생 같아."

나는 아무 말 없이 그냥 웃기만 했다.

"그 사람은 왜 자주 나타나지? 아무래도 이상한 사람이야 작년에만 해도 보이지 않았던 사람인데 왜 학교 안에는 처음 본 사람이야."

이지 언니는 고개를 가로저으면서도 이해할 수 없다고 했다.

"참, 알다가도 모를 사람이야."

우리는 다시 도서관으로 향했다. 공부하고 있는데, 미사와 그가 도서관 열람실까지 들어와 있었다. 항상 가 있는 책꽂이 근처에서 두 사람은 무엇인가 이야기를 하고 있었다. 우리 자리까지 이야기 소리가 들렸다. 이지 언니가 약간 짜증 섞인 어투로 일어나려 하자 내가 언니의 손을 잡았다. 그녀의 손등은 파르르 떨고 있었고 굳게 닫힌 입술로 그녀의 분노가 어느 정도인지 짐작할 수 있었다.

저녁 9시가 좀 안 되자 모든 학생이 돌아가기 위해 자리를 정리하고 있었다. 이지 언니는 8시에 우동 집에 아르바이트 하기 때문에 우리는 일찍 일어나 나왔다. 밖에는 산들바람이 불어오고 학교 교정은 긴 어둠의 침묵 속에 갇혀 있었다. 우리는 교문을 나와서 오른쪽으로 돌아서 길게 뻗은 골목길로 들어서고 오른쪽으로 돈 곳에 가로등 빛이 골목길을 비춰 주었다. 우리는 우동 집이 있는 뒤 골목으로 들어섰다. 누군가 따라오는 소리를 들을 수 있었다.

긴 골목길, 이지 언니의 원뿔 모양에 슬픔과 분노를 느낄 수 있었다. 그 언니의 그런 표정은 처음이었다. 그것은 남편을 전쟁에 떠나보낸 부인에게 서운한 표정일 것이다. 식당 앞에 도착했다. 그제야 언니의 표정이 정상적으로 돌아왔다. 식당 안에는 늦게까지 일하다 나온 공장 노무자들이 이제 끼니 때우고 있었다.

"오, 일찍 오네?"

주인아저씨가 말했다.
"예, 휴강 때문에 공부할 것이 많아요."
"큰일이군! 이 전쟁이 언제나 끝나려나?"
주인아저씨의 근심 어린 표정은 말투에서 나왔다.
"대학교까지 그러니 큰일이군요."
한 노무자가 이렇게 말했다. 그때, 미사와 그 조카가 식당 안으로 들어왔다.
"가락국수 세 그릇 주세요."
"두 사람인데, 왜 세 그릇 시키죠?"
"언니, 곧 요사도 오기로 했습니다."
이지 언니는 다시 슬픔과 분노로 뒤섞인 표정을 읽을 수 있었다. 요사가 안으로 들어왔다.
"야, 여기 모두 모여 있네요?"
요사가 그렇게 말하자 이지 언니는 불평스러운 목소리로 이렇게 외쳤다.
"오늘 온종일 보이지 않던데, 어디 다녀오시죠?"
"예, 어제 밤늦게 동경에 일이 있어 다녀왔습니다."
그리고 그는 내 옆에 자리가 나자 앉았다.
무거운 침묵이 흘렀다. 식당 아저씨의 잔기침 소리만 들려왔다. 많은 노무자 모두 식당을 빠져나갔다. 식당 안은 요사가 나타나면서 무거운 침묵과 슬픔이 분노로 변했다. 언니는 창밖 인적이 끊긴 거리를 바라보았다. 그런데 그는 맥주를 시켰다.
"오늘은 맥주를 팔지 않아요?"
"언니는 나에게 불만이 많은 것 같아요?"
그 조카가 무겁게 말했다.
"누가 그래요?"

"이지 언니 맥주 한 병만 더 주세요? 나도 급히 오느라고 목이 마른데."

요사가 말했다. 최근 여러 가지 고통으로 언니의 얼굴이 많이 야윈 것을 그녀 자신도 알고 있었다.

"몹시 피곤해 보입니다."

요사가 말했다. 그녀는 아무 대답 없이 희미한 불빛이 거리를 반사해 들어오는 것을 바라보았다. 그리고 요사가 맥주 몇 병을 더 시켰다. 나에게도 맥주잔을 권했다. 이지 언니는 설거지하기에 여기에서 일어나는 일에 신경 쓸 여유가 없었다. 고베 조카는 무엇이 불만인지 투덜거렸다. 미사는 맞장구를 쳤다. 분위기는 술로 인해 조금씩 변해 갔다. 조카는 이미 어디서 술을 하고 온 것 같았다. 여러 사람의 이야기 속에 취한 기분을 느낄 수 있었다. 나는 은근히 겁이 났다.

이지 언니의 기분이 영 말이 아니기 때문이고 그 조카는 무엇이 불만인지 그저 술잔을 기울이며 투덜거렸다.

미사는 그런 분위기에도 아랑곳없이 떠들고 고베 조카의 평상시 말에는 거짓말처럼 느낄 때가 있었는데, 그는 '혁명', '전쟁', '숙명'이라는 단어를 사용하면서 그가 극우주의자라는 것을 남에게 일부러 보이려고 하는 것을 짐작할 수 있었다. 그런 해괴망측한 근거와 우격다짐 식의 논리에 현혹하는 자들도 있고 빳빳이 다듬질한 옷깃을 한 자들처럼 뻔뻔한 목소리와 어떨 땐 어처구니없는 말투로 이렇게 외쳤다.

"뭣이 어째 그런 뻔뻔한 소리를 외친다고 우리가 눈 하나 깜짝할 수 있는 것도 아니고 그런 해괴망측한 논리로 이야기한다면 우린 다른 마음을 가지고 있지."

그런 험한 분위기 가운데에 식당 안은 불이 꺼지고 모두 자리를 털고 일어났다. 그는 일어나 미리 밖으로 나갔다. 언니는 보이지 않았는데, 밖에서 언쟁하는 것 같았다. 밖에 나가보니 조카가 식당 뒤쪽에

서서 오줌을 그냥 싸는 것을 보았다. 그 식당 뒤에는 음식을 조리하고 채소를 다듬는 곳이기 때문에 청결해야 했다. 그런데 고베 조카가 오줌을 눈 것이다. 그녀는 분노에 차 있었다.

"사람이 어떻게 경우가 없나요? 여기서 오줌을 누면 어떻게 하죠?"

이지 언니의 노여움에 그는 멍하니 서 있었다. 식당 아저씨는 그 모습을 하염없이 쳐다보았다. 요사가 중간에 서 있었다.

"자, 모두 흥분을 가라앉히고 그냥 말로 합시다. 이지 언니도 참으시고요. 자, 빨리 통금시간이 다가오는데, 집으로 돌아가야 하고 주인아저씨도 피곤하니 그만둡시다."

고베 조카는 화를 삭이며 씩씩거렸다. 잠깐 모두 침묵을 지키면서 나는 이지 언니 손을 잡고 다시 식당 안으로 들어왔다.

"오늘은 그만해요."

내가 말했다.

"그래요."

그녀는 고베 조카가 사라지자 그때 비로소 웃고 있었다. 밖에 나가니 모두 자리에 없었다. 난 촉촉한 밤의 공기를 마시며 광장을 가로질러 걸어 나왔다. 머리가 욱신거리며 통증이 몰려왔다. 어지럽고 현기증이 났다. 그래서 택시를 잡아타고 집으로 돌아왔다. 어젯밤에 시를 쓰다가 집에서 가지고 온 책인 『여자의 일생』을 완독했다. 그 책은 고등학교 때 선생님의 추천으로 알고 나서 다시 읽은 소설이었다. 길지도 그렇다고 짧지도 않은 모파상의 『여자의 일생』은 내 어머니의 일생을 본 거처럼 애타는 생애와 삶들이 고스란히 녹아 있었다.

그 소설에서 다른 사람들이 느낀 작가의 '자연적이고 순수한 인간적인 문학을 초월하는 작품이며, 그 작가의 다양성과 소설 속에서 아내로서 소외당한 이후에 인생은 비정하고 무자비하게 살아가는 한 여인인 잔느라고 하는 여자가 감당해야 하고 겪어야 할 몫이 인간들에게 얼마나 모질고 힘이 든 인생의 여정'을 역설적으로 잘 그려낸 작품이었다. 염세주의적이고 비관적인 글을 쓰면서 그것이 잘 드러난 작품이었다. 나는 읽으면서 위와 같은 생각을 했다.

　마지막에는 한 여인이 잔느에게

"인생이란, 남들이 생각한 거처럼 행복한 것도 불행한 것도 아닙니다." 하는 말로 마지막을 그리고 있었다. 처음 느낀 그 시간 속에서 어릴 때를 유추해 보고 지금을 다시 더듬어 본 나는 그 소설 속에서 온갖 사람들의 흉한 몸짓과 사물이 함축된 의미와 침묵의 이 모든 것이 나와 상관없이 돌아갈 수 없다는 것을 지금에서야 느낄 수가 있었다. 종일 책을 읽다 쓰다 반복하며 가로누워서 창을 통해 하늘을 올려다보았다. 머리 위에 곧바로 내리쬐는 오후의 무더위와 태양 빛에 난 며칠 전 목사님의 설교를 반추해 보았다. 설교에서는 우리 인간이 얼마나 모질고 잔인해질 수 있다는 것을 보여 주셨다.

　그러면서 내 어머니도 오래전에 아버지를 여의고 홀로서기를 지금까지 지속하고 있는 것과 마찬가지로 나는 과연 이 소설의 주인공처럼 될 수 있다는 생각에 늦게까지 잠을 잘 수 없었다. 그리고 아침에 잠깐 자는 동안 꿈속에서 어머니를 만났다. 어머니는 작은 키에 평범한 가정으로 시집을 갔다. 할아버지는 농사를 짓고 있었고, 아버지는 학교에서 학생을 가르치다가 일찍이 병사하는 바람에 이상 고향에서 살 수가 없었다. 그래서 부산의 외곽지역으로 이사해서 모진 고생을 하며 나를 키웠다. 그 이후 이렇게 식당을 할 수 있었고 나는 고등학생이 되면서 가끔 식당에 나가 어머니를 도왔다.

　그러면서 그 회장님을 알게 된 것이었다.

　난, 이제 떳떳하게 말할 수 있었다.

8장
귀, 코 무덤이 나를 향해 서 있었다

아침 일찍이 요사를 만났다.

"젖 먹는 새를 아시나요?" 하고 그가 물었다.

내가 최근 도서관에서 새에 대해 알아가고 이해하면서 하나의 연구와 새들의 종류가 수천수만 마리에 해당하고, 공중을 날아다니며 삶을 영위하는 모임이 단순히 그냥 동물이 아니라는 점을 인식하기 시작했다. 요사가 관심을 두는 것에 나도 새를 보며 덩달아 그 새들을 이해하고 관심을 두게 된 계기가 되었다. 그중 우리 집 주변과 사람이 살아가는 곳에 둥지를 틀고 사는 비둘기가 부모의 입속 부리를 넣어 모이주머니에 있는 것을 먹는 새끼들이 있다는 것을 알게 되었다.

둥지를 튼 '젖 먹는 새'의 새끼들은 곧바로 태어났는지, 아직도 불투명한 막을 뒤집어쓴 채로 서너 마리가 파닥거리며 입을 벌려 어미를 찾는 것 같았다. 그들은 막 불투명한 자연과 입맞춤하며 살아갔다.

어미 새는 궁중을 부유하며 우리를 노려보는 것이다. 이런 신비한 행위는 다른 동물 중 많은 동물도 되새김 형식으로 먹은 것을 내뱉어 그것을 새끼들에게 먹이는 것과 엇비슷한 모습을 보고 놀라움에 가

숨을 쓸어내렸다. 한편으로는 놀라고 다른 면에는 인간처럼 그들도 생애를 살아가는 것이 사람과 비교해도 조금도 뒤떨어지지 않는다. 새를 보니 고향 생각이 났다.

어릴 때 계절 앞에 선 나는 먼 산 쪽부터 가을 단풍과 새 울음소리가 작게 들리면 날다람쥐가 겨울잠 준비를 마치는 것을 보곤 했다. 빛바랜 누런 잿빛 구멍 뚫린 단풍 잎사귀는 제 무게를 못 이겨 고개를 숙였다. 어느새 새소리와 시냇물 소리에 잠이 깬 새벽녘에 나는 얼음장 깨지는 소리를 들으며 물을 뜰 때 온몸이 소름 돋는 듯 뼈가 저린 감응이 떠올랐다.

그러면서 또 하나의 이미지만 남아 있었다.

왜 갑자기 그런 생각을 했을까?

먼저는 요사와 일본에 있는 여러 가지 고성과 신사를 보고 탐방했지만, 요번에는 많은 다른 친구들과 같이 가기로 했다. 그래서 나는 요사의 요청으로 먼저 아침 일찍 만났다.

차츰 그와 다정하게 손과 몸이 다가가면서 나는 마음이 한쪽으로 쏠려 들어간다는 것을 마음속 깊이 느끼기 시작했다. 그가 가까이 다가오고 입술이 포개지면서 산에는 아름다운 새소리와 날다람쥐에 숨바꼭질 소리가 더 아름답게 들렸다. 나는 숨을 멈춰 있다는 것! 이것이 내 첫사랑의 시작이 아닌가? 시간이 지나니 우린 삶 속에 녹아들고 사랑의 새싹이 돋기 시작했다. 조금 지나니 다른 친구들도 모두 보이기 시작했다. 소풍 가는 길은 버스를 타고 떠난다. 유다는 기타를 치고 미사는 춤을 추며 안경을 쓴 하루는 노래를 부르며 마냥 즐거운 길을 떠났다. 산과 바다 계곡을 지나 말없이 지나간 길을 따라 떠났다. 바다와 연결된 신사와 성곽 등이 조화롭게 연결되면서 나는 그들이 가는 곳을 따라갔다.

"여기가 우리나라에서 가장 오래된 신의 성지이지."

"예, 미사 씨. 그 건물은 얼마나 오래된 건물입니까?"

"저기 가서 보면 알겠지만 아마 수백 년은 된 건물입니다."

그녀는 환하게 웃으며 말했다. 요사는 묵묵히 뒤를 따라왔다. 미사는 그런 요사의 손을 잡았다. 하루가 내 옆으로 다가왔다.

"천황 폐하 만세! 대 일본제국이여 영원하라!"

고이치미는 하늘을 향해 외쳤다.

그 말에 모든 사람이 동의하듯 쳐다보며 웃고 있었다. 이 나라는 이상한 나라인가? 지금은 세계를 통하고 향하여 총부리를 겨누는 전쟁 중이지만 사실 안에서 들여다본 것이 다가 아니었다. 그 속을 모르는 것이 처음은 아니었지만, 그 사람들의 자만심과 오만이 깊고도 넓게 국민의 가슴 속 뿌리 깊이 자리 잡고 있었다. 오늘은 휴일이고, 이 나라의 경축일이라고 했다. 우리는 사람들을 피해 계곡 깊은 곳에 차를 대고 새가 둥지를 튼 것처럼 자리를 잡았다. 우리도 소풍이라면 김밥을 싸서 선생님들과 고공이나 신성한 위인들의 삶으로 들어가 공부도 하고 학습 체험 시간을 가지며 가지고 온 음식들을 먹곤 했다.

숲속은 꿈으로 포장된 자연이었다.

꿈을 꾼 듯 우린 자연을 오랫동안 품는다. 여러 시간 동안 빙 둘러앉아서 이야기하고, 이지 언니는 자신의 가족과 그리고 할아버지의 장인 정신에 대해 친구에게 이야기해 주었다. 잠시 식사를 마친 우린 숲속 시간으로 들어갔는데, 그 안엔 아침 햇볕에 물든 늪과 시냇가에 누런 나무 위 푸른 잎, 날다람쥐 부부의 놀이, 너도밤나무와 잣나무의 의젓한 자태 등이 물 위에 떠 있는 아름답고 투명한 피사체들이 있었다. 그러면서 자연과 모든 버섯, 이끼, 붉은 낙엽과 날다람쥐 등 조화를 이루며 우리를 반갑게 숲속으로 맞이했다. 계곡 밖으로 해안선을 끼고 긴 모래사장과 바다와 맞닿은 곳에 계절의 이치를 볼 수가 있어 좋았다.

여러 큰 고목 사이에 흰꼬리수리 여러 마리가 자태를 뽐내고 나무 사이에 앉아 있었다. 새를 탐구하기 위해 망원경까지 가지고 왔다. 미사가 손을 잡고 놓지 않았다. 저어새를 보러 여기까지 왔다고 미사는 투덜거렸다. 모두가 이지 언니를 따라 계곡에서 발을 담그고 시를 노래하고 있었다. 유다는 기타를 치고 안경을 쓴 하루는 그것에 맞혀 춤을 추었다. 요사와 안경을 쓴 하루 학생은 저어새를 탐색하기 위해 해안 가까이 바위틈의 새 둥지를 찾았는데, 어미 새는 멀리서 활공하며 우리를 관찰하고 있었다. 저어새뿐만 아니고 다른 새들도 당황했는지 하늘을 활공했다.

여기 온 지 몇 달이 안 되었다. 나는 낯설고 물섦에 눈물이 앞을 가리면서 우리 인간에 대해서 생각했다.

나는 현실을 안주하면서도 사실상 추상의 세상을 그림으로 그리고 있었다. 너무 좋은 일은 오래가지 않았지만, 너무 나쁜 일들 때문에 여수(旅愁)가 마음 깊이 녹아들었다. 여기서는 내 생각들과 의지대로 할 수 있는 일은 아무것도 없었다. 집에서도 그를 의식했다. 항상 그가 따라다니는 것 같고 엿보는 것 같았다. 다만 요사의 따뜻한 눈길마저 부담으로 돌아왔다.

다음 날 아침 녘 햇살을 맞으며 성곽 위를 둘러싸인 곳을 친구들과 걷기 시작했다.

친구들과 형형색색으로 위장된 시가지와 거리를 걷는다. 성곽 뒤로는 붉고 짙은 연분홍색이 감들이 주렁주렁 누런 빛을 띠며 매달려 있고, 그 옆엔 억새풀이 군락을 지어 드넓게 펼쳐져 있었다. 우린 출렁이는 억새 풀의 고래 능선을 걷다가 웃었다. 오늘은 일요일이고, 처음 '내가 학교 계단에 내려오다 발을 헛디딘' 이후 요사와의 만남이 기묘하고 이상한 만남으로 이동되면서 여러 날 동안 긴 여운으로 남아 있었다. 끝도 없이 고베 조카는 뒤에서 나를 염탐하고 있는 것 같았다. 이지 언니는 일어나서 내 손을 잡아 주었다.

"너무 모든 것에 일희일비하지 마. 공부라는 것은 힘들고 고된 노동보다 더 힘든 과정이지. 참고 그 고역을 견디다 보면 의학 공부를 마칠 것이고 그리고 나서 고국으로 돌아가면 그 모든 고됨이 물거품처럼 사라져 갈 것이야."

하고 언니는 나를 위로했다.

요사가 우리 쪽으로 오면서 하루는 이지 언니와 이야기를 하면서 다른 반대 방향으로 잠시 갔다. 우리는 요사가 가는 곳으로 움직이기 시작했다. 미사가 앞장을 서고 요사는 나무 사이와 잡목 숲에서 난 새소리에 집중했다. 까치와 개똥지빠귀는 울음소리를 동시에 서로 소리를 내며 서로가 사람처럼 소통하는 길게 펼쳐진 억새풀 사이로 들어간다. 젖 먹는 새를 보고 나서 집으로 돌아오는 길에서 미사가 가는 곳으로 친구들과 끌려 들어갔다. 나는 미사와의 관계가 우호적인 관계까지 아니어도 어느 정도는 신뢰 관계로 정리되고 그 이후 그 조카에 대해 생각했다.

그 무언가 보였다.

현실에서 무언의 세계로 나가고 있었다. 봉분 무덤으로 보였다. 본래는 코 무덤이라고 그 누군가가 말했지만, 미사의 목소리였다. 그러나 그 자신도 염치가 있었던지 귀 무덤이라고 바꿔 불렀다. 도서관에서 그런 기록을 보며 나는 내 눈을 의심했다. 난 엉거주춤 서 있었다.

"내가 지금 여기 일본에서 무엇을 하고 있나? 내가 귀 무덤을 보러 온 것은 아니지만, 현실에는 그 모든 것이 엉겨 붙어 떨어지지 않았다."

나는 홀로 걸어가면서 중얼거렸다.

봉분 모양 옆면이 보이는 순간 울컥하는 것이 저 무덤 안에 우리 조상들의 원혼들이 자신이 왜 여기 누워있는지도 모른 채로 누워있었다.

"아, 이건 분명 아닌데. 왜 그들이 여기 묻혀 있나?"

왜 하고 묻고 있었지만, 발이 떨어지지 않았다. 나는 가슴 속에 뜨거움이 뭉쳐 용솟음치는 것을 느낄 수 있었다. 아픈 역사에서 나는 길을 잃어버렸다. 멍하니 하늘 위를 쳐다보며 안내판 앞으로 다가섰다. 옆엔 그 누가 서 있었다. 아랑곳하지 않고 앞으로 다가섰다.

안내표지판!

귀 무덤, 코 무덤! 이 무덤은 16세기 말 일본 전국을 통합한 토요도미 히데요시가 대륙 진출의 야심을 품고 한반도를 침략한 '분느쿠 게이초'의 역은 '임진왜란 정유재난' 때, 포로나 죽은 우리 임진왜란 병사들의 귀나 코를 잘라서 무덤으로 만든 곳이다.

나는 그 안내표지판을 보며 그 글이 한글로 되어 있다는 데 다시 경악했다.

울컥! 눈물이 쏟아질 것 같은 것을 참으려니 더 눈물이 난다. 그 누군가가 손을 잡았지만, 마음은 불덩어리가 치솟는 느낌이었다. 미사가 옆을 스쳐 지나갔지만, 나는 미동도 없이 지켜보았다. 그들이 나를 여기로 끌고 온 것, 그것은 특별한 의미가 있을 것이 분명했다.

나는 다시 방향을 잡고 그곳을 걸어 나갔다. 요사가 몇 발짝 뒤에서 걷고 있었다. 나는 신사를 옆에 끼고 계속 걸었다. 한동안 가니 옛 성곽이 나왔다. 해자를 끼고 돌아서 앞으로 나갔다. 요사 혼자만 뒤따라 오는 것 같았다. 눈물이 끊임없이 흘러내렸다. 비탈길로 내려갔다. 옆에는 꼬마돌석등이 죽 늘어 서 있었고, 어디서 웃는 소리와 멀리 성곽이 보이며 요사의 목소리가 들려오면서 나는 뛰기 시작했다.

미사의 웃는 모습을 보며 어디론가 뛰어가기 시작했다. 그 신사의 문이 '비밀의 문'처럼 나를 바라보고 있었다. 무덤 가까이 있었던 낡은 때가 묻어 있는 석등과 빛바랜 안내표지판이 나를 본 것 같은 충격들을 흡수한다. 어딘지 모르게 난 뛰기 시작했다가 다시 걷는다. 어딘지 모르지만 해변과 바다가 멀리 눈에 들어왔다. 요사가 뒤에 따라왔다. 나를 벗어나지 않고 내 뒤에서 따라오고 있었다.

나는 어느 곳에 앉아 있었다. 요사는 멀리 서 있었고 곧 이지 언니가 뒤따라왔다. 뒤따라와서 내 손을 꼭 쥐었다. 외곬 인생을 살아왔다는 그런 할머니를 다시 떠올렸다. 비명에 가셨던 내 아버지를 잊지 못하고 농사를 짓던 할아버지마저 젊은 나이에 저 하늘로 가셨다.

그런 생각을 뒤돌아보면서 나는 그 책꽂이에서 돌무덤을 발견할 수 있었다. 도서관 한쪽으로 놓인 책들은 모두 돌무덤과 신사에 관한 책들이었다. 그 사실은 지금 생각하면 무섭고 소름이 끼치는 일들이었다. 미사에게 처음으로 내가 귀 무덤인 그런 이야기를 들을 수 있었다. 그 당시는 그 의미를 잘 알지 못해 별로 신경 쓰지 못했다. 그곳은 우리나라 옛 무덤처럼 둥그렇게 둘러싸인 무덤 같은 곳에는 위에 정 중앙에는 석탑처럼 탑이 서 있었다. 그 이후 나는 도서관에서 그 무덤에 대한 자료들을 찾았다. 그 도서관 책꽂이 근처까지 갔을 때 소름이 돋는 느낌을 받았다. 오래전 요사와 도서관에서 늦게까지 공부를 하고 있었는데 한 모퉁이에서 떠드는 소리가 들렸다. 책을 열람하기 위해 그 책꽂이 근처를 오고 갔다.

미사와 하루가 있었던 그 책꽂이 근처에서 '귀 무덤의 책들이' 덩그러니 놓여 있었다. 미사가 서 있었던 자리는 의도적이다.

"나는 항상 도서관에 오면 들르는 곳이지."

하고 미사가 별 의미 없이 말하곤 했다.

그러나 지금 생각하면 그 일련의 모든 사건 등이 자연적인 것도 순수한 것도 진실한 것도 아닌 허구 덩어리의 싸인 망상에 사로잡힌 허구 맹랑한 상상들이었다. 이츠쿠시마 신사에서도 의도적으로 그 귀 무덤이 있는 곳으로 안내했다. 부지불식간에 당하는 내 설움은 참기 힘든 고통과 지옥이었다. 처음 히로시마에서도 그 신사에 별 뜻 없이 같이 갔다. 그곳에는 일본이 지금까지 침략전쟁에서 전사한 영령 등을 받들고 제사 지내는 곳으로 데리고 갔다.

그곳에는 우리를 수탈하고 침략해서 주권을 빼앗은 많은 혼령 등이 살아 있고 숨을 쉬는 그런 신사였다. 그런데도 난, 그들과 웃고 울며 춤을 추며 공부를 했던 기억 때문에 지금 여기 히로시마 거리 한복판에 있었던 신사에서도 난 경건하게 참배할 수밖에 없었다. 1916년 세계대전으로 시작된 그들만의 전쟁은 전 세계를 압살하려는 그런 야욕으로 지금까지 계속되고 있고, 우리와 인간에게 큰 재앙과 분노의 증오심으로 들끓게 하며 재앙을 몰고 온 전범들이 숨을 쉬고 악취가 나는 악령들의 잠든 그런 신사에서 말이다.

이것은 나 자신을 숨기고 내 조국을 배반하는 행위이다.

이런 전쟁 속에서 난 생기도 없고, 활력도, 사과도 없는 사라져 버린 이 도시는 히로시마 한가운데 자리 잡은 신의 성지인 신사는 악령들이 살아 숨 쉬고 움직이고 있었다. 해저의 깊은 물엔 죽은 자들의 원성이 들리는 듯했다. 돌계단을 오르는 시민의 외침엔 악령을, 죽음을 맞은 원혼들의 외침처럼 들렸다. 그리고 하늘 아래에서 거대한 도시와 항구가 어우러져 있었고, 그 사회에 살아가는 주민들이나 극우주의자들에게도 그 시가지의 품을 어머니의 품같이 포근하게 품고 살아가면서 꿈을 꾸고 있을 것이다. 결국은 그들 자신이 저지른 추하고 잔혹한 자화상을 잊은 채 말이다. 거대한 음모의 적의가 한군데 모여 그들의 하염없는 거짓말과 저의가 있는 음모를 행하게끔 운명 지어져 있는 그런 자들의 죽음의 그림자를 보고 있었다.

그들 모두가 거대한 도시에 인형극처럼 뒤에 숨어 있는 빛바랜 사람들의 초상, 그 안에 있는 노부부의 고단한 하루, 보육원에서 울부짖는 아이들, 긴 하루 속에 고단한 몸짓을 하는 노무자, 도서관에서 공부하는 학생들의 면면이 이상하고 괴이한 마음으로 신사를 참배하면서 우상처럼 우두커니 그 자리에 우뚝 서 있었다. 그러나 그곳에서 구별된 추한 뒷면에 그런 양상들이 있었다. 서로를 비교하기는 힘든 일이지만 난 그곳에서 일어난 그 모든 것의 양상과 허상들을 구별하며 거리낌 없이 지금 내뱉고 싶을 뿐이지만.

그것은 하늘 아래에서 비열한 모습으로 신이 아닌 우상을 섬기는 그 거대한 도시의 거짓 모형과 사람의 모습을 본뜬 인형 나라의 모습이었다.

그들이 섬기고 찾는 신사를 그냥 나는 쳐다만 보고 있었다.

그러나 나에겐 힘이 없었다. 그날도 귀 무덤을 바라보며 무덤덤하게 바라볼 뿐이었다. 난 숨도 제대로 쉬지 않고 그곳에서 나왔다. 그리고 멍하니 정오의 태양 빛 아래에서 숨을 헐떡이며 휘어진 뒷골목을 돌아 거리를 걸으면서 영원히 기억될 그곳에 빠져나오니 다시 '신사의 문'이 보였다. 난 눈을 돌리지 않고 그곳에서 빠져나가기 위해 발버둥 치고 있었다. 한동안 걷고 걸었다. 지쳐 쓰러질 것 같았지만 걷고 걸어서 현기증이 나자 나는 다시 길모퉁이에 있는 의자에 앉았다.

난, 나 자신의 정조에 대해서 생각해 보았다. 어느 면에서는 그에게 빼앗긴 것, 내 심장과 영혼이 무참하게 소멸하고 무너지면서 앞은 캄캄하고 겹겹이 다가오며 심장이 요동쳤다. 이 거대한 항구의 도시는 바다와 시가지에서 만으로 비켜 둘러싸고 감춰진 입방체처럼 생긴 허구 덩어리이며 인형의 탈을 쓴 조작된 도시였다. 그러면서 그 안에 사는 인형의 탈을 쓴 인간 군상들의 집합체였다. 난 나 자신의 얼굴을 바라보며 다시 그런 '신사의 문'이 열리기를 기다리고 있었다.

그러면서도 난 요사가 사다 준 『시의 이해』라고 하는 책을 읽기 시작하며 노랗고 붉은 황금빛으로 물들기 시작한 저녁노을을 바라보았다. 나는 우울했고, 조금씩 우울증 증세가 맞는지 도서관에서 정신의학에 관한 책을 읽었다. 나는 시를 쓰면서 이국땅에서 이방인처럼 겪어야 할 수많은 오해와 불신 속에서도 굳건하게 나 자신을 견디게 한 것은 오로지 의학 공부라는 열정과 광기 같은 것이 서려 있었다.

나는 시를 쓸 때는 마음을 불러일으키고 거의 모든 사람이 잠을 자고 있을 때, 나는 신에게 내 마음이 드러날지 모른다는 생각 때문에 숨어 있었다. 새벽에 살며시 일어나서 시를 써내려 간다. 그러나 그런 글들도 내 마음이 가는 곳까지 다가오지 못했다.

나는 처음으로 정신병 치료를 하는 정신과 의사를 희망했다. 그간 최근 공부를 하면서 느낀 첫 번째 의미이고, 최근 우울증 증세와 약간의 정신 이상 증세까지 보인 것이 계기가 되어, 내가 정신과 의사가 되면 다른 그 누구보다 더욱 나 자신의 정신 증세를 바탕으로 의사로서 관찰자 역할을 자임할 수 있다고 본 것이다.

"나 자신과 달리 내가 글을 써내려 갈 때 내 영혼이 불꽃이 되어 흐르는 것처럼 열정과 결기를 다해서 시를 쓰는 것이다. 그 누구든 내 시에서 나를 볼 수 있도록 그런 확신들과 그 가치 위에서 시를 써야 한다. 오늘 시를 쓰기 위해 시간을 뒤쫓고 나서 창가에 기대어 하얀 바람처럼 차가운 공기를 몰고 오면, 나는 팔짱을 낀 채로 바람을 맞으며 몸을 떨다가 깜박 선잠에 취한다. 신을 생각하며 시를 써 가면서 창가에 기대어 항구의 저녁노을이 붉게 물들어 바다 물결 속에 잠든 히로시마시를 상상하며 시의 구상을 마친다. 그리고 그 시인의 고통과 고뇌, 그리고 저항 시인이라는 외곬 인생이 그 어둡고 추운 옥방을 생각해 보며 나를 곱씹어보는 것이다."

요사와 친구들을 생각하고, 이지 언니가 최근 집에 자주 가는 모습에서 나 자신뿐만 아니고 그 누구도 이런 전쟁 통에 예외 없이 모든 사람이 고통 속에 두려움과 고뇌를 동반한다는 것이다. 그 누구도 예외 없이 사람이라면 그런 차별이나 구별도 쉽게 할 수 없을 뿐만 아니라 있는 그대로 보면 나는 그날 밤에 백골과 같이 누워 있었다. 그와의 결혼과 나는 아무 관계도 아닌 상태에서 그가 혼자의 생각으로 이루어진 구혼이라, 난 오로지 더러운 백골과 같이 누워 살 수 없다고 했다. 그러나 나에게 처한 지금의 현실은 그렇지 않았다.

그 당시는 난 몹시 화가 난 상태여서 조금의 위로를 받는 한순간도 적지 않게 부담이 된 시간이면서도 그즈음 해서 여기 일본 땅에서 쭉 살아온 일본 사람들, 히로시마 시민들, 그리고 같은 학생들 그리고 그 사람 중엔 조금씩 그리고 막연하지만 조용하면서도 일본인 자신의 마음을 절대 내보이지 않는 그런 마음의 고독과 신중함을 알아가기 시작했다.

어느 날인가 '시를 이해'하는 교실에서,
"이 시는 조선의 학생이 대학을 다니면서 자기의 조국이 남의 손에 찬탈당하고 자신의 이름이 그렇게 더럽혀진 문장 위에 이후부터 쓴 시라고 합니다. '또 다른 고향' 고향에 돌아온 날 밤에 내 백골이 따라와 한방에 누웠다. 어두운 밤의 우주로 통하고 하늘에선가 소리처럼 바람이 불어온다. 이런 시를 아나요?"
이 시에 대해서 노 교수는 나에게 질문하기보다 다른 학생에게 질문했다고 본다.

"이 시에서 엿볼 수 있고 시인이 말하는 자아는 '나', '백골', '아름다운 혼', 이렇게 셋으로 분화되어 있었다. 이 나뉨의 의미는 무엇입니까?"

교실은 쥐 죽은 듯이 침묵했고 다른 학생들은 어리둥절했다. 그 노교수는 나를 알고 있었다. 그리고 나를 지목했다.

"여기 교실 안에 조선에서 온 여학생은 누구인가요?"

난 잠시 망설였다. 몸은 굳어 있고 생각은 나지 않았다. 그리고 그런 시에 대해 한 번 정도는 읽어 본 적은 있지만 깊이 있게 생각해 보지 않았다. 난 손을 들어서 의사를 표시했다. 그 교수는 잠시 내 눈동자가 마주친다.

"교수님, 잘 모릅니다."

난 힘없이 말했다.

"참 불행한 일입니다."

그 노교수는 이렇게 말한 다음 침묵했다.

"나도 이 시를 여러 번 읽고 보았지만, 그 배경에 대해서는 잘 알지 못하기 때문에 단언할 수는 없습니다. 그래서 조선에서 온 학생이 잘 알고 있는지가 궁금했습니다. 다른 뜻은 없었습니다."

"그러나 모를 수도 있습니다. 시를 이해하고 읽으면서나 자신의 자아가 어디까지 이동하고 발동되면서 우리 인간에게 그 어떤 의미를 주는지 느끼는 것은 우리 학생들이 알아야 할 덕목입니다. 그리고 그 시를 이해하고 읽는 자체에서 멈춰서는 안 되고 그것이 우리에게 아름다움과 행복을 주는지 우주를 관찰하고 자연을 돌아보면서부터 자신의 자아를 찾아 나설 수 있어야 하는 것입니다. 우리는 시를 부르고 노래하는 마음으로 살아가야 합니다."

"'별을 노래하는 마음으로 모두 죽어가는 것을 사랑해야지.' 그 조선의 유학생이 쓴 그 시입니다."
하고 노 교수는 다시 외쳤다.
"별을 노래하는 마음으로 살아간다는 그 시인의 사랑은 무엇이며 그 시인의 운명은 우리 일본인에게는 무엇입니까?"
한 학생이 노 교수에게 묻고 있었다.
다른 학생들도 침묵했고 나도 침묵했다. 이상한 눈치를 챈 일부 학생들은 웅성거리기 시작하며 그 노 교수는 안경을 벗고서 다시 시를 읽기 시작하면서 꿰맨 허리춤을 주어 올렸다. 바짓단이 다 해진 옷이었다. 그 노 교수는 웃지도 않았고, 슬퍼하지도 않았고, 단지 집 떠나 전쟁터에서 죽음과 사투하는 제자들과 자식들을 걱정하는 마음이었다.
그 노교수는 그즈음에 그 시인이 일본 유학을 와서 천대받으며 시를 노래하며 자신의 조국에 혼을 빼앗긴 그런 시를 노래하면서도 '지조 높은 개는 밤을 새워 어둠을 짓는다'고 하는 그 시인의 침묵에 바다는 깊고 넓으며 그 모든 것보다 우주를 초월하고 극복할 힘은 달랐다. 그 교수는 그 누구보다도 감히 접할 수 없는 지조 높은 개라고 부르고 싶었던 것인지도 모른다.
별을 노래하는 마음으로 모두 죽어가는 것을 사랑해야지, 손에 닿을 듯 머나먼 내 나라 어머니, 어머니, 우리 어머니! 하고 나 스스로 약속한다. 그리고 밤새도록 어머니 어머니를 외치며 기도를 드렸다. 시를 읽고 외우면 밤이 외롭게 스친다. 밤이 스친 혹독한 긴 겨울밤이 지나 이른 새벽 붉은 여명 속에서 나의 영혼은 흘러가고 외로움을 달래며 봄, 여름, 가을, 겨울을 향해서 난 다시 따스한 봄을 기다릴 것이다.
"교수님, 그 시는 우리 일본 제국주의를 모욕하는 민족시이고, 그 어떤 것보다 진정성이 있다, 없다 하는 문제와 별개로 여기 일본 대학에서 그 시를 읽게 하는 것은 우리 학생들에게 큰 모멸감을 주는 것입니다."

한 학생이 뒤에서 이렇게 말했다.

"학생들, 이 시에 어느 구절이 우리에게나 일본 제국주의에 반한다고 생각하나?"

노 교수가 말했다.

"'죽는 날까지 하늘을 우러러 한 점 부끄럼 없기를'라는 이 시의 의미는 조센징의 시이고, 그 이름은 윤동주이고 지금은 저항 시인으로 경찰에 붙잡혀 사상범으로 조사를 받는 중이라고 들었습니다."

자리에 앉아 있었던 우익 학생들이 앞서서 이렇게 외쳤다.

"나도 그 기사를 읽어 보았습니다. 그러나 여긴 정부도 아니고 전쟁을 하는 전쟁터도 아니고 순수한 학문을 이야기하고 의논하는 신성한 장소입니다. 내가 지금 전쟁사를 가르치는 선생님도 아니고 다만 여긴 우린 학생들이고 교수가 시를 이해하고 가르치는 학교입니다. 불만이 있는 학생들은 나가세요."

머리가 희끗희끗한 교수님은 이렇게 말했다. 그러나 우익 학생은 소리를 지르며 밖으로 나갔다.

"학생들, 내가 언제 학생들에게 모멸감을 주었나요? 여긴 교실입니다. 다만 시를 낭송하고 시를 사랑하는 학생들이 모여 시를 노래할 뿐입니다. 여긴 전쟁도, 이념도 없고 오로지 시를 사랑하는 사람들이 있는 곳입니다. 우리 학생들이 시를 노래하고 사랑해야 젊음 속에 참뜻인 진리를 구할 수 있습니다. 자신 속에 아름다운 마음과 영혼을 마음껏 부를 수 있다. 시가 없다면 세상은 신이 말했듯 전쟁과 불구덩이 속에서 인간은 참혹하게 죽음을 맞이할 뿐입니다."

그 노 교수가 생각한 것은 전쟁에 관한 것이고 일련의 강의에 전쟁을 부정하는 것은 '위대한 조국을 위해서 지금 전쟁에 관해서 이상한 말이나 강의는 없어야 하고 정부를 비판하는 이적행위에' 관해서 강한 어조로 경고를 받고 있었다. 수업이 끝나고 모든 학생이 나를 주목하는 가운데 난 복도에 길게 그림자가 드리워진 그 노 교수의 뒷모습을 끊임없이 바라보며 "그 시인이 '별을 노래하는 마음'은 조국을 그리워하며 노래하는 마음입니다." 하고 홀로 중얼거렸다.

나는 씁쓸한 그림자가 가득한 복도를 지나서 건물을 빠져나와 도서관 쪽으로 들어섰다. 고뇌와 다투기 위해서는 나에겐 사랑이 중요했다.

일시에 불어 닥친 그 모든 고통 속에서도 시인에게나, 나에게나, 그리고 대학 노교수에게도 고뇌는 뒤따르는 것이다. 순수한 연민, 추상, 시를 이해하면서도 우린 이런 모든 것을 동경하고 치유해 가기 불가능해 보였다. 난 그 노 교수의 '시의 이해'를 위한 기초를 우리에게나 학생들에게 학습하고 시를 읽고 이해하는 것이 어떤 의미에서는 옳은 방향이라는 것을 알게 되었다. 그런 뜻에서 생각을 단조롭게 하거나 상상을 하거나 하면서 시를 추상으로 대하며 이해해 가는 과정을 노교수는 생각하고 있는지도 모른다고 상상했다. 그 속에 현실은 없었다. 시엔 단지 우리 인간에게 없는 추상, 침묵, 사랑, 영혼, 연민이 있을 뿐이라고 상상한다.

난 그 노교수의 이런 여러 가지의 고백을 '시를 이해'라고 하는 과목을 이수해 가면서 알게 될 것이다.

그날 이후로 잠시 난 휴식이 필요했다.

난 하늘을 올려다보았다. 하얀 뭉게구름이 마치 나를 향해 다가오는 듯했다. 사색하면서 추상과 연민을 추월해 갔다. 그리고 우물 안 비밀을 풀기 위해 우물 속을 들여다본다. 옆집 아주머니가 나를 보고 있었다. 그리고 손짓을 했다. 빨랫줄에 패배의 깃발이 흔들리고 그 연못 안에는 예쁘고 작은 금붕어들이 놀고 있었다. 옆집 아주머니의 능력도 놀라웠다. 옆집 아저씨가 키운 무지개색의 금붕어들이 어디서 키우고 자라난 것인지 듣기만 해도 즐겁고 지금까지 그 무엇에 찌든 때를 벗겨 낸 그런 후련함과 두려움 사이에서 난 그런 아주머니들의 놀라운 광경 앞에 할 말을 잊고 만다.

학교에 가지 않았더니 친구들이 전화를 했다.

나는 아주머니 사이에 둘러싸여 여기 우물 안의 비밀을 풀어내기 위해, 꽃들 사이에 연못 속에 금붕어의 놀라운 변신, 새들이 좋은 소식을 전해주는 듯 지저귀면서 나를 향하는 것이 아니고 새들이 고향을 향하여 날갯짓하며 날아간다는 것을 알게 되었다. 그것은 아마 놀라운 소식을 전해 준 새들이 내 조국 남쪽 고향을 지나갈 것이다. 나는 바다를 응시하며 내 마음과 용기를 어머니에게 전해 달라고 부탁했다. 내일은 휴일이고 일요일뿐인 계절에는 나는 어떤 학교생활과 그러한 공부를 계속해야 할지 골똘히 생각하게 된다.

그러던 중 오후에는 성당에서 큰 사건이 일어났다. 구국주의자들이 신부의 강론을 두고 문제 삼은 것이다. 신을 부정하고 전쟁을 합리화하면서 자신들의 주장을 설득시키기보다 그들 구국 주의자들의 성당 난입을 두고서 진보적인 신문 기사까지 부정적인 논평을 쏟아내게 한 것이다. 성당에는 경찰들이 투입되고 나서 우리는 걱정을 하기 시작했다. 그들은 목사에게 모멸감을 주면서 공격했고 신에게 공개적이고 입에 담을 수 없는 발언까지 했다. 어제 밤늦게까지 신도들이 모여 묵언의 기도를 드렸다. 며칠 전에는 조카와 회장님이 심한 언쟁을 하고 나서 나에게는 못 알아들을 정도의 심한 욕을 했다. 나는 영문도 없이 당한 기분을 삭이면서 우리는 교회로 갔다.

　많은 신도가 횃불을 들고 있었다. 이지 언니가 낮에 생긴 불상사에 같이 교회 가자고 했다. 요사도 교회 앞에 와 있었고 우리가 안으로 들어가니 교회 바닥에 꿇어앉아서 사람들이 목사님에게 심한 발언을 한 것을 두고 기도를 드렸다. 실내는 조용하고 얇은 붉은 빛이 빛나는 그리스도가 위에서 우리를 굽어 보고 있었다. 여윈 체격의 한 여인이 막 지팡이를 짚고 바로 내 앞 의자에 앉아 묵상을 하고 있었다.

　"주 하나님, 나에게 용기를 주십시오. 우리가 죄인입니다. 주 하나님의 성당 안에서 엄한 욕을 하면서 주 그리스도를 부인하고 무슨 악마와 빗대어 욕을 하는 행위는 절대 용서할 수 없는 행동입니다."

　나는 엎드려 기도를 드렸다.

　밖에 있는 신도들이 안으로 들어왔다. 곧바로 목사님이 나와 설교와 찬송가를 불렀다. 숙연한 분위기로 시작한 목사님의 저녁 강론은 신도들에게 흥분을 가라앉히고 기도로써 적그리스도인 사람들까지 주그리스도 앞으로 인도해야 한다고 역설했다.

　"그들은 악마의 자식들로 주그리스도 죽음의 보혈을 더럽히고 험한 욕을 하면서 모멸감을 주는 행위도 서슴지 않았습니다. 우리는 주 하나님의 아래에서 모든 사람이 죄인이고 그래서 회개해야 합니다. 기도를 하여 이 전쟁이 우리 자식들이나 우리의 삶이나 가족의 사랑까지 앗아가는 행위가 얼마나 지속하고 있는지도, 지금까지 우리에게 말할 수 없는 생활의 피폐함을 주고 있다는 사실 등을 고해야 합니다."

　이지 언니는 그런 것도 있을 것이니 모든 것을 잊어버리라고 했다.

　그날 밤 집에 와서도 늦게까지 나는 기도를 드리며 귀, 코 무덤에 관해 오래 세월 동안 아무것도 모른 채로 살아온 것이 부끄러웠다. 하긴 그 누가 그런 것을 생각할 수 있었을까? 이것은 우리의 부끄러운 민낯이었다. 우리가 임진왜란을 겪고도 우리는 당파 투쟁으로 시간을 보낸 우리 조상들의 초상이었다. 바로 우리는 그 헛된 욕망 때문에 나라의 기둥뿌리가 흔들리고 무너져 내려도 우리들의 조상인 양반은 자신들의 탐욕 속에 갇혀 그 아래 사는 일본을 '왜놈!'으로만 여기고 있었다.

임진왜란 7년 동안의 역사는 피맺힌 한이 서려 있고 모든 국토가 피폐해질 대로 황폐해진 우리의 자존심은 상처받고도 그들은 선비라는 덫에 갇혀 자신들 집의 기둥이 무너지고 나라가 썩어 문드러지는 꼴을 보고도, 알고도 모른 척했다. 만주족을 중국인과 차별하면서 야만인으로 취급한 저급한 양반들에게 결코 있을 수 없는 삼전도의 치욕을 안긴 것이다.

그 이후에도 인조는 아들과 손자를 무참하게 살해하고도 그는 아마 청나라 황제에게 세 번 머리를 짓는 그 치욕을 자신이나 양반이 아닌 백성들에게 책임을 전가하는 도구로 쓴 것인지도 모른다. 그런 죽음 속에 갇혀 있던 귀, 코 무덤의 주인공은 우리 아버지이고 어머니들이었다.

우리는 그러한 더러운 죽음 앞에서 간접적으로 동의하고 웃으며 여행을 했던 것은 아닌지도 모르겠다. 이건 우리의 숙명이 아니고 부끄러운 민낯이고 더럽게 버려두거나 그것을 방조하거나 비정하게 망각하거나 한 책임이 나에게도 있다는 사실에 귀착되었다. 왜 우리가 그들에게 주권을 빼앗긴 것인지에 관해 이제는 이해할 수가 있었다.

나는 지금부터 미사나 고베 조카에게 그 책임을 미루고 싶은 마음은 추후도 없었다. 내가 그들에게 빼앗긴 양심과 정조는 내가 생각했던 것만큼은 아니었다. 다 헛된 그 이상일지 모른다는 상실감이 마음 겹겹이 들어왔다. 자조적이고 상실해 있는 내 마음의 양심과 지조는 꺾여 있고 상처는 덧나서 곪은 상태에서 썩어 문드러지는 경우까지 가야 내 마음의 영혼이 비굴하게 멍든 것을 치유할 수 있을지는 모르겠다. 하여튼 내가 받은 상처는 오래갈 것이고 다시 내가 그들 앞에 서서 과연 무슨 공부를 제대로 할 것인지도 의문이 들었다.

그리고 무엇보다도 먼저, 그것이 우연의 일치이건 아니건 간에, 히로시마시엔 여러 가지 사전징후처럼 사람들이 전쟁의 패배를 인정하며 그 이후에 올 시민들의 자조적인 패배 의식과 전쟁의 책임자에 대한 공포의식이 심화하면 될수록 더욱더 사람들은 후회와 상처를 확인하게 될 것을 우려하기 시작했다. 그러면서 교회엔 적그리스도인 사람들까지 와서 목사님의 기도와 설교를 듣기 시작했다. 며칠 전 우리가 교회에서 미사를 본 것이 나를 더 화나게 했다.

그녀가 교회에 나오자 이지 언니와 다툼이 있었다. 처음 그녀를 교회에서 보았을 때 우리가 그녀를 어떻게 봐야 하는지의 문제에 봉착했다. 아무도 미사를 교회에서 볼 줄은 생각도 못 했다. 우리는 긴 심연의 시간과 각각의 성찰의 시각이 더 필요해 보였다. 신이 아닌 이상 우리가 그 어떤 시각으로 그냥 들이대고 볼 수는 없는 것이었다.

이지 언니도 교회를 나오면서 가슴 속에 묻어온 남편에 대한 사랑 때문에 더욱 조심하고 마음을 차분하게 하며 매사 일들을 처리하기 시작했다.

"미사 양, 여긴 무슨 일이죠?"

이지 언니가 말했다.

"왜, 나는 교회 오면 안 됐나?"

미사는 거리낌 없이 말했다.

"그런 이야기가 아니잖아요?"

이지 언니는 추궁하듯이 말했다. 멀리서 본 요사는 그녀를 데리고 뒤로 갔다. 우리는 다시 참회하듯 기도를 시작했다.

9장
대마도 섬

학생들은 여름 방학 동안 섬 지역 봉사활동을 하기 위해 대마도로 왔다.

전쟁 중에 지역 주민들의 고통을 생각해서 농사나 어업 활동을 도우면서 의료 활동을 지원하라는 교수 회의 지시가 있었다. 그리고 이기 교수님이 동행했다.

오전 내내, 모든 학생이 농사일을 도우면서 시간을 보냈다. 아침부터 내린 비는 오후가 되어서야 그치고, 마침내 청명한 하늘이 펼쳐졌다. 저녁을 먹고 난 후 고학년 학생들과 1학년 학생들이 본격적으로 의료 봉사활동을 시작하였다. 이곳 섬사람들은 전쟁 중이기도 하고, 물자가 귀하고 약품도 전선으로 나가야 구할 수 있어서 제때 치료받지 못한 아픈 환자가 많았다. 배 아픔과 힘든 농사일에 멀리까지 배를 타고 나아가야 하기에도 마땅치 않아 하루하루가 고달픈 생업 속에서 아픈 것도 죄의식이라고 생각하며 마음껏 아프다고 말할 수도 없었다.

"신이 우릴 버린 것이 아니고, 우리가 신을 버린 것이다."

다시 유모가 악담을 늘어놓았다.

대마도 섬은 늦봄까지 비가 오지 않아 깐 마른 논과 밭은 쩍쩍 갈라졌고, 벌새나 강남에 갔던 제비가 다시 돌아왔지만 울지는 않았다.

"작년에 갔던 제비가 울지 않는 것은 불길한 징조이다."

우린 교회에 모여 모두가 목사님과 함께 새벽기도와 축원 기도를 올렸다. 그리고 언니는 진실적인 믿음으로 우리가 힘을 합해 기도한다면 천사가 여기 대마도 섬에 비가 내리도록 해줄 거라 믿고 있었다. 우린 매일 교회에 모여 새벽기도를 드리고 목사님의 설교를 들었다.

"하늘에 계신 우리 아버지 이름을 거룩하게 하옵시며."

어느 날은 내가 꿈을 꾸었는데, 대천사가 나타나서 내 손을 잡아 주었다.

"밤의 천사가 나타나 우리 섬사람이 모여 찬송하고 기도한 새벽녘 그 대천사가 우리를 생명이 깃든 넓은 초원으로 인도하며 찬송가를 부르자 우리도 따라 부르자 하늘에서 억수 같은 비가 온종일 내렸다."

그런 꿈 이야기를 하자 언니는 기뻐했다.

며칠이 지나 대마도에 온종일 비가 내렸다. 모든 사람이 나와 비를 맞으면서 노래하고 춤을 추며 기뻐했다. 봉사활동을 온 학생들은 행여 불상사를 염두에 두며 치료 활동을 계속했다.

특히, 마을 면장은 말쑥하고 키가 작고 날씨가 더웠는데도 정장 차림에 다친 다리를 질질 끌며 다녔고, 학생들에게 식사와 전쟁물자까지 관리해야 하는 이중부담을 떠맡았다. 그는 처음 다리를 조금 다친 이후 제대로 치료를 하지 않아서 다리에 고름이 차는 지경에 이르렀고, 고학년 선배들은 고름을 제거하는 간단한 수술을 방치하고 그냥 놔두면 상처가 덧나 다리를 절단해야 한다고 말했다.

마을 면장은 수술한 다음 날도 아침 일찍이 치료한 다리를 질질 끌면서 봉사활동 하는 곳에 나와 앉아 있었다. 그는 고개를 떨구고 긴 한숨을 몰아쉬었다. 유다는 어제 치료한 부위에 붕대를 풀고는 다시 치료한 다음 새로운 붕대로 감았다.

"젊은 친구가 앞으로 공부가 끝나면 훌륭한 의사가 되겠군."

"면장님, 오늘은 여기 앉아서 관리만 하셔야 합니다. 이런 다리를 더 쓰시면 다시 덧나고 아파서 다시 수술하게 되는 악순환이 될 것입니다."

"알았네."

그렇게 이야기를 하고 난 뒤 그는 일어나 나갔다.

학생들 일부와 농부들이 논에 자란 잡초를 뽑았다. 배추와 무밭에 손발이 모자라 제멋대로 자란 풀을 뽑기 위해 아침도 제대로 먹지 않고 언니와 나도 따라 나왔다. 이지 언니는 일주일 정도만 봉사활동을 하고 집으로 돌아갔다. 그녀는 솔선수범하며 아침 일찍이 일어나 밭으로 풀을 뽑기 위해 나왔다. 비가 와서 잡초까지 무성하게 자라나 우린 모두가 밭에 나가 일을 했다.

전 세계를 상대로 전쟁을 해야 하는 작은 제국의 나라인 일본의 국민을 지금 여기서 보지 않았다면 그들의 고통과 아픔은 믿을 수 없는 참혹한 참상과 인간의 광기였다. 전쟁물자는 한없이 부족하고 이곳에 살아 있는 사람들이나 주민들은 조금 덜 먹더라도 아들과 딸들이 죽어가는 현장에서 다친 다리와 팔을 치료하고 낫게 하는 것이 중요했다. 그러려면 첫째도 영양 공급이 중요했고, 둘째도 군인들의 먹고 마시는 물과 소고기나 돼지고기 물건들을 공급하는 것이 중요했다.

전쟁물자를 공급하기 위해 나와 있는 관리들이 있지만, 지금은 그것마저 일손이 부족하기에 마을 면장의 손이 더 필요했다. 여기 주민들의 영양 공급에 중요한 고기 및 콩 같은 식품과 채소가 전쟁통에는 절대적으로 부족했다. 그래서 학생들은 특히 요사는 그 일에 직접 나서서 이곳저곳 마을을 다니면서 소고기나 돼지고기의 통계상의 숫자와 관리들이 작성한 숫자가 일치하는지도 확인해야 했다. 여기 섬사람들은 대충 물고기를 잡아 연명하지만, 아이들의 영양 공급은 다른 측면이 있다고 요사는 말하곤 했다. 요사는 그런 일들을 마다치 않았다. 이지 언니는 집으로 돌아가는 시간이 다가오자 더 급한 마음으로 일했다. 아침부터 쏟아진 소낙비가 지붕 위 그리고 빛바랜 이장 집 초막에 그동안에 쌓였던 먼지를 깨끗이 씻어 내려가게 했다. 먹이도 제대로 먹지 못한 닭마저 지붕 위에서 축 늘어진 채로 울고 있는 모습은 안쓰러웠다. 대마도 섬은 무덤처럼 조용했고 개들은 낮잠에서 깨어났다.

많은 군인 사망자가 시간이 갈수록 늘어났다. 가족들은 장례식을 간단히 진행했다. 무덤을 만들고 묻는, 이 비정하고 참혹한 일들이 비일비재하게 일어나면서 순결하고 행복한 시간이 다시 오기를 가족들은 기도했고, 가족들의 울부짖는 소리가 하늘에 전달되었다. 무덤 안에 넣어야 할 석회석도 부족해서 시신을 매장해야 하는 가족들의 말 없는 고민과 고통은 상상 이상이었다. 우리도 그들의 고통을 지켜보며 하루하루를 살아나가야 하는 고뇌 속에서 누구 하나 불평하는 이 없었다.

우리는 목사님이 일본 군국주의자들에게 하늘에서 악마의 정권이고, 땅에서 지옥으로 시민을 내몰고 있는 귀신이 든 인간들이라고 매도한 사실을 기억했다. 지옥 같은 나라에 사는 국민의 삶은 도탄에 빠지고, 대마도 공무원들의 횡포와 어부들이 잡아 오는 여러 종류의 생선이나 농부들의 자식도 먹어야 하는 쌀 모두 다 공출해 가는 이 비정한 전쟁은 인간 이상의 한계를 뛰어넘는 올가미나 덫이었다. 옷은 다 해지고 삶의 고통은 손만 봐도 알 수 있을 정도였다. 노인의 손은 터지고 고름이 생겨 농사를 짓는 일도 힘겨운 상태에서 간신히 삶을 유지했다.

목사님은 지금 상황들을 설교로 '이미 우리는 죽음을 향해서 가는 국민'이라고 목 터지게 외쳤다. 이기 교수는 좌불안석이었다. 요사는

이런 어둠을 뚫어지게 바라보았다

"우린 이제 군국주의 때문에 두 번에 세계대전을 일으킨 전범들의 가족이고 범법자들이다."

그래도 나는 조선에서 왔다는 명분으로 마을 아이들에게 우유를 먹이고 전쟁고아들을 위해 보육원에 가서 갓 태어난 아이들을 깨끗이 씻기고 약을 주어야 했다. 그러나 언니는 집안일 때문에 집으로 가는 날이 다가왔다. 새벽 일찍이 자리를 털고 일어난 언니는 기도를 드리며 말없이 통곡했다. 나도 살며시 일어나 기도를 하면 언니는 나를 꼭 안아 주며 "넌, 이 전쟁에 피해자이고 덜 고생해야 하고 공부를 더욱 열심히 해야 다음 학기를 따라갈 수 있다."라고 하며 격려해 주었다.

미사는 아침부터 보이지 않았고 요사가 와서 언니를 항구까지 동행했다. 나는 마을 입구에서 이별의 아픔을 삭이며 언니에게 작별을 고했다. 눈물이 났지만 멀리까지 가는 일행에게 손을 흔들었다. 나는 다시 보육원으로 갔다. 그곳에서 한 여자아이를 보았다. 그 아이는 휠체어를 타고 있었다. 작년 동경에서 미군 폭격기에 폭탄에 맞아 하반신이 마비되는 중상을 입고 부모들과 같이 옛 고향으로 돌아온 아이였다. 그 아이의 아버지는 돌아가셨고, 어머니는 학교 선생님이기 때문에 이곳에서 선생님들과 보육원을 보살피는 일을 하게 된 것이다.

"언니, 내가 수돗물이 나오는 것을 관리해야 하지. 지금은 물자가 부족한 때이고, 우리는 이 고통을 참아야 하는 고독의 섬에 있으니까 참고 감수해야 하는 일들이 있어."

그 아이는 어른들보다 더 뼈아픈 말을 하곤 했다.

언니가 가고 난 이후로, 여기 보육원은 거의 나의 차지가 되었다. 찌는 듯 무더위가 찾아왔다. 태풍이 한차례 휩쓸고 간 다음 찾아온 무더위는 숨을 막히게 하고, 갓 태어난 아이들이 보육원으로 오면서 매일 매일 천상의 소리와 같은 울음소리가 울부짖는 곳이 되었다. 여기 보모들과 간호사들 모두 전쟁터로 다시 나갔다. 남아 있는 사람은 그 아이와 그의 어머니, 그리고 나하고 부엌에서 일하는 사람들만 남았다. 매일 거의 50여 명이 넘는 아이들을 먹이고 깨끗이 씻겨 주어야 했다. 우는 아이들에게 노래를 불러주는 그 여자아이 눈빛은 어두운 하늘 끝에 별빛처럼 빛나고 영롱했다.

"언니, 나 노래 잘 부르지?"

"그래, 노래는 누구한테 배우니?"

"매일 어머니와 자기 전에 부르지."

그 여자아이가 거의 내가 가는 곳에 와서 이야기를 거들고 하니 아이의 엄마는 "너는 우리 선생님에게 귀찮게 하지 말고 가서 아이들에게 놀아 주렴."라고 했다. 아이의 이름이 '이시마이다'라는 것을 알게 되었다.

"예."

그녀는 자유로운 걸음이 아니므로 올라갈 때나 다른 곳으로 이동할 때 내가 도와주어야 했다.

우리는 아이들이 물놀이를 할 수 있게 물 항아리로 물을 가득 담아 오전부터 데우고 준비했다. 이런 아이디어도 물론 그 여자아이가 생각해 냈다. 따스한 바람과 태양 빛으로 데워진 물은 아이들이 놀기에 안성맞춤이었다. 하나둘 아이들이 간이 물놀이장으로 들어와 헤엄을 치고 물장구를 치며 놀기 시작했다. 태어난 지 1년 된 아이들도 물놀이 즐겼다. 간혹, 물놀이를 하다가 쓰러져 물을 삼키는 아이도 있었다. 그러나 그 아이도 여기에 놓여 있는 처지를 아는지 웃고만 있었다. 이시미도 작은 바지를 입고서 안채에 들어가 어린아이들을 돌보며 웃고 있었다. 따스하고 행복한 바람이 조금씩 불어오곤 했다.

학생들은 저녁 늦게까지 봉사활동에 거의 녹초가 되어 농부들이 차려준 식사를 하고 늦게 들어왔다. 하지만 비는 종일 내렸다. 그렇다고 나는 아프다는 핑계로 누워 있을 수도 없었다. 그래도 그 아이를 생각하면 빙그레 웃을 수가 있었다. 언니가 빠진 빈자리가 크게 보였지만, 보육원에서 거의 종일 일을 하면서 보냈다. 가끔 요사와 유가 다른 친구들이 찾아와서 점심만 먹고 가는 정도였다. 더위가 기승을 부리다가 비가 조금씩 내리더니 소낙비로 변했다.

점심때쯤 비가 언제 왔냐는 듯이 날씨는 맑고 청명하게 개어 있었다.

창문을 여니 사회는 빛과 같고 우주로 통하면서 또 다른 세상이 열리고 자유와 자아를 위해 찾아가는 학생들의 열정과 용기가 우리 아이들을 이끌어갔다. 그 천애의 고아를 돌보는 것만이 우리가 여기서 해야 할 책무라고 생각했다. 밖은 어둠에서 빛으로 갈음하면서 저녁의 침울한 빗소리에 우울한 기분에서 벗어나기를 원했다. 아이들의 소란스러운 소리가 방마다 들리면 어느 순간 어릴 때 내 방안에 다시 돌아와 있는 느낌이 들었다. 그러면서 기쁨을 느꼈다.

자아의식이 형성되는 어린 시절을 지켜보며 가슴에 타오르는 사랑과 소망에 불꽃 같은 내 영혼을 생각했다. 시인이 일본 제국주의 위정자들에게 "하늘을 우러러! 죽는 날까지 한 점 부끄럼 없이." 하고 외친 그 숭고하고 정의로움에 나는 빛을 향한 광신도처럼 주 그리스도에게 내 마음을 다하여 기도했다. 윤동주 시인이 영혼의 불꽃을 띄우듯 나도 나의 조국, 대한제국이 다시 영원의 빛으로 거듭 태어나기를 기도하는 것이다.

우린 서로를 위하여 마음을 열고 소통하고 동행하며 살아갔다. 그것이 비록 작고 연약한 한 여학생의 절규라고 해도 내 나라를 위한 영혼의 빛으로 가는 길이었다.

나는 이제 그 모든 것을 내려놓을 때라고 생각했다.

방마다 들려오는 어둠의 소리, 아이들이 장난치는 소리, 우리의 외침 소리, 그리고 나의 조용한 침묵의 소리가 어딘가를 떠도는 길을 잃은 자들을 위한 희망의 등불이 되기를 기도하는 것이다. 나는 하나이고 둘이며, 나는 '별 헤는 마음으로' 그 모든 것을 사랑해야지. 나는 시인이 우리에 죄악을 위해 몸부림치며 자신의 생명을 조국에 바친 것을 생각하였다.

밖엔 여자아이와 갓 난 아이가 함께 놀고 있었다. 오늘은 그곳에 가 보기로 약속을 했지만 깜박했다. 그 아이는 토끼가 풀을 뜯어 먹을 때의 앙증맞은 모습으로 나를 쳐다보고 있었다. 아이의 눈빛은 영롱하게 빛났다. 비록 측은한 모습이지만 눈빛은 남달랐다. 아이의 모습에서 인간의 근원을 느꼈다.

"인간이 비록 불구이더라도 다 불행한 것만은 아니야? 저렇게 휠체어에 몸을 의탁해도 눈빛은 다른 사람과 다르지!"

나 자신을 빗대 말하는 것 같아 그 아이에게 미안한 마음이 들었다.

그러나 우리는 누구도 행복만 가득한 날을 보장받지도 못했다. 아이 어머니의 삶도 고생으로 점철되었다. 그 아이 아버지는 1월에 아무 이유도 없이 살해된 채로 집에서 발견되었다. 여자아이는 어머니가 보육원에서 하룻밤 자고 오는 바람에 침대 밑에서 잠을 자곤 했다. 그러나 자정쯤 폭풍우가 몰아치고 자다가 깬 아버지가 창문이 열어진 것을 보고 밖으로 나가서 집을 살핀 후 들어왔다고 아이는 진술했다. 하루 형사가 조사한 사건 보고서를 아이의 어머니가 보관하고 있었다.

"아무도 보지 못했고 나도 보육원에 있었고, 아이는 침대 밑에서 다행히 잠을 자고 있어서."

나는 우연한 기회에 사건 보고서를 볼 수 있었다. 아이의 어머니는 물자 공급을 받으러 읍내에 갔다. 물자 공급은 한 달에 한 번 이루어지고, 아침 일찍 가지 않으면 다른 곳에서 다 가져가니 일찍부터 기다리고 있어야 했다. 나는 일을 하면서도 히로시마에서 일어난 두 교수님의 살인사건과 여기 여자아이의 아버지도 강성 이미지에 '전쟁 반대자이기 때문에 동경에서 대마도 섬으로 전출'되었다고 적혀 있었다. 하루 형사가 조사한 바로는 그렇다. 학생들과 동행한 이기 교수는 이런 여러 가지 문제들을 심각하게 받아들였다.

'전쟁 반대자이기 때문에 전출된' 것이 우연히 우리 대학교 교수님과 유형과 일치하는 것은 어디 여기만의 이야기일까?

지금은 전쟁 중이고 계엄 상태이며, 모든 신문 기사나 그 어느 사건도 통제되기 때문에 금기시되는 것을 알고 있었다. 경찰서에서 깊숙이 보관된 살인사건들은 더욱 강제적으로 비밀로 유지되고 있었다. 겨울철에 교수님이 사라진 후 천장에 매달린 사체를 하루 만에 화장하고 모든 증거 등등이 없어진 상태에서 하루 형사가 검안하고 가족들의 항의에도 불구하고 경찰 간부들에 의해 화장된 것이 아무래도 이상한 냄새가 났다. 나는 기이하고 이상한 나라, 그러면서 사람들에게 전쟁 이외에도 다른 공포를 주는 조급하며 빈곤하게 살아가는 대마도 섬의 세계와 순수하며 이렇게도 스스럼없고 끝끝내 자기 자신의 속내를 털어놓지 않았던 섬사람들의 특징이 학생들과 벽을 만들어 가게 했다.

거기에 이시미의 마음과 생각도 한 가운데에 작용하였다. 우리 학생들은 때때로 방관자이며 끝내는 무책임하게 아무것도 아닌 다른 생각을 들게 하는 여러 가지 대마도 사람들의 속내를 알아내기 위해 무진 애를 썼다. 작은 아이가 하도 크게 이야기하는 바람에 교우들이 쳐다보았다. 유가가 일어나서 미사 옆에 앉았다. 요사는 그냥 말없이 자리에 앉고야 말았다.

그런 침묵과 미사의 소란으로 우리는 오랫동안 힘들게 일을 할 수밖에 없었다. 우리는 강제로 동원되어서 여기 온 것이 아니었다. 우리는 보육원에 모여 저녁 식사도 하고 그동안에 노고에 답하며 저녁에 모닥불을 피우기도 하고, 집에서 포도주와 간단한 과자 등을 먹고 마시며 노래하기도 하였다. 요사는 미사와 멀리 떨어져 앉았다. 요사는 통기타를 치며 조용히 노래를 부르기 시작했다.

노래를 부르자 그 여자아이도 나왔다.

"언니!"

"그래 잠을 잔 모양이지?"

"어떻게 아셨죠?"

다 아는 방법이 있다고 말했다. 그때 누군가가 이쪽으로 걸어왔다. 약간 뚱뚱한 편에 어디서 많이 낯익은 모습이었다. 그 조카였다. 그는 미사와 같이 나란히 걸어왔다. 나는 너무 놀라서 가지고 있던 컵을 떨어트릴 뻔했다. 나는 아무 말 없이 아이 목욕을 시키고 청소를 했다. 대마도 섬은 미국의 폭격은 없었지만, 그곳은 섬이고 이중적인 구조에서 변하지 않은 사람들이 살아가는 것 또한 만만치 않았다. 그래서 요사가 나를 그런 핑계로 보육원에 보낸 것을 나중에야 알았다. 요사는 그가 온다는 사실도 알고 있었다. 그 아이는 그를 보자 놀랜 눈망울 번뜩이고 있었다.

"오늘이 일요일이 아니고 토요일이에요?"라던 그 아이의 이야기가 생각났다.

대지는 무자비하게 온종일 비가 내렸다.

그날도 다른 날처럼 종일 비가 내렸지만, 그때와 지금의 마음이 다르지 않음이 이상하다. 해가 뜨면서부터 베개에 비스듬히 누워 종일 책과 씨름했다. 시간이 지나고 먼 산부터 붉게 물들었다. 그래도 추상과 시간은 변하지 않는다는 것에 조금 위안을 받았지만, 나 자신만은 달라졌다. 그것이 인간이고 사람이다. 그래서 인간은 정의로워야 하고 정직해야 한다. 그 정의에 힘으로 사람은 지구, 더 나아가 우주로 통하고, 이 세상 만물이 살아 움직이고 영원불멸의 삶을 살아갈 수 있을 뿐만 아니라 중장에는 지옥이니 천당이니 하며 어디를 택할 것이냐 하는 것이다.

그래서 우린 신의 정의를 기다리고 있을 뿐이다.

나는 목사님의 말씀을 생각했다.

"인간은 정의로워야 하고 정직해야 하지만 지금 전쟁 속에서 시민들은 공장에 내몰리고 아이들은 굶주리며 전쟁에 나간 부모의 죽음으로 고아가 되고 마는 것! 위정자들은 하나님의 진리 앞에서 회개하고 이런 절대적인 인과응보에서 탈바꿈해야 합니다."
하고 목사님은 주장하셨다.

교회 사람들과 목사님 부부는 자신들의 누더기를 꺼내 실로 꿰매고 찢어진 옷들에 헝겊을 대고 꼼꼼하게 기웠다. 마을 사람들은 누비이불의 홑청을 뜯어 교회의 큰 통에 담아 깨끗이 세탁해서 패배의 깃발처럼 늘어진 빨랫줄 위에 널었다.

마을 사람들과 보육원 아이들의 옷과 이불을 큰 통에 담아 온종일 빨래하면서 내가 그런 침묵과 환멸을 뼈저리게 느낀 것은 대마도 섬을 떠난 뒤부터이었다.

그러면서 여러 가지 이미지가 떠올랐다. 회장님이 보이지 않았다. 동경으로 떠난 회장님은 동경에 계시지 않았다. 나는 요사와 같이 회장님에 관해서 여러 방면으로 수소문을 했다. 더 이상한 것은 조카도 함께 보이지 않는다는 것이다. 우리가 대마도 섬을 떠나기 전까지 요사와 동경 회사 사무실에 전화를 했지만, 회장님에 관해 아는 사람은 없었다. 그러나 나는 대마도로 올 수밖에 없었다.

나는 당시 사람들에 대한 고뇌와 환멸로 가득 찼다. 사람이 아닌 짐승처럼 인간이 변해 가는 얼굴과 미소에 담긴 잔인함을 엿보았다. 새가 사람들을 비웃듯 활공하며 멀리 날아갔다.

"진리는 영원할 것만 같지만 인간의 죄악은 무참하다."
라고 나는 가끔 되뇌곤 했다.

차츰 더위가 기승을 부리고 비는 마을과 사람 사이를 종일 오갔다. 친구들의 전화가 왔지만 아프다는 핑계로 나가지 않았다. 낮에 조금씩 뿌리던 비가 오후가 되면서 개었다. 기척 소리에 밖으로 나갔다.

그 여자아이가 빙긋 웃으며 서 있었다.

"너 언제부터 그곳에 서 있었지?"

"예 조금 전에요? 언니가 며칠 전 그곳을 보고 싶어 했죠?"

그 소녀는 휠체어에 앉아서 오후의 따스한 햇볕을 쬐고 있었다. 조금은 낯빛이 변한 거 같았지만 하얀 이를 내보이며 웃고 있었다. 측은한 표정이지만 눈동자는 밝게 빛났다. 휠체어에 앉는 모습이 다른 아이들과 남달랐다. 내 느낌에 그것을 보았다.

"인간이 비록 불구이지만 다 불행한 것만은 아니야? 저렇게 일어서지 못해도 눈빛은 다른 사람들과 다르고 생각도 다르겠지."

나는 속으로 중얼거렸다. 그 아이의 어머니는 부드러운 눈빛으로 미소를 보냈다. 그런 의미는 아이와 함께 잠깐 다녀오라는 눈짓이었다. 나는 그 아이에게 이렇게 말했다.

"잠깐 밖에서 기다리렴. 옷을 입고 나올게."

"예."

밖에는 따스한 햇볕과 여자아이 낭랑하고 유쾌한 소리가 들렸다. 나는 휠체어를 밀어주며 그 아이가 떠드는 소리를 듣고 있었다. 이것이 여기 이 땅에서 나는 또 다른 아름다운 소리라는 생각이 들었다.

"어머니가 너무 오래 있지 말고 점심때쯤 오라고 했지?"

내가 이야기를 하자 그 아이의 눈빛이 빛났다.

"아, 예!"

바다를 끼고 돌아서 야트막한 언덕을 오르면서, 대마도 섬을 거제도에서 본 후 처음으로 멀리 그리고 높이 올라간 것이다. 하긴, 아직도 낯선 일본에 모진 모습이 늘 마음에 걸렸다. 아무리 공부를 한다고 해도, 같은 언어의 뜻이지만 다른 뜻을 나타내고 일본 고유만의 언어 특징이 많다는 것을 여기 와서 느낀 것이다. 말은 어릴 때부터 피부로 느끼고 아이들과 놀며 생기는 습관 같은 형태의 모습이다. 아무리 우리가 의학책을 읽고 쓰고 한다고 해도 삶 속에 녹아 있는 다른 언어는 어려웠다. 높은 산은 아니지만, 멀리 산성이 보이고 더 멀리는 바다 끝에 우리나라인 대한제국이 있고, 어머니가 있는 부산이 있다는 생각이 퍼뜩 들면서, 내가 여기에 온 이유를 다시 곱씹어 보았다.

"아, 저기 멀리 보이는 바다 뒤에는 우리나라가 있다. 너는 그것을 알고 있니?"

"예, 학교에서 그런 이야기를 공부했어요?"

내려가는 길은 비교적 평탄하고 넉넉했다. 야간의 비탈길 위를 죽 따라 내려가면서 그 아이는 여러 가지 이야기를 했다. 내리막 사이로 옆에는 보리 이삭과 마늘이 아직도 수확을 기다리며 고개를 숙이고 있었다. 잘 정리된 산에는 여러 가지 아름드리나무와 잣나무, 너도밤나무들과 옆으로는 날다람쥐 부부가 정겹게 엉겨 붙어 있었다. 그러면서 나는 지금 고향으로 돌아가고 있었다.

"그곳에는 누가 살지?"

"옛날에는 대마도 영주 살던 집이고, 지금은 가끔 어느 회사의 사장님 댁이라고 합니다. 나는 그 정도만 알고 있어요?"

그 아이는 무척 자랑스럽게 말했다. "그래." 하고 나는 그 여자아이에게 등을 두드려 주었다. 발길을 옮기며 약간은 현기증 증세를 보였다.

"저 조카의 할아버지가 대마도의 영주라는 말은 미사에게 들었다."

그것은 오랜 꿈속에서 들었던 환청의 소리 같았다.

와타즈미 신사 주위에 도착하자 각종 보루와 기와로 이루어진 집들이 옹기종기 모여 있었다. 멀리서 보이던 신사의 문이 여러 색깔로 바다 수면에 출렁거렸다. 여기는 물의 신을 모시는 신사의 나라였다. 먼저 요사와 가본 이츠쿠시마 신사와 너무도 흡사하게 물에 잠기고 나가면서 생기는 '도리이'라고 하는 문은 신사였다. 그 '도리이'는 이츠쿠시마 신사의 문처럼 물의 간만의 차이로 인해 대조를 보이며 자연과 흡사하게 긴 시간의 역사가 녹아 있는 것 같았다. 신사는 좌우로 산과 짙은 바다와 계곡으로 둘러싼 곳에 웅크리고 서 있었다. 우리는 그 신사 안으로 "용궁의 전설에 의해 지어진 신사이고 바다의 신을 모심."이라고 하며 서 있었다.

옆으로 난 길에서 해자를 끼고 오른쪽으로 돌아가니 신사가 나왔다. 신사는 하늘을 끼고 돌아선 위치에 서서히 자연의 이치에 따라서 문이 열리고 잠기는 천혜의 장소이었다. 숲속이 열리고 섬으로 둘러싼 천혜의 신사의 문이 열리고 닫히는 것, 인간보다 자연의 섭리에 따라 도리이 문이 열리며 들어가기 전 높은 산으로 빙 둥글게 산 신사 옆에 오랫동안 자연을 벗 삼고 살았던 고택이 있었다.

문 앞에서 본 광경은 자연과 집이 잘 어우러진 모습을 떠나, 들어오다 길로 인해 늘어선 오래된 고택과 이끼 낀 석등들의 단순성에선 조화롭고 예속적인 모습이었다. 길 양쪽으로 죽 늘어져 있는 오래된 고목 나무들의 자태는 천년을 견딘 인간의 초상처럼 하늘을 온통 덮고 서 있었다. 안으로 들어서면 널따란 광장은 하나의 인간이 만나고 자연이 사람 쪽으로서 있는 그런 모습이었다. 그 주위로 작고 시간이 추적된 거처럼 때 묻은 이끼가 낀 작은 석등이 눈에 띄었다.

바다와 산으로 둘러싸인 이곳은 아름답고 병풍처럼 주위를 둘러싼 신사와 동네는 비교적 작은 마을로 그 고택 옆으로 작은 집들이 옹기종기 모여 한 군락으로 이루어진 환상의 섬 같았다. 거울 속에 숨어있는 환상의 섬은 쥐 죽은 듯 고요했다. 하필 어디서 본 모습이었다.

나는 고개를 좌우로 돌렸다.

집 안으로 들어갔다. 집 안 분위기는 누군가 사는 집 가운데 사람이 산 흔적이 보이지 않아 괴이했다. 거실로 걸어가자 사람인지 검은 물체가 옷감을 둘러친 곳에서 부엌으로 달려갔다. "아아, 악!" 우리는 놀래서 동시에 소리쳤다. 소녀의 얼굴이 새하얗게 질려있었다. 우리는 놀래서 밖으로 뛰쳐나왔다. 뒤쪽으로 나오니 우물과 창고 비슷한 것들이 정승처럼 서 있었고, 장독대 옆으로 난 소로엔 화단과 어우러진 꽃들이 웃고 있었다. 나는 많이 본 듯한 그 집 배경에서 다른 한 장면이 떠올렸다. 하토야마와 같이 간 그 집과 너무도 흡사했다.

"언니 이 집 이야기하는 것이죠?"

그 소녀는 눈을 동그랗게 미소 지으며 말했다.

"우리 엄마에게 들은 이야기인데 나는 잘 모르지만."

그 소녀는 무엇인가 아는 듯한 표정이었다. 괴상한 표정에서 그 아이도 무엇인가 알고 있었다. 우리는 장독대가 있고 소로 옆으로 난 뒤뜰과 통하는 곳에 앉아 마냥 쏟아지는 햇살을 받고 있었다. 따스한 햇볕이 온 피부에 닿았다. 기분 좋은 잡목 숲과 바람이 우리를 휘감았다.

다시 걷기 시작했다. 내가 홀로 중얼거리자 그 여자아이는 가다가 멈춰 서 있었다. 그 아이에 눈빛 속에 빛은 '낯섦'의 풍경들뿐이었다. 그 여자아이는 왜 오지 않느냐는 표정을 지었다. 우린 약속한 성곽을 보기로 했다.

 무서운 기세로 휘몰아치듯 폭풍과 바람이 거세게 불어왔다. 방송에서는 어젯밤 늦도록 폭풍우가 대마도 섬을 휩쓸고 지나갈 것이라고 경고했다. 그러나 여자아이는 아랑곳하지 않고 잔잔한 바람 속에 떠내려가듯이 춤을 추며 노래했다. 우리는 한 손으로 잡고 밀며 걸음을 옮겼다. 바다와 만을 끼고 돌면서 여자아이는 길에 있는 나팔꽃과 금잔화를 바라보며 이렇게 외쳤다.

 "언니 모든 사람이 이런 꽃 같으면 얼마나 좋을까?"
하고 아이가 말했다.

 "응, 그래. 나팔꽃을 좋아하지? 왜 그 꽃을 좋아하지?"

 "우리 아버지가 여기 오면 나팔꽃을 꺾고서 나의 머리 위에 꽂아주었죠."

 그 소녀는 하늘을 바라보면 그렇게 말했다. 먼 지평선 끝까지 끊임없이 바라보며 자신의 아버지를 찾는 듯했다.

 "내 아버지는 저 지평선 어디에 있다고 어머니가 이야기했는데, 언니는 우리 아버지가 계신 데를 알고 있나요?"

 "응, 아마 저 멀리 지평선 막다른 곳, 어느 곳에 아버지가 계실 것이야!"

 나는 거짓말을 했다는 생각에 마음이 무거웠다. 우리는 앞서거니 뒤서거니 하며 바닷가 옆을 돌며 앞으로 나갔다. 멀리 바다 끝에 해무와 뭉게구름이 뭉쳐 하늘 위로 치솟았다. 옆으로 돌아가는 산등성이에 들어설 때는 약간 오르막으로 비교적 잘 정리된 길을 따라서 아이가 가는 대로 따라갔다. 그러면서 나는 마음속에 무언가 응어리진 고독한 영혼과 침묵의 바다가 솟아나는 것을 느낄 수가 있었다. 그러나 그것이 더 즐거움을 주는 것, 여기 대마도 섬사람들과 이시미 어머니가 예외 없이 하루도 빠짐없이 우리가 처한 여기 전쟁 상황에서도 이런 숨 막히고 고독한 인간의 혼을 발견해 낸다.

그것은 그 아이로 인해 나 자신에 영혼과 자유를 엿볼 수 있었다.

그 아이는 불구에 처한 자신의 영혼을 잊지 않고 있다는 생각에 동정심이 들었지만, 그런 동정은 추상에 불과하다는 것을 바로 알게 되었다! 그건 나만의 생각은 아닐 것이다. 그러면서 나의 할머니가 마을에 다리를 저는 아이를 보살피던 기억이 떠올랐다. 앞에는 강이 흐르고 밤이 지나 새벽이 다가오는 그 아름답던 고향의 겨울밤과 할머니를 그려 보았다.

"언니, 그곳에 가면 넓은 호수와 멋진 계곡 사이로 성곽이 자리 잡고 있지. 여러 가구의 집들도 옹기종기 모여 마을을 이루면서 옛날에는 성주가 살면서 여러 군민을 잘 보살펴 주었다고 우리 아버지가 항상 나에게 말해 주었지요? 그러나 어머니에게 그런 이야기에 대해 내가 가끔 묻곤 했지만 어머니는 대답하지 않는 것이…."

'그런 아름다운 여름철엔 우린 냇가에서 고기를 잡던.'

우린 동상이몽처럼 다른 꿈을 꾸었다.

아이는 머리를 꼿꼿이 들었다.

아이는 바다 지평선 끝을 바라보고 있었기 때문이다.

우린 시간이 지날수록 서로 다른 시대와 시간에서 왔지만 동시에 같은 공간 안에서 살게 된 것처럼 나 자신의 과거와 지금의 나 그리고 미래의 자아를 끊임없이 찾아가며 혼란을 겪었다. 그것은 내가 여기서 불쏘시개 노릇을 해야 하는 것만큼은 불식시켜야 한다고 생각했다. 그래야 나 자신의 자아를 찾아갈 수 있기 때문이다.

결국, 나는 과거의 나 자신과 지금의 나, 그리고 미래의 자아를 찾아 떠나는 나그네처럼 변한 나의 모습을 거울 속에서 볼 수 있을 것이다.

10장
표 리

고베 회장님이 살해되었다.

정작 그가 동경으로 떠난 날이었다. 그리고 미사도 보이지 않았다. 그날 밤, 미사를 본 사람이 있다고 요사가 말했다. 그것은 그 해, 그날 밤, 윤년의 불길한 기운이 일본을 지배하고 있을 때쯤 미사의 어머니는 시집을 가야 했지만, 시집을 간 것이 아니었다. 대마도 섬사람이라면 다 아는 사실이었다. 우리는 미사의 유모를 만났다. 언니가 먼저 미사의 유모가 있다는 사실을 알아냈다. 미사는 향기가 나지 않는 향수를 바르고 다닌다는 이야기를 유가가 말했다. 우리가 방학이 끝날 무렵 대마도 섬을 떠나면서 여러 가지 음모가 난무했다. 하루 형사가 대마도 섬 사건을 수사하며 밝힌 것이었다.

우리는 대마도 섬을 떠나고 난 이후에도 여러 가지 악소문에 시달려야 했다.

이상하게도 나는 몸과 영혼이 아니라 심장과 머리통이 분리된 채 태어난 것인지 모른다고 생각했다.

그 이유를 명확하게 말할 순 없지만, 이를 정확하게 표현하자면 이러하다. 내가 꿈을 꾸었는데 나의 머리를 들고 황야를 헤매는 나 자신을 보았다. 나는 거친 숨소리를 내뱉으며 악몽에서 깨어난다. 끝없는 그의 괴롭힘과 미사가 나에게 보여준 끝없는 흉계는 과연 내가 무슨 전생의 잘못하고 태어났는지, 최근 여기서 나는 처음부터 끝까지 나 스스로가 반성하며 그 무엇에 대해 성찰하였다. 꿈속에서도 어떤 것을 해야 하는 숙명을 타고난 부질없는 여인으로 비쳤다. 조카의 그 각진 얼굴과 미사의 끊임 없이 이어지는 음모는 어디서부터 온 것인가?

그래서 언니와 나는 여기 오기 전, 미사가 무녀에 가까운 춤을 춘 것으로 확인했고, 그것은 미신이 아니고 신기가 생겨 무당집을 찾아가서 무녀와 같이 춤을 춘 것까지 확인했다. 그런 악소문도 미사와의 괴리에서 나온 것이지만, 나도 있지도 않은 소문에 시달리며 답답했다. 조카의 끈덕진 구애와 능욕이 나의 무관심과는 무관하게 오랫동안 지속하였고, 그사이에 낀 요사는 더욱 곤혹스러운 처지에 놓였다. 나중엔 예측 불허한 상황으로 내몰리면서, 미사의 어머니가 기거한 집에는 오랫동안 나무가 자라지 않는 땅으로 변했다고 한다. 그 마을 면장이 말한 사실을 가지고 유모가 듣고는 나와 언니 앞에서 말했던 것으로 기억난다. 그러나 지금 면장은 조카 앞에서는 극구 부인하고 있었다. 무엇이 두려워서 발을 뺄 것이다. 그러면서 우리가 대마도 섬을 떠난 이후에 모든 사건이 서서히 드러나기 시작했다고 하루 형사가 말했다.

요사는 폭풍우로 떨어져 나간 유리창과 덧문들을 보수하고 유가도 잠시 폭풍우를 피해 노는 아이들에 목욕시켜 주고 갔다. 아이들은 창틀 틈에 모여 앉아 쏟아지는 비를 하염없이 바라보았다. 어린아이는 여자아이 무릎에 누워 단잠에 빠진다. 억수 같은 비가 그치고 화창한 햇볕에서 우린 그동안 못다 한 이야기했다. 아이들이 다 자는 시간을 이용해서 해부도를 공부했다.

그러면서 자연스럽게 그 학생 생각이 났다. 나는 여기 대마도 섬에서 모든 것이 합쳐지고 떨어져 나가며 나의 모든 영혼이 떠버렸다. 결코 나는 그를 버린 것이 아니라 그 학생의 마음이 나의 영혼으로 응축된 채로 남아 있었다.

그런 생각은 결코 요사도 아니고, 이지 언니도 아니며, 그 조카 때문이다.

그것이 여기 이야기를 이루는 기둥이었다.

그리고 그 유모는 이렇게 외쳤다.
"작년에 갔던 제비가 돌아오지 않는 것은 흉년이 들 조짐이다."
하고 유모가 말하자 여기 면장은 그런 말은 재수가 없는 이야기라고 그 유모를 힐난했다.

그러나 유모는 자신의 주장을 굽히지 않았다. 그래서 지금 흉년으로 비가 와도 장마철도 아닌데, 장마가 심하고 그래서 덩달아 물고기까지 조선 반도로 돌아갔다고 하며 우리나라를 원망하는 이야기들을 쏟아냈다. 대마도 면장은 그 조카 앞에서 아부하며 이렇게 다시 말했다.
"비가 많이 와서 강남에 간 제비가 돌아오지만, 그러나 때는 지금이 아니다."

혹시, 모르지? 우리가 자신의 유모를 만나자 위기감에 나를 곤란한 처지에 몰아넣기 위해서 그 조카와 미사가 꾸민 일인지 모른다고 생각했다.

이런 와중에 내가 믿을 수 있는 사람은 요사와 이지 언니밖에 없었다.

우선 대마도 시에 있는 회장님의 시체를 확인했다. 하루 형사와 젊은 검사 그리고 늙은 검시관이 여러 가지 법적인 검시 보고서를 작성해서 요사 변호사를 대리인으로 삼아 사망 진단서와 검안 보고서를 작성해서 준 것을 받았다. 우선 사체가 생기면 경찰 수사관이 검안을 통해 범죄 혐의를 인지하고, 범죄 혐의점이 있어 구체적인 확인이 필요하다면 부검을 요청할 수 있다고 했다. 우선 회장님의 변사사건이 자살인지 타살인지부터 밝혀야 하므로 사체 부검을 하기로 결정했다. 그러나 정작 조카는 보이지 않았다. 이지 언니는 그 점을 이상하게 여겨 이렇게 말했다.

"그는 삼촌인 회장님의 장례 문제도 처리해야 하고 변사체에 대한 여러 가지 이상한 점을 밝혀야 했지만, 그는 무슨 이유인지 정작 지금 여기 히로시마 시내에 없는 것이 여간 이상한 것이 아니다."
라고 말했다.

그러나 전쟁 중이고 해서 사건 심리와 검안 보고서 작성엔 오랜 시간이 걸렸다.

검시 보고서의 결과는 다음과 같았다.
신장은 1미터 81센티이며, 나이는 59세이고, 사체는 약 4일 정도 물속에 있었던 것으로 판단이 됨.
피부는 군데군데 푸른 반점이 있었는데 그런 점들이 본래 있는 것인지 더 분석해야 함.
여러 가지 사건 보고서가 우리에게 전달되었고, 구체적인 범죄혐의점을 발견하지 못해 의혹만 증폭된 측면이 있었다.

회장님의 장례식은 가족장으로 조용히 치러졌다.
정작 그는 나타나지 않아서 어린 조카들과 우리는 회사 사람들의 도움으로 조용히 장례를 치렀다. 많은 히로시마 지역 주민들과 회사 중

역들이 찾아와 조의를 표했다. 간단히 3일 장 후 화장을 했고, 회장님의 선산에 묻었다. 회장님이 자신이 죽은 이후에 생길 여러 가지 잡음을 미리 사전에 방비하기 위해 동경에 큰 변호사 사무실에서 요사가 공증인으로 유언장을 작성해 놓았다. 대마도 섬에서 정식으로 고베 회장님의 사망신고를 마치고 집으로 돌아온 이후, 회장님의 유언장이 공개되면서 사건 자체 의혹들이 점차 미궁에 빠졌다.

항상 새 둥지 집은 바다 갈매기가 찾아서 울어대는 포낭의 집이었다. 마을 집들이 뿔뿔이 흩어진, 숲속의 새 둥지 집, 빨랫줄 위에 패배의 깃발이 바람에 흔들리는 집, 초라한 작은 집이지만 노부부가 전쟁에 나간 아들을 기다리는 '한'에 갇혀 있는 집 등이 산 위에 붙어 있었다. 이곳 사람들은 세상 위에 고통을 예외 없이 느끼는 새 둥지 안에 어린 새처럼 펄럭거리며 살고 있었다. 그 새가 사람이고 인간이면 행복한 생애를 이어가야 하지만, 지금은 그것조차 찾을 수 없는 고통 위에 삶이 이어졌다. 전쟁 중인 이 나라는 숨죽인 죽음의 그림자가 도시와 히로시마 바다로 표류하고 있었다.

언니가 "너는 죽음의 영혼을 믿어?" 하고 물었다.

나는 아무 답도 내놓지 않았다. 지금은 오롯이 무념의 영혼을 가진 인간으로만 남고 싶었다.

어쨌든 그런 죽음은 살아 있는 우리들의 몫이라고 생각했다. 그래서 지금부터는 덤으로 살아가야 했고, 사실 회장님은 나의 영혼의 아버지도 아니었다. 그러면서도 나의 영혼은 찢어질 듯했고 마음은 멍들고 아팠다.

유언장이 공개되자 조카는 그날 밤에 집으로 찾아와서 아주머니와 나에게 협박을 하면서 돌아갔다. 그 유언장에는 여러 가지 회사 지분 문제뿐만 아니라 상당한 집과 동경에 있는 작은 상가도, 그리고 여기 집도 나에게 상속되었다. 그리고 아주머니에게도 돈을 지급하라고 유언을 남기셔서 통장에 넣어 남긴 돈을 요사가 가지고 왔다. 그리고 나에게도 집안 살림 통장을 따로 만들어진 것을 보면, 회장님에 이런 준비들을 해오신 것이 마음에 걸렸다. 그러면서 지금 새 둥지 집에서 아주머니와 웃으며 울며 이야기했던 것이 생각났다.

"난, 히로시마 사람보다 여기 새 둥지 집 뒤쪽으로부터 산꼭대기까지 우거진 숲속과 광대한 우리 집 나무숲에 더 애착이 가요."

처음 나는 그 아주머니가 이야기한 숨은 뜻을 알아내지 못했다.

여기 '비밀의 문'처럼!

그날 온종일 바람이 불고 소낙비가 억수같이 내렸다. 요사와 함께 나는 장례가 끝난 그 이후를 의논했다. 언니가 막 도착하자마자 소낙비는 더욱 거세게 내렸다. 지금 어둠 속에서 풍겨오는 물 냄새는 언니가 앉아 있는 거실에서 고흐의 모작인 「해바라기」가 벽면에 붙은 거울 뒤쪽으로 부엌 툇마루 중앙 창문을 통해서 들어오는 햇빛과 바람이 광대한 나무숲에서 온종일 내린 물방울이 떨어지는 냄새였다. 우리 집 광대한 나무숲에 있는 열대 야자수 나뭇잎에서 떨어지는 물방울이 온종일 조금씩 떨어져 아주머니의 심금을 달래 주기도 하였다.

그런 생각이 퍼뜩 들자 난 울기 시작했다. 우린 그 통장을 들고 아주머니와 온종일 소낙비가 내리는 마루에 앉아 울었다.

나는 온갖 박해를 받고 있었다. 어느 보이지 않는 상황이 나를 옥죄고 육체적인 몸통도 나를 외면하며 배척하는 평범한 피해가 아닌 듯했다.

고요와 침묵만이 나에게 행복을 가져다주지 않았다.

고요함 속에 생에 한가운데에 선 내 모습으로 텅 빈 집에 들어서니, 나는 작은 괭이갈매기처럼 마치 죽음과 고요가 뒤섞인 방임의 시간부터 시작하여 영적인 태고의 시간으로 점차 흘러가는 추상의 시간을 지켜보았다. 침묵과 고요가 내 주위를 돌고 돌아서 멈춘 곳에서 생애에 기쁨과 슬픔을 노래하니 멀리서 항구에 고요한 뱃고동 소리가 들리고 아주머니는 잠에서 깬다.

　질긴 인간의 삶이 지겹고 힘든 사이에 나는 이런 숨 막히는 침묵이 싫었다. 그러나 그것은 상상하기 나름이라는 것에 동의했다.

　며칠이 지났다.
　온종일 언니와 새 둥지 집에서 불어오는 비 냄새와 물방울 소리에 장단을 맞추며 시를 읽었다. 그때 장을 보러 나간 아주머니가 허겁지겁 맨발로 뛰어 들어왔다.
　"큰일 났습니다!"
　아주머니가 하얗게 질린 표정으로 소리쳤다.
　"아주머니 무슨 일이죠?"
　"학생, 큰일이 났습니다. 그 조카가 엄청나고 힘이 센 불도저와 부랑자들을 몰고 와서 히로시마 공장지대에 있는 판자촌을 허물고 있답니다."
　"예?"
　난, 한 걸음으로 계단을 내려갔다.
　히로시마 외곽지대는 많은 농촌 사람들과 공장 노무자들이 올라와서 집을 짓고 삶을 영유하는 터전이었다. 그 땅은 대대로 고베 가족의 땅이고, 기업의 소유로 있다가, 나에게 상속이 된 땅이었다. 조카는 이미 요사가 동경에 등기를 마치고 소유권으로 된 등기부 등본까지 가지고 있는 나에게 빈민가의 땅을 처음 소유가 이전된 것을 알게 된 이후 길길이 날뛰기 시작했다. 지금과 같은 전시 상태에서 전시에 들어가는 의복이나 각각의 생활용품을 만들기 위해서 기계들을 더 설치하고 공장을 더 지으려면 그 땅이 필요했던 터라, 그뿐만 아니라 여기 히로시마에 고위 공무원들도 그 땅을 노리고 있었다. 그러나 나중에 회장님이 죽고 나서 보니, 그 땅의 요지가 나에게 넘어간 것을 나중에 안 조카는 가만히 있지 않았다.

그러나 요사는 이렇게 말했다.

"아마 그 조카가 그 공장 외곽에 있는 넓은 빈민가 땅에 공장을 다시 짓고 공장 설비를 더 많이 설치하기 위해서 요지의 땅이 필요했을 것입니다. 그래서 그것을 알고 있었던 회장님은 나중을 위해서 그 땅을 당신에게 상속해서 조카의 야욕을 사전에 차단하고자 그 땅을 당신에게 넘긴 것 같습니다."

요사는 잠시 물 잔을 들고 여러 가지 서류들을 쳐다보고 있었다.

"그래서 그가 당신에게 더 집착한 것인지 모릅니다."

"그는 개보다 못한 인간입니다. 아니 그는 짐승입니다."

내가 말했다.

요사의 눈동자가 빛났다.

그러자 대지 일부를 그곳에 사는 집주인들에게 소유권을 넘기는 일을 은밀히 추진했던 것인데, 사전에 등기소에 이전 서류가 접수되자 직원들이 조카에게 알린 것이다. 그러면서 조카는 나에게 더 난폭하게 했고, 나중에 내가 물러서지 않자 법정 소송을 대신했다. 그 대지는 오래전부터 고베 가족 선친의 땅이고, 그 땅을 회장이 죽기 전 임의로 소유권을 이국인에게 넘긴 것은 잘못이라는 이유를 들어서 재판이 진행되는 중에 이런 불상사가 생긴 것 같았다.

그 소식을 듣고 달려온 요사는 차를 가지고 집 앞에 와 있었다. 나는 차를 타고 얼결에 그의 손을 잡았다. 아직도 그에 대한 연민이나 사랑이 남아 있었던 것인가? 나는 나 자신에게 무슨 일이 일어났는지 이해하지 못하면서 잠시 그를 사랑하고 있다는 추상과 착각에 빠졌다. 그러면서 내면에 사랑이 움트기 시작했다. 차는 다툼의 장으로 변한 땅인 구례로 달려갔다. 흙먼지가 나고 굉음이 나는 곳엔 울부짖는 목소리가 났다.

"당장 그만두세요."

내가 불도저 앞으로 다가서자 그가 보였다.

"여긴 내 땅입니다."

그 조카는 내 소리에 잠시 멈추는 눈치이었다.

"계속해!"

그가 다시 악을 쓰며 잡부들에게 독려했다. 곳곳엔 공무원들도 나와 있었다.

"당신들이 여기 공무원이면 이 짓을 멈추게 하세요!"

면사무소 직원들은 서로 눈치를 보며 미루고 있었다. 나는 팔을 걷어붙이고 불도저 앞으로 다가섰다. 그 아주머니가 내 앞을 서며 그녀도 팔을 벌리고 서 있었다. 그러자 그는 화가 머리끝까지 나서 우리 가까이 다가와 아주머니의 뺨을 힘껏 내려쳤다.

"아아 악!"

하고 외마디 소리가 났다.

"무슨 짓이죠? 이건 짐승도 하지 않는 짓이죠?"

"이게 완전히 미쳐 날뛰네."

그가 나를 향해 손을 들자 사람들에 아우성이 하늘 높이 올랐다.

"자! 자? 오늘은 그만들 하세요?"

어느새 면사무소 면장과 경찰서장이 소리쳤다.

"당신들은 직무 유기를 한 셈이니 내가 법적인 조치를 할 것입니다."

그러자 경찰서장은 그에게 다가서서 무엇인가 이야기를 했다.

그 이후 그는 차를 타고 그 자리를 떠났다. 그가 떠나자 사람들은 환호성을 외쳤다. 빈민가 사람들이 나에게 다가와 안아 주었다. 며칠 전부터 요사에게 도움을 받고 동경에 있는 한인들이 돈을 모아서 보낸 자금으로 집 뒤쪽 판자를 보강해서 집을 짓기 시작했다. 전쟁으로 모든 삶이 망가진 빈민가 사람에게 한 가닥 희망을 주기 위해서 우린 모두가 나섰다. 그런 것이 그 조카에겐 자신의 이익을 반하는 것이다. 빈민촌에 이제는 목사님까지 합류해서 농성에 들어가고 철야 예배드리고, 우리는 새벽에 모두가 모여 새벽기도를 드렸다. 그러나 조카가 그냥 순수하게 물러날 위인은 아니라고 요사가 말했다.

"그가 지금 극우주의자들과 전체주의 단체회원들과 사무실에 모여 빈민촌을 불도저를 밀어버릴 계획을 준비하고 있다는 정보입니다."

"그것이 사실인가?"

"예!"

목사님은 새벽기도를 마치고 우리는 식사하면서 심각한 표정으로 걱정하고 있었다.

"요사 변호사, 무슨 좋은 생각이 없나? 법적인 절차는 절차대로 하면서 나는 여기 히로시마시에서 시장이나 의회 의장에게 탄원서를 제출하고 교회 지도자들과 어떤 후속대책이 있나 각자 연구하지."

"목사님, 이미 각자 빈민촌에 사는 사람들에게 소유권이 넘어가고 있는데, 아무리 지금 우리가 전쟁 중이라고 해도 이런 무법천지는 처음입니다."

"그건 우리에게 합법적인 권리이지만 지금 시기가 시기인 만큼 그런 극우주의자들이 모두 몰려와서 흉포한 짓을 한다면, 우리에게도 힘든 과정이 될 것 같아서 큰일이군."

"목사님, 우선 우리가 합심해서 작은 교회라도 여기 빈민촌 한가운데에 교회를 짓자고요."

난, 그의 의지를 꺾기 위해선 그 어떤 위험한 수단도 마련해야 한다고 생각했다. 햇빛은 마치 잿빛 바탕에 붉은색을 띤 하얀빛으로 빈민촌에서 빛을 내면서, 자유와 질서를 찾아가고 있었다.

"야, 그것은 훌륭한 생각입니다."

이지 언니는 내 등을 두드리며 말했다.

"목사님, 이른 시일에 교회를 짓고, 그들이 하는 대응에 따라 우리도 맞대응할 수밖에 없을 것 같습니다. 그리고 요번 동경에서 재산 정리를 해서 나에게도 여유 자금이 있으니 그걸 이용해서 얼른 교회를 짓는 것이 급선무입니다."

요사가 말했다.

"나도 여기다 작은 집을 지어야 할 것 같아요. 나도 이제 이곳에서 아이들을 키우고 싶어요. 우리 애가 초등학교에 내년에 들어가면서 여러 가지 걱정을 했는데, 여기 교회 옆으로 작은 집을 짓고 우리 남편이 전쟁에서 오면 여기 히로시마에서 살아야 할 것 같아요."

언니가 말했다.

"언니, 그래 여기로 이사를 오면 나도 좋고 여기 목사님도 언니의 기도로 위로를 받을 수 있어서 좋을 것 같아요."

내가 말하자 모두가 웃기 시작했다.

나는 이제부터 새로운 세상에 눈을 돌린다.

새벽 교회에 가는 길엔 불그스름한 여명이 밝아온다. 대지는 여명의 빛으로 잠에서 깨어난다. 그리고 이제부터는 의학 공부를 열심히 해야 할 때이다. 곧 가을 학기가 시작된다. 구레에서 히로시마 시내까지 약 1시간 거리에 항구가 비켜서고 아름다운 산과 계곡은 등을 돌려 우리를 바라본다. 이제 나는 조카에게 더 물려 설 자리가 없었다. 나를 무슨 창녀 취급했고 아무 때나 나타나서 점점 행패를 부리며 그의 성품은 무자비하고 잔인해져 갔다. 중간에 요사와 이지 언니가 없었다면 당장 무슨 일이 일어날 정도까지 더욱 악화하였다. 그런 사이에 점점 나의 우울증이 악화하자 요사는 이지 언니에게 내가 자살할 가능성에 관해 이야기하곤 했다고 한다.

그러나 이지 언니는 이렇게 말했다.
"그녀는 시를 쓰기 때문에 염려하지 않아도 된다."
라고 말했다.

나는 이렇게 중얼거리며 긴 겨울을 기다리고 있었다.

그와의 감정의 골은 더욱 심화하며 그나 나도 차츰 설 자리를 잃어가는 것 같아 안타까운 마음이 온몸으로 전해 왔다. 그가 공장을 더 늘려야 하는 것을 원천적으로 막아야 했다. 그런 마음의 저항이 그 조카에겐 치명적인 일로서, 내가 조용한 침묵 속에서 명상과 반성을 통해서만이 주 그리스도의 뜻을 새기며 기도할 수 있다는 생각을 기반으로 해서 그 속으로 뛰어들고 몸부림치며 그에게 저항했다. 그곳에 빈민촌을 짓고 교회에서 바다가 내려다보이는 유일한 장소엔 전 신도들이 빈민촌 교회 자리에 작은 천막을 치고 집단예배를 드리기로 했다.

전쟁에 나간 신도의 부모들과 신도들이 모인 가운데에 목사님은 건축하기 전에 신도들에게 설교하면서 골고다 언덕에 십자가형이 있었던 일들을 예를 들어가면서 기도를 했다.

"주여! 우리에게 힘을 주소서. 우린 지금 히로시마시에서 모든 교회 신자들과 같이 전쟁에 나간 신도들과 자녀들이 무사히 전쟁을 끝마치고 집으로 무사히 돌아오기를 기도합니다. 우리 작은 양을 하늘의 보혈로 보호하시고 히로시마 시내 사람들이 양쪽으로 갈려 서로 다투며 이런 웃지 못하고 하나님의 노여움 사는 여러 가지 악행들이 자행되고 있고 여기 히로시마 외곽지역에 빈민촌에 집들을 강제로 뜯어내는 만행이 자행되는 현실이 앞에 놓여 있습니다. 우릴 보살펴주시옵소서."

오늘따라 종일 소낙비가 내리면서 목사님은 천막 안에 물이 들이치는 것이 신의 노여움을 느끼는 것이라며 무릎을 꿇고 기도했다.

"주여! 우린 전대미문 위증의 시대에서 살아남아야 하는 전쟁 한복판에 있는 가난한 시민들입니다. 주여, 우리 시민들을 위해 기도해 주시옵소서. 우린 전쟁 속에서 주일에 되어야 교회를 찾는 거처럼 우리는 이런 일들을 회개 없이 거의 잊어버린 시간처럼 방종에 시기를 보낸 것입니다. 우린 우리의 죄를 인정하지도 않았고 회개도 하지도 않으면서 자유와 방종의 생활과 영합했던 것입니다. 소돔과 고모라의 사람들, 카인과 우리들의 죄악, 모세가 애굽을 떠나게 된 것, 그리고 주 그리스도의 십자가형이 사람들의 죄는 아직도 우리의 발목을 잡고 있으면서도 우린 하나님의 넘쳐흐르는 축복을 외면하고 우린 매일 욕정과 과욕으로 기도하지 않고 회개 없이 더욱 크나큰 죄를 짓고 있는 것입니다."

목사님은 찢어진 천막을 옮겨 잡고 울부짖었다.

목사님 부인과 다른 신도들도 다 모여서 쏟아지는 비를 맞으면서 기도했다.

그러한 여러 가지 이유로 지금까지 결정된 일 중 하나는 대마도 섬에 있는 아이들을 여기 작은 집과 검은 흙으로 뒤덮인 농장으로 이사하게 되었다. 그런 모습에 그 아이 눈망울은 더욱 초롱초롱하게 변했다. 전쟁 중 잔인하고 슬픔에 잠든 구레 시의 대지 위에서 나뿐만 아니라 그런 천애의 고아 아이들에게도 한 가닥 삶을 풍요롭게 해 주는 일들이 생겨났다.

이지 언니와 나는 처음으로 히로시마 항구에서 1시간 이상 떨어진 구레 시 오른쪽에 넓은 농장으로 이사를 했다. 그러면서 더욱더 힘들어진 나날을 보냈다. 그곳, 촉촉한 검은 흙에는 많은 채소와 무, 그리고 양파를 심는 농장을 관리하는 관리인도 있었다. 농장 가운데 해묵은 은행나무 두 그루가 자태를 뽐내며 우리를 반겼다. 회장님이 나에게 물려준 농장이었다. 그러면서 그 조카의 분노는 예상외로 하늘을 찔렀다.

"이런 땅을 물려받은 것은 너의 축복이야!"

이지 언니가 환하게 웃으며 말했다. 나는 한 걸음 더 나아가 여기에 교회뿐만 아니고 보육원도 있으면 천혜의 성지라고 생각했다.

대마도 섬에 있는 이시미 어머니가 관리하던 보육원을 구레로 이사하면 여기서 생산되는 각종 채소나 배추, 무 등을 시장에서 사지 않아도 되는 강점이 있었다. 많은 아이를 위해서 작은 건물도 짓고 그 농장에 있는 큰 집을 쓸 수 있고, 또, 아이의 어머니가 보육원으로 사용하면서 우리도 이 농장에 와서 휴식을 취할 수 있다고 생각했다. 나는 곧바로 그 일을 시작했다. 대마도 섬으로 가서 내가 직접 설득해서 아이들과 이곳으로 데려오기로 했다. 목사님뿐만 아니고 언니도 웃으며 답을 해 주었다.

그런 기미를 사전에 알게 된 그의 분노와 방해는 점점 심해졌.

하늘이 노했는지 종일 소낙비가 히로시마 도시뿐만 아니라 구레 시까지 내렸다. 그래서 요사는 더 걱정스러운 표정이었다. 거의 10일 동안 보육원이 대마도 섬에서 구레로 이사를 했다. 이삿짐을 나르는 날 아침은 약속이나 한 듯 청명하고 아름다운 하루가 우리 앞에 다가왔다. 하나님도 우리의 마음을 아는 듯했다. 최근엔 하토야마 여동생이 자주 이곳으로 찾아왔다. 그녀는 디자인을 공부하여 아이들에게 기계 재봉틀로 즉석에서 옷을 만들어 입혔다.

참 곱고 착한 여학생이었다. 우린 두 손을 같이 부여잡았다. 나와 그녀는 이지 언니가 자매라고 하는 호칭까지 붙여 불러 주었다. 하토야마 동생은 손을 내밀어 내 차디찬 손을 만져주었다. 따스한 손에서 피를 타고 온몸으로 따스함이 흐르듯 반응하기 시작했다. 우리 둘은 두 손을 잡고 껴안았다. 나는 고베 회장님의 장례를 회사의 회장으로 언제 어떤 방식으로 장례식을 치른 다음 장례식 이후를 걱정하고 있었다. 요사는 회사 결정에 따르도록 조언해주었다. 이제는 제법 아침저녁으로 찬 바람이 불었고, 부러운 눈빛으로 두 자매의 모습을 올려다보았다.

이지 언니는 아이들의 빨래를 공터에 널다가 그 모습을 보며 이렇게 말했다.

"두 자매가 정말로 잘 어울려!"

"예!"

하고 나는 힘없이 말했다.

지나던 여자아이가 내 손을 잡아 주었다. 여름에 아이들이 쓴 이불이나 요를 마당에 널고 앞으로 쓸 겨울 것으로 바꿔야 하고 아이들의 옷들도 겨울을 준비해야 하므로 장롱에 있던 겨울옷들을 꺼냈다. 우린 새벽 일찍부터 앞마당에 그것들을 내놓고 햇볕을 기다리고 있었다. 동쪽 산마루부터 붉은 여명의 꽃이 피기 시작했다. 교회 큰 통을 우물가에 가져와서 아이들의 옷을 모두 물에 담그고 깨끗이 빨기 시작했다. 그리고 오전 중에는 목사님 부부가 와서 이곳이 아무 사고 없이 잘 살도록 축원 기도를 해 주셨다. 목사님을 따라온 요사는 표정 없이 나를 바라보며 기도를 했다. 그러면서 언니는 유별나게 이상한 눈치를 보였다. 나는 아무 말 없이 이런 추상의 순간을 보냈다.

목사님 부부는 우리가 준비한 점심 식사도 하지 않고 요사와 같이 차를 타고 교회로 돌아갔다.

목사님 부부는 교회 건축이 거의 다 되어가서 몹시 바쁜 가운데에 여기 보육원에 찾아온 것이었다. 농장 관리인이 황소를 데려와서 다른 채소를 심기 위해 밭을 갈아엎기 시작했다. 최근 날로 심해져 가는 전쟁 속에 미군 폭격기가 히로시마 공업 지역의 공격이 심해지면서 빈민촌도 피해를 볼 정도로 전쟁 상황이 악화일로에 들어섰다.

이곳의 극우주의자들도 미국을 점령해서 미국 본 터에 가서 살 거라는 이야기를 이제는 하지 않았다. 우리는 더 근심 어린 눈빛에 항상 눈물이 고여 있었다. 나는 점심 식사를 마치고 아이들과 2층 방에서 공부하고 있었지만, 언니는 겉옷을 벗어 던지고 나서 신발도 신지 않고 검은 흙이 있는 밭고랑에 무엇인가를 심기 시작했다. 머리에 하얀 수건을 둘러쓴 그녀의 모습이 어디 시골 아주머니가 텃밭에서 농사를 지는 것처럼 보여 웃음이 절로 나왔다.

휴일이 되면 학교를 벗어나 이지 언니와 공부도 하고 아이들을 돌보는 것이 이제는 우리 본업이 되다시피 했다.

넓은 농장의 검은 흙과 화창한 날씨는 우리의 근심을 덜어줬고, 따갑게 내리쬐는 태양은 우리 가슴 속에 맺힌 근심 걱정과 고뇌를 덜어내줬다. 나는 우물가 큰 통 안에 아이들의 겨울옷을 전부 물에 담가 비누와 세제를 풀고 시간이 지나면 햇볕에 달구어진 큰 통에 물을 가득 담아 아이들과 빨래를 같이 할 것을 약속했다. 아이들에게 숫자에 대한 개념을 알리기 위해 하토야마 변호사는 교실에 있는 칠판을 가지고 와서 수학에 대한 개념을 가르쳐 주고 있었다. 잘생긴 청년이었다.

두 자매는 아이들이 숫자에 대한 개념을 쉽게 이해하고 그 수의 '이분의 일'에 대한 개념을 알려주기 위해서 애쓰며 노력하는 모습이 부러웠다. 아주머니는 어느 정도 일이 끝나 집으로 돌아갔다. 집에 아무도 없는 것이 불안했다. 아주머니의 해맑은 표정을 이제는 볼 수가 없었다. 그런 추상과 현실은 벽 사이에 두고 우리는 또 다른 영적인 세상으로 나아갔다. 추상은 어느 면에서도 나에게 현실이고 나를 앞서갔다. 그것을 여기 검은 흙 속에서 느낀 것이다.

  3시간이 지난 후 이지 언니는 밭고랑 사이에 그냥 앉아서 새들의 활공과 비행기들이 지나가는 모습을 한없이 바라보았다. 구름 한 점 없는 하늘엔 걱정이 쌓여갔다. 우린 다 같은 마음으로 세상을 바라보며 헤아렸다. 하늘은 높고 말이 살찌는 계절 앞에서 나는 발버둥쳤다. 하늘엔 작은 탑을 쌓고 우린 흘러가는 구름이 햇빛을 투명하게 반사하며, 현실은 먼 서쪽으로 흘러가 버렸다. 이젠 훈훈한 여름 바람이 아니고 창공에 찬바람이 불어오면서 더 높아진 푸른 하늘과 맑은 바다가 하늘 끝에서 서로 만났다. 이지 언니가 찾았던 면장이 미사 유모를 찾아냈다.

  유모는 조카와 미사를 피해 저 멀리 작은 섬에 있는 친척 집에 숨어 있었다.

  그리고 미사 어머니가 어린 미사를 데리고 대마도 섬으로 와서 정신치료 겸해서 온 것이다. 유모만 오래된 미사 할머니의 집에서 살게 되었다. 정신이상인 어머니 밑에서 태어나고 자라며 어릴 때부터 큰 충격과 과도한 정신적인 반향이 결정된 상태에서 이러한 것들은 그 아이의 생애에 어떤 영향을 끼쳤을까? 우리는 그것에 주목했다.

  그리고 미사의 유모는 이렇게 외쳤다.

"작년에 갔던 제비가 돌아오지 않는 것은 흉년이 들 조짐이다."
라고 유모가 말하자 면장은 그런 말은 재수가 없는 이야기라며 유모를 힐난했다.

그러나 유모는 자신의 주장을 굽히지 않았다고 했다. 그래서 지금 흉년에, 비가 와도 장마철도 아닌데 장마가 심하고, 덩달아 물고기까지 조선 반도로 돌아갔다고 하며 우리나라를 원망하는 이야기도 쏟아냈다. 면장은 조카 앞에서는 아부 겸해서 이렇게 다시 유모와 같이 맞장구쳤다.

"비가 많이 와도 강남에 간 제비가 돌아오지만, 때는 지금이 아니다."
하고 유모는 또 궤변을 늘어놓았다.

이런 쳇바퀴 돌아가는 사회 속에선 나는 다른 일을 해야 하지만 진실이 눈에 선했다. 그래서 윤년이 있어 흉년이 드는지 모른다는 섬사람들의 고립성 때문에 여자아이의 아버지가 살해되고 나서 화장만 하여 바다에 영혼을 뿌렸다고 이시미 어머니는 울면서 사람들을 원망했다고 했다. 그것은 대마도 섬에서도 매장은 줄곧 해 온 것이기 때문에 화장해서 바다에 뿌린 것은 범죄에 해당했다.

그러나 우리는 화장을 한 것은 윤년 때문이 아니고 살인을 지우려는 음모가 숨어 있다고 생각했다. 어쨌든 사람이 죽어 매장하느냐, 화장하느냐는 전부 가족이 결정해야 하지만, 면장 뒤 보이지 않는 손에 의해 화장으로 돌변하였다. 화장의 의식은 섬사람들이 흔히 하는 것이 아니므로 미신에 가까운 행위로 본 것이었다. 섬사람들의 특징을 열병처럼 취급하는 행위는 일반적으로 객관성이 모자라고 합리적이지 않은 측면이 있어서였다. 우리 학생들이 나서서 여러 가지 설명을 하며 설득을 했다.

섬사람들은 특유의 미신처럼 믿고 따르는 특징에 있어서 그날그날 홀로 그 모든 것들을 감수하고 흡수하며 섬에 특징을 살리는 것, 우리의 옳고 그름을 판단하는 기준이라고 말했다. 잠시 사건을 잊게 하는 일이 벌어졌다. 미사가 불쑥 우리에게 찾아왔다. 여자아이 어머니가 물자 공급 때문에 종일 읍내에 간 다음 미사가 찾아오고 다음에 요사가 찾아왔다. 그녀는 오자마자 요사에게 신경질로 대했다.

그러나 그는 개의치 않았다.

태양 빛이 머리 정수리에서 빛났고 기와지붕 위엔 하나의 꽃이 폈다. 곧바로 먼 산 뒤쪽부터 검은 먹구름이 몰려오기 시작했다. 곧 무엇이 요동치듯 계절은 소용돌이에 휩싸였다. 우리는 아이들에게 목욕을 시켜야 했고 미음도 만들어 줘야 했다. 그 아이는 이상한 눈빛으로 미사를 쳐다보았다. 미사도 지지 않고 그 아이를 쳐다보았다. 냉기가 흘러나왔다. 미사는 향기가 나지 않는 향수를 바르고 다닌다는 이야기를 유가가 했다.

그러면서 아이 어머니가 기거한 집에는 오랫동안 나무가 자라지 않는 땅으로 변했다고 했다. 마을 면장이 말한 사실을 유모가 듣고 나서 나와 언니 앞에서 말했던 것으로 기억난다. 그러나 지금 면장은 고베조카 앞에서는 극구 부인을 하고 있었다. 무엇이 두려워서 발을 뺀 것처럼 하루 형사가 말했다.

그래서 언니와 나는 여기 오기 전, 미사가 무녀에 가까운 춤을 춘 것을 확인했고, 그것은 미신이 아니고 신기가 생겨 무당집을 찾아가서 무녀와 같이 춤을 춘 것까지 확인했다. 요사는 폭풍우로 떨어져 나간 유리창과 덧문들을 보수했고 유가도 잠시 폭풍우를 피해 노는 아이의 목욕을 도와주고 갔다. 아이들은 창틀 틈에 모여 앉아 쏟아지는 비를 하염없이 바라보았다. 어린아이는 여자아이 무릎에 누워 단잠에 빠졌다. 비가 그쳤다가 다시 보슬비로 변했다. 그동안 하지 못한 이야기는 산처럼 쌓였고, 학업도 따라가야 하는 형편 때문에 아이들이 다 자는 시간을 이용해서 해부도 공부를 해야 했다.

그러나 미사가 온종일 홀로 중얼거리자 여자아이는 이상한 눈빛으로 미사를 쳐다보았다. 미사도 지지 않고 그 아이를 쳐다보았다. 냉기가 흘러나왔다. 이기 교수는 미사의 지나친 행동 때문에 골머리를 앓았고, 요사는 폭풍우로 떨어져 나간 유리창과 덧문들을 보수하고 유가도 잠시와 노는 아이들의 목욕을 도와주고 갔다. 점심시간은 그렇게 즐겁게 지나갔다. 그동안 하지 못한 이야기가 산처럼 쌓이고 학업도 따라가야 하는 형편이기 때문에 아이들이 다 자는 시간을 이용해서, 우린 해부도 공부를 해야 했다. 요사는 시내로 나가서 여러 가지 잠금장치들을 샀다. 며칠 전, 우리가 여기 오기 전, 도둑이 들어와서 자고 간 적이 있었다고 했다. 요사는 사다리에 올라서자마자 다리에 쥐가 나서 곧바로 주저앉듯 내려왔다. 멀리서 이시미는 그런 모습에 웃음을 지었다.

그때 면장이 앞마당에 나타났다.

"면장님 무슨 일입니까?"

면장은 장례식에 대한 주민들의 여론을 전하기 위해 다시 찾아왔다.

지금 학생들 일부와 농부들이 논에 자란 잡초를 뽑기 위해 작업을 하는 중이었다. 난 배추와 무밭에 손이 모자라 제멋대로 자란 풀을 뽑기 위해 아침도 제대로 먹지 않고 언니와 여러 학생 등이 따라 나왔다. 이지 언니는 일주일 정도만 봉사활동을 하고 집으로 가야 하는 것을 잘 알기에 힘든 일정이지만 그녀는 몸소 솔선수범해, 아침 일찍이 일어나 밭에 풀을 뽑기 위해 나온 것이다.

제국의 나라이고 전 세계를 상대로 전쟁을 해야 하는 작은 나라 일본의 국민에 고통과 아픔은 지금 여기서 보지 않았다면 믿을 수 없는 참혹한 참상이고 인간의 광기이었다. 전쟁 물자는 덧없이 부족하고 여기 살아 있는 사람들이나 주민들은 조금 덜 먹고 전쟁터에서 아들과 딸들이 죽어가는 현장에서 다친 다리와 팔을 낫게 해야 했다. 다친 다리를 후유증 없게 치료하려면 여러 가지 감염에서 벗어나야 하므로 하나도 영양 공급이 중요하고, 둘도 군인들의 먹고 마시는 물과 소고기나 돼지고기 물들을 공급하는 것이 중요했다.

  이러한 행정상의 관리는 전쟁 물자들을 공급하기 위해 나와 있는 관리들이 있지만, 지금은 그것마저 일손이 부족하고 그래서 여기 마을 면장 일이 더 필요했다. 여러 가지 절차와 여기 주민들이 먹어야 하고 하는 돼지고기나 영양 공급에 중요한 콩 같은 식품은 절대로 부족한 탓에 관리로 나온 행정상의 절차는 복잡하므로 관리는 불유쾌한 표정을 지우며 우격다짐을 할 때도 있었다. 그래서 우리 학생들은 특히 요사는 그 일에 직접 나서서 이곳저곳 마을 다니면서 소고기나 돼지고기들의 통계상의 숫자와 관리들이 내놓은 숫자와 일치하는지 점검해야 했다. 그리고 여기 섬사람들은 대충 물고기를 잡아 연명하지만, 아이들의 영양 공급은 다른 측면이 있다고 요사는 말하곤 했다.

  또한, 많은 군인 사망자가 시간이 갈수록 늘어나 무덤을 파고 그 가족들의 장례식을 간단히 진행해서 묻어야 하는 이 비정하고 참혹한 일들이 비일비재했다. 그리고 무덤 안에 넣어야 할 석회석도 부족해서 매장해야 하는 가족들의 말 없는 고민과 고통은 상상 이상으로, 우리 학생들도 그 고통 속에서 하루하루를 살아가야 하고 봐야 하는 고뇌 속에서도 누구 하나 불평하는 사람들이 없었다.

  난, 그래도 조선에서 왔다는 명분으로 이지 언니와 마을 아이들에게 우유를 먹이고 전쟁고아들을 위해 보육원에 가서 갓 태어난 아이들을 깨끗이 씻기고 약과 분을 발라져야 하는 일을 해야 했는데, 이 과정은 힘이 드는 과정이었다. 그러나 언니는 집안일 때문에 집으로 가는 날이 밝아왔다. 새벽 일찍이 자리를 털고 일어난 언니는 기도하고 말없이 통곡하자, 난 살며시 일어나 그 옆에서 기도한 다음 그 언니는 나를 꼭 안아 주며 "넌, 이 전쟁에 피해자이고 덜 고생해야 하는 것은 공부를 더욱 열심히 해야 다음 학기에 따라갈 수 있다." 하고 하며 격려해 주었다. 요사가 와서 언니를 항구까지 동행했다. 나는 마을 입구에서 이별에 아픔을 몸소 삭이며 작별을 했다. 새벽, 보이지 않는 황무지와 시가지에 서서 눈물이 나고 멀리까지 가는 일행에게 손을 흔들었다.

적막한 도시와 마을은 허여멀건 한 집들의 모습에 야박하고 무력한 입방체의 덩어리로 변했고, 주민들은 무의식 상태에서 아무 말 없이 면장의 입만 바라보았다. 짐승도, 집주인도 마찬가지로 먹지 못해 울부짖는 처연한 모습, 그것들은 마치 몰락한 양반들의 모습처럼 비쳤다. 요사는 창문 밖 덧문에 잠금장치를 하기 위해 사다리를 타고 위에 올라 새로운 잠금장치를 설치하였다. 여자들이 결혼을 왜 해야 하는지 알게 된 경우도 이때였다. 요사는 시내로 나가서 여러 가지 잠금장치를 샀다. 며칠 전, 우리가 여기 오기 전, 도둑이 들어와서 자고 간 적도 있었다.

늦게까지 일을 마치고 내가 차려 준 밥과 된장, 고추장을 섞은 장으로 상추에 장을 듬뿍 넣어서 맛있게 상추쌈을 먹는 모습을 보며 자만심과 포만감이 들었다면 이상한 마음이 생겨난 걸까?

천애의 고아가 된 어린아이들의 눈빛에서 평화와 영혼의 상처를 치유받고 있었다. 언니가 집으로 가긴 전부터 넓은 텃밭을 개간하기로 이야기하였다. 그래서 언니 생각이 났다. 이지 언니는 떠나기 전에 배추와 무, 그리고 양파 종을 심기 위해 여러 가지 퇴비와 밭에 도움이 되는 거름들을 준비해 놓고 갔다.

밭고랑에서 물씬 풍기는 흙냄새를 맡았다.

이기 교수도 팔을 걷어붙이고 밭고랑 사이에서 김을 맸다.

이장이 황소를 앞에서 끌고, 요사는 뒤에서 손수 쟁기를 잡고는 황소의 등을 부드럽게 두드리며 앞으로 나아갔다. 나는 호미를 들고 텃밭 가장자리에 검은 흙덩이를 손으로 만지며 보육원에서 채소로 쓸 다른 여러 잡물들과 상추와 외래 잡물을 심기 시작했다. 폭풍우가 저녁 때쯤에 폭풍우가 몰아친다는 경고를 듣고 그들은 마을로 돌아갔고, 미사는 하룻밤 여기서 잔다며 불만을 드러냈다. 저녁 늦게 폭풍우가 몰아치기 시작하면서 창문 사이에 있는 덧문까지 쿵쿵거리며 섬을 삼키듯 몰아쳤다. 자정 전쯤, 아이들과 이시미가 늦게 잠들고 나서 미사도 잠든 사이에 나도 잠깐 단잠에 빠졌다.

그 사이에 무엇인가 확 지나가는 느낌이 들어 일어났다. 순간, '사자를 보았어!'라고 한 여자아이를 생각하며 공포 속에서 일어났다.

나는 공허하고 비굴한 공포 속에서 아이가 자는 모습을 확인하고는 장지문 사이가 조금 열려 있다는 느낌을 받았다. 다시 현관문 가까이 다가서서 확인했다. 그러자 현관문이 요동치며, 문 앞에 물이 젖어 있다는 것을 알게 되었다. 나는 이것이 꿈을 꾼 것인가 생각했다.

안에서 문을 걸어 잠그고 새로운 장치를 한 창문들이 몹시도 바람에 흔들렸다.

그런데 잠결에 씩이-익 하는 바람이 쓸러 오는 소리에 잠이 깬 것 같은 느낌이 들자 오금이 저리고 피똥을 쌀 정도로 공포감이 들었다.

"누가 들어왔나?"

나는 희미한 붉은 불빛 아래에서 계단 밑과 지하로 내려가는 문까지 확인한 다음 다시 계단 위로 올라갔다. 몇 달 전 친구들과 환호의 밤을 보낸 다음 그에게 비정하게 정조를 허물어진 그 날 밤 자정부터 공포와 가공한 고뇌 그리고 잔인한 고민 속으로 나를 몰아넣으면서 맞닥뜨리는 일종에 나에게 다가오는 현실이었다. 이지 언니가 이야기한 부분도 이상하고 같은 방향으로 쭉 뻗어 있는 생각도 지금까지 이것보다 두렵고 참담한 반응을 보인 적이 없었다. 나는 다시 계단 층계참 위에 올라섰다. 계단을 오르는 소리를 들으며 2층 계단 위로 올랐다. 계단은 작은 붉은 외등이 흐느끼고 희미한 달무리가 창문으로 내려와 계단 바닥까지 촉촉이 물들이고 있었다.

"분명한 것이 누가 나가고 들어왔는지를 모른다는 것이다. 혹시 미사가?"

나는 그렇게 중얼거리며 2층 마루까지 올라섰다.

미사의 방문은 열려 있었고, 내가 방안으로 닫혀 있는 문 앞에 들어서자 안에는 어둠의 절벽처럼 어두컴컴한 벽에 불쑥 나와 있는 한 남자의 그림자가 내 등 뒤에 서 있었다.

나를 이불 속으로 쓱 밀었다. 난, 아무 저항 없이 공포의 싹인 한 마리에 물총새처럼 울부짖는다.

"찍 찍."

울기 시작했다.

난, 자빠져 누워 있는 거다. 밖에서 새어 들어온 희미한 불빛 속에서 고래 등처럼 보이는 그림자는 고베 조카였다.

"아아~ 악 악!"

하고 숨을 몰아쉬며 악을 썼다.

그런 공포 속에 나는 미치기 시작했다. 그 악마는 위는 너덜너덜한 옷을 걸쳐 입었고, 밑은 벌거벗은 채로 욕보이기 위해 내 손과 몸을 강압적으로 짓누르고 있었다.

"이제 넌 나와 여기서 정식 결혼을 하는 거야? 오늘부터 나와 너는 정식 부부가 되는 거지. 이 거대한 폭풍우가 멈추기를 기대해야 할 것이야?"

"이런 앙증맞은 것! 정말 환상적이고 앙증맞은 것!"

윗입술은 당겨 올라가서 씩씩거리며 노브라 상태의 젖가슴을 헤치고 그 더러운 혓바닥으로 내 뺨을 더듬으며 이와 같이 악마처럼 말했다. 그는 붉은 이빨을 드러내며 지옥의 망자처럼 울부짖고 있었다. 나는 소름이 돋는 사이에 잠시 정신을 잃었고, 다시 정신을 차리니 이불 위에 내 밑 부분은 축축해져 있었다. 그의 식식거리는 소리에 정신이 들어보니 몸은 열려 있고 그는 내 앞에 앉아서 그 물건을 꺼내 흔들기 시작했다. 나는 거의 움직일 수 없었다. 밖은 아직도 어두컴컴한 지옥처럼 덮여 있었고 온몸이 짓이겨져 무거웠다. 포피가 완전히 벗겨진 귀두가 보일락 말락 하는 정교한 흔들림 속에서 그는 자신의 물건을 흔들고 있었다.

그는 자위하면서 내 영혼을 들여다보았다. 그가 흔드는 바람에 내 마음도 바람 앞에 등불처럼 흔들리고 있었다. 그런 흔들림 속에서 나도 좌우로 흔들리고 있었다. 나는 그런 독사의 눈빛을 평생 잊어버릴 수 없는 순간이라 여겨졌다. 각진 얼굴에 그 눈동자는 표정과 관계없이 불쑥 튀어나왔다. 왜 그런 생각을 했는지는 모르겠지만, 그를 처음 본 순간부터 각진 얼굴이 늘 눈에 선했기 때문이다.

"자, 이제 정신이 드나? 폭풍우는 지나갔지만, 우린 부부가 된 것이야!"

그는 나의 몸을 구성하고 있는 젖가슴과 내 몸 곳곳을 살펴보며 그 짓을 하고 있었다. 발기한 성기로 자위를 하면 할수록 약간 붉은 기운이 푸른빛을 띤 성기를 흔들었다. 정기적으로 내 몸을 훔쳐보며 그는 흔들기를 반복했다. 나는 몸을 보여주기를 원치 않았지만, 몸은 천근만근처럼 움직일 수 없었다.

"내 몸이 다른 사람 몸으로 바뀐 것인가?"

나는 홀로 그 징그러운 모습을 감상하면서 중얼거렸다. 나도 덩달아 흥분하기 시작했다. 그는 그 짓을 멈추고 나서야 나에게 다가왔다. 난, 손으로 휘저어 반항했지만, 힘이 없었다. 나를 거로 누인 채 다시 귀에서부터 뺨까지 그의 더러운 입술과 혀로 내 하얀 피부를 빨기 시작했다. 역겨운 정액 냄새가 나면서 그 순간이 지나가기를 한 마리의 물총새처럼 기다리며 흥분하고 울부짖기 시작했다. 내가 새들을 관찰하면서 사나운 독수리처럼 내 모습들도 악마의 새로 변하기 시작했다. 시간은 자정쯤이었고, 나는 하루 24시간 동안 그에게 감금되었고 그동안 아이는 미사가 데리고 있었다.

"당신은 나와 결혼했고 그것을 경찰서에 신고하면 회장은 죽은 목숨일 거야?"

고베 조카는 내 젖가슴을 빨면서 협박을 했다. 그는 자기 입술을 핥으며 방안을 사방으로 훑어보았다.

그 이후, 나는 대마도 섬이 두렵지 않았다. 그날 밤, 시작된 붉은 황혼의 악몽과 긴 긴 밤의 여로는 잔혹한 상상에서만 남아 있기를 바라고 있었다. 두꺼운 베일 속에서 그는 서서히 나를 옥죄고 압살하였고, 그는 무자비한 영혼의 마각을 드러냈다. 그날 이후로 종일 소나기가 내렸다.

나는 누워서 천장을 바라보았다. 그리고 그가 회장님을 의도적으로 죽인 것이 아닐까 하는 의혹을 품기 시작했다.

툇마루에 앉아 빨갛게 익어 가는 감나무의 연시를 바라보았다. 먼 산부터 어둠이 어둑어둑 찾아든다. 어디선가 밤을 잊은 개가 짖는 소리만 들릴 뿐이다. 또 하루가 그렇게 도망가듯 지나간다. 과연 내가 이 문제를 가지고 고민한다고 해도 해결될 수 있을지 아무도 모른다.
'뒤탈 없이 깨끗이 끝내야 할 것이라고 마음먹었다.'
하고 생각했다.

그는 이미 대마도 섬에 없을 것이고 밀항을 해서 다른 섬으로 가고 없을 것이고, 악마인 조카가 이야기한 거처럼 사건은 조사하기가 난망한 사건으로 빠지고 말 것이다. 나는 대마도 섬을 떠나야 했다. 곧 가을 학기 시작되기에 학생들은 모두 히로시마로 돌아갔다. 나는 회장님의 시체를 어떻게 해서 장례 준비까지 머리가 쑤셔왔다. 나는 여러 문제를 가지고 홀로 고민하며 고통을 받고 있었다. 종일 몰래 눈물을 흘렸다.

회장님의 억울한 죽음을 마음속 깊이 지지듯 쑤셔왔다. 그러나 내가 여기서 할 수 있는 것은 아무것도 없었다. 나도 현실을 인정하고 안주할 수밖에 없었다. 대마도 섬에서 히로시마로 왔다가 일부러 구레 시에서 열차를 타고 다시 히로시마로 왔다. 열차 창밖으로 보이는 멀고 먼 바다와 산야를 보기 위함이었다. 흔들리는 열차에 몸을 기댔다.

그러면서 꿈을 꾸었다.

나는 외딴 섬에 고립된 체 살아가는 『로빈스 크루소』에 나오는 한 남자 주인공이 연상되듯이 어느 영적인 세상에서 고립되었다.

어느 유령의 섬에서 고립된 채로 살아가는 가여운 연인과 남자는 영원히 만나지 못하고 가는 길과 오는 길이 마치 일직선 위를 서로 엇갈려 걷는다면 우리는 그 어떤 외딴 섬, '운명의 섬'에서 만날 수 있을까?

그래도 우리는 일직선상에서 서로 걷고 웃거나 엇갈려 걸으면 만날 수 있다고 확신했다. 그러나 우린 결코 만나지도 못했고 보지도 못했으며 결국은 자신의 그림자를 따라 그 일직선상에 그은 그 이름 모를 그런 영적인 환상의 세상을 걷고 있었다. 자신의 그림자인지, 그의 그림자인지, 혹은 그들의 그림자인지 종잡을 수 없는 미로의 일직선상 위를 걷는 모습이 우리가 죽은 그림자 뒤를 따르고, 그도 내 뒤를 따르고, 그 조카도 내 뒤를 따라오다 결국 일직선상 위에서 또 다른 누군가를 만날 것만 같았다.

나는 꿈에서라도 원하지도 않았고 꿈에서도 일어나지 않았다.

어쨌든 나의 얄궂은 숙명은 어느 낯선 섬에 고립된 채로 『로빈슨 크루소』를 만난 것도 아니고, 어느 허망한 거울 없는 환상의 세상에서 일직선상 길 위에서 무작정 걷고 웃고 이야기하다가 누군가를 만날 것이다.

꿈일지라도 말이다.

꿈에서 걷고 웃고 떠들며 살아가는 나의 숙명은 불투명하고 불안정한 일직선상에서 그를 만나는 것처럼 세상이 불확실하다. 누군가 나에게 프로이트의 『꿈의 해석』이라는 책을 주었다. 그 뜻은 바로 내가 나인 것이다.

내 숙명은 고립된 채로 갇혀 있으며, 한 사람이 꿈에서도 나를 뒤쫓고 가로막으며 감시하는 것이다.

그건 내 운명의 불확실성 때문이다.

나는 내가 걷는 일직선상에서 웃고 떠들며 걷는다고 해도 그가 맞은편에서 일직선상 위를 반대로 걸어온다면 요사와의 만남은 결국은 이루어지지 않을 것이다.

그것이 내 숙명 같았다. 꿈일지라도 내 마음에 여러 가지 이미지만 쌓여갔다. 그것이 나를 더 슬프게 했다.

내가 처음 히로시마 항구 대기실에서 설렘으로 보냈던 그런 하루는 이제 여기서는 흔적도 찾을 수 없었다.

나는 영원히 유배형을 받은 신세가 되었다.

나는 시커먼 내 영혼을 들여다볼 뿐이었다.

마루가 앞으로 지나갔다.

가을 학기가 시작되었다.

우린 수강 신청을 하고 대학 뒤쪽으로 흐르는 냇가로 나왔다. 물방울이 물속에서 솟는 모습을 바라보았다. 빛이 비치는 물 표면에 나비, 잠자리, 귀뚜라미, 벌새, 하루살이들이 보였다. 우리는 물가에 앉아 먼 미래의 우리들의 초상을 보는 것처럼 바라보았다. 누런 낙엽 옷으로 갈아입는 교정 앞에서 나는 더욱 겨울을 기다린다. 우리 고향에서는 잿빛 가을 앞에서 겨울을 기다리기보다 봄을 더 기다리는 이유가 있다. 차디찬 얼음장 깨지는 소리와 엄동설한 강추위 때문에 설경 외에는 아무것도 상상할 수 없고 볼 수도 없기 때문이겠지만, 봄은 있는 그대로 우리를 찾아온다. 계절은 푸르고 시냇물 소리와 나비가 날아들고 아카시아 꽃망울이 필 때쯤, 우린 사랑의 느낌을 알아 갈 수 있기 때문인지도 모른다.

가을의 교정과 시냇물 소리에서 고향 생각과 어머니의 정을 느낄 수 있었다. 우리 두 사람은 쓸데없는 생각만 했다. 이지 언니는 촉촉한 눈빛으로 나를 바라보는 것을 좋아했다. 미리 앞서 생각하지 말자! 무엇이든 예단하지 말고 더구나 앞선 생각은 나에게 금물이었다. 이지 언니는 일이 생겨 집으로 먼저 갔다. 나는 유가와 같이 도서관에서 나와 교정을 산책했다.

"집이 멀지만 걸어가면서 본 자연이 얼마나 솔직하고 친절한지 느낄 수 있지 않겠어. 우린 그런 것을 피부로 느낄 수 있는 거야?"

유가의 말은 거침없었다. 그녀는 멀리 미국에서 살다가 전쟁 때문에 귀국해서 공부하는 중이다. 그녀는 당당하고, 생각도 자연스럽고 재치가 넘쳤다. 우리가 교문을 나오려고 할 때 하토야마가 서 있었다. 나는 하토야마 변호사 차를 타고 집으로 향했다. 그는 요사의 결혼 문제로 나와 이야기를 하려고 한다고 했다.

"이소진 씨 그동안 소식이 없어서 죄송합니다. 정말로 많은 일을 겪고 큰일들이 있었지요."

"어떻게 여기는요?"

나는 그와 악수를 하고 산마루로 지는 태양을 무심하게 바라보았다.

"어디로 가시죠? 할 이야기가 있습니다."

"집으로 가는데 그럼 같이 가시죠?"

"예!"

잠시 침묵이 흐르고 그가 무슨 이야기 하려고 했다. 침묵이 흐르고 나는 그런 순간이 싫었다.

"죄송합니다. 요사가 갑자기 결혼하게 되었습니다. 나도 처음에는 어리둥절했고 알지 못해서 물어보았지만, 그가 당신께 이 말을 전해 달라고 말했습니다. 이소진 씨를 만나 본인이 못 하는 이야기를 해 달라고."

잠시 어색한 침묵이 흐르고 어느새 집 앞에 도착했다. 애써 나는 침착한 태도를 유지했다.

"나는 그와 오래 친구이지만 그에 대해 아는 것이 별로 없어요."

내가 말했다.

"그는 무척 고민했고, 집안일로 지금까지 고통을 받고 있죠?"

하토야마 변호사가 말했다.

"그럴지도 모르죠! 뭐 다른 말은 없었나요?"

그는 오랫동안 뜸을 들였다.

"하긴 그날 밤에 생긴 일에 대해서 미안하다는 말은 들었죠? 친구들과 같이 어울리고 공부도 할 겸해서 부른 것인데, 결국에는 그녀가 큰 결례를 한 것입니다. 내가 아는 바로는 가족의 사업이 최대 위기에 처해 있다는 사실 정도만 조금 알고 있었죠. 구체적인 사업의 전망이나 앞으로의 사업을 어떻게 해야 하는 구체적인 것을 알지는 못하지만"

그 친구는 변명으로 일관하지 않았지만, 왜 요사가 그녀와 결혼을 했는지는 사람이기 때문에 가능하다고 말했다. 나는 그의 이야기를 이해하지는 못했지만, 인간이기에 조금은 이해할 수 있는 형이상학적인 형태라고 보았다. 누가 우리를 만들었을까? 사람은 선악을 구별하지 못하는데 맹자와 노자의 사상은 사상누각처럼 보였다.

"그날 밤 무슨 일이 벌어진 것은 사실이고, 그가 나간 다음에 곧바로 동경에서 전화를 받았습니다. 아마 그때 회사에서 무슨 일이 벌어진 것 같습니다."

집으로 돌아와 하토야마와 같이 식사도 하고 이야기도 더 하려고 했다. 그러나 그가 문 앞에 서 있었다. 그는 하토야마에게 심한 욕을 해서 갈 수밖에 없었다.

"미안합니다."

"미안할 것까지야?"

그는 가버렸다. 나는 안으로 들어왔다. 그가 서 있었다. 나는 그를 의식하지 않고 곧바로 2층으로 올라갔다. 문을 잠갔다. 그리고 타자기 앞에 앉았다. 타자기로 하얀 종이 위에 생각과 마음 가는 대로 옮겨 적었다. 며칠 전, 언니가 시내에 가서 타자기를 사는 것을 보고 나도 함께 샀다. 왜 진작 사지 못했는지 이해할 수가 없었다. 여러 가지 다른 뜻이 이면에 있지만, 말로 다 표현할 수는 없었다. 그가 문을 두드렸다.

"내가 경고했을 텐데요? 두 번 다시 당신을 볼 수 없다고 경고를 했습니다. 내가 지금부터 어떤 행동을 할지 아무도 알 수 없습니다. 그냥 나를 내버려 두세요. 마지막으로 부탁합니다."

"마음대로 해보라지?"

하고 말했다.

"마님, 식사하세요?"

아주머니가 차와 과일을 가지고 서 있었다. 나는 아주머니에게 물었다.

"그는 어디 있죠?"

"아뇨, 회장님 방에 들어갔는데 무엇을 하는지는 알 수 없어요?"

"그냥, 놔두세요. 왜 마님이라고 하죠?"

"조카가 있어서요."라고 했다.

우린 방에 앉아서 차와 과일을 먹으면서 그 이야기에 한바탕 웃고 있었다.

"근데, 왜 존댓말을 하죠?"

"사장님이 전화했습니다. 감이 멀어서 잘 들리지는 않았지만."

아주머니는 사방을 둘러보며 이야기를 다 하지는 않았다.

"뭐 다른 말은 없었나요?"

"먼저, 회장님이 특별히 당부한 말은 없었지만, 학생이 부족하지 않게 해 달라고 했습니다. '자주 외국으로 나가니 아주머니가 잘 도와주세요.'라고 했습니다."

"그런데 갑자기 돌아가셨다니, 내 앞길이 막막해요."

나는 아주머니의 걱정을 알 것 같았다. 두 손을 잡고서 이렇게 말했다.

"여기 이 집에서 나하고 같이 살아요. 다른 뜻 없이 말하지만 회장님이 아주머니 방에서 나오는 것을 보았죠. 두 분 특별한 관계가 있었죠?"

아주머니는 몹시 놀란 표정이지만 아무 답도 없었다.

"그리고 회장님이 아주머니에게도 유산을 이 통장에 남겼죠. 어제 동경 법무 사무실에서 나에게 보낸 것입니다. 자 받으세요?"

내가 통장을 주자 아주머니는 울기 시작했다. 우리는 때때로 봐선 안 될 경우가 있다. 이 경우가 그러하다. 나는 참담했다. 한 사람의 죽음이 모든 사람에게 슬픔을 주고 영향을 준다는 것에 대해 다시 생각하였다.

비명에 가신 회장님을 생각하며 눈물을 흘렸다. 하긴 회장님이 돌아가실 때 울지도 못했다는 생각이 들었다. 그러다가 불현듯 어머니 생각이 같이 나서 더 울기 시작했다.

우리는 웃다가 울다가 같이 동병상련의 마음으로 하루를 보냈다. 집안 곳곳에 어둠이 깔렸다. 아주머니는 끝끝내 속내를 드러내지 않았다. 나는 그것이 아주머니의 고민에 대한 냉정한 표현임을 알았다. 일본인은 자신의 속내를 끝끝내 드러내지 않는다는 말을 다시 생각했다. 멍하니 끝없이 펼쳐진 바다 숲속에서 퍼지는 아름다운 향기에 마음을 빼앗겼다. 서둘러 항구가 보이는 뒷산으로 올랐다. 청명한 하늘엔 나비들이 군락을 이루어 뒤엉켜 놀고 숲속엔 날다람쥐들이 나무를 타며 숲속을 헤집었다.

'세상의 모든 것을 다 알 수는 없다.' 하고 자포자기식의 푸념을 늘어놓았다.

"어머니 생각 때문에 울고 있었나요?"

"예, 갑자기 아주머니가 우는 바람에 어머니와 회장님을 생각했습니다."

한동안 이야기 속 그것은 어머니 모습 같았다. 부산 항구에서 나를 떠나보내던 어머니의 마지막 모습이 떠오르고 뱃소리가 울리자 나는 울음을 터트렸고, 거의 앞을 볼 수 없었다. 조용하고 어색한 대화가 어머니의 품처럼 느껴졌다.

다시 아침 해가 뜨면서 어제와 같이 하루가 시작될 것이다.
어제는 오늘처럼 태양이 환하게 빛났다.
이지 언니가 걸어서 돌아오다가 긴 언덕을 끼고 내려온 길 위에서 만났다. 요사도 창 너머로 우리가 걸어 내려온 길 안쪽을 바라보며 미사가 올까 걱정하는 눈치였다.
'어머, 저 남자는 아직도 그녀에게 신경을 쓰나 봐?'
그는 아직도 창 넘어 먼 산부터 우리가 걸어 내려온 길을 햇볕을 마주하며 뒤돌아보았다. 언니는 그런 행동에 이맛살을 찡그렸다. 우린 가다 서다 했다. 우리는 손을 꼭 잡고 걸어 내려온 쪽을 힐끔 보며 요사가 그 집에서 나오자 다시 가다가 멈춰 섰다.
그리고 그가 오기를 기다렸다.
나는 아직도 그에게 연정이 남아 있는 듯했다.
요사와 나와의 연민인지 사랑인지는 아직 끝나지 않아 애련의 눈동자처럼 남아 있었다. 언니는 못마땅해서 '쯧쯧' 혀를 찼다. 아마 우리 네 사람의 얽히고설킨 긴 감정의 골이 있었다. 요사가 두려웠던 것은 아마 그 자신일 것이다. 조카는 집에 있던 윤동주 시집을 찾아서 모두 짓밟고 찢어 버렸다.
요사가 참지 못해 그 조카를 찾아가던 밤에 나를 만난 것이 아직 화근으로 남아 있었다. 요사도 참지 못해 그 조카와 다툼이 심해지면서 우린 인간의 미묘한 삶을 등지고 살아갈 수 없다는 것을 그때 알게 된 것이다.

의학 공부에 진전이 있었다. 알면 알수록 모르는 것이 많아지니 더욱 공부에 흥미가 생겼다. 인체 해부도 시간은 처음 학기이기 때문에 각론을 시작으로 다음 학기부터는 총론으로 들어가고, 내가 의학에서 본 여인의 몸 혹은 지금까지 내가 지니고 있던 자궁, 가슴에 대해 특별하게 생각하고 관심을 가진 적은 없었다. 내가 내 벗은 모습을 보았을 때, 내가 느낀 것은 남성들이 인간들의 본질적인 욕정일까와 같은 해석을 설명할 수도 있다. 염세적인 욕망을 넘어서 탐욕스러운 인간의 성욕을 본 것이다. 그러한 인간의 두려운 마음으로 엿본다. 예쁜 표정, 갸름한 곡선의 허리와 그 위에 드러난 탐스러운 젖가슴을 가진 내 몸에 흥미를 느껴 스스로 깜짝 놀랐다.

공부에 몰두하다가도 문득 우리 네 사람의 얽히고설킨 인간의 반응에 대해 깊이 생각한다.

"이제 해부도나 인간의 남성이 무엇인지를 공부하고 남자 친구도 생기면 내 몸속에서 작용하는 그 무엇들이 생겨날 것이다."
하고 어머니가 말해 주었다.

"아마 그것이 여자의 비밀이다."

여러 가지의 아름다움이 있다 해도 미사는 정말로 이해할 수 없었다. 아름다움 속에도 여러 가지 남들이 가질 수 없는 미지의 여인이었다. 모든 것을 가진 여자라기보다 그녀는 미지에서 온 우주인이라는 별명이 붙었다. 뱀이나 맛있는 복어에는 사람에게 치명적일 수 있는 독이 있다.

이 세상 텅 빈 우주 공간에는 자연도, 숲속도, 안개 낀 겨울도 없다. 멀고 깊고 넓게 펼쳐진 바다도, 보이지 않는 히로시마 항구도 황야처럼 변해 갔다.

11장
살 인

  히로시마 항구가 보이는 이곳, 시가지 거리의 가로등과 어울리면서 꺼지지 않았던 빛이 어디론가 어지럽게 번져가고 있었다. 나에게도 그 시기는 고단한 시름과 괴로운 마음이었지만, 언니의 삶과 고통에 비유하면 아무것도 아니었다.
  나는 이지 언니의 손을 꽉 쥐어 주었다.
  그런 일이 있고 나서 나의 성품은 더욱 까칠해지고 그 모든 것에 예민하게 반응했다.
  잠든 눈을 뜨게 했고 언니는 불안한 시선을 하늘로 던졌다. 온종일 미군기가 하늘을 뒤덮자, 우리는 대마도 섬에서 미사의 유모가 말한 저주를 떠올렸다.
  "미사의 어머니가 기거한 집이 오랫동안 나무가 자라지 않는 땅으로 변했다고 한다." 그것을 마을 면장이 말하여 유모가 이를 듣고 나서 나와 언니에게 말했던 것으로 기억한다. 그러나 지금 면장은 조카 앞에서는 극구 부인을 했다. 무엇인지 두려워서 발을 뺀 것 같다고 하루 형사가 말했다.

그래서 언니와 내가 여기 오기 전, 미사가 무녀에 가까운 춤을 췄는데 미신이 아니라 신기가 생겨 무당집을 찾아가서 무녀와 같이 춤을 춘 것까지 확인했다. 요사는 폭풍우로 떨어져 나간 유리창과 덧문들을 보수했고, 유가도 잠시 폭풍우를 피해 노는 아이들에 목욕을 도와주고 갔다. 아이들은 창틀 틈에 모여 앉아 쏟아지는 비를 하염없이 바라보았다. 어린아이는 여자아이 무릎에 누워 단잠에 빠졌다. 비가 그쳤다가 보슬비로 변했다. 그동안 하지 못한 이야기가 산처럼 쌓였고 학업도 따라가야 하는 형편이기 때문에 아이들이 다 자는 시간을 이용해서 해부도 공부를 해야 했다.

그리고 유모는 이렇게 외쳤다.

"작년에 갔던 제비가 돌아오지 않는 것은 흉년이 들 조짐이다."

면장은 그런 말은 재수 없는 이야기라고 유모를 힐난했다.

하는 이야기를 들으며 언니는 다시 하늘을 보며 불안한 기색을 감추지 않았다.

온갖 만발한 꽃들이 나오는 꿈을 꿨다.

우리는 일어나 뒤꿈치를 들었다. 바다 끝 저 멀리를 바라보기 위해서였다.

언니는 전쟁이 깊어지면서 온종일 기도했다. 그녀는 손으로 가리켰다. 바다 끝, 어딘가에 생사고락을 위해 고투하는 전쟁터에서 남편과 시동생이 패배하지 않도록 기도했다. 우린 그 무엇과 싸우고 있지만, 언니의 눈동자에는 서글픈 눈빛이 어른거렸다. 눈가에 눈물이 맺혔고, 그 눈망울로 바다 끝을 바라보았다. 언니는 마음의 영혼이 남편과 시동생에게 연결되고 자신의 마음을 전하여 그들의 상처를 위무하려 했다. 그래야 남편이 더 편안해지고, 강한 의지를 가지며 패배하지 않고 싸울 수 있다는 것이다.

　우리는 꿈을 헤아리며 우수에 잠겼다. 서로 꿈을 해몽하며 종일 누워 있었다.

　해거름 녘, 저녁 뒤편으로 달빛이 달무리에 숨었고, 우린 환하게 모닥불 앞에 모여 노래를 불렀다.

　밤은 조용하게 잠들었다.

　새벽 여명으로 물든 빛과 그림자가 교회 전체를 붉게 감쌌다.

　나는 이런 얽매인 삶을 즐겼다. 다시 우리는 텃밭을 갈아엎었다. 동네 이장이 소와 쟁기로 넓은 텃밭을 갈아엎기 시작했다. 이장 아저씨가 밭과 논을 갈아엎을 때 쓰려고 놔둔 동네에서 유일한 귀중한 황소라고 힘주어 말했다. 이기 교수도 생전 처음으로 황소와 씨름을 하고 있었다.

　황소의 콧잔등에서 긴 하품 소리와 입김이 나니 아이는 미묘한 미소를 지었다. 그 어머니는 읍내에서 장을 본 다음 큰 우물가에서 빨래를 했고, 아이는 멀리 떨어진 쌍둥이 은행나무 밑에서 다른 아이들과 놀고 있었다. 요사는 눅눅한 흙의 감촉을 발로 느끼며 삽으로 밭고랑을 만들고 식사 전에 고이치미도 와서 삽을 들고 붉은 땀을 흘리고 있었다. 나는 여기 보육원에서 어느 정도 위로와 마음의 상처를 치유 받았고 지금은 내내 즐거운 꿈의 영혼으로 들어가려는 중이었다.

　그러곤 이상한 생각에서부터 시작된 이미지가 있었다.

　꿈을 꾼 추상은 아니지만, 혹시 꿈처럼 마음 안에 가두어 놓은 것인지 모른다고 생각했다.

　내가 여기 오면서 생각했던 추상은 이런 것인지도 몰랐다. 학교생활과 아이들을 위해서 땀 흘리며 농사를 짓는 것, 그런 이미지에서 시작된 나의 꿈은 평범한 의사가 되어 고국으로 돌아가 아이를 키우는 것이었다. 그러나 예기치 않은 곳에서 조카의 끝없는 탐욕과 싸우는 것은 내가 바라는 게 아니었다. 그러면서 자연스럽게 시인을 생각하고 조국에 두고 온 어머니를 그리워하고 있었다.

별 헤는 마음으로 "어머니, 내 어머니, 어머니~!" 나는 마음껏 외쳤다. 우리는 억새 사이에서 향긋한 냄새가 나는 거리와 가로등 불빛이 어울리면서 한 폭의 그림처럼 그리고 있었다. 항구와 등을 지고 우뚝 솟은 집에서 여러 이야기 중 젖 먹는 새의 이야기, 철새들의 활공, 뻐꾸기의 횡포 등을 이야기하며 자작나무와 삼나무 숲을 지나 잡목 숲에서 잠시 앉아서 숨을 고르며 언니가 이야기하는 꿈같은 에피소드를 들었다.

"윤동주 시인도 한때는 자신의 신앙에 괴리감이나 깊은 회의를 느꼈다."

언니가 엉뚱한 가설을 이야기했다.

"어디서 읽은 이야기입니까?"

뭐 신문 기사에 난 소식인데, 윤일주는 윤동주의 동생인데, 그는 형이 "동주 형은 무릎을 꿇고서 기도를 서투르게 했다."라고 증언을 했다. 그러나 동주 형은 기도할 때, 여전히 '무릎을 꿇는' 사람이었다. 그런 기사가 나와서 오랫동안 생각했지. 그런데 빨리 여기 오느냐고 그 신문 기사를 읽었지만 언니는 기도할 때 무릎을 꿇고 기도할 것이라고 다짐했다.

"무릎을 꿇고서 기도를 한다."

나는 생각했다.

그런 기도가 있었다는 것을. 참, 그분은 알면 알수록 신기하고 위대한 분이셨다. 이지 언니도 내 손목을 꼭 쥐면서 다짐했다. 우리도 이제부터 바다로 나가서 정처 없이 항해하며 언제든 어느 때쯤에는 먼 우주를 향해 나아가리라는 것. 항해하는 마음은 편하고 자유로운 것이지만, 우리는 갑갑한 마음에 겹겹이 싸여있는 앙금을 덜어내기 위해 무릎을 꿇고 기도했다.

나는 가끔 억새 풀 가운데까지 날아와서 지저귀는 저어새가 되어 하늘 높이 활공하는 꿈을 꾸었다. 처음 여기에 왔을 때 가진 의지나 의학 공부는 이제 뒤로 밀려났다. 비극은 바로 거기서 시작되었고 새벽은 소리 없이 나에게 찾아왔다. 그는 괴물이 되어 가고 있었고 표적이 된 나는 결혼해야 하는 위기 상황으로 몰리며 서로가 서로에게 등을 돌리며 나의 삶에 표적을 재구성하기에 이르렀다. 처음에는 하토야마의 사랑이 진실인지도 몰랐다. 집요한 조카의 질투와 성가심에 나는 녹초가 되었지만, 하토야마에게 다가오는 눈빛과 동생이 보여 준 사랑은 내 가슴 깊이 뿌리 내렸다.

그들의 눈빛에 자애가 보였고, 어느 다른 눈동자에는 비애가 앞섰다. 이런 양면의 양심은 언제부터인가 내 영혼 속에 살아 움직였다. 그러나 하토야마는 어느 정도 이미 알고 있는 눈치였다.

그 조카는 나에게 이렇게 말했다.

"그 변호사 친구에게 무슨 말이라도 해서 그가 나에게 방해를 하면 그때는 그가 죽는 날이고 아마 당신은 그런 것을 상상할 수는 없겠지. 전쟁 중인 우리 제국주의 군인들의 용맹성과 지혜로움이 지금 지구 전 세계적으로 퍼져나가는 것을 당신은 보고 있을 것이다. 안 그런가? 우린 너 같은 하등 민족인 조선족을 싫어하지만, 그러나 내가 너에게 베풀어 준 배려는 상상의 이상이지만, 너만 그것을 부정하는 거야!

당신과 나는 배를 타고 항해를 하는 거야! 그것이 이것을 증명할 수 있지. 회장님이 우리에게 결혼하고 같이 공동의 운명체로 살아가면서 회사를 경영하라고 했잖아! 왜 회장님이 당신에게 주식을 그렇게 많이 물려주겠어? 그리고 이제부터 전 세계는 우리 수중에 있어. 우리 회사는 어느 지역 어느 곳으로도 물건을 보낼 수 있는 그런 곳이지. 왜 아니겠어. 우린 모든 것을 할 수 있지. 미국인이 자신들을 일등 국민으로서 우리에게 그 무엇이든 할 수 있게 했던 시간은 이미 지나갔지.- 우리는 진정으로 한 사람이 되고 나서 -그것이 진심이고 사실에 입각한 것이야."

이런 거짓과 협박이 지속되었지만, 나는 끝내 굽히지 않았다.

나는 죽더라도 나의 의지는 포기할 수 없었다. 그도 내가 자신을 받아들이지 않을 것이라는 결론을 내린 것 같았다. 결코 나는 그에게 항복이나 절대적인 굴종은 패배라고 인식했다. 나는 그의 행동이나 행위를 절대로 용서할 수 없는 단계에 이른 것으로 판단하여 참다운 질서와 결연한 의지를 찾아가려 했다. 그런 의미에서 더는 굴종과 맹목적인 복종을 당할 수 없다는 것을 분명히 상기시켜주는 수밖에 다른 도리가 없었다.

그를 계속 만나 사랑을 하면서 나는 그것이 옳고 그름을 생각하지 않았다. 아마 그 조카가 나를 미행하고 집요하게 추적할지도 모른다는 강박감이 들었지만, 그에게 강요당하거나 협박을 당해도 끝끝내 굴할 수 없었다. 이건 나만의 자만심이 아니었다. 어둠 속에 보일 듯 사라진 나의 조국과 혼을 잡고 흔들며 외쳤다. 내 조국과 영혼이 살아 움직일 때까지 나는 그런 것에 굴하지 않을 것이다! 항복하지 않을 것이다.

나는 하토야마 변호사와 같이 여러 가지 상황들을 대비하며 가을 학기를 준비했지만, 그런 수고는 수포가 되는 것 같았다. 그럴수록 그는 협박이나 거친 언어도 불사했기 때문이다.

그는 이렇게 말했다.

"너희 나라는 벌써 40년 넘게 우리 민족에게 허리를 굽히고 노예 생활을 하고 있지. 왜 어떤가? 그것까지 부정할 용기가 있나? 당신 같은 여성은 충분하고 최근 여성운동이 동경에서부터 시작된 여러 가지 운동 등이 그런 것이지. 그러나 난 그것보다 더 집요하고 공격적이며 우리 전체주의와 국수주의는 영원히 이 지구상에 뿌리를 내리고 우리는 미국까지 얼마 남지 않아서 점령하고 말 것이야!"

그에 말은 상상 이상으로 거침없었다. 기괴망측한 일을 아무렇게나 말하는 남자였다.

"기운 내!"

언니가 말했다. 그는 야박하고 단호한 어조로 외쳤다.

"너희 두 사람이 짜고선 나를 힐난하는데, 어림없는 수작이다."

동녘의 해지는 모습을 바라보며 이제는 제법 저녁에 신선한 바람이 부는 계절이 다가왔다. 나는 항상 시간에 얽매여 사는 것을 느낄 수 있었다. 축축하게 젖은 돌담길을 돌면 산등성이 지평선을 가리는 바람에 가을을 알리는 안개가 짙게 낀 계곡을 가로질러 갈 수가 없었다. 그러면서 계절은 제자리를 찾아가고 우리는 자연의 순리 앞에서 숙연해지며 기다리던 겨울이 다가오리라는 것을 알고 있었다. 이것이 자연의 순리였다. 그러나 인간은 순리를 역행하고 오만하게 살아가고 있었다.

"사람만큼 자연과 어울리지 않는…."

언니가 말했다.

시를 쓰면서, 여러 가지 일들과 생각들을 정리하고, 꿈을 잊고, 잠에서 일어나 잡념을 벗어나 추상의 세계로 가며, 촉촉하게 젖은 돌담길 앞에서 참회하며 집으로 들어섰다. 그날 밤 이후로 내 운명은 결정되었고, 그 모든 것들이 나의 예상을 뒤엎고 말았다. 결혼 아닌 결혼을 하고 집에 왔다. 회장님의 집은 내 집이 되었다. 회장님은 무엇을 생각했는지 모든 유산을 깨끗이 정리해 놓은 상태에서 살해된 것이었다. 내 어머니에게도 작은 유산을 남겼다. 그리고 유언장 안에는 어머니에게 쓴 편지도 있었고, 이후에 일어날 수 있는 여러 가지 상황 등에 대해서도 꼼꼼하게 직접 써서 남겼다.

"무엇을 예상하였나?"

지금 상황에서는 극우주의자들이 회장님도 협박했다는 사실은 충분히 예상이 가는 답이었다. 회장님은 그 조카를 믿지 않아서 동경에 있는 변호사에게 '유언장'을 작성해서 남겼다. 그래서 유산 집행이 한 달 정도가 늦어지게 된 것이었다. 여기는 동경과는 멀리 떨어진 곳이고, 지금은 전쟁 중이어서 회장님의 사망을 알지 못한 변호사는 20일 정도 늦게 유산을 정리하기 위해 여기로 왔다. 그는 나에게 많은 주식과 상속이 전해지자 흥분하고 나에게 그 모든 책임을 뒤집어씌우며 강제로 결혼을 강요했다.

조카와 유산 문제를 가지고 다투게 되었다. 나는 돈이 문제가 아니고 그가 나에게 하는 그런 여러 가지 문제에 대해 허락하지 않았다.

"당신은 참 앙칼지군!"

그는 어깨를 으쓱해 보이며 말했다.

"그래, 당신이 회장님에게 그 어떤 짓을 했는지는 알 수 없지만, 결국엔 같은 결론이라는 것!"

눈빛은 허공을 바라보았다. 멀리서 철새들이 창공을 날고 있었다. 유산은 받았지만 나는 대마도에서 능욕을 당했고, 토요일 하루 동안 강제로 감금당하여 결혼까지 강요받았다. 그는 내 손도장을 몰래 찍어 정식으로 군청에 가서 신고까지 해 놓은 상태였다. 결혼 아닌 결혼을 했다. 그리고 이시미 아이는 미사가 온종일 데리고 있었다. 반감금 상태에서 그 어머니가 구레 시로 간 사이에 감금했다. 그러면서 그들은 나를 법적인 아내라고 서류까지 보여 주며, 그가 외국으로 나간 다음 나는 신비의 나라인 새 둥지를 튼 집으로 돌아왔다. 요사는 내 몰골을 보며 흥분했다. 그는 본래 변호사이지만 가족 재산에 문제가 있어서 전쟁이 나자 의학부에 다시 들어간 것이다. 지금은 전쟁 중이므로 일본은 많은 의사가 필요했다. 나는 요사에게 정확하게 이야기하지 않았지만, 그는 예상했는지 이렇게 외쳤다.

"나는 어느 정도 예상했다. 그가 당신과 결혼할 의사가 있다는 이야기를 다른 사람에게 들었다. 그러나 나는 이미 결혼했고, 그 어떤 방법으로도 당신에게 도움이 될 방법을 생각하지 못했다. 다만 내 생각이지만 지금은 전쟁 중이고 우리나라가 전쟁에서 질 가능성이 농후하고 계속해서 공부하려면 돈이 필요하다고 생각했다. 그 당시에는 후원자인 회장님이 있었고 지금 그 누가 있어 당신을 돕겠는가?"

요사는 울면서 내 앞에서 이렇게 말했다.

"…."

나는 아무 말도 할 수 없었다.

거기에는 그 조카의 고도의 음모가 있었고, 그 뒤에는 미사가 있었다. 여름방학부터 지금까지 생긴 일들은 모두 조각조각 흩어져 있지만, 인간에게 상상할 수 없는 불가능한 요소들만 도사리고 있었다. 미사는 일찍 학교로 돌아갔다고 했지만, 그녀의 얼굴은 햇볕에 그을린 듯한 낡고 적갈색으로 변한 얼굴이었다. 요사는 그녀를 의심하기 시작했다. 그리고 다른 친구들도 그녀를 보지 못했다고 했다. 텅 빈 집은 을씨년스러운 그늘 속에서 아주머니가 타다 준 커피 한 잔을 음미하며 같이 대화했다.

"주인마님, 저녁 식사를 준비했습니다."
라고 했다.
"아주머니 옛날 그대로 학생이라고 불러 주세요."
하고 말했다.
"아닙니다, 며칠 전 그가 전화 와선 그 학생은 '나하고 결혼을 했으니 모든 것'을 아주머니에게 맡긴다고 했습니다."
나는 그 이야기를 듣고 기가 막혔다. 아주머니에게 설득할 이유마저 사라져 버렸다. 그러나 아주머니는 아직도 문밖에 서 있었다. 일어나 아주머니의 손을 잡고 "나는 주인마님이 아닙니다. 그냥 편하게 불러 주세요."
하고 말했다.

질곡 같은 나의 운명과 삶. 그리고 고독한 텅 빈 나의 방. 나는 하늘을 바라보며 불투명한 내 운명을 자로 재듯 측정해 보고 눈빛에서 불안한 빛, 이런 모든 것이 일순간 나의 내면 영혼이 널뛰고 숙명의 갈림길에서 나는 운명의 신을 옮겨 잡고 흔들고 있었다.

저녁도 먹지 않았다.

커피와 빵을 대충 먹고 2층 테라스에 나와 어둑어둑 저물어 가는 항구와 눈앞에 펼쳐진 붉은 평온을 바라보았다. 무심한 표정으로 하나 둘씩 제각기 불빛을 내는 집들과 항구 안으로 들어와서 외치는 소리가 오늘따라 내 운명을 질식하게 만들었다. 나는 열정, 희열, 조금씩 기억나는 그의 광기를 생각했다. 막 흘러내리는 눈물을 지우려고 애쓰는 이런 영혼이야말로 형언할 수 없는 고독이고 침묵이었다.

그리고 내일부터 새 학기가 시작되면서 새로운 마음으로 학교에 가야 하는 부담감을 떨쳐 내야 했다. 나도 학교에 가야 하므로 보육원엔 다른 사람들을 보충했다. 정부에서 공식적으로 보육원에 도움을 줬다. 처음 예상했던 계획들이 그 조카의 방해로 꼬여갔다. 그는 보이지 않았다. 그 아주머니의 말에 따르면 "그가 외국에서 전화했다."라고 말했다.

그런데 밑에 이지 언니가 찾아왔다. 우리는 그동안 하지 못한 이야기를 쏟아냈다.

귀한 커피를 아주머니가 내왔다.

"아, 커피 생각이 났지만 애들 때문에 나도 꼼짝을 못 했죠."

우리는 밤의 별빛 아래서 애써 웃고 있었다. 우리는 끝없이 대화하면서도 내 운명이 그 모진 육체에서부터 떨어져 나가고, 영적인 태고의 운명의 신이 나에게 공상적이고 야박한 쾌락에 포만증을 불러일으켰다. 이제 지금 하나 남은 존재감은 내가 이곳에서 살아남아 공부를 마치고 돌아갈 수 있느냐에 달렸다. 이 시기부터 실제로 가난이 더 심해지고 격한 노동으로 주민들 사이에 아사자가 나오는 상황까지 변해 갔다. 대마도 섬에서 이시미 여자아이를 데리고 나온 것도 다 그런 이유 때문이었다. 그는 집에 와서 그 아이를 보자 화를 냈다.

그러나 이 하늘 위에 붙은 새 둥지의 집은 이제 내 집이었다.

"아니, 이런 하늘 위에 붙어 있는 집은 처음 본 것 같아요!"

아이가 하얀 이를 내보이며 말했다.

그 아이 어머니는 여기서도 보육원으로 몸소 나가 아이들을 돌보았다. 나는 하늘 아래 양면 사이에 양처럼 사는 인간과 짐승처럼 사는 인간, 두 인간이 살고 있다는 것에 화들짝 놀래면서 전쟁 속에 또 다른 전쟁을 치르고 있었다. 이중 살인이 아닌 '이중 살인'이라고 명명한 마루 형사는 회장님의 죽음을 두고 고심하였는데, 그건 히로시마 검사장의 특별명령을 받은 이후 본격적으로 살인을 조사하고 있었다. 대마도 도지사와 히로시마 도지사는 회장의 살해사건을 엄중하게 수사하라고 경찰에 지시했고 히로시마 검사장에게도 전화해서 당부했다.

아베 형사는 우선 대마도 도시 시가지에 있는 지하상가 안 마네킹이 여러 개 진열된 가게에서 벌어진 이상한 일들에 주목했고, 그 지하상가 계단을 여러 번 오르내리는 미사의 행동을 주의 깊게 본 마네킹 가게 주인이 증언한 내용도 사건 보고서에 포함되어 있었다. 아베 형사는 대마도 경찰서에 들어오는 압력이나 극우주의자들에 공갈 협박에도 아랑곳하지 않았다. 처음에는 적극적인 수사를 하면서 히로시마 하루 형사와 공조수사를 펼치기까지 했지만, 아베 형사의 부인이 무슨 낌새를 받았는지 모르지만, 그 형사 부인이 대마도 신문기자의 인터뷰 기사가 실린 이후엔 그가 며칠 동안 경찰서에도 나오지 않고 병가를 내면서 하루 형사가 대마도에서 벌어진 여러 가지 비밀들을 직접 수사를 했다. 아베 형사가 없는 현실은 비상식적인 숙명이었다.

요사도 아직은 방학 기간이라 다른 경찰들과 하루 형사와 같이 대마도 섬을 방문했다. 대마도 섬에 있는 여러 가지 사건을 수사하면서도 적극적으로 아베 형사를 찾았고, 그 사이에 우리 아주머니를 전격 소환했다. 그러나 일주일 정도 조사한 다음에 아주머니에게서 이상한 점을 발견하지 못하자 아주머니는 경찰서에서 풀려났다. 그 후 그는 나를 의심하기 시작했다.

요사와 하루 형사가 여러 가지 사실을 찾아냈다.

그중에 하나는 이기 교수가 살해를 히로시마 학생들은 경악하고 학교는 쉬쉬했지만, 미사의 유모도 살해되면서 히로시마 경시청장도 특별반을 조직해서 수사하기 시작했다.

두 가지 사건의 이미지에 미사의 출생 비밀이 있었다.

히로시마 새벽 항구도시는 짙은 검붉은 여명으로 무덤처럼 변해 있었다. 밤이면 미군기에 폭격에 따른 등화관제로 시내는 어둠으로 파묻혀 버렸고, 그러면서 일말의 요사가 지적한 것보다 나는 죄악 속으로 빠져 버렸다.

'내가 좀 더 관심 있게 했더라면, 회장님의 죽음은 없었을 것이다.' 하고 생각했다.

독감이 심해지면서 방 안에 여러 가지 약병들이 있었다. 병원에서 의사가 지어준 약들과 약병들이 방 안에 어지럽게 널려 있어서 내가 의식적으로 약을 챙겨서 내 사물함에 보관했던 기억이 난다. 회장님의 병세가 며칠 전부터 호전되면서 병원에서 집으로 회장님을 옮겨 와 간호사 한 명과 내가 간호했다. 밤늦게 의사가 왕진을 다녀갔다. 침대에 잠이 든 회장님의 표정을 잠시 바라보았다. 내가 일본으로 건너온 시간은 얼마 되지 않았지만, 회장님의 수심은 더욱더 깊어져 있었다. 그 원인이 나에게 있다는 생각에 잠을 이루지 못했다.

그러나 아침에 아주머니 비명에 나는 단숨에 아래층으로 내려갔다.

"회장님이 열이 나고 일어나지 못합니다."

그래서 회장님은 다시 병원에 입원했고, 그러다 며칠 만에 집에서 통원 치료를 했다. 회장님이 병원에 있는 것을 싫어했기 때문이다. 난 동네 엇갈린 골목길을 걸어 내려오면서 회장님의 독감이 나로 인해 생긴 것이 아닌가 하고 깊은 성찰의 시간을 보냈다. 조금 더 반의반만이라도 관심을 그에게서 벗어나 회장님에게 보였다면 어땠을까 하고 반성했다.

나는 이런 생각이 마음에서 떠나지 않았다.

비는 오지 않았고 하늘도 고요했지만, 하루가 그냥 지나갔다. 땅은 움직이며 히로시마의 밤은 늦게 잠든다. 잠이 오지 않았다. 여자아이가 옆에 있어서 천만다행이었다. 여러 가지 생각이 들며 과연 내가 지금까지 해온 일본에서의 의학부를 무사히 마치고 대한제국으로 돌아갈 수 있느냐 생각했다.

나는 옆방에 아주머니가 자는 데도 방문을 걸어 잠갔다. 그의 집착은 나의 감정을 메마르게 했고 이성과 영혼까지 허물어버렸다. 그런 재앙이 닥친 그 날, 꿈속에서 어머니의 우는 모습을 보았다. 비록 꿈이었지만 끓어오르는 분노를 참을 수 없었다. 이런 야만의 땅에서 겪어보지도 않았던 능욕과 그의 광기로 인해 나는 생의 마지막이 존재하지도 않았던 사람처럼 살아서 노래를, 저런 침묵을, 이런 즐거움을 부르고 손뼉 치는 수수께끼 같은 존재의 허수아비가 될지도 모르는 죽음의 분노 앞에서 몸부림쳐야 했다. 삶이 마지막은 죽음이란 것, 그런 죽음을 피부로 느끼며 과연 내가 하고자 했던 학업이 이렇게 허무하게 허물어져 내리게 되자 자살도 생각했다.

"아, 이건 사실이 아니다! 난, 자살을 할 수 없다."

한 번도 자살에 대해서 상상도 해보지 않았다. 그러나 나는 갑자기 다가온 생애 장애물 앞에서 여러 가지 혼란을 겪고 당황해하고 있었다. 여러 생각 끝에 고개를 숙였다. 피곤이 몰려왔다. 잠은 오지 않았다. 의학책에는 과도한 정신을 한군데에 집중하면 잠이 오지 않는다거나 식욕이 떨어진다고 쓰여 있었다. 목욕이 잠을 자는 데 도움을 준다고 했다. 욕탕에서 좌욕하고 가볍게 샤워를 한 후 잠자리에 들었다.

오늘은 너무 늦게 일어났다.

거실에서 아주머니가 걱정스러운 표정으로 서 있었다. 아무 말 없이 샤워하고 아침밥을 먹는 둥 마는 둥 하고 밖으로 나왔다. 택시가 기다리고 있었다. 오늘은 개학 첫날이라 일찍 학교에 간다는 것을 미리 알고 있었던 아주머니가 택시를 부른 것이었다. 다행히 실험 시간에 늦지 않았다. 교실 안으로 들어가 빙 돌아서 앉아 교수님은 학생들과 이야기를 하고 있었다. 오후에는 수강 신청도 해야 하지만 수업을 듣는 것이 먼저이었다.

　교수님은 해부도가 학생에게 얼마나 중요하고, 의사가 되면 우리는 사람의 생명을 다루기 때문에 지금과 같은 전쟁 중에는 언젠가 전쟁터로 가서 다친 군인들을 치료해야 한다는 말도 빼놓지 않으셨다. 아직도 천근만근 무거운 몸으로 오전 실험은 초기에 학생들이 알아야 하고 마취에 대한 기본적인 설명을 들었다. 실험과정이나 학생 초기에 할 수 있는 해부도에 대한 일반적인 이론 상황 등을 설명해 주었다.

　한 시간이 끝나고 이지 언니와 잔디밭에 앉아 이야기하는데 요사가 다가왔다.

　그는 다가와서 앉아 있기만 할 뿐 눈빛은 하늘 위를 응시하고 있었다.

　"어머, 요사 씨가 오늘은 웬일이죠? 아무 말씀도 없는 것으로 보아 뭔가에 화가 난 모양입니다."

　"아닙니다."

　그는 그런 말을 남기고 안으로 들어갔다. 나는 대마도에서 일어난 일들을 다시 생각했다. 요사가 아직도 그 일에 벗어나지 못하고, 나를 들여다본 것이다. 어쩌면 다 이것이 우리의 숙명 같은 것인지 모른다고 생각했다. 언니는 요사가 보이는 관용에 대해서 미덥지 않은 표정이었다. 나는 그런 의문을 던지면서 다시 학교생활에 마음이 앞섰다. 나에게 일차적으로 소중한 것은 학업이었다. 그런 열정이 없다면 어머니와 헤어져 이억만 리 먼 땅에서 왜 공부하고 있을까? 이를 홀로 되뇐 것이 한두 번이 아니었다.

　대마도 사건이나 회장님의 죽음을 둘러싸고 여러 가지 억측이 나왔고, 이지 언니는 그 조카의 음모라고 하는 말을 하며 8월 15일에 일어난 대마도 사건도 같이 회자되었다. 그 날은 이지 언니가 고향으로 가는 날이었기 때문에 새벽부터 일어나 부산을 떨면서 생긴 사건은 지금도 그냥 음모로 남아 있었고, 새벽 대마도 섬에 난데없는 여러 개의 검은 그림자를 보았다는 유모의 증언이 있고 난 다음부터 매일 하루 형사는 새벽에 검은 그림자를 찾기 위해서 잠복근무까지 했다고 하였다.

가을 학기를 시작하자마자 시험을 치렀다.

하루 종일 시험을 보았다. 그 기간은 금방 지나갔다. 식당으로 몰려갔다. 오늘은 미사가 보이지 않았다. 모두 모여서 식사를 했다. 하루 양이 와서 농담으로 오늘을 시작하면서 나는 웃음을 찾았다. 여기서도 극우주의자들의 소리에 귀 막고 입을 닫으면서 다른 학우들에게 소통의 장이 마련되기 시작했다. 그녀는 방학 기간에 집에서 일어난 일은 이야기를 하느냐고 정신이 없었다.

나는 막상 할 이야기가 없었다. 요사는 금방 식사를 마치고 나가면서 마루에게 손짓해서 나오라는 손짓을 했다. 마루가 밖으로 나가자 우리는 곧 식사를 마칠 수 있었다. 오후에는 수업이 없자 모두가 도서관으로 몰려갔다. 나는 프로이트의 『꿈의 해석』을 읽었고, 하루 학생은 카뮈의 작품인 『이방인』을 읽기 시작했다. 이지 언니는 보이지 않았다. 잠시 오는 모습을 보았고 조금 뒤처진 것을 알 수 있었다. 그래서 나는 좌우로 시선을 돌려보았다. 보이지 않았다. 1시간이 지나 나타난 이지 학생의 얼굴은 붉게 변해 있었다.

"이지 언니 무슨 일이 있어요?"

"아뇨? 아무 일도 없었고 오다가 뛰어오는 바람에 얼굴이 많이 변했죠?"

마루가 아까부터 우리에게 할 말이 있다면서 차를 마시러 가자고 했다. 너무도 극성스럽게 졸라서 가지 않을 수가 없었다. 그는 찻집으로 들어가지 않고 조용한 식당 안으로 들어갔다.

"이소진 씨에게 할 이야기가 있습니다. 며칠 전에 요사와 미사 양이 동경에서 결혼했습니다. 아까 요사가 할 이야기를 하지 못하고 나에게 말해 달라고 부탁하고 동경으로 떠났습니다. 당신도 그 집에 가서 느꼈겠지만 전쟁 중이고 요사의 가족 회사가 최근 어려움에 부딪혀서 할 수 없이 그가 결혼하게 된 것으로 보입니다. 나도 이 정도만 알고 있고 자세한 상황들은 이따 저녁때쯤 해서 친구인 하토야마 변호사가 온다고 했습니다. 특히 이소진 씨에게 말을 하고 가려고 했지만, 그는 용기가 부족해서 차마 말을 할 수가 없었다고 했습니다."

나는 정말 충격을 받았다. 그러나 대마도에 가기 전에 그 집에서부터 우리는 대략 느낄 수 있었다. 그러나 막상 환상처럼 느꼈던 사실들이 진실로 변하자 난 얼어붙은 사람처럼 멍하게 있었다. 대마도에서 무슨 말을 하려고 하다가 말하지 않았던 이유가 있어 보였다. 잠시 어리둥절하고 어이가 없었다. 밖은 어둠과 고요로 잠이 들었다가 깨어난 것 같았다. 생선 초밥과 생선구이가 나왔으나 식욕이 없었다. 나는 내 그림자 뒤를 따라가는 습관이 새로 생겼다. 나를 뒤돌아보고 성찰하고 생각하며 기억하고자 했다.

그것은 마치 내 혼이 쉽게 흩어지지 않고 소멸하지도 않으며 내 마음에 오랫동안 간직하기 위함이었다. 이지 언니가 옆에서 내 손을 잡아 주었다.

"뭐 그런 사람일수록 이해타산은 더 잘할 수 있지?"

이지 학생은 글썽거리는 내 눈빛을 들여다보며 말했다.

"언니! 그런 말이 나를 더 슬프게 하는 것이야."

"슬퍼할 것도 없어!"

그녀는 단호하게 잘라 말했다.

"다 무슨 이유가 있겠지?"

"이유가 있다 한들 그것이 문제일 수는 없다는 거야? 그 전에 너에게 충분히 설명해 주어야 했어. 이건 여자에게 할 수 있는 행동이 아닌 거야? 며칠 전만 해도 그는 너와 점심 식사도 하고 도서관에서 공부도 할 정도라면 또, 그가 남자라면 우리에게나, 특히 너에게 분명하고 단호한 태도를 밝혀야 했던 거지. 결혼이 아무리 정략결혼처럼 했다손 치더라도 한 남자에게는 그런 정도의 양심은 가지고 있어야 한다고 생각해!"

언니는 극히 당연하다는 어조로 이야기했다.

미사가 임신했다고 떠들고 다니기 전에 유가는 눈치를 채고 있었지만, 나와 다른 학교 친구들은 더는 알지 못했다. 그러나 얼마 지나지 않아 상상 임신이라는 사실에 친구들이 허탈해하며 이렇게 말했다.

"그녀는 그럴 줄 알았다. 아마, 그녀 자신이 혼자 사는 세상처럼 그 모든 사회를 그렇게 여기고 자신이 하고 싶은 대로 세상이 돌아갈 수 있다는 것이지."

언니가 말했다.

특히 놀란 사람은 유가였는데, 그것은 하토야마가 나에게 전해 준 이야기에서 유추할 수 있었다. 미사는 항상 주의를 자신에게 돌릴 수 있다고 생각했다는 이야기를 추측할 수 있었다. 그렇게 해서 그런 이야기들이 모두 헛소문처럼 물거품이 되는 것도 마다치 않았다. 동경에서 일어난 요사 가족이 소유한 회사가 어려움에 처해 할 수 없이 결혼했을 것이란 소문이 한때 나돌았다.

나는 창문을 열어젖혔다. 그러나 햇살은 왠지 나에게 다가오지 않았다. 세상은 전쟁으로 참혹한 참상이 드러날 것이라고, 내가 이런 말까지 할 줄은 몰랐지만, 그건 내가 말하는 편이 쉽지 않다는 것을 요사도 이해했다. 다시 말해서, 요사는 결혼 초야도 같이 보내지 못하고 종일 싸움만 하다가 저녁 늦게까지 서로 신경이 날카로워져서 말도 하지 않고 사라져 버리고 그곳에 없었다고 했다. 아마 어디선가 늦게 저녁을 먹고 술 한 잔을 하고 결국에는 밤새도록 자신과 말다툼만 하다가 새벽이 되어서 배를 타고 동경으로 돌아갔다는 이야기가 전해졌다. 그들은 파혼하면 안 되는 상황이었지만 결국은 '요사가 자신이 희생하면 모든 가족이 편할 것이라는 자체가 잘못된 일이라는 사실을 뒤늦게 알게 되었다'고 하토야마 변호사가 나에게 말했다.

하긴 두 사람의 언쟁은 학교에서 친구들이 보는 중에도, 전년 겨울 방학 중에도, 이론 물리학 교수가 죽은 문제를 가지고 다투는 장면에서도 목격되었다. 결국, 두 사람은 결혼할 수 없는 사이이고, 우리는 애초부터 두 사람을 심드렁해진 사이라고 그런 생각을 각자 했다고 이지 언니는 그렇게 해석했을 뿐이었다. 서로의 차이를 보인 것이 처음도 아니고, 대마도 섬에서 일어난 여러 가지 중에 회장이 바다에서 사체로 발견되고 그 회장이 '자살이냐 타살이냐' 하는 문제를 가지고 정면 충돌하면서 서로의 반대 견해를 견지했다. 그러나 문제는 결코 그것이 아니고 나와 연관되면서 미사는 간간이 우리에게 결정적인 상황에 대해서 반대 의견을 취했다.

그러나 여러 가지 징후에서 이상한 점이 나왔다.

우선 하루 형사가 회장님의 죽음을 처음엔 타살이라고 발표했다가 나중에 자살이라고 정정한 점이었다. 요사는 변호사로서 대마도 당국자들에게 정식으로 타살인지 자살인지 명확한 입장을 요청했지만, 답은 없었다. 그 이후 나는 고열이 나면서 회장님 죽음의 후유증으로 열

흙간 누워 있었다. 열이 오르고 움찔거리던 손목까지 퉁퉁 부어서 병원까지 가서 통원 치료를 했다. 이지 언니의 눈빛은 걱정과 연민으로 휩싸여 있었다.

"걱정하지 마세요."

하고 말했다.

'자살이냐? 타살이냐?'

죽음이 회자되기 시작했다.

그녀의 생각과 내 견해 차이에는 그냥 피지배자와 지배자의 관계 이상도 이하도 아닌 입장이라는 것을! 미사는 강조하고 나와는 겹겹이 반대되는 상황이 만들어졌다. 대마도 섬에서부터 달걀 썩는 냄새가 날 정도로 서로의 견해 차이가 본격적으로 발생하였는데, 하얀 구름이 지나가는 것을 검은 먹구름이 지나가고 있다고 믿게끔 역할을 한 것도 미사였다. 그가 대마도 섬에 나타난 후 벌어지는 일련의 일들 때문에 우학생들은 농촌봉사를 한 처음 목표가 사라진 셈이었다. 학우들은 변화를 보이고 나는 방관자 역할을 하게 되면서 우리는 여러 가지 곤란한 상황에 몰렸다.

요사가 나에게 경찰서에서 찾는다는 이야기를 급히 전해 왔다.

그래서 마을 면장 집에서 화물차를 얻어 타고 경찰서로 갔다. 회장님의 사체는 변한 표정을 볼 수 없었다. 알아볼 수 없을 정도로 그의 몸은 물속에서 부어 있었다. 사체는 고기들에게 훼손된 채로 인양된 것이었다. 경찰들이 조사한 바로는 여러 가지 정황들이 거의 21일 물속에 있었던 것으로 추측되었다. 그러나 그것도 가설일 뿐이라고 요사가 말했다.

"조카가 와 봐야 하지만 곧 검안해서 사인을 밝힌 후 사체는 그 이후에 장례 절차가 이루어집니다. 당신은 저기 있는 사람의 동거인으로 알고 있으므로 긴 이야기는 할 수 없겠지만, 지금 대마도에서 일어난 일이니, 나중에 다시 통보하겠습니다."

경찰서 부서장이라는 책임자의 말이라기보다 약간 쇳소리의 그냥 상식선에서 전달해 준 것 같은 황당한 느낌을 받았다. 나는 다시 친구들이 있는 하숙집으로 돌아왔다. 곧 보육원으로 가야 하지만 모든 것이 내 발목을 잡고 있었다. 종일 아무것도 손이 가질 않아 방안에서 그저 홀로 누워 울고 있었다. 소리도 없이 눈물도 나지 않는 상태에서 이제는 앞날을 걱정하고 있는 내 모습이 보였다.

'이제 어떻게 하지. 나는 무슨 돈으로 학교 등록금을 내고 어디서 살면서 공부를 할 수 있는지?'

이러한 의문에 스스로가 답할 수 없다는 것이 황당하고 혼란스러웠다.

회장님의 사망 소식을 전화로 접했을 때는 놀라고 혼란스럽고 어리둥절해서 참 어설프게 대했다. 다시 대마도 섬으로 건너가 회장님의 시체를 보았을 때도 나 스스로가 그 무엇이라 형언할 수 없는 비애와 인간의 참혹함을 느꼈다. 내 어머니도 아버지 죽음 앞에서 그런 느낌을 받았을 것이라는 막연한 생각으로 대마도 섬에서 발길을 돌려야 했다. 바다의 소금 냄새와 숲속의 진한 꽃향기 냄새가 나면서 마음을 달래본다. 참, 사람의 운명은 한 치 앞을 가늠할 수 없다는 할머니의 말씀이 새롭게 생각났다.

거의 한 달이 지나서야 사체는 히로시마 국립 병원에 안치되었다. 그리고 삼일장으로 장례를 조촐하게 치렀다. 많은 조문객이 다녀갔지만 정작 그는 잠시 와서 상주 역할을 하다가 어린 조카에게 맡기고 나서 회사 일이라는 핑계를 대고 사라졌다. 그때, 아이가 찾아왔다. 그리고 어머니도 와서 조문하고 갔다. 장례 마지막 날에 요사가 와서 그 하늘 위에 붙은 그 집이 내 집이 되었다는 회장님의 상속에 관한 일들을 뒤늦게 알려 주었다.

며칠이 지났다.

촉촉이 내리는 비를 맞으며 나는 일부러 저녁 늦게 택시를 불러서 하토야마를 만나 호텔로 가서 정사를 즐겼다. 이런 것은 나에게 불필요한 요소이며 인간의 탈을 쓴 악마처럼 변해 갔다. 콜레라가 발생했다는 일부 신문 기사처럼 이곳 일본 땅은 영원한 영혼도 없고, 지혜의 샘이 없는 나라이며, 나도 흡사한 모습으로 변질되어 갔다.

그들과 보조를 같이하면서 같은 의식구조와 같은 생각을 가지고 살아가야 했다. 같은 하늘 아래서 같은 땅과 물을 마시고 태어난 나와 그들이 다를 수 없으며 나는 그런 것을 인식하기 시작하면서 일부러라도 조카에게 보여주기 위한 행동을 하는 건지도 모른다. 내 내면의 의식에 흐름을 마음속 깊이 담는다. 나는 악의 통제불능 상태에 있으며, 인간의 삶에서도 벗어나 있었다. 빈민촌 교회는 극우주의자들의 방해가 있었지만, 그런대로 제자리를 찾아가기 시작했다.

그러면서 요사도 제자리를 찾는 모습이었다.

반면에 하토야마 변호사의 관계는 더욱 은밀하고 깊숙하게 나를 움직이게 하였다. 참는 것은 그에게 이유를 주는 것이고, 하토야마에게도 상처를 주는 것 같았다. 그래서 그와 더 열렬한 정사를 즐겼다. 요사는 많은 자금을 들여 교회 건축자금을 냈고, 나도 동경에서 정리된 회장님이 은행 통장으로 유산을 남긴 것의 일부를 교회 건축자금을 내어 박차를 가했다. 교회를 짓는 인부들이나 신도들이 밤낮으로 합심해서 밤중에도 공사가 강행되었다. 교회에 지붕을 다 마치고 지붕 안에 대들보로 울리면서 교회는 거의 완성단계로 들어갔다. 목사님은 교회 지붕이 이제는 비를 피할 수 있기에 건축 중인 교회 공간 안에서 예배를 보기로 했다. 그러면서 극우주의자들의 반대는 날로 심화했다.

우린 언니와 공부를 하기 위해 농장으로 왔다. 동생인 하루 양이 먼저 하토야마 변호사와 같이 와 있었다.

여자아이 어머니는 옷과 다른 필요한 공산품을 사기 위해 시장에 나가 있었다. 나는 흩어진 옷을 매만지고 밭으로 나아갔다. 이지 언니는 흙냄새가 나는 밭고랑 사이에서 보이지 않았다. 넓은 공터에 황소가 와 있었고 농장 관리인의 두 아이와 부인은 아침 식사를 마치고 그 남편이 일하는 곳까지 나와서 우리에게 인사를 했다.

자매를 둔 관리인의 부인은 전형적인 일본인으로 나를 보자 인사를 했다. 그리고 관리인의 등은 벌써 땀이 흥건히 젖어서 흘러내렸다. 가을 햇빛은 아름답게 빛났다. 우리는 새벽에 일어나서 새벽 기도를 마친 다음에 여러 가지 준비를 해야 했다. 그 어머니는 다시 장을 보러 회사 기사와 같이 준비를 마쳤고 우린 아이들과 식사 준비를 해야 했다. 그러면서 가끔 그가 나타나면 나는 칼처럼 침묵에 빠졌다.

보육원엔 다른 일하는 사람이 있지만, 겨울을 나기 위해서는 많은 준비가 필요했다. 어슴푸레한 새벽이 어둠 속에서 들려왔다. 나는 이제 기도를 드리는 동안에 그런 소리를 들을 수가 있었다. 그에 대한 생각도 없고 감정도, 이성도, 침묵도 경계하며 칼처럼 베어 버린다. 간밤엔 언니의 거친 기침 소리가 어둠에 향해서 들려왔다. 아침저녁의 기온 차 때문에 나도 목이 좋은 상태가 아니었다. 우린 그 모든 것을 잊어버리기 위해 등에서 땀이 흠뻑 젖도록 일하고 공부를 했다. 아이들이 매일 이곳으로 왔다.

전쟁고아는 매일 시간이 지나간 것처럼 늘어났다.

나의 시간도 정지되어 있지 않았다. 그저 우리만 멍하게 서 있을 뿐이었다.

여자아이는 일주일에 한 번은 아침마다 마당 공터에 줄을 세우고 수를 세어 봄으로써 아이들을 확인할 수 있다고 했다. 어느 아이는 어느 방에서 자고 남자아이는 어느 방에서 자는 그런 순서마저 뒤죽박죽으로 변하면서 누가 어디에서 자는지 구별하기가 힘들 정도였다. 우린 아이들의 집을 유령의 집으로 명명했다.

이지 언니는 그것을 두려워하는 눈치였다. 나는 이시미 어머니의 눈빛으로 확인했다. 아이들이 여기 와서 행복을 느끼고 아이들에게 삶의 평화와 정의를 지켜 준다면 그런 추상과 사랑은 언제든 환영이었다. 우리에겐 추상은 언제든 우리를 지켜 줄 것이고, 사랑도 여기선 항상 가능한 연민으로만 존재할 것이었다.

다만, 고요만 검붉은 흙 속에 잠재해 있었다. 보리와 밀밭은 사랑처럼 더 필요했다. 그런 이유로 나는 팔을 걷고 검은 흙으로 걸어 나왔다. 나는 괭이를 들고 겨울을 나기 위해 심은 배추와 무밭 고랑 사이로 걸어갔다. 축축한 검은 흙냄새가 발가락 사이로 올라오는 것 같았다. 전쟁 때문에 멀리 있던 거친 대지며, 일 년 동안 버려둔 밭을 다시 황소가 지나가면서 붉은 흙덩어리로 갈아엎어졌다. 1년 동안 검은 땅에 흙 속에 품어 있던 생명이 용해되면서 흙에서 살아난 새로운 삶이 일어나는 것이다. 가을 해가 보이지 않을 정도로 높이 떠 있었다. 여자아이는 여러 명의 아이와 마당 가운데에 멍석을 깐 곳에서 가을 잠을 자는 아이들을 돌보고 있었다. 아이들의 수를 눈빛으로 세었다. 나에게 눈을 던지며 열 손가락을 펴 보였다. 아이들 열 명이 멍석 위에서 잠이 든 것이라는 표현이었다. 우린 눈으로 대화를 했다.

언제 식사 시간이 지났는지 배가 고팠다.

마당 한가운데 긴 식탁 위에는 많은 찬이나 숟가락 젓가락들이 밥그릇과 같이 가지런히 놓여 있었다.

나는 관리인이 우물가에서 등물하는 것을 보며 그곳으로 다가갔다.

그리고 그의 붉고 누런 잿빛 등 위에 가득하게 물을 부어 주었다. 그의 부인은 아이들에게 작은 수저로 밥을 퍼주면서 웃고 있었다. 하루양은 아이들의 얼굴을 씻겨 주었다. 개구쟁이 아이들이 잠을 잔 사이 아이들이 일어나 밭고랑에서 뛰어놀면서 온통 몸에 흙먼지를 쓴 채로 놀고 있었다. 나는 밭에 숨어 있는 마지막 뭉툭한 돌멩이를 들어냈다.

"어머, 아이들이 천국에서 내려온 사자 같아요!"

하고 말하자 하토야마 변호사는 이내 아이를 높이 들어 올렸다. 하늘에서 차갑고 긴 겨울이 오기 시작했다. 나는 하늘을 바라보며 시인의 올겨울 걱정하며 두 손 모아 기도했다. 그러면서 다시 새벽이 올 것이다.

"항상 편안한 안식을 갖기를 기원합니다."

나는 기쁨으로 기도했다.

이미 오래전부터 주 그리스도의 믿음을 정면으로 거부하고 적그리스도와 같은 짓밟는 행위는 전 세계를 상대로 전쟁으로 치르면서 증명된 것이나 마찬가지였다. 하토야마도 나에게 구원을 위한 만남이 아니라 삶과 생애를 통해서 인간의 같은 견해와 이해심과 감성을 가진 사람으로 만났다. 다른 나라 사람이라고 차별하지 말고 이성과 감성을 가진 인간으로서 나를 대하고 서로의 감정을 존중하고자 하며, 모든 사람이 언제든 서로 돕고 화해하는 모습으로 살아가는 것이 즉 우리에겐 존재할 이유라고 그가 말했다.

그것은 옳고 그름을 떠나서 그 모든 것이 하늘 아래에 존재하는 인간이고 사람으로서 주 그리스도의 가르침 앞에 우리 인간은 동등한 평등, 박애, 자유와 같은 권리를 누릴 수 있고 믿음을 받고 태어난 사람일 뿐이라고.

요사는 말했다.

추위가 다가오면서 여기 사람들의 몸과 마음도 움츠러들고 그들의 삶은 점점 눈에 띌 정도로 피폐해지고 있었다. 일본은 점차 깊은 수렁 속으로 빠져들어 가는 느낌이 들면서 - 콜레라와 지진은 그야말로 엎친 데 덮친 격으로 발생했고, 인간들의 광기인 전쟁이라는 참화가 바로 우리 내면에 존재하여 잉태하고 있었다고 하토야마는 말하면서 - 땅바닥에 엎드려 기도하고 손은 피가 나도록 땅에 대고 꿇고 이마는 땅에 자신의 머리를 지져 이마에 피가 나고 입술을 깨물어서 그의 결기가 마음을 통해서 자신에게 전해지는 것이다. 그런 자아를 위해서 자유를 찾아가는 것이 인간 본연의 자세라는 것.

"우리에게는 신성한 자아의식과 인간의 기본인 자유가 없다면, 우린 어딘지 모르게 어디론가 끌려가는 노예 신세에 불과하다."

하고 목사님도 피를 토하듯 기도하며 말했다.

"암, 우리 민족의 주권을 강탈하고 모든 사람에게 총과 칼로 위협하면서 싸움을 걸어오는 행위는 인간이 아닌 악마의 본성이다."

하고 내가 침착하게 말했다.

하토야마는 나를 쳐다보며 웃고 있었다. 그 웃음이 무엇인지 나는 확인할 수 없었지만, 그날만큼은 행복했다.

나는 잠시 휴식을 원했고 행복한 시간을 원했으며, 여기 와서 몇 달 동안 그 무엇인가에 쫓기듯이 살아오고 착취당하는 느낌을 받았다. 나의 자아는 피폐해질 대로 피폐해지면서 겨울에 갇혀 있었다. 이미 나는 내가 아닌 남처럼 대하며 살아왔는지도 모른다고 생각했다.

"청명한 달빛을 여기 평화의 땅인 아이들의 보육원에 내려 주시옵소서."

하고 모두가 기도했다.

어두컴컴한 집 창문을 열어 놓은 채, 소금기 있는 무더운 공기가 물려오고 어둠에 싸인 희끄무레한 밤이 오기 시작했다. 다른 지역에서 시작된 콜레라가 조금씩 소리 소문도 없이 히로시마에도 환자가 발생했다는 기사까지 나왔지만 보건 당국은 아직 확인되지 않는 기사라고 부인했다. 이지 언니도 아이를 데려와 보육원에서 함께 살았다. 나는 거의 아주머니에게 집을 맡기고 보육원에서 일하며 학교에 다니고 있었다.

그 조카가 보육원에서 교회 목사님을 때리는 바람에 여기 오지는 못했다. 이제 교회도 완공이 되어 판자촌에 사는 노무자들이나 회사 직원들도 교회에 나오는 신도로 바뀌면서 히로시마에 사는 항구 사람들의 의식 변화도 남모르게 마음으로 느낄 수 있었다. 그러나 더욱 극우주의자들과 그들의 단체는 확성기를 차에 싣고 시가지와 지역 마을을 돌면서 전쟁의 당위성을 역설하며 신에 대한 경고도 매일 확성기로 빼놓지 않았다.

그들은 무엇을 의식했는지 모르겠지만, 이곳 외곽지역까지 차량을 끌고 와서 시꺼먼 매염을 내뿜고 뒤엉킨 확성기 소리를 외쳤다. 우리는 그들의 확성기 소리에 잠에서 깨서 일어났다. 어느 날인가 아주머니가 매일 전화를 해서 오랫동안 빈 집으로 돌아왔다.

아주머니와 부엌에서 차를 마시며 농장이나 교회에 관해서 이야기했다.

차 소리가 나며 그가 안으로 들어왔다.

"아! 들어왔군?"

그가 다가와 나에게 외쳤다. 나는 대꾸도 하지 않았다. 나는 이런 말장난은 허무하고 공허한 거짓으로 단정 짓기로 했다. 그에게 무 자르듯 모든 것을 결정해야 했다. 앞으로 공부를 더 해야 할지 아니면 고국에 가야 할지를 결정할 시간이 다가오는 듯했다. 신경이 온몸으로 전해지면서 소름이 돋았다. 차 소리에 아주머니는 방에 숨었다.

"아주머니는 어디 심부름을 보냈나요? 그런다고 내가 당신에게 굴복하지는 않아요. 나는 결심을 하고 돌아왔습니다. 내가 당신과 다시 더 본다면 나는 내가 아닐 것이요. 나는 요번 기회에 고국에 가서 누누이 당신에게 이야기한 대로 할 것입니다. 내 민족이 일본에 강탈당하고 주권까지 빼앗겼지만 내 영혼까지 빼앗아 갈 수 없다는 것을 보여 줄 것입니다. 나하고 결혼을 원한다면 우리나라로 가십시다. 정식으로 어머니에게 허락을 받고 우리나라 이름을 짓고서 당당하게 우리나라에서 결혼해서 살림까지 차립시다."

"내가 왜 당신 나라에 가야 하지. 여기서 결혼을 하면 되는데. 그리고 그가 나를 찾아와 나를 모욕을 준 것에 난 참을 수가 없다."

"그건 그 친구가 틀림 말을 한 것도 아닌데, 그건 당신답지 않습니다."

"그런 괴변이 있었나? 당신이 말하는 그런 나라는 존재하지 않아서 그건 성립하지 않아?"

"그런 것은 당신이 생각하는 대로 생각하세요? 그것까지 내가 말릴 생각은 없어요. 그리고 당연히 내가 결혼한다면 결코 내 집이나 내 어머니 앞에서 신성한 특권인 결혼을 할 수 있지 않아요?"

그는 말이 없었다.

그는 답이 없었다. 그는 싸우기 싫었는지 아래층으로 내려갔다. 나는 우선 방으로 들어가서 문을 잠가 걸었다. 그리고 조용히 침대에 기대어 책을 펼쳤다. 눈에는 그림자만이 서성거리며 글씨는 들어오지 않았다. 온 신경이 밖에 가 있었다. 몇 시간이 지났는지 알 수 없었지만 잠깐 선잠이 든 것으로 보였다. 가로등 빛이 창문 틈으로 들어왔다. 나는 괴이한 생각이 들었다. 그 짐승이 밖에 도사리고 있는데 잠을 잘 수 있다는 것에 스스로 화가 났다.

잠시 잠이 들었는지 새벽 2시를 알리는 괘종소리가 난 다음 거실로 나가 봤다. 칠흑 같은 어둠이 집 안 곳곳을 짓누르고 있었다. 그가 갔는지 집은 조용했지만, 바다에서 불러오는 바람 소리는 창문을 뒤흔들었다. 조금 안심이 되면서 여러 가지 잡념에 잠을 자지 못한 최근 그와 신경이 날카롭게 대립하는 바람에 피곤이 한꺼번에 몰려왔다. 침대 곁에 비스듬히 누워 있었는데 곧바로 잠이 든 모양이었다. 꿈인지 살아 움직인 것인지 알 수 없었지만, 나는 이따금 내리는 가랑비 소리가 나뭇가지 사이를 스치는 것을 들은 듯 악몽에서 잠을 깨운 것은 어둠의 빛이었다. 지옥에 갇혀 있는 모습을 느끼면서 누군가가 위에서 나를 짓누르는 듯한 쾌감이 들었다. 자연스럽게 눈을 떴다. 그가 눈앞에 침대에 걸터앉아서 누르고 있었다.

"너는 여길 어떻게 들어 온 것이지?"

나는 악을 쓰며 발버둥 쳤다. 그러나 오리 새끼처럼 침대 위에 눌려 갇힌 신세가 되었고 그의 손길은 빨라지면서 나의 옷깃은 벗겨져 있었고 그는 강한 손으로 내 젖가슴을 더듬고 있었다. 나는 악을 쓰며 사람이 할 수 있는 모든 것을 동원해서 발버둥 쳤지만, 더욱 거센 힘이 내 몸을 짓누르고 있었다. 나는 힘이 없었다. 식사도 거르면서 지칠 대로 지쳐갔다. 그가 내 치마를 내리면서 나는 저항을 포기했다. 어쩔 수 없이 그의 섹스를 마지막으로 받아들여야 했다.

"그래 해봐, 이 악마야!"

그는 '씩씩'거리며 내 안의 영혼까지 더럽히고 있었다.

"빨리 끝내 이 악마야?"

그는 그 소리에 그냥 일어섰다. 그는 바지를 내린 상태에서 경멸적인 눈동자로 나의 위아래를 무자비하게 바라보며 이렇게 말했다.

"야, 너는 할 이야기가 있겠지만, 나는 어딜 가든 여자가 있지. 넌 그냥 나의 섹스 상대자라고 할까? 너의 민족은 더러운 피로 태어나고 자라나서 우리에게 능욕을 당하고."

그는 가증스럽고 흉악한 말을 쏟아냈다. 참을 수가 없었다. 인간의 한계가 지나고 분노는 하늘을 찔렀다. 나는 지금과 같은 순간에 용인하게 쓰려고 언제부턴가 부엌에서 준비한 과도를 그의 배 속으로 넣었다. 그의 검푸른 피가 배 껍질 속에서 용솟음치고 옷 밖으로 폭포처럼 솟구쳐 나왔다. 지옥의 사자를 보는 듯 그는 빙그르르 빙글 구르며 넘어졌다. 침대에 부딪히고 방바닥으로 쓰러졌다. 그는 지옥에서 연옥으로 천 길 낭떠러지로 떨어지는 악마의 모습이었다. 밋밋한 검붉은 피가 감각의 손끝에 느껴지면서, 나는 비정하게 그의 심장 속에 내 악마의 발톱을 드러냈다. 배 껍질 안으로 피가 뜨겁게 용솟음쳤다. 나는 자정을 알리는 괘종소리를 들을 수 있었다.

 지금 일본 내의 자정에 알리는 괘종소리처럼 전쟁에 패하고 모든 국민이 그런 악마의 시간을 '윤년에 한 번 오는 윤달'을 기억하게 될 것이다. 그리고 칼날의 시뻘건 움직임에 따라 나는 그것을 사용하지 않을 수 없는 용기와 지혜를 신에게 받은 것처럼 내 안에 내재한 악마의 잠재의식이 발동했다. 이건 정당방위가 아닌 나의 의도적인 행위였지만, 그것은 무의식에서 거대하고 무엇인가 갇혀 있는 것처럼 나를 행동으로 이끌었다. 내 심장의 악마의 근성이 발효되고 일어나면서 나 자신을 제어하지 못하고 신의 사자처럼 움직였다.

 그러나 그것이 무엇이든 어떻게 할 것인가? 난 이미 악마의 본성을 찾았다. 이미 오래전부터 그의 괴롭힘에 지쳐 인간 붕괴의 힘을 잊어가고 있었다. 그러면서 나는 추상의 세계를 떠올린다. 내 조국과 어머니를 기억하기 시작한 것이다. 난 살인자의 모습 뒤집어쓴 채로 서 있는 것이었다.

 "아, 내가 지금 죽어가고 있다?"

 그는 그 자신에게 묻고 있었는지 모른다. 그가 죽는 순간은 죽음에서 악마의 존재를 느끼고 있었던 같았다. 그는 지옥의 사자처럼 악을 쓰고 눈을 부라리며 피가 용솟음치는 배를 옮겨 잡으며 방바닥에 나뒹굴었다. 그가 죽어가는 모습은 악마의 모습으로 보였다. 그는 눈을 뜨고 죽었다. 난 그의 눈을 감겨 주지 않았다. 눈뜬장님처럼 영원히 지옥 불에서 타 죽어 영원히 이 세상에서 구원받지 못하도록 하며 살기를 바랐다.

그러자 아주머니가 어디 숨어 있다가 나타났다. 그러고도 난 거의 움직이지 않고 죽어가는 그를 바라보며 한 인간의 죽음의 추한 형태가 얼마나 서글퍼지는 것인지 바라보았다.

"아아 악! 악?"

아주머니의 비명이 바람을 타고 어디론가 흘러갔다. 내 마음과 몸은 갈기갈기 찢긴 채 영혼의 상처가 짓쑤셔지듯 아팠다. 내 뒤 등골에 맺힌 땀방울이 흘러내렸다. 아주머니는 망연자실해 서 있었다. 그때까지도 나는 살인을 하고 손에 피가 줄줄 흘러내리는데도 악마처럼 그를 저주하고 서 있었다. 내 눈동자는 나를 본 것처럼 보였고 밖에는 별빛이 빛나고 그 아주머니의 비명이 바람을 타고 어디론가 흘러갔다. 난 그냥 그 자세로 서 있었다. 밤하늘엔 별빛이 빛났지만, 무더위는 찬바람으로 변해서 내 몸은 꽁꽁 얼어붙은 악마의 모습으로 변해 갔다.

"마님, 살인은 안 됩니다. 이것들은 깨끗이 치우고 바다에 버림으로써 그 조카의 존재를 이 하늘 아래에서 영원히 지우는 것입니다."

그 아주머니가 시체를 만지려 하자 난, 악을 쓰며 "그냥 놔두세요. 이 모습을 내가 알고 있는 모든 사람이 봐야 합니다. 나는 그 모습이 두렵지 않아요. 오래전부터 난 마음속에 칼을 품고 있었고 그를 죽이려고 작정하며 살아왔다는 것입니다." 하고 악을 쓰며 외쳤다.

그러자 아주머니의 표정은 밀랍 인형처럼 굳어 있었다.

여러 번 죽음에 관한 결정과 마음이 충돌하면서 나는 이성을 잃어가고 있었다. 어젯밤도 그의 괴롭힘으로 악몽에서 깨어났다. 낮에는 갑자기 몸에 오한이 생겨 언니 집에 가는 것도 포기해야 했다.

그럼, 이런 살인도 죽음인가?

내가 한 살인과 죽음의 차이는 무엇인가?

죽음의 정의는 내가 정조를 빼앗긴 다음 악마의 느낌을 받았다. 죽음 속에 새 살이 돋듯 그의 죽음도 제 살을 깎아 내듯 새 살이 돋아나야 또 다른 죽음을 인식할 수 있지 않을까?

"이제 내가 살아서 무엇을 할 것인가? 이런 치욕과 불명예 속에서 무슨 공부를 더 할 것인가?"

하고 나는 자문해 보았다.

내가 지금 죽음을 선택한다 해도 나는 그의 죽음을 끊임없이 바라볼 것이다. 태양이 정수리에 내리쬐고 추위가 엄동설한에 태양 빛이 온 우주를 가린다고 해도 난 다시 그의 죽음을 딛고 일어나 노래하고 시를 외울 것이다. 물론, 나의 신념에 전혀 근거가 없었다. 여러 가지 이유 중엔 특히, 더는 참을 수 없었다. 학교에서나 교실에서나 동네에서나 시장에서 나를 아는 사람들의 눈초리가 나를 더 어렵게 했다. 단지 이건 나의 도전보다 내 조국에 대한 경멸의 대상이 된 것에 대해 차츰 우려되기 시작했다. 나는 사람의 한계와 인간 붕괴에 대해 외쳤다. 그는 내 행동을 더욱더 감시했고 그를 추정하는 극우주의자들까지 학교에 찾아와서 나를 힐난하고 경계했다. 난 시인의 고초를 생각했다. 그 시인이 저항하며 시를 쓴 것과 그러면서 차디찬 옥방에서 본 그의 눈빛이 더 빛나고 조국에 현실을 직시했다.

"우린 꼭 지켜야 할 명예가 있다는 것을 나 자신에게 다짐했다."

그에게 여러 가지 의문을 가지면서 그가 나에게 지금까지 비정하고 엄청나게 한낮 창녀나 불장난처럼 행동했던 것은 아닌가?

난 누워 이렇게 시를 섰다.

또 다른 고향

고향에 돌아온 날밤 내 백골이 따라와서 한 방에 누웠다. 어두운 방은 우주로 통하고 하늘에선가 소리처럼 바람이 불어왔다.

난, 지금 한 죽은 자의 영혼을 들여다보며 그 시인의 시를 읽기 시작했다. 그렇게 하지 않았다면 난 곧바로 미쳐 날뛰는 악마의 모습이었을 것이다. 그래서 결국은 그를 죽이기로 했던 밤 또 다른 내 고향으로 가서 잠든다.
 그 아름다운 훈이 우는 것에 나는 나 자신을 뒤돌아보며 내 어머니가 있는 조국을 찾아간다. 암울한 조국 현실 속에 서 있는 나는 또 다른 고향을 찾아 떠난다. 그 시인은 자신의 영혼이 우주로 통하고 하늘에선가 소리처럼 바람이 불어오는 것이 자신과 조국이 지금 비록 떨어져서 공부하지만 언제든 어느 곳에선가 조국을 생각하며 그 어머니를 그리워하는 것이었다. 그 시인의 위대하고 이지적이고 특별한 감성과 지성에 감탄하며 나는 한낱 작은 괭이갈매기에 불과하다는 것을 뼈저리게 다시 느낀다. 나는 그 조카의 백골 위에서 침을 뱉거나 내 자신이 죽는 모습을 상상하기 시작했다. 난 새로운 영혼의 안식처를 위해 또 다른 고향을 향해 갔다.
 우리 세 사람은 그 위대한 시인을 사랑했다.
 '처음에 어머니가 사다 준 시집에서 윤동주의 「서시」를 보며 내가 그

렇게 살다 죽을 수 있을지!'
하고 생각했다.

 난 어둠을 짓는 것이 아니고 나의 영혼을 지금까지 쫓고 있었던 그 모든 어둠을 향해 짓는 것이 아닌지 하는 생각이 퍼뜩 들었다. 이지 언니가 걸어서 돌아오다가 긴 언덕을 끼고 내려온 길 위에서 만났다. 요사도 창 너머로 우리가 걸어 내려온 길 안쪽을 바라보며 미사가 올까 걱정하는 눈치였다.

 '어머, 저 남자는 아직도 그녀에게 신경을 쓰나 봐?'

 그는 아직도 창 넘어 먼 산부터 우리가 걸어 내려온 길을 햇볕을 마주하며 뒤돌아보았다. 언니는 그런 행동에 이맛살을 찡그렸다. 우린 가다 서다 했다. 우리는 손을 꼭 잡고 걸어 내려온 쪽을 힐끔 보며 요사가 그 집에서 나오자 다시 가다가 멈춰 섰다.

 그리고 그가 오기를 기다렸다.

 나는 아직도 그에게 연정이 남아 있는 듯했다.

 요사와 나와의 연민인지 사랑인지는 아직 끝나지 않아 애련의 눈동자처럼 남아 있었다. 언니는 못마땅해서 '쯧쯧' 혀를 찼다. 아마 우리 네 사람의 얽히고설킨 긴 감정의 골이 있었다. 요사가 두려웠던 것은 아마 그 자신일 것이다. 나는 하토야마와 정사를 벌인 것이 결국엔 요사에게까지 영향을 미칠 것이라곤 생각하지 못했다. 이지 언니는 내가 자살을 생각했다고 말한 것을 두려워하지 않았을 것이다. 그러나 어느 면에선 하토야마도 우리 쪽 사정을 환하게 들여다본 장본인으로 그에게 책임 소재를 거론하는 것 자체가 이상했다. 우리가 두려워했던 것은 바로 우리 자신이었다. 이지 언니는 그런 관계로 인해 조카가 우리의 약점을 파고들어 나를 괴롭힌 것으로 결론을 지었다.

 난 그가 역겨웠고 두려웠다. 정조를 빼앗긴 이후에 '결국에는 내가 어둠을 짓는 것이 아니고 내가 나를 쫓고 외치고 있다는 생각에 이른다.' 난 그 시인에게 반해서 어느 일본에 노교수에게 가하는 학생들이 가진 악형이나 거짓 교수라는 말을 듣고도 변치 않는 그 노교수의 마음이 어떻게 상승작용이 되어서 그 위대한 시인의 눈빛을 알아보았는지 난 지조 높은 그런 노교수를 백 분의 하나라도 닮을 수 있을지 하고 되묻고 있었다.

'하늘에선가 소리처럼 바람이 불어온다.'

다시 그 시인의 시집을 꺼내서 지조를 빼앗긴 이후 밤새도록 읽고 읽다가 앉아서 눈물로 시를 쓰고 잠을 잤다. 그러자 하늘에선가 바람이 소리처럼 스쳤다. 창문 틈새로 소리 없이 잠시 다녀가 바람 소리가 스쳤고, 하늘에선가 고향의 어머니 소리가 들렸다.

내 눈동자는 살인자가 되어 피눈물이 맺혀 있었다.

그건 그가 내 어머니에 대해 여러 가지 이유를 대며 '창녀'라는 표현까지 했다. 은밀하게 미사는 동조하며 두 사람이 미묘한 소문을 내기 시작했다. 더 이상은 용서할 수 없었다. 참을 수 없었다.

"삶의 끝에는 죽음 종장으로 가는 길이다!"

하고 말했다.

내가 지금 여기 그 시인과 같이 있었다는 하나만으로도 충분히 살아 있었고 생을 사고하며 삶을 노래하면서, 하나는 내 영혼이, 둘은 그 시인이, 셋은 내 죽음의 백골이 된 내 눈으로 나를 들여다볼 뿐이었다.

12장
죽은 자의 고독

나는 첫 심문 때 검사를 보며 웃었다.

거의 한 달 동안 옥에서의 고통이 죽은 자의 고독과 같았기 때문이었다. 그 고독은 침묵의 소리처럼 바닥에서 바닥으로 층층이 들어왔다. 추운 날씨에 온몸이 짓이기는 것처럼 내 영혼을 짓누르고 있었다. 면회도 안 되는지 처음 경찰서에서 안경 낀 변호사와 요사를 몇 번 본 것이 전부였다.

"여인이요, 일어나라!"

눈을 뜨니 요사가 보이고 그가 두 손을 들어 나를 응원했다.

지하 옥방, 밤의 밑바닥이 어둠으로 뒤덮였고 창문 틈으로 별빛이 빛나는 가운데 창문을 타고 환하게 내려앉아 밝게 빛나는 달빛을 누워서 바라보았다. 그리곤 일어나서 의자를 갖다 놓고 달빛을 바라보았다. 온 세상은 고요 속에 잠들어 있었고, 대지는 조용히 숨을 쉬며 달빛을 바라보고 있었고 나는 잠에서 다시 깨어났다.

나에게 학생들과 다른 유학생들이 보낸 편지가 수없이 답지하면서 못생긴 교도관에게까지 여러 가지 허튼일을 하게 된 것이다. 그것은 내가 꿈을 꾼 이미지는 아니었지만 인간이 삶을 살다 보면 별별 일이 다 생긴다. 이것이 내가 말하는 '비밀의 문'은 아닐 것이다. 이건 아주머니가 생각했던 것과 차이가 있었다. 난 평범한 생활을 했고, 그 아주머니는 더 큰 '비밀의 문'을 생각했는지 모르지만, 아주머니는 자신을 기다리고 있는 새 둥지 집을 그려 보았다. 그런 생각이 미치자 내 영혼은 소름이 돋았다. 그것은 내가 지금부터 재판과정에서 일어난 일들 때문이었다. 그리고 내가 꿈을 꾸었는데, 아주머니가 어둠 속에 앉아 있었다. 어쨌든 내 별난 인생이 여기 교도소에서 끝장이 난다고 해도 슬퍼하지 않을 것이다.

"내가 당신 때문에 유명인사가 된 것을 알고 있나?"

그녀는 웃으면서 편지들을 나에게 전해 주었다.

이것은 죽은 자에게 한 줄기 빛이었다. 나는 그 무엇의 의미를 느낄 수 있었던 것, 지금 여기 감옥은 지하실로 공기는 통하지 않고 사람의 썩은 냄새가 진동하고 인간들의 고통의 외침이 진정으로 나에게 올 그 모든 것의 지혜이고 고독이고 진실이고 꿈이며 침묵이었다. 사람의 냄새에 습관화된 것은 여자 간수가 잠깐 다녀간 이후 조금씩 적응되기 시작했다.

"두 변호사가 나에게 준 물건들이지. 잘생긴 변호사는 당신 이야기를 하면서 울기까지 하던데 참 별일이지. 그 못생기고 안경을 낀 변호사는 책을 주고 갔습니다. 『타고로의 시인』인지 시집인지 뭔지는 나도 모르지만, 교도관들이 허락했고 해서 이 시집을 받아요."

난 그녀가 준 그 시집을 받아들고 일어나 앉았다.

"당신은 패륜의 죄로 사형을 당할 것이다. 우리나라는 지금 전쟁 중이지만 여인들에게 관대한 법이 존재하지. 전쟁은 위대한 일본 제국주의자들에게 기회입니다. 남자들의 전쟁은 항상 따르는 법이 있지. 전쟁은 남자가 하지만 그 속 밤의 세계에는 여자의 세상도 있다는 말입니다. 잘 새겨들어요?"

그녀는 풍풍한 만큼 말도 많았다.

추위가 맹위를 떨쳤지만, 그 간수가 있는 동안 왜 따스한 바람이 들어오는지 알지는 못했다. 그녀와 같이 있는 동안은 입과 혀가 치유되어 자유롭게 사용할 수 있어 좋았고, 그녀가 나에게 준 그 책인 『인도의 시인인 타고르의 시집』을 읽는 것도 큰 위안 중 하나였다. 그런 생각을 하던 중에 다시 간수가 나타났다. 다시 찬 공기가 폐부를 크게 뒤흔들었다. 나의 마음은 지금 지하 속에서 잠들어 있고 영혼은 조금씩 뒤흔들리기 시작했다. 죽은 자의 고독처럼 내가 나의 소리가 들으며 꿈을 꾼 것처럼 영혼의 밑바닥에서 겨울 볕을 맞으며, 아기처럼 봄에 새싹이 돋듯 나는 삼라만상에서 깨어날 것이다.

"죽은 자가 다시 살아난 것이지! 이지 언니라고 하는 분이 면회를 신청했지만, 면회는 당분간 불허라고 하는 교도소 소장의 결정이 있어서 그 사람이 이런 시집을 전해준 것이지."

여기 지하 감옥에 들어온 이후부터 지금까지 처음으로 나 자신을 생각할 수 있었다. 아무도 없는 밑바닥에서 삶을 잊기 위해 죽은 자의 고독처럼 누워 있었다. 여러 가지 고통 중에 흔하디흔한 염증 같은 것이 발등이나 발가락에 생기기도 했다. 그래서 다시 염증이 더하면서 입원을 하기도 했고 그 후 통원 치료를 했다. 옥에도 어김없이 밤이 왔고, 지붕 위엔 불그스름하게 물들고 깃드는 저녁노을로 인해 천지는 온통 붉게 잠들었다.

"아니, 나는 거의 의식을 잃은 채로 누워 있었다. 희미한 기억은 그 누군가가 문으로 난 틈으로 나를 감시하고 있다는 것을 알 수 있었다."

나는 무의식 속에서도 이렇게 중얼거렸다.

바람 한 점 없는 좁은 공간 안에서 나는 나 자신을 시험하듯 추위와 싸우고 있었다. 숨이 턱턱 막히고 혈압이 오르면서 답답한 내 가슴 속은 터져 나갔다. 그러면서 나는 무의식 상태가 좋았다. 나를 느낄 수 없는 무의식 상태에서 시간이 지나가기를 바랐다. 나의 우울증세가 심화하자 요사는 의사의 진단에 따라 약을 처방해서 잠을 자는 특권을 누릴 수 있게 해주었다.

꿈은 시간처럼 흘렀고 내 고향으로 소식을 전하면서 꿈에선 "어머님, 그리고 당신은 부산에 계십니다."라고 하는 시인에 문장을 되새겨 보았다.

"내가 나를 알지 못하도록 할 방법은 없을까?"

여러 번 자살을 결심하면서 난 부끄럽고 창피한 생각에 잠들 수 없었고 죽을 수도 없었다.

무의미한 삶을 털어내고 정직하고 깨끗하게 이승을 떠나 다른 세상으로 날아가고 싶었다. 여러 가지 고뇌는 나의 추상을 헤집었다. 멀리 아스라이 있는 별들을 헤아려 보며 내가 살인자인지 그가 살인자인지도 분간할 수 없는 혼이 하늘 위 시간을 스쳤다. 꿈에서 어린 시절 어느 겨울에 하얗게 뒤덮인 먼 산 숲속의 눈보라 향연을 다시 보았다. 그리고 곧바로 하사한 봄기운에 시냇물 소리가 났다. 한 달 전부터 봄, 여름, 가을, 겨울의 변화를 느끼는 꿈을 꿨다. 그러면서 나는 스스로 자살을 생각했었던 것에 치를 떨었다.

"그렇게 성령의 힘이 당신을 끌어낸 것이다."

자살을 생각했던 것! 나는 꿈에서 이렇게 외쳤던 것이 생각났다. 언니 생각이 났다. 그녀 소식이 없었다. 그래도 난 요사에게 그녀의 소식을 묻지는 않았다. 아마 여기 오기 한 달 전부터 우린 단풍이 물들어 가는 가을 앞에 서 있었다. 현무암 큰 바위에 개울물 위를 걸기 위해서 잔잔하게 흐르는 물결 속에 비춘 빨갛게 물든 단풍나무가 하늘을 가로막고, 우린 그 밑에서 춤을 추며 고향으로 손님을 맞으러 들어갔다.

때마침 꿈에서 일어나니 요사가 서 있었다.

내 시간으로 돌아가는 길이다.

그래서인지 그는 "왜, 이지 언니에 관해 묻지 않아요?"라고 하며 물었다. 그런 이야기를 하면서 나는 면회실에 걸터앉아서 천장을 바라보았다.

"푸우 후!" 하고 긴 한숨을 몰아쉬었다.

"잘 있죠?"

"예!"

그 시집에서 언니의 생각이 묻어나면서 무슨 의미인지 대충은 알 것 같았다. 밖엔 아직도 미사가 있고 나는 그저 존속 살인마라는 오명을 뒤집어쓴 살인자에 불과했다. 언니의 사방에 나와의 만남을 방해하는 사람들이 꽉 차 있을 것이다. 무자비하고 잔인한 세계대전을 벌이는 일본의 제국주의자들이 무슨 일을 못 할 것인가? 나는 그저 개인에 불과하고 한 점의 티끌처럼 보이지 않는 존재였다. 그 못생긴 여자 간수가 매일 찾아오면서 따스한 미음도 특별히 갖다 주었다.

"자, 들어요. 우선 먹고 살아남아야 무슨 복수라도 할 수 있죠."

그 여자 간수가 말했다.

나는 그 여자 간수가 '복수'라고 한 말이 생각났다.

내가 누군가에게 복수하기 위해 사람을 죽인 것일까? 그러나 나에게 말의 의미보다 더 귀하고 진한 마음의 감동이 전해지는 것 같았다. 그 간수는 나에게 그리스도를 믿느냐고 물었다. 누구나 하나님을 믿으면 복이 온다고 들었다며, 나에게 여러 가지 하나님의 이야기를 물었다. 그건 내가 항상 성경책을 내 성명보다 더욱더 소중하게 간직한 것을 본 것이었다. 내가 여기 일본 땅에서 방종과 굴종으로 점철된 상태에서 공부하기 위해서 참고 견딘 시간이 터져 결코 갈 수 없는 죽음의 지경까지 간 그 너머의 공간은 마치 텅 빈 것 같은 그런 내 시간의 소우주였다.

그것이 내가 지금까지 믿고 따르는 하나님과 성경의 이야기인 것이다.

결국은 그 악마들의 손에서 벗어나야 한다는 외침도 공허하였다. 오랫동안 아무것도 먹지 않고 누워 죽기를 각오했지만, 나는 자유롭게 죽을 자유마저 없었다. 내가 먹지 않고 저항하자 그들은 나를 교도소 병실로 옮겨 링거 주사를 강제로 맞혔고, 나는 지쳐 쓰러져 의식까지 잃은 채로 나흘 동안 누워 있었다. 나 자신을 위해 소리치고 외치며 죽은 내 백골을 잡고 흔들며 나는 이욕(利慾)에 사로잡혀 죽음의 그림자에 갇혀 아무것도 먹지 않았다. 그러나 그런 외침의 소리는 미미하여 들리지도 않았고, 그 누구도 전혀 신경 쓰지 않는 여기 이 넓고 지독한 지하 감옥에 추한 나의 자화상으로만 남아 있었다.

난 지하 옥방에서 은은하게 햇볕이 드는 2층 방으로 옮겨왔다. 창문 틈으로 뭉게구름이 지나갔지만 비는 오지 않았고 곧바로 검은 먹구름이 비를 몰고 왔다. 지금까지 이욕(利慾)으로 점철된 사욕이 내가 살인자의 모습으로 변신한 것이 아닌가? 나는 옥방에 누워 그런 생각을 하면서 고뇌와 번민으로 죽을 수도 없었고 잠을 잘 수도 없었다.

요사는 변호사의 자격으로 면회를 할 수 있었고 그가 들려준 유일한 이야기는 "두려움 속에서 구원을 열망하기보다도 스스로가 자유를 찾도록 인내심을 달라 기도하게 하소서!" 하고 외친 타고르 시인의 말은 진정한 의미에서 나를 되돌아보고, 또한 그것이 무엇이고 어떤 것인지 고뇌하게 했다. 그래서 나는 자살을 피해야 한다는 요사의 생각은 무엇인지 명확하고 근원적인 답을 확실하게 짚고 넘어갈 수밖에 없다는 생각에 이르렀다.

내가 죽음을 결심하여 조그만 창문 틈새에 옷으로 된 줄로 목매는 그 순간까지 그 어떤 확실한 답을 찾지 못했다. 그래서 성경책을 읽으며 종일 바닥에 누웠다.

죽음!

죽음이란 무엇인가?

삶이란 무엇인가?

어릴 때 죽음을 가장 두려워했던 것 같다. 그런데, 왜 자살을 생각했던 것인가?

"한 알의 밀이 땅에 떨어져 죽지 아니하면 한 알이 그대로 있고 죽으면 많은 열매가 맺히느니라."

이건 나를 향하는 메시지였다.

'요한복음 12장'에서 본 구절이 나를 향하고 있다는 생각에 나를 일으켰다. 자살을 결심하고 며칠 동안 마음에 갈피를 잡지 못해 성경을 읽고 외우며 창문 틈으로 들어오는 빛을 보았다. 주 그리스도의 말씀을 생각했다.

"네가 죽기를 각오하면 그 무엇이라도 얻을 것이고 살기를 바라면 그 모든 것을 잃을 것이다."

이 구절의 의미는 절대적인 것은 아니지만, 성경에 의미들은 다른 뜻보다 더욱 남다를 수 있다는 것이다.

여인이요, 일어나라! 큰 외침 소리가 꿈에서 생각났다. 내가 꿈에서도 절대로 생각나지 말아야 했던 기억들, 낡은 가방, 사진들이 생각났다. 그 추상들은 지워진 기억들이었고 사라진 나의 어릴 때 기억들이었다. 나는 내 기억 속에서 사라진 일부분이었고, 영원히 기억할 수 없었던 악몽 같은 추억이었다.

　내가 마지막 졸업 때인가?

　한 남자 친구가 있었다. 학교에서도 홀로 지냈고 항상 점심도 혼자 밖의 철봉 틀에 가서 먹던 그 여드름투성이 학생은 고관대작의 아들이었다. 지금 생각난 것은 그가 나처럼 약간은 감성적이고 우울한 얼굴로 회청색의 티셔츠를 입고 다닌 모습이 생생하게 기억났다. 어느 날, 내가 철봉 틀로 갔다. 우린 말없이 밝게 빛났던 태양 빛을 맞고 있었다. 그는 무엇인가 말하려고 하다가 말았다. 조금은 붉게 변한 표정과 쿵쾅거리는 심장의 요동 소리가 들리는듯했다.

　그는 벌떡 일어나서 나에게 편지 한 통을 주고 교문 밖으로 뛰어가기 시작했다.

　그 안에 들어 있던 낡은 편지들, 사진들, 추상들과 네 잎 클로버 잎사귀와 같이 붙어 있던 한 통의 편지가 아직도 지워지지 않은 채 남아 있었다. 그러나 그 학생은 지금 이 세상에 남지 않았다. 아, 아! 결코, 생각하지 않으려고 그토록 노력했던 나의 추상들이 고개를 들고 있었다. 그 죽음을 생각했을 때 지워지지 않았던 기억들이 퍼뜩 생각난 것은 무슨 이유일까? 그 이후로 나와 그 학생은 하굣길 냇가에서 고기를 잡았고, 이와 함께 시냇물을 건너지 못하던 나를 보며 마냥 웃던 그 학생의 모습이 지금 생생하게 살아 움직이는 이유가 무엇일까?

　그러나 나에게 자연스럽게 떠오르는 자연의 모습은 그 어떤 것인가?

　코밑에 흐르는 물소리였다. 멀리 산등성이부터 시작된 붉은 단풍, 가을 단풍 밑으로 밤이 어슴푸레하게 다가왔고, 우리 집 처마 밑으로 검붉은 연기에 밥 짓는 냄새가 나면서 개 짖는 소리가 들려왔다. 그 학생의 이름은 김정수였다. 큰 키는 아니지만, 얼굴에 막 여드름이 나고 몸 안의 성욕을 주체 못 하는 듯 그는 들판 가로질러 쉼 없이 뛰기 시작했다. 옆에 검은 가방을 끼고 달리는 모습은 어느 젊은 호랑이 같았다. 나도 뒤따라 뛰기 시작했지만, 숨이 막히고 온통 머리 위로 혈압이 올라 쓰러질 듯하며 가을빛 들판길을 지나갔다.

아, 아!

지금 생각해도 눈물이 앞섰다.

그는 왜 자살했을까? 여전히 뇌리에 남아 있는 마지막 의문이었다. 지금 그것이 아무 가치가 없는 것이라고 해도 왠지 가슴 속은 뻥 뚫린 빈 허공의 영혼 같았다. 그러면서 그 학생이 젊은 사자처럼 뛰기 시작했던 모습에서 더 애틋한 마음과 침묵이 저려왔다. 왜 아니겠는가?

그가 자살했다는 소문이 들리자 아무 생각 없이 그가 달렸던 운동장을 단숨에 뛰어 엄마에게 달려가 파묻혀 울었던 기억들이 나를 더욱더 슬프게 했다. 가을 들판을 가로질러 우리가 장마철에 불어난 시냇물을 건너지 못해 허둥지둥했던 개울가를 뛰어넘어 야트막하고 올통볼통한 고갯길을 단숨에 달려 산 정상 절벽 밑으로 흐르는 강물을 바라보았다. 그리고 한결같은 목소리로 울부짖었다.

"아, 아! 악?"

강 건너 안개 낀 마을과 산 너머 넓게 펼쳐진 들판을 향해 외쳤다.

그다음에 우리는 그 자리에 앉아서 길게 뻗어난 강 물길을 따라 흐르는 황혼빛을 바라보다. 그리고 그 학생은 내 손을 꼭 잡았다. 그때만 해도 우린 너무도 순수하고 아무 잡념도 없고 그 무엇도 없는 그런 시기였다. 그러나 우리에게 신이란 존재는 없는 것 같았다. 아니, 우리 주위엔 아무것도 없었고 다만 우리의 순수한 마음과 깨끗한 영혼만이 우리 주위를 돌고 돌았다. 그의 손은 부드러웠고 마음은 한결같이 순수하고 청결한 결정체였다.

우린 매일 만났고 하굣길에는 과수원이 있었고, 뒷산에 오르면 그는 너도밤나무에 올라가 긴 장대로 가을이 가득 찬 알밤을 후려쳤다. 밤알들이 밑으로 우수수 떨어졌다. 그러면 나는 밑에서 그 알밤을 까며 가을 하늘을 향해 웃음 지었다.

그는 우리의 마음에 정신, 육체, 감정, 오감 등 그 어느 것보다 먼저 영혼이 자리 잡아야 하고 그래야만 우리 인간은 사람처럼 떳떳하게 살아갈 수 있다고 말했다. 그것은 인간에게 필수적이며 없어서는 안 되는 필수 불가결한 것이다. 그래서 그런 마음이 인간의 몸을 구성하고 정신을 살아 움직이게 하는 원동력이 된다고 말했다.

하늘은 우리를 덮어 주려 다가오며, 밤은 밑바닥에서 흐르고, 별빛은 우주를 통했다. 마을 입구에 온 동네 아이들이 나와 있는 곳에는 우리 앞에 흩뿌려지듯 은하수가 펼쳐져 있었다. 그래서 우린 행복했고, 즐거웠고, 노래했고, 밤을 향해 춤을 췄다. 온 동네 사람들이 모두 나와서 노래에 맞춰 춤을 췄다.

그 학생은 내 손을 잡고 놓지 않았다.

친구들이 우리 주위를 돌며 합창하며 원으로 빙빙 돌며 춤을 췄다.

아, 아!

신도 우리 두 사람을 염려하지 않을 것이다. 난, 이제부터 삶을 두려워하지 않을 것이라고 여기 별빛 앞에서 다짐한다.

아, 아?

난, 어느 하나도 부럽지 않았고 어느 것도 두렵지 않았다. 저 하늘 끝에 나의 것 너의 것, 다 모여 하나로 합쳐진다면 그 무엇이든, 어느 것이든 다 원하는 대로 이루어질 것이다. 바로 그것이었다. 그 학생이 나에게 원하고 말하려고 했던 것이 그것이었다. 이 말의 의미는 늘 따라다녔고, 항상 뇌리에서 웅웅거리는 음파 소리를 들을 수 있었다. 그것은 어쩌면 지금의 내가 누군가를 죽이는 행위를 스스로 결정한 과정을 다시 되돌아봐야 하는 논리적인 양상 일부라는 것이 어렴풋이 생각났다.

"죽음으로 어떤 선택을 할 수는 있지만, 삶을 어떻게 살아가는지의 과정이 가장 중요하다."

그 뚱뚱하고 못생긴 여자 간수의 이야기가 내 마음을 후벼 팠다. 그 이야기는 창살을 통해서 들어오는 훈훈한 바람의 의미로 알 수는 없었지만, 그 뚱뚱하고 못생긴 간수라도 한 인간이 가지고 있는 상념의 정의는 비슷하다는 것, 그런 죽임이 가까이 다가오면 올수록 느낄 수 있는 나의 몰골이 여기 옥방 벽면에 박제화된 채로 걸린 추상이었다.

그런 것을 추론해 보면 인간처럼 나약하고 모진 동물도 없을 것이다.

"삶을 어떻게 살아가야 하는 과정이 중요하다. 우리가 인간이기 때문에 느끼는 감정이나 도전도 우리 사람에게는 같은 방식으로 부가된 부차적인 벅찬 과제이다."

그 여자 간수의 말이라기보다는 다른 누군가가 대신 들려주는 그런 양상의 의미로 파악해야 했다. 이 모든 것이 무엇에서 그 어떤 것으로 물어가는 과정, 또는 양상이라는 것으로 어느 의미에서는 파악해야 했다. 나는 나 자신을 의심하기 시작했다. 그러면서 나 자신을 스스로 되돌아보았다. 나 스스로 양심을 치유하고 자유를 찾아가는 과정을 꿈에서 그려 보았다. 백골이 된 내 혼이 일본 땅속에 누워 암울한 현실에서 또 다른 고향을 꿈꾼다. 무덤가에 재를 뿌리듯 생명의 상승작용으로 나는 다시 태어날 것이다. 그 아이의 눈빛은 바다 지평선을 끝까지 바라보고 있었기 때문이었다. 그 아이가 생각났다.

나는 신에게 그 어떤 것도 바라지 않았다.

내가 떠나기 전에 어머니가 하신 말씀이 기억났다. 내가 살인을 결정하는 과정과 죽임에 관한 결정이 얼마나 어리석고 하나님에 대한 죄를 짓는 행동인지 나는 죄책감과 자괴감이 들었다. 내 어머니의 마음을 잊어버린 것처럼 지금 이런 추악한 교도소에서 살아가는 과정이나 법정에서 펼쳐지는 내 질곡의 삶도 더 이상 떨어질 수 없다고 추론했다. 어제 늦게 목사님이 지하 옥방까지 와서 기도해 주고 갔다. 그리고 언니의 소식도 전해 주었다. 내가 그 조카를 살해하는 바람에 히로시마 대학도 홍역을 치르고 있었다. 경찰이나 검찰에서도 왜 이런 살인사건이 벌어진 것인가를 두고 히로시마 당국이나 극우주의자들의 극성으로 학생들이 여러 가지 피해를 겪고 있다는 전언이었다.

나는 매일 엎드려 기도하며 마음의 평정을 찾았고, 우리가 신의 만남을 기도를 통해서만이 자유로워질 수 있다는 놀라운 통찰력을 스스로 보여 주었다. 기도 속에서 신에게 자유로울 수 있다는 것을 느꼈다. 나는 이미 죽은 자처럼 생명이 없고 마음의 영혼까지 파괴되어 사라져 인간이 아닌 동물이란 존재 의미만 남고, 내가 두 번 죽는다고 해도 같은 의미로 해석할 수밖에 없었다. 우린 다시 태어날 수가 없기 때문이다.

그것이 자연의 이치이며, 신의 계시였다.

그렇게 함으로써 나 자신도 알 수 없는 속세의 세계를 떠나 영적인 세상으로 나아가고 그 세계 위에서만 내가 행복한 것이다. 나는 나 자신에게 여러 번 되풀이하며 물어보고, 되묻는 성찰의 과정을 거치며 스스로 나 자신의 죽음을 결정하면서 합리화할 수는 없었다. 그것이 내가 지금까지 경험에서 나온 주 그리스도 앞에서 믿고 따르면서 배운 진리와 정의이다.

그는 하나 남은 내 자존심까지 꺾으려 했고, 우리 민족과 나라의 명예를 무참히 짓밟으려 했다. 우리나라는 일본보다 더 오래된 나라이며 민족이다. 역사책에서 보여 준 것만이 아닌 세상 사람들도 다 아는 사실이다. 우리 옛 조상 백제인이 일본에 불교를 전해 주고 국가에서 가지고 있어야 할 여러 가지 문물과 공예품 등을 전해 준 것이 이미 사실로 전해져 왔고 그들도 인정했다. 나에게도 여러 가지 할 말은 많았지만, 아직 몸과 마음을 마음대로 가누지 못했다.

창문 틈으로 들어오는 붉은 빛이 내 생명을 연장해 주었다.
밤이 내리면서 붉은빛이 어둠 속에서 들어와 자연과 세상을 밝게 빛나게 했다. 저녁이 되면 신문사 기자들이나 방송사 기자들이 죽어 있는 내 모습을 관찰하기 위한 관찰자로 와 있었다. 그들은 죽어 있는 사체처럼 나를 취급했다. 몇 명의 사람들이 24시간을 경계했고, 난 그들을 의식했다. 요사는 가끔 시간을 잊는 듯이 와서 고개를 내밀고 멀리서 내 모습을 바라보며 다른 사람과 심각한 표정으로 말하곤 했다. 그 사람은 손에 서류들을 들고 나를 예의 주시했다. 아마, 동경에서 온 변호사일 것이다.
여러 번에 걸쳐 히로시마 경찰서에서 증거조사와 법의학 조사를 마친 검시관의 검시 보고서가 작성되었고 나는 법정에 섰다.
요사는 법정에 들어서며 처음으로 느꼈던 법정의 모든 것에 대해서 다시 생각했다. 전쟁 중, 이 나라의 질서는 무너진 채로 양민은 수탈되고 천황을 위해서 젊은 청년들은 전쟁에 나가 죽음과 사투하는데, 자신은 그런 비애를 감내하면서 흰 와이셔츠에 검정 양복을 입고서 그 누군가를 심판하는 법정에 서 있었는데 지금 재판이 그에게 얼마나 뼛속 깊이 상처를 주는지 느끼고 있었다.
그러면서 요사가 현실을 똑바로 인식하기 위해서 그 무더웠던 여름날의 이츠쿠시마 신사에서 본 조카의 몰염치와 괴이한 행동을 다시 생각했다. 우린 그 위대한 시인을 보기 위해서 긴긴밤을 외롭게 떨어야 했고, 모진 밤을 설쳐야 했다. 그리고 돌아오면서 지친 몸을 이끌고 미야지마 이츠쿠시마 신사를 찾았다.

어김없이 그가 거기에 있었다.

난 그의 눈빛을 보았다. 그 조카와 미사의 행동에 요사는 분노했다. 우린 그가 우리의 뒤를 따라다니는 태도에 지쳤고, 미사는 그의 행동에 관해서 아무 거리낌 없다는 것에 다시 경악했다. 나는 미동도 없이 그를 쳐다보고 있었지만, 미사는 처음에 나를 도와주겠다고 하면서 나를 무척 재미있는 사람이고 외국에서 온 나에게 경의를 표한다고까지 했다. 요사는 그녀에게 그건 중요하지 않다고 말했다. 중요한 것을 우리의 감정이고 이성이며 침묵이라고 했다. 요사는 나의 침묵을 지지했다.

나와 그 조카에게 공통점 하나 없다 해도, 하찮은 일상 이외는 어느 하나 기대할 것이 없는 무기력한 상태, 우울한 나의 일상, 그리고 층층이 들려오는 인간들의 고독과 고뇌, 매일 겹겹이 겹쳐진 생활과 지겹고 힘든 그의 괴롭힘을 나는 피곤과 나태함으로 처절하게 찌들어 지친 몸통으로 언제나 감수하면서도, 이 지겨운 나날들을 보내는 인간군상이라고 요사는 말하곤 했다.

그는 나에게 하늘 속 여러 이미지를 살아 움직이게 했다. 그래서 인간은 그나마 자연과 어울리고 하늘 위를 쳐다보며 그 위를 나르는 벌새들을 생각한다고 말했다. 그는 내가 젖 먹는 새를 좋아했고 새 둥지 집으로 새벽마다 찾아오는 벌새의 이미지를 아직도 느낀다고 생각했지만, 순수했던 그 시절엔 아무 생각도, 추상도, 침묵도 없이 그 시인을 순수한 마음으로 보려고 했다. 그런 이미지만 생각하며 추상의 세상으로 떠났던 우리는 어느 구석진 영혼에도 서로에 대한 연민은 처음부터 가지고 있지 않았다. 학창 시절 간직했던 순수했던 어린 시절로 이미 우린 돌아가 있었지. 그것이 그 시인을 볼 수 있는 그 시기의 특권이고 추상이라고 했다.

추상이라는 특권은 연민이 아니라고도 했다.

우리의 영원한 안식과 지친 육신이 감금된 상태의 영혼에 온전하게 평온을 가져다줄 그런 기도로 합장했던 그때를 기억하고 있었다. 그 화려했던 미야지마 이츠쿠시마 신사의 밤도 어김없이 나를 당황하게 했고, 여러 가지 이미지만 남아 있었다. 그중 나의 밑에 깔린 종교의 의미는 어릴 때부터 그리스도가 뿌리를 두고 있었기 때문에 한편으로는 신기하고 우아하면서도 다른 한 편으로는 괴이하기까지 했던 그 시기로 돌아갔다. 이곳에 오기 전, 우리는 그을린 듯 검은 기차 역사를 빠져나오면서 소란스러운 사람들 소리, 그렇게 긴 긴 여름밤 아이들의 밤과의 술래잡기 놀이, 어릴 때 풀밭에 놀며 시냇물에서 고기를 잡던 그 짧은 시간의 상상으로 들어가는 밤, 어릴 때 밤의 여로에서 아이들과 쥐불놀이하며 온 밤을 붉게 물든 정월 대보름을 생각하고 느끼면서 꿈에서 해방감을 상상했던 것이다. 그 시인의 지친 영혼, 하얗게 질린 얼굴들, 거의 앙상한 뼛골만 남아 있었던 그의 표정과 몸통에서 나는 우리의 영혼과 조국의 비애를 생각했던 것이다.

이것이 우리에게 무엇이란 말인가? 오늘 나에게 시인을 볼 수 있는 마지막 행운을 오래도록 영혼 속에 묻어드리라! 그 많은 일과 모든 것, 사람들 사이에 있었던 사건들을 생각하며 눈물짓고 있었는데, 곧바로 영원한 시간이 다가오며 그렇게 영혼의 시간이 흘러갔다. 지금 여기서 나에게 보이는 것은 어릴 때 추상뿐이었다. 새벽안개 낀 험한 길 위에 어디서 밤을 잊은 개 짖는 소리와 밤길을 찾아 헤매고 무서움에 떨던 밤의 여로에서 내 자아는 집으로 가는 비스듬히 휘어진 올통볼통한 거리의 기억뿐이고.

멀리서 밤을 잊은 개 짖는 소리와 밤하늘 멀리 별들이 잔치하는 동안에도 나는 그런 이미지만 동경하며 우려와 공허한 괴리감으로 갈기갈기 찢어진 마음만 남아 있었다.

  결코, 지워지지 않았던 기억, 사진들, 추상들, 단 한 통의 네 잎 클로버가 붙어있는 헌 편지 봉투는 그 학생이 보낸 것이었다. 그 학생은 그 편지를 보낸 이후 자살했다. 어찌 슬프지 아니한가? 심장이 터지고 영혼이 갈기갈기 찢어 부서진 채로 허공 속에 나부꼈다. 다시는 볼 수 없는 추상들, 영원히 내 마음에서 사라진 영혼들! 결코, 내 마음에서 떠난 지워지지 않았던 기억들!

  이 모든 것이 나를 슬프게 했다.

  그래서 나도 자살을 선택했다.

  여기 들어오기 전, 막 가을 추수를 끝내고 농부가 대나무나 나무막대를 장대처럼 사용해서 높은 볏단이 병풍처럼 보이는 '핫테'를 만들고 있었다. 그 옆으로는 쭉 여러 볏단을 걸어놓고 말리는 볏단들이 하늘에서 춤추고 그 옆엔 흐뭇한 마음으로 긴 수염을 늘어뜨린 할아버지가 하늘을 보며 미소를 지었다.

  그 미소의 답은 가을빛이었다. 그나마 지금은 2층 창문을 통해서 그런 화창한 가을빛을 바라보지만, 이제부터 내가 과연 그 가을빛을 다시 볼 수 있을지는 아무도 모른다. 난, 그것이 슬프다. 어쩌면, 그것이 기쁨일지도 모른다. 세상의 이치가 다 양면성을 가지고 있다는 것, 여기 와서 터득한 단순하고 자연스러운 이치이다.

  재판장의 이야기 소리가 들리면서 나는 현실로 돌아왔다.

  "피고는 고개를 드세요. 이 자리는 당신 피고를 위한 자리입니다. 그 무엇 때문에 많은 방청객과 검사와 변호사님들이 나와 있습니까? 당신 피고인을 보러 나온 것입니다."

그 재판장의 경고가 내 마음을 물어뜯었다. 고개를 들었다. 나는 그들의 논리를 이해하지 못했다. 그것은 요사의 표정에서 분명하게 드러났다. 방청객들이 웅성거리자 재판장은 다시 경고성 이야기를 한 다음 서기에게 무엇인가를 주문했다. 그리고 기소장을 읽기 시작했다.

1944년 12월 1일, 고베 신따로 사장이 자신의 집에서 살해되었다고 경찰에 신고했다. 히로시마 경찰과 의사는 과도에 의한 죽음을 확인하고 그를 살해한 그의 부인, 조선인 이소진을 집에서 검거해서 경찰서로 압송했다. 피고인인 이소진의 진술에 의하면 고베 신따로가 강제로 추행했기 때문에 어쩔 수 없이 칼로 살해했다. 살해 장소는 그 피해자의 삼촌 집에서 일어났고 그 이층집에서 그녀가 살고 있었는데, 그녀가 잠을 자고 있을 때 그 피해자가 몰래 들어와서 강제로 추행했다.

그렇게 재판장이 기소장을 읽고 내려가자 나는 일어났다.
"그 기소장의 진술은 거짓입니다. 나는 검사가 조사할 때 변호인이 없는 상태에서 진술할 수 없다고 했지만, 그 검사는 일방적으로 내 진술을 듣지도 않고 기록한 조사이므로 나는 피고로서 그 검사의 주장은 무효라고 주장하는 바입니다."
그 재판장과 거구의 검사는 나의 행동에 혀를 내돌렸다. 정리는 화를 내며 내 앞까지 와서 강제로 앉히게 했다. 서기는 나에게 불만들을 손가락질하며 퍼부었지만 나는 들리지 않았다. 재판장은 웅성거리는 방청객과 피고인 나에게 강한 경고성 발언을 하면서 방망이를 강하게 내려쳤다.
땅! 땅!
"모두, 조용히 하세요. 내가 처음 경고를 했지만 피고나 방청객들은 내 경고를 무시했습니다. 다시 이런 일이 발생하면 방청객 없이 재판하게 된다는 것을 여러분에게 경고합니다."

재판장은 분노의 치를 떨며 나를 쳐다보았다. 그는 신이 된 모습이었다. 천황폐하라는 말을 앞세워서 피고와 방청객까지 엄하게 이야기를 했다.

"피고는 여기 재판장에서 일어나는 모든 것이 내 주관적인 판단으로 행해지는 것입니다. 지금 기소장을 낭독하는 중이므로 피고인은 정중하게 받아드려야 한다는 것을 알아야 합니다."

하고 재판장은 외쳤다.

나는 다시 고개를 숙였다. 뚱뚱한 검사는 다시 기소장을 낭독했다.

이어 기소장에는 대질신문기록, 증인 등의 기록, 감정인들의 견해 등이 기록되어 있었다.

그리고 기소장의 결론은 다음과 같다.

"이상과 같이 사실에 근거하여 이소진 씨는 남편인 고베 씨를 살해한 혐의가 명백하므로 본 지방 재판소에서 피고인인 이소진을 법정에 기소하는 바이다. 이 범죄는 형법 제1,345조 제4항 및 제6,654조에 규정한다. 그러므로 형사소송법 제2,003조에 의하여 피고인 이소진을 본 법정에 기소하는 바이다."

그 검사는 그 기소장을 읽고 내려가면서 자신이 대일본 제국주의자임을 자처했다. 거구의 검사는 자신이 최근 하찮은 상인들의 싸움으로 번진 사소한 사건을 부풀려서 피의자를 중형으로 이끌어 자신의 뻔뻔한 얼굴을 들고 다닐 수 없지만, 그러나 그는 본래의 모습으로 돌아가기 위해서 발버둥 치는 한 인간임을 법정에서 자임하는 것이다. 그리고 그는 최근 어느 신문 기사를 보면 알 수 있었다. 검사는 재판장의 글을 본 다음과 같은 결론을 내렸다.

"이 재판은 분명히 이긴 재판이 될 것이다."

검사는 이미 그런 결론을 내린 채 재판을 시작했다. 재판장이 쓴 기사에 따르면 다음과 같다.

"나는 최근 일어난 사건을 심히 유감스럽게 생각한다. 대일본 제국주의에 저항하는 무슨 일이든 용서하지 말아야 한다. 조선인이 정식으로 부부 연을 맺고 아내가 성스러운 모습을 보이지 않는 것은 우리 일본인에 대한 모독이다. 우리는 중국뿐만 아니고 태평양에서 미국을 상대해서 싸우는 우국 국민이다. 그런데 일본으로 유학을 온 조선인이 대 일본인을 조롱하면서 성적인 의무를 다하지 않고 자신의 남편을 살해한 것은 잔인무도한 죄이다. 중략!"

기소장의 낭독이 끝나자 재판장은 몸을 약간 기울여 배석한 판사들과 귓속말했고, 잠시 동안 침묵에 빠진 채 멀리 떨어진 나를 힐끔 본 다음, 다시 눈초리를 방청객을 돌려 이렇게 외쳤다.

"자, 이제 본 법정에서 천황폐하의 위임을 받은 재판장이 자신의 남편을 살해한 죄인을 엄하게 죄로 심판할 것을 주지시키는 바입니다."

재판장은 사실은 그런 말을 방청객들에게 이야기하고 싶었지만 참았다.

그는 그런 눈치까지 보며 피고인을 호명했다. 그러나 사건이 흘러가면서 전쟁이 나날이 심해지고 미국 폭격기가 히로시마 관청을 파괴하면서부터 사람들의 마음은 더욱 흉흉해져 갔다. 내 사건이 이후 자신들의 내면에 숨어 있던 광기인 다른 살인사건들이 수면 위에 오르고 확인되면서, 이곳 재판장이나 검사는 자중지란에 빠졌고 자신들의 민낯이 드러나리라고는 꿈에도 알지 못했다.

그 재판장은 스스로가 신임을 자임했기 때문이다. 그리고 그가 여기서 신의 존재인 것처럼 행동했다.

그 재판장은 매우 도시적인 사람이고 약간은 사교적인 사람이지만, 고착된 일본 사람으로 고집스러움이 있었다. 그래서 그는 나에게 살인, 피고인, 대마도 섬, 하루 형사, 남편을 살해할 목적으로 준비한 피 묻은 칼 등, 그리고 유리한 재판을 이끌어 내기 위해서 여러 증인을 꼼꼼히 훑어보며 신청한 검사의 이야기를 전적으로 지지했다. 그러나 재판장은 어젯밤 몰래 자신의 부인을 속이고 친구들과 가끔 모여 노름을 한다는 이유를 대고, 남몰래 한 연인과 정사를 벌였다. 그가 신이 아닌 인간 모습을 스스로가 보인 것이다. 그 누구보다도 자신 스스로가 더 잘 알 수 있었다. 재판장은 너무도 격렬한 한 여인의 환상적인 몸매에 빠진 허망하고 모진 인간처럼 아침부터 길게 하품했다.

그러면서도 그는 여기 지금 법정에서 익숙한 일들을 처리해 갔다.

그런 가운데 변호사 두 사람은 교대로 일어났다. 우선 동경에서 온 변호사는 그런 여러 점을 파고들었다. 변호사는 재판장이 신이 아닌 인간으로서 정당한 재판을 하고 재판과정을 정의롭게 끌고 가기 위해 추론했다. 이 모든 정보는 요사가 나의 대리인으로 재판장을 조사한 목록에서 보았다.

"재판장님, 그건 거짓입니다. 그녀가 이미 정신이상자로 정신 병원에 들어가 있고, 그 여인의 진술은 신빙성이 떨어진다는 점을 우리는 이해하면서 진술이 거짓이고 변명에 지나지 않는다는 점을 주지시킵니다."

안경을 쓴 변호사가 말했다.

재판장, 거구의 검사 그리고 변호사들은 자신들이 직접 그녀의 정신 병원에 가서 여러 번 의사와 상의하고 증거 등을 바탕으로 내밀히 조사하였다. 그 후 피고인은 미리 부엌에서 긴 부엌칼을 준비해서 침대 밑에 둔 사실이 있었다는 아주머니의 진술을 바탕으로 살인에 관해 의도적이며 계획적이었다는 기소장을 작성했다. 그들 모두 이미 재판부에 기소장을 제출해 둔 상태여서 확신에 찬 표정이었다. 난 나는 재판이 진행되면서 내가 한 살인을 추론하며 상상하려고 애를 썼다. 하지만 한편으로 상상은 나에 대한 부끄러운 감정들이었다.

재판장은 입은 법복을 한번 쳐들더니 손과 팔을 책상 위로 올리며 이렇게 말했다.

"피고는 1944년 12월 25일 고베 신따로 피해자를 자신의 2층 방에서 증거인 큰 칼로 자신의 남편에 배를 무참하게 찌르면서 살해된 죄로 기소되었다. 피고는 자신의 유죄를 인정합니까?"

"난, 무죄입니다!"

난 일어나서 큰 소리로 외쳤다. 변호사와 방청객들이 긴장하며 나를 바라보았다. 재판장은 방망이를 치며 나에게 이렇게 경고를 했다.

"여긴 천황폐하가 있는 신성한 법정입니다. 피고가 아무리 당당하다고 해도 존속 살인죄를 진 피의자로서 앞으로의 법정에서 올바르게 처신하는 것이 신상에 이익이 될 겁니다."

재판장은 나를 비정한 눈초리로 쳐다보며 이렇게 거짓 경고까지 내놓았다. 그날은 거구의 검사 이외에 차석 검사까지 배석했다. 거구의 검사는 변호사와 법리 다툼에서 나를 살인범으로 결론지었다. 무엇보다도 변호사가 검사의 처지를 곤란하게 만들러 간다는 것을 그들도 알고 있었다. 그래야 변호사들이 법리 추궁에서 그 거구의 검사보다 우위에 있을 수 있다는 것을 보여 주어야 했다. 그러면서 두 검사는 나의 야윈 표정을 올려다봤다. 그들은 확신에 찬 모습이었다. 그러나 하얗고 핏기없이 질린 내 표정이 법정을 확 바꾸어 놓았다.

거구의 검사가 크게 소리치며 말을 했지만, 방청객 모두가 나를 보고 있었다. 곧바로 재판장은 방청객에게 주의하라고 경고했다. 나는 그런 재판장을 생각하다가 요사가 내 앞에 오자 정신이 들었다.

"이 문제는 이미 살인이라는 엄중한 관계에서 이미 예심에서 결론을 내린 상태이기 때문에 본 변호사는 절대 그것을 받아들이지 않겠습니다."

"마음대로 하세요."

재판장은 엄중하게 말했다.

검사는 여러 가지 이유 중에 이상한 근거들을 들고나오자 변호사는 아주머니를 증인으로 불러냈다. 아주머니를 증인으로 거론하자 그 말에 놀란 사람은 재판장이었다.

"그 증인은 오늘 증인석에 앉힐 수가 없습니다."

재판장이 그렇게 말하자 검사가 오늘만 예외로 하자고 말했다.

"검사님, 무슨 말씀이지요?"

"오늘 증인으로 부른 것은 검사들입니다."

"아, 그래요?"

"우리는 그럼, 다음 증인을 정식으로 재판부에 요청합니다. 요도 다나카 씨를 증인으로 신청합니다."

하고 거구의 검사는 재판장 안으로 들어오는 그 누구를 바라보았다.

증인이 앞으로 나오자 정리는 증인에게 증인 선서를 하도록 했다. 그 증인 아주머니이었다. 나는 눈이 캄캄해졌고 별안간 잘 보이지 않았다. 처음으로 그 아주머니의 이름이 '요도 다나카'라는 사실을 알았다.

그러면서 그 검사는 무엇인가 허공에다 외쳤다.

"본 검사는 피고가 매일 변명으로만 일관하고 있는 모습에서 비애를 느낍니다. 그러나 변명도 변명 나름이지만 그녀가 주장하는 결혼에 대해서 여기 증인의 증언으로 거짓을 밝히겠습니다."

그 아주머니가 앉자마자 검사는 황소처럼 다가섰다.

"여기 보시고, 요도 다나카 씨가 맞습니까?"

"네."

그녀는 거의 들리지 않게 말했다. 이름이 다나카라고 하는 것은 여러 가지 의미로 전해진다. 그녀는 자신의 이름이 남자 이름이어서 항상 불만이라고 요사가 말했다. 요사 변호사는 나의 대리인으로 눈물 날 정도로 충실하게 나와 관계된 사람들의 동향을 조사했다. 안경 쓴 변호사는 내가 살인자이고, 이제부터 법정 안에서 논의되는 모든 것이 나와의 죽음과 떨어질 수 없는 현실을 고려했다고 덧붙였다.

"지금 여기 본인인 요도 씨가 진술한 내용부터 물어보겠습니다. 증인, 피해자가 살해된 날에 피고인과 집에 같이 있었죠? 그리고 피고인이 침대 밑에 감춘 과도를 꺼내 피해자의 배를 칼로 쑤셔 놓은 장면을 목격하고 '사모님, 살인은 안 됩니다!' 하고 한 여기 진술서에 서명한 사실을 인정하십니까?"

"예."

그녀의 말소리가 점점 더 들리지 않았다. 그러자 재판장은 이렇게 말했다.

"자, 증인은 여기 법정에 나온 사람들이 들리도록 말을 해야 합니다. 이것은 신성한 일본 국민이라면 다 아는 사실이죠? 증인은 알겠습니까?"

재판장의 경고에 거구의 검사가 이렇게 말했다.

"자 그럼 증인은 살인이 일어난 때쯤 집 어디에 있었습니까?"

"부엌을 보시면 숨는 곳이 따로 있어 그곳에 숨어 있었습니다."

그 질문에 크게 답했다.

"그곳이 어디입니까?"

검사는 체구와 달리 오늘은 낮은 목소리로 점잖게 그녀에게 묻고 있었다.

"그곳은 부엌 장식장이 있는 맨 오른쪽 밑에 있는 설거지통 아래를 보면 크게 들어갈 수 있게 된 곳입니다. 그곳은 잡다한 그릇이나 식기 등을 보관하는 곳인데 나는 그곳을 비워 놓았죠. 왜냐하면, 그가 오면 숨어 있을 곳이 필요했기 때문입니다."

"자, 그건 그렇다고 치고 당신은 두 사람이 싸움하고 있을 때, 무엇을 하고 계셨습니까?"

아주머니는 흐느껴 울기 시작했다.

"저는 다투는 소리를 듣기 위해 층계참까지 올라가 보았습니다. 크게 다투는 소리를 들었지만 정확한 이야기는 듣지 못했고, 큰 외침 소리가 우리 마님의 죽는 소리로 들리면서 방 안으로 급히 들어갔지만."

"자, 자, 여긴 우는 곳이 아닙니다. 그럼, 저 피고인이 큰 칼을 들고 있는 것을 보셨나요?"

"예."

다시 질문하자 그 아주머니의 목소리는 차츰 들리지 않았다. 거구의 검사는 뻔뻔스러움을 드러내며 소리를 질러댔기 때문에 아주머니 울기 시작했고, 장내에서는 폭소가 터졌다. 재판장은 한동안 그 증인을 바라볼 뿐이었다. 검사는 화가 머리끝까지 났다. 지금 그녀의 남편은 위대한 천황폐하의 성전에 참가하지 않고 어느 종교에 미쳐 교조주의적인 형태를 비판하고 있었다. 그것을 구실로 삼아 그녀가 증언하지 않는 것에 대해 그 남편의 죄를 추궁하면 거부할 수 없다는 것을 알고 있었다. 그러나 거구의 검사는 그녀의 남편이 다리를 다친 것은 전쟁 때문이라는 것을 인지하지 못했다. 남편이 항구에서 전쟁 초기 미군 폭격기 폭탄으로 중상을 당한 것을 간과했다.

그 사실을 알고 있던 요사는 시간을 벌기 위해 아주머니와 공모했다. 그리고 자주 울었다. 그리고 아주머니는 잠시 피해 어디론가 잠적해 버렸다. 그러나 그 검사가 아무리 다른 여인과 호텔에서 잠을 자고 법정에 나왔다고 해도 머리가 좋은 검사였다. 그는 덫을 친 사냥꾼처럼 기다렸다. 어느 날 밤에 그녀의 집에 환하게 불이 들어왔다. 대문도 열려 있어서 안으로 들어가서 문을 두드리니 그녀가 나왔다. 아주머니는 검사를 보자 하얗게 질린 모습으로 거실로 그를 안내했다.

그녀는 홀로 주인 행세를 하고 있었다고 검사가 확인했다. 그즈음 아주머니는 법정 안으로 누군가와 같이 들어와 앉았다. 그 이후 그녀의 말소리가 조금씩 커진 것이었다. 취재하는 기자들은 그 남자에게 시선이 쏠렸고, 한 기자는 그 사람 옆으로 가서 앉았다.

다시 검사가 질문했다.

"그럼 저 피고인이 증인에게 사체를 어디에다가 숨기기 위해 그런 말을 했다고 생각합니까?"

그 아주머니는 내가 빤히 쳐다보자 눈길을 아래로 깔고서 말을 잊지 못했다. 재판장은 은근히 부아가 치밀었다. 조금 전에는 "아주머니, 이 사체를 어디에다가 치워야죠?" 하고 피고인이 증인에게 말했다고 진술했지만, 지금은 입을 닫고 울기만 했다. 너무 서럽게 울기 시작하자 그 남편이 일어나서 소리를 질렀다.

"아! 아, 부인 내가 왔습니다!"

순식간에 법정은 아수라장으로 변했다. 재판장은 장내를 정리한 다음 증인을 진정시키기 위해 갖은 노력을 했지만, 허사가 되었다. 그 아주머니는 다리를 저는 남편을 보자 입을 굳게 닫고 끝내 법정에서 발언하지 않았고 고개만 숙이고 있었다. 재판장은 변호사와 검사를 불러서 여러 가지 사안들을 가지고 의논하면서, 그는 으레 관례적인 모습을 보이며 위엄 있게 자리에서 일어나 법정에서 나가 버렸다. 재판장을 따라서 변호사와 거구의 검사도 법정에서 나가 버렸다.

한동안 법정은 침묵에 싸인 채로 모든 방청객은 자리를 떴고, 나와 여러 명의 증인과 그 아주머니는 아직도 증인석에 앉아서 작은 소음소리를 내려 흐느꼈다. 다리를 저는 남편은 울먹이며 어쩔 줄을 모르고 있었다. 거만한 재판장은 옆으로 등을 들린 채로 검사와 이야기하며 안으로 들어왔다. 요사 변호사는 심각한 표정으로 홀로 뒤따라 들어왔다.

"우선 증인의 심문을 다른 날을 잡아 다시 증언을 듣겠습니다. 우선 자리로 내려가세요!"

재판장은 호통치듯 외쳤다.

아주머니는 울면서 남편이 있는 자리에 가서 앉았다. 두 부부는 오랜만에 만난 사람처럼 앉아 울기 시작했다. 약간 발을 저는 그 남편은 지친 모습이었고, 그들은 아무 말 없이 고개를 숙이고 나를 외면했다. 자신만의 방식으로 모든 것을 보고 살았던 아주머니의 진실이 너무도 가혹하다고 생각했다. 아주머니의 따스한 미소가 사라졌다.

처음 그곳, 대마도에서 우리는 미사에게 다분히 경계의 눈길을 보낸 사실을 알고 있었다. 그녀는 여름 학기 농촌 봉사활동을 위해 온 것이 아니고 휴가차 온 것으로 알려졌다. 그리고 고베 조카와 같이 나타나서 모든 친구에게 의혹의 눈치를 받았다. 그리고 줄곧 그와 같이 해수욕을 즐겨 요사가 말릴 정도라면 어느 정도인지 짐작할 수 있었다. 그리고 회장님이 살해되자 아베 형사는 그 조카와 미사의 행동을 의심하면서 수사하기 시작했다.

특히 눈에 띄는 자료가 있었다.

몇 년 전, 회장님이 심근경색증으로 수술을 받으면서 보험회사와 피보험자 기록이 있었다.

> '피고 보험회사에 이 사건 보험 계약에 따라 보험금의 지급을 구했으나, 피고 보험사는 피보험자에 대한 심근경색증이 불분명한 관계로 보험금의 지급을 일부를 거부했다.'
>
> 이 사건의 보험 계약 중 특정 질병 특약에 관한 부분은 아래와 같다.

–중략–

그건 회장님이 어느 날 새벽, 병원에 실려 가면서 나는 어리둥절했고 놀랍고 충격적이었다. 그날을 지금도 잊을 수가 없었다. 아주머니도 집에 가고 새 둥지 집엔 아무도 없었다. 회장님이 가슴을 움켜쥐고 고통을 호소하자 난 응급대에 전화했고, 부엌의 문을 통해서 산책하는 옆집 할아버지를 바라보며 외마디 부르짖었다. 그날을 지금 생각만 해도 소름이 돋았다. 아주머니는 누구에게 지적을 받았을 때나 고개를 들 때 약간 사팔눈동자가 눈에 띄었다. 약간은 매력적인 아주머니는 종잡을 수 없고 이상야릇한 표정에서 이런 생각이 났다. 여기 온 지 몇 달이 지났고 구름 한 점 없는 청명한 하늘로부터 뭔지 알 수 없는 미지 세상 속에서 우린 그 무엇을 기다리는 눈치였다.

"비는 왜 오지 않는 것이지? 그 유모의 저주가 현실이 되고 대마도 섬까지 황폐해지는 사실을 두 눈을 뜨고 보는 것은 일본인으로 치욕이지?"

그 아주머니가 혼자 중얼거리며 했던 말이었다.

그 아주머니의 중얼거리는 습관을 보았던 당시를, 그 이야기를 했다는 사실만으로도 여기 법정에서 다시 생각하게 되었다. 하긴 그 아주머니를 생각하면 수많은 이미지가 떠올랐다. 처음 부엌에서 어묵탕을 끓이는 모습을 보았을 때, 나는 어머니 생각에 아주머니를 뒤에서 껴안던 생각이 났다. 그러나 우리에겐 항상 불가능한 일들이 일어났다.

그 아주머니는 젊은 시절의 어떤 특별한 점도 이야기하지 않았다. 우린 그린 열정 때문에 더욱 냉철했을 텐데. 나는 그 아주머니의 아주 작은 것까지 눈여겨보지 못했다. 난 지금 그 아주머니의 모습과 영혼에서 나를 본 것처럼 착각과 환상이 떠올랐다.

내가 처음 여기 히로시마 항구에 도착했을 때, 여러 가지 생각으로 희망에 차 있었다.

그리고 새 둥지 집에서 그 아주머니의 첫 대면이 있었고, 난 그녀를 내 어머니처럼 대했다. 그 아주머니의 수만 가지 생각과 추상을 떠올리면서, 지금 법정 안에서 여러 가지 이미지가 내 머리에 떠올랐다. 아주머니도 고베 회장님이 대마도 섬에 있을 때, 그 아주머니도 같이 있었다는 사실이 아베 형사 사건 기록에 있었다.

그럼 왜 나는 그 당시를 잊고 있었나? 그때는 우린 학교 행사인 여름방학 봉사활동으로 간 것이었다.

나는 그 아주머니의 남편이 법정 안으로 돌아오면서부터 현실 세계로 돌아왔다.

그 아주머니의 남편이 다리 절룩거리며 법정으로 들어왔다. 그러면서 그녀의 낯빛 표정이 굳어 있었다. 그녀는 이런 일을 상상하지 않았을 것이다. 그녀는 한 번도 자신의 남편에 관해서 말하지 않았고 내가 여러 번 물었지만, 그때마다 딴청을 부리며 다른 곳을 보고 있었다. 그리고 어젯밤, 늦게 요사가 면회실에 찾아와서 여러 시간을 같이 이야기했다.

　우선 그 아주머니의 이야기부터 시작했다.

　"그 아주머니는 회장님의 사모님 동생입니다. 그리고 그 유모는 같은 동생이지만 배다른 동생이지요?"

　요사는 유모에 관해서 이야기할 때는 의문을 나타내며 이야기를 계속했다.

　"유모는 배다른 동생이므로 천대를 받으며 대마도 섬에서 살았죠? 결코, 그 유모는 히로시마 항구 도시에 와 보지 못했죠? 그건 그 조카의 방해 공작도 있었지만, 그 유모가 미사를 키운 것이 결정적인 약점으로 그녀에게 작용했죠? 그래서 미사는 그 유모를 증오했던 것으로 알려졌습니다."

　요사는 그런 이야기를 하면서 길게 한숨을 내쉬었다. 그리고 내 눈치를 보았다. 재판 심리는 콜레라가 광범위하게 퍼지자 2주일 동안 휴정했다가 다시 법정 심리가 열렸다.

　그리고 요사는 아주머니의 증언을 다시 듣기 위해 재판장과 다투기 시작했다. 그러나 아주머니는 그 이상 증언을 하지 않았다. 뚱뚱한 검사는 안절부절못했고, 검사보는 밖으로 나가 재판장 실로 다시 갔다. 재판장이 검사를 찾고 있자 거구인 검사는 검사보를 보냈다.

　요사 변호사의 표정이 굳어 있었다. 그는 몇 달 전 조카를 마주친 그 날 밤 자정쯤, 그를 만나기 전에 아주머니와 대면했던 그 시간을 기억하기 시작했다. 아주머니의 이상한 눈빛은 약간 사팔뜨기 눈동자로 희미한 불빛 아래에서는 더더욱 이상야릇하게 보였다. 약간은 미모의 얼굴에다 대마도 섬 특유의 거친 사투리가 지금도 은연중에 배어 나왔다.

그러면서 그는 아주머니와 나눈 이야기를 생각했다. 아주머니는 나름대로 분위기 있는 회장님의 새 둥지 집을 그려 보았다. 그러면서 고위 공무원 같은 잘생긴 남편과 결혼해서 여러 명의 자식을 두고 주말마다 아이들과 공원을 산책하면서 어둑어둑 어두워지는 히로시마 항구가 내려다보이는 15층 건물 레스토랑에서 저녁 식사를 하는 이야기를 꿈꿨다.

그녀는 지금까지 불투명하고 불확실한 삶을 무던히 참고 살아왔지만, 그녀의 생은 끔찍하고 고통스러워 보였기에 스스로 현실을 직시해야만 했다. 문제는 아주머니의 생각과 지금까지 새 둥지 집에서 살았던 것이 그녀 인생의 일부분이었다. 처음 태어나고 어릴 때의 생활은 대마도 섬의 척박하고 무자비한 거친 바람으로 모진 삶을 살아왔다. 피부는 큰언니처럼 뽀얀 우윳빛 피부가 아니고 약간은 허스키하고 가무잡잡한 피부와 웨이브에 멋진 머리칼이 눈에 띄었다.

아주머니는 그런 점에서 내 생각과 같아야만 했다.

요사는 언니와 그 아주머니에 관해 나눈 이야기 중 일부를 들려주었다. 그의 얼굴에서 어처구니없는 표정이 스쳤다. 답답한 나를 위로해 주고자 여러 가지 이야기를 하던 중 일부는 여기 재판 심리 과정에서도 필요한 논거이기도 했다. 그래서 요사는 언니와 대화하면서도 그 이야기는 빼놓고 했었다. 그러나 언니가 모르기에는 너무도 현실적이고 무슨 '미지의 세상'처럼 보였던 그런 여러 가지 복잡한 사정 중 일부는 희미한 불빛 아래서 본 괴기하고 이상야릇한 아주머니의 얼굴에서 사팔뜨기 눈동자가 바로 요사가 최근 느꼈던 일본제국 나라의 단면이었다.

그 아주머니의 요란하고 별난 인생처럼 지금 여기 재판과정에서 별의별 이야기가 다 나왔다. 재판 심리 과정에서 비추어 본 그 아주머니의 얼굴은 내가 처음 새 둥지 집에서 본 그런 표정과 별로 달라 보이지는 않았을 것이다.

 그러나 그 아주머니도 결혼했지만 큰언니가 회장님과 결혼하면서, 곧바로 거친 대마도 섬에서 나와 히로시마 항구에 나와 살았다. 그리고 큰언니가 심장병으로 죽자 새 둥지 집으로 돌아온 것이다.

 그러면서 지금 이야기는 우리가 만든 이야기였다.
 "콜럼버스는 본인이 발견하고 생각했던 아메리카가 아니라는 것을 알지 못하고 죽음을 맞는다. 인간의 우매함과 어리석은 생각이라도 그는 위대한 탐험가로 지금까지 회자되고 있다. 조금은 어색하지만, 사람들은 말을 만들어서 이야기하는 것을 즐긴다. 왜 우린 그런 생각을 했을까? 신이라도 실수가 있으므로 요사는 인간으로 살아갈 수 있는 것이 부끄럽지 않다고 말했다. 최근 별별 생각과 이상한 꿈을 자주 꿨다. 삶이 어지럽고 답답해서 그런 허튼 생각을 했을까? 그래서 지금 재판 중에 그 탐험가의 생각이 난 것인가?"
하고 요사가 이야기했던 위대한 탐험가를 떠올렸다.
 이건, 그가 내 생활이 각박하며 답답하여 어처구니없는 나의 삶을 비추어 본 그의 시선일 것이다.

 위대한 탐험가도 세상의 이치를 다 아는 법은 없을 것이다.
 그것이 세상 이치이다.
 요사가 나를 바라보면서 그 생각을 해낸 것인지 모르겠지만, 나는 그 모든 것에 예외라고 생각했다. 요사는 한동안 그 아주머니를 바라보며 심연의 시간을 보냈다. 아주머니의 비밀의 문으로 들어가는 모습에서 그는 일본인의 특징적인 생각에 혀를 찼다. 요사가 그 아주머니와 그런 콜럼버스의 이야기까지 하면서 그녀를 알려고 했던 의도는 무엇인가? 난 그에게 그것까지 묻지는 않았다.

세상은 그 모든 것을 알 수는 없기 때문이다.

재판장은 나를 쳐다보고 있는 요사 변호사에게 외쳤다.
"요사 변호사, 지금 무슨 생각을 하고 있죠?"
"아닙니다."
"요다 씨의 증언을 들어야 하는 것이 회장님에 사인을 밝힐 중요한 증인이기 때문입니다."

그러나 그 아주머니는 다리를 저는 남편이 법정에 있자 고개를 숙이고 증언석에 앉지도 않았고, 재판장도 검사도 변호사도 그 누구의 질문에도 답하지 않았다. 그리고 고개를 숙이고 있었다. 화가 난 재판장은 법정을 박차고 일어나 밖으로 나가버렸다.

우리에게는 한 사람을 옥죄는 집단적인 광기가 자리 잡고 있었지. 지금 생각해 보면 우리는 전 세계를 향하여 총부리를 겨누고 있는 거야! 당신에게 했던 그 조카의 광기와 미사의 아집과 집착이 당신을 살인자로 만들고 그 살인이 어느 면에서는 자신을 보호하고 저항하면서 생긴 살인이지만, 지금 보면 그 누구도 당신이 남편을 죽인 죄인으로밖에 생각하지 않는다는 것이죠? 우리 학생들도 마찬가지입니다. 그 당시에는 모두 친절하고 당신에게 호의를 보이던 그 많은 학생은 온데간데없고 모두 모른 척하고 당신을 물론 그냥 남편을 죽인 살인자로만 보고 있다는 것입니다. 이건 어쩌면 우리가 살인자이고 방관자이며 무심한 이방인으로만 지냈지. 하긴 우리는 그 모든 것에 죄인이나 마찬가지이다.

히로시마에서 구레로 가는 섬과 만을 둘러싼 거리는 우르릉거렸다.

요사는 그렇게 말하고 자신을 무섭게 뒤돌아보았다. 며칠이 지나서 다시 재판이 열렸다. 결심 공판이 얼마 남지 않았다는 소문에 많은 방청객이 몰려 문 입구부터 인파들로 인산인해였다. 그 여자아이 엄마도 나와 있었다. 그 미사의 유모도 다시 증인석에 앉았다. 요사 변호사는 단단히 마음먹고 증인석 앞으로 다가섰다.

언젠가는 이 법정에서 나의 최후 심판이 가려질 것이다. 내 이야기는 히로시마 항구에서 회자되며 어느 소설보다 더 독자들을 사로잡는 날이 올 것이다. 난 떳떳하게 그런 광경을 떠올려 본다. 그러면서 다시는 또 다른 고향으로 돌아갈 수 없다고 생각했다. 그것이 나의 정의인지는 잘 모르겠다. 알고 있는 것은 내가 그를 죽였다는 사실뿐이다. 나는 사실 지금의 위기 상황을 이해하지 못했다. 불현듯 닥친 나의 운명이 너무도 혼란스럽고 이해하기가 힘들었다.

'내가 정말로 행복했었나? 아니면 불행했었나?'

'그럼, 진정한 행복은 무엇인가?'

그 누구든 이 질문에 확실하게 대답할 사람은 많지 않을 것이다. 사실 내가 지금 왜 여기 있는지조차 불확실하고 의문스럽다. '그럼, 내가 왜 여기 있지?' 하고 묻는다면 나도 명확하게 답할 수는 없을 것이다. 그러나 난 처음으로 일본에서 행복을 느꼈다. 그러나 사람에겐 언제든 불행이 소리 없이 찾아온다고, 요사가 말했다. 지금 내 심정이 지옥이고 그런 불행이 우리에게 닥친 지옥은 멀리 있지 않았다. 우린 설화처럼 그러한 여러 가지 이야기를 떠올린다. 언니와 요사 변호사는 여기 지금 일어나고 있는 재판 심리 과정에서 조금은 재판장을 이해시키고 다른 신문 논고나 논지들을 다른 일본인들도 알게끔 해야 한다고 했다.

그러면서 자연스럽게 그 아주머니를 중심으로 그녀의 자매들에게 시선이 집중되었다.

특히, 배다른 그 유모의 재판 심리 과정에 집중되었다.

  유모는 약간 모자라는 여인이었다. 우선 유모는 배다른 어머니에게서 태어나 출생의 비밀로 항상 천대받으며 외톨이로 지내며 히로시마가 아닌 외딴 섬인 대마도 섬을 벗어날 수가 없었다. 그래서 한이 되어 무당이 된 것은 아니라고 요사가 말했다.
  우리가 처음 대마도 섬에 도착했을 때 여러 가지 흉흉한 소문과 흉년으로 굶주린 인간들의 참혹한 모습을 보았다.
  "작년에 갔던 제비가 돌아오지 않는 것은 흉년이 들 조짐이다."
  그 유모는 이렇게 외쳤다.
  하고 유모가 말하자 여기 면장은 그런 말은 재수가 없는 이야기라고 그 유모를 힐난했다.
  그러나 유모는 자신의 주장을 굽히지 않았다. 그래서 지금 흉년인데 비가 와도 장마철도 아니며, 장마가 심하면 덩달아 물고기까지 조선반도로 돌아갈 거라고 하며 우리나라를 원망하는 이야기들을 쏟아냈다. 면장은 그 조카 앞에서 아부하며 이렇게 다시 말했다.
  "비가 많이 와서 강남에 간 제비가 돌아오지만, 때는 지금이 아니다."
  유모는 하늘을 보며 부르짖었다.
  그러면서 요사는 이런 이야기도 생각났다.
  그 아주머니는 본래 사팔눈이 아니었는데, 배운 사람으로서 그리고 남편마저 전쟁으로 다리를 절고 이제는 믿었던 회장님까지 억울하게 죽음을 맞자, 그런 여러 가지를 이겨낼 수 있는 성격의 소유자가 아닌 평범한 일본인 여자로서 숙명적인 운명에 의해 눈동자가 약간 이상야릇하게 변했다고 것이다.

정작, 그런 이야기를 한 다음 날, 그 유모는 살해되었다고 여자 교도관이 나에게 말했다.

혹시 모르지? 우리가 자신의 유모를 만나자 미사가 위기감이 들어 나를 곤란한 처지에 몰아넣기 위해서 꾸민 일인지 모른다고 생각했다. 나는 여기 교도소에서 미사의 가족사가 그녀를 정신병 환자로 만든 것에 대해 참혹하고 비정한 마음을 갖게 되었다.

내가 왜 여기 일본에 왔던가? 그가 나에게 한 것이 연민이었던가? 아니면 동정에서 떨어져 사람이란 놈을 붙잡기 위함인가? 어쨌든 나는 그런 고요와 침묵으로 들어가고 있었다. 이츠쿠시마 신사의 고요! 신사의 문인 도리이의 고요와 장엄하게 누워있는 자태를 상상하고 있는 우린 그 어떤 허무와 침묵을 원하고 있는가? 침묵으로 둘러싼 우린 얼음장처럼 찬 어두운 밤을 향해 바닥에 누워있었다. 어둠의 밤을 뚫어지게 응시했다.

이곳엔 왜 왔단 말인가? 내가 이런 침묵을 뼈저리게 느낀 것은 그 조카와 헤어진 다음이었다. 난 거의 식사도 하지 않고 그가 사다 준 우유를 마시고 고요와 침묵으로 둘러싼 미지의 세상인 신사에서 그들을 더 이상 미워하지 않기로 다짐했다.

여기 이 촉촉한 다다미방에 침묵뿐인 고요가 지배하지 않았다면, 다만 내 지친 영혼이 그날 밤 악마의 손길을 잊을 수가 없었다면, 야마구치현 신사의 밤과 거친 파도 소리가 나에게 들려오지 않았다면, 나는 결국 이 세상에 없는 사람일 것이다. 밤은 가고 새벽이 다가온다. 새벽 창틀에 붙은 이슬방울이 내 영혼을 위로한다. 우린 말 없이 문을 나선다. 새벽 먼 산 숲속에서부터 자연과 손잡는다. 산 중턱 잡목 숲속에서는 기이한 소리가 들려오며 모든 동식물이 잠에서 깬다. 외로운 사슴처럼 새벽의 밤을 향해 어디론가 걷는다. 나는 얼마나 홀로 있기를 원했던가? 이런 고요는 나에게 무엇을 말하기 위함인가? 폭풍우가 몰아치듯 검은 먹구름이 하늘을 뒤덮던 밤, 나는 그 모든 것 중에 소중한 내 영혼을 그에게 줄 준비를 마쳤다.

"고베 회장님이 살해된 이후부터 유모가 죽기 전까지 내가 미사의 유모를 주목하여 탐문 수사를 시작했습니다. 두 사람의 범행 유형은 '목을 조른 흔적'이 나타난 점입니다. 유모도 자의적으로 목을 조른 이후에 대들보 위로 시체를 올린 것입니다. 고베 회장님도 처음에 나타나지 않았던 그런 살인유형이 과학수사에서 뒤늦게 발견된 것이죠? 그리고 두 사람의 몸엔 다량의 수면제가 검출되었습니다."

아베 형사가 말했다.

"유모는 나에게 이렇게 고백했습니다.
'나는 대마도 섬에서 태어났습니다. 전쟁 전에도 가뭄으로 많은 대마도 섬사람들이 굶어 죽었죠? 내 삶은 고난의 연속이지만, 그런대로 재밌게 살아갑니다. 더 나은 삶을 바란 적도 없지요. 나는 손재주가 좋아서 미사 어머니와 평생 동고동락하며 음식을 만들고 살아갔습니다. 미사 어머니가 죽고 나서 나는 미사를 홀로 대마도 섬에서 키우고 재우면서 학교를 보냈죠? 나는 붙임성 있고 사교적인 사람은 아닙니다. 나는 대마도 섬을 떠난 적이 없습니다. 참 비정하고 가혹한 세상이죠? 그러나 그건 알고 있습니다. 그러나 혼자 아이를 키우는 것, 정말로 힘든 일이라는 것, 그것은 미사의 경우에만 국한되는 이야기겠죠? 미사는 항상 학교에서 아이들과 다투고 싸우며 바람 잘 날이 없었습니다.'"

아베 형사는 요사 변호사를 쳐다보며 말했다.

"실은 그 유모가 아주머니의 배다른 동생이라는 것은 알고 있었나요?"

요사가 아베 형사에게 묻자, 그는 놀라운 반응을 보였다. 아베 형사는 표정이 굳어지며 이렇게 말했다.

 "그건 내가 회장님을 수사하기 위해서 히로시마 경시청에서 하루 형사와 오랫동안 공조 수사를 하면서 대마도 섬사람들에게 들었던 여러 가지 이야기 중 하나입니다.

 '사람은 시간을 보내며 살아갑니다. 그러면서 다른 사람들에게 상처를 입습니다. 나는 힘들게 인생을 살았지만, 거기에 불만은 없습니다. 세상은 미쳐 돌아가고 있죠? 사람이 온종일 고된 일을 한다고 해도 그 일을 다 마치지 못하면 후회하는 것과 마찬가지로, 나는 힘들게 살아왔죠? 사람들의 입안을 들여다보시오. 그럼, 막 애벌레에서 구더기가 잘려 꿈틀거리듯 거짓말을 밥 먹듯 하죠? 우린 살아가면서 입만 열면 거짓말입니다. 그러나 그 거짓말 뒤에는 아무것도 남아 있지 않다는 것입니다.'"

 이런 고백이 그 유모의 마지막 일화가 될 줄 나는 당시에 알지 못했다. 그 유모의 고백은 고백이라기보다 자신의 한을 부르짖는 외침이었다. 한 여인이 태어나자마자 버림받고 사람들에게 따돌림당하고 외톨이로 외딴 섬에 갇혀 차츰 미친 여인으로 변해 갔다. 그 밑에서 자라난 미사도 유모에게 영향을 받았을 것이다. 유모의 살인범으로 그 이기 교수와 미사가 공범으로 지목되었다.

 아베 형사는 우리에게 이렇게 고백했고 수사 기록으로 남겼다.

내부 검시 결과는 다음과 같다.

1. 피부는 물에 뚱뚱 부어 있었고, 겉껍질이 벗겨진 상태로 발견됨.
2. 두개골은 보통 두께며 상처는 없지만, 피부밑 출혈의 혼적이 있음.
3. 오래전, 급성 심근경색증 자국이 있음.

등등 기타 10개 항목으로 되어 있었다.

그 아래에 입회인들의 성명과 서명이 있고 마지막으로는 의사의 의견서와 검안할 때 발견된 조사서에는 심장경색증 수술에 관한 여러 가지 사항 등이 있었다.

재판장도 그런 검시 보고서 자세히 듣고 나서는 이상야릇한 눈빛을 나에게 던졌다. 거구의 검사는 서기가 읽어 내려간 검시 보고서를 자신이 주도해서 만든 것, 그는 자랑삼아 듣고 있었다. 그는 사실 오늘 이 법정을 끝내고 그 여인을 만나는 생각으로 가득하였고 숨이 차왔다. 그러면서 밑에 그것도 서 있었다.

"외부검시 결과는 다음과 같습니다. 신장은 175cm, 몸무게는 85kg 입니다. 피부는 검붉고 푸르고 군데군데 검은 반점이 있다. 그리고 피해자의 배 중앙에는 큰 칼자국 구멍이 났고, 가슴이나 배엔 검붉은 물집이 생기고 피부는 여러 곳이 벗겨져 있었다."

다시 서기는 해부 검사에 관한 보고서를 읽기 시작했다.

"해부 검사에 의해 밝혀진 사실은 다음과 같다. 하나는 배 중앙 약간 위에 있는 큰 창자와 작은 창자가 여러 군데 큰 칼로 찢어진 채로 있었음."

서기가 검시 보고서를 읽고 있는 것을 아래로 내려다보고 있는 재판장은 약간은 불편한 기색과 지루함을 느끼기 시작했다. 그는 몸을 왼쪽으로 약간 기울여서 배석판사에게 조언을 구하기 위해 이야기를 하려다가 내가 일어나 항의하자 그런 여유마저 주지 않았다. 재판장은 몹시 불쾌한 표정으로 나를 압도했고, 시간이 가면서 더욱 나에게 노골적이고 편파적인 법정 심리를 이끌었다. 나는 거듭된 법정 심리로 지쳐가기 시작했다. 어느 면에선 나를 심판하기보다 우리 조국에 대한 일방적인 편견과 괴리에 마음이 편하지 않았다.
　나는 자리에 앉아 몸을 웅크리고 있었다. 밤낮으로 창밖엔 안개가 끼어 있었고, 특히 밤에는 바닷바람과 안개가 뒤섞여 자유롭게 허공에서 만나 춤추고 활공하는 장엄한 비경을 볼 수 있어 좋았다. 나는 지금 이런 재판과정을 인정할 수가 없었다. 그러면서 시인과 우리 학생들이 또 다른 세상인 환상의 세상으로 날아가는 것을 상상해 보았다.
　우린 열차 밖으로 나와 역내에서 마을로 들어가려고 한다. 어둠뿐인 마을 입구로 들어가기 전에 나는 개찰구에서 그들의 모습이 보이는 온통 광대한 어둠 속에 서 있었다. 나는 역 부근에서 두 사람이 다투는 몸짓 하나하나 희미한 모습을 보며 언니는 무릎을 굽히고 등을 구부린 채로 서서 무엇인가 손짓과 발짓만 보이며 바람을 따고 작은 소리만 들렸다. 요사는 무엇인가를 설명하지만, 그의 손가락과 손짓은 허공을 헤맸고 몸을 구부린 채 언니에게 다가갔다. 두 사람은 이내 부둥켜안았다. 나의 몸은 하늘을 날고 마음은 불안정한 자세에서 쪼그려 앉아 있다가 다시 서서 어둠을 향해 무엇인가 외쳤다. 밤의 어두운 휘장을 친 초상집처럼 형형색색 긴 휘장들이 여러 가지 색으로 치장한 듯 역 부근 무당집을 등진 채로 어둠 속을 향하여 외롭고 위태롭게 우리는 서로 보며 서 있었다. 이지 언니도 남편이 있는 곳으로 가려면 여기서 다른 기차로 갈아타야 한다고 했다. 그래서 마을에 있는 여관에 가서 자고 열차 편이 있는 데로 떠나기로 했다.

마을은 역처럼 어둠에 쥐 죽은 듯 조용히 잠들어 있었고 여관 앞에서 나는 저쪽 어느 한 곳인 어둠을 향해 서 있었는데, 어디서 지조 높은 개가 밤을 새우며 어둠 속에서 짖는다. 울다 웃다 잠이 든 난 소란한 소리에 잠에서 일어났다. 자연스럽게 열린 작은 창문 틈으로 달빛이 새어 들어왔다. 우리는 낡은 흔적으로 검게 그을린 쥐 죽은 듯 고요한 기차역 정거장에 시선을 던졌다. 정거장 그늘 뒤쪽 길게 검은 그림자가 드리워져 있었다.

자연과 사람은 잠들어 있었고, 우린 그 자연의 일부분으로 영원히 남아 있을 것이다. 지구가 영원히 멸망하기 전까지 말이다. 히로시마 항구에서 멀리 떨어지지 않는 교도소에서 자의 이승에서의 마지막 밤이 내렸다. 그 시인의 눈빛이 아직도 영원히 내 기억에 남아 있을까 두렵다. 생각과 추상이 내리는 어둡고 창백한 밤은 내가 꿈을 꾸던 그곳이 아니었다.

나는 꿈을 꾸며 여러 가지 이미지를 떠올렸다. 그날 밤에 도착한 히로시마 항구는 지금 사라지고 암흑에서 영원으로 표류하는 항구가 되어 꿈일 될 것이다.

그렇다면 나를 제대로 인식하도록 좀 더 나 자신을 적극적으로 어필했어야 한단 말인가?

"나는 불확실성의 정의를 신봉하지 않고, 단순히 어떤 현상을 관찰하는 것만으로 현상 본질이 바뀐 것이지. 우리 인간은 살인자의 모습에서 그 무엇을 연상할 수 있을까? 그러면서 그 옛날 순자라고 하는 성인이 성악설을 설파할 때, 나는 어린 마음에 '인간은 태어날 때부터 악하게 태어난다.'라고 하던 성악설이 지금 생각나는 것이다. 누군가가 회장님을 살해했고 시신마저 바다에 버린 그런 악마의 영혼을 무엇이라고 해야 좋을지 감을 잡을 수 없었다. 처음 들뜬 마음으로 히로시마 항구에 내린 밤, 나는 그런 여러 가지 이미지들을 쌓아 갔지만, 결국은 그 무엇도 아무것도 없는 허무한 삶에 종장에서 나의 비탄의 외침을 들어야 했다. 그러면서 살인자를 잡으려고 노력하던 중, 우리가 그 살인자의 습관이 어느 정도 시간이 지나면 바뀐 것이지 알 수 있을 것이다. 안경 쓴 변호사가 변론 중, 이야기한 부분이 내 마음을 자극했다."

사실 나는 그 시인을 위해 여기 온 여인으로 자리매김하고 싶었다. 나 스스로 살인자의 누명 쓴 채 초라하게 법정 피고인으로 서 있다고 해도 부끄럽지 않고 창피하지 않으리라는 것. 나 스스로가 원하는 행동이나 원하지 않는 방식이라고 내가 어떤 말을 하거나 이의를 제기해야만 구분될 수 있는 것도 아니다.

그러나 지금의 나처럼 감금된 시인을 본 것 같은 착각에 빠지면서, 그날 밤, 시인은 "죽는 날까지 하늘을 우러러. 한 점 부끄럼이 없기를."이라고 나에게 말했다는 것! 그러면서 시인은 그 기나긴 청년 시대의 꿈을 여기 지하 옥방에서 보내며 무너진 그의 표정에서 느껴지는 공허한 참회는 우리 조국의 민낯이고 초상이었다. 그러나 나는 동정심과 무관심을 초월하면서 그 무엇도 그 어떤 것도 나의 초상은 아무런 마음도 없는 모진 밤을 두려워했다. 밤하늘의 별을 세며 누워 아버지가 있는 저 하늘의 별들과 우리의 죄를 생각했는지도 모르겠다. 나는 이렇게 잔혹한 밤이 열리고 낮의 햇빛이 번쩍이는 이 무자비한 세상 앞에서, 자옥한 안개 낀 밤 앞에 선 채 그 시인을 떠올리고 있었다.

난 이 세상 그 모든 것이 한가롭고 여유 있게 느껴졌는지 모르지만, 지금은 어둠을 향해 짓는 개소리, 허망한 나의 꿈, 여기 온 내 영혼과 무자비한 족쇄에 갇힌 내 조국, 그리고 어머니의 영혼, 이제 새벽이 가면서 벌어진 헛된 나의 욕망, 나의 꿈, 언니는 떠나고 우린 다시 어둡고 칙칙한 빈방에 누워 요사와 같이 하얀 밤을 보내야 했던 그 모든 것이 나에게 다가올 꿈같은 추상이었다.

이제 난 그 모든 것을 내려놓으려고 한다.

내 마음에 가뒀던 그 모든 기억의 추상 이미지들을 떨쳐내며 나의 혼인 고향의 밤으로 돌아가려 한다. 내가 비록 더럽고 비정한 히로시마 땅에서 비참하고 억울하게 죽는다고 해도 슬퍼하지 않고 괴로워하지도 않을 것이다. 그 치욕 같은 밤에 그 시인을 만나는 꿈을 상상하고 환생하며 살아갈 것이다. 그래야만 여기 지금 제국주의자들이 있는 지옥의 일본에서 공부하는 젊은 유학생에게 조금이나마 영원한 꿈, 위로, 안위, 질서, 공정한 세상에서 살아갈 수 있는 안식을 주기 위해 주 그리스도에게 엎드려 기도하는 거다.

난 입술이 부르트고 이가 다 빠지는 이곳 지옥의 땅에서 조금도 굽히지 않고 더욱 떳떳하고 옹골차게 서 있겠다. 그런 시집을 노래했고 시인이 원했던 조국애와 광복을 위해 나는 비굴하지 않고, 순종하지 않고, 여기 히로시마 지옥의 땅에 한 어린 여인으로 떳떳하게 잠시 다녀갔다는 전설이 전해지는 것만으로도 만족할 것이다. 그것이 내가 그날 밤 조용히 대지가 잠든 항구에서 어리둥절했던 그 시간으로 돌아가려는 한 유학생의 절규이다.

난 이제 밤이 내린 이곳에서 그 모든 것을 끝내려 한다.
그리고 영원히 사라져 버릴 것이다.

암흑의 밤처럼 어둠이 내린 지옥 땅, 히로시마 항구에서 그 누구도 볼 수 없도록 영원히 사라져 버릴 것이다. 그 누구도, 그 어느 것도 없는 미지의 대지에서 다시 태어나 살아갈 것이다. 아무도 없고, 그 누구도 모르는 암흑의 땅에서 조용히 뿌리를 내릴 것이다. 그래야 내 억울한 죽음이 조금은 다시 영원의 땅에 뿌리를 내릴 것이니까.

그 시인이 외친 그 시를 중얼거리고 외우며 그냥 아무 생각 없이 침묵의 영혼이, 사랑이, 추상이 내린 밤에 「십자가」를 읽을 것이다.

> 종소리도 들려오지 않는데
> 휘파람이 불다 서성거리다가.
>
> 괴로웠던 사나이,
> 행복한 예수. 그리스도에게처럼
> 십자가가 허락된다면
>
> 모가지를 드리우고
> 꽃처럼 피어나는 피를
> 어두워가는 하늘 밑에
> 조용히 흘리겠습니다.

13장
산 자의 눈물

법정이 열리자 많은 기자와 방청객들이 물밀 듯이 들어갔다.

멋진 복장을 한 정리는 방청객들에게 여러 가지 이야기를 하면서 자신의 존재감을 드러냈다.

"여기는 신성한 일본 천황의 위임을 받아 법으로 심판하는 법정입니다. 모든 방청객이나 기자들은 재판장님이 들어오실 때까지 자신의 자리에 앉아 정리해야 합니다."

정리는 매우 과민한 반응을 보이면서 법정에서는 자신의 말을 들어야 한다는 투로 이야기를 시작했다. 화려한 법원의 정식 제복에 모자까지 쓴 상태로 거울 속 자신의 모습을 들여다보고 있었다.

그는 작은 키에 몹시 날카롭고 이상하며 미묘한 표정을 하고 있었다. 어젯밤에는 전쟁미망인 술집에서 자정이 넘는 시간까지 여급들과 여흥을 즐겼다. 먼저 재판했던 어느 시장 상인의 아들이 전쟁터에서 다리 한쪽을 잃고 귀국하여 아버지와 같이 가게를 운영하고 있었다. 그 아들은 불구라는 멍에 때문에 매일 시장에서 술만 마시고 이웃들과 싸움을 해서 재판을 받고 있었다. 어느 면에서는 큰 죄도 아니었다. 그러나 상인은 처음 법정에 나와 아들이 구류를 살 수 있다는 이야기를 듣고 겁을 먹고 있었다. 상인은 조금 어두운 표정으로 아침 일찍이 법정에 나와 의자에 기댄 채 쪼그려 앉아 있었다. 그러자 그 정리는 기회라는 생각이 들었다.

그는 매일 출근할 때 자전거를 타고 상인의 가게 앞을 지나 출근했다.
"아, 영감님 무슨 일로 아침 일찍 법정까지 나오셨습니까?"
정리는 상인 옆에 앉으면서 이렇게 물었다.
"어이구 나카무라 상 아닙니까? 우리 아들이 어제 친구들과 아침부터 술을 마시고 나서 옆집 상인과 싸움을 하고 때려 입술이 터지고 이빨이 흔들려서 오늘 아침부터 재판을 받게 됐습니다. 큰일이 났습니다."
상인은 거의 울먹이면서 말했다. 정리는 이미 그 사건을 인지하고 있었다. 그는 퇴직 장교로 처음 몇 달간은 이런 일들을 알지 못했다. 그러나 몇 달이 지나고 일이 익숙해지자 법정이 자신 삶의 중심이라는 사실을 뒤늦게 알게 되었다. 그래서 그는 상인에게 엄포성 발언으로 현혹한 다음 밤이 되자 여급이 있는 술집에서 만난 것이다.

갑자기 법정 안이 술렁거리기 시작했다.

재판장이 앞서고 그 뒤로 판사 두 명이 뒤따랐다. 정리는 크게 "일어나세요?" 하고 외쳤다. 재판장이 자리에 앉자 실내는 소금을 뿌려 놓은 듯 조용했다. 나는 고개를 들지 않았다. 정리는 나를 쳐다보았다.

"개장!"

단 아래 앉아 있던 서기와 정리는 이렇게 외쳤다. 법정 안은 조용했고, 서기는 사건 보고서와 기소장을 작성했다. 도서관에 있을법한 오래된 고서나 책갈피 사이에 존재하는 문장과 단어들로 혼재된 법조문들을 정리하고, 그것을 가지고 피고인을 어떻게 다루면 편리한지를 검토하고 정리한 문서들을 단상에 있는 재판장에게 건네주었다. 재판장은 저리 앉자마자 나에게 이렇게 호통을 쳤다.

"피고는 고개를 드세요. 여긴 대일본제국의 신성한 재판을 하는 곳입니다."

하고 재판장은 경고성 말을 잊지 않았다.

나는 다시 고개를 숙였다. 정리가 다시 바라보았다. 시선을 느낄 수 있었다. 그러나 나는 요사를 직접 바라볼 수 없었다. 목사님 부부가 보였다. 그 목사 부인은 나를 보자 손을 흔들었다. 나는 고개를 숙여 답했다. 잠잠한 미소를 보여 주며 "걱정하지 마세요." 하고 답을 했다. 그러면서 요사는 병원에서 장시간 같이 이야기를 했는데, 그는 조카나 미사에 대한 새로운 사실들을 알려주어 더욱 충격을 받았다.

기소장 낭독이 끝나자 배석 판사와 잠시 의논을 한 다음, 그는 피고를 바라보며 확신에 찬 표정을 짓고 있었다. 그의 표정에선 이번 제판을 빠른 속도로 진행해야 한다는 것을 역력히 읽을 수가 있었다. 재판장은 잠시 일어나려고 하다가 다시 앉아 나를 뚫어지게 바라보았다.

"피고는 2044년 몇 월 며칠 자신의 집에서 일하는 아주머니가 보는 앞에서 고베 신따로를 살해한 죄로 기소되었다. 피고는 자신의 죄를 인정하는가?"

재판장은 상체를 약간 앞쪽으로 기울여 나를 바라보며 물었다.

"나는 무죄입니다."

하고 말하자 방청객의 웅성거리는 소리가 났다. 이어 서기가 기소장에 쓰인 피고 심문의 기록, 시체에 대한 검시 보고서, 증인들의 증언, 시체를 검시한 의사의 소견서 등을 읽어내려갔다.

"피고는 다음과 같이 진술한 것과 경찰이 조사한 것, 기소한 검사들의 증언과 피고의 증언을 종합해 보면, 피고가 2층 자신의 방에 큰 칼을 준비하고 있다가 피해자를 살해할 목적으로 칼로 피해자의 배를 찌른 것을 인정하므로 법정에 기소되었다. 그럼, 피고는 자기를 유죄로 인정하지 않는단 말이죠?"

서기가 자리에 앉으며 재판장을 보면서 의기양양하게 목소리를 높여 말했다.

그러자 재판장도 점점 목소리를 높였다.

"피고는 의도적이고 계획적인 목적으로 큰 칼을 미리 준비해서 살해했고, 그 큰 칼을 사용했다는 사실이 명백하게 드러났는데도, 지금 허위 사실로 이 법정을 더럽히고 있습니다. 천황폐하가 있는 대일본제국에 살고 있고 피고가 정식으로 결혼한 남편을 살해했음에도 존속 살인죄를 인정하지 않고, 피고인은 어엿한 남편이 있는 부인으로 어느 변호사와 무분별하게 사통했다. 당신은 왜 결혼한 여인으로 잠자리를 거부하고 사랑했던 남편을 무참하게 살해했는지, 예쁘고 젊은 유학생이 그런 살인죄를 저지르는 것을 밤새도록 생각해도 이해할 수 없었습니다. 이것은 일본국가를 무시하고 국민을 기만한 것이므로 존속 살인죄를 진 피고인에게 사형을 선고해야 마땅한 사건입니다."

재판장은 비정한 눈빛으로 바라보며 말했다.

나는 '존속 살인죄'라는 말에 고개를 숙였다.

특히 시체에 대한 설명, 외부 검시에 대한 설명, 내부 검시에 대해서 그리고 해부 검사에 대한 설명에서 나 자신의 증오와 연민이 영혼 밑바닥부터 치솟았다. 그리고 재판장은 일부러 심리 초반에 나를 시청 사체 공시소에 데려가 변호사와 거구의 검사들이 보는 앞에서 회장님의 시체가 물에 퉁퉁 부어오른 것과 온몸의 피부가 하얗게 벗겨진 채로 차마 마음에 담을 수 없는 모습을 보여 주었다. 그 순간 나는 비정한 인간사의 고뇌로 비참했다. 그 이후로 밥을 제대로 먹을 수 없었다. 나는 회장님의 시체가 자꾸 떠오르면서 그가 죽을 즈음에 배에서 검붉은 피가 흘러내리던 모습이 상승작용으로 연상되었고, 꿈속에서도 가끔 그런 모습으로 나타나 악몽에 시달렸다.

 다시 법정이 열리면서 검사는 불륜이라는 단어를 들고나왔다.
 그러면서 미사의 배 속에 있는 아이는 누구의 자식인지 초미의 관심사로 떠올랐다. 그 애가 누구의 아이인가에 관한 이야기는 두고두고 모든 사람에게 돌고 돌았다. 그것은 피고인의 변호사가 미사와 결혼을 했고, 그 변호사가 살인자를 변호한다는 이야기에 히로시마 사람들은 상상할 수도 없었다.
 "당신은 여기 법정에서 변호할 의무를 상실하였다. 그것은 그 여인이 당신의 아이를 밴 상태이고 정신 이상으로 병원에 입원해 있는데, 당신은 그 어떤 작은 죄책감도 없느냐?"
하고 검사가 쏘아붙였다.
 "이건 모략이다. 그리고 지금 재판은 하등 그녀의 결혼에 관한 재판이 아니다. 그녀가 지금 약간의 조헌 병으로 치료받는 것이 입증되면서 임신한 사실을 나에게 숨긴 것이 사실이다. 그녀의 아이는 나와 아무 상관 없는 아이이다. 결혼한 지 20일이 지났는데 어떻게 바로 아이를 가질 수가 있냐?"
하고 요사 변호사가 말했다.
 이 이야기에 젊은 기자들은 웅성거렸고, 몇몇 기자들은 밖으로 급히 나갔다.
 "이번 뉴스는 특종감이다."
라고 하는 소리를 들을 수 있었다.
 나는 뚱뚱한 검사가 어젯밤에 무슨 짓을 하고 나왔는지 어렴풋이 느낄 수 있었다. 그는 자신이 자정이 넘어 늦게까지 연인과 정사를 벌인 것을 가지고 고심했다. 거의 연인과 1년 넘게 같이 시간을 보내자 그녀의 요구사항이 많았다. 심지어 검사의 연인은 법정에서 다루어야 할 법정 문제들까지 요구했다. 그러면서 검사는 날로 신경이 예민해질 때로 예민해졌다.

검사는 피곤해서 자신이 지금까지 생각했던 그런 시간을 헷갈리게 판단하고 있었다.

처음에 검사는 미사가 증언한 사실들을 굳게 믿고 있었다. 히로시마 지방 경시청에서 보낸 각종 사건 보고서와 그 조카의 동향들을 세세히 조사한 보고서도 산처럼 쌓여 있었다. 그 거구의 검사는 경시청에서 올라온 사건 보고서가 자신에게 해가 될 것이라고 생각하지 못했다. 그러나 그녀가 조현병이라는 진단이 나오자 그는 절망했다.

그는 그녀의 핏기 없는 표정에서 확실하고 처절하게 그녀의 심연을 알아야 했다. 살인이 있었던 그 전에 그는 그녀의 결심을 알아채지 못한 실수를 범했다. 그녀가 그날 밤에 집으로 찾아왔다.

"나는 당신에게 그 모든 것을 바칠 준비를 마쳤다."

그는 다시 그녀를 안아 주며 이렇게 말했다.

"난, 이미 당신의 모든 영혼을 받았다. 그 이상은 필요한 것이 없다. 영혼은 마음으로 통하고 우린 오래전부터 오간 것이 그 어느 것보다 더욱 소중한 것이다."

그러면서 그는 '우리에겐 시간이 부족할 뿐이다.' 하고 말했다.

거리는 어둠으로 뒤덮여 있고 어디서 개 짖는 소리가 어둠에 장막을 깨운다. 길 잃은 사람처럼 어둠에 싸인 거리를 뛰기 시작한다. 그대여, 혹독한 겨울을 앞에 둔 고독한 영혼이 시간에 쫓긴 나그네처럼 히로시마에서 구례로 가는 섬과 만으로 둘러싸인 계곡을 지나, 결국 차디차고 혹독한 겨울의 지하 옥방에서 옷깃을 세우면, 우리는 조용히 가로누워 생각하며 따스한 봄을 기다릴 것이다.

요사는 이런 심연의 시간을 보냈다.

그 변호사는 나를 하염없이 바라보았다.

그러면 나도 나로 다시 돌아왔다.

사실, 아주머니의 증언을 들어야 했지만, 사실상 증언을 거부하는 바람에 변호사들도, 검사도 이를 포기했다. 요사 변호사는 지금까지 아주머니와 나에게 일어났던 여러 가지 일들을 이야기해 주었다. 그리고 요사는 아주머니의 증언이 꼭 필요하다는 결론에 이르렀다.

"우린 아주머니의 증언을 들어야 합니다."

"나도 그 아주머니가 왜 증언을 하지 않는 것인지는 알 수 없다. 그 아주머니의 속사정도 있을 것이고 법정에서 피고인과의 만남이 불편한 것도 이유입니다."

안경 쓴 변호사가 미소를 지으며 말했다.

요사가 밤중에 그 아주머니가 혼자 있는 새 둥지 집으로 찾아갔다. 아주머니는 혼자 새 둥지 집에서 살고 있었다. 아주머니가 귀한 커피를 내왔다. 요사는 그 귀한 커피를 마시며 입을 굳게 닫고 있는 아주머니의 무뚝뚝한 표정을 보았다. 그는 무슨 이야기를 먼저 해야 할지 종잡을 수가 없었다. 안개 낀 히로시마 항구처럼 요사의 마음은 새까맣게 타들어 갔는데 아주머니의 생각이 무엇인지 그리고 아주머니의 증언은 꼭 필요했지만, 그런 증언이 피고인에게 유리한지의 판단도 쉽게 내릴 수가 없었다.

며칠이 지나서 법정 안으로 아주머니가 들어왔다.

먼저 안경 쓴 변호사가 질문을 시작했다.

"증인은 그날 2층 피고인 방에서 일어난 살인사건을 목격한 유일한 분입니다. 맞습니까?"

"예!"

대답은 거의 들리지 않아서 재판장은 오른쪽으로 몸을 속여 아주머니를 보고 있었다. 다시 동경에서 온 변호사가 증인에게 다가서며 이렇게 물었다.

"왜 증언을 거부한 것입니까?"

그 질문에는 끝끝내 답하지 않았다. 검사도 질문했지만, 답을 들을 수가 없었다. 다시 요사 변호사가 질문을 시작했다.

"아주머니는 그날 2층 방으로 올라갔을 때, 무슨 일이 있었죠?"

"두 사람이 엉겨 붙어 다투고 있었죠."

아주머니는 나를 한번 힐끔 보며 힘없이 말했다.

"그럼, 그 당시 살해한 그 큰 칼은 누구 가지고 있었나요?"

"그 칼은 그 조카가 가지고 있었습니다."

아주머니는 눈초리 내리깔고 그렇게 말했다.

"재판장님, 지금 증인을 거짓 증언을 하고 있습니다. 지금 검찰의 조사한 수사 기록엔 처음부터 피해자를 살해한 큰 칼은 이미 그녀의 방에 있었던 것으로 기록되어 있습니다."

그러자 그 거구의 검사와 멍청한 검사보도 벌떼처럼 들고일어났다.

그러면서 검사의 종합적인 의견으로는 아주머니의 답변은 일방적이고 모호하며 부당하고 부정확한 답변이라고 말했다. 검사의 논고는 존엄하고 냉정하게 판단해서 묻고 있었지만, 그 아주머니는 다시 딴청을 하며 눈동자를 아래로 내려다보며 대답 소리가 점점 작아졌다. 화가 난 검사는 법정에 증거물로 나온 큰 칼을 들고, 죄인이 큰 칼로 몇 시쯤 살인했냐고 물었고, 왜 증인은 적극적으로 피고인의 살인 행위를 막지 못 했냐고 물었고, 또한 왜 증인은 부엌 장식장 밑에 숨어 있었냐고 팔을 쳐들고 성을 내면서 얼굴을 붉히며 다시 물었다.

그러나 아주머니는 흐느껴 울며 답하지 않았다.

법정 심리는 아주머니가 우는 바람에 오전 시간을 허비했다. 밖은 온종일 소나기가 오락가락하다가 오후 2시쯤 법정 정리가 안으로 들어와서 엷은 커튼을 열어젖히자 잿빛으로 물든 햇볕이 법정 안을 환하게 밝혔다. 나의 일그러진 표정과 새하얗게 질린 모습이 드러났다. 곧바로 정리는 다시 커튼을 닫았다.

나의 일그러진 표정을 보면서 재판장은 아주머니를 의심하기 시작했다. 약간 눈동자가 사팔눈으로 재판장을 보는 것 같지만, 사실은 다른 곳을 보고 있었다. 그러면서 그 아주머니가 꾼 꿈 이야기가 법정 안팎으로 이상야릇한 이야기가 돌았다. 검사도 눈동자가 밝게 빛나고 있었고, 그 유모도 최근에 꿈을 꾸었는데, 너무도 이상야릇하고 희한한 꿈이라고 법원 정리가 서기에게 말한 것을 재판장에게 이야기했다.

하긴 재판장도 새벽부터 일찍 일어나 여러 차례 이상한 꿈을 꾼 것을 생각했지만, 이상하리만치 생각이 나지 않았다. 그리고 곧바로 서기가 전화했는데, 증인인 아주머니도 이상야릇한 꿈을 꾸었다고 했다. 그래서 재판장은 차를 마시면서 뚫어지게 천장을 바라보며 자신이 무슨 꿈을 꾼 것인지 심연에 쌓였다.

최근 재판장은 나이가 들면서 고독에 관해서 깊이 생각했다. 그가 고독감을 느끼면 느낄수록 더욱더 온몸으로 전해져 왔다. 이상한 꿈이며 지금 미묘한 파문이 있는 이방인 유학생 재판까지 그를 괴롭히고 있었다. 세상은 거울 속에서 보이는 속임수 같고 연극처럼 희한한 세상으로 본 것 같았다. 재판장은 법정에서 각종 재판 심리를 했지만, 지금은 전쟁 중이며, 게다가 그가 세상을 다 알 수는 없었다. 그건 그가 처음부터 그런 생각을 한 것이 아니라, 전쟁에 지면서 이를 다시 생각하게 된 것이다.

그리고 재판장은 다시 아주머니를 뚫어지게 바라보았다. 약간은 미모의 여인이고 뻔뻔스러운 표정에서 그는 갑자기 현실의 환멸을 느끼고 있었다.

특히 재판장이 미묘한 꿈을 꾼 날에 그 아주머니도 같은 이상야릇한 꿈 이야기에 그는 절망했다. 그녀는 재판장이 끊임없이 쳐다보자 불안감에 휩싸였다. 유모와 꿈 이야기가 법원 안에서 이상한 소문으로 떠돌자 화들짝 놀랐다. 사실, 그 아주머니는 자신이 미인인지 아니면 어느 정도 미모를 가졌는지 항상 궁금해했다.

그래서 사춘기 즈음에 마을 입구 호수에 가서 물 표면에 비친 자신의 얼굴을 보았다. 그러면서 오래전에 죽은 그녀의 언니를 생각했지만, 이젠 너무도 오래되어 생각나지 않았다. 그 유모를 보면서 새로운 사실을 발견하게 되었다. 그것은 그녀가 그 유모보다 미모의 여인이라고 자신하게 되었다. 이전에 알지 못했던 부분이었다. 새 둥지 집에 있었던 흑백 사진에서 흐릿하게 보인 언니의 얼굴과 자신의 얼굴을 매일 비교해 보았다.

그러면서 미묘한 미소를 띠었다.

자신의 얼굴이 언니보다 못하지 않다는 사실을 이제 알게 된 것이다. 그러면 다시 꿈 이야기로 돌아간다. 그 꿈에서 자신이 성형수술을 했다고 한다. 꿈은 꿈이지만 결코 이상한 꿈은 아니었다. 지금 비록 전쟁 중이지만 돈 많은 부인과 권력이 있는 여인들은 암암리에 성형수술을 하는 것이 유행이었고 일반적으로 하고 있었다.

그래서 아주머니는 머리를 염색했고 성형수술까지 했다.

수술하고 난 이후 자신의 얼굴을 보았을 때, 그녀는 자신의 얼굴이 언니보다 더욱 예쁜 얼굴인지 보았고, 곧바로 실망했으며 꿈에서 일어났다. 최근에 그런 이상한 꿈을 자주 꾸면서 심연에 들어갔다. 아주머니는 불안감에 잠을 자지 못했고 악몽에 시달리기까지 했다. 아주머니는 염주를 돌리며 남편과 자신이 믿는 종교에 가서 끝없이 참회해야 했다. 이후로, 아주머니는 내 얼굴을 보지 않으려고 한다고 요사가 말했다. 처음엔 남편까지 나서서 내 재판에 참석하지 않는다고 오랫동안 버티며 나오지 않았다.

결국은 법원 명령을 받고 강제로 끌려 나왔다.

곧바로 재판장은 여러 가지 예를 들어 피고인을 훈계하고 나서, 검사를 내려다보다가 다시 나를 뚫어지게 바라보았다. 그러면서 재판장은 나에게 "내가 지금 여기 대법정에서 이상하고 괴이한 것은 바로 당신입니다. 무슨 이유로 남편의 잠자리를 의도적으로 피하면서 일본 남성의 존엄을 짓밟고, 그런 합리적이고 이성적인 섹스를 못 하게 했습니까?" 하고 물었다.

나는 그 질문에는 답하지 않았다.

검사는 일어나려고 하다가 검사보에게 눈짓하자 그 거만한 검사보가 일어나서 "재판장님." 하고 나를 등진 채 인사하고는 나를 향해 서 있었다.

멍청하게 생긴 거만한 검사보는 '피고인은 일본으로 유학한 자금을 어디서 충당했냐고 묻고, 왜 이방인이 유학을 와서 일본 남자와 정식 결혼했으면 정상적인 가정생활과 학교생활을 병행하면서 집에서도 다툼없이 성실하게 성생활과 충실한 결혼 생활을 했으면 좋았을 것이라고 얼굴까지 붉히고 훈계하면서' 나에게 소리치며 말했다.

"내가 지금까지 조사한 바로는 '당신은 새 둥지 이웃과 학교 친구들과도 잘 어울리고 합리적인 성격으로 대했는지 물었지만, 모두가 불만이었다고 답했다.'" 하고 말했다.

"피고인은 불온 학생입니까? 혹은 불량 모임에 가입한 적이 있습니까? 혹시나 해서 묻는데, '당신은 이방인으로 애국 동지 모임에 가입했습니까?'"

하고 물었다.

지금까지 경찰들과 형사를 파견해서 히로시마 항구나 학교 주변을 탐문 수사하고 있다고 엄포를 놓으며 경고했다. 그리고 유다 학생에게 당신에 대해 물었더니 당신은 유학생 중에서 거만하고 공부 잘하는 것만 내세우며 인사성이 없고, 단지 학교에서 한 여학생과만 어울려 지냈다고 말했다. 나는 어이가 없어서 증언석에 앉아 긴 한숨을 내쉬었다. 언제 끝날지 모르는 이런 지겨운 법정 심리에 어처구니가 없었다.

하루가 지나고 곧바로 다음 날이 오자 어제처럼 태양 빛이 법정 안을 환하게 밝혔다.

난 다시 법정 교도관에게 끌려 나와서 들어오자마자 증언석에 앉았다. 재판장은 법정 심리가 이제 종장으로 가고 있다고 호언장담했다. 그러면서 재판장은 긴 팔을 한 번 위로 치켜세우며 길게 하품을 하듯 검사를 향해 귀에 대고 무엇인가 소곤거렸다. 증인 여러 명이 안으로 들어왔다. 유모가 먼저 들어오고 아주머니는 울면서 정리에게 몸부림치며 끌려 들어왔다.

곧바로 나는 증언석에서 내려오고 유모가 앉았다.

"저기 앉아 있는 저 아주머니와 증인은 가족입니까?"

검사보가 손가락으로 아주머니를 지적하며 유모에게 다가가서 물었다.

"예!"

그 유모는 다른 곳을 보며 크게 외쳤다.

우선 검사가 질문을 이어갔다.

"여기 증인을 잘 알고 있죠?"

미사의 대학교 사진을 보여 주자 유모는 고개를 끄덕이었다.

"정신 병원에 입원한 이 분의 유모라는 것이 사실인가요? 미사의 어머니와 대모도 정신 병원에서 같이 생활을 도우며 미사를 어릴 때 키운 것이 사실이죠?"

"예."

하고 유모가 답했다.

유모와 그 아주머니의 대질신문에서 아주머니는 거의 죽은 채로 고개를 숙이고 남편 손을 꼭 부여잡았다. 다리를 저는 남편은 자신 부인이 떨며 몸부림치는 장면을 보고 치를 떨었다. 거만한 검사보가 질문을 잠시 중단하자 요사는 재판장에게 발언권을 신청하여 일어나서 증인 앞에 서 있었다. 그러나 유모는 약간은 경기를 보이며 입술을 떨었고 이를 갈았다. 요사가 들고 있던 비단 주머니를 본 이후부터 그 유모는 당당하던 태도에서 고개를 숙였다.

"이런 비단 주머니는 알아보시겠죠?"

요사 변호사는 유모 앞까지 다가서 비단 주머니를 코앞에 대고 물었다. 유모는 땅바닥에 닿을 정도로 점점 고개를 숙였다. 그러자 재판장은 순간적으로 긴 한숨을 내쉬었다. 재판장은 일순간 법정 심리가 변해 가는 것을 염려했다.

그 이후로 유모는 대답하지 않았다. 유모 집에서 찾아낸 그 비단 주머니에는 금덩어리와 많은 돈이 숨겨져 있었다. 처음 아베 형사는 회장의 배 속에서 다량의 수면제가 발견된 것이 수사에 도움이 되었다고 생각했다. 그러면서 여러 가지 진실들을 수사 기록으로 남겼다. 검사가 피고인의 형량을 정하기 위해 재판장과 변호사와 상반된 의견 차이를 가지고 다툼을 벌이고 있을 즈음이었다. 평생을 대마도 섬을 벗어나지 못한 유모는 찢어지게 가난하게 살았었다. 그녀의 비단 주머니를 본 재판장은 경악했다.

그 비단 주머니 안에서 금덩어리 하나와 많은 돈이 쏟아져 나왔다. 재판장은 그 금덩어리를 본 순간 입을 닫지 못했다.

재판장은 연인의 집에서 콜레라에 의한 법원 심리를 연기하며 두문불출했다.

한 달이 지나 다시 법정이 열리면서 요사는 여러 명의 증인을 새로 신청했다.

시간이 흘러갈수록 유모의 증언에서 불리한 이야기들이 나오면서 거구의 검사는 검시관을 증인으로 불렀다. 그리고 이 재판에 가장 중요한 피해자를 죽인 증거물인 큰 칼을 증인이나 방청객에게 보여주면서 이렇게 외쳤다.

"이런 위대한 전쟁 와중에 조선인이 남편을 살해하는 무자비한 사건이 벌어진 것은 위로는 천황폐하와 아래엔 일반 시민들에게까지 무자비한 죄를 지은 피고인은 악녀입니다."

검사의 말에 놀란 두 변호사가 일어나 거친 항의를 했다.

"그럼, 피고인의 살해수법과 살해 목적에서 이미 피고인은 큰 칼을 준비해서 침대 밑에 숨겼다는 것이 사실입니까?"

다시금 검사보가 캐어 물었다. 검사보는 천성이 우둔한 자이고 성적인 힘이 강했다. 짧은 머리에 각진 얼굴이 말해 주듯 강성 이미지에 우둔한 자였다. 그 검사보는 검사의 눈치를 보며 자신의 피지배국에서 온 유학생을 몰아붙였다. 지금 재판장에 있는 방청객이나 재판장에게 자신의 법적인 논리를 강요하듯 나에게 질문했다. 재판장이 그런 논고를 허용했을 때 거만한 검사보는 피고인을 미묘한 눈빛으로 내려다보며 이렇게 외쳤다.

　검사보는 우선 법정이나 법정 밖에서 이미 여러 수단을 써서 유모에게 가용한 수단으로 압력을 가했다. 검사보는 밤중에 유모를 은밀히 불러내서 가진 수단을 써서 공갈 협박을 했다. 그것이 대일본제국을 위하는 길이라고 생각했다.

　나는 당시에는 무슨 영문인지 몰랐으나 재판장이나 검사가 이미 나의 피의 사실을 짜 맞춘 것 같은 느낌은 들었다. 내가 일어나려 하자 그 재판장의 표정은 이미 굳어 있었다. 나의 심장은 요란하게 요동치며 참을 수가 없었다. 여긴 내 나라도 아닐 뿐더러 나를 믿고 내가 왜 그를 죽여야 했는지 잘 알고 있는 사람은 요사뿐이었다.

　재판장은 소란스러운 분위기에 놀라 방망이를 거칠게 두드렸다.

　"두 검사는 살해사건에 대한 법리 공방 이전으로 돌아가는 그 어떤 시도도 그리고 법정에서 판결이 나지 않은 모든 사건에 대한 예단도 허용하지 않겠습니다."

　재판장은 많은 관심이 집중된 자신이 신이 된 듯 법정을 내려다보았다.

　그러나 요사는 회심의 미소를 나에게 보냈다. 며칠 전부터 법정 심의는 시간을 다투면서 계속되었다. 미군기에 폭격이 여기 항구까지 심해지면서 사람들이 불안해하고 이번 전쟁에서 패한다는 소문이 끊이지 않았다. 소문을 잠재우기 위해 시청이나 군청 직원들이 동원되었고 극우주의자들도 불안과 분노를 느끼면서 차량 시위와 반강제적인 힘을 동원하여 더욱 크게 차량 확성기로 소리쳤다 극도로 지친 시민들을 압도당했다.

　유모는 법정에서 이렇게 증언했다.

　"나한테는 풍요롭고 정직하게 살 권리가 있었지만, 그리고 미사를 키우면서 행복한 때도 있었다. 그러나 전쟁이 나고 모든 행복한 삶이 끝났다. 남편이 전쟁에 나가서 전사하자 미사 어머니는 오랫동안 정신 병원에 입원해 있다가 죽었다. 그러면서 나는 미사를 키우는 것이 내 의무이자 삶이었는데, 그 딸은 토요토미 후손의 피를 벗어나지 못했다. 초등학교에 들어가서 학교에서 항상 말썽을 피우고 싸우는 바람에 하루도 편할 날이 없었다. 내가 붙임성이 있는 사람도 아니며 내가 나를 잘 알고 있으므로 항상 조심하고 살았다. 그러나 하나의 희망인 미사가 자라면서 내 마음의 상처는 더 깊어졌다. 그 누구도 나를 위해 우는 사람도 없었고, 협박이나 공갈을 당하면서, 위선의 사회, 배신의 상처는 깊은 후회의 삶으로 나를 몰아갔다. 여러 번 자살하려고 생각했지만, 미사 어머니가 자살한 일이 늘 마음에 걸렸다. 내 입이나 몸 안을 들여다보면, 막 날개가 자라기를 기다리며 꿈틀대는 거짓의 구더기들이 보일 겁니다. 우린 전쟁으로 온 국토가 황폐해지고 세상은 거짓과 위선으로 들끓으면서 우리의 영혼까지 옥죄어 온 것이죠. 내 아들과 젊은 청년들은 모두 전쟁터에 끌려가고 먹을 것 모두를 전쟁터에 공출해야 하는 운명에서 우린 아이들과 울부짖는 나날을 보내고 있었습니다."

아주머니에게 유모가 했던 이야기 중 일부이고, 사실 유모는 아주머니의 배다른 동생이었다.

아베 형사가 가지고 있던 수사 기록의 일부였다. 그러나 그 유모도 미사처럼 약간은 정신착란으로 병원에서 통원 치료를 했다고 조사한 사건기록이 있었다. 그러나 아베 형사 부인의 농간으로 형사가 잠적한 후 법정의 증인으로 나오지는 않았다. 요사는 큰 곤경에 처했다. 재판장은 아베 형사가 법정에 나오지 않자, 그 형사가 조사한 모든 기록을 증거물에서 배제했다.

"난 아베 형사의 조사 기록에 대한 확인 절차를 거쳐야 하지만 무슨 이유에서인지는 몰라도 그 형사가 잠적한 것은 법정 논고와 아무 관련이 없다는 것을 여러분에게 상기시킵니다."

법정에서 재판장은 단호하게 말했다.

그러면서 전쟁에서 '죽은 자의 저주'가 지옥에 있는 사후 세계를 떠돌고 있었고, 산 자의 슬픔은 우리가 겪는 지금처럼 환상의 세계나 현실의 세계는 아닐 것이다. 지금 전쟁으로 남편을 잃은 미망인들이나 자식을 잃은 아버지와 그 어머니의 애끓는 묘혈을 본 위정자들이나 전쟁 극우주의자들이 전쟁의 당위성을 뻔뻔하게 내세우는 것이다. 여러 종교가 생긴 일본은 사이비 종교까지 판을 치며 그들의 자식이 사이비 종교를 믿는 것만 해도 미칠 것 같아 세상을 원망하고 절규하지만 들어온 답은 더 무자비한 전쟁의 소용돌이 속으로 휩쓸려 가는 사회의 면면이나 벽을 보는 것 같은 현실이다. 그러면서 이상한 사이비 종교는 전쟁 속에서 인간의 허망하고 무절제한 영혼을 파고들었다.

아주머니는 나름대로 이상한 종교지만, 유모는 사이비 종교에 빠져 있었다. 대마도 섬에 처음 생긴 사이비 종교에서 비롯된 이상야릇한 종교는 전쟁이 나면서 전쟁미망인이나 미혹한 사람들에게 파고들었다. 유모는 작고 약간 통통한 몸매에, 피부는 대마도 바람에 그을린 듯 가무잡잡했고, 눈동자는 거의 보이지 않을 정도 바늘구멍만 했다. 거의 칙칙한 기모노 차림에 밑에 아무것도 거치지 않았다고 면장이 흉을 본 적도 있었다.

그리고 아주머니와 고베 회장님이 대마도 섬에서 재산을 정리하는 과정에서 서로 다투게 되었고, 회장님은 죽음으로 대가를 치르게 되었다. 요사 변호사는 그 점에 유의해서 지켜보았다. 단 두 사람이 있을 땐 아주머니가 주도권을 쥐고 흔들었지만, 회장이 죽고 나서는 그 아주머니도 유모에게 호되게 당했다고 대마도 면장이 말했다. 유모는 항상 불안정하고 이상하게 삶이 꼬여가면서 아주머니에게 그 모든 책임을 뒤집어 씌웠다. 그래야 그녀 자신의 추한 생애를 면할 수 있다고 본 것이다. 그리고 지금까지 대마도 섬에서 외롭고 무지하게 삶을 강탈 당했다고 생각하는 마음을 치유할 수 있었다.

재판과정 중 그 아주머니의 미소에 다시 눈을 뜬다.
그 아주머니 눈빛을 보았을 때, 나는 꿈을 꾼 것처럼 그 아주머니의 진심이나 맛을 기억해냈고 법정 안에서 아주머니는 미소로 답했다.
아주머니의 '비밀의 문'은 처음 맛본 어묵탕이나 덴 부라, 생선 초밥, 우매 부시, 가락국수, 메밀 등등을 생각나게 했고 요사는 입맛이 돌게 한 것이 회장님의 부인이 만들었다는 사실을 알아냈다. 그리고 아주머니도 회장님 부인의 배다른 동생으로 밝혀지면서 회장님 집에 있던 '비밀의 문'에 한 발짝 가까이 다가선 것 같았다. 요사가 알아낸 것은 동경에 변호사 사무실에 회장님이 유언장을 작성할 때, 대표 변호사인 사토 변호사에게 위임한 내용에서 여러 가지를 추측할 수 있었다.
그래서 아주머니의 상속 재산은 회장님 부인이 이미 사망했을 때 상속에 관한 문서들을 작성해서 회장님이 사망하면 처리하도록 아주머니의 언니가 해 놓은 것이다. 조카도 어느 정도 그런 사실을 알고서 아주머니에게 더욱 모질게 대했다.
"아주머니 모습이 회장님 사모님과 거의 같다."
하고 요사가 말했다.
난 그 이야기를 듣고서 아주머니를 생각했다. 그녀는 거의 집안 살림들을 도맡아 했다. 그래서 더욱 그 조카의 분노가 심했다. 그러면서 자연스럽게 그 가족의 수난사가 가감 없이 신문 기사에 났고, 요사 변호사도 동경 법인 사무실을 통해 대마도 섬의 재산 상속에 관한 사실을 일부 알게 되었다.

회장님이 죽기 전, 여러 가지 대마도 섬에 있는 땅 일부를 아주머니에게 상속한 서류들을 찾았다. 그것은 하루 형사가 회장님 살해사건을 조사하다가 사라진 아베 형사의 수사 기록을 입수하는 과정에서 나왔다. 아베 형사 옆자리에서 근무하던 하루 형사는 아베 형사가 사무실에 나오지 않자 그 책상 위에 여러 가지 수사 기록을 볼 수가 있었다. 살인자에게 아무 특권도 존재하지 않았고, 나에 관한 소문이나 여러 가지 하찮은 일까지 아베 형사는 조사했다고 요사가 전해 주었다. 그러나 지금 고베 회장님의 사건과 히로시마 살인사건에서 여러 가지 유사점을 찾을 수가 있었다. 요사 변호사는 그 점에 유의했다.

대마도 섬에서 일어난 회장님의 놀라운 살인사건은 미궁으로 빠질 뻔한 위험성이 있었다. 처음에 요사가 간과한 것은 회장님이 자살인지 타살인지가 명확하게 드러나지 않아서이다. 그래서 요사는 시체를 부검해야 더욱 정확한 사망 원인을 밝혀낼 수가 있다고 했다. 그러나 대마도 지방 경시청은 회장님의 부검을 쉽게 결론 내지 못하고 쉬쉬하고 있었다. 요사는 조카가 뒤에서 대마도 지방 경시청에 압력을 행사하고 있다고 본 것이다. 조카는 당시 상황에서 회장님의 유일한 상속자였기 때문이다.

요사는 그것을 인정하지 않을 수도 없었고, 뚜렷한 방법도 없었다. 나는 그런 상황에서 더욱 절망에 빠졌다. 요사는 말하지 않았지만, 아주머니의 법정 증언이 꼭 필요했다. 아주머니를 증언으로 불렀지만, 아주머니는 끝끝내 법정 안에서 볼 수가 없었다. 나도 그 상황을 인식했고 못생긴 여자 간수의 이야기 속에서 단편적으로 아주머니의 소문을 들을 수 있었다.

그 아주머니와 유모는 배다른 동생이었고 회장님의 사모님이 아주머니의 친언니였다.

이런 세 여자의 숙명이 회장님뿐만 아니라 조카에게도 어느 정도 영향을 미쳤을 것이라고 요사가 말했다. 가난하고 척박한 대마도 섬에서 태어난 세 자매 중 한 여자는 배다른 동생인 관계로 서로 어긋나기 시작했을 것이다. 한 살 차이인 그 아주머니와 언니는 거의 생김새가 같았다고 배다른 유모가 말했다.

아베 형사 사건기록에도 그런 내용이 있었다.

그러나 법정에 논고가 종장을 향하면서 그 유모는 법정에서 이상한 이야기를 증언했다.

"저 언니가 회장님의 사모님을 질투해서 사실은 큰 언니가 빨리 죽은 것이다."

유모는 증언석에서 앉아 울고 있는 아주머니를 향해 손가락질했다. 울던 아주머니는 일어나 증언석으로 가려고 하자 법정 정리가 앞을 막아섰다. 법정은 순식간에 아수라장으로 변했다. 재판장은 그 장면을 보며 법정 방망이를 쳐들고 연속적으로 '땅! 땅! 땅!' 내리쳤다. 그 이후로 아주머니가 끌려 나가고 유모는 이렇게 진술했다.

진실은 큰언니의 심장이 약한 것도 아니었다.

큰언니는 나에게 큰 재산을 남겨주고 대마도 섬에 있는 큰언니의 땅도 남겨 주려고 했다. 그러나 저 언니가 나중에 알고 항의하며 악장을 치는 바람에 큰언니가 일찍 사망한 것이다.

한 여인이 원한을 품으면 여름에도 서리가 내린다는 속담이 그 이후로 대마도 섬에 돌았다.

그리하여 배다른 유모는 천대받고 살 곳이 마땅치 않아서 대마도에서 언니의 딸인 미사를 돌보게 된 것이었다.

지금의 살인사건은 나의 모든 것을 회생시켰고, 지난 수년 동안 죄를 짓는 양심이 있는 인간으로서 안일하게 살아왔던 우리 인간들의 무자비한 잔인성과 비열함을 스스로가 서로 생각하며 절망에 빠지게 했다. 그러나 요사는 그런 것을 자인하는 인간이 되기엔 아직도 부족한 것이 많았다고 말했다. 그러면서 지금 사랑하는 여인이 교도소에 살인자로 재판을 받고 있지만, 그는 무력하고 비열한 한 남자에 불과했다고 말한다.

결국은 척박한 전쟁 속에서 세 여자의 운명과 병든 여인의 질투가 나에게까지 전염되는 듯했다고 요사가 말했다.

지금 비록 그녀가 억압받는 한 나라의 여성이며 유학생으로서 여기와 있는 것이다. 그러나 우리 모두 나서서 그녀를 괴롭히고 그녀의 공부를 방해하면서 집단적인 광기를 그녀에게 보인 것이다. 그의 마음 가장 깊숙한 데에서는 자신의 행동이 추악하고 비겁하며 잔인한 짓이라고 생각했다. 그러면서 그는 대일본제국의 변호사로 고상한 한 여인에 불과한 유학생을 집단적인 광기로 몰아서 결국 그녀가 살인할 수밖에 없었던 시대적 배경과 그녀가 그렇게 살인할 수밖에 없었던 우리의 집단적인 광기가 법정에서 백일화로 밝혀질 것이라고 했다. 우린 방관자로 오래도록 남아 있을 것이라는 자조 섞인 말이나 농담을 하며, 우리의 양심을 한 꺼풀 뒤집어 보면서 추악한 현실을 고려해야 한다고 했다. 그는 자신이 지금까지 일본에서 일어난 그 모든 것의 방관자이며 전제주의자라고 고백했다. 그들은 세계대전을 일으킨 군국주의자와 전체주의자들의 횡포를 무시하고 스스로 학생이라 전쟁에 참여하지 않는 것, 지금에서 옳고 그름인지조차 명확하지도 않았고 명분조차 퇴색하고 있었다는 것이다.

우리가 꿈꾼 그런 환상은 존재하지 않았다.

어느 책에서 본 '태고의 세상'은 여러 가지 인간의 사후 세계를 환상적으로 묘사했지만, 모든 사람에게 영적인 환상의 길로 인도하지는 못했다. 단지 꿈을 꾼 것 같았다. 어느 순간 난 히로시마 전쟁에서 가장 가혹한 전쟁 피의자로 교도소에 수감 된 것이다. 요사는 끝까지 내 눈빛을 주시했다. 내가 그를 살해한 것은 사실이지만, 그런 행위 자체를 정의라고 생각하게 했다. 요사가 변론하는 말에도 새로운 의미가 숨어 있었다.

은연중, 그는 나에게 밖의 세상을 돌아보게 했다.
시를 읽으며 치솟는 감정이나 고뇌를 상쇄시켰다.
"요사는 고베 가족에 대한 여러 가지 억측들과 진실을 알아야 한다!"
요사는 내가 누워 단식 투쟁을 하고 있을 때, 이렇게 외쳤다. 이것만이 유일한 자구책이고 그녀와 그녀의 조국에게 하나의 용서를 구하는 것이라고 생각했다. 여기 법정에서 벌어지는 법정 심리 과정에서 한 점 의혹 없이 진실이 밝혀지는 것만이 그에게는 이 세상을 살아가는 보람이라고 말했다.
그녀가 살인을 할 수밖에 없었던 한계상황을 정확하고 적나라하게 만천하에 들어낼 것이라고 말했다.
"며칠 전, 여기 법정 정리가 여러 사람에게 이야기를 하는 것을 들었지. 그는 더욱 큰 소리로 나는 처음 그녀를 보았을 때, 너무도 놀라움에 감정을 감출 수가 없었다. 그녀가 비록 살인자이며 피의자라고 하여도 그녀의 생김새나 인간미는 간수의 이야기에서만 국한된 것도 아니고 나도 직접 교도소에서 보았는데, 그녀는 피의자라기보다 성녀처럼 의젓하고 자신의 죄를 인정하면서도 결국은 진실과 정의는 바르게 밝혀지지 않을 것이라고 말했다. 그러면서도 그녀는 자신이 일본에서 여러 가지 사실과 진심을 보았는데, 그녀와 변호사 간에 사랑은 지금도 법정에서 회자된다고 말했다."

 사실 그런 이야기는 법정 정리가 말한 것은 아니고 교도소 여자 간수 입에서 전부 나온 이야기 중에서 일부 내용이었다. 그 여자 간수는 무엇 때문인지 모르지만, 그녀가 피의자라기보다 한 여자이고 여학생으로 지금도 생각하고 비번일 때도 그녀가 재판이 있을 때는 매일 재판을 보려고 하고 있다고 한 신문사의 기사가 올라와 있었다.
 나는 여자 간수의 신문 기사를 요사와 함께 읽었다. 그건 사람이 살아가면서 흔하게 생기는 일은 아닌데, 지금 일본은 그것이 기사와 뉴스가 되는 것이다. 그러면서 한 작은 신문 기사가 눈에 띄었다.
 "대마도 섬에 살던 도요토미 미사 양의 유모가 히로시마에 나타났다."
 "이지 언니, 우리가 지금부터 미사의 유모를 살펴봐야 할 것 같습니다."
 요사가 언니에게 이야기했다.
 "우리가 계속 진실을 밝혀내도 결국은 우린 그것을 두려워할 것이다."
 요사가 말했다. 언니는 요사의 이야기를 듣고 그를 오랫동안 쳐다보았다. 난 단편적으로 요사 변호사가 전해 주는 이야기를 듣고만 있을 뿐이었다.
 "미사의 유모는 사교적이고 교조적인 세상에서 현실 세상으로 나온 것뿐이다."
하고 대마도 섬에 면장이 말했다. 하루 형사가 사건 보고서에 기록한 내용이었다.
 그것은 미사 어머니와 아버지가 도요토미 가에 후손으로 밝혀지면서 한 지방 신문 기사에도 실렸다.
 "그럼, 미사의 부모님은 같은 후손이고 같은 성씨로 결혼을 한 것이죠?"

이지 언니가 물었다.

"맞습니다. 이종사촌 간이었죠?"

요사가 이야기한 부분이었다.

전쟁이 나고 그 아버지가 전쟁에 참전하면서 미사의 어머니는 미사를 낳고 나서 이상한 행동을 보이고 정신이상자로 정신 병원에 입원했습니다. 나중엔 병원을 도망치고 무당이 되었다고 유모한테 들었다며 대마도 섬의 면장이 말했다. 미사의 어머니는 히로시마 정신 병원을 도망친 이후, 대마도 섬으로 유모와 같이 와서 신내림을 받아서 무당이 된 것으로 보였다.

하루 형사는 대마도 섬에서 요사와 같이 그것을 추적하고 있었다. 아베 형사는 미사의 어머니와 잘 아는 사이라고 했다. 이종사촌 간에 결혼은 이미 정해진 결혼이었고, 전쟁이 나면서 두 사람은 결혼했다. 가족 간의 결혼이면서 그사이에 난 미사의 열등의식이 어릴 때부터 눈에 띄었다고 유모가 말했다. 항상 학교에서 아이들과 다투어 유모가 학교에 불려 갔다. 그녀의 엄마가 무당이라는 자격지심이 어린 그녀를 괴롭혔다고 아베 형사가 사건기록으로 남겼다. 그 형사는 지금은 거의 은퇴할 나이가 되어 자기 부인의 조종을 받아서 도망을 친 것으로 파악되었다. 요사는 지금까지 조사한 기록들을 검토한 후 유모와 아주머니의 엇갈린 진술에 주목했다. 그리고 미사는 한 살 어린 동생이 있다는 사실도 뒤늦게 밝혀졌다.

그 전쟁 영웅은 이미 다른 여인과의 사이에서 미사의 배다른 여동생을 본 것이었다. 그러나 가족들이 쉬쉬하는 바람에 지금까지 베일에 싸여 최근 대마도 섬에 어느 작은 신문사의 신문기자가 이를 밝혀냈다. 요사가 아주머니에게 물었지만, 그녀는 끝내 입을 열지 않았다. 그러나 아베 형사가 전한 이야기에서 여러 가지 사실들이 드러났다. 아베 형사의 부인이 유모와 친한 것도 있지만, 그 부인은 유모에게 남다르게 배려했다.

그러면서 그 유모는 순순히 모든 사실을 밝혔다.

난, 다른 생각을 하다가 재판장이 나를 보고 외치자 정신이 들었다.

"당신의 진술서에는 결혼하지 않았다."

안경을 쓴 변호사는 나에게 이런 질문을 던졌다.

"그가 내 생각을 무시하고 강제로 나에게서 도장을 받아 갔다. 내가 주장하는 것은 바로 이것이다. 내가 그와 결혼을 하게 된 것은 하룻밤 그와 강제로 잠을 잔 것 이외는 아무것도 없다. 결혼식도 없었다. 그리고 내 조국에 있는 어머니에게 결혼 승낙을 받지 못했다. 이 결혼을 인정하지 못하는 이유 중에 가장 큰 것이다."

나는 강력하게 주장했다. 거구인 검사는 재판의 흐름을 바뀌기 위해서 사체를 검안한 검시관을 불러냈다. 그리고 증인과 증거물을 방청객에게 다시 확인시키는 절차를 거쳤다. 난 잠시 그 검사가 든 증거물인 내가 살인에 사용했던 큰 가도인 부엌칼을 다시 보았다. 그러자 검사는 내 모습을 보았는지 나를 향해 살인했던 큰 칼을 치켜들었다.

그러자 재판장은 약간은 불만 섞인 표정으로 증인들에게 모두 자리에 앉고 조용히 하라고 말했다. 재판장은 자신의 부인 몰래 최근 만나는 묘령의 여인을 생각하면서 속히 재판을 끝내고 싶은 심정이었다. 그러나 재판이 진행되면서 피고인은 점점 희망을 버린 것이 아니고 희망과 삶의 소망까지 겹쳐 차츰 그녀가 재판에 흥미를 느끼며 즐기고 있는 것 같은 느낌을 받았다. 재판장은 그녀가 예쁜 얼굴을 가진 여인이라는 것을 처음으로 느낀 것이다. 그는 뒤늦게 후회하며 피고인에게 눈을 떼지 못했다.

그러자 그 거구의 검사는 큰 소리로 "재판장님!" 하고 소리를 쳤다.

그러자 방청객들은 큰 소리로 웃는다.

"내 생각은 이렇습니다. 당신의 나라에서는 부모님의 승낙이 있어야 정식으로 결혼을 인정받습니까?"

그 변호사는 안경을 벗으면서 이렇게 말했다. 그 변호사의 질문에 당황했지만 나는 표정을 밝게 가지며 이렇게 다시 말했다.

"그렇습니다. 부모님에게 인정받지 않은 결혼식은 결혼이 아닙니다. 허구입니다. 그는 내 말을 듣지도 않았습니다. 이해하려고도 하지 않습니다."

내 이야기에 법정 안 사람들이 웅성거리기 시작했다. 재판장은 법정에서 소란 행위는 엄하게 다스리겠다고 했다. 일순간 조용해졌다.

"그러면 피해자인 당신 남편은 강제로 결혼 신고를 한 것이군요?"

"그렇습니다. 그가 나를 강제로 강간한 다음 결혼식 문서에 반강제적으로 도장을 받은 것입니다. 나는 처음부터 이 결혼식은 무효라고 주장했습니다. 만약에 결혼을 원한다면 우리나라에 가서 어머니에게 결혼 승낙을 받아야 한다고 했습니다."

"재판장님, 피고가 주장하는 우리나라라는 말은 부당한 주장입니다. 대한제국도 엄연히 일본제국에 예속된 나라입니다. 피고의 주장에 경고를 보냅니다."

갑자기 검사가 일어나서 이렇게 외쳤다.

요사가 일어났다.

"이건 주권의 문제가 아닙니다. 우리 법정은 주권을 심사하는 것이 아니고 살인에 대해 재판을 하는 중입니다."

재판장은 한동안 망설이다가 옆에 배석한 판사들에게 귓엣말로 이야기하고 있었다. 5분이 지나고 10분이 지나자 재판장은 크게 헛기침하고 나서 이렇게 정리했다.

"그 이야기는 여기 본 건의 살인 재판과 관계가 없으니 무시하고 재판을 진행하겠습니다."

안경 낀 변호사는 안면에 웃음을 가득 담고 일어나 이렇게 질문했다.

"그러므로 나는 잠자리를 거부했습니다. 계속 피해자에게 이런 의견을 말했습니까?"

그 변호사는 내 말이 끝나기가 무섭게 다시 이런 질문을 했다.

"그래서 나는 잠자리를 거부했습니다."

그 이야기에 법정 안은 다시 술렁거리기 시작했다.

"무슨 잠자리를 거부했죠? 무슨 이야기입니까? 왜 갑자기 재판장 안에서 밤의 잠자리가 나오는지 이해가 가지 않습니다."

그런 말이 여기저기서 들렸다. 재판장은 화가 났는지 여러 번 방망이로 책상을 두드렸다. 회장님의 살해사건에 관한 여러 가지 이야기도 나왔지만, 결국은 살해사건에 대해 그 어떤 것도 속 시원하게 밝혀진 것은 없었다. 회장님 사망의 원흉은 하늘 아래에서 억울한 운명의 신이 데려간 것이다. 이 잔인하고 무도한 전쟁이라는 자연의 재앙 앞에서 정의는 죽고 진실은 감추어진 것이다.

"방청객은 조용히 듣고 봐야 합니다. 여기는 신성한 법정입니다!"

재판장의 협박에 일순간 조용해졌다. 소금을 뿌린 듯 침묵했다. 변호사는 재판장의 말이 끝나기가 무섭게 이렇게 강변했다.

"아, 그러니까 그 이후로 잠자리를 거부해서 그가 강압적으로 나온 것입니까? 내 생각이 처음부터 맞습니다. 젊은 여성이 낯선 나라에 의학 공부를 하러 왔지, 결혼하러 온 것은 아닙니다. 그런데 그가 삼촌 집에 온 이국 학생을 강제로 추행했으므로 그가 대일본제국의 법을 위반한 것입니다. 살인 이전에 먼저 피해자는 형벌을 위반한 것입니다. 그러면서 그 피해자는 여러 번 그녀를 강제로 차에 태워서 성추행한 적도 있다는 것입니다."

"고인이 된 피해자를 혹평하는 것은 월권입니다. 그 어디에도 강제로 성추행했다는 증거는 없습니다. 정식으로 여성에게 도장을 받아서 면사무소에 서류들을 제출한 것이 잘못입니까?"

변호사가 이야기를 끝내고 앉자마자 검사는 서류를 흔들며 외쳤다. 그 검사는 강한 어투로 이렇게 주장했다. 그 이야기에 화가 난 안경 낀 변호사는 서류를 들고나와 그 도식적인 재판장에게 건네주며 등진 채 거구의 검사를 바라보았다. 안경 안으로 이상야릇한 미소를 띤 변호사는 다시 가방 안에서 다른 서류 뭉치를 꺼내 한 부는 서기에게 다른 한 부는 검사보에게 주면서 이렇게 말했다.

"지금 건넨 서류를 잘 보시면 그 유모와 아주머니 관계와 미사 가족 관계를 적나라하게 볼 수 있는 증거들입니다."

우선 재판장은 서류를 내려다보면서 자신이 지금까지 염려했던 진실을 항상 걱정해 왔다. 재판장은 거구의 검사에게 한 통의 편지를 받은 적이 있어 다른 그 누구보다 지금의 법정 안의 분위기를 짐작할 수 있었다. 나는 요사를 쳐다보았다. 그에 관한 생각이 나자 심장에서 분노가 치밀어 오고 좌불안석으로 자리까지 불편했다.

"피고인 무슨 생각을 하십니까?"

내가 아래를 내려다보니 음흉한 모습의 검사가 나를 보며 다그쳤다.

거구의 검사가 나를 뚫어지게 바라보고 있었다. 재판장도 거의 나를 바라보고 있었기 때문에 방청객들도 나를 바라보았다.

재판장은 거구의 검사가 검시 보고서를 들고 있는 것을 보며 서기에게 무언가를 지시했다.

운명의 신이 한 발 앞으로 나에게 다가선다.

나로 인해 병원은 하루도 조용할 날이 없었다. 나는 병원에서 감옥으로 갈 것을 이야기했지만 요사는 들은 척도 하지 않고 밖에 있는 변호사와 무엇인가를 이야기를 하고 있었고, 여기 병실 안은 썩은 냄새가 나는 거처럼 불쾌한 냄새가 진동했다. 내가 겪었던 기억이나 순간들은 고스란히 내 추상 속에 숨어 있었다.

정오의 태양이 그렇게 아름답고 찬란한지 처음 느낀 것은 지하 옥방에서부터이다. 이제는 언제 내가 다시 태양볕에 앉아서 우수를 즐길 수 있을지 아무도 모른다. 신도 그런 사실을 알 수 있을까? 무더웠던 무더위는 온데간데없고 창문에 차디찬 새벽이 내려앉았다. 그냥 우린 우주 한가운데에 있는 시간을 믿기로 했다.

내가 꾼 추상의 세상은 아름답다. 추상의 세상을 꿈꾸는 것, 환상의 세계로 나가는 길이다. 그 길이 비록 외롭고 모질고 질겨도 그 끝은 아름답다. 우린 인생의 길에서 시간과 침묵과 꿈에서도 질긴 인연처럼 이어져 갈 것이다.

그러면서 내가 지금까지 느낀 비애를 다시 되풀이해서 반문한다.

법정 심리에서 임진왜란 동안 일본 군인들에게 잘린 숨진 우리 백성들의 귀나 코가 그 사당 뒤쪽의 돌무덤 속에 묻혔다는 이야기까지 나왔다. 요사 변호사는 그건 여기 재판 심리에 아무 도움이 되지 않는다고 강하게 항의했지만, 그 재판장은 딴생각을 했는지 그냥 지나치고 말았다. 법정 심리는 점점 이상하고 미묘한 문제까지 나왔다.

더는 무엇을 말하랴!

이런 참혹하고 냉정한 나라에서 내가 무엇을 배우러 온 것이었던가? 지금 전 세계를 향해 총부리를 겨누고 있는 이런 무도한 나라의 바탕엔 전쟁 극우주의자들이 눈빛을 번뜩이고 있으며 전쟁의 원흉처럼 사악한 영혼이 일본인의 마음에 숨어 있었다.

"내가 당시 그 돌무덤을 보고 있을 때 그가 나타났다. 그는 나를 뒤에서 잡았다. 강제로 뒤에서 젖가슴을 만지며 나를 자신의 차로 끌고 갔다. 그곳엔 미사라고 하는 그녀가 나무 뒤에서 보고 있었다. 나는 어디론가 집으로 끌려가서 강제로 추행을 당했다."

그 말에 음흉한 검사는 고개를 숙였다. 다시 안경을 벗은 변호사는 짜증 섞인 어투로 이렇게 말했다. 안경 낀 변호사가 일어나서 나를 뚫어지게 쳐다보았다. 요사도 나를 유심히 쳐다보았다. 나는 아무 말도 할 수 없었다. 말이 나오지 않았다. 이런 치욕스러운 자리에서 더 앉아 있을 용기가 없었다. 기억이 다시 꿈틀대며 내 뇌리를 자극하였다. 마치 뱀이 내 머릿속을 헤집고 다니는 듯 치를 떨었다. 난 어제 지친 마음을 달래러 창문에 올라타서 밖을 내다봤다. 먼 산이 앞으로 당겨져 보였다. 혹시 내가 망상에 사로잡힌 것은 아닌지 다시 보았다. 영혼에 따라 가까운 것이 멀리 느껴지고 먼 곳도 앞에 보이는 것이다.

"그대여! 여인이여? 당신은 진정 여기서 무엇을 원하는가? 죽음이 아니면 진정으로 삶을 원하는가? 여기 고요와 침묵으로 항거하는 그녀에게 히로시마 여인들이 그 어떤 답을 줄 것인가?"

"피고인은 고개를 드세요."

재판장 소리가 들렸다. 요사가 위에서 굳은 표정으로 나를 바라보았다.

나는 잠시 정신을 잃었는지 법정 안에서 누워있었다. 요사는 앉아서 나의 머리를 받치고 변호사는 걱정 섞인 표정으로 나를 내려다보았다. 여러 사람이 내 주위를 둘러싸고 있었다. 응급차 소리를 듣고 다시 정신을 잃었다. 깊은 밤 외로이 떠도는 공기가 흩어지면서 어디서 울리는 응급차 소리에 밤의 깊이는 깊어 갔고 나는 다시 잠에서 깨어났다.

"여기가 어디죠?"

간호사는 나를 바라보고 있었다.

"어머, 깨어나셨네요. 우리 모두 걱정했습니다."

그때 안경을 낀 변호사가 안으로 들어왔다. 나는 그를 찾으려고 사방을 바라보았다.

"아, 그 친구는 일 때문에 잠시 밖에 나갔습니다."
하고 말했다.

다시 여러 생각이 머리에 스쳤다.

'내가 왜 여기에 있는가? 그리고 왜 그를 죽였는가?'

그는 나에게 "내가 두렵나요? 내가 싫은가요?" 하고 나중에 사정하다시피 했다.

나는 끔찍하다고 말해 버렸다. 지금 와서 생각하니 내가 너무했던 건 아닌가 싶다. 그렇게 지겹게 생긴 사람도 아니고 못생긴 것도 아니다. 다만 내가 그곳에서 자리도 잡기 전, 그는 나에게 달려들다시피 했다. 하긴, 그의 심정은 지금 이해가 간다. 그 나라 사람들의 모습이나 특히 입안의 이빨 형태는 제각각이었다. 처음은 이해하지 못했지만, 나중에 어머니 이야기가 생각났다. 우선 일본 땅의 물에 관한 이야기가 생각났다.

어쨌든 그들은 우리와 다르므로 우리를 괴롭히는 일들이 다반사인 것은 사실이었다.

그런 예로 나는 귀 돌무덤이라는 곳에 자주 찾아간 적이 있다. 신사 바로 옆에 있어서 찾아갔지만, 처음에는 그곳이 귀 무덤인지는 알지 못했다. 우리 조상 등이 구천을 떠돌고 흉한 소리를 내면서 통곡하는 소리가 지금은 들리는 듯했다. 그 당시는 그곳을 배경으로 사진까지 찍은 기억이 되살아났다.

"여기 돌무덤이 무엇인지나 알아? 오래전에 우리 조상님들은 적국을 공격해서 얻은 부산물이야! 임진왜란이라는 말을 알지. 그때 당시에 우리 병사들이 적을 죽이고 그 귀를 자른 것은 모아 장렬하게 장사를 치르고 그 귀를 묻은 장소이죠?"

미사는 남의 이야기처럼 내던졌다. 그때 내 귀를 의심했다. 나는 당시 조금 시간이 지나서 그곳을 나와 신사까지 기어가듯 갔다. 나는 돌계단에 앉았고 친구들이 나를 보고 모두 몰려왔다.

"이소진 씨, 무슨 일이죠?"

요사가 물었다.

"아닙니다!"

하고 말한 다음에 나는 무작정 걸어 그곳을 벗어나기 위해 발버둥 쳤다.

뛰기 시작했다. 아마 우주로 날아가듯 무한한 공간을 헤집고 뛰어갔다. 여러 마리의 두루미 떼가 같이 날아오르기 시작했다. 그런 공간이 없었다면 나는 죽음 목숨이었다. 난 무한한 공간에서 상상할 수 있다는 것만으로도 행복했다. 그 당시를 생각하면 할수록 나의 어릴 때 생각은 새벽안개 낀 험한 길엔 어디서 밤을 잊은 개 짖는 소리, 밤길을 찾아 울퉁불퉁한 거리를 헤매며 무서움에 떨면서 공허와 허망한 거리 속에서 꿈을 꾼 기억들뿐이었다.

멀리서 밤을 잊은 개들이 짖는 소리와 밤하늘 멀리 별들이 잔치하는 동안에도 긴 여름밤에 아이들과 밤의 술래잡기 놀이, 어릴 때 풀밭에서 놀며 아이들과 시냇물에서 고기를 잡던 그 짧은 시간의 추상으로 들어가는 밤, 어릴 때 밤의 여로에서 아이들과 쥐불놀이하며 온 밤을 붉게 물든 정월 대보름을 생각하고 느끼면서 그런 해방감을 상상했다.

난 다시 어둠이 짙게 깔린 퇴로에서 추상하고 있었다.

"여기 잡혀 와서 죽은 너의 조상들의 몸에서 귀만 잘라서 만든 그런 무덤이야."

미사의 말이 다시 들렸다. 난 아무것도 바라지 않았지만, 착한 두루미 한 마리가 허공을 활공하듯 날고 있었다. 나는 곧 임진왜란 시간으로 돌아갔다. 그러면서 빈 허무한 허공을 나르다가 지쳐 버려 앉아 있었다. 난 여러 시간을 홀로 외롭게 걸었어.

"가시죠. 지금 여기 온 것이 아니었네요?"

요사가 그렇게 말했다. 나는 그 말이 가슴이 찢길 듯이 공포스럽게 느껴졌다. 그래서 나는 외로운 한 마리의 벌새가 되어 날기 시작한 것이다. '귀 돌무덤'이니 '임진왜란'이니 '죽은 자의 돌무덤이고 그들은 같은 백성이지만 버려진 사람 등' 하고 말의 의미들을 느낄 수 있었다.

"죽은 자의 돌무덤은 버려진 자들이야!"

하고 누군가 말했다.

그러자 차 안은 소금을 뿌린 듯 조용했다. 당시 나는 영혼이 맴돌고 넋이 나가 있었다. 나는 꿈에서 가시덤불 사이를 헤치고 독방 사이를 끼고 돌아서 황금 들판을 걷는 모습을 상상했다.

"그 돌무덤은 가지 말아야 해. 그럼 우리는 끝이야!"

"우리가 가는 장소를 달리해야 하는지 심각하게 고려해야 해. 그곳은 별로 우리들의 친선 모임에 도움이 되지 않고 지금은 전시이고 하니 다른 곳으로 가자."

누군가가 말했지만, 그 당시 미사의 소리가 제일 컸다. 나는 불길한 예감으로 다른 생각을 했다. 악이 받쳐 외치고 싶었다. 내가 고개를 돌리자 모두 조용했다. 그 소리는 지금 생각하면 나에 대한 저항이었다. 그리고 산 자의 더러운 슬픔이었다. 요사의 연민의 눈빛이 나의 눈동자에 꽂혔다. 걷다가 말다가 지쳐 쓰러질 때쯤 해서 그 아주머니가 부엌에 있을 때 도착했지. 난 무심결에 아주머니가 내 어머니인 양 안기고 말았지. 그때 아주머니의 눈빛을 지금도 잊지 못했지.

"내가 도서관에서 책을 찾고 있을 때 그가 있었다. 그는 도서관에 올 위인이 아니었다."

하고 내가 중얼거리고 있을 당시 그 장소에서 조금 떨어진 곳에 미사와 유다가 서 있었다. 나는 그들에게 다가갔다.

"도서관에 매일 오네?"

미사가 말했다.

"이소진 씨, 여기 좋은 책이 있습니다."

하고 유다가 나에게 가까이 다가와 말했다.

유다는 처음부터 나에게 호감을 나타냈다. 처음엔 싫지 않았지만 차츰 농도가 심했다. 어느 날 늦게 도서관을 나왔다.

"이소진 씨, 지금 나오는 것입니까?"

하고 유다가 내 팔을 잡았다.

"아! 미안합니다."

유다가 말했다.

"어때요? 과목에 놓친 부분이 있으면 내가 도와줄게요. 나는 몸 상태 때문에 2년 동안 쉬고 다시 공부하고 있죠? 뭐 별것은 아니지만 그래도 고향에서 쉬며 틈틈이 공부해서 말입니다."

유다는 매우 친절하고 품위가 있는 학생이었다. 그러나 나이는 나보다 훨씬 연상이었다. 동생처럼 나를 대했고 싫지는 않았지만, 그 옆에는 미사가 있었다. 그곳에는 돌무덤과 신사에 대한 자료들이 있는 책꽂이였다.

"어머 소진 씨, 여기 보면 신사에 관한 책들이 있죠?"

그때는 그것을 느끼지 못했다. 신사 옆에는 가지런히 돌무덤의 책들도 있었던 것을 지금은 알 수 있었다.

"여기 신사의 책을 보면 우리는 형제와 같은 친구죠? 오래전 백제인들이 우리나라에 와서 자손을 남기고 나라에 큰 공헌을 했습니다. 간무 천황이란 사람이 신사에 모셔져 있기도 합니다. 그 간무 천황은 50대의 우리 천황이고 그 어머니는 백제에서 건너온 여인이라고 전해집니다. 우린 형제야!"

하고 미사는 외쳤다.

그 이후로는 도서관에서 이지 학생과 여러 문헌 등을 찾았다.

간무 천황이 어디서 태어나는지와 백제인들과의 교류뿐만 아니라 천황의 어머니가 백제계 도왜인으로 왜로 건너가서 간무 천황을 낳고 천황이 되면서 수도를 교토로 옮겨 헤이안 시대를 연 것 등의 내용이었다.

"어머, 이런 사실이 있었네?"

이지 언니도 그런 사실을 처음 알았다고 했다. 하긴 나는 여러 시간을 법정에 나오면서 몸과 마음은 지칠 대로 지쳐 있었다. 거듭 말하지만, 변호사들은 내 사건을 검토하면서 고베 회장님과의 인과관계를 속속들이 살펴보았다고 했다. 변호사들은 회장님 살해사건의 실마리를 찾던 중 대마도에서 벌어진 살해사건과 유사하다는 점을 발견했다. 물론 여러 가지 사건 등을 나름대로 다시 살펴봐야 하지만 여러 가지 의심이 가는 점이 있다.

뚱뚱하고 못생긴 여자 간수의 이야기가 내 마음을 후벼 팠다. 그 이야기는 창살을 통해서 들어오는 훈훈한 바람의 의미로 알 수는 없지만, 뚱뚱하고 못생긴 간수라도 한 인간이 가지고 있는 상념의 정의는 비슷하다는 것이다. 그런 죽임이 가까이 다가오면 올수록 느낄 수 있는 나의 몰골이 여기 옥방 벽면에 박제된 채로 걸려 있었다.

퇴원 마지막 날에 이지 언니가 찾아왔다.

"너무 늦게 찾아와서 미안하다. 나는 올 수 없었지만, 그래도 오는 것이 당신에게 조금은 용서를 구하고, 우리가 당신에게 그 무엇을 할 수 있을지를 고민하며 지옥의 유토피아에서 살아가고 있었지. 당신의 눈으로 알지 못하겠지만, 여기 오래 살아본다면 당연히 그 어떤 느낌을 받을 수 있을 것이다. 우리 국민은 전 세계를 상대로 전쟁을 시작했고, 조선 반도를 억압하여 점령한 다음에 그것도 모자라서 지금 대국인 미국을 상대로 전쟁을 벌이고 있어. 이 참혹한 사태와 모든 사람의 이기심으로 모두가 전범인 일본이 슬프고 한스럽다. 나는 며칠 전에 우리 시동생이 전사했다는 통보를 받아 시어머니가 위독하여 여기에 올 수 없었다. 그러나 나는 이미 죽은 목숨이고 내 남편도 언제 어느 때쯤 해서 전사할지 아무도 모르는 상황이다. 우리 군인들의 전세는 이미 기울어졌고 젊은 군인은 전투할 의욕도 없는 상태에서 그냥 전쟁 중이다."

언니의 마지막 고백은 내 마음을 아프게 했다.

재판이 한 달간 진행되면서 나에게는 증인신문이 중요하고, 이를 통해 내가 살인을 할 수밖에 없는 처지와 왜 살인을 해야 했는지를 여기 히로시마 주민들과 학교 학우들에게 설명할 필요가 있다고 요사가 말했다. 요사는 누누이 그것을 강조하였고, 이제 나는 여기 감옥 생활이 어느 정도 익숙해지며 편안해졌다. 언니나 학생들은 내가 여기 온 지 약 1년이 되는 시기에서야 이구동성으로 나를 이해할 수가 있었다고 말했다.

그 아주머니는 마지막으로 모든 것을 고백했다.

우선 보육원 원장이 여러 가지 진실과 비밀들을 알고 있었는데, 미사와 조카는 진실이 밝혀지는 것이 두려워 미리 보육원을 찾아가서 원장을 회유하고 공갈 협박을 한 것을 요사가 밝혀냈다. 어릴 때 미사에겐 어린 동생이 있는데, 미사가 말썽을 피우고 급기야 자신의 동생을 2층 계단 아래로 밀어서 동생이 계단에서 굴러서 죽는 일이 벌어졌다. 그러자 원장은 미사를 더 이상 키울 수가 없어서 당시 고베 회장님의 사모님이 아이가 없어서 그 미사를 양녀로 키운 것으로 그 아주머니가 밝혔다.

"그러나 미사를 키우고 2년이 되자 갑자기 언니가 심장병으로 사망했습니다."

이것은 아주머니가 법정에서 밝힌 내용이었다.

그리고 미사는 배다른 동생인 유모가 키우도록 내가 돈을 주고 학교를 보낸 것이죠? 그러나 유모는 매일 전화해서 하소연했지요? 난 미사를 키울 생각이 없었죠? 그 아이를 잘 알고 있었고 당시 전쟁 영웅으로 다리를 다친 그 사람과 결혼을 해야 했고, 언니가 심장병으로 돌아가셔서 회장님의 집에 일할 사람이 필요했습니다. 그래서 나는 대마도 섬에서 나와서 회장님 집으로 들어갔습니다. 사실은 그 유학생을 데리고 온 날을 기억하죠? 미사는 본래 자신의 자리인 고베 회장님의 딸로 살아야 하지만 회장님이 그녀를 싫어했던 것입니다. 그건 자신의 부인이 미사가 학교에서 말썽을 피워 심장병에 걸렸다고 생각했기에 그렇게 여겨졌습니다.

그 아주머니는 나에게 이런 말을 했고, 나를 면회하면서 다시 꿈 이야기를 했다.

그리고 지금까지 여러 가지 의문을 가지고 있었는데 재판과정에서 그런 의문을 다시 생각하게 되었다. 그러니까 그 신사에 갔을 때도 그 조카 뒤엔 미사가 있었음을 알았다. 그들은 사랑놀이를 하면서도 나에 대한 경계심엔 변함이 없었다. 그러면서 조카도 미사의 조현병에 대한 지식이 부족한 탓에 그녀가 어떤 상태에서 자신에게 다가오고 나를 어떤 방법으로 해하는지는 자세하게 알지 못했고 그저 미묘한 사랑놀이에 빠지고만 것으로 나타났다.

미사는 여러 번 조카를 이용해서 자신에 대한 원한이나 증오를 해소하려고 한 것을 볼 수 있었다. 그러나 우둔한 그는 진작 알아차리지 못하고 그녀에게 속수무책으로 당했다는 것이 법정에서 다시 밝혀졌다.

바쁜 가운데 이지 언니도 법정에서 이유를 듣고 아연실색하여 인간의 비정함과 무자비한 세상을 탓하며 학교로 돌아갔다. 난 요사 변호사에게 내가 나중에 일본 땅을 벗어날 때쯤 많은 돈은 아니지만, 그 언니에게 전해 주라고 부탁했다. 난 요사의 우직한 성격을 믿었다. 내가 여기서 믿을 수 있는 사람은 요사이다.

이지 언니의 마지막 말은 요사와 같았다. "내가 새 둥지 집으로 들어가면서 미사는 자신의 자리를 차지한 나를 미워하기 시작했고, 우둔한 조카를 성적으로 유혹해서 결국은 살인사건까지." 하고 말했다.

그리고 약간 이상한 생각이지만, 유다도 미사에게 강압 당해서 나에 관해 불리한 증언을 했다는 것이다. 다른 친구들도, 특히 하토야마 변호사가 변론에 나서지 못하는 것과 그의 아버지에게도 극우주의자들의 농간으로 그는 지금 집에서 자중하고 있다고 했다. 어쨌든 난 이 모든 것이 인간이 벌인 짓이라는 것에 놀라움을 감출 수 없었다. 그러나 그런 사람들만 있는 것은 아니므로 조금은 안심하고 위안을 받는다. 비록 같은 민족도 아니며, 다른 나라에서 온 나를 처음부터 믿고 따른 언니의 배려가 그러하다. 나는 그 모든 것을 내주었고 보육원도 여자아이 어머니와 공동으로 항상 생각을 공유하고 같은 마음으로 운영하도록 했다.

그 이후로 결코 나는 아주머니의 소식을 들을 수는 없었다. 난 아주머니를 미워하지도 않았고 나중엔 내 어머니처럼 믿고 따랐다.

그러면서 한 남자인 요사를 생각했다.
젖 먹는 새를 찾는 날인가?

잡목 숲으로 덮인 산은 멀고, 시냇물 소리는 가까워 붉은 단풍물이 손에 잡혔다.

우린 시냇물 가 바위 턱에 앉았다.

늦은 오후 시간, 빛은 잔잔한 물 위에 떠 있고 우리 마음은 산산이 깨졌다.

빛의 굴절로 반사된 단풍잎이 물에 떨어지며 시를 쓰고 개구리가 물장구치며 시를 읽는다.

나는 이성 간의 충돌인 육체적인 욕구가 인간을 병들게 하고 악한 내성을 가진 악마의 본성을 드러내게 한다는 것을 알았다. 나는 여기 지상에서 주 하나님의 자식들인 우리 인간들이 그리스도의 가르침을 정면으로 거부하는 그런 행위를 한다는 것을 알았다. 수많은 세상과 거리 그리고 우리가 살아가야 하고 삶을 지탱해야 하는 도시와 수많은 공간 아래에서 그런 사악한 짓을 할 수 있는 것도 사람이라는 것을 알았다.

여자아이와 엄마가 증인으로 소환되어 나와 있었다.

남편을 살해한 비정한 죄로 재판을 받으니 다른 증인들을 거의 다 소환할 수 없는 곤경에 처했다. 여기 히로시마 사람들은 패륜의 죄를 지은 죄인에게 도움을 줄 수 있는 증언 자체를 불가하게 생각했다. 재판장은 내가 왜 남편을 살해했는지 도무지 이해할 수 없다고 말했다.

피의자는 인간이기에 그런 감정을 억제하는 것도 가능하고, 게다가 그리스도를 믿는 신앙인으로 어떻게 주님의 말씀인 십계명을 어기는 살인을 할 수 있는지 이해할 수 없다고 말했다. 그는 안경을 벗고는 이해할 수 없는 표정으로 나를 뚫어지게 쳐다보았다. 나는 그가 예수님 하나만을 내세워 나를 몰아가고 패륜의 죄를 지은 하찮은 여인으로 매도하는 것을 참을 수가 없었다. 검사의 충동적인 공격성 발언은

'당신을 이 법정에서 형편없는 여인으로 만들어서, 당신은 능히 남편을 죽일 수 있다는 것을 재판장에 있는 방청객에게 보이고 주입시킬 목적'이라고 하는 듯했다.

그 여자아이가 법정 증인석에 앉았고 요사는 증인에게 물었다.

"이 법정에서 확실하고 정확하게 말할 수 있죠?"

하고 물었다 그 여자아이는 내가 들을 수 있도록 큰 소리로 말했다.

"예?"

"예, 그는 고베 조카인 것이 확실합니다."

하고 말했다.

재판장 밑에 있던 서기가 지금 진술한 내용을 타자기를 쳐서 기록으로 남기기 시작했다. 수석 재판장은 타자기 소리를 들으면서 아무 말도 없이 일어나 나가버렸다.

재판장은 그 아이에게 "넌 그날 밤이 보름달인지 정확하게 인식할 수 있냐?" 하고 묻자 그 여자아이는 왜 이런 질문을 하는지 이해할 수 없는 표정을 지었다.

그러자 안경 낀 변호사는 일어나서 "그건 어린아이에게 발언을 강요하는 행위입니다. 일본인으로 부끄러운 일입니다. 특히 존경을 한몸에 받는 수석 재판장님의 말씀으로는 합당치 않은 발언입니다." 하고 그 변호사는 쏘아붙였다.

"하긴 그럴 수도 있지만, 그 아이가 한밤중에 그 모습을 인식할 수는 없다고 생각합니다."

그는 갑자기 일어나서 나가버렸다. 다른 재석 판사들도 따라 나갔다.

재판은 잠시 중단되었다. 그 아이는 내려와서 엄마 곁에 가서 의젓하게 앉았다. 그리고 내 눈빛을 들여다보았다. 나에게 엄중한 시간이 흘렀다. 모든 사람이 나를 죄인으로 본다는 생각에 비참하고 맹목적인 생각을 참을 수 없었지만, 그 아이를 위해 의젓함과 침착함을 잊지 않으려고 애썼다. 다시 재판이 열리면서 그 아이의 증언이 끝나고 재판장은 재판에는 무관심한 표정으로 다른 형사들을 증인으로 내세웠다. 험상궂은 검사는 대마도 형사인 고다 형사를 내세웠다. 나와 수사에 관해 이야기한 형사는 보이지 않았다. 재판 전에 요사가 다가와서 이렇게 말했다.

"하루 형사는 오늘 재판장에 나오지 않았다. 재판 일정에는 분명히 그가 재판에 나온다고 되었지만, 그는 보이지 않는다. 대마도 경찰서에 전화했지만, 아베 형사는 전화도 받지 않고 있다."

난 요사가 재판 중에 왜 자꾸 밖으로 나가고 들어오고를 반복한 이유를 뒤늦게 알게 되었다. 나는 긴 한숨을 몰아쉬었다. 하루 형사에게 여러 번 말을 하고 사람까지 보냈지만, 그 형사는 사라졌다.

그러자 검사도 아주머니 진술의 신빙성을 지우기 위해 그녀가 조금 덜떨어진 여자라는 것을, 즉 '국가에서 장애인 판정' 받은 증명서를 제출했다. 사실은 아주머니의 남편이 약간 다리를 절어서 상이군인으로 전투에는 더 이상 참여할 수 없게 되면서 예비역으로 공장에 화물을 싣는 일을 하고 있었다. 항구에서 하역 작업을 해야 하지만, 요도 씨는 몸이 불편하다는 핑계로 조금 쉬운 일을 맡아서 했다. 그로 인해 항구 직원들에게 책이 잡혀 있었다. 그래서 검사는 아주머니가 불리하게 진술을 고집하자 결국 남편을 법정 안까지 끌어들인 것이다.

그런 이야기는 나에게 금시초문이었다. 아주머니가 착하고 말이 없어서 잘 알지 못했지만, 일본에서는 그런 제도가 있었다. 그러자 형사들의 증언이 절실한 변호사들은, 특히 요사 변호사는 대마도 아베 형사를 찾는 데 혈안이 되었다. 그 형사가 진술한 여러 가지 중요한 증언이 있어야 했다. 그러나 그는 어디에도 보이지 않았고 집에도 없었다.

요사는 그가 의도적으로 피한다고 생각했다. 경찰 조직을 위해 한 사람이 희생하는 것은 일본 사회에서 다반사였다.

"아주머니, 나에게 전화를 해 주십사 하고 말씀 좀 전해 주십시오."

"참, 젊은 양반이 한심하고 옹졸합니다. 우리 양반이 어디 도망친 사람처럼 몰아치는 것은 언어도단입니다. 그는 경찰서 일로 동경에 며칠 다녀오기 위해 떠났습니다."

그러자 요사는 아무 말 없이 가지고 온 물건을 놓고 나왔다. 그는 지금 귀한 커피와 돼지고기를 사서 왔다. 지금은 전쟁 중이고 일반 사람은 그림자도 볼 수 없는 커피를 보자 그 아주머니는 별안간 외가에 있는 남편에게 전화를 했다. 집에 급한 일이 생겼으니 급히 오라고 했다. 마루 형사는 말이 끝나기 무섭게 집으로 돌아왔다. 그날 밤 중에 그는 형사가 오기만 기다렸다. 그리고 그는 형사를 만나 나와 이지 언니에 대한 말을 하면서 그리고 도서관 원장의 죽음에 대한 진술과 비교해서 이론물리학 교수에 대한 증언까지 여러 가지를 주고받았다. 요사는 그를 화류계 여성이 있는 술집으로 데리고 갔다.

그는 눈동자가 크게 빛내며 여러 가지 이야기들을 했다. 그 형사는 어떻게 내 마누라를 설득시켰는지 모른다고 말했다.

요사 변호사는 오래전 대마도 섬에서 살해되고 바다에 버려진 회장님의 간검사와 내장에서 나온 분비물들의 화학적인 검사가 거의 4개월 만에 동경에 있는 국립과학연구소에 보낸 증거물에 관한 최종 검사 소견이 여기 법정으로 전달된 것이다.

하나, 고베 회장님의 몸 안에서 다량의 수면제가 검출되었다.

둘, 히로시마 대학교 살인사건인 물리학 교수 살인사건에서도 같은 성분의 수면제 다량으로 검출되었다.

셋, 대마도 섬의 미사 유모 집에서 비단 주머니 안에 많은 현금이 발견된 사실을 아베 형사가 알게 되고, 경찰 조사 서류가 법정에 제출되었다.

넷, 아주머니와 미사의 유모가 배다른 동생이란 사실이 법정에서 밝혀지면서, 그 아주머니는 히로시마 도시에서 종적을 감추었다. 재판이 진행되는 중 그 아주머니의 존재는 사라지고 말았다. 그 누구도 그 이후로 본 적이 없었다. 내가 생각했던 히로시마에서의 여러 가지 이미지는 모두 사라져 버렸다.

언니는 내 기억에 남아 있지만 말이다. 요사는 아주머니의 모습조차 찾을 수 없다고 말했다. 난 할 말을 잊어버렸다. 그건 내가 항상 성경책을 내 성명보다 더욱 소중하게 간직한 것을 아주머니도 본 것이다. 그 아주머니는 어느 일본 사람보다 더욱 나의 그리스도에 대한 믿음을 두려워했던 것은 아닐까? 어쨌든 모두가 내 기억 속에서 사라져 버려 아무것도 남지 않은 것이다. 일본 땅에서 방종과 굴종으로 점철된 상태에서 공부만을 위해 참고 견딘 시간이 터져 결코 갈 수 없는 죽음의 지경까지 간 그 너머의 공간은 텅 빈 내 시간의 소우주였다.

그것이 내가 지금까지 믿고 따르는 하나님과 성경의 이야기이다.

결국은 그 악마들의 손에서 벗어나야 한다는 외침도 공허하고, 내가 스스로가 죽을 자유마저 상실한 채로, 그렇게 오랫동안 아무것도 먹지 않고 누워 죽기를 각오했다. 하지만 나는 자유롭게 죽을 자유마저 없었다. 내가 먹지 않고 저항하자 그들은 나를 교도소 병실로 옮겨 링거 주사를 강제로 맞혔다. 나는 지쳐 쓰러져 의식까지 잃은 채로 나흘 동안 누워 있었다. 나 자신을 위해 소리치고 외치며 죽은 내 백골을 잡고 흔들며 나는 이욕(利慾)에 사로잡혀 있었다. 내 죽음 그림자의 영혼에 갇혀 죽음을 각오하며 아무것도 먹지 않았다. 그러나 그런 외침의 소리는 미미하여 들리지도 않았다. 그 누구도 전혀 신경 쓰지 않는 넓고 지독한 지하 감옥 벽면에 붙어 벽제화 된 추한 나의 자화상만 남아 있었다.

그러면서 난, 지하 옥방에서 은은하게 햇볕이 드는 2층 방으로 옮겨 왔다. 창문 틈으로 뭉게구름이 지나갔지만 비는 오지 않았고 곧바로 검은 먹구름이 비를 몰고 왔다. 지금까지 이욕(利慾)으로 점철된 사욕으로 인해 내가 살인자의 모습으로 변신한 것이 아닌가? 난 그런 생각을 하며 한 평 남짓한 옥방에 누워 나의 고뇌와 번민으로 죽을 수도 잠을 잘 수도 없었다.

그는 변호사 자격으로 면회를 할 수 있었다. 요사가 들려준 유일한 이야기는 "두려움 속에서 구원을 열망하기보다 스스로가 자유를 찾도록 인내심을 달라 기도하소서!" 하고 외친 타고르 시인의 말은 진정한 의미에서 나를 뒤돌아보고, 또한 그것이 무엇이고 어떤 것인지 고뇌하게 했다. 그래서 나는 자살을 피해야 한다는 요사의 생각이 무엇인지 명확하고 근원적인 답을 확실하게 짚고 넘어갈 수밖에 없다는 생각에 이르렀다.

내가 죽음을 결심하고 조그만 창문 틈새에 옷으로 된 줄을 매달아 목매는 그 순간까지 그 어떤 확실한 답을 찾지 못했다. 그래서 성경책을 읽으며 종일 바닥에 누웠다.

죽음!

죽음이란 무엇인가?

삶이란 무엇인가?

어릴 때 죽음을 가장 두려워했던 것 같다. 그런데 왜 자살을 생각했던 것인가?

"한 알의 밀이 땅에 떨어져 죽지 아니하면 한 알이 그대로 있고 죽으면 많은 열매가 맺히느니라."

이건 나를 향하는 메시지이다.

'요한복음 12장'에서 본 구절이 나를 향하고 있다는 생각이 들어 나를 일으켰다. 자살을 결심하고 며칠 동안 마음의 갈피를 잡지 못했고, 그래서 성경을 읽고 외우면서 창문 틈으로 새어오는 빛을 보았다. 주 그리스도의 말씀을 생각했다.

"네가 죽기를 각오하면 그 무엇이라도 얻을 것이고 살기를 바라면 그 모든 것을 잃을 것이다."

말의 의미는 절대적인 것은 아니지만, 그 성경의 의미들은 다른 뜻보다 더욱 나를 향하는 소리였다.

여인이여, 일어나라고 했던 큰 외침 소리가 꿈에서 생각났다.

내가 꿈에서도 절대로 생각나지 말아야 했던 기억들, 낡은 가방, 사진들이 생각났다. 그 추상들은 지워진 기억들이고, 사라진 나의 어릴 때 기억들이다. 나는 내 기억 속에서 사라진 일부분이었고 영원히 기억할 수 없는 악몽 같은 추억들이었다.

나는 며칠 동안 앓아누웠다.

그동안 꿈을 꾸었는데, 내가 학생 때 그 남자 학생 친구가 나타났다. 나의 마지막 졸업식 때였던가?

학교에서도 홀로 지냈고 항상 점심도 혼자 밖의 철봉 틀에 가서 먹던 그 여드름투성이 학생은 고관대작의 아들이었다. 지금 생각난 것은 그가 나처럼 약간은 감성적이고 우울한 얼굴로 회청색의 티셔츠를 입고 다닌 모습이 지금도 생생하게 기억난다. 어느 날, 내가 철봉 틀로 갔다. 우린 말없이 밝게 빛났던 태양볕을 맞고 있었다. 그는 무엇인가 말하려고 하다가 말았다. 조금은 붉게 변한 표정과 가슴이 쿵쾅거리는 심장의 요동 소리가 들리는 듯했다.

그는 벌떡 일어나서 나에게 편지 한 통을 주고 교문 밖으로 뛰어가기 시작했다.

그 안에 들어있던 낡은 편지들, 사진들, 추상들과 네 잎 클로버 잎사귀와 같이 붙어 있던 한 통에 편지가 아직도 지워지지 않은 채 남아 있었다. 그러나 그 학생은 지금 이 세상에 남지 않았다. 아, 아! 결코, 생각하지 않으려고 그토록 노력했던 나의 추상들이 고개를 들고 있었다. 그 죽음을 생각했을 때 지워지지 않았던 기억들이 퍼뜩 생각난 것은 무슨 이유일까? 그 이후로 나와 그 학생은 하굣길에서 냇가에서 고기를 잡았고, 이와 함께 불어난 시냇물을 건너지 못하던 나를 보며 마냥 웃던 그 학생의 모습이 지금도 생생하게 살아 움직이는 이유가 무엇인가?

그건 물 냄새였다.

그리고 물소리였다. 그때 즈음해서 처음 불어난 시냇가에서 그는 건너지 못한 나를 보며 한없이 맑게 웃었다. 그 학생의 하얀 이빨과 대조를 이루며 하늘은 높고 말이 살찌는 계절 앞에 선 나는 물 냄새가 나는 시냇가에서 망설이고 두려워하는 나의 영혼을 본다. 난 자연스럽게 그에게 모든 것을 주고 싶었다. 그러나 그 학생은 지금 이 자연과 대지의 아들이 아니었다. 그는 죽어서 저 멀리 있는 우주에서 나는 소리였다. 그의 영혼은 우주가 되고 자연으로 돌아온 나의 보금자리였다.

난 지금껏 그렇게 여기고 살아왔다.

그래야만 난 살아 움직이고 영혼이 숨을 쉬는 것이다.

이 말의 의미는 늘 나를 따라다녔고, 항상 뇌리에서 웅웅거리는 음파 소리를 들을 수 있었다. 그것은 어쩌면 지금의 내가 죽음을 스스로 결정하는 과정을 다시 되돌아봐야 하는 논리적인 양상의 일부라는 것이다. 그리고 나는 그 학생의 아버지에 관해 말하기조차 꺼리기 때문이었다. 그러나 왠지 낯선 환경인 일본인 사이에서 내몰리고 동떨어진 나의 모습에서 고관대작이라는 그 학생의 아버지 얼굴이 떠올랐다. 그 아버지의 모습에서 우연히 알게 된 여기 지금 보통의 일본인을 떠올리는 것이다. 내 판단 착오인가 했다.

아니다!

그 당시 난 부산 어느 찻집에서 그 아버지와 첫 대면을 했다.

부산 시내 한복판 2층 찻집에 맞은편 거리와 간판 사이로 시가지가 보이고 비켜 돌아서 보면 시가지에서 활력있는 이층집이었다. 네거리에서 정 중앙 끄트머리에 있는 4층짜리 건물에서 만났다. 내가 점심시간인가 어느 정오 점심을 마치고 따스한 창가에서 친구들과 대화하고 있었는데. 교무실 사환이 나에게 찾아와서 담인 선생님이 나를 찾는다는 전갈을 주었다.

교무실을 가니 그 학생의 아버지가 나를 기다리고 있었다. 난 아무 말 없이 그 아버지의 승용차를 타고 무작정 가는 곳으로 함께 갔다.

내가 처음 표현했던 그 아버지의 얼굴은 여기 히로시마 보통 이상의 직장 간부나 고급 공무원 그리고 대학교수님의 모습처럼 짧게 깎은 단정한 머리 스타일과 검정 양복에 한결같은 넥타이 모습이었다. 우린 장의자를 사이에 두고 마주 앉았다. 햇볕이 따스하게 빛나는 창문 사이에 앉았고, 쑥 들어간 버린 건물 창문 쪽으로 가지런히 장미꽃이 만발해 있었다. 그는 뚱한 곰처럼 엄숙한 얼굴로 나를 바라보았다. 찻집 아주머니에게 차를 시킨 5분, 아니 20분 이상 우린 침묵하였고, 난 차츰 얼어붙었다.

"참, 예쁜 학생이네. 그래서 내 아들이 미쳐 날뛴 모양이지."

퉁명스러운 그의 말투에 난 더욱 쪼그라들고 고개를 들지 못했다.

아, 아! 그 순간만은 영원히 떨치고 싶었던 순간들이었다. 어떻게든 그 시간을 모면하려는 가여운 작은 고양이가 비 맞은 모습처럼 쪼그려 앉아 있었다. 그러나 결코, 그 순간을 잊진 못한다. 그가 자살했다는 소문이 돌자 난 걷잡을 수 없는 분노와 충격으로 그 순간을 더 떨쳐 낼 수 없었다. 내 몸이 지옥 유황불에 영원히 불타는 모습을 연상시켰다. 지금 난 계속 그런 추억들을 떠올린다.

그의 머리는 보통의 우리 조선 사람의 머리 모양이 아니었다. 첫인상에서 그 머리 모양이 눈에 띄었다. 약간 검붉은 모습엔 염색까지 한 모습이었다.

"빌어먹을, 왜 아무 잘못도 없는 나를 붙잡고 고문하지?"

난 속으로 중얼거렸다. 그 학생의 여드름투성이 얼굴이 떠올랐다. 그를 생각하니 한쪽 심장이 아프고 마음은 찢어질 듯 아팠다. 그가 받을 고통은 내 지금의 아픔보다 더하면 더했을 거라고 생각했다. 한쪽이 무너져 내리는 듯한 심한 고통으로 며칠 동안 몸살을 앓고 몸져누웠다.

난 창가에서 햇볕을 바라보았다. 눈물이 났다. 나의 아픔보다 그 연약한 회청색 티셔츠를 입고 다니는 바람 같은 학생을 생각하면 마음이 무너진다. 내가 더는 할 수 있는 것이 없었던 그때와 지금의 내 모습에 마음이 아팠다.

여러 가지 소문과 이야기가 내 마음을 후벼 팠다. 그 이야기는 창살을 통해서 들어오는 훈훈한 바람의 의미로 알 수는 없었다. 뚱뚱하고 못생긴 간수라도 한 인간이 가지고 있는 상념의 정의는 비슷하다는 것이다. 죽음이 가까이 다가오면 올수록 느낄 수 있는 나의 몰골은 여기 옥방 벽면에 박제된 채로 걸린 추상이었다.

그런 것을 추론해 보면 인간처럼 나약하고 모진 사람도 없을 것이다.

"삶을 어떻게 살아가야 하는지 그 과정이 중요하다. 우리가 인간이고 사람이기 때문에 느끼는 감정이나 도전은 사람에게 같은 방식으로 부가된 부차적인 벅찬 과제이다."

나는 나 자신을 의심하기 시작했다. 그러면서 나 자신을 스스로 되돌아보았다. 꿈에서 나 스스로 양심을 치유하고 자유를 찾아가는 과정을 그려보았다. 암울한 현실에서 백골이 된 내 혼이 일본 땅속에 누워 또 다른 고향을 꿈꾼다. 무덤가에 재를 뿌린 듯 나는 생명의 상승 작용으로 다시 태어날 것이다. 그 아이에 눈빛은 바다 지평선을 끝까지 바라보고 있었기 때문이다. 그 여자아이가 생각났다.

그 학생이 자살하던 그 전날인가?

어쨌든 그날 그 학생의 어머니가 서울에서 찾아왔다. 나의 어머니를 만나고 있었다. 그의 아버지는 거의 첩 집에서 살다시피 한다고 그 학생이 말한 적이 있었다. 그 학생의 어머니는 50대 중반의 아주머니였다. 머리를 수수하게 틀어서 올렸고, 한복 차림에 예쁜 액세서리가 눈에 띄었다. 두 분은 찻집에 창가에 단정하게 앉아 서로 마주 앉아서 환한 웃음을 지었다. 그 학생도 같이 왔다고 했지만, 보이지 않았다. 난 멀리 앉아서 찻잔에 떨어진 햇볕을 바라보며 삼매경에 빠졌다.

그 학생과의 만남이 이렇게 거칠고 힘이 들 줄 생각하지 못했다.

반면에 우린 무슨 동화에 나오는 전율에 휩싸인 두 주인공처럼 영화 속 한 장면을 연상시켰다.

지금도 그런 영화 속에 주인공처럼 난 소설에서 살아 움직이고 있었다. 영화의 한 장면처럼 대본에 나오는 한 여주인공처럼 나는 한 커트씩 장면을 옮겨 찍히는 주인공이었다. 속은 곪아 터지고 썩어 문드러지는 환경에서도 영화 속 한 장면의 주인공을 연상하는 나 자신이 어처구니가 없었다.

 그 시간은 우리의 시간이었다.

 우린 다른 시대와 시간에서 온 것처럼 우리가 동시에 같은 시간 안에서 살게 되면 나 자신의 과거와 지금의 나 그리고 미래의 자아는 끊임없이 찾아가며 혼란을 겪었다. 내가 여기서 불쏘시개 노릇을 해야 하는 것만은 불식시켜야 했다. 그래야 나 자신의 자아를 찾아갈 수 있기 때문이다.

 그러면서 난 과거의 나 자신과 지금의 나 그리고 미래의 자아를 찾아 떠나는 나그네처럼 내가 변한 모습을 거울로 볼 수 있을 것이다.

 그 이후, 나는 대마도 섬이 두렵지 않았다.

 그날 밤, 시작된 붉은 황혼의 악몽과 긴 긴 밤의 여로는 잔혹한 상상으로만 남기를 바라고 있었다. 두꺼운 베일 속에서 그는 서서히 나를 옥죄고 압살하려 했다. 그의 무자비한 영혼의 마각이 드러나 있었다. 그날 이후로 온종일 소나기가 내렸다. 난 누워 천장을 바라보았다. 그리고 그가 회장님을 의도적으로 죽인 것인지 의혹을 품기 시작했다.

 툇마루에 앉아 빨갛게 익어 가는 감나무의 연시를 바라보았다. 어둑어둑 먼 산부터 어둠이 찾아왔다. 어디서 밤을 잊어 개 짖는 소리만 들렸다. 그렇게 또 하루가 도망가듯 지나갔다. 과연 내가 이 문제를 가지고 고민한다고 해서 해결할 수 있을지는 아무도 몰랐다.

 '뒤탈 없이 깨끗이 끝내야 할 것이라고 마음먹었다.'
하고 생각했다.

 그는 이미 배를 타고 떠나 대마도 섬에 없을 것이고 밀항을 해서 다른 섬으로 갔으면 조사하기도 어렵다. 그 악마인 조카가 이야기한 것처럼 난망한 사건으로 빠지고 말 것이다. 그러면서 나는 대마도 섬을 떠나야 했다. 곧 가을 학기가 시작된다. 학생들은 모두 히로시마로 돌아갔다. 나는 회장님의 시체를 어떻게 해서 장례 준비까지 해야 할지 머리가 쑤셔왔다. 난 이런 여러 가지 문제를 가지고 홀로 고민하며 고통을 받고 있었다. 그러면서 종일 몰래 눈물을 흘렸다.

회장님의 억울한 죽음이 마음속 깊이 지져질 듯 쑤셔왔다. 그러나 내가 여기서 할 수 있는 것은 아무것도 없었다. 나도 현실을 인정하고 안주할 수밖에 없었다. 대마도 섬에서 히로시마로 왔다가 일부러 그래시에서 열차를 타고 다시 히로시마로 왔다. 열차 창밖으로 보이는 멀고 먼 바다와 산야를 보기 위함이었다. 흔들리는 열차에 몸을 기댔다.

그러면서 꿈을 꿨다.

난 『로빈스 크루소』에 나오는 어느 영적인 세상에서 외딴 섬에 고립된 한 남자 주인공을 연상시켰다.

어느 유령의 섬에서 고립된 채로 살아가는 가여운 연인과 남자는 영원히 만나지 못한다. 가는 길과 오는 길이 서로 일직선 위에 있어 걷고 웃으며 엇갈려 걷는다면 영원히 만나지도 못할 것이다. 우리는 그 어떤 외딴 섬, '운명의 섬'에서 만날 수 있을까?

우린 서로 일직선상에서 서로 엇갈려 걸으면 그래도 언젠가 만날 수 있다고 확신했다. 그러나 우린 결코 만나지 못했고 보지도 못했다. 결국은 자신의 그림자를 따라 일직선상에 그은 그 이름 모를 그런 영적인 환상의 세상을 걷고 있었다. 자신의 그림자인지 그의 그림자인지 그들의 그림자인지도 종잡을 수 없는 미로의 일직선상 위를 걷는 모습이란…. 우린 나의 죽은 그림자 뒤를 따라 걷고, 그도 내 뒤를 따르고, 그 조카도 내 뒤를 따라오다 보면 결국엔 일직선상 위에서 그 누군가를 만날 것이다. 꿈일지라도, 나는 그것을 원하지도 않았다. 꿈에서도 생각하지 않았다.

꿈에서 나 때문에 자살한 억울하게 숨진 나의 친구를 만났다. 그는 창백한 얼굴이었지만, 표정은 또렷했고 밝아 보였다.

"이소진, 너의 세상은 어때?"

"그래, 좋아!"

"어느 면에서 지금 여기 세상이 좋다고 하는지 모르겠는데."

"하긴, 그래. 나도 지금 여기서 살고 있지만, 그 무엇이 그 어떤 것인지는 알지 못해? 네가 생각하는 것과 마찬가지일 거야?"

우린 서로를 바라보았고, 나는 그에게 입맞춤해 줬다. 나의 얄궂은 숙명은 어느 낯선 섬에서 고립된 채로 『로빈슨 크루소』를 만난 것도 아니었다. 나는 어느 허망한 거울 없는 환상의 세상에서 일직선상의 길 위를 무작정 걷고 웃고 이야기하다 보면 그 누군가를 만날 것이다.

꿈일지라도 말이다.

꿈일지라도 걷고 웃고 떠들며 살아가는 나의 숙명이 불투명하고 불안정한 일직선상에서 그 학생을 만나는 것처럼 세상은 불확실하다. 그 누가 나에게 프로이드의 『꿈의 해석』이란 책을 주었다. 그 뜻은 나로 나인 것이다. 내 숙명은 고립된 채 갇혀 있으며, 꿈에서도 한 사람이 나를 뒤쫓고 나의 숙명을 가로막으며 감시하고 있었다.

그건 내 운명이 불투명하기 때문이었다.

나는 내가 일직선상에서 고 떠들며 걷는다고 해도 그가 맞은 편에서 일직선상 위를 반대로 걸어온다면 요사와의 만남은 결국 이루어지지 않을 것이다.

그것이 내 숙명 같았다. 그러면서 나는 꿈일지라도 잠에서 깨어나려고 했다. 내 마음엔 여러 가지 이미지만 더 쌓여갔다.

그것이 나를 슬프게 했다.

내가 처음 히로시마 항구 대기실에 설렘으로 보냈던 하루는 지금은 흔적도 찾을 수가 없었다.

나는 영원한 유배형을 받은 신세가 되었다.

그러면서 나는 시커먼 내 영혼을 들여다볼 뿐이었다.

14장
콜레라

　우리가 만든 히로시마 외곽지대 대지는 많은 농촌 사람들과 공장의 노무자들이 올라와서 집을 짓고 삶을 영유하는 터전이었다.
　그곳 구레시 외곽지역의 대지는 대대로 고베 가족의 땅이고 지금은 기업 소유로 있다가 나에게 상속이 된 땅이었다. 이미 요사가 동경에 등기수속을 마쳤고, 여러 소유권으로 된 등기부 등본까지 가지고 있는 빈민가 땅이 처음 나에게 소유가 이전된 것을 조카가 알게 되어 길길이 날뛰기 시작했다. 전시 상태에서 전시에 들어가는 의복이나 각각의 생활용품을 만들기 위해서 기계들을 더 설치하고 공장을 더 지으려면 그 땅이 필요했던 터라 조카나 여기 히로시마에 고위 공무원들도 그 땅을 노리고 있었다. 그러나 회장이 죽고 나서 보니 땅의 요지가 나에게 넘어간 것을 조카는 나중에 알게 된 후 가만히 있지 않았다. 내가 직접 현장에서 목격한 적도 있었다.
　요사는 이렇게 말했다.
　"아마, 그 조카가 공장 외곽에 있는 넓은 빈민가 땅에 공장을 다시 짓고 공장 설비를 더 많이 설치하기 위해 요지의 땅이 필요했을 것입니다. 그래서 그것을 알고 있었던 회장님은 나중을 위해서 그 땅을 당신에게 상속하여 조카의 야욕을 사전 예방차원에서 당신에게 넘긴 것 같습니다."

요사 변호사는 잠시 물 잔을 들고 여러 가지 서류들을 쳐다보고 있다가 나를 바라보았다. 그러면서 더러운 일본 땅에서 하나의 우려를 불식시키기 위해 우리가 추구하고 노력했던 구레 시 외곽지역은 이제 다양한 사람이 살고 아이들을 키우고 있었다. 바다가 내려다보이는 곳에 교회가 터전을 잡고 있다. 매일 기도를 드리는 목사님의 목소리가 내 교도소 안에서도 들리는 듯했다. 이지 언니는 이제 내 생각을 안 해도 될 만큼 안정을 찾았다고 요사가 말했다. 이시미 아이도 이제 몰라보게 자라났고 매일 학교에 다닌다고 했다. 난 그 아이가 보고 싶었다.

"우리가 이렇게 편한 삶을 사는 것도, 다 그녀 덕분이라며 진실을 항상 생각하며 살아가야 해!"

그러면서 언니는 뜬금없이 조카에게 화살을 돌리면서 우린 모두가 방관자이며 죄인이라고 요사를 보며 말했다고 했다. 그리고 우리 시대의 민낯인 동시에 우리나라의 악마성을 보인 국수주의자이며 전제주의자라고 말했다고도 했다. 언니는 하늘을 보며 눈시울을 붉혔다고 했다. 그녀가 평생 생각했던 정의와 질서는 우리에게 평정심을 가져다주며 대일본 제국에도 경각심을 준다고 말했다.

갓 20살 나이로 유학 온 여학생, 국수주의자가 판치고 전제주의자들로 가득 차있는 우리는 피지배 국가에서 태어나고 자라난 그녀를 낯선 이국땅에서 내몰았고 우리의 광기로 그녀를 지치고 영혼을 병들게 했고, 그녀는 병약해진 한 여인일 뿐이라고 말했다.

언니는 이상하게도 최근에는 내 생각에서 벗어나 있다고 요사 변호사에게 말했다.

그저 휴식을 취하고 잠을 잘 생각만 한다고 말했다. 언니는 이시미 어머니가 보육원 살림을 도와줘서 힘든 보육원 살림에서 벗어나 있어 더 편안하다고 말했다. 내 재판과정을 본 직후엔 자리에 누웠다고 했다. 그러면서 항상 매일 어머니와 교회 새벽기도를 다녔다고 했고, 그런 걱정으로 보육원에 일이 손에 잡히지 않았다고 했고, 언니는 최근 고열로 쓰러져 병원 치료를 받고 있다고 여자 간수가 나에게 말했다.

이내 창밖으로 까마귀 떼가 하늘을 활공하며 울부짖고 있었다. 까마귀떼 소리는 쉬 그치지 않았다. 그래서 더 언니를 생각하는 것은 아니다. 나도 여러 가지 복잡한 생각이 들어 새벽에 일찍 일어나 기도를 드렸다. 하루는 아주머니가 우매 보시 가락국수와 어묵탕을 끓여서 보육원에 가져왔다고 했다. 온종일 가을 햇살이 내리쬐는 은행나무 밑에서 온 가족이 모여 바느질을 했다. 아이들의 옷과 이불들, 그리고 각종 요와 베개도 햇살에 말리고 옷가지 등등을 꿰매면서 호두를 까먹는 언니는 눈시울을 붉혔다고 했다.

그녀는 죽음을 두려워했다고 했다.

먼 이국에서 죽음과 땀으로 범벅이 된 남편과 시동생들을 생각하면 어떻게 눈물이 나지 않을까?

난 생각했다. 나의 죽음 앞에서 언니에게 연민이 솟아났다.

나도 죽음을 두려워했다.

내가 더 행복한 사람인가? 나의 죽음이 행복한 죽음인가?

죽음 앞에서도 시인을 상상하며 난 인간의 육체적 욕구가 감정을 약하게 한다고 말했다. 그의 얼굴은 하얗게 질려 빛바랜 표정으로 그늘져 있었다. 시인은 지옥 같은 감옥에서 이야기하고 싶지 않은 일들이 벌어졌고, 실상은 시인이 그토록 그리워했던 조국과 사랑했던 그 모든 것이 추상에 불과했던 것인지 모른다고 생각했다. 난 여기서 그에게 동정해야 할 아무 근거도 찾지 못했다. 우리 인간이 얼마나 귀중하고 위대한지 모른 채 나는 아직도 알 수 없는 잃어버린 시간에 눈먼 소처럼 갇혀 있었다.

 잃어버린 시간은 추상처럼 한낱 연민에도 불구하고 여기서 내가 느낀 그 모든 것에 비하면 동정은 아무것도 아니었다. 우린 시대가 지나면서 한낱 길 잃은 백성처럼 그들에게 족쇄를 찬 듯 주권을 빼앗겼다.

 시인은 그런 슬픈 현실을 직시하면서 조국을 떠나 여기 독사의 소굴로 들어와서 조국의 죄를 뒤집어쓴 채로 그저 시로 그 모든 비애를 생각했는지 모른다. 우린 모두가 이런 죄업의 시기에서 거리로 허우적거리며 나와 정처 없이 떠도는 낭인처럼 거리를 헤매고 있다. 난 이처럼 의사가 되려고 했던 것인지도 모르지. 시인을 보면 내가 느낀 슬픈 비애와 무자비한 절망은 순수하지도 않았고, 추상도 아니며 연민은 더욱더 아니었다. 그저 열차에서 내린 다음 새벽에 나를 비춘 시간이 내 운명의 결정체가 되어 영원히 변하지 않을 것이다.

 우리의 운명은 그저 그 모든 현실과 죽음으로부터 초월해서 잃어버린 시간이 나를 질식해 버리기 전, 아무것도 아닌 그 어떤 생각이, 침묵이, 사상이, 지혜가 우리의 추상을 방해하려고 하고 있었지만, 내 사악한 현실은 살아 움직이고 있었고 나는 시인 앞에 우두커니 서 있었다.

 거짓 운명의 신은 우리를 부정하고, 우리의 조국을 부정하고, 급기야 저항 시인으로 낙인찍고 있었다. 난 그런 생각조차 하지 못하고 여기에 건너온 것이다. 그래서 내 운명을 스스로가 지어진 숙명처럼 개척하고 헤쳐 나아가야 한다. 어쨌든 나는 그날 밤부터 아침까지 그 시인과 마주 앉아서 그의 표정을 읽으며 나에게 올 그 모든 잃어버린 시간을 초월해야 했다. 나는 그런 숙명을 타고난 것이다. 이제 슬픈 감정도 남아 있지 않았다. 내가 꿈을 꾼 모든 이미지가 사라져 버렸지만 말이다.

어렸을 때, 우리 집의 모든 추억을 끄집어내어 상상에서만이라도 꿈을 꾸고 싶었다. 어릴 때의 추상은 숲속에서 날다람쥐와 작은 동물들이 앙증맞게 새벽에 일어나 호수 가에 피어오르는 새벽안개와 이슬을 마시는 모습, 나뭇가지가 부서지는 소리, 술 방울 타는 냄새, 낙엽 타는 냄새, 날다람쥐가 숲속을 산책하는 모습 등이다. 지평선 너머로 우거진 숲이 하늘을 가리면서 바다 풍경을 볼 수 없었던 우리 집을 여기서 상상하기 시작했다. 그건 나에게 업보였다.

긴 고통에서 일어선 나는 이제 죽음을 두려워하지 않기로 했다.

난 이미 철부지 시기에 아버지를 잃어버렸지만, 그 당시에는 질서나 미묘한 감정들은 마음속에 남아 있지 않았다. 지금에서야 내가 지금 어렵고 힘든 죽음 앞에서 그것을 추상하는 것은 동정이 아니다. 긴 고통을 머리에 이고 외곬의 삶에 뛰어든 위대한 시인을 가까이서 볼 수 있다는 희망과 소망은 산산이 부서진다. 아 아! 다시는 볼 수 없을지도 모르는 나의 시대, 내 시간, 동시대에 같이 숨을 쉬고 노래하고 공부할 수 있었던 나의 특권도, 송두리째 뿌리 뽑히는 절망의 순간을 묵묵히 지켜볼 수밖에 없었다. 우린 무력하게 그 저항 시인의 위대한 투쟁을 그냥 지켜볼 수밖에 없었다. 어릴 때 아버지가 학생들에게 가르친 윤동주 시인의 「서시」를 입술로 외우고 있습니다.

눈물이 앞을 가린다. 외곬 인생이 얼마나 참담하고 힘든 일인지는 그 시인의 초라하고 하얗게 질린 표정에서 알 것 같습니다.

죽는 날까지 하늘을 우러러

한 점 부끄럼이 없기를.

잎사귀에 이는 바람에도

나는 괴로워했다.

별을 노래하는 마음으로

모든 죽어 가는 것을 사랑해야지

그리고 나한테 주어진 길을

걸어가야겠다.

오늘 밤에도 별이 바람에 스친다.

모든 사람의 꿈이 단지 꿈으로만 해석할 수 있고 상상할 수 있다고 추론해 본다.

그래서 누워서 꿈을 꾸고 있으며 추상의 세계로 나간다. 덧문 사이로 언제 뜬 건지 새벽 붉은 여명이 눈부시게 빛났다. 난 그나마 행복한 죽음을 앞에 둔 여인 같았다. 이런 새벽의 붉은 여명이 얼마 만인가? 그러면서 시인을 생각할 수 있는 것도 하나의 특권이었다. 내가 그 시인을 대신해서 하늘에 머무르고 싶었다. 불가능한 꿈을 실현하기 위해 기도하고 죄를 회개한다. 사실과 느낌이 전해지면서 난 엎드려서 묵도하면서 밤늦게까지 언니를 생각했다.

늦게까지 잠이 오지 않았다.

'시를 이해'하면서 시를 쓰기 시작했다.

첫 문장인 "어머니, 어머니 우리 어머니"를 오랫동안 입속에서 중얼거리며 희미한 방 안에서 새벽의 맑은 공기를 마신 채 갑자기 그날 밤을 떠올리며 몸서리친다.

그가 나를 윤간하고 미사가 이시미 아이를 감금하던 그 날밤을 떠올린다. 나는 언니를 처음 교회로 인도했을 때, 신 앞에서 내가 신앙생활에서 불가능하게 여겨졌던 이런 지옥 같은 학교의 시간과 숨 막히는 생활을 견디기 위해서였다. 신을 사랑하기 위해서는 기도만이 아니고 스스로가 신앙을 위해 죄를 회개하고 성찰하며 자신의 한계를 뛰어넘을 수 있는 것이다. 그래야 우리 인간은 신을 진정으로 믿을 수 있고, 귀의할 수도 있고, 하나님을 진심으로 만날 수 있다는 진정한 신념을 가질 수 있었지.

그러면서 언니는 자연스럽게 신에게 귀의할 수 있었지.

처음 그날 목사님이 설교 문에서 이렇게 외쳤다.

"살인이 그 옛날 주 그리스도의 죽임으로 부족하다는 말씀입니까? 우리는 신 앞에 거짓을 말하지 말며 숨기지도 말며 항상 주 그리스도의 말씀에 따라 모세의 십계명을 외쳐야 합니다. 그렇게 함으로써 우리는 지옥을 벗어나 연옥 위에 서 있을 수 있으며, 결국에는 주 그리스도가 있는 천당 앞에 놓일 것입니다. 주여! 우리 인간의 무자비하고 사악하고 잔인한 악마적인 습관에서 벗어나게 해 주십시오. 우리는 연약한 백성이고 못된 사람들입니다. 우리 인간이 알지 못하고 듣지 못하고 보지도 못하고 느끼지도 못한다면 우리 사람들이 어찌 동물 등과 다를 바가 있다고 하겠습니까? 나는 그것을 주 그리스도의 죽임과 비교할 수는 없겠지만 만일 우리가 주 예수님의 자녀를 죽인다면 그것이 어찌 정당한 죽임으로 봐야 합니까?"

그날 나는 언니와 교회에서 기도하면서 교회 문과 밖에 건물 꼭대기에 붙어 있던 십자가 철탑이 흔들리는 전율 앞에서 몸서리치는 경험을 했다.

"우리 안의 국수주의자들이 판을 치고 전쟁과 제2차 세계대전을 합리화하고 정당화하는 행위는 절대 용서할 수 없는 신의 모독이며 우리 국민의 의견이나 여론을 다른 곳으로 몰아가는 범죄 행위이다. 우리는 자각해야 합니다. 전쟁은 곧 끝나지만, 우리의 삶은 주 아버지 앞에서 영원히 지속할 것입니다. 우리의 생은 영원할 수 있지만, 권력은 언제든 종말의 한계 속에 사라져버리고 곧 전쟁이 종식되어 우리 자식들이 돌아와서 우리 노부모들에게 절을 할 때를 위해 주 예수님에게 찬송가를 부르며 새벽기도를 드려야 합니다. 그렇게 함으로써 차후에 올 주 그리스도를 영접할 준비를 끝내야 합니다."

'주여! 주 아버지 하나님, 우리에게 힘과 정의를 보여주시고 우리에게 힘을 보태 주십시오. 우리는 연약한 동물들에 불과합니다. 아무리 사람이 천지 만물이라고 외쳐도 우리는 잔인하게 세계대전을 일으키고 그것도 부족해서 학교 도서관에서 살인하는 행위를 저지르는 절대로 하나님 앞에서 용서할 수 없는 죄인이라는 것을 항상 명심해야 합니다. 우리는 하늘나라 위에서 내려보면 참담하고 사악한 죄인이며 주 그리스도의 계율을 어기고 부모나 부인에게 그리고 다른 사람들에게 악형을 주는 그런 행위를 저지르기도 합니다. 그러나 절대로 합리화할 수도 없고 정당화될 수 없다는 것입니다.'

"나는 새벽에 일어나서 어둠 속에서 한 줄기 빛을 보았을 때 내가 이 세상에 태어나 위선과 가식과 증오심과 수치심 등이 동시에 나를 자극하는 것 같았다. 이 살인은 인간의 탐욕에서 비롯 된 광기이며 혐오스러운 죄악인 것으로 보았다."

이렇게 홀로 중얼거리지만, 뒤돌아 부는 무색무취의 바람에 아무 느낌도 없는 공간에서 허무한 이성과 영혼들이 훈제되는 것이다! 따스한 한 줄기 빛이 나를 기억하면서 습기 먹은 듯한 여름철에 무더운 바람이 불어오면서 난 고향 생각에 가슴이 멍든 채로 잠이 들었다. 어디서 바람 소리 때문인지 어머니 생각이 난다. 산속에서 불어오는 시원한 바람 소리 때문인지 가을 산 쪽 먼 곳부터 단풍나무가 물들기 시작했다. 그때쯤이면 할머니와 고추냉이를 캐고 산나물을 캐기 위해 간 단풍나무 숲속에서 잠이 들기도 했다.

그런 생각 때문인지 잠이 오지 않는다. 칠흑 같은 밤이 내리기 시작한다. 그래서 작은 창틈으로 밖을 하염없이 바라보았다. 새벽에 넓은 구치소 담장 뒤로 펼쳐진 석축들을 다시 헐어서 새로 싸고 있었다. 나는 구치소 담장 넝쿨들에서 새 기운이 느껴지면서 억세게 강한 힘으로 담장을 타고 오르는 담장 넝쿨에 푸르고 누런 잎사귀를 바라보니 요사가 생각이 났다.

요사가 나에게 '우리'라고 할 때 강한 느낌을 받았다.

'우리'라는 것은 친구보다 더 가까운 남이 아닌 이성 간에는 연인처럼 비칠 수 있다고 생각했다. 내가 처음 지하 옥방에서 지옥 맨 밑바닥에 있는 한 줄기 빛을 보았을 즈음, 나는 썩어가는 내 몸통을 일으켜 창문 가득 내 몸을 밀고선 자연으로 돌아가기 시작했다. 그것이 내가 담장 넝쿨들처럼 억세게 교도소 담벼락을 타고 오르는 한 인간의 처절한 모습이라 연상했다. 내가 허망한 꿈을 꾼 것인지 아니면 악몽을 꾼 것인지 스스로가 자문했다.

새벽안개가 넝쿨 밑바닥으로 흘러넘치고 내 운명이 저 지하 옥방에서 을씨년스럽게 흩어져 있다고 해도 나는 숙명의 비정한 나의 삶을 뒤돌아봐야 할 때라고 상상했다.

"아마, 그가 나의 비정한 영혼을 들여다보고 있겠지. 그렇겠지! 지금은 중요한 고비야! '우리는'이라는 말보다 그에게 더 신경을 집중해야 해! 오늘을 마지막 기회로 만들어야 해! 이제는 시간이 부족해서 망설일 시간이 없어."

하고 나는 요사가 중얼거리는 것을 느낄 수가 있었다.

   요사는 변호를 하며 끊임없이 나를 지켜보았다.
   검사는 시간보다 돈에 관해서 여러 가지 증거 등을 들어 반박하기 시작했다.
   그는 피의자에게 재산이 너무 많이 상속된 점을 물고 늘어지기 시작했다. 그러면서 그 조카가 나를 괴롭힌 것을 은연중에 흉악한 재산 상속으로 몰아가기 위해 안간힘을 썼다. 그러면서 신문 논조도 이상하게 변했다. 우선 미사 가족 기사가 사라졌다. 요사 변호사는 하루 형사와 뒤에서 여러 가지 진실을 찾으려고 고군분투했다.
   우선 우리가 조사한 바로는 전쟁이 나고 미사의 아버지가 전쟁에 참여하면서 미사 어머니는 이상한 소문에 시달려 정신 병원에 입원했다.
   그런 문제를 증언한 유모도 역시 법정 밖으로 끌려나갔다가 다시 불려 왔다.
   요사와 안경 낀 변호사 그런 조치를 한 재판장에게 원론적인 질문보다 더욱더 강한 법정 논고로 재판을 지배했다. 그러면서 변호사들이 신청한 새로운 증인들이 막 법정 안으로 들어왔다. 재판장은 그런 증인을 보니 부아가 치밀었다. 그가 처음부터 생각했던 법정 심리가 고무줄처럼 늘어난 것에 대해 단단히 화가 났다.
   '이런 무절제한 증인 신청을 하다가 역풍을 맞았던 기억을 잊었냐' 하며 재판장은 증인 신청을 거부한다고 말했다. 그러면서 이마에 흐르는 땀을 닦았다. 그리고는 나에게 부드럽고 다정스러운 어투로 질문했다.
   "피고는 하토야마 변호사를 사랑합니까?"
   그 재판장의 엉뚱한 질문에 나는 처음으로 그를 바라볼 수밖에 없었다.

"피고는 하토야마 변호사와 여러 번 그의 집에서 정사를 나눈 사실을 인정합니까?"

그런 질문에 방청객들은 왁자지껄 웃었다. 그러자 재판장은 엄중한 목소리로 이렇게 외쳤다.

"조용히 하세요!"

그 아주머니는 오늘도 검사에게 끌려 나와 고개를 숙이고 무표정하게 앉아 있었다. 옆에 앉아 있던 남편이 그녀를 '툭툭' 치면서 나를 바라보았다. 그러면서 아주머니는 바로 미묘하고 작은 입술을 중얼거리며 근심스러운 표정으로 돌아섰다. 바로 그때, 유모가 법정 안으로 뚜벅뚜벅 걸어 들어와서 아주머니의 옆에 앉았다. 두 사람은 다정스럽게 손을 잡고 귀엣말까지 했다. 그러더니 아주머니는 내 눈초리를 의식해서 유모와 조금 떨어져 앉았다. 요사는 다시 유모를 증인으로 신청했다.

그러나 재판장은 유모의 증인을 단호히 거부했다. 재판장은 유모가 증인으로 여러 번 증언대에 섰다는 이유만으로 거부했다. 그러자 안경 낀 변호사는 대일본제국의 대법원에 판례를 예를 들어서 조목조목 반박했다. 마지 못해 재판장은 법정 안을 한번 훑어본 다음에 이렇게 말했다.

"나는 천황의 위임을 받은 재판장으로서 한 번 더 유모를 증인으로 허용할 것입니다."

그러자 유모는 의기양양하게 증언대에 앉는다.

"살인을 한 미사 학생을 키운 것이 사실입니까?"

"예!"

유모는 무슨 이유인지 검사의 질문에도 아무 거리낌 없이 답했다. 그러자 요사 변호사는 서류 한 뭉치를 재판장과 검사에게 건네주면서 이렇게 말했다.

"존경하는 재판장님! 지금 내가 준 서류는 대마도 섬에서 오래전 있었던 보육원 기록과 내가 직접 그 보육원을 운영했던 노인 원장님을 만나서 받은 사진들과 서류로 된 증거 등의 서류입니다."

그 서류를 보자 검사는 하얗게 표정이 변했고 재판장은 서류와 사진을 넋을 놓고 보면서 한동안 입을 열지 못했다.

"자, 나는 이 재판을 다시 생각해야 하고 증거들과 서류들을 검토할 시간이 필요하므로 증인들의 논고와 피고인의 심리를 다음으로 연기하겠습니다."

그 재판장은 그런 말을 남기고 서류들을 들고 법정을 빠져나갔다. 그러자 야비한 거구의 검사는 이상야릇한 미소를 짓고 요사 변호사는 갑자기 재판장에게 당한 채로 놀라 일어나서 밖으로 나갔다.

"재판장님? 재판장님!"

요사 변호사는 뛰다시피 재판장을 부르며 따라갔다. 콜레라가 극성을 부리며 2주 동안 법정 심리는 열리지 않았다. 그러나 재판장은 난처한 처지에 빠진다. 그는 그가 주관하는 유학생 이방인을 살인범으로 사형을 선고해서 이른 시간 안에 처벌하려는 계획을 세웠지만, 법정은 자신의 의도대로 흘러가지 않았다. 우선 요사 변호사가 끈질기게 이방인을 두둔하고 대일본제국의 젊은 학생 신분을 망각하면서까지 그녀를 변론하자 재판장은 질려버린 것이다. 그러나 이제 재판장은 다른 눈치까지 볼 수밖에 없었다. 여러 인권단체의 압력과 전쟁미망인들이 신문의 여러 가지 사실들을 들어서 자신의 법정에 대해 성토하고 있었다.

"아, 이건 아닌데! 내가 처음 생각했던 그것이 아냐? 그러나 이것을 빨리 처리하고 내 생활로 돌아가는 것이 나의 신념이지."

재판장은 울화가 치밀었지만, 참을 수밖에 없었다. 그래서 며칠이 지나 다시 재판을 재개했다.

법정 안은 바보 같은 정리와 많은 기자로 꽉 채워졌다.

"변호사님, 먼저 준 이 서류와 사진들은 무엇입니까?"

"여기 보육원 서류를 보면 미사 양이 어릴 때, 보육원 출신으로 여러 명과 같이 있었고, 이기 교수도 같은 보육원에 있었다."

희미한 사진 안에 어린 미사의 얼굴이 있었다.

요사 변호사도 아베 형사가 찾아낸 미사의 어린 시기에 사진들과 유모와 찍은 다수의 사진을 비단 주머니에서 찾아낸 것이다. 처음 그 사진을 찾아서 하루 형사와 공유했지만, 그 누군가 보이지 않는 손에 의해서 아베 형사가 한동안 히로시마시에서 사라진 이후 요사가 다시 찾아냈다.

결코 인간사의 진실은 손바닥으로 가릴 수 없는 것이다.

한 줌도 되지 않는 진실과 인간이 오만으로 가려진 사실들이 이제부터 다 드러나기 시작했다.

그러나 그건 지금 나와 무관해 보였다. 나는 살인자로 법정에 서 있고, 결국 나의 생애는 불투명한 막으로 둘러싸인 채 허무한 허공에서 떠돌 것이다.

아무렴 어떤가?

다 부질없는 짓이다.

법정 분위기는 나를 단죄하는 심판보다 내가 누구이고 내가 일본에 대해 저항하는 의식 밑바탕에 윤동주 시인의 영향을 받았다는 기사까지 실렸다. 시인의 빛과 그림자를 둘러싸고 유학생들이 어둠으로 뒤덮인 암울한 조국의 시대 상황을 떠올렸다. 당시 우린 조국이 늙은 소들이 모여 누워있는 가축장이라고 상상했다.

난 지금까지 여러 질서가 나를 지배했던 것은 아닌지 스스로가 생각했다. 그러면서 처음 히로시마 부둣가 대기실에 있었던 허무하고 애절했던 시간이 지나고 황량한 외등만 번뜩이는 거리에서 무작정 걸으며 추상들을 심연의 시간에서 상상했다. 나는 오랫동안 진행된 재판 심리에 짜증이 났고 기분이 언짢았으며 몸은 천근만근 무거워 밖으로 뛰쳐나가고 싶었다.

"미사가 임신했다는 것이 지금 재판에서 무슨 문제가 되는지 알 수 없는 것 중 하나이다. 이 재판은 미친 그녀에 대한 재판이 아니고 피고인을 심판하는 법정이 아닌가? 처음 증인이 아무 근거도 없이 피고인을 접대부라고 말한 것에 대해 사과를 해야 합니다."

안경 낀 변호사가 말했다.

검사는 갑자기 당황했고 어처구니없는 표정으로 일어났지만 아무 말도 없었다. 창틀 사이로 빛이 반사되어 비친 검사의 표정을 잊을 수가 없었다. 그는 절반쯤 나를 보고 있다가 바로 법정 안으로 들어온 여인에게 눈을 돌렸다. 검사는 회심의 미소를 지었다. 결국은 이 재판의 승자가 자신이라는 것을 알고 있었다. 지금은 전쟁 중이므로 1심 재판에서 모든 재판이 끝난다는 것을 알게 되면서부터 더욱 재판에 자신감이 생긴 것이다.

또한, 배석 판사 중의 한 사람에 성향을 그 누구보다 더 잘 알기에 검사의 표정은 환했다. 배석 판사는 극우주의자들의 회장으로 비밀스러운 모임을 주도하고 있었다. 특히 전쟁이 일어나면서 그 배석 판사의 성향이 뚜렷하게 드러난 것이다.

그러면서 증인을 한번 들러보았다.

며칠이 지났다.
"그럼 재판은 언제쯤 열릴 것 같아요?"
"글쎄요? 확신할 수는 없지만 한 일주일 정도는 걸릴 것을 봅니다."

난, 그 책을 가지고 못생긴 간수가 서 있는 곳으로 갔다. 다른 감방은 햇볕이 잘 드는 2층으로 창문이 있고 밖이 내다보이는 곳이었다. 아마 죄수들은 밖이 보이는 곳에는 감방이 없었는데, 지금은 역병으로 감방이 모자라서 이곳으로 옮겨온 것이다. 며칠 동안 누워서 시 읽으며 마음을 달래고 『꿈의 분석』 책을 읽었다. 잠시 잠이 들었다. 누군가 기척이 있어 일어나 보았다.

　"예쁜 아가씨, 내일 다시 재판 일정이 내려와서 말인데, 재판장이 성질이 급해서 지금 콜레라로 여러 명의 죄수가 죽었는데도 그는 재판을 강행할 이유를 찾는 거 어때? 곧 결심 공판이 있을 예정이야!"

　그녀는 별로 표정도 변함없이 말했다. 2주일이 지나 법정 안으로 들어갔다. 그런대로 안에는 기자들과 다른 방청객이 많았다. 유모와 나는 눈빛이 마주쳤다. 그녀는 바로 눈을 내리깔았다. 그 옆에는 남편인지 남자가 옆에 손을 잡고 있었다. 꼭 재판이 시작되었다.

　재판장은 이렇게 말했다.

　"역병이 돌지만, 우린 이 재판을 신속하게 해야 하므로 재판을 하루도 쉴 수가 없습니다. 이제 매일 재판을 잡더라도 신속하게 증인신문이나 다른 것을 종합적으로 검토하고 심리해서 처리할 것입니다."

　검사가 일어났다.

　"재판장님, 먼저 증인을 법정 증언대에 세울 것입니다. 그것은 이미 나에게 진술한 내용을 확인하기 위한 절차에 불과하지만 전, 재판에 여기 증인이 이런 사실들을 부정한 것은 그녀가 아프기 때문이었다고 다시 진술을 번복했습니다. 존경하는 재판장님, 그런 점을 유의해서 심리에 참고로 삼아 주기 바랍니다. 우선 증인은 먼저 범 재판 때에 어디가 아팠습니까?"

　재판장은 눈이 둥그레져서 피고인을 보며 말했다. 어이가 없는 표정이었다. 그리고 그 증인은 안절부절못하는 표정이었다. 다시 기자들이 웅성거렸다.

"자, 자 재판은 그런다고 달라지는 것은 없습니다. 저 피고인은 존속살인을 했고, 지금 전쟁 중인데 남편의 잠자리를 거부하고 다른 남자와 정사를 한 것은 어떤 이유라고 덮을 수 없는 유죄입니다. 우리 일반적인 이유이고, 어떤 말로도 살인 행위이고 가당치 않은 행위입니다. 그래서 본 법정은 직접 피고인을 증언대에 세워서 증언을 듣기로 하겠습니다." 하고 재판장이 일방적으로 선언했다.

이런 사태는 처음이었다. 방청객뿐만 아니고 기자들도 웅성거렸다.

"나는 이번 법정을 아무리 전쟁 중이라고 해도 사법살인이라는 치욕을 감수해야 한다고 봅니다. 우리 변호사는 그 고베 씨 집에 아주머니를 증언을 들어야 한다고 재판부에 강력히 요청합니다. 이런 사법살인은 대일본제국에 수치이고 치욕의 날이 될 것입니다. 그건 존경하는 재판장님께서도 잘 알겠지만, 작금의 시대가 그 어떤 것인지 본 변호사도 잘 알고 있는 바, 그것이 재판부에서 불가피하게 받아들인다 해도 우리는 그것에 대해 투쟁할 수밖에 없다는 것을 누누이 말씀드리는 것입니다."

요사는 일어나서 재판부를 향해 강력하고 존엄하게 외쳤다.

그러자 뚱뚱한 검사는 일어나서 거친 말로 이렇게 외쳤다.

"이건 법정 모욕으로 재판장님은 엄중하고 당당히 변호사에게 경고해야 합니다."

재판장은 장내가 소란스러워지자 이렇게 말했다.

"조용히 하세요!"

그리고 그 재판장은 왼쪽으로 약간 비스듬히 기울여 배석 판사와 이야기를 하고 있었다.

"이 재판은 존속살해 사건이니만큼 모든 검사나 변호사들의 언쟁을 자제해 주시고, 나는 지금부터 그녀가 어떻게 당당하게 그 집을 들어갔는지 다시 조사해서 우리 재판부가 답해야 한다고 봅니다. 그리고 변호사의 말이 조금 심한 것이 사실이므로, 내가 공개적으로 변호사에게 경고해 주는 선에서 마무리하고, 변호사는 다시 증인에게 질문하세요."

재판장은 위엄을 지키기 위해 더 점잖은 말로 가려 말했다.

"그럼, 이렇게 질문을 하겠습니다. 며칠 전, 당신과 저기 앉아 있는 검사보와 같이 법원 식당 앞에서 저녁 식사를 먼저 하고 나서 술집에서 같이 술을 마신 적이 있나요?"

그 증인은 한동안 생각했지만 무슨 말인지 이해할 수 없었다. 하긴 그는 처음으로 검사보가 만나자는 전화를 받고 당황했다. 왜냐하면, 며칠 전에 고등학생 손자가 동네 친구들과 싸우는 바람에 경찰서에 조사를 받고 지금은 그 사건이 문제가 되어 법원에 이송되었다. 그래서 검찰청에 검사보가 전화해서 만날 수밖에 없었다.

"무슨 생각을 하고 계십니까?"

"뭐, 그건 사실이지만 그것 때문에 식사를 한 것은 아니고 내 아들이 싸움하는 바람에…."

요사는 자리에 앉았다. 증인도 자리로 내려갔다. 다시 검사가 일어났다. 거구의 검사는 증인이 밖으로 나가자 나를 넋을 놓고 보고 있었다. 그리고 내 자리 가까이 다가섰다.

"재판장님, 지금부터 피고인을 증인석에 세워 심문할 생각입니다. 피고인은 증인석으로 나오세요."

난, 별안간 어이가 없었지만, 증인석에 앉는다.

"피고인에게 묻겠습니다. 그럼, 당신은 정식결혼을 여인으로서 남편의 잠자리는 거부하고 왜 다른 남자와 같이 동침한 것입니까? 이건 지금 신성한 이 나라에서 벌어져서는 안 될 사건인 존속 살해사건이 벌어진 것도 죽을죄를 진 것인데, 하물며 정식 남편이 잠자리를 걷어차고 다른 남자를 만나서 불륜을 저지른 죄는 엄하게 처벌해야 한다고 여기 법정에서 말하는 것입니다."

거구의 검사가 말했다.

"나는 지금까지 이야기했지만, 그건 정식결혼이 아닙니다. 그리고 그 하토야마 변호사와는 친하게 사귀는 사이이고, 정식결혼을 준비하고 있었습니다. 나는 반복해서 말을 했지만, 그가 대마도 섬에서 보인 행위는 무엇이란 말인가요? 여기 신선한 법정 안에 기록을 살펴보면, 그가 나를 강제로 억압하고 그 미친 미사와 같이 공모해서 그날 밤 우리가 보육원에서 잠든 사이에 들어와서 강제로 겁탈을 한 죄가 나날이 기록되어 있는데도 당신들은 그것을 무자비하게 부정하고 나서 지금 나를 위협하며 비정하고 집단적인 살인을 했다고 하는 것입니다."

그런 발언이 있자 검사는 거친 숨을 몰아쉬며 일어났다.

"지금 정식으로 결혼하려고 했다는 발언도 언어도단이고, 우리가 그 하토야마 변호사를 만나서 여러 가지 질문을 하고 조사를 했지만, 그가 거부하는 바람에 여러 가지 이유를 상세히 모든 것을 조사하지 못했습니다. 그러나 여러 가지 정황 조사에서 그 변호사와는 잠시 불륜에 해당하는 행위이고, 그가 말하는 바와 같이 그는 이렇게 말했습니다. '그녀가 하도 측은해서 잠시 위로를 하려고 만난 것은 사실이지만, 그녀가 주장하는 결혼은 사실이 아니다. 처음 우리가 집과 농장을 방문한 것은 요사 변호사의 집을 방문하는 중에 잠시 우리 집에 간 것이다. 난 이미 유가라는 학생과 결혼을 하기로 마음을 먹었다.' 하고 그 하토야마 변호사가 진술했습니다. 재판장님!"

그 발언에 나는 억장이 무너지고 비참한 생각이 들었다. 여러 가지 이야기 중에 요사가 이야기 한 부분이 마음에 걸렸다. 그러면서도 나는 20개의 항목으로 된 검시 보고서를 읽는 검사보를 바라보았다. 거구의 검사를 옆에서 보좌하는 검사보는 연실 그녀를 바라보고 있었다. 그러자 정작, 이런 재판을 계속하는 재판장은 짜증 섞인 어투로 변했다. 빨리 이 재판을 끝내고 그 연인에게 돌아가고 싶은 생각뿐이었다. 어젯밤, 그 연인이 그에게 여러 가지 주고받은 이야기를 상상했다. 특히, 그녀는 재판장에게 이렇게 말했다.

'난, 영원히 그대에게 남아 있을 것이다.'

그 이야기는 그에게 영원한 사랑을 줄 그런 것이었다. 그 재판장은 늙은 마누라에 시달린 지 오래되고 나서는 모든 삶에 싫증을 느끼기 시작했다.

'인간에게 영원한 삶은 없는 것인가?'

하고 그 재판장은 항상 삶에 허무를 느끼기 시작했다. 지금까지 그는 거만하게 행동하며 살아왔다. 처음, 재판에서 예비 판사로 재직하면서 이 세상은 자신에게 달려 있다고 상상했다. 특히, 그는 재판에서 별의별 여러 층에 인간 등등을 보고 여러 가지 어처구니없는 사건을 심판해야 했다. 그는 시대 상황이 그를 악마적인 삶으로 돌아가게 하였다. 세계대전에 패한 일본 제국주의자는 시대를 수탈하고 국민을 억압으로 다스리기 쉬운 시대 상황으로 만들어 갔다. 그는 시간에 초년병이지만, 그가 맞고 있는 법정은 시간에서 유리한 고지를 점령하면서 이미 그는 시민 위에 상전이 되어 군림하게 되었고, 배석 판사 시기에도 그는 재판장에게만 잘 보이고 수능 하며 살아가면 되었고, 재판과정에서도 그 모든 것이 그리고 그 어떤 것도 그들에 지배하에 있었기에, 그는 세상만사가 처음부터 자신들에 세상으로 여겼다.

그것이 지금 생각하면 시간이었다.

비록 지금은 늙고 작은 키에 배가 나오고 손등은 두툼하고 각진 표정이지만, 그 늙고 바보 같은 재판장은 지금부터 언제까지 그에게 아양을 떠는 그 연인을 상상하면 되었다. 그것은 그가 이 재판을 하면 느낀 것은 바로 그것이었다.

'시간이었다.'

거구의 검사와 잘생긴 변호사의 재판과정을 하면서 상상한 것은 그들의 다툼이었다. 그리고 피지배국가에서 온 유학생인 그녀이었다. 그것이 지금 재판 심리에서 아무것도 아닌 그것을 다투고 심판대에 올려 정의를 구하려고 하는 두 사람의 자세이었고, 그런 재판과정에서 본 그 살인범인 그녀이었다. 그가 수만 번 재판했고 여러 번 피의자인 여자 범인을 보았지만, 대한제국에서 온 유학생인 그녀는 상상 이상이었다. 그리고 그녀가 상전인 남편에게 잠자리를 거부하고서 큰 가도로 살해했다는 것, 그것을 처음 재판과정에서 보았을 때와 지금의 상황은 너무도 다른 상황으로 변질하여 간다는 것이다.

특히, 요사 변호사는 그 살인범에게 정신뿐만 아니고 그의 영혼까지 빼앗긴 사람처럼 변론했다.

그러면서 요사는 이지 언니에게 부탁해 하루키 양을 설득하게 했고, 하루키 양은 자신의 오빠를 재판에서 변론하도록 설득했다. 그러면서 하토야마 형사도 재판에 변호사로 참석하기 시작했다. 재판장은 어처구니가 없었다. 대일본제국에 변호사들이 피지배 국가인 유학생을 변론하기 위해서 나선 것에 그는 적지 않게 당황했다. 그리고 지금까지 아베 형사라고 하는 대마도 형사까지 증인으로 신청하자, 그 재판은 적지 않게 당황했고 어처구니없어서 혀를 찼다.

아베 형사는 그 당시에는 내근직으로 그 살인사건과 별개의 사건을 취급하고 있다고 했다. 시간이 지나면서 하토야마 변호사도 자신의 동생인 하루키 양의 매일 울고 지내는 모습에 가만히 앉아만 있을 수가 없었다. 그리고 보육원에서 하루키 양에게 질투를 느끼고 나서, 그녀는 해코지하기 위해 불량배를 동원하려고 했다가 하토야마 변호사에게 발각하면서 그는 전적으로 도와주기 시작했다.

그래서 그는 국수주의자의 반대에도 숨어서 조심스럽게 움직였다. 우선 대마도 섬에서 그 회장님의 사건을 수사한 아베 형사를 찾아야 한다고 생각했다.

"고래 심줄보다 강하다."

하고 대마도 섬 면장이 말한 것에 의미를 두었다.

고래 심줄보다 더 강한 사람이 더 빨리 설득할 수 있다고 생각했다. 하토야마는 밤중에 동생과 같이 차를 타고 아베 형사 집으로 갔다. 아베 부인은 처음 강하게 거절했지만, 예쁜 동생에게 설득해서 무사히 집으로 들어갈 수가 있었다.

"아주머니 우리를 도와주세요."

하토야마 동생은 아베 형사의 부인에 손을 잡고 사정했다. 이미 하토야마는 하루 형사는 통해서 아베 형사와 전화 통화할 수가 있었다. 그러면서 아베 형사는 지금까지 유모와 미사를 조사한 기록들을 하루 형사와 공유했다. 요사는 아베 형사의 부인을 추적해서 대마도 섬에 숨어 있던 아베 형사를 찾아냈다. 그러면서 여러 가지 유리한 증거들을 요사와 하루 형사는 찾아냈다. 요사는 우선 언니와의 교도소 면회를 할 수 있도록 다방면으로 힘을 섰다.

그렇게 해서 언니가 나에게 면회를 왔다. 우린 철장 사이를 두고 마주 앉았다. 언니는 약간 얼굴이 마르고 낯빛은 밝지 않았다.

"전쟁터에 계신 아저씨는 잘 계시죠?"

"그래, 여기서 별거 다 걱정하고 있었네? 내가 너무 늦게 와서 미안해. 잘 알고 있고 소식을 들어서 알고 있지만, 지금 히로시마 도시는 역병으로 아사 직전으로 내몰리고 전쟁 후유증으로 시민들은 굶어 죽는 사람까지 나온다고 해. 지금 도시는 흉흉한 소문과 역병으로 병들어 가지? 그렇지, 내가 여기 오면 무엇을 이야기해야 할지를 생각했지만, 오자마자 이상한 말만 늘어놓은 거 같아서 미안해."

"아니에요. 그러나 사실은 언니 소식이 궁금했지만."

나는 얼굴을 붉히며 언니를 빤히 바라보았다. 그러자 언니는 손을 철책 사이로 넣어 내 손을 잡았다. 오랫동안 잃어버린 것 같은 손으로 감정과 이성이 전해왔다. 언니는 요사 변호사 백중으로 사람들을 만나고 왕실에 궁내부 친구도 만나서 당신의 사면을 구하러 다니고 있다고 말했다. 여기 오기 전, 하토야마 변호사도 만나고 그 동생인 하로코 양에 대해서도 이야기를 나누고 왔다고 했다. 지금 하토야마 변호사도 당신의 변론에 참여하기 위해 백방으로 노력한다고 했다. 우린 두 손을 꼭 잡았다. 그러자 바로 요사 변호사가 안으로 들어왔다.

나는 그를 바라보았다. 옅은 미소와 얼굴은 몹시 야위어 보였다.

"하토야마는 지금 누군가에게 압박을 받고 있다. 사실 검사가 주장하는 유가와의 결혼 약속도 사실이 아니다. 내가 그 변호사의 아버지를 직접 만나서 확인을 한 상태이고, 그는 여러 가지 복잡한 상황이기 때문에 지금은 동경에 피해 있다. 내가 다시 그를 만날 것이다. 지금 요사는 하토야마 변호사의 진술이 당신에게 중요하다고 했지."

하고 요사 변호사는 곤혹스러운 표정으로 말했다.

재판이 종장으로 가자 이지 언니가 재판에 출석하느냐 하는 문제를 가지고 다투고 있다고 말했다.

그러나 거구의 검사는 멀리 떨어진 증인을 재판에 불러 화근을 만들기보다 싹을 자르기를 바라면서 방해 공작에 열을 더하고 있다고 했다. 그래서 멀리 있는 언니의 증언을 여러 가지 이유로 출석할 수 없게 사전에 차단했다. 그래서 사전에 요사 변호사가 이지 언니에게 진술서를 사전에 받아 놓았다. 그러나 그들은 진술서보다 나를 두 변호사 사이에 이중적인 애증 관계로 몰아가기 시작했다는 것이다. 그 진술서도 재판에 증거로 내놓은 상태이었다. 그러면서 진술서에 있는 논란을 정확하게 하려고 재판장은 이지 언니를 재판에 나올 것 종용했지만 나오지 못했다.

거구의 검사는 몸을 곧추세우면 이렇게 말했다.

"그럼 변호사들은 '이지'라는 학생을 설득해서 다음 재판에 참석하도록 종용할 수 있습니까?"

검사의 질문에 요사는 한동안 침묵을 유지했다. 그런 발언이 전해지자 재판장은 고심하는 눈치를 보이면서 다시 젊은 기자들이 뒤에서 웅성거렸다.

"그 진술서는 재판에 큰 영향을 받지 않으리라 생각합니다만, 하여튼 그 증거를 받아들입니다. 그러나 재판장 직권으로 그 증인에 증언을 받아들이지 않겠습니다."

그렇게 재판장이 그 진술서에 대한 답을 내렸다. 그런 불륜이 이 법정을 휩쓸고 지나가면서 다시 히로시마시 외곽 부근부터 시내 거리까지 콜레라 다시 극성을 부리기 시작했다. 법정 안에는 콜레라가 집중적으로 보도되자 사람들이 사라지고 기자들만 자리를 차지하고 있었다.

그 아베 형사는 그날 밤 자정쯤에 대마도 섬에서 그 조카와 미사는 술을 먹고 있는 것을 본 사람의 진술을 들었다고 말했다. 그러나 그 형사가 조사한 바로는 그 증언을 뒤엎는 근거를 찾았다.

두 사람이 사실 10시쯤 해서 그 술집에 같이 있었다는 것으로 밝혀졌다. 1943년 4월 4일 어느 날 밤에, 두 사람은 대마도 섬에 도착했다. 도착한 사실도 항구에서 확인했다. 그리고 다시 하룻밤을 같이 보낸 이후, 그 술집에서 10시쯤 해서 나와 승용차를 타고 보육원으로 향했다.

"나는 당시 고베 회장을 잘 알고 있는 편이었다. 그 회장님은 자주 대마도 섬에 왔다. 그리고 그녀도 본 적이 있다. 그러나 무슨 이유로 두 사람이 공모해서 그 여자아이의 아버지를 살해한 이유를 찾지 못했다. 그 아버지는 평범한 선생님이고 한쪽 다리가 불편해서 3급 장애인으로 동경에 교사직을 수행하다가 몸도 불편해서 고향인 대마도 섬을 전근 온 것이었다. 아무리 생각해도 살인을 했지만 왜 살인을 했는지 이유를 찾지 못했다. 그래서 살인사건을 해결하는 데 여러 가지 어려움이 있었다."
하고 아베 형사가 말했다.

다음엔 아주머니가 경찰서로 나를 찾아왔습니다.
"우리 회장님을 죽이려는 음모가 있고 살인이 일어날 것입니다."
하고 아주머니가 나에게 신고를 했다.
"그건 무슨 이야기입니까?"
요사가 아베 형사에게 반문했지만, 그 이후로 시원한 답을 듣지 못했다. 요사는 그 이후로 아베 형사에게 부정적인 마음을 가지고 있었다. 그 아베 형사 자신에게 말 못 할 비밀이 있는 것 같았다.

아베 형사의 사건 보고서엔 고베 회장님과 그 조카의 갈등에 대해서 세세히 적혀 있었다.

그러면서도 특히 그런 고베 조카의 태생에 대해서도 하루 형사는 눈여겨보았다. 고베 조카도 대마도 섬에서 태어난 점에 유의했다. 하루 형사는 대마도 면장에게 이런 이야기를 들었다. 그 고베 조카에 대해서 이야기했던 당시 그 조카가 별안간 나타나서 낯빛이 변한 그 면장을 생생히 기억하고 있다가 다시 면장에게 물었지만, 그는 곧 꽁무니를 빼고 달아났다. 그래서 요사는 지금도 그 창백한 그녀의 낯빛 얼굴이 야누스의 얼굴처럼 변한 모습을 상기하기 시작했다.

고베 조카와 같이 있었던 미사의 얼굴은 하얗게 질린 표정이었다.

"유모, 난 어떻게 태어났지? 내 어머니는 진실로 누구이지? 유모, 이제는 나도 내 어머니에 대한 사실을 정확하게 기억해야 하지?"

그러나 그 유모는 사실은 자신도 그 누군가가 도요토미 가에서 무슨 일이 벌어진 것인지 정확하게 알지 못했다. 어렴풋이 기억나는 일은 그 날 밤, 칠흑 같은 낯빛과 피비린내 난 오후, 까마귀 성에서 검은 복면을 한 무사들의 비정한 죽음의 얼굴을 기억할 뿐이다.

"아가씨, 나도 정확하게는 기억하지 못해? 그날은 너무도 칠흑 같은 밤이었거든."

"유모, 난, 정오에 태어났다고 했는데, 내가 자정 넘어서 태어난 거야?"

"예!"

미사는 자신이 알고 있는 출생의 비밀이 풀렸다는 생각에 기분이 좋아졌다. 그래서 요사는 미사의 정확한 출생 비밀을 알기 위해 옛날 수백 년 전, 무슨 일이 일어났는지 까마귀 성에서 도요토미를 해치려는 수십 명의 검은 복면의 카게무사에 참극을 기록한 여러 가지 자료들을 수집하고 있었다. 그러나 그 이상 요사는 찾지 못했다. 중요한 문서들은 100년 동안 대외비로 규정되어 있었지만, 그러나 미사의 아버지인 전쟁 영웅은 자신의 아버지가 도요토미 가신으로 억울하게 참살당했다는 이야기를 자신이 근무했던 군 내부 보고서에서 보았다. 당시는 전쟁 중, 그 전쟁 영웅은 자신의 아버지를 모략해서 참살당하게 했던 그 음모자를 밤중에 찾아가서 5명을 살해하고 자신도 그 검으로 자살을 한다.

그런 전쟁 영웅은 비록 미사가 태어나자마자 일어난 사건이지만 그런 그녀에게 불행의 싹이 돋기 시작했다.

나중에 그 유모에게 그런 사실을 알게 되고 나서 고등학교 시절에 정신적인 고통에서 정신병을 앓게 된 근본적인 이유가 된 것이다. 그 이후로 하녀인 미사의 어머니는 그 유령의 집으로 내쫓기고 나서 유모와 같이 미사를 키운 것으로 알려졌다. 그 미사의 어머니는 1년도 되기 전, 그 집 대들보에 목을 매고 자살은 한 것이다.

"내가 그들이 말하는 '그 살인'에 흉계를 직접 듣고 여기로 온 것입니다. 그러나 날짜를 잘못 읽고 해서 하루 전에 신고했고 이미 회장님은 집에 계시지 않았습니다. 그 두 사람은 가끔 우리 회장님 방에서 정사를 벌이며 그런 말을 공모했죠?"
그 아주머니가 요사에게 말했다.
"그 회장을 어떻게 해야 하나?" 하고 그 조카가 말하자 미사 양은 "그를 목을 조르고 나서 그 몸을 천장에 매달면 모든 것이 끝이 나고 그녀는 학교도 다니지 못할 것이다." 하고 고베 조카에게 말했다.
"그 이후, 일주일이 지나 회장님은 바다에서 떠내려가는 것을 어부가 건져 경찰서에 신고해서 내가 직접 검안했습니다." 하고 하루 형사가 말했다.

아베 형사는 이렇게 회고했다.
평상시 아베 형사는 고베 회장님을 존경했다. 그가 대마도 섬에서 박봉으로 살아가자 음으로, 양으로 회장님의 도움이 있었다. 아베 형사의 부인은 성징이 고약하고 욕심이 많은 여인이었다. 그래서 거의 용돈 이외는 거의 돈을 가지고 있지 못했다. 그런 사정을 잘 아는 고베 회장은 대마도 섬에서 자신의 집이나 다른 여러 가지 상황들을 그 아베 형사에게 도움을 받고 용돈을 준 것이다.
시간이 지난 이후에도, 아베 형사는 고베 회장님의 사망이 흉계에서 비롯된 음모인지 아니면 자연사인지 지금도 수사를 하고 있었다. 그러면서 자연히 대마도에 사는 유모에 대해서도 조사했다. 그는 미사의 조그만 얼굴에서 망가진 하얗게 질린 미사의 마지막을 기억하고 있었고,

그날 밤 고베 조카와 대마도 시내를 술에 취해 배회하는 것을 목격했다. 미사도 처음엔 누구인지 알지 못했지만, 그날 밤에 고베 조카와 같이 다닌 이후, 그녀를 관심 있게 보고 있었다. 그리고 그 유모가 미사의 유모라는 것을 알고 난, 이후로 요사의 증언을 들을 수가 있었다.

요사가 말한 이야기는 사건 보고서에 적혀 있었다.

1년 전, 미사가 전율을 느끼고 쓰러진 밤, 요사는 미사와 첫날 밤을 같이 보냈다.

더욱더 두려웠던 이유는 미사가 처녀이었다. 그러면서 착한 요사는 그녀에게 책임감에 결혼까지 했고, 곧 이혼하게 된 것이다.

시간이 지나 하얗게 망가진 미사의 얼굴에서 요사는 다시 하토야마 집을 지나 절터를 가기 전 지금 흉가가 된 미사 어머니의 집은 유령의 집으로 변해 있었다. 요사는 지금, 그 당시를 떠올리는 것이다. 그들이 그 흉가에서 만나 '그런 살인'의 음모를 꾸미기 시작했다고 아베 형사가 말했다. 아베 형사는 유모를 조사하는 과정에서 '그런 살인'의 정보를 사전에 알았다.

그러나 아베 형사는 그 살인의 판단을 간과했다.

그 아주머니가 "고베 회장님을 죽이려는 음모가 있다."라고 했던 이야기를 무시해버렸다. 그래서 '그런 살인'이 고베 회장님이라는 것을 사전 막지 못했다. 아베 형사는 회장님을 존경했지만, 살인을 막지 못해서 죄책감으로 더욱더 살인사건을 끝까지 파헤치는 것이다.

"삶은 달걀도 그 유모가 집에서 가지고 온 것입니다. 그 신고를 받고 나는 히로시마로 건너가서 그 집에 가서 증거들을 확인한 것입니다. 미사 양이 쓴 메모지가 찢어진 채로 쓰레기통 안에서 발견했습니다. 그 증거로 가지고 나왔습니다." 그는 메모지를 증거로 내보였다. 그 미사의 유모는 미신에 집착했고, 미사 어머니가 무당이 되는 것에 영향을 끼쳤다. 그 어머니가 무당이 된 이유는 다분히 전쟁 영웅인 미사의 아버지인 도요토미는 전쟁을 끝내고 집으로 와서 미사의 어머니 사이에 아이를 가질 수 없게 되자 그 집에 하녀가 미인으로 오래전에 사통하는 사이에서 미사가 태어났지만, 미사는 결손녀로 도요토미 가족으로부터 천대받고서 유모가 키우게 된다.

처음 미사는 사실을 알지 못하고 자라난 다음에 하토야마 집에 가기 위해서 그 절터인 자신인 어머니가 살았던 그 유령의 집으로 지나가고 나서 이후, 유다에게 그 모든 이유를 알게 된 것이다. 유다는 마을에서 떠도는 이상한 이야기를 어느 노파에게 들었다고 했다. 그 노파는 약간은 노망기로 그런 이상한 이야기를 만든 것을 퍼트리고 나서 죽었다. 그런 이야기들을 유다가 자연스럽게 만든 이야기처럼 듣고 다시 퍼트린 것이다. 사실은 유다에게도 무슨 이야기 누구에게 그 어떤 말을 듣고 미사가 유다가 퍼트린 말을 알게 된 것은 사실 밝혀지지는 않았다. 미사는 그 이후로 유모를 찾아서 여러 번 묻고 추궁했다. 나중엔 급기야 그 유모를 살해하고 나서 미사는 자신을 억제하지 못하고 미쳐 버린 것이다. 그 사실을 아베 형사가 밝혀낸 것이다. 미사는 그 이후로 광적인 정신 상태를 보이면서 학교도 잘 나오지 않았던 것. 그것은 미사가 히로시마 대학을 오기 전, 아이를 낳고서 유모에게 키우라고 했다는 소문들도 돌았다. 그 소문도 그 노파가 죽기 전에 어느 마을에 다른 사람들에게 전해준 이야기 중 하나이고, 다른 하나는 미사가 아이를 낳고서 그 후유증으로 정신 병원에 반년 정도 있었다는 소문도 학교 안팎으로 나돌았다. 그 노파는 여기 유령의 집 가까이 살던 노인이었다.

미사는 그런 악소문을 잠재울 수 있는 정신적인 참을성이 있는 학생이 아니었다.

그리고 방학이 되면서 잠잠해지고 다시 개학이 되며 내가 히로시마 대학교로 전학을 오면서 그 모든 관심을 나에게 옮겨온 것으로 요사와 언니 대화 중, 그런 여러 가지 이야기를 알게 된 사실적인 이유이었다.

"삶이란 집요하기도 하지! 우리를 죽이기도 하고 살리기도 하지. 그건 인간에게 특별한 이유가 있는 거처럼 우리에게도 삶을 살아가는 과정에서 너무도 추악하고 무자비한 면이 드러날 때는 우리 자신을 뒤돌아볼 기회가 생긴다는 것. 뒤늦게 그런 사실을 알게 될 때는 이미 우리는 저 멀리 보이지 않는 곳까지 가 있었다는 것. 그것이 우리 주변에서 일어났던 거야? 아무 이유도 모른 채 우리 주변에서 갑자기 일어났던 거야?"

그러면서 처음 아베 형사도 회장님의 죽음에 관해서도 수사를 하고 있었다.

아베 형사가 대마도 섬에 그 아이의 아버지를 살해한 증거를 가지고 말했다. 나는 그런 이유를 인식하기 시작했다. 늦게나마 시간이 지나면서 난, 이방인으로 그들에게 희생양이 된 사실을 알게 된 거지? 처음엔 너무도 불현듯 그 모든 것이 나에게 다가와 지금 그림자 살인사건의 피고인으로 서 있는 현실을 인식했을 때, 그건 너무도 나에게 황망하고 불현듯이 찾아온 악연들이지? 나 자신도 이해하기가 불가능해 보였지?

그리고 그 유모는 이렇게 외쳤다.
"작년에 갔던 제비가 돌아오지 않는 것은 흉년이 들 조짐이다. 그리고 우리 아버지도 전쟁 영웅이었다."
하고 유모가 말하자 여기 면장은 그런 말은 재수가 없는 이야기라고 그 유모를 힐난했다.

그러나 유모는 자신의 주장을 굳히지 않았다. 그래서 지금 흉년으로 비가 와도 장마철도 아닌데, 장마가 심하고 그래서 덩달아 물고기까지 조선 반도로 돌아갔다고 하며 우리나라를 원망하는 이야기들을 쏟아 냈다. 대마도 면장은 그 조카 앞에서 아부하며 이렇게 다시 말했다.

그러면서 그 아주머니에 상속 재산은 회장님 부인이 이미 사망했을 때 상속에 관한 문서들을 작성했고, 회장님이 사망하면 처리하도록 그 아주머니의 언니가 해 놓은 것이다. 고베 조카도 어느 정도는 그런 사실을 알고서 더욱더 아주머니에게 모질게 했다고 대마도 면장이 증언했다.

"아주머니 모습이 회장님 사모님과 거의 같다." 하고 요사가 말했다.

난, 그 이야기를 듣고서 아주머니를 생각했다. 그녀는 거의 집안 살림들을 도맡아 했다. 그래서 더욱 그 조카의 분노가 심했다. 그러면서 자연스럽게 그 가족에 수난사가 가감 없이 여러 가지 신문 기사며 요사 변호사가 동경 법인 사무실에서 대마도 섬에 재산 상속에 대해서 일부 알게 된 사실도 있었다.

회장님의 죽기 전, 대마도 섬에서 여러 가지 대마도 성에 있는 땅 일부를 아주머니에게 상속한 서류들을 찾았다. 그건 하루 형사는 회장님 살해사건을 조사하다가 사라진 아베 형사의 수사 기록을 입수했다. 아베 형사 옆자리에서 근무하던 하루 형사는 아베 형사가 사무실에 나오지 않고 그 책상 위에 여러 가지 수사 기록을 볼 수가 있었다. 살인자에게 아무 특권도 존재하지 않았고, 내 소문이나 여러 가지 나의 비일비재 하찮은 일까지 아베 형사는 조사했다고 요사가 전해 주었다. 그러나 지금 고베 회장님의 사건과 히로시마 살인사건에서 여러 가지 유형의 유사점을 찾을 수가 있었다. 요사 변호사는 그 점을 유의했다.

그러면서 이번의 놀라운 회장님의 대마도 섬에서 일어난 살인사건은 미궁으로 빠질 위험성이 있었다. 우선 처음에 요사가 간과한 것은 그 회장님이 자살인지 타살로 인한 죽음인지가 명확하게 드러난 것이 없다는 것이다. 그래서 요사는 시체 부검해야 더욱더 정확한 사망 원인을 밝혀낼 수가 있었다. 그러나 대마도 지방 경시청은 그 회장님의 부검을 쉽게 결론 내지 못하고 쉬쉬하고 있었다. 요사는 그 뒤에 그 조카가 뒤에서 대마도 지방 경시청에 압력을 행사하고 있다고 본 것이다. 그 조카는 지금 상황에서 그 회장님에 유일한 상속자이기 때문이었다.

요사는 그것을 인정하지 않을 수는 없었지만, 뚜렷한 방법이 없었다. 나는 그런 상황에 더욱더 절망에 빠졌다. 그러나 요사는 말하지 않았지만, 그 아주머니의 법정 증언이 꼭 필요해서 증언으로 불렀지만, 그 아주머니는 끝끝내 법정 안에서 볼 수가 없었다. 나도 그 상황들을 인식하고 못생긴 여자 간수의 이야기 속에서 단편적인 그 아주머니의 소문을 들을 수가 있었다.

그 아주머니와 유모는 배다른 동생이고, 회장님의 사모님이 그 아주머니의 친언니이었다.

이런 세 여자의 숙명이 그 회장님뿐만 아니고 그 조카에게도 어느 정도 영향을 미쳤을 것으로 요사가 말했다. 가난하고 척박한 대마도 섬에서 태어난 세 자매는 한 여자는 배다른 동생인 관계로 서로 어긋나기 시작했을 것으로 보았다. 한 살 차이인 그 아주머니와 언니는 거의 생김새 같았다고 그 배다른 유모가 말했다.

아베 형사 사건기록에도 있었다. 그러나 법정에 논고가 종장을 향하면서 그 유모는 이상한 이야기를 법정에서 증언했다.

"저 언니가 회장님의 사모님을 질투해서 큰 언니가 사실은 빨리 죽은 것이다. 그리고 우리 아버지는 전쟁 영웅이다."

그 유모는 증언석에서 앉아서 울고 있는 아주머니를 향해 손가락질 했다. 그러자 울다가 그 아주머니는 일어나 증언석으로 다려놔 오려고 하자 법정 정리가 앞을 막아섰다. 법정은 순식간에 아수라장으로 변했다. 재판장은 그 장면을 보며 법정 방망이를 쳐들고 연속적으로 '땅땅땅!' 내려쳤다. 그 이후로 그 아주머니가 끌려 나가고 유모는 이렇게 법정 안에서 진술했다.

진실은, 사실 큰언니는 심장이 약한 것도 아니었다.

큰언니는 나에게도 큰 재산을 남겨 주고 대마도 섬에 있는 큰언니의 땅도 남겨 주려고 했다. 그러나 저 언니가 나중에 알고 항의하며 악장을 치는 바람에 큰언니는 일찍이 사망한 것이다.

그러면서 그 아주머니가 오랫동안 그 새 둥지 집을 자신의 집처럼 그려보았던 상상 속의 집이었다.

그러나 그 아주머니는 그 새 둥지 집을 자신의 집으로 착각했을 것이다. 그 집은 내 집이기 때문이다. 그러나 어느 날인가? 칠흑 같은 밤에 내가 들어가더니 어둠 속에 그 아주머니가 앉아 있었다. 자신의 집처럼 말이다! 새 둥지 집에서 그 큰언니보다 지금은 더 오랫동안 살고 있었던, 그 아주머니는 세 자매가 살았던 대마도 섬에 작은 집이고, 그녀의 의부이자 아버지에게 강간당하고 배다른 동생인 유모가 무슨 이유인지 그 의붓아버지와 공모했는지 모르지만, 어느 날 고베 회장님이 데려간 다음에 큰언니도 그 아주머니를 원망하는 이야기를 남기고 대마도 섬을 떠났다. 대마도 집은 그 아주머니에겐 과거의 집이지만, 그러나 그 집은 영원한 집이었다.

새 둥지 집은 결국은 큰언니의 집이지만, 그 아주머니는 그 언제부터 자신의 집으로 만들었다. 그녀는 마음을 집으로 받아들였다. 그만큼 그 아주머니의 집은 영원한 집이고, 마음이었다. 그러면서 자연스럽고 조금씩 새 둥지 집을 자신의 집으로 그려 보았다. 그 조카는 그녀가 미친 것이 아닌지 항상 생각했다. 그런 가운데 결국은 두 사람의 가치와 생각이 충돌했다. 그 조카는 새 둥지 집의 큰조카로 자기 할아버지가 100년 전, 신분제도에서 겨우 양민이 된 이후로 소수 아들들과 같이 땅에 큰 바위를 드러내고 돌멩이를 고르면서 피땀으로 일군 땅이었다. 그러면서 자연스럽게 큰조카로서 자기의 집으로 여겼다.

그 조카는 고베 회장과 그런 이유로 충돌하게 되었고, 그리고 그런 사실을 유모에게 알게 된 미사는 그 조카와 여러 가지 음모를 모의했다. 그러면서 서로 간의 이해 충돌이 일어난 것이다. 그 유모는 원한을 가게 된 것이다. 한 여인이 원한을 품으면 여름에도 서리가 내린다는 속담이 대마도 섬에 그 이후로 돌았다.

그것은 배다른 유모는 천대받고 살 곳이 마땅치 않고 해서, 대마도에서 언니의 양녀인 미사를 돌보게 된 것이었다.

지금의 살인사건은 나의 모든 것을 회상시키고, 지난 수년 동안 이런 죄를 짓는 양심이 있는 인간으로서 안일하게 살아왔던 우리 인간들의 무자비한 잔인성과 비열함을 스스로가 서로 생각하며 절망에 빠졌다. 그러나 요사는 그런 것을 자인하는 인간이 되기엔 아직도 부족한 것이 많았다고 말했다. 그러면서 지금 사랑하는 여인이 교도소에 살인자로 재판을 받고 있지만, 그는 무력하고 비열한 한 남자에 불과했다고 말한다.

결국은 세 여자의 운명이 척박하고 전쟁 속에서 병든 여인들의 질투가 그녀에게까지 전염되는 듯했다고 요사가 말했다.

처음부터 그녀의 신상이나 학생으로 그녀를 잘 알고 있었고, 그녀가 지금 비록 억압받은 한 나라에 여성으로나 유학생으로 여기 와 있었지만, 우린 모두가 나서서 그녀를 괴롭히고 공부를 방해하면서 집단적인 광기를 그녀에게 보인 것이다. 마음 가장 깊숙한 데에서는 자신의 행동이 추악하고 비겁하며, 잔인한 짓이라고 생각했다. 그러면서 그는 고상하고 대일본제국에 변호사로 한 여인에 불과한 유학생을 집단적인 광기로 몰아서 그녀가 살인할 수밖에 없었던 시대적 배경에서도 그녀를 그렇게 살인할 수밖에 없었던 우리에 집단적인 광기가 법정에서 백일화에 밝혀질 것, 우린 방관자로 오래도록 남아 있을 것이라는 자조 섞인 말이나 농담으로도 우리의 양심을 한 꺼풀 뒤집어 보면 지금 여기 추악한 현실을 고려해야만 한다고 하면서 그는 지금까지 일본에서 일어난 그 모든 것에 방관자며, 전제주의자라고 고백했다. 그들이 세계대전을 일으킨 군국주의자와 전체주의자들의 횡포를 무시하고 그 스스로가 학생으로 전쟁에 참여하지 않는 것, 지금에서 옳고 그름인지조차 명확하지도 않았고 명분조차 퇴색했다.

　요사는 결국, 그 아주머니 아버지도 대마도 섬, 그림자 무사에서 전쟁 영웅으로 변신했던 사실도 밝혀냈다. 그러면서 그 유모도 옛날부터 그런 자신의 아버지도 전쟁 영웅이라는 것을 자랑하고 다녔다. 미사는 자신의 아버지인 전쟁 영웅과 유모의 아버지를 비교 대상이 되면서 분노했다. 그리고 미사는 유모와 이야기할 때, 자신의 아버지가 그 부인이 아이를 가질 수 없다는 사실도 알게 되었다. 그러면서 헛소문으로 떠도는 미사의 아버지가 하녀와의 사이에서 딸을 난 사실도 뒤늦게 알게 된 거다.

　그 하녀가 난 그 딸이 자신을 향하고 있다는 사실에 분노해서 그 유모를 살해하고 미쳐버린 것이다.

　요사의 집요한 추적과 아베 형사의 옛날부터 대마도 섬에서 일어난 살인사건을 수사했던 기록에서 아베 형사나 하루 형사도 그런 살인사건에 미사가 있었다는 사실도 밝혀낸다.

　"그런 의미에서 미사는 자신이 혼외자라고 하는 것과 하녀의 딸이라는 것, 분노하고 광기를 보이며 미쳐 버린 것이다."

　두 형사는 그렇게 결론을 내린다.

요사는 그렇게 고백한다.

재판은 한 달간 진행되면서 증인신문으로 나에게는 중요하고, 내가 살인을 할 수밖에 없는 처지와 왜 살인을 해야 했는지를 여기 히로시마 주민들과 학교 학우들에게 설명해 줄 필요가 있었다고 요사가 말했다. 요사는 그 점을 누누이 강조하면서 난, 이제 여기 감옥 생활이 어느 정도는 익숙해질 정도로 편안하게 되었다. 그러면서 언니나 여기 학생들은 이구동성 내가 여기 온 지 약 1년이 되는 시기에서 나를 이해할 수가 있었다고 말했다. 그러면서 요사는 히로시마에 있는 새 둥지 집에 가보았다고 말했다.

그 표정이 이상하게 변했다.

그는 내 표정을 보며 이야기하지 않으려고 했다고 말했다. 새 둥지 집은 텅 비어 있고, 2층 마루에 있는 벽난로는 그을음 투성이고 반쯤 열린 창문은 덜컹거리고 있다고 했다. 그 아주머니가 나를 법정 안에서 본 이후에 히로시마를 떠났다고 했다. 난, 어느 정도는 그 아주머니의 눈빛에서 그 표정을 읽을 수가 있었다. 그 아주머니는 내가 법정 여기까지 온 배경을 그 누구보다 잘 아는 사람으로 고민과 번뇌가 상상 이외라는 것. 그리고 배다른 유모가 같이 기거했던 대마도 집 대들보에 목을 매고 자살한 사건으로 그 아주머니는 경악한다.

어느 달 초 마지막 일요일 밤에 일어난 유모의 죽음이 자살인지, 타살인지 경찰들이 조사하는 과정에 바다에서 불러오는 바람이 나뭇가지를 뒤흔들고, 부엌으로 통하는 마루와 부엌 사이로 가늘지만 밋밋한 소나 비가 온종일 새 둥지 지붕을 두드리고 있었다. 그 이후로 아주머니는 새 둥지 집을 영원히 떠나 어느 히로시마 사람들도 다시 그 아주머니를 본 사람이 없었다.

그 아주머니는 마지막으로 모든 것을 고백했다.

우선 보육원 원장이 여러 가지 진실과 비밀들을 알고 있었는데, 그런 진실이 밝혀지는 것이 두려워 미사와 그 조카는 미리 보육원을 찾아가서 원장을 회유하고 공갈 협박을 한 것을 요사가 밝혀냈다. 원장은 어릴 때 미사와 어린 동생이 있는데, 미사가 말썽을 피우고 급기야 자신의 동생을 2층 계단 아래로 밀어서, 그 동생이 계단에서 굴러서 죽는 일이 벌어진다. 그러자 그 원장은 미사를 키울 수가 없자, 당시 고베 회장님의 사모님이 아이가 없자 그 미사를 양녀를 키운 것으로 그 아주머니가 밝힌다.

"그러나 미사를 키우고 2년이 되자 갑자기 언니가 심장병으로 사망했습니다."

이것은 아주머니가 법정에서 밝힌 내용이었다.

그리고 미사는 배다른 동생인 유모가 키우도록 내가 돈을 주고 학교를 보낸 것이죠? 그러나 유모는 매일 전화해서 하소연했지요? 난, 그 미사를 키울 생각이 없었죠? 그 아이를 잘 알고 있었고 그 당시는 전쟁영웅으로 다리를 다친 그 사람과 결혼도 해야 했고, 언니가 심장병으로 돌아가자 회장님의 집에 사람이 필요했습니다. 그래서 내가 대마도 섬에서 나와서 회장님 집으로 들어갔습니다. 사실은, 그 유학생을 데리고 온 날을 기억하죠? 미사는 본래 자신의 자리인 고베 회장님의 딸로 살아야 하지만 회장님은 그녀를 싫어했던 것, 그건 자신의 부인이 미사가 학교에서 말썽 피워 심장병에 걸렸다고 생각했고 그렇게 여겼다.

이런 말은 나에게 말했고, 그 아주머니는 나를 면회하면서 다시 꿈이야기를 했다.

그리고 지금까지 여러 가지 의문을 가지고 있었는데 재판과정에서 난, 그런 여러 가지 의문을 다시 생각하게 되었다. 그러니까, 그 신사에 갔을 때도 그 조카가 있었던 그 뒤엔 미사였음을 알았다. 그들은 사랑놀이하면서도 나에 대한 경계심엔 추후도 변함이 없었다. 그러면서 그 조카도 그 어떤 미사의 조현 병에 대한 지식이 부족한 탓에, 그녀가 그 어떤 상태에서 자신에게 다가오고 나를 그 어떤 방법으로 해야 하는 거기까지는 자세하게 그도 알지 못하고 그런 미묘한 사랑놀이에 빠지고 만 것으로 나타났다.

미사는 그 자신에 대한 원한이나 증오를 그 조카를 이용해서 해소하려는 징후가 여러 곳에서 보였다. 그러나 우둔한 그는 그런 사랑놀이를 진작 알아차리지 못하고 그녀에게 속수무책으로 당했다는 결과가 법정에서 다시 밝혀졌다.

이지 언니도 바쁜 가운데 그런 이유를 법정에서 듣고 아연실색하며 인간의 비정함과 무자비한 세상을 탓하며 학교로 돌아갔다. 난, 요사 변호사에게 부탁해서 내가 나중에 여기 일본 땅을 벗어날 때쯤 해서 많은 돈은 아니지만 그 언니에게 전해주라고 부탁했다. 난, 요사에 우직한 성격을 믿고 있었다. 내가 여기 와서 믿을 수 있었던 사람은 요사이다.

이지 언니의 마지막 말은 요사와 같이 "내가 그 새 둥지 집으로 들어가면서 미사는 자신의 자리를 차지한 나를 미워하기 시작했고, 그녀는 우둔한 그 조카를 성적으로 유혹해서 결국은 살인사건까지." 하고 말했다.

그리고 약간 이상한 생각을 했지만, 유다도 미사에게 강압 당해서 나에 관한 불리한 증언을 했고, 다른 친구들도 특히 하토야마 변호사가 변론에 나서지 못하는 것과 그의 아버지에게도 극우주의자들에 농간으로 그는 지금 집에 자중자애하는 모습으로 살아갔다. 어쨌든 난, 이 모든 것이 인간 짓이라는 것에 다시 놀라움을 감출 수가 없었다. 그러나 그런 사람들만 있는 것은 아니므로 조금은 안심하고 위안을 받는다. 비록 같은 민족도 아닌, 다른 나라에서 온 나를 처음부터 믿고 따른 그 언니 배려에 난, 그 모든 것을 주었고, 보육원도 여자아이 어머니와 공동으로 항상 같이 생각을 공유하고 같은 마음으로 운영하도록 했다.

　대마도 섬에서 일어난 일들이 왜 나에게 무한 영향을 준 것인지, 그 누구도 모른다. 다만, 내 숙명이 히로시마 도시와 대마도 섬에 잠시 다녀온 인연으로 난, 고베 가족 간의 암투와 세 여인이 전쟁으로 혹세무민해진 일본 땅에서 살아가야 하는 운명의 신이 나에게 덮친 것인가 했다.

　결코, 나는 그 이후로 그 아주머니의 소식을 들을 수가 없었다. 난, 그 아주머니를 미워하지도 않았고 나중엔 내 어머니처럼 믿고 다녔다.

　재판 당시 그즈음엔, 역시 그 모든 것이 나에게 업으로 돌아왔다.

　처음 여기 히로시마에서 도착한 그 날밤에, 생각했던 초심에서 그 모든 이미지가 지금 흔적조차 사라져 버린 것이다.

　그 명청하게 생긴 거구의 검사와 거만한 검사보는 '피고인은 일본으로 유학을 온 자금은 어디서 충당했냐고 묻고, 왜 이방인이 유학을 와서 일본 남자와 정식결혼했으면 정상적인 가정생활과 학교생활을 병행하면서 집에서도 다툼없이 성실하게 성생활과 잠자리에도 충실히 결혼생활을 했으면 좋았을 것이라고 얼굴까지 붉히고 훈계하면서' 다시 나에게 소리치며 말했다.

　내가 지금까지 조사한 바로는 "당신은 새 둥지 이웃과 학교 친구에게도 잘 어울리고 합리적인 성격으로 대했는지 물었지만, 모두가 불만이었다고 답했다." 하고 말했다.

　"피고인은 불온 학생입니까? 혹은 불량 모임에 가입한 적이 있습니까? 혹시나 해서 묻는데, 당신은 이방인으로 애국 동지 모임에 가입했습니까?" 하고 물었다.

　내가 지금 경찰들과 형사를 파견해서 히로시마 항구나 학교 주변을 탐문 수사하고 있다고 엄포를 놓고 엄중하게 경고했다. 그리고 유다 학생에게 물었더니, 당신은 유학생 중에서 거만하고 공부를 잘하는 것만 내세우며 인사성이 없고, 학교에서는 단지 한 여학생만을 어울려 지냈다고 말했다. 난, 어이가 없어서 증언석에 앉아서 긴 한숨을 내쉬었다. 언제 끝날지 모르는 이런 지겨운 법정 심리에 난, 어처구니가 없었다.

하루가 지나고 곧바로 다시 내일이 오며 어제처럼 태양 빛이 환하게 법정 안을 밝혔다.

난, 다시 법정 교도관에게 끌려 나와서 안으로 들어오자마자 증언석에 앉혀졌다. 오늘은 법정 심리가 종장으로 가고 있다고 재판장은 호언장담했다. 그러면서 그 재판장은 긴 팔을 한 번 위로 치켜세우며 길게 하품하고 나서 검사를 향해 무엇이라고 귀에 대고 소곤거렸다. 증인 여러 명이 안으로 들어오고 그 유모가 정리에게 다시 끌려 들어오며 몸부림쳤다.

곧바로 나는 증언석에 내려오고 그 유모가 앉았다.

그러자 뚱뚱한 검사는 유모에게 다가서서 이렇게 물었다.

"저 증인이 누구입니까?"

증인석에 앉아 있던 그 아주머니를 손가락으로 지적하며 물었다.

그러나 그 유모는 아무 말도 하지 않았다.

"저 증인이 당신의 배다른 언니이죠?"

"예!"

그 유모는 다른 곳을 보며 크게 외쳤다.

우선 검사가 질문을 시작했다.

"여기 증인을 잘 알고 있죠?"

미사의 대학교 사진을 보여주자 그 유모는 고개를 끄덕이었다.

"미사의 어머니와 대마도 정신 병원에서 같이 생활을 도우며 미사를 어릴 때 키운 것이 사실이죠?"

"예."

하고 유모가 답했다.

　유모는 거의 죽은 채로 고개를 숙이고 남편 손을 꼭 부여잡았다. 그 남편은 자신 부인이 떨며 몸부림치는 장면을 보고 치를 떨었다. 거만한 검사보가 질문을 잠시 중단하자 요사는 재판장에게 발언권을 신청하며 일어나서 증인 앞에 서 있었다. 그러나 그 유모는 약간은 경기를 보이며 입술을 떨었고, 이를 갈았다. 요사가 들고 있던 비단 주머니를 본 이후부터 그 유모는 당당하던 태도에서 고개를 숙였다.

"이런 비단 주머니는 알아보시겠죠?"

　요사 변호사는 그 유모 앞까지 다가서 비단 주머니를 코앞에 대고 물었다. 그 유모는 점점 땅바닥에 달 정도로 고개를 숙였다. 그러자 재판장은 야간 순간적으로 생각하며 긴 한숨을 몰아쉬었다. 그 이후로는 유모가 대답하지 않았다. 유모 집에서 찾아낸 그 비단 주머니에는 금덩어리와 많은 돈이 숨겨져 있었다. 처음 아베 형사는 회장에 배 속에서 다량의 수면제가 발견된 것이 수사에 도움이 되었다. 그러면서 여러 가지 진실들을 수사 기록으로 남겼다. 검사가 피고인 형량을 정하기 위해 재판장과 변호사와의 상반된 의견 차이를 가지고 다툼을 벌이고 있을 즈음이었다. 평생에 대마도 섬을 벗어나지 못한 유모는 찢어지게 가난하게 살았던, 그녀의 비단 주머니를 본 재판장을 경악시켰다.

　그 비단 주머니 안에서 금덩어리 하나와 많은 돈이 쏟아져 나왔다. 그 금덩어리를 본 순간 재판장은 입을 닫지 못했다.

　그러면서 그 유모는 큰언니는 밤마다 회장님하고 잠자리에서 매일 매를 맞는지 악을 쓰는 신음이 났다고 진술했다. 그래서 아주머니는 그런 진술에 오래전 생각이 떠올랐다. 그녀가 아직 결혼하지 않고 대마도 섬에 나와 언니를 돕기 위해 회장 집에 온 그 날밤 자정 즈음에 물이 필요해서 1층 부엌으로 내려갔는데, 큰언니의 악을 쓰는 소리와 신음의 그 목소리를 아직도 잊지 못한다. 처음엔 그 신음이 언니가 아픈 것인지 하고 생각했다.

그러나 그것이 차츰 현실이 되면서 정확하게 그 신음의 뜻을 알게 된 것이다.

그래서 큰언니가 항상 생각했던 그 1층 회장님 그 방…. 지금은 흔적조차 남아 있지 않았던 그 새 둥지 집을 그려 보았던 그 당시에 초심으로 돌아간다. 그리고 그 유학생이 오던, 그날은 특히 잊을 수가 없었다. 그 아주머니는 처음부터 자신의 딸이라고 생각했다.

그 아주머니는 자신의 무능한 남편을 원망하거나 싫어한 적이 없었다. 그러나 그녀가 항상 바랐던 그 아주머니의 분신인 자신의 딸을 새 둥지 집에서 행복한 삶을 그려보았다. 그러면서 그 아주머니는 자연스럽게 자신의 영혼을 구제할 수 있도록 자기의 종교방식으로 기원했고, 나에게 그런 영혼에 관해서 물었다. 처음, 나는 어리둥절했다.

무슨 이야기를 지어내야 할지 참 난감했다.

그래서, 우리가 특히 내가 여기 히로시마에서 처절하게 당하는 것 본 요사가 만들어 낸 이야기 중 일부이다.

나 자신의 영혼과 자아가 서로 다투며 헐뜯으면서
난, 극심한 혼란과 혼돈을 겪는다.
그건 영혼이 자아를 이기려고 했다.
자아가 영혼에 물었지.
"너, 어디서 왔지?"
"넌, 그것도 몰라, 바보같이?"

그는 그 말에 기분이 상했다.

"너는 아직 자아가 형성하지 못해서 괴이하고 괴팍한 성격으로 자기 자신을 괴롭히지?"

"그래, 그래서 나는 영혼이지. 내가 너의 몸과 육체를 일부 형성하고 유지하지만, 기분이 나쁘면 널 버릴 수도 있지."

영혼이 말했다.

"그래, 버려라! 난, 이미 자아가 형성되고 탐구를 통해서 나 자신을 바르게 인식하고 새로운 가능성을 발견하면서 미래의 삶을 의미 있게 설계해서 나아가지."

자아가 대꾸했다.

영혼은 더욱더 곤경에 처했다.

영혼 다른 이야기를 지어내어야 했다.

"넌, 너 자신뿐만 아니고 자연까지 버렸지. 시베리아는 한 달간 불바다로 불타고 북극은 녹아내리고 황야는 검붉은 기름때로 몸살을 앓고 온갖 쓰레기나 음식 찌꺼기가 버리면서 악취로 모든 동식물이 병이 들어 바이러스가 너 자신을 해치우지. 너는 그 자체도 인식하지 못하고 스스로가 무엇인지 그 어떤 것인지조차 분간하지 못하지. 그래서 너는 인간이고 사람이야! 그래서 너는 자기 자신이 자아가 형성되기 전, 너는 탐욕스러운 태도에 스스로가 자멸하는 것을 저 지평선 너머를 봐! 무엇이 보이지? 경계를 넘어 지평선 아래 펼쳐진 모래 둔덕은 음식 찌꺼기를 함부로 버리고 바다는 기름때로 덮이고 자연을 바라보면 죽은 하늘만이 바라볼 수밖에 없겠지."

자아가 다시 염장을 질렀다.

영혼에 생각할 여유마저 주지 않았다. 영혼은 더더욱 곤경에 처한다. 그는 다른 이야기를 지어내야 했다. 한동안 생각했다. 그리고 스스로가 혐오에 쌓인다.

"그래, 너는 항상 잘난 척을 하지. 그래서 넌, 지금 현실을 직시하지 못해? 너 자신을 뒤돌아봐? 무엇이 보이는가?"

영혼이 말했다.

'마음속에 숨어 있었나?'

영혼이 자아에 물었다.

"넌, 인간 속에서 무엇을 하고 있었지?"

영혼이 자아에 물었다.

"마음이 가는 대로 따라갔지? 인간도 마찬가지이지만! 그러나 마음대로 따라가다가 영혼에 들키고 말았지. 자아야, 넌 어딜 가지? 자아와 마음은 주춤하고 서 있다가 서서히 더러운 세상을 떠돌며 살펴보고 다시 동네 어귀를 산책했다. 마음과 자아는 한 몸처럼 떨어질 수 없는 사이인가? 인간과 사람처럼 말이다."

이건 우리가 그 시인을 보고 난, 이후 언니와 같이 요사와 이야기했던 일부이다.

지하 옥방에 누워 밥도 먹지 않고 처절하게 저항하는 시인처럼 나는 거의 죽은 사람처럼 누워 있을 때 느낀 것, 죽음이었다. 그런 죽음 뒤에 그 시인의 영혼을 위로하며 나 자신의 자아를 찾아 어디론가 흘러가고 떠내려가도록 내버려 두었던! 나의 위선과 욕망 마주쳐서 피를 토하고 욕을 하며 울부짖는 나의 영혼이 그 시인 핏기없는 얼굴과 지친 그 시인의 영혼을 위해 지금 여기서 나 자신의 자아를 버려야 했던 이런 몸부림에서 난, 시간의 흐름에 감응했다.

나의 육신은 오르지, 그 시인의 영혼을 위해 몸 받친 것이라고 맹세했던 그런 꿈의 이야기 들어서려 한다.

꿈이, 꿈일지라도 나는 그 꿈을 담고 주어 그 시인 영정 앞에 고이 간직할 것이다.

유모가 더는 진술하지 않았다.
그래서 요사와 하루 형사는 수색영장을 신청해서 경찰들이 자정쯤 해서 그 유모의 집을 수색하기 시작했다. 다른 증거는 없었지만 단 하나의 근거를 그녀가 남긴 것을 아마 그녀도 생각하지 못했을 것이다.
"메모지에 쓴 문장입니다." 하고 나서 삶은 달걀을 내보인다.
"그것이 무엇이죠?"
재판장은 의아한 눈빛으로 그 하루 형사에게 물었다.
"삶은 달걀 표면에 그녀가 쓴 편지가 새겨져 있습니다. '그녀를 죽여라.' 하고 하는 도요토미 미사 양이 쓴 문장입니다. 지금 필체 전문가도 나와 있으니 삶은 달걀에 있는 글자를 정식으로 감정할 것을 재판부에 요청합니다."
요사는 앞으로 나오면서 이렇게 질문했다.
검사는 그것을 증거로 채택할 수 없다고 말했고, 재판장은 그 검사에게 무슨 이유이냐고 물었다. 그는 거구답게 아무 답도 내놓지 못했다.
재판장은 그 삶은 달걀을 응시하고 있었다.
"참, 나도 재판 심리에 참여했지만 이런 증거는 처음입니다."
하고 재판장이 말하자 검사도 와서 그 달걀을 살펴보았다.
"삶음, 달걀이라니"
재판장은 혀를 차며 그렇게 중얼거렸다.
결국은 콜레라 때문에 재판은 중단되었다. 아베 형사가 지금까지 조사한 것은 미사의 유모를 찾아내기 위해 히로시마 정신 병원과 대마도 섬을 샅샅이 찾았지만, 찾지 못했다. 그리고 이후에 유모가 살해된 채로 대마도 섬 미사의 별장 가까이 폐가에서 발견한 것을 처음으로 아베 형사가 가서 조사하기 시작했다. 하루 형사의 전화를 받고 요사 변호사도 급히 대마도 섬으로 왔다.

"시체는 대들보에 목매 있음. 부패가 진행되어 시체는 상해 있고 정확하게 사망 시간을 추정하기에 불가능했다. 유모가 사라진 날짜가 대략 20일 이상이면 사망한 날짜는 15일 정도로 추정됨. 대마도 지방 경시청에서 검안해야 정확한 사인이 밝혀질 것으로 보임."

이상은 아베 형사가 미사의 유모를 살해사건을 조사한 문간 일부이었다.

"비가 많이 와서 강남에 간 제비가 돌아오지만, 그러나 때는 지금이 아니다."

혹시, 모르지? 우리가 자신의 유모를 만나자 위기감에 나를 곤란한 처지에 몰아넣기 위해 미사가 꾸민 일인지 모른다고 생각했다. 결코, 일어나지 말아야 할 일이 일어났다. 유모가 거실 대들보 목이 맨 채로 죽었다. 그러나 그 유모의 남편은 종적을 감추고 히로시마에서 사라져 버렸다. 히로시마 경시청에 경찰들은 그 유모의 남편을 찾기 위해 혈안이 되었다. 그 유모의 집엔 그 금덩이 말고 다른 돈이 사라져 버린 점을 경찰들이 그 유모의 남편을 의심하기 시작했다.

그러나 경찰이 자살인지 타살인지 조사에 나섰다. 방 안에서 미사가 피를 토하고 나서 방 한가운데서 울고 있는 것을 경찰들이 병원으로 데리고 왔다. 그녀의 표정은 하얗게 질린 표정으로 넋 나간 채로 눈동자 풀려 있었다고 한다. 며칠 전에는 미사와 이기 교수가 술에 취해서 거리를 활보하고 악을 쓰며 다니면서 지나가는 사람들에게 행패를 부리다가 경찰에 잡혀 온 적도 있었다.

"당신에게 원한이 풀릴 것 같아. 그녀가 유모를 살해했는지도 모르지.

그 미사가 조현 병으로 정신 병원에 입원했다고 하는데, 어때 기분이!"

그 간수는 나의 표정을 뚫어지게 바라보았다.

난, 아무 감정도 남아 있지 않았다. 그래서 아무 반응도 하지 않았다.

잠시 침묵에 시간이 흘렀다.

나는 그 시간 동안에 각 신문사에 편지를 보낸 것이 요사라고 확신했다. 요사는 미사에 대해서 그 누구보다 잘 알고 있는 사람 중 한 사람이었다. 미사와 오래전부터 알고 있는 사이이고, 그녀도 정신병으로 약을 먹고 있다는 사실을 그 누구보다 잘 알고 있었던 사람이다. 그리고 결혼까지 같이 살았던 사람이기 때문에 대마도에서 고베 조카도 분명 한 사람 이외 다른 사람과 같이 목 졸라 죽이고 나서 바다에 던진 사람이란 것을 처음부터 짐작할 수 있다는 것을 나는 지금 비로소 알게 된 것이다.

"나는 그녀의 진술에 신빙성이 부족하다는 것을 짐작할 수 있었습니다. 나는 이제 당신이 마지막이 될지 모를 그런 추운 감방 안에서 살아가는 것을 눈물 겪게 쳐다볼 수밖에 없는 것이 안타까워 매일 눈물로 보낸다. 당신의 운명이 여기까지 인지는 나도 잘 알지 못한다. 지금은 전쟁 중이고, 1심 재판에서 모든 것이 결정되는 이 심리가 어떻게 한 인간을 심판할 수 있는지 나는 적지 않게 의심하고 있다. 그래서 나는 따로 이런 재판의 중요성을 전쟁 중이지만 1심 재판으로 판결하는 것에 부당성과 정당하지 못한 심판의 성격을 전쟁 내각에 다시 정식적인 서류들을 만들어 보내기로 했다."

요사는 마지막이 될지도 모른다는 생각에서인지 그는 눈물을 흘렸다.

그러자 내 눈엔 피눈물이 나기 시작했다.

"나는 참 바보 같은 남자이었다. 아니, 남자라기보다 줏대 없는 사람으로서 한 여자를 사랑했고, 사랑하면서도 그 가치들을 인정하지 못하고 바보 같이 냉정하게 뿌리치지 못하고 끌려다닌 것이다. 그녀의 사랑을 방해하는 것을 알면서도 견제하지 못한 이 못난 사나이가 앞으로 무엇을 할지 나도 짐작할 수 없다. 한심하고 부끄러우며, 창피한 내 행동 때문에 여러 사람이 이 사건에 관련되고, 급기야 살인사건이 나 때문에 일부 벌어진 경향이 있다는 사실도 부정할 수 없다. 이제는 그 재판이 종장으로 향하고 있어도 나는 손을 놓고 있어야 하는 것이 한심스럽다고 말할 수 있다."

그는 이런 편지를 나에게 준다.

"무슨 일이 생기면 당신 어머니의 고향으로 내가 직접 갈 생각입니다. 나는 이미 이 사건이 일어나면서 당신의 눈동자에 그런 그림자를 이미 알고 있었고, 그 어떤 일이 일어나면 그 이후에 어떻게 해야 할지 막막하지만…. 그러나 그 누구 있어 그런 이야기들을 당신의 어머니에게 전할까 두려움의 마음이 앞서고 그 두려움의 마음을 지우기 위해 나는 타 고로의 시를 읽기 시작했던 것이요. 이 시를 읽기 위해 우리는 태어난 것처럼 나는 그 시를 읽으면서 죽은 사자가 '자신에 목을 들고' 서 있는 것을 꿈속에서 목격하면서 내 영혼도 이제 단테가 말하는 「신곡」의 마지막 장인 지옥으로 걷는 것조차 두려운 마음입니다."

나는 요사의 말이 나에게 전해 오고 그 마지막이 될지 모르는 가운데서 그런대로 당신이 있어 내 사정 이야기들을 어머니에게 전할 수 있어 지금은 행복하다고 말했다.

어차피 살아 있을 때, 살아 있는 것을 느끼지 못하고 그것을 만끽해야 살아 있다고 느낄 수 있다고 강조했다. 결국은 죽는 날까지 그 모든 것을 거부하면서 마지막 1초 남는 시간일지라도 견디며 참고 살아갈 수 있지만, 그런 행복과 불행이 피할 수 없는 숙명처럼 내 뒤를 따를 것이다. 그래서 사람들은 여기 살인자로 갇혀 있는 측은한 죽은 자로 나를 상상할 수 있을 것이니, 당신은 이상하리만치 자신의 원죄를 뒤집어쓴 거처럼 살고 있다고 누군가 말했다. 아무럼은 어떤가? 난, 여기서 지금 죽는다고 해도 행복한 죽음이라고 말하고 싶다. 어떻게 해야 행복한 죽음이라고 그들이 상상할 수 있을까? 이렇게 한 평도 넘지 않는 것 갇혀 있는 세상을 밖에서 상상해 보면 무슨 추상의 세상을 떠올릴 수가 있을까? 죽음 그 자체마저 행복한 죽음이 되려면 어떤 죽음인가를 그들은 상상할 것이다.

그런 것을 여러분은 상상해 봐라.

난, 그가 있어 행복한 죽음을 느낄 수 있다고 말하고 싶었다.

15장
오명의 시

  그 아주머니의 눈빛을 보았을 때, 나는 꿈을 꾼 듯한 느낌을 받았다.
  피지배 국가에서 온 예쁜 여학생이 자신의 딸인지 아니면 이방인인지 헷갈렸을 수도 있다. 그녀는 오래전 죽은 언니를 대신해서 자신이 부인 역할을 할 수도 있는 상황에서 낯선 내가 나타난 것이 어리둥절했을 수도 있다. 아니면 이방인이지만, 자신에게 없던 딸이라고 착각했을 수도 있다.
  결국은 여러 가지 일들이 터지고 그 조카의 폭행이 자신에게서 나에게로 옮겨가고, 언니의 남편에게 자신이 자리매김할 수 있는 순간에 내가 있었다. 그런 상황에서 회장님이 데려온 나를 어쩔 수 없이 언니의 딸처럼 아니면 이방인처럼 대하면서 그 아주머니는 극심한 혼란에 빠졌다. 그녀의 행동은 그 모든 것에 대처하고 정당하게 자신의 생활에 부합되게 할 수 있는 능력이 부족해서 나오는 착각일 수 있다고 요사가 말했다.
  웅장한 교도소는 정적에 휩싸였다. 콜레라가 극성을 부리고 죄수들이 역병으로 죽음을 맞이했다. 침울하게 앉아 있는데, 심각한 표정을 한 여자 간수가 창살 사이로 나를 보고 있었다.

"여기는 오늘부터 소독해야 하므로 감방은 폐쇄되고 우리는 다른 감방으로 가야 해."

"무슨 일 있어요?"

내가 물었다.

"무슨 일은 없고. 일 년에 여러 번 청소도 하고 소독을 해서 청결을 유지해야 하기 때문이죠."

여자 간수의 못생긴 얼굴에 깊은 주름이 드러났다. 그녀의 손등이 파르르 떨리며 쇠창살을 잡은 모습에서 난 교도소 내에 무슨 일이 벌어졌다고 판단했다. 오후가 되자 죄수들은 식사를 했고, 다른 감방으로 가기 위해 긴 줄을 서서 운동장을 건넜다. 면회실 있는 곳을 지나갈 때 여자 간수가 내 앞으로 다가왔다.

"당신 연인이 찾아와서 기다리니 갑시다."

나는 발길을 돌려 면회실로 갔다. 일주일 만에 본 요사의 얼굴은 침울해 보였다.

"무슨 걱정이 있는 얼굴이네요?"

그는 내가 하도 편하게 이야기를 하자, 미묘한 눈빛으로 나를 바라보았다.

"그런대로 표정은 좋습니다. 그런데 여긴 아무 일도 없는 것처럼 보이네요. 지금 히로시마 근처까지 콜레라가 급부상해서 교도소 안에 죄수 여러 명이 콜레라에 걸린 사실이 있지만 모두 쉬쉬합니다."

요사는 심각한 상태라고 말했다.

나는 처음 듣는다고 말했다. "그럼 재판은 언제쯤 열릴 수 있나요?" 내가 물어보자 그는 고개를 가로저으며 심각한 얼굴을 한 채 나를 쳐다보았다. "그래서 죄수들을 다른 동으로 옮기며 소독하고 있는 것이죠?" 하고 그에게 물었다. 아마 한 일주일 정도는 재판 기일이 잡히지 않을 수도 있다고 말했다.

"그동안 책이나 읽으면서 편하게 지내기를 바랍니다."

그는 가려다가 다시 앉는다.

"참 당신이 말했던 간무 천황에 대해 동경대학교 도서관에서 자료를 찾고 열람한 목록입니다. 나도 이런 자료는 처음이라 읽어 보았는데 우리가 모르는 놀라운 사실들을 알 수 있었네요?"

하고 그는 덧붙였다.

간무 천황에 대해 여러 가지 새로운 사실들이 적혀 있었다.

간무 천황은

고닌 천황과 백제계 도왜인 야마토노 오토쓰구의 딸 다카노노 니가사 사이에서 태어났다. 본명은 야마노베이다. 원래 쇼무 천황의 딸인 이노우에 황후의 아들 오사베가 태자에 책봉되었으나, 이노우네의 저주사건으로 말미암아 황후가 퇴출당하면서 773년 야마노베가 태자에 올랐다. 고닌 천황이 죽고 나서 간무 천황이 강력하게 남아 있던 헤이죠쿄를 떠나 야마시로 지역 나가오카쿄로 수도를 옮겼다. 간무 천황은 정부 조직을 개선하고 현실주의적인 입장에서 율령제를 재편하여 전제적 친정체제를 강화했다.

이런 이야기를 읽으며 내 마음의 상처를 위로했다.

"어때요? 여기 보면 전부가 간무 천황이 했던 업적들을 기록한 책입니다. 심심할 때, 읽어 보시죠?"

하고 요사가 말했다.

사실은 언니가 며칠 전 학교 도서관에서 찾은 것을 요사 변호사에게 주며 나에게 가져다주라고 했다고 한다.

도서관에서 언니와 가끔 '간무 천황'에 관해서 여러 가지 책들을 본 적이 있었다. '간무 천황'에 관해 다른 책들도 있었다. 난 온종일 그 책들을 보며 나 자신을 생각했다.

기실, 언니는 유모의 살인범으로 이기 교수와 마사를 의심하고 있었다. 그때쯤 해서는 조카가 살아 있을 때였고, 나중에 그 유모가 살해된 다음 몇 달 정도가 지나서 조카도 살해된 채로 발견되면서 히로시마시 경시청도 경악했다.

언니는 '대마도 섬의 저주'라고 했다.

우린 언니가 예언한 대로 '나에 관한 저항'이라고 했다. 그러면서 자연스럽게 그 아주머니가 두려워했던 '비밀의 문' 사이로 다가선 것 같다.

요사는 내가 일본에서 만난 사람들 가운데 정신적인 생애를 가장 중요하게 생각하는 최초의 초인이었다. 아주머니는 일본인으로 가장 먼저 나를 보고 듣고 생각하며 느낀 점을 이해했던 분이지. 그래서 나를 가장 사랑했던 사람이 누구인지 가장 정확하게 말할 수 있는 사람 중의 한 사람이었지. 아주머니는 요사라는 남자를 가장 먼저 파악하여 나를 부드럽고 자연스럽게 그를 사랑하도록 만드는 일을 주저하지 않았지. 내가 조카와 미사에 끼여 괴롭고 힘든 일을 당할 때도 아주머니는 멀리서 나를 안정시키고 일본 사람으로 공부할 수 있도록 무진 애를 쓴 사람이었다.

그것이 나의 '비밀의 문'이었다.

그 아주머니는 일본인으로 그 누구보다 일본인을 잘 알고 있었다. 특히 이상한 텃세와 일본인만의 기질을 잘 알고 있었다. 친구들이 처음 새 둥지 집으로 왔을 때도 아주머니는 조카가 같이 온 것에 무척 놀라워하고 두려움에 떠는 눈빛이었다. 그리고 조카가 나를 함부로 못 하도록 음으로 양으로 도움을 주는 바람에 항상 그에게 미움을 받고 급기야 뺨을 맞는 일까지 있었다.

아주머니는 부엌에서 맛있는 초밥, 우메 부시, 샤브샤브, 그리고 가락국수 국물을 나를 위해서 맛있게 만들었다. 결코 여러 가지 국물의 비밀은 가르쳐 주지는 않았지만, 나는 힘들고 괴로움을 당할 때도 그 아주머니의 미소에 감응했다.

처음 내가 대마도 섬에서 여러 가지 어려움으로 힘들 때도 아주머니가 몰래 대마도 섬까지 와서 도와준 것을 요사가 나중에 파악했다. 그건 뒤에서 회장님의 지시가 있었지만, 그래도 그 마음엔 진실이, 침묵이, 영혼이 잠겨 있었다. 결국은 그 아주머니가 사라진 이후로 여러 가지 억측이 난무했다. 우린 처음 대마도 섬에 도착했을 대 여러 가지 흉흉한 소문과 흉년으로 굶주린 인간들의 참혹한 모습을 생각했다.

"작년에 갔던 제비가 돌아오지 않는 것은 흉년이 들 조짐이다."

그리고 그 유모는 이렇게 외쳤다.

면장은 그런 말은 재수가 없는 이야기라고 유모를 힐난했다.

그러나 유모는 자신의 주장을 굽히지 않았다. 그래서 지금 비가 와서 장마철도 아닌데 장마가 심하고 덩달아 물고기까지 조선 반도로 돌아갔다고 하며 우리나라를 원망하는 이야기들을 쏟아냈다. 면장은 조카 앞에서 아부하며 이렇게 다시 말했다.

"비가 많이 와서 강남에 간 제비가 돌아오지만, 때는 지금이 아니다."

혹시 모르지? 우리가 자신의 유모를 만나자 위기감에 나를 곤란한 처지에 몰아넣으려고 조카와 미사가 꾸민 일인지도 모른다는 생각을 했다. 미사의 가족사가 그녀를 정신병 환자로 만든 것이다. 나는 여기 교도소에서 참혹하고 비정한 마음을 갖는다.

내가 여기 일본에 왜 왔던가? 그가 나에게 한 것이 연민이었던가?

아니면 동정에서 떨어져 사람이란 놈을 붙잡기 위함인가? 어쨌든 난, 그런 고요와 침묵으로 들어가고 있었다. 츠쿠시마 신사의 고요! 신사의 문인 도리이의 고요와 장엄하게 누워있는 자태를 상상하고 있는 우린 그 어떤 허무와 침묵을 원하는가? 침묵으로 둘러싼 우린 얼음장처럼 찬 어두운 밤의 바닥에 누워있다. 어둠의 밤을 향해 뚫어지게 응시했다.

이곳엔 왜 왔단 말인가? 내가 이런 침묵을 뼈저리게 느낀 것은 조카와 헤어진 다음이었다. 난 거의 식사도 하지 않고 그가 사다 준 우유를 마시고 고요와 침묵으로 둘러싼 이 미지의 세상인 신사에서 그들을 미워하지 않기로 다짐했다.

여기 촉촉한 다다미방에 침묵뿐인 고요가 지배하지 않았다면, 다만 내 지친 영혼이 그날 밤 악마의 손길을 잊을 수가 없었다면, 야마구치현 신사의 밤과 거친 파도 소리가 나에게 들려오지 않았다면, 나는 결코 이 세상에 없는 사람일 것이다. 밤은 가고 새벽이 다가온다. 새벽 창틀에 붙은 이슬방울이 내 영혼을 위로한다. 우린 말 없이 문을 나선다. 새벽 먼 산 숲속에서부터 자연과 손잡는다. 산 중턱 잡목 숲 속에서 들리는 기이한 소리에 모든 동식물이 잠에서 깬다. 외로운 사슴처럼 새벽의 밤을 향해 어디론가 걷는다. 나는 얼마나 홀로 있기를 원했던가? 이런 고요는 나에게 무엇을 말하기 위함인가? 폭풍우가 몰아치듯 검은 먹구름이 몰려왔던 어젯밤, 나는 모든 것 중 소중한 내 영혼을 그에게 줄 준비를 마쳤다.

나는 히로시마 대학교에서 요사라고 하는 학생을 처음으로 사랑하게 되었다.

그가 안내한 이츠쿠시마 신사는 나에겐 충격이었다.

신을 벗고 들어선 신사에서 보이는 바다 물결은 붉은빛에 물들고 있었다. 시인을 생각했던 마음이 붉은 태양 빛에 반사되면서 영영 떠나지 못하던 지친 시인의 영혼이 아직도 생생하게 내 뇌리에 남아 있었다. 절의 각 기둥은 붉은색으로 채색되고 각 건물 속에 의미가 포함된 것처럼 건물과 기둥이 바다에 떠 있는 느낌을 주어 신이 우리를 부르는 것처럼 물속 각각 기둥 사이에 그림자를 따라 물결들이 출렁거리기 시작했다. 여지없이 내리쬐는 햇살과 물기둥 사이에 그림자가 나를 보는 것 같은 착각이 들었다. 각각의 기둥과 건물 그림자는 바다를 향해 마음을 활짝 열듯 우리를 기다리고 있었다. 그리고 그 많은 사람의 실루엣이 두 손 모아 합장을 하고 있었다.

그러나 물속 그림자는 내 모습의 잔영뿐이었다.

두 손을 모아 기도하듯 그 시인에게 합장했다.

영원한 안식과 지친 육신이 옥쇄처럼 감금된 상태에서 온전하게 평온을 가져다줄 수 있는 그런 기도로 합장을 했다.

그 시인을 찾아가기 위해 우린 열차 밖으로 나와 역내의 마을로 들어가려고 했다. 난 어둠뿐인 마을 입구로 들어가기 전에 개찰구에 선 그들의 모습이 보였다. 난 온통 광대한 어둠 속에 서 있었다. 역 부근에서 두 사람이 다투는 몸짓 하나하나 희미한 모습이 보였다. 언니는 무릎을 굽히고 등은 구부린 채로 서서 무엇인가 손짓과 발짓만 보였다. 바람을 타고 작은 소리가 들렸다. 요사는 무엇인가를 설명하려 하지만, 그의 손가락과 손짓은 허공을 헤맸고, 몸을 구부린 채로 언니에게 다가갔다. 두 사람은 이내 부둥켜안았다. 나의 몸은 하늘을 날았고 마음은 불안정한 자세로 쪼그려 앉아 있다가 다시 서서 어둠을 향해 무엇인가 외쳤다. 밤의 어두운 초상집처럼 형형색색 긴 휘장들이 여러 가지 종이 색으로 치장한 역 부근 무당집을 등진 채로 어둠 속을 향하여 우린 외롭고 위태롭게 서로를 보며 서 있었다. 이지 언니도 남편이 있는 곳으로 가려면 여기서 다른 기차로 갈아타야 한다고 했다. 그래서 마을에 있는 여관에 가서 자고 열차 편이 있는 데로 떠나기로 했다.

마을은 어둠 속 쥐 죽은 듯 조용히 잠들어 있었고, 나는 여관 앞에서 저쪽 어딘가 어둠을 향해 서 있었다. 어디서 지조 높은 개가 밤을 새워 어둠을 짖었다. 울다 웃다 잠이 든 나는 소란한 소리에 잠에서 일어났다. 자연스럽게 열린 작은 창문 틈으로 달빛이 새어 들어왔다. 우리는 낡고 검은 흔적으로 그을린 고요한 기차역 정거장으로 시선을 던졌다. 작업복을 입은 한 직원이 차츰 사라져 가는 기차를 향해서 수신호를 보내고 있었다.

정거장 그늘 뒤쪽은 길게 검은 그림자가 드리워졌다.

자연과 사람은 잠들어 있었다.

그런 것을 추론해 보면 인간처럼 나약하면서 모진 존재도 없을 것이다.

그 이후로는 쭉 지하 옥방에서 나의 죽음을 기다리며 지옥 같은 밤과 낮이 펼쳐지는 사실을 받아들였다.

결코, 나는 그 지워진 잔영들을 받아들이지 말아야 했다. 난 그 자리에 서서 기도를 드렸다. 주 하나님에게 드리는 진심 어린 기도는 처음이었다. 양쪽으로 펼쳐진 숲기슭 멀리부터 붉고 찬 여명이 다가오면서 온몸이 붉은색으로 녹아들었다. 나에게 이것이 무엇이란 말인가? 지금까지 불행과 행운이 교차하며 지속되어 왔다고 말할 수 있으리라! 오늘 그 시인을 볼 수 있는 마지막 행운을 나에게 오래도록 영혼 속에 묻어 드리리라! 그 많은 일과 그런 사람들 사이에 있었던 사건들을 생각하며 눈물짓고 있는데, 곧바로 내 숙명의 시간이 다가왔다. 그렇게 시간이 흘러갔다.

지금 여기서 나 자신에게 보이는 것은 어릴 때의 추상뿐이다. 새벽안개 낀 험한 길 위에 어디서 밤을 잊은 개 짖는 소리와 밤길을 찾아 헤매며 무서움에 떨던 밤의 여로에서 내 자아는 집으로 가는 비스듬히 휘어진 올통볼통한 거리의 기억뿐이다. 멀리서 밤을 잊은 개 짖는 소리와 밤하늘 멀리 별들이 잔치를 하는 동안에도 나는 그렇게 긴 여름밤에 아이들과 밤의 술래잡기 놀이, 어릴 때 아이들과 풀밭에서 놀다가 시냇물에서 고기를 잡던 그 짧은 시간의 상상으로 들어간다. 어릴 때 밤의 여로에서 아이들과 쥐불놀이하며 온 밤을 붉게 물든 정월 대보름을 추상하고 느끼면서 그런 꿈에서 해방감을 상상했던 것인지도 모른다.

그러나 이제는 그런 해방감을 꿈에서도 상상할 수가 없었다. 그들은 이미 나를 잊을 것이고 요사마저 나를 외면할 것이다. 이것이 나의 숙명이고 모진 길이며 침묵이고, 사랑이다. 내가 그 시인을 위해 이런 작품을 쓸 수 있다는 사실에 그것이 나의 특권이며 가치이고 생명일 것이다.

이것이 없었다면, 난 이미 죽은 송장일 것이다.

이제 내 모든 두꺼운 잡념을 내려놓고 지금까지 써왔던 나의 글에 종지부를 찍고 싶었다. 그 이상 무슨 이야기가 필요할 것인가? 이젠 곧바로 죽을 것이고 다시 태어난다고 해도 나의 표정은 사람의 얼굴 모습이 아닐 것이다. 단언할 수는 없지만, 내 생애 이렇게 모질고 사악한 적은 없었다. 나의 '운명의 신'이 나를 버린 것이다.

그리고 이제 그 이상은 쓸 이야깃거리도 없었다.

아! 아? 이제 나는 여기 지옥 같은 히로시마 교도소에서 생을 마감해야 할 것이다. 갑자기 나는 지워진 기억 속에서만 살아 있는 할머니 모습이 떠올랐다. 그것은 그 남학생 때문이다. 그 남학생을 유일하게 본 사람이 우리 할머니뿐이기 때문이다. 할머니는 나와 친구가 된 그 학생을 무척 눈여겨보았다. 우리가 학교를 마치고 운동장에서 뛰어놀며 공놀이하는 모습을 먼발치에 앉아서 흐뭇한 미소를 지으시며 웃고 있던 모습이 떠오른다.

아! 아? 영원히 다시 찾을 수 없고 뒤돌아볼 수 없는 청 연한 시기의 생각과 사진들, 지워진 추상들, 네 잎 클로버 잎사귀가 붙어 있던 그 한 통의 편지가 이제 자연스러운 '신의 정의'에 이름으로 올라올 것이다.

나는 이제 이 모든 것을 끝내려 한다.

처음으로 그 시인에게 바치는 나의 시를 쓰며 밤을 새워 그 시인을 「서시」를 외웠다. 눈물짓던 나의 기억과 추상들을 다 담고 모아서 그렇게 그 시인을 위해 시를 쓰기 시작했다.

이것이 줄곧 내가 처음부터 이 글을 쓰며 이야기를 해온 이유일 것이다.

그런 이유는 위대한 시인이 있어서 내가 살아 있었고, 모두가 살아 움직이는 것이다. 내가 처음 이 글을 쓴 원천적인 이유는 그 시인에게 살아 있는 우리가 한 가닥의 어떤 것이든 한 조각의 퍼즐을 맞혀서 그 위대한 시인의 억울한 죽음을 잊지 않기 위해서였다. 처절했던 광기에 난 분노했고 슬퍼했으며 아직까지 그 시인의 시를 읽고 있었다.

나는 나 자신을 의심하기 시작했다. 그러면서 나 자신을 스스로 되돌아보았다. 나 스스로 양심을 치유하고 자유를 찾아가는 과정을 꿈에서 그려보았다. 백골이 된 내 혼이 일본 땅속에 누워 암울한 현실에서 또 다른 고향을 꿈꾼다. 무덤가에 재를 뿌린 듯 나는 생명의 상승작용으로 다시 태어날 것이다. 그 아이의 눈빛은 바다 지평선 끝을 바라보고 있었기 때문이다. 그 아이가 생각났다.

시간이 지나면서 우린 다른 시대와 과거 시간대에서 온 것처럼 느껴졌다. 우리는 동시에 같은 시간 안에서 살게 되면서 나 자신의 과거와 지금의 나, 그리고 미래의 자아는 끊임없이 충돌하며 혼란을 겪었다. 내가 여기서 불쏘시개 노릇을 해야 하는 취급을 받는 것만은 불식시켜야 한다고 생각했다. 그래야 나의 자아를 찾아갈 수 있기 때문이다.

그러면서 난 신을 버렸다.

나 자신도 죽었다. 아니 내 영혼과 자아가 서로 등지고 다투며 영혼과 자아 사이에서 더욱더 혼돈을 겪으며 난 죽어 가고 있었다. 아니 난 이미 죽은 목숨이었다. 그리고 나는 죽었다.

그 이후 나는 대마도 섬이 두렵지 않았다.

그날 밤 시작된 붉은 황혼의 악몽과 긴 긴 밤의 여로는 잔혹한 상상에서만 남아 있기를 바랐다. 이런 두꺼운 베일 속에서 그는 서서히 나를 옥죄고 압살하려고 무자비한 그의 영혼이 마각을 드러내고 있었다. 그날 이후로 종일 소나기가 내렸다. 난 누워서 천장을 바라보았다. 그리고 그가 회장님을 의도적으로 죽인 것인지 의혹을 품기 시작했다.

툇마루에 앉아 빨갛게 익어 가는 감나무의 연시를 바라보았다. 어둑어둑 먼 산부터 어둠이 찾아든다. 어디서 밤을 잊은 개 짖는 소리만 들릴 뿐이다. 그렇게 또 하루가 도망가듯 지나간다. 과연 내가 이 문제를 가지고 고민한다고 해서 해결될 수 있을지는 아무도 모른다.

'뒤탈 없이 깨끗이 끝내야 할 것이라고 마음먹었다.'
하고 생각했다.

그는 이미 배를 타고 가서 대마도 섬에 없을 것이고 밀항을 해서 다른 섬으로 가고 없으면 조사하기도 힘들다. 그 악마인 조카가 이야기한 거처럼 사건은 난망한 사건으로 빠지고 말 것이다. 나는 대마도 섬을 떠나야 했다. 곧 가을 학기가 시작된다. 학생들은 모두 히로시마로 돌아갔다. 나는 회장님의 시체를 어떻게 해야 하고 장례 준비까지 마쳐야 할지 머리가 쑤셔왔다. 난 이런 여러 가지 문제로 홀로 고민하며 고통을 받고 있다. 그러면서 종일 몰래 눈물을 흘렸다.

  회장님의 억울한 죽음이 마음속 깊이 지져질 듯 쑤셔왔다. 그러나 내가 여기서 할 수 있는 것은 아무것도 없었다. 나도 현실을 인정하고 안주할 수밖에 없었다. 대마도 섬에서 히로시마로 왔다가 일부러 열차를 타고 다시 히로시마로 왔다. 열차 창밖으로 보이는 멀고 먼 바다와 산야를 보기 위함이었다. 흔들리는 열차에 몸을 기댄다.

  그러면서 꿈을 꾼다.

  난 어느 영적인 세상에서 외딴 섬에 고립된『로빈스 크루소』의 한 남자 주인공을 연상시킨다.

  어느 유령의 섬에서 고립된 채로 살아가는 가여운 연인과 남자는 영원히 만나지 못한다. 가는 길과 오는 길이 하나인 일직선 위를 서로 걷고 웃고 엇갈리면 영원히 만나지도 못한다. 우리는 그 어떤 외딴 섬, '운명의 섬'에서 만날 수 있을까?

  우린 서로 일직선상에서 서로 걷고 웃고 서로 엇갈려 걸으면 그래도 만날 수 있다고 확신했다. 그러나 우린 결코 만나지도 못했고 보지도 못했으며 결국은 자신의 그림자를 따라 그 일직선상에 그은 그 이름 모를 그런 영적인 환상의 세상을 걷고 있었다. 자신의 그림자인지 그의 그림자인지 그들의 그림자인지도 종잡을 수 없는 미로의 일직선상 위를 걷는 모습이란, 결국에 우린 나의 죽은 그림자 뒤를 따르고 걷고 그도 내 뒤를 따르고 그 조카도 내 뒤를 따라오다 보면 결국엔 그런 일직선상 위를 가다 보면 그 누군가를 만날 것이다.

  꿈일지라도, 나는 그것을 원하지도 않았고 꿈에서도 생각하지 않았다.

  어쨌든, 나의 얄궂은 숙명은 어느 낯선 섬에 고립된 채로『로빈슨 크루소』를 만난 것도 아니고, 어느 허망한 거울 없는 환상의 세상에서 난, 일직선상의 길 위에서 무작정 걷고 웃고 이야기하다 보면 그 누군가를 만날 것이다.

꿈일지라도 말이다.

꿈일지라도 걷고 웃고 떠들며 살아가는 나의 숙명이 불투명하고 불안정한 일직선상에서 그를 만나는 거처럼 세상이 불확실성이다. 그 누가 나에게 프로이드의 『꿈의 해석』 책을 주었다. 그 뜻은 나로 나인 것이다.

내 숙명이 고립된 채로 갇혀 있고 한 사람이 꿈에서라도 나를 뒤좇고 나의 숙명을 가로막고 감시하고 있었다.

그건 내 운명이 불확실성이기 때문이다.

결코, 나는 내가 걷고 일직선상에서 걷고 웃고 떠들며 걷는다고 해도 맞은 편에서 일직선상 위를 반대로 걸어온다면 요사와의 만남은 결국은 이루어지지 않을 것이다.

그것이 내 숙명 같았다. 그러면서 나는 꿈일지라도 잠에서 갠다. 내 마음엔 여러 가지 이미지만 쌓여 갔다.

그것이 나를 더 슬프게 했다.

지금은 전쟁 중이라 모든 사법기관이 죄인을 다루는 데 1심 재판으로 모든 것을 종결하면서 더욱이 난 '존속 살인죄'라는 패륜의 죄인으로 이 법정에 서 있었다. 그 무엇보다도 내가 남편을 죽인 죄인이라는 사실을 부인하지 않았다. 명백하고 불가역적으로 나는 살인자이고 남편을 죽인 사람으로 낙인찍혀 있었다. 내가 아는 모든 사람이 나를 버린 것인지, 아니면 내가 그들을 버린 것인지 알 수 없었다. 그 다정했던 하토야마 변호사마저 보이지 않는 것에 나는 탄식했다. 그렇다고 하더라도 요사에게 한 번도 그에 관해서 묻지 않았다.

아마 그도 내가 답하지 않으리라는 것을 알고 있었다.

검사는 오늘따라 머리를 단정하게 빗고 기름칠까지 하고 나왔다. 어젯밤에 예쁜 애인을 만난 사람처럼 붉은 뺨이 도드라져 보이고, 탁자 위에 두툼한 손등과 거구의 몸이 어울리지 않게 말도 거침이 없었다. 그는 환한 빛을 등진 채 서 있었다.

재판장은 최종적으로 요사 변호사의 요청으로 미사가 있는 정신 병원에 왔다.

병실과 복도 사이에서 재판장은 그녀를 하염없이 바라보았다.

"저 여학생이 그녀인가요?"

검붉은 수염으로 뒤덮은 정신과 의사에게 물었다.

"예?"

옆에 있던 요사 변호사가 대신 답했다. 잔뜩 찌푸린 이맛살을 치켜들며 재판장은 요사 변호사에게 물었다.

"금고엔 지문과 여러 가지 사실들이 있었지. 그녀의 정신 상태는 정신병으로 심각하게 진행되었고, 특히 기억 상실, 정신착란, 치매 같은 것으로 이전되면서."

재판장은 담당 의사의 진단서를 보며 요사 변호사에게 말했다.

요사가 병원 유리창으로 그녀를 보고 있지만, 미사는 알아보지 못하고 무엇인가를 홀로 중얼거리고 있었다. 그녀는 심각한 정신 분열 증세로 히로시마 국립 정신 병원에 입원해 있었다.

우리를 보며 이야기한 것은 아니지요? 그냥 허공에다 대고 중얼거리는 것이죠?

"여기 다른 사람에게 하는 것은 아니고, 자신의 영혼에 묻고 있는지도 모릅니다."

며칠 전, 의사에게 무슨 악몽을 꾼 것에 관해서 그녀는 의사에게 "내가 꾼 꿈 이야기를 나의 영혼에게 물어봐야 하나요?" 하고 말했다.

"그녀는 정신 붕괴징후로 정신병 분열 증세입니다."

정신과 의사에게 그런 이야기를 듣고 재판장은 긴 한숨을 몰아쉬며 그곳을 나왔다. 그는 이런 놀라운 일이 자신이 믿고 따르는 대일본제국에서 일어나리라고는 꿈에도 생각하지 못했다. 그래서 그는 법정을 나오면서 자신의 팔꿈치를 꼬집어 보았다. 재판장은 그곳에 다녀온 다음 불길한 꿈을 꾼 것을 여러 시간 동안 생각했다. 그 환자의 모습에서 자신의 미래를 본 것처럼 그런 불길한 꿈과 연결해서 생각하기도 했다. 그는 결심 재판의 논고를 통해서 곧 자기 생각을 법정에서 밝힌다고 공언했다.

어쨌든 나는 불리한 재판이 결정된 것처럼 최후의 심판 결정만 남은 상태에서 아베 형사의 어처구니없는 증언까지 들었다.

사실 이 법정은 나를 살인 죄수로 몰아가고 있었다.

의도적이다.

사실적이다.

칼을 들고 있었다.

하고 이미 재판도 하기 전에 결정된 거처럼 나를 살인자로 취급했다.

내가 처음 그런 느낌을 받은 것은 다른 감방으로 옮겨가면서이다. 거기서 여러 가지 느낌으로 알 수 있었다. 그들은 내가 죽으면 절대 안 되는 것을 알 수 있었다.

나는 그 감옥에서 제일 좋은 곳으로 옮겨졌다. 내가 처음에 있었던 지하 독방에서 여러 죄수가 죽어 나간 것을 볼 수 있었다. 그러나 그 죄수들의 죽음이 콜레라에 의해 사망을 했는지 아니면 그들 스스로가 자살했는지 의문이었다. 며칠이 지나 내가 햇볕이 잘 들고 밖이 보일 정도의 특급 감방에 있고 나서 요사 변호사가 면회할 즈음에 나는 눈치를 챘다. 그들은 내가 죽으면 안 되는 것이 재판부나 검사의 입김이 강하게 교도소 소장에게 전달된 사실도 있다며 그 못생긴 여자 간수가 이야기했다.

"당신의 연인이 돈도 많지만 지금 여기 히로시마의 여러 관리나 정부 요직에 아는 사람들이 많은 것 같다. 내가 여기 교도소에서 40년 있는 동안에 '존속 살인죄'에 이렇게 특별대우를 하는 것은 처음 보았다. 이건 특종감이지."

하고 그 여자 간수는 이죽거리며 나에게 물어보았다. 나는 그 소리에 희미한 미소로 답했을 뿐이었다.

그건 사실, 요사 변호사가 말한 것에서도 알 수 있었다. 사실 지금 콜레라 때문에 민심이 흉흉하고 당신이 역병 때문에 죽는다면 그 모든 책임은 검사에게 있다고 요사가 말했다. 그리고 아주머니는 남편에게 강력하고 단호하게 이혼을 결심했다고 하고, 우리 변호사에게 다시 법정에서 증언할 것을 요청했다. 그러나 재판장이 그 증언을 받아들이지 않고 있다고 여자 간수가 그런 여러 가지 상황을 요약해서 말했다.

그 재판장은 시간에 쫓기고 있었다. 곧 전쟁이 종결될 수 있다는 소문이 파다하게 돌았고 그의 언행이나 판결이 전쟁이 끝나면 모든 것이 끝나는 점에 유의했다. 재판장은 판결 전 그 어떤 것도 이행하지 못하도록 신속하게 법정을 이끌고 갔다. 마지막 아베 형사의 증언으로 모든 것이 끝났다. 그러나 일반적인 재판은 3심제이지만 지금은 전쟁 중이었다.

난 어느 면에서는 사법살인이 아니고 그 모든 것과 일본인에 대한 살인으로 보았다. 내가 그를 죽인 것인지 내가 죽어 백골이 된 것인지 착각이 들 정도이었다.

그런 죽음에 이제 위안부라는 다른 상처가 날 휘감고 있었다.

창녀는 무엇이란 말인가?

꿈에서나 생각할 수 있는 징벌임을 난 알 수 있었다.

이러한 꿈같은 형벌이 나에게 내려진 배경에는 그들이 아마 자신들의 조작된 흔적을 지우기 위해서였다. 그들은 여러 가지 흉계를 꾸미고 자신들의 욕망, 분노, 질투, 오만, 탐욕 등을 지우고 그녀에게 씌우려는 속셈인 것 같았다. 요사와 결혼을 한 것도 그런 연유로 인한 것이고, '그런 질투와 분노 그리고 사랑' 등이 겹겹이 겹쳐져서 일어난 사건이라고 요사가 말했다. 그런 의식적인 이야기를 그들 전면에 나서서 그들의 의식이 부합되고 '고베 조카는 미사에게 영혼과 마음 자체를 빼앗긴 채로 허무하게 허물어져 내린 것이다.' 하고 결론을 내렸다.

그 아베 형사는 그들이 여름날 밤 자정쯤 만나 그 회장 집으로 찾아가서 그녀의 방안에서 정사를 나누고 그의 침대에 누워서 일주일을 보냈다. 그는 그녀의 침대에 누워 그녀를 사랑하며 품고 싶었다. 두 사람은 침대에서 잠을 자고 누워 이야기하며 나를 저주했다고 했다.

그러면서 미사는 자연스럽게 떠돈 '영혼과 자아'에 대한 이야기를 들었다. 그녀가 사랑했던 요사 변호사와 언니 그리고 내가 그런 이야기를 한 것을 두고 분노했다고 아베 형사가 증언했다. 미사는 자기의 자리를 내가 뺏었다고 생각했다. 그리고 그들의 대화는 그녀가 가장 사랑했던 요사와 가장 미워했던 나와 언니 사이에서 생긴 분노의 표시였다. 미사의 정신 이상이 더욱 심해진 것은 그녀가 대학에 입학하면서 '질투'가 분노로 바뀌는 중에 더 도진 것이다.

그래서 미사는 조카의 허점을 이용해서 나에게 술을 먹이고 약까지 타서 꼼작 못하게 한 다음 욕보인 것으로 알려졌다. 그 이후 대마도 섬에서도 그녀가 조카를 이용해서 나를 감금하고 협박하고 나를 다시 욕보이고 감금 상태에서 인장까지 강제로 찍은 다음에 결혼 신고를 하는 것까지 강행했다. 그러나 난 그에게 보란 듯 하토야마 변호사와 정혼도 하지 않고서 그와 정사를 즐긴 것이 그의 이성을 잃게 한 것이다. 그렇게 함으로써 그는 나에게 그날 밤에 찾아와 강제로 겁탈을 하게 되고 나는 침대 밑에 있던 칼로 그를 죽인 것이다.

"그러나 나는 후회하지 않는다. 내 여기서 죽어서 썩어 문드러지는 한이 있다고 해도."

난 홀로 중얼거렸다.

아주머니는 나를 바라본다. 그 아주머니는 재판이 진행되는 중에 생각이 떠나질 않았다.

그녀가 집에 들어선 첫날 이후 조카가 그녀를 본 순간을 기억하고 있었다.

그의 눈이 휘둥그레지고 눈빛은 어느 때보다 활력이 넘쳤다. 늘 헝클어진 옷맵시에 넥타이를 아무렇게나 걸친 상태로 돌아다니던 그가 그녀를 만난 순간부터는 영 딴판으로 바뀌었다. 그는 매일 술에 취했고 표정은 파리하게 질린 모습으로 곱슬곱슬한 머리카락조차 헝클어진 채 돌아다녔다. 그러면서 아주머니는 당시에 그를 이해하지 못했지만, 지금 생각해보면 조금은 웃음을 참을 수가 없었다. 그 조카의 역겨운 모습이 떠올랐다. 그 아주머니는 그날을 그 집의 '비밀의 문'처럼 기억해낼 것이다. 보통 사람이라면 생각해보지 않았을 기억일지라도 여기 재판에서 이야기하며 머릿속에 스쳐 지나간 것이다. 그녀는 자신의 남편이 전쟁 초기 다쳐 다리를 절며 집에 돌아온 것을 천만다행으로 여겼다.

"단지 한 다리만 잃은 것뿐이야! 정말로 어처구니없이 전쟁에서 죽는다면 그건 나에겐 생지옥 같은 삶이 될 것이다."

그녀는 그렇게 중얼거렸다.

아주머니는 나를 위해 마지막으로 편지를 보냈다.

"어딜 가서든 용기를 잃지 마세요. 난 학생이 있어 나 자신을 찾은 것입니다. 그 전엔 내가 누구인지를 알지 못했고 인식도 부족했죠? 학생이 집에 오던 날이 내가 가장 행복했던 날이라고 했던 것, 지금 재판을 받는 '마님'을 생각하며 느낀 것입니다. 부디 어디에 있건 몸 건강하고 행복하세요."

마지막으로 요사가 전해 편지를 보며 그 아주머니를 생각한다.

나도 아주머니가 집에 있어 행복했다는 것을 아주머니에게 말해 주고 싶었다. 사람이면 누구나 죽음의 그림자를 잘 알고 있다. 그 죽음은 무엇일까? 어둠일까, 아니면 침묵일까? 아니면 추상일까?

"나는 당신이 어젯밤 한 일을 알고 있었어! 회장님을 무참히 죽이고서 그것도 모자라서 사체를 바다에 버리는 천인공노할 짓을 벌인 것을."

우린 그에게 이렇게 쏘아붙이고 커피 한 잔을 단숨에 마셨다.

'아주머니의 저주' 그런 이야기도 후렴에 썼다.

아마 아주머니가 그에게 한 말 중에 가장 생각나는 이야기라고 했다.

그런 생각 끝에 세 통의 편지를 받을 수가 있었다.

어머니가 쓴 두 통의 편지는 나를 고통 속으로 몰아넣었다. 한 통은 요사가 보낸 편지였다. 매일 교도소 지하에서 본 그가 왜 편지를 보냈고 내 어머니를 만나 무슨 생각을 했을까? 그를 만나기에 앞서 두려운 생각이 먼저 든다.

나를 사랑하는 딸아!

그 모진 시기를 견딘, 너를 생각하며 이 편지를 쓴다.

··· 사랑이란 무엇인가?

난 꿈에서 너의 고뇌를 보았다. 참 장하다, 내 딸아! 어디서든 아무 걱정하지 말고 몸조심하고 나에게로 돌아오너라. 여긴 너의 조국이고, 이곳에 엄마가 있다! 아무렴 한목숨은 어디서든 견딜 수 있을 것이다.

···

난, 더는 읽을 수가 없었다. 눈물이 앞을 가렸다. 인간이 영웅으로만 살아갈 수 없듯 우린 한낱 인간에 불과한 사람이다. 그 어떤 대가에서도 책임질 수 있는 자만이 인간으로 거듭 태어날 수 있다는 거다.

우린 변할 수가 있을까?

나도 변할 수가 있을까?

인간에게 그런 변화를 줄 수 있는 용기와 지혜가 있을까?

난 우리 인간이 변해야 이런 거친 땅에서 영원히 살아갈 수 있음을 뼈저리게 느낀다. 그러나 사람이라면 그런 변화에 대응하기 힘들고 또한 변화를 원하지도 않는다.

우리 인간은 끝내 변하지 않고 살아갈 것이다.

내가 어디로 떠나는 곳을 모르듯 떠난 밤은 칠흑 같은 어둠의 빛만 가는 길을 비추고 있었다.

그 아이의 눈빛은 바다 지평선 끝을 바라보고 있었기 때문이다.

나는 창녀라는 오명을 뒤집어쓰고 그 어딘가 알지 못하는 곳으로 떠나게 되었다.

나는 사형 선고를 받았지만 천황의 숭고한 말씀으로 배려받아 먼 이국땅에 가서 천추에 임하는 군인들을 위로하는 위안부로 갈 수 있는 혜택이 주어졌다고 전해주었다.

요사는 그 마지막 날 밤에 "나는 자정 무렵에 배를 타고 떠난다."
하고 말했다.

처음은 위안부가 무엇인지 모르고 있었다. 요사도 그 이야기를 전해주지 않았다.

다만 밤에 마지막 배가 항구로 떠날 때 내가 배에 타자 터미널 입구에서 미사가 흰옷을 입고 나에게 손을 흔드는 모습을 볼 수 있었다. 나는 그 모습을 보고 그녀가 정말로 미쳐 있고, 지금 정신 병원에서 탈출해서 나에게 손을 흔들고 배웅을 한다는 것을 알게 되었다. 이 얼마나 놀라운 사실인가? 지금까지 정신 병원은 그녀에게 도피처가 되었는지도 모른다. 그렇다!

왜 내가 표적이 되어 조카와 미사의 주목을 받게 된 것일까? 내가 잘난 여성도 아니고 잘난 나라에서 태어난 것도 아닌데, 왜 내가 그런 표적이 된 것인가? 그 누구도 그것을 알지 못했다. 난 이것이 내 숙명이라고 요사에게 말했다. 그들이 내 나라를 강제로 빼앗고 나는 집단적인 따돌림과 놀림 그리고 인간들의 광기로 인해 사법 살인에 준한 죄를 짓고 결국 위안부가 된 것이다.

마지막으로 그날 밤 자정쯤 요사가 찾아왔다.
아마 나를 설득하여 내가 내일 밤중에 항구를 떠나는 배를 타고 어디 외국으로 간다고 말했다. 난 당신이 있어서 행복했다고 말했다. 그리고 마지막 소원은 이런 이야기를 내 어머니에게 전해 달라고 부탁했다. 우리는 서로 껴안았다. 교도소 소장은 배려해서 마지막으로 두 사람이 있게 해 주었다. 눈동자를 껌벅거리는 여사 간수만 남기고 모든 교도관이 잠든 사이에 우리는 두 손을 잡았다.

마지막으로 시를 써 보냈다.

그 아이의 눈빛은 바다 지평선을 끝까지 바라보고 있었기 때문이다.
십자가 위에 꽃이 핀다.
2000년 시간을 뛰어넘어 우리 앞에 핀 꽃이요?
그대에게 뿌린 씨앗이 시간을 뛰어 너머 골고다 언덕 십자가 위에 꽃이 핀다.
진정 하나님이 시대의 문을 열었고 인간에게 사람다움과 지혜를 주었다.
성모 마리아의 손에 묶인 피 자욱이 교회에 걸린 채 시간은 걸어간다.
우린 인간은 눈먼 장님처럼 시간에 붙잡혀 있고, 모든 꽃이 자연 앞에 핀 꽃망울처럼, 인간도 시 앞에 쪼그려 앉아 사람들이 왁자지껄 소통하며 길 위를 걷는다.
인간과 사람 사이에 난 홀로 고립된 채로 살아간다.
승용차는 소리치고 소경은 말이 없다.
눈먼 소경처럼 인간은 더더욱 초라해 보인다.
내가 눈먼 소경이 된 것인가? 네가 눈먼 소경이 된 것인가? 사람이 눈먼 소경이 된 것인가? 인간이 눈먼 소경이 된 것인가? 눈뜬 소경이 눈먼 소경이 된 것인가?
그걸 아는 자는 조물주일 뿐이다.
인간인가?
사람인가?

소경인가?

결코 그런 인간들은 그걸 다 이해하지 못하고 눈먼 채 죽음을 맞는다.

매화꽃처럼 겨울 긴 시간 동안 우리가 기다린 봄이 오면 사람은 죽음을 맞는다.

그 누구도 죽음을 피할 수 없을 것이다.

신이라도 죽음을 피할 수 없을 것이며 자연도 피해 간다.

고약한 죽음은 인간의 족쇄인가? 아니면 행복한 죽음인가?

지나간 장님에게 묻는다.

난 답할 수 없었다.

입이 꿰매진 채로 있었고 죄를 지은 것이다.

우리 사람 모두가 인간처럼 죄를 짓고는 살 수는 없을 것이다.

유다의 배신으로 성모 마리아는 피눈물을 흘리고

막달라 마리아는 창녀의 누명을 쓴 채로 거리에 나앉는다.

세상은 눈물을 흘리고 2000년 시간을 초월한 주 그리스도가 죽음에서 부활한다.

내가 부활한 것인가? 네가 부활한 것인가? 인간이 부활한 것인가? 눈먼 소경이 부활한 것인가? 눈뜬 소경이 눈먼 소경처럼 부활한 것인가?

주 그리스도가 시내의 문을 열고 부활한 것인가?

결국은 인간들 모두가 죽음을 맞는다.

그것은 무념의 업보에서 헤어나지 못하기 때문이다.

그래서 우린 병균 때문에 지금 다시 조물주를 원망하고 살아간다.

우리 모두 이제부터 거리를 헤매고 신을 원망할 것이다.

사람 모두가 막대기를 붙잡고 하늘을 원망하며 기도한다.

인간은 단지 태어나고 죽는다.
신도 모른 채로 현실과 죽음 사이에서
꿈을 이해하지 못하고 죽는다.
그럼, 우린 왜 태어났나?
그렇다고 어머니를 원망할 수 있는 나이도 아니다.
단지 어느 낮과 밤사이에 나라고 하는 존재를 알고 있을 뿐이었다.

아무 생각 없이 꿈에서 일어난다.
꿈은 이상이고 난 하품하며 세상과 조우한다.
영혼과 인간 사이에 무엇이 있는가?
봄은 무르익어 간다.
시냇물 돌 틈에서
새하얀 아지랑이 피어오를 때
여름도 무르익어 간다. 가을 단풍이 무르익어 간다.
겨울에 인간은 찬 서리에 고통을 느낀다.
계절은 어김없이 변화한다.
기다리지 않아도 봄은 자연스럽게 온다.
죽음이 내 문을 두드리는 마지막 날, 난 거울 앞에 서 있었다.
그래서 겨울이 올 줄을 알았다.
집으로 들어오는 시냇물 소리가 얼음장 깨지는 소리였다.

어젯밤, 고향에 다녀온다.
벌거벗은 산허리에 아직 눈보라와 차디찬 서리가 내린 산야에서 우린 애꿎은 봄만 찾고 있었다.
겨울도 지나치지 않는 집 옆 시냇물에서 줄줄 얼음장 깨지는 소리가 나며 돌이끼가 낀 돌덩어리에서 봄만 찾고 있었다.
그래도 난 2천 년을 기다린 보람이 있었다.
주 그리스도를 믿기 시작했기 때문이다.
세상은 시커먼 먹물을 뒤집어쓴 채로 돌아가고
인간은 죄를 뒤집어쓰고 살아간다.
그래서 인간은
또 다른 고향에 누워 애꿎은 봄만 기다린다.

너는 그에게 무엇을 내놓을 수 있느냐?
오! 오 나는 내 생명이 가득 찬 그 잔을 손님에게 올리리라.
결코 그 손님이 빈손으로 돌아가지 않게 하리라.
내 모든 가을의 낮과 밤, 여름날의 포도 수확을, 또 내 바쁜 삶 동안 벌어드린 모든 수확과 주운 것을.
죽음이 내 문을 두드려 내 인생이 끝나는 날
나는 죽음 그 앞에 서슴지 않고 내놓겠습니다.

오! 오 인생의 마지막 마무리인 죽음이요. 나의 죽음이요!
이리 다가와서 조용히 속삭여 주오!
나의 죽음이요, 이리 다가와 조용히 속삭여 주오!
날이며 날마다 나는 그대를 기다렸소.
그대를 기다리며 나는 내 인생의 즐거움과 고통을 참아왔소.
나의 소유!
나의 희망 나의 사랑, 그 모든 것은 언제나 고요한 깊이로 죽음을 향하여 흘러갔소.
내 생명은 장차 당신의 소유가 될 것이요.

내 영원한 눈빛, 너의 고독한 영혼의 공허함을 당신의 어머니에게 전해 줄 것이오.

> "당신은 나를 끝없는 존재로 만들었습니다. 그것이 당신의 기쁨입니다. 이 부서지기 쉬운 그릇을 당신은 비우고 또 비워, 언제나 새로운 생명을 채웁니다. 이 작은 갈대 피리를 언덕과 골짝 기로 가지고 다니며 당신은 그것에 끝없이 새로운 곡조로 불어넣습니다. 당신의 불멸에 손길이 닿으면 내 작은 가슴은 기쁨에 넘쳐 한계를 잊고, 말로 표현할 수 없는 언어들을 외칩니다."
>
> 기탄잘리 「신에게 바치는 노래」

위의 말이 갖는 의미는 나를 향하고 있다는 것을 곧바로 알 수 있었다. 타고르의 시성은 위대하고 이를 존경한다. '나는 죽음 앞에서 이 노래를 부를 것이다.' 이제는 그런 더러운 죽음도 두려워하지 않고 부끄러워하지도 않을 것이다.

이 더러운 땅에서 죽는 것이 조금은 원통하지만 그런다고 그 죽음을 비켜 가거나 피하지 않을 것이다. 내 육신을 지옥으로 옮겨 가는 모습이 꿈속에서 재현되면서 나는 비탄의 신음을 냈다. 그 어두운 계곡을 빠져나오는 동안만이라도 슬프고 고요한 울음을 그치고 태양이 있는 곳을 향해 따라가기 시작했다.

그는 나에게 이런 시를 전해주면서 내 어머니에 대한 걱정을 털어놓았다.

이제 내 어머니와도 이별해야 할 시간이 가까워지는데 과연 어머니에게 어떤 모습으로 내 생각과 처지를 전해야 할지 모를 뿐이었다.

요사가 이렇게 말했다.

"무슨 일이 생기면 어머니의 고향으로 건너가서 내가 직접 만날 생각입니다. 나는 이미 이 사건이 일어나면서 당신의 눈동자에 그런 그림자를 이미 알게 되었습니다. 어떤 일이 일어나면 그 이후에 어떻게 해야 할지 막막하지만 그 누가 그런 이야기를 당신의 어머니에게 전할까 하는 두려운 마음이 앞섰고 그 두려운 마음을 지우기 위해 나는 타고르의 시를 읽기 시작했던 것이오. 이 시를 읽기 위해 우리가 태어난 것처럼 나는 그 시를 읽으면서 유황불이 가득 찬 죽은 사자가 자신의 목을 들고 지옥에 서 있는 것을 꿈속에서 목격했습니다. 내 영혼도 이제 단테가 말하는 신곡의 마지막 장인 지옥을 걷는 것조차 두려운 마음입니다."

나는 요사의 말이 나에게 전해오고 그 마지막이 될지 모르는 가운데에 그런대로 당신이 있어 내 사정 이야기를 어머니에게 전할 수 있어 지금 행복하다고 말할 수 있었다.

"내 이야기를 어머니에게 전할 때는 꼭 당신의 딸이 비굴하지 않았다고, 그리고 살인자의 누명을 쓰고 이제 막 이승을 떠나 하나님의 나라가 아닌 지옥으로 달려가는 못난 자식을 용서해 달라고 전해 주시오."

나는 그 말을 그에게 하면서도 끝내 눈물을 보이지 않았다.

"우리 인간은 한 번은 꼭 치러야 할 여정이기 때문에 슬퍼하지도 말고 기뻐하지도 말며 그냥 그대로 한 사람이 여기 히로시마에 잠깐 다녀갔다고 정도로 생각해 주면 나도 별로 큰 부담 없이 덤덤하게 떠날 채비를 할 것입니다. 내가 가는 길 위에 부드럽고 고운 꽃가루를 뿌려 준다면 더할 나위 없이 고맙게 생각할 것입니다. 우리는 여기 이 대지 위에 빈손으로 왔으니 나는 빈손으로 떠날 것을 약속합니다. 내가 당신에게 꼭 이야기하고 싶은 것은 당신과 내가 먼 훗날에는 혼례를 올려 같이 사는 것이 마지막 희망입니다."

요사는 그 말에 눈물을 펑펑 쏟고 있었다. 나는 가난하고 여린 이 친구에게 희망과 실망을 동시에 안겨 주면서 가는 것이 못내 아쉬워서 일어나니 눈물이 앞섰다.

나는 그의 눈물을 닦아 주었다. 그는 나에게 마지막으로 꼭 껴안아 주었다.

이것이 나와 그의 마지막 이별이었다.

또한, 편지에는 미사에 대한 긴 이야기가 서 있었다.

도요토미는 원숭이 자손처럼 못생기고 일본 최초 원시인처럼 생기고서도 일본이 천하를 주도하도록 통일한 원동력을 금방 알 수 있었다. 그 이후 오래전부터 도요토미 가족 중에는 정신병적 이상 증세를 가지고 태어난 것은 아니지만 정말로 행복했는지 알 수 없었다. 다만 그녀는 예쁜 얼굴과 앵두 같은 귀여운 모습이 하녀인 요다 씨를 너무 빼닮았다는 이야기를 전해 듣고는 자신의 어머니를 원망한 글을 남겼다.

그런 이유로 미사 양을 내가 변명을 하는 것은 아니지만 그녀는 불행을 몰고 다녔고 마음은 하늘로 통했다.

하는 말을 마지막으로 남겼다.

인간이 신이 아닌 이상 그 누구를 심판할 수 있을까?
아마, 그래서 나를 위안부로 보내기로 했는지도 모르지?
그 천황 자신도 세계인에게 최후의 심판을 받을 것이고 결국 그 자신도 신적인 존재에서 양민으로 내려올 것이다.

전쟁도 곧 끝날 것이다. 그 천황의 존재도, 이 나라가 전쟁을 시작했을 때부터 천황부터 맨 밑 하인까지 자신들의 비정한 모습을 적나라하게 볼 수 있게 될 것이다. 세계적인 전쟁을 시작해서 자신들의 탐욕적인 욕구만 드러내고 말 것이다. 이제 그들 자신의 악마적인 영혼을 드러내면서 세계인을 향하여 총부리를 겨누고, 결국은 자신들의 형제, 자매, 가족 등을 죽음의 영혼에서 영원히 구원받을 수 없는 자멸의 길을 택할 것이다.

바다를 건너면서 시를 쓴다.

참담한 그녀의 민낯, 어둠과 별빛, 그리고 달빛으로 이루어진 천 길 낭떠러지.
여기 고통의 배 위에서 외로운 기러기 떼만이 그녀에게 손짓하고, 끝없는 항해의 길을 떠나고 있다.
어딘지 모를 죽음의 땅 위에서 이제 한낱 창녀의 몸으로 그저 한 인간의 외로운 투쟁처럼 지낸 학생 시절은 길고도 혹독한 경험이었네.
지금 가는 길도 모르고 조국이 어디에 있는지도 모르는 바다에서 어머니에게 소식도 보내지 못하고 결국은 무언의 소리로 어머니에게 마지막 소식을 전했네.
이 죽음의 길은 죽음인가 영광의 길인가?
내 청춘은 피다가 만 꽃처럼 바로 시들어 버린 창녀의 꽃으로 다시 핀다 해도 나는 한 송이 꽃을 내 어머니에게 보낼 것을 주저하지 않는다.
그녀는 다 하지 못한 이야기를 편지에 담아서 물 위에 띄워 놓고 그 물결 위에 덩그러니 놓인 그림자만이 산 자의 죽음을 슬퍼하는 기러기를 바라보고 있다.
낯선 항구 대기실 창문 곁에서 그녀를 보았네.
야릇한 미소와 하얀 옷을 입고 마지막 웃음치고는 너무도 비열했네.
다시 볼 일은 없고 멀리서 붉은 여명이 바다 위에 불타고 그녀의 멍든 고뇌와 가슴 속의 영혼마저 그 바다 물결 위에 그려지면서 그 눈빛은 멀리 바다를 향해 바라보고 있다.

　그 누구도 관심이 없는 이 바다는 물결 소리에 잠이 들었다.

　난 최근 기도가 입에서 나오지 않아 걱정입니다.

　무엇인가 내 마음도 바람 앞에 선 폭풍처럼 변해 가고 있습니다.

　시를 쉬이 쓸 수가 없습니다.

　빼앗긴 들에도 봄은 오는가?

　갑자기 그 시를 되뇌고 있습니다.

　잡념에서 무념으로 마음이 옮겨 가는 느낌입니다.

　아 아, 바람 앞에 선 난 조국 위를 나비처럼 날아가고 싶습니다.

　그리고 내가 갈 곳은 조국밖에 없습니다.

　죽어 가는 하늘 속에 그 시인의 검은 그림자만이 홀로 남아 있습니다.

　님의 침묵이 바람을 타고 그 시인이 고통받는 옥방으로 날아갑니다.

　님은 갔습니다.

　아, 아, 사랑하는 임은 갔습니다.

　내 소망과 불행은 빈 바람을 타고 내 어머니에게 전해 줍니다.

　제 곡조에 못 이기는 사랑의 노래는 바람을 타고 내 주위를 돕니다.

　이젠 한 줌에 제가 되어도 원한이 없을 것 같습니다.

　차디찬 물에 손을 담그고 밤이 죽어야 사는 거처럼 난 백골이 되어 내 방에 누운다.

　백골이 다음 날 새벽 일어나 다시 바람을 타고 노래를 부른답니다.

　그런 소식을 내 조국으로 전해주는 바람이 불어오면

　난, 또 하나의 시와 어머니의 노래를 부르며 꿈의 시를 지어 보겠습니다.

　영겁의 꿈은 바람이 일렁이는 것을 알고 있을까?

내 꿈이 이 대지에서 이루어질 것을 확신하며.

여기 대마도 섬에 올라 저기 부산 항구를 바라본다.

또 다른 내 고향은 멀지 않은 곳.

달빛이 먼 곳부터 밝아오기 시작했다.

아직 모든 마을과 바다, 산, 들판, 벼 등은 그 자리에 있건만.

왜 나는 홀로 이곳에서 고독과 번민으로 날을 보내고 있는가?

결국은 내 희망의 달빛이 빛날 때까지 나는 희망을 버리지 않을 것이다.

혐오 속에서도 마음은 처음으로 편했고 또 다른 조국은 나에겐 존재하지 않는다.

우리에게 지켜야 할 명예가 있는 것이다.

그것은 인간이 죽은 땅에서도 새싹이 돋듯 자존심과 명예가 살아 움직이고 있는 것인지.

이 새벽 별빛이 빛나는 밤, 여기 지금 선상에서 떠도는 내 더러운 영혼이 결코 다시는 오지 않으리라는 것!

어디서 낯선 별빛과 커피 향만이 그녀의 심신을 달래준다.

어느 선원이 그녀의 영혼을 알고 있는지 귀한 커피 향을 전해주고 검은 연기를 내 뿜는 뱃고동 소리만 울린다.

조각구름이 흐르는 바다 위에서 겨울이 더디 오는 것을 아는 바다 기러기 소리만이 들리는 듯 하늘에서 소리치듯 바람이 불어온다.

그녀의 뇌리를 자극하고 이제 곧 엄동설한의 겨울이 올 것이다.

사형 선고를 받던 날부터 그녀는 주 하나님을 찾지 않았다.

그런 것을 생각해 내지 못했다.

그녀가 갈구하던 학업도 밤을 노래하며 그날을 기억한다.

조국에서 백성에게 마음의 치료를 하겠다던 생각도 믿음도 잔잔함도 수면 위에는 뱃고동 소리만 들린다.

멀리 어디엔가 있을 나의 어머니와 내 조국을 그리워하며 죽음으로 항거하던 네 님의 목소리가 지금도 들리는 듯 그런 소식이 요사 변호사 편지에 써 있었다.

배에서 읽고 보라던 편지에는 내 어머니에게 내일이라도 갈 것이라고 했다.

그리고 윤동주 시인의 여러 가지 소식을 전해 주었다. 그 시인의 영혼은 나에게 한 자락의 삶으로 이어질 것이다.

나를 태운 배는 어디론가 흘러간다. 아무도 없는 적막한 어두운 방엔 뱃고동 소리만 들리고 난 외로운 나 자신의 마음을 담아 시를 써서 바다에 보내고, '비밀의 문'에 들어설 때부터 시작된 나의 새로운 시각이 다른 한쪽을 바라보게 되었다. 그런 '비밀의 문'은 나의 새로운 세상이었다.

몇 시간 째 나는 시를 이해하고 처음 써 본 시를 읽는다.

또 다른 고향

고향에 돌아온 날 밤 내 백골이 따라와서 한 방에 누웠다. 어두운 방은 우주로 통하고 하늘에선가 소리치듯 바람이 불어온다.

인간 모두가 죽음을 맞는다.
아! 아, 어머니여. 우리에겐 조국이란 무엇입니까?
그저 시인에게 한 가닥 지하 창문 틈으로 들어온 한 줄기 빛입니까?
아니면 그저 죽음에 이르는 지하 옥방에서 본 또 하나의 조국입니까!
그저 눈먼 장님처럼 죽음을 기다린 윤동주 시인의 얼굴입니까?

나는 지옥 같은 교도소에서 나온 이후 행복한 주 그리스도를 버렸습니다.

기도한 지도 너무 오래된 것 같습니다.

내가 주 그리스도를 다시 찾는 날이 내 생일일지도 모릅니다.

내 생일은 영원히 다시 오지 않을 것입니다.

그러나 난 희망을 버리지 않고 기둥뿌리를 움켜잡고 흔들고 있을 것입니다.

난, 그 시인을 위해서 한 편의 시를 씁니다.

그 시인에게 영원한 안식을 주시옵소서.

난 마지막으로 기도를 합니다.